Knaur

D1858752

Von Maeve Binchy sind außerdem erschienen

Unter der Blutbuche (Band 62026 und Band 60541 und 60224)
Irische Freundschaften (Band 60225)
Im Kreis der Freunde (Band 60226)
Silberhochzeit (Band 62011 und Band 60227)
Echo vergangener Tage (Band 60228)
Jeden Freitagabend (Band 60229 und Band 62006)
Miss Martins größter Wunsch (Band 60535)
Die Straßen von London (Band 60236)
Sommerleuchten (Band 60238)
Der grüne See (Band 60773)

Über die Autorin:

Maeve Binchy wurde in Dublin geboren, studierte Geschichte und wurde Lehrerin. 1969 ging sie als Kolumnistin zur Irish Times. Sie hat zahlreiche Romane, Kurzgeschichten und Theaterstücke geschrieben. Ihre Romane wurden in England, den USA und in Deutschland zu Bestsellern. So eroberte sich auch *Die irische Signora* gleich nach Erscheinen einen Platz ganz oben in den britischen Bestsellerlisten und landete auch in Deutschland auf den Sellerlisten.

Maeve Binchy

Die irische Signora

Roman

Aus dem Englischen von Christa Prummer-Lehmair,
Gerlinde Schermer-Rauwolf und Robert A. Weiß,
Kollektiv Druck-Reif

Knaur

Die englische Originalausgabe erschien unter dem Titel
»Evening Class« bei Orion London.

Vollständige Taschenbuchausgabe November 1998
Droemersche Verlagsanstalt Th. Knaur Nachf., München
Copyright © 1996 by Maeve Binchy
Copyright © 1997 der deutschsprachigen Ausgabe bei
Droemersche Verlagsanstalt Th. Knaur Nachf., München
Alle Rechte vorbehalten. Das Werk darf – auch teilweise –
nur mit Genehmigung des Verlages wiedergegeben werden.
Umschlaggestaltung: Andrea Schmidt, München
Satz: Ventura Publisher im Verlag
Druck und Bindung: Clausen & Bosse, Leck
Printed in Germany
ISBN 3-426-61076-0

2 4 5 3 1

Für meinen lieben, großzügigen Gordon,
grazie per tutto, und mit all meiner Liebe

AIDAN

Es hatte eine Zeit gegeben – damals, 1970 –, da hatte das Ausfüllen von Persönlichkeitstests zu ihren Lieblingsbeschäftigungen gehört.

Bei der Zeitungslektüre am Wochenende hatte Aidan gelegentlich einen gefunden, etwa »Sind Sie ein rücksichtsvoller Ehemann?« oder auch »Kennen Sie sich im Showgeschäft aus?«. Bei »Passen Sie gut zusammen?« und »Pflegen Sie Ihre Freundschaften?« schnitten sie mit ihren Antworten immer recht gut ab.

Doch das war lange her.

Wenn Nell oder Aidan Dunne heute einen solchen Test sahen, stürzten sie sich nicht mehr mit Feuereifer darauf, voller Neugier auf die erzielte Punktzahl. Es wäre zu schmerzlich, beispielsweise die Frage zu beantworten: »Wie oft schlafen Sie mit Ihrem Partner? a) Mehr als viermal pro Woche b) Durchschnittlich zweimal pro Woche c) Jeden Samstagabend d) Noch seltener«. Wer wollte schon zugeben, daß es wesentlich seltener war, und dann nachschlagen, wie die klugen Köpfe, die sich die Fragen ausgedacht hatten, dieses Geständnis interpretierten?

Heute blätterten sie beide weiter, wenn sie auf einen Test stießen, der der Frage nachging: »Passen Sie gut zu Ihrem Partner?« Dabei hatte es zwischen ihnen niemals einen Streit oder ein Zerwürfnis gegeben. Aidan war Nell noch nie untreu geworden, und er glaubte, daß auch sie nicht fremdgegangen war. War es überheblich, so etwas anzunehmen? Immerhin war sie eine attraktive Frau. Auch heute noch schauten ihr andere Männer auf der Straße bewundernd nach.

Bei vielen Männern, die aus allen Wolken fielen, wenn sie erfuhren, daß ihre Frau sie betrogen hatte, lag das schlicht an ihrer eigenen Selbstgefälligkeit und Unaufmerksamkeit; das war Aidan klar. Doch er gehörte nicht zu dieser Sorte. Er wußte, daß Nell kein Verhältnis hatte. Er kannte sie in- und auswendig und hätte es gemerkt, wenn da etwas gewesen wäre. Überhaupt, wo hätte sie denn jemanden kennenlernen sollen? Und selbst wenn, wo hätte sie sich mit ihm treffen können? Nein, das war ein absurder Gedanke.

Möglicherweise ging es allen anderen Leuten genauso wie ihnen. Vielleicht war das etwas, was zum Älterwerden gehörte, worüber aber nie geredet wurde. Wie etwa, daß man nach langen Spaziergängen Wadenschmerzen bekam oder mit den aktuellen Popsongs beim besten Willen nichts mehr anfangen konnte. Vielleicht lebte man sich einfach auseinander, auch wenn einem der Partner einstmals alles bedeutet hatte.

Es war durchaus vorstellbar, daß jeder Achtundvierzigjährige, der auf die Neunundvierzig zuging, dasselbe empfand. Überall auf der Welt gab es vermutlich Männer, die sich wünschten, daß ihre Frauen ihnen bei allem, was sie taten und sagten, Interesse und lebhafte Anteilnahme entgegenbrachten. Und damit war nicht nur Sex gemeint.

Wie lange war es her, daß Nell ihn nach seiner Arbeit, nach seinen beruflichen Hoffnungen und Träumen gefragt hatte? Früher hatte sie das ganze Lehrerkollegium und viele Schüler namentlich gekannt und sich mit Aidan über die großen Klassen, die verantwortungsvollen Posten, die Schulausflüge, die Theateraufführungen und seine Hilfsprojekte für die Dritte Welt unterhalten.

Doch jetzt war sie kaum noch auf dem laufenden. Als die neue Erziehungsministerin ernannt worden war, hatte Nell nur mit den Achseln gezuckt. »Schlechter als die letzte wird sie wohl auch nicht sein«, lautete ihr einziger Kommentar dazu. Vom Übergangsjahr wußte sie gerade so viel, daß sie es als blödsinnigen Luxus abtat. Da schenkte man den Jugendlichen ein ganzes Jahr, bloß damit sie über alles mögliche nachdenken, diskutieren und ... sich selbst finden konnten, anstatt sich auf die Abschlußprüfungen vorzubereiten.

Aber Aidan machte ihr keinen Vorwurf daraus.
Wenn er heute jemandem etwas zu erklären versuchte, hörte es sich immer ziemlich langweilig an. Seine Stimme dröhnte ihm in den Ohren, und es klang irgendwie heruntergeleiert. Dann verdrehten seine Töchter die Augen und fragten sich, warum sie sich mit ihren einundzwanzig und neunzehn Jahren so etwas noch anhören mußten.
Dabei versuchte Aidan ja, ihnen nicht auf die Nerven zu gehen, denn er wußte um diese typische Eigenart der Lehrer: Weil sie es gewohnt waren, daß ihnen im Klassenzimmer alle aufmerksam zuhörten, gerieten sie leicht ins Schwafeln und beleuchteten jedes Thema von mehreren Seiten, bis sie sicher waren, daß alle sie verstanden hatten.
Und er gab sich große Mühe, am Leben seiner Frau und seiner Kinder Anteil zu nehmen.
Doch wenn Nell von dem Restaurant, wo sie als Kassiererin arbeitete, nach Hause kam, hatte sie nie etwas zu erzählen oder ein Problem zu besprechen. »Ach, Aidan, meine Güte, es ist, wie es in der Arbeit eben so ist. Ich sitze da, nehme Kredit- oder Scheckkarten oder Bargeld entgegen und gebe den Kunden das Wechselgeld und die Quittung. Danach fahre ich heim, und am Ende der Woche kriege ich meinen Lohn. So läuft das bei neunzig Prozent aller Berufstätigen ab. Bei uns gibt es keine Auseinandersetzungen, keine Dramen oder Machtkämpfe; wir sind einfach nur ganz normale Menschen.«
Mit diesen Worten hatte sie ihn nicht verletzen oder demütigen wollen, aber trotzdem waren sie für ihn wie ein Schlag ins Gesicht. Denn das hieß ja wohl, daß *er* endlos über die Debatten und Konflikte im Lehrerzimmer schwadroniert haben mußte. Und die Zeiten, als Nell gespannt lauschte, was er Neues zu berichten hatte, ihn stets anspornte, ihm den Rücken stärkte und versicherte, daß seine Feinde auch die ihren seien – diese Zeiten waren offenbar schon lange vorbei. Sehnsüchtig dachte Aidan an die Kameradschaft, die Solidarität und den Gemeinschaftsgeist jener Jahre zurück.

Vielleicht kehrten sie wieder, wenn er zum Direktor der Schule befördert wurde.
Oder machte er sich damit nur falsche Hoffnungen? Möglicherweise interessierte seine Frau und seine beiden Töchter auch das nicht sonderlich. Zu Hause lief alles wie automatisch. Neulich hatte er dieses merkwürdige Gefühl gehabt, als wäre er schon vor einer ganzen Weile gestorben, und sie kämen alle wunderbar ohne ihn zurecht. Nell ging tagtäglich zur Arbeit ins Restaurant. Einmal pro Woche besuchte sie ihre Mutter; nein, Aidan brauche nicht mitzukommen, hatte Nell gesagt, es sei nur ein kleiner Familienplausch. Ihre Mutter wolle eben in regelmäßigen Abständen ihre Angehörigen um sich scharen, um zu erfahren, ob es ihnen gutgehe.
»Und geht es dir gut?« hatte Aidan besorgt gefragt.
»Du unterrichtest hier nicht Amateurphilosophie in der Mittelstufe«, hatte Nell entgegnet. »Mir geht es nicht schlechter als den meisten anderen Leuten, würde ich sagen. Können wir es nicht dabei belassen?«
Aber das konnte Aidan natürlich nicht. Er korrigierte sie, es heiße nicht »Amateurphilosophie«, sondern »Einführung in die Philosophie«, und werde auch nicht in der Mittelstufe, sondern im Übergangsjahr gelehrt. Den Blick, den ihm Nell daraufhin zugeworfen hatte, würde er sein Lebtag nicht vergessen. Sie hatte zu einer Erwiderung angesetzt, dann aber doch geschwiegen, und auf ihrem Gesicht lag so etwas wie distanziertes Bedauern. Sie schaute ihn an wie einen armseligen Landstreicher, der auf der Straße saß, der Mantel notdürftig mit einem Strick zusammengehalten, und den letzten Schluck Wein aus seiner Flasche austrank.
Mit seinen Töchtern erging es ihm nicht besser.
Grania arbeitete in einer Bank, erzählte aber nicht viel davon – zumindest nicht ihrem Vater. Manchmal bekam er zufällig mit, wie sie mit ihren Freunden darüber sprach, und dann klang sie viel lebhafter. Und mit Brigid war es dasselbe. Das Reisebüro ist ganz in Ordnung, Dad, zieh doch nicht dauernd darüber her. Wirklich, es ist ein prima Laden, ich bekomme zwei kostenlose

Urlaubsreisen im Jahr, und wir haben lange Mittagspausen, weil wir nach einem Turnusplan arbeiten.
Grania hatte auch keine Lust auf eine Diskussion über das Bankensystem an sich oder ob es nicht unfair sei, den Kunden Kredite aufzuschwatzen, die sie nur mit Mühe zurückzahlen konnten. Sie habe die Regeln nicht gemacht, erklärte sie ihm, auf ihrem Schreibtisch stehe ein Ablagekorb mit den Eingängen, und die habe sie täglich zu bearbeiten. Weiter nichts, ganz einfach. Brigid wiederum hatte keine Meinung zu der Frage, ob die Touristikbranche nicht Wunschträume verkaufe, die sie gar nicht erfüllen könne. »Dad, niemand wird gezwungen, in Urlaub zu fahren. Wer es nicht will, kann es ja seinlassen.«
Aidan wünschte sich, er hätte besser aufgepaßt. Wann hatte es begonnen ... dieses Sichauseinanderleben? Er konnte sich noch daran erinnern, wie die Mädchen sauber und frisch gebadet in ihren rosa Nachthemdchen dagesessen hatten, während er ihnen Geschichten erzählte und Nell mit glücklichem Lächeln zusah. Das war Jahre her. Aber auch danach hatte es noch schöne Zeiten gegeben. Zum Beispiel, als die Kinder für die Abschlußprüfungen gelernt und Aidan ihnen Arbeitsblätter erstellt hatte, damit sie sich möglichst effektiv vorbereiten konnten. Wie dankbar waren sie ihm damals dafür gewesen! Er wußte noch, wie sie gefeiert hatten, als Grania ihr Abschlußzeugnis und später die Stelle bei der Bank bekommen hatte. Jedesmal waren sie in ein nobles Hotel essen gegangen und hatten sich vom Kellner fotografieren lassen. Genauso hatten sie es auch bei Brigid gehalten, ein großes Essen und Erinnerungsfotos. Auf diesen Bildern sahen sie aus wie eine richtig glückliche Familie. War das alles nur Fassade gewesen?
In gewisser Weise wohl schon. Denn wie wäre es sonst möglich, daß er jetzt, nur wenige, schnell vergangene Jahre später, sich nicht mit seiner Frau und seinen beiden Kindern – den Menschen, die er mehr als alles andere auf der Welt liebte – zusammensetzen und ihnen von seiner Befürchtung erzählen konnte, vielleicht doch nicht zum Direktor ernannt zu werden?
Dabei hatte er soviel Zeit investiert, Überstunden gemacht, sich

in allen schulischen Belangen engagiert. Trotzdem wußte er tief in seinem Innersten, daß man ihn übergehen würde.
Womöglich würde ein anderer, beinahe gleichaltriger Mann die Stelle bekommen: Tony O'Brien, einer, der nie länger geblieben war, um die Schulsportmannschaft bei einem Heimspiel anzufeuern, der sich nicht um die Reform des Lehrplans verdient gemacht und auch nicht an der Spendensammlung für das neue Bauvorhaben beteiligt hatte. Tony O'Brien rauchte unverhohlen in den Gängen der Schule, in der eigentlich Rauchverbot herrschte, und ging in einen Pub zum Mittagessen, das, wie er jedem erzählte, aus anderthalb Gläsern Bier und einem Käsesandwich bestand. Ein Junggeselle ohne jeglichen Familiensinn, den man oft mit einem Mädchen im Arm sah, das vielleicht halb so alt war wie er. Und trotzdem galt er als sehr aussichtsreicher Kandidat für das Direktorenamt.
In den letzten Jahren hatte Aidan sich über vieles gewundert, aber das war ihm nun wirklich unbegreiflich. Nach sämtlichen gängigen Kriterien konnte Tony O'Brien überhaupt nicht für diesen Posten in Frage kommen. Aidan fuhr sich mit der Hand durch das dünner werdende Haar. Tony O'Brien hatte natürlich dichtes, braunes Haar, das ihm in die Augen hing und bis auf den Kragen fiel. Aber die Welt konnte nicht so verdreht sein, daß man bei der Wahl eines Direktors so etwas in Betracht zog, oder doch?
Dichtes Haar gut, schütteres Haar schlecht ... Aidan grinste vor sich hin. Solange er über seine schlimmsten paranoiden Ängste noch lachen konnte, würde sich sein Selbstmitleid in Grenzen halten lassen. Allerdings blieb ihm auch nichts anderes übrig, als im stillen vor sich hin zu lachen. Denn wen gab es, mit dem er zusammen hätte lachen können?
In einer der Sonntagszeitungen fand Aidan den Psychotest: »Leiden Sie unter nervöser Anspannung?« Wahrheitsgemäß trug er seine Antworten ein und erhielt mehr als 75 Punkte, was, wie er vermutete, ziemlich viel war. Daß sein Fall aber so knapp und vernichtend abgehandelt werden würde, hätte er dann doch nicht

gedacht: Wenn Sie mehr als 70 Punkte haben, gehen Sie viel zu verbissen durchs Leben. Lassen Sie mal Dampf ab, sonst platzen Sie noch!

Sie hatten einander immer gesagt, diese Tests seien im Grunde nicht ernst zu nehmen – reine Seitenfüller. Damit hatten Aidan und Nell sich getröstet, wenn sie bei den Fragen schlechter abgeschnitten hatten als erwartet. Aber jetzt saß er ganz allein davor. Die Zeitungsleute müssen sich eben etwas einfallen lassen, womit sie eine halbe Seite füllen können, versuchte er sich einzureden, sonst gäbe es ja jede Menge weiße Stellen.

Trotzdem ärgerte sich Aidan über das Ergebnis. Zugegeben, er war ein bißchen nervös. Aber ging er »viel zu verbissen« durchs Leben? Kein Wunder, daß manche Leute Zweifel hatten, ob er als Schulleiter geeignet war.

Er hatte seine Antworten auf ein separates Blatt geschrieben, damit kein anderes Familienmitglied sie zu Gesicht bekam und das Bekenntnis seiner Ängste und Sorgen, die ihm den Schlaf raubten, las.

Neuerdings war der Sonntag für ihn der unangenehmste Tag der Woche. Früher, als sie noch eine richtige, eine glückliche Familie gewesen waren, hatten sie im Sommer Picknickausflüge gemacht und bei kühlerem Wetter wohltuende, anregende Spaziergänge. Aidan hatte sich immer damit gebrüstet, daß seine Familie nie so werden würde wie viele andere Dubliner, die nichts außer ihrer Wohngegend kannten.

Einmal hatten er und seine Familie am Sonntag einen Zug nach Süden genommen und waren auf den Bray Head gestiegen, von wo aus sie in die benachbarte Grafschaft Wicklow hinüberschauen konnten. An anderen Sonntagen waren sie nach Norden in die Küstenorte Rush, Lusk und Skerries gefahren, kleine Dörfer, jedes mit einem eigenen Charakter, die alle an der Straße nach Nordirland lagen. Sogar Tagesausflüge nach Belfast hatten sie unternommen, damit die Kinder nicht in völliger Unkenntnis über diesen anderen Landesteil aufwuchsen.

Selten war er so glücklich gewesen wie in jenen Tagen, an denen er gleichzeitig Lehrer und Vater, Fremdenführer und Unterhalter sein konnte. Daddy wußte auf alles eine Antwort: Wo der Bus nach Carrickfergus Castle abfuhr, wie man zum Ulster Folk Museum gelangte, wo man vor der Heimfahrt noch eine ordentliche Portion Pommes frites bekam.

Aidan erinnerte sich, daß im Zug einmal eine Frau zu Grania und Brigid gesagt hatte, sie könnten froh sein, einen Daddy zu haben, der ihnen soviel beibrachte. Andächtig hatten die beiden genickt, und Nell hatte Aidan zugeflüstert, die Frau habe es offenbar auf ihn abgesehen, aber das werde sie zu verhindern wissen. Da war Aidan sich sehr groß und wichtig vorgekommen.

Jetzt fühlte er sich sonntags zu Hause kaum beachtet.

Im Gegensatz zu vielen anderen Familien hatten sie nie viel vom traditionellen sonntäglichen Mittagessen gehalten, von Rinder- oder Lammbraten oder Huhn mit üppigen Kartoffel- und Gemüsebeilagen. Wegen ihrer vielen Ausflüge und Unternehmungen war der Sonntag bei ihnen nie nach einem festen Schema abgelaufen. Aber nun sehnte sich Aidan nach einer gewissen Regelmäßigkeit. Er besuchte die Messe, und manchmal begleitete ihn Nell, doch danach traf sie sich meist mit einer ihrer Schwestern oder Arbeitskolleginnen. Und da die Geschäfte inzwischen ja auch sonntags geöffnet hatten, konnte sie dort ebenfalls herumbummeln.

Die Mädchen gingen nie zum Gottesdienst. Es war sinnlos, sie dazu bewegen zu wollen. Als sie siebzehn waren, hatte Aidan es aufgegeben. Gewöhnlich blieben sie bis mittags im Bett liegen und machten sich dann belegte Brote. Den Rest des Tages schauten sie sich die Videoaufzeichnungen der vergangenen Woche an, lümmelten in ihren Morgenmänteln herum, wuschen sich die Haare und ihre Kleider, telefonierten mit Freunden oder luden sie zum Kaffee ein.

Sie benahmen sich, als würden sie in einer Wohngemeinschaft leben, wobei sie ihre Mutter wie eine liebenswerte, schrullige Vermieterin behandelten, über deren Launen man hinwegsehen mußte. Grania und Brigid zahlten nur einen geringen Betrag für

Kost und Logis, und dann auch noch mit einer Miene, als würde man ihnen den letzten Penny abknöpfen. Und soweit Aidan wußte, steuerten sie sonst nichts zum Haushalt bei – nicht eine Dose Kekse, eine Packung Eiscreme oder eine Flasche Weichspüler bezahlten sie je aus ihrer eigenen Tasche. Aber wehe, es fehlte einmal etwas, dann beschwerten sie sich sofort.

Aidan fragte sich, wie Tony O'Brien seine Sonntage verbrachte. Er wußte mit Sicherheit, daß Tony nicht zur Messe ging. Das hatte er nämlich seinen Schülern zu verstehen gegeben, als sie ihn gefragt hatten: »Sir, gehen Sie sonntags zum Gottesdienst?«

»Manchmal, wenn ich zu einem Zwiegespräch mit Gott aufgelegt bin«, hatte Tony O'Brien erwidert.

Aidan wußte es, denn seine Schüler und Schülerinnen hatten es ihm schadenfroh unter die Nase gerieben und als Argument gegen jene angeführt, die behaupteten, es sei eine Todsünde, nicht am Gottesdienst teilzunehmen.

Das hatte er ziemlich schlau angestellt; zu schlau für Aidans Geschmack. Tony leugnete nicht die Existenz Gottes, sondern stellte es so hin, als sei er mit Gott befreundet, und Freunde kommen eben nur zum Plaudern vorbei, wenn sie Lust dazu haben. Dadurch entstand der Eindruck, Tony O'Brien habe besonders gute Beziehungen zu Gott, während Aidan Dunne nicht zum engeren Freundeskreis des Allmächtigen gehörte, nur eine Randfigur, ein Mitläufer war. Dies war einer der vielen Punkte, die er so ärgerlich und ungerecht fand.

Vermutlich stand Tony O'Brien am Sonntag spät auf ... er lebte in einem sogenannten »Stadthaus«, was im Grunde nichts anderes als eine Wohnung war: ein großes Zimmer und eine Küche im Erdgeschoß, im ersten Stock ein großes Schlafzimmer und das Badezimmer. Vor der Wohnungstür lag gleich die Straße. Und wenn er morgens das Haus verließ, sah man ihn oft in Begleitung junger Frauen.

In früheren Zeiten hätte das das Ende seiner Laufbahn bedeutet, ganz zu schweigen von Aussichten auf eine Beförderung. Noch in den sechziger Jahren war jeder Lehrer, der außereheliche Beziehungen unterhielt, sofort entlassen worden. Natürlich war das nicht richtig gewesen; gegen diese Regelung waren sie damals auch alle auf die Barrikaden gegangen. Aber daß ein Mann nie eine feste Bindung einging, die Frauen reihenweise in seinem Stadthaus vernaschte und trotzdem als künftiger Direktor in Betracht gezogen wurde, der doch ein Vorbild für die Schüler sein sollte … das war auch nicht richtig.

Was tat Tony O'Brien wohl gerade, an diesem verregneten Sonntag nachmittag um halb drei? Vielleicht war er bei einem der anderen Lehrer zum Mittagessen zu Gast. Aidan hatte ihn nie zu sich eingeladen, weil bei ihnen das Mittagessen ja buchstäblich ausfiel. Außerdem hätte Nell ihn zu Recht gefragt, warum sie sich mit diesem Kerl abgeben sollten, über den Aidan seit fünf Jahren nur schimpfte. Womöglich hatte Tony noch Damenbesuch vom letzten Abend da. Tony O'Brien sagte immer, er sei dem chinesischen Volk zu großer Dankbarkeit verpflichtet, weil nur drei Häuser weiter ein hervorragendes China-Restaurant mit Straßenverkauf sei – es gebe nichts Besseres als Huhn süßsauer, Sesamtoast, Garnelen in Chilisoße und dazu eine Flasche australischen Chardonnay und die Sonntagszeitung. Was für eine Vorstellung, daß ein Mann in seinem Alter, der schon Großvater hätte sein können, mit jungen Mädchen herumtändelte und sich am Sonntag sein Essen beim Chinesen holte!

Andererseits, warum nicht?

Aidan Dunne wollte nicht ungerecht sein. Er mußte zugeben, daß es jedem freistand, nach seiner eigenen Fasson selig zu werden. Und schließlich zerrte Tony O'Brien diese Frauen ja nicht an den Haaren in sein Haus. Es gab kein Gesetz, wonach man heiraten und zwei kühle, unnahbare Töchter aufziehen mußte, wie Aidan es getan hatte. Und immerhin mußte man diesem Mann zugute halten, daß er kein Heuchler war und sich offen zu seiner Lebensweise bekannte.

Aber es hatte sich einfach so vieles verändert. Irgendjemand hatte die Meßlatte, nach der Richtig und Falsch beurteilt wird, verrückt – ohne Aidan vorher nach seiner Meinung zu fragen.

Und wie würde Tony den restlichen Tag verbringen?
Er würde doch nicht nachmittags wieder mit seinem Mädchen ins Bett steigen, oder? Vielleicht machte er einen Spaziergang, oder das Mädchen ging nach Hause, und er hörte Musik. Er redete oft von seinen CDs. Als er 350 Pfund im Lotto gewonnen hatte, hatte er den Schreiner, der an dem Erweiterungsbau der Schule arbeitete, beauftragt, ihm ein Regal für fünfhundert CDs zu bauen, und ihm das Geld bar in die Hand gedrückt. Das hatte alle sehr beeindruckt. Doch Aidan war neidisch geworden. Woher nahm Tony das Geld für so viele CDs? Und die Zeit, sie sich anzuhören? Er kaufte sich ungefähr drei Stück pro Woche, das wußte Aidan mit Sicherheit. Später traf sich Tony vielleicht mit ein paar Freunden im Pub, oder er sah sich im Kino einen fremdsprachigen Film mit Untertiteln an, oder er ging in einen Jazzclub.
Vielleicht war es gerade sein Unternehmungsgeist, der Tony besonders interessant machte und mit dem er alle anderen übertrumpfte – jedenfalls Aidan. Was Aidan am Sonntag machte, interessierte keinen Menschen.
Wenn er gegen ein Uhr von der Kirche zurückkam und wissen wollte, ob jemand Lust auf Eier und Speck habe, schlug ihm ein Sturm der Entrüstung entgegen: »Gott bewahre!« riefen seine Töchter, oder: »Daddy, wie kannst du so etwas auch nur fragen? Schließ bitte die Küchentür, wenn du das wirklich essen willst.« Wenn Nell zu Hause war, schaute sie kurz von ihrem Roman auf und sagte: »Wieso?« Es klang niemals feindselig, nur verwundert, als wäre das der abwegigste Vorschlag, den sie je gehört hatte. Und gegen drei Uhr machte sich Nell dann meist allein ein Salatsandwich.
Wehmütig dachte Aidan an die Sonntagsessen bei seiner Mutter zurück, wo bei Tisch über die Ereignisse der ganzen letzten Woche geplaudert wurde und man nur mit einem sehr guten Grund fehlen durfte. Den Bruch mit dieser Tradition hatte er natürlich selbst herbeigeführt. Seine Kinder sollten aufgeweckte Menschen werden, die an ihrem einzigen freien Tag Entdeckungsreisen durch die Grafschaft Dublin und die benachbarten Grafschaften

unternahmen. Wie hätte er damals ahnen können, daß er sich später einmal ausgeschlossen fühlen würde? Nun wanderte er ruhelos von der Küche, wo sich jeder sein eigenes Essen in der Mikrowelle zubereitete, ins Wohnzimmer, wo irgendeine Fernsehsendung lief, die ihn nicht interessierte, und zum Schlafzimmer, das ihn so schmerzlich daran erinnerte, wie lange er nicht mehr mit seiner Frau intim gewesen war.

Es gab natürlich noch das Eßzimmer – den Raum mit den schweren, dunklen Möbeln, der kaum je benutzt worden war, seit sie das Haus gekauft hatten. Selbst wenn sie Lust gehabt hätten, öfters Gäste einzuladen, wäre das Zimmer zu klein und zu eng dafür gewesen. In letzter Zeit hatte Nell ein- oder zweimal beiläufig erwähnt, Aidan solle sich hier doch ein Arbeitszimmer einrichten. Aber er hatte sich geweigert. Wenn er dieses Zimmer in ein Büro umwandelte, wie er bereits eines in der Schule hatte, würde er am Ende vielleicht seine Stellung als Familienvorstand verlieren, als Vater, als Ernährer ... und als derjenige, dem dies einst mehr als alles andere auf der Welt bedeutet hatte.

Und wenn er sich hier allzu häuslich einrichtete, würde man ihm womöglich als nächstes antragen, in diesem Zimmer auch noch zu schlafen. Im Erdgeschoß gab es ja ebenfalls eine Toilette. Man konnte es durchaus so einrichten, daß die drei Frauen das obere Stockwerk für sich allein hatten.

Aber das durfte er niemals zulassen. Er mußte darum kämpfen, seine Stellung in der Familie zu behaupten, wie er auch darum kämpfen mußte, sich bei der Schulbehörde in Erinnerung zu bringen, bei den Leuten, die den nächsten Direktor des Mountainview College bestimmen würden.

Seine Mutter hatte nie verstanden, warum die Schule nicht nach einem Heiligen benannt war, wie es sonst bei Schulen üblich sei. Es war schwer, ihr klarzumachen, daß die Zeiten und die Verhältnisse sich geändert hatten. Aber immerhin, versicherte er ihr ein ums andere Mal, gehörten der Schulbehörde sowohl ein Priester wie auch eine Nonne an. Zwar träfen sie nicht sämtliche Entscheidungen, doch sie kümmerten sich um den religiösen Aspekt, der

im irischen Erziehungswesen schon immer eine wichtige Rolle gespielt habe.
Naserümpfend hatte Aidans Mutter erwidert, nun sei es also so weit gekommen, daß Priester und Nonnen froh sein mußten, wenn sie der Schulleitung angehören durften, anstatt die Geschicke der Schule selbst nach dem göttlichen Willen zu lenken. Vergeblich hielt ihr Aidan entgegen, es fehle eben an Geistlichen; sogar in den sogenannten konfessionellen Oberschulen unterrichteten in den neunziger Jahren kaum noch Geistliche. Es gebe einfach zu wenige.
Bei einer dieser Diskussionen mit seiner Mutter war Nell dabeigewesen und hatte ihm danach geraten, sich seine Worte künftig zu sparen. »Sag ihr einfach, daß die Schule noch immer von den Kirchenleuten geleitet wird, Aidan. Damit machst du es ihr und dir selbst leichter. Und in gewisser Weise stimmt es ja auch. Sie machen den Leuten auch heute noch angst.« Diese Bemerkung aus Nells Mund hatte Aidan sehr geärgert. Es gab keinen Grund, warum Nell die Macht der katholischen Kirche fürchten müßte. Sie hatte die Messe besucht, solange es ihr gefallen hatte; zur Beichte ging sie schon lange nicht mehr, und die päpstlichen Verdikte gegen Empfängnisverhütung hatte sie seit jeher ignoriert. Warum tat sie nur so, als sei der katholische Glaube eine schwere Last für sie gewesen? Doch er wollte deshalb keinen Streit vom Zaun brechen. Wie so oft nahm er es gelassen hin. Nell hatte keine Zeit für seine Mutter; nicht, daß sie etwas gegen sie gehabt hätte, aber sie fand die alte Frau völlig uninteressant.
Von Zeit zu Zeit fragte seine Mutter, wann sie sie denn einmal zu sich zum Essen einladen würden. Darauf antwortete Aidan immer, im Moment gehe alles ein bißchen drunter und drüber, aber sobald es wieder ruhiger geworden sei …
Das sagte er jetzt seit über zwanzig Jahren, und inzwischen war es nur mehr eine ziemlich faule Ausrede. Aber Nell die Schuld dafür zu geben war nicht fair. Schließlich lud sie ihre eigene Mutter ja auch nicht ständig ein. Selbstverständlich erhielt Aidans Mutter immer eine Einladung, wenn sie in einem Hotelrestaurant etwas

zu feiern hatten. Trotzdem war das etwas anderes. Und einen Anlaß zum Feiern hatte es schon lange nicht mehr gegeben. Abgesehen natürlich von seinen Aussichten auf den Posten des Direktors.

»Wie war Ihr Wochenende?« erkundigte sich Tony O'Brien im Lehrerzimmer.
Erstaunt sah Aidan ihn an. Das hatte ihn schon lange niemand mehr gefragt. »Nun, recht ruhig«, antwortete er.
»Ach, haben Sie's gut! Ich war gestern abend auf einer Party und habe mich noch immer nicht davon erholt. Aber in dreieinhalb Stunden ist ja schon Mittag, dann werde ich meinen Kater mit einem Bierchen kurieren«, stöhnte Tony.
»Erstaunlich ... ich meine, Ihre Kondition.« Aidan hoffte, daß seine Stimme nicht allzu bitter und vorwurfsvoll klang.
»Das scheint nur so. Für solche Unternehmungen bin ich eigentlich schon viel zu alt, aber ich habe nicht wie Sie und all die anderen eine Frau und Kinder, die mir die einsamen Stunden versüßen könnten.« Tonys Lächeln war freundlich. Wenn man ihn und seine Lebensweise nicht kennt, dachte Aidan, könnte man ihm seine Wehmut tatsächlich glauben.
Gemeinsam marschierten sie den Gang des Mountainview College entlang, das – wenn Aidans Mutter das Sagen gehabt hätte – nach dem heiligen Kevin benannt worden wäre, oder besser noch nach dem heiligen Antonius. Antonius war der Schutzpatron, den man anrufen mußte, wenn man etwas verlegt hatte, und das tat Aidans Mutter mit zunehmendem Alter immer öfter. Ein dutzendmal am Tag fand sie mit Hilfe des Heiligen ihre Brille wieder. Da war es doch das mindeste, daß man sich erkenntlich zeigte und die hiesige Schule nach ihm benannte. Aber wenn ihr Sohn erst einmal Direktor wurde ... sie war jedenfalls zuversichtlich.
Die Kinder rannten an ihnen vorbei, manche riefen im Chor »guten Morgen«, andere schauten verstockt zur Seite. Aidan Dunne kannte sie alle, auch ihre Eltern. Und erinnerte sich sogar

an viele ihrer älteren Geschwister. Tony O'Brien dagegen kannte fast keinen. Ungerechte Welt.
»Ich habe gestern abend jemanden getroffen, der Sie kennt«, meinte Tony O'Brien plötzlich.
»Auf einer Party? Kann ich mir kaum vorstellen«, erwiderte Aidan lächelnd.
»Doch. Ich habe einem Mädchen erzählt, daß ich hier unterrichte, und dann hat sie mich gefragt, ob ich Sie kenne.«
»Wie hieß sie denn?« Unwillkürlich war Aidan neugierig geworden.
»Sie hat mir ihren Namen nicht genannt. Ist aber ein nettes Mädchen.«
»Vielleicht eine ehemalige Schülerin?«
»Nein, sonst hätte sie mich ja auch gekannt.«
»Wirklich rätselhaft«, sagte Aidan und schaute Tony O'Brien nach, wie er ins Klassenzimmer zu seiner Oberstufe ging.
Unerklärlicherweise herrschte sofort absolute Stille im Klassenzimmer. Warum hatten sie nur solchen Respekt vor ihm? Aus Angst, beim Schwätzen oder Herumtoben erwischt zu werden? Herrgott, dabei konnte sich Tony doch nicht einmal ihre Namen merken! Er korrigierte ihre Arbeiten nur nachlässig, und schlechte Zeugnisnoten bereiteten ihm bestimmt keine schlaflosen Nächte. Alles in allem scherte er sich ziemlich wenig um seine Schüler. Trotzdem suchten sie seine Anerkennung, sogar die sechzehnjährigen Jungen und Mädchen. Aidan begriff das nicht.
Es hieß immer, Frauen würden angeblich Männer mögen, die sie hart anpacken. Mit Erleichterung dachte Aidan daran, daß Nell niemals Tony O'Brien über den Weg gelaufen war. Doch gleich darauf wurde ihm schmerzlich bewußt, daß Nell ihn in gewisser Weise auch so schon vor langer Zeit verlassen hatte.
Als Aidan Dunne zu seiner Mittelstufenklasse ging, stand er drei Minuten an der Tür, bis halbwegs Ruhe eingekehrt war.
Täuschte er sich oder war Mr. Walsh, der alte Direktor, hinter ihm auf dem Flur vorbeigegangen? Vielleicht war es ja nur Einbildung gewesen. Man fürchtete immer, der Direktor würde vorbeikom-

men, wenn die Klasse gerade besonders laut war. Das hatte Aidan buchstäblich jeder Lehrer aus seinem Bekanntenkreis bestätigt. Kein Grund zur Besorgnis, sagte sich Aidan. Der Direktor schätzte ihn viel zu sehr, um Anstoß daran zu nehmen, wenn seine Mittelstufenklasse mal ein bißchen unruhiger war als sonst. Schließlich war Aidan der verantwortungsbewußteste Lehrer des Mountainview College, das wußte jeder.

An ebendiesem Nachmittag bestellte Mr. Walsh ihn ins Direktorat. Der Mann wartete sehnsüchtig auf seine Pensionierung. Heute hielt er sich zum erstenmal nicht mit oberflächlichem Geplauder auf.

»Sie und ich sind in vielen Dingen einer Meinung, Aidan.«

»Das hoffe ich, Mr. Walsh.«

»Ja, wir betrachten die Dinge von derselben Warte aus. Aber das reicht nicht.«

»Entschuldigung, ich kann Ihnen nicht ganz folgen«, bekannte Aidan wahrheitsgemäß. War das ein philosophischer Disput? Oder eine Warnung? Ein Tadel?

»Wissen Sie, es liegt am System. An der Art und Weise, wie Entscheidungen zustande kommen. Der Direktor hat keine Stimme. Er sitzt nur da wie ein Statist, darauf läuft es letztlich hinaus.«

»Keine Stimme?« Aidan glaubte zu wissen, worauf der Direktor hinauswollte, aber er stellte sich dumm.

Das war die falsche Strategie gewesen, denn der Direktor wurde nun ärgerlich. »Mensch, kommen Sie, Sie wissen doch, wovon ich rede. Von der Stelle, Mann!«

»Hm, ja.« Aidan kam sich jetzt wie ein Idiot vor.

»Ich bin ein nicht stimmberechtigtes Mitglied der Schulbehörde. Ich habe nichts zu sagen. Anderenfalls hätten Sie ab September meinen Posten. Vorher würde ich Ihnen zwar noch ein paar Ratschläge geben, wie Sie mit diesen Bengeln in der Mittelstufe besser zurechtkommen. Trotzdem bin ich der Meinung, daß Sie der geeignete Mann sind, jemand, der bestimmte Werte hochhält

und ein Gespür dafür hat, was für eine Schule das Richtige ist und was nicht.«
»Danke, Mr. Walsh, es freut mich, das zu hören.«
»Mann, lassen Sie mich erst mal ausreden, bevor Sie so etwas sagen ... zur Dankbarkeit besteht nämlich kein Anlaß. Ich kann nichts für Sie tun, Aidan, überhaupt nichts, und das versuche ich Ihnen gerade begreiflich zu machen.« Der ältere Mann setzte eine Miene auf, als wäre Aidan ein begriffsstutziger Erstkläßler, der ihn zur Verzweiflung brachte.
Diesen Blick kenne ich von Nell, schoß es Aidan durch den Kopf, und dieser Gedanke betrübte ihn. Seit seinem zweiundzwanzigsten Lebensjahr, seit nunmehr sechsundzwanzig Jahren, unterrichtete er anderer Leute Kinder, und dennoch hatte er keine Ahnung, wie er sich gegenüber einem Mann verhalten sollte, der sich sichtlich bemühte, ihm zu helfen. Nun hatte er es lediglich geschafft, ihn zu verärgern.
Der Direktor musterte ihn eindringlich. Aidan schien es, als hätte Mr. Walsh seine Gedanken erraten. »Na, kommen Sie, reißen Sie sich zusammen. Machen Sie nicht so eine Trauermiene. Vielleicht täusche ich mich ja und sehe das alles ganz falsch. Ich gehe jetzt in Rente, und da wollte ich sozusagen meine Hände in Unschuld waschen, falls die Entscheidung nicht zu Ihren Gunsten ausfällt.« Offensichtlich bedauerte der Direktor jetzt, daß er überhaupt davon angefangen hatte.
»Aber nein, ich weiß das wirklich zu schätzen, ich meine, es ist sehr nett von Ihnen, mir zu sagen, wo Sie in dieser Angelegenheit stehen ... ich meine ...« Aidan verstummte.
»Hören Sie, es wäre doch kein Weltuntergang ... wenn Sie nicht genommen werden.«
»Nein, sicher nicht.«
»Ich meine, Sie haben doch eine Familie, das macht vieles wett. Für Sie spielt sich das richtige Leben zu Hause ab, Sie sind nicht mit der Schule verheiratet, wie ich es so lange war.« Mr. Walsh war seit vielen Jahren verwitwet, und er hatte nur einen Sohn, der ihn selten besuchte.

»Da haben Sie vollkommen recht«, pflichtete ihm Aidan bei.
»Aber?« Der alte Mann wirkte gütig, aufgeschlossen.
Aidan sprach langsam. »Natürlich wäre es kein Weltuntergang, aber irgendwie habe ich gedacht ... ich habe gehofft, es wäre vielleicht noch einmal ein neuer Anfang, es würde auch wieder frischen Wind in mein Privatleben bringen. Die zusätzliche Arbeit würde mich nicht abschrecken, das hat mich noch nie gestört. Ich mache ja jetzt schon jede Menge Überstunden. In gewisser Weise bin ich ein wenig wie Sie ... Sie wissen schon, verheiratet mit der Schule.«
»Ja, ich weiß«, erwiderte Mr. Walsh sanft.
»Ich habe immer alles gern gemacht. Ich mag meine Klassen, und besonders das Übergangsjahr – da kann man sie dazu bringen, ein bißchen aus sich herauszugehen, man lernt sie besser kennen und kann sie mehr zum Nachdenken anregen. Und ich mag sogar die Elternabende, vor denen allen anderen graut, aber ich kann mir jeden meiner Schüler merken und ... Ich denke, daß mir alles an meiner Arbeit gefällt, außer diesen Machtspielchen, diesem Gerangel um Posten.« Abrupt hielt Aidan inne. Er befürchtete, seine Stimme könnte versagen. Und außerdem wurde ihm klar, daß *er* bei diesem Gerangel den kürzeren gezogen hatte.
Mr. Walsh schwieg.
Von draußen drangen Geräusche herein, die typischen Geräusche in einer Schule nachmittags um halb fünf. Von ferne hörte man das Gebimmel von Fahrradglocken, Türenschlagen, schreiende Kinder, die zu den verschiedenen Bussen liefen. Bald würden die Putzfrauen mit ihren Eimern und Mops zugange sein, und man würde das Brummen der Poliermaschine hören. Es waren vertraute Geräusche, die Aidan ein Gefühl der Sicherheit vermittelten. Und bis zu diesem Augenblick hatte er sich gute Chancen ausgerechnet, daß all das demnächst sein Reich sein würde.
»Sie werden also Tony O'Brien nehmen«, meinte er resigniert.
»Ja, es sieht so aus. Die Entscheidung wird zwar nicht vor nächster Woche fallen, aber sie haben ihn im Auge.«

»Ich frage mich nur, warum?« Aidan war so neidisch und verwirrt, daß ihm fast schwindlig wurde.

»Ach, fragen Sie mich was Leichteres, Aidan. Der Mann ist nicht mal praktizierender Katholik. Und seine Moral ist die eines Schürzenjägers. Ihm bedeutet diese Schule nichts, sie ist ihm gleichgültig, im Gegensatz zu uns. Trotzdem glaubt die Behörde, daß er der richtige Mann für die Probleme unserer Zeit ist. Harte Zeiten brauchen harte Männer.«

»Die dann auch mal einen Achtzehnjährigen krankenhausreif prügeln«, warf Aidan ein.

»Nun, es wird allgemein angenommen, daß der Junge Drogen verkaufen wollte. Und immerhin hat er sich seitdem nicht mehr in der Nähe der Schule blicken lassen.«

»Aber so kann man doch keine Schule leiten«, entgegnete Aidan.

»Sie würden es anders machen, und ich auch. Aber unsere Zeit ist vorbei.«

»Mit Verlaub, Mr. Walsh, Sie sind fünfundsechzig, aber ich bin erst achtundvierzig und zähle mich noch nicht zum alten Eisen.«

»Das müssen Sie ja auch nicht, Aidan. Wie schon gesagt, Sie haben eine reizende Frau und zwei Töchter, ein Leben außerhalb der Schule. Darauf sollten Sie bauen. Lassen Sie es nicht so weit kommen, daß Ihnen die Arbeit wichtiger wird als die Familie.«

»Es ist sehr freundlich von Ihnen, daß Sie sich solche Gedanken um mich machen. Ich möchte Ihnen dafür danken. Und das ist nicht nur so dahingesagt. Ich bin wirklich froh, daß Sie mich vorgewarnt haben. Sonst wäre ich ziemlich dumm dagestanden.« Und mit hocherhobenem Haupt verließ Aidan das Direktorat.

Als er nach Hause kam, sah er, daß Nell das schwarze Kleid und den gelben Schal angezogen hatte. Das war ihre Arbeitskleidung im Restaurant.

»Aber du arbeitest doch gar nicht am Montagabend«, rief er bestürzt.

»Sie haben mich gebeten auszuhelfen, und da dachte ich mir, warum nicht. Im Fernsehen läuft ja auch nichts«, erwiderte sie.

Dann fiel ihr wahrscheinlich sein Gesichtsausdruck auf. »Im Kühlschrank ist ein schönes Steak«, meinte sie. »Und vom Samstag sind noch ein paar Kartoffeln da ... brat dir eine Zwiebel dazu an, das schmeckt dir bestimmt.«

»Sicher«, antwortete er. Er hätte Nell sowieso nichts gesagt. Vielleicht war es besser, daß sie wegging. »Sind die Mädchen daheim?« fragte er.

»Grania hat das Badezimmer in Beschlag genommen. Anscheinend hat sie heute abend ein wichtiges Rendezvous.«

»Mit jemandem, den wir kennen?« Er wußte selbst nicht, warum er das gesagt hatte. Nell reagierte gereizt.

»Wieso sollte es jemand sein, den wir kennen?«

»Weißt du noch, als sie klein waren? Da haben wir alle ihre Freunde gekannt.«

»Ja, und weißt *du* noch, wie sie uns die ganze Nacht mit ihrem Geschrei wach gehalten haben? Ich muß jetzt los.«

»Tschüs, paß auf dich auf«, sagte er mit tonloser Stimme.

»Aidan, hast du etwas?«

»Würde es einen Unterschied machen, ob ich etwas habe oder nicht?«

»Was soll denn diese Antwort? Wozu frage ich dich überhaupt noch irgendwas, wenn ich so eine Antwort kriege?«

»Ich meine es ganz ernst. Würde es einen Unterschied machen?«

»Nicht, wenn du dich in Selbstmitleid ergehst. Wir sind alle etwas geschafft, Aidan, keiner von uns hat es leicht. Warum bildest du dir ein, du wärst der einzige, der Probleme hat?«

»Welche Probleme hast du denn? Darüber redest du nie mit mir.«

»Dafür ist jetzt bestimmt nicht der richtige Zeitpunkt – drei Minuten bevor mein Bus geht!«

Und weg war sie.

Er machte sich eine Tasse Pulverkaffee und setzte sich an den Küchentisch. Da kam Brigid herein. Sie war dunkelhaarig und sommersprossig wie er, aber zum Glück nicht so stämmig. Ihre ältere Schwester hatte die blonden Haare und das gute Aussehen ihrer Mutter geerbt.

»Daddy, das ist gemein. Jetzt blockiert sie schon seit fast einer Stunde das Badezimmer. Sie ist um halb sechs heimgekommen und um sechs ins Bad gegangen. Und jetzt ist es kurz vor sieben. Daddy, sag ihr, sie soll rausgehen und mich reinlassen.«

»Nein«, entgegnete er ruhig.

»Nein? Was soll das heißen?« Brigid war verblüfft.

Was hätte er unter anderen Umständen gesagt? Irgend etwas Verbindliches, um den Frieden wiederherzustellen; etwa, daß sie doch auch das Badezimmer im Erdgeschoß benutzen könne. Aber heute hatte er nicht die Energie, den Vermittler zu spielen. Sollten die Mädchen doch streiten, solange sie wollten, er würde nicht eingreifen.

»Ihr seid beide erwachsen, regelt das unter euch«, erwiderte er. Dann zog er sich mit seinem Kaffee ins Eßzimmer zurück und schloß die Tür hinter sich.

Eine Zeitlang saß er reglos da und ließ den Blick umherschweifen. Dieses Zimmer schien all das zu verkörpern, was in seiner Familie nicht stimmte. An dieser großen schmucklosen Tafel versammelte man sich nie zu einem trauten Familienmahl. Und weder Freunde noch Verwandte saßen je in angeregtem Gespräch auf diesen dunklen Stühlen.

Wenn Grania und Brigid Besuch bekamen, brachten sie ihn in ihr Zimmer oder in die Küche, wo sie mit Nell plauderten und kicherten. Aidan blieb dann allein im Wohnzimmer und schaute sich irgendeine Fernsehsendung an, die ihn nicht interessierte. War es nicht doch besser, ein eigenes kleines Reich zu haben, in dem er seine Ruhe hatte?

In einem Antiquitätengeschäft hatte er einen wunderschönen Schreibtisch entdeckt – genaugenommen einen Sekretär mit einer herausklappbaren Schreibplatte, die förmlich zum Schreiben einlud. Und er wollte immer frische Blumen im Zimmer haben, weil ihn ihre Schönheit erfreute und es ihm auch nichts ausmachte, täglich das Wasser zu wechseln, was Nell immer so lästig fand.

Tagsüber herrschte hier ein angenehmes, etwas gedämpftes

Licht, wie ihm erst jetzt auffiel. Vielleicht sollte er sich einen Sessel oder ein Sofa ans Fenster stellen und es mit schweren Vorhängen drapieren. Da konnte er dann sitzen und lesen und Freunde einladen. Oder wen auch immer. Denn von seiner Familie hatte er nichts mehr zu erwarten, das war ihm jetzt klargeworden. Damit mußte er sich abfinden, anstatt sich der falschen Hoffnung hinzugeben, daß sich doch noch etwas ändern würde.

An einer Wand würde er ein Bücherregal aufstellen, und seine Cassetten konnte er ebenfalls hier unterbringen, bis er sich einen CD-Spieler zugelegt hatte. Aber vielleicht würde er sich gar keinen CD-Spieler kaufen, denn nun mußte er ja nicht mehr mit Tony O'Brien konkurrieren. Die übrigen Wände würde er mit Bildern schmücken, mit Fresken aus Florenz oder diesen herrlichen Porträts von Leonardo da Vinci. In diesem Zimmer konnte er sich Arien anhören und Zeitschriftenartikel über die großen Opern lesen. Wenn schon Mr. Walsh der Meinung war, daß es für Aidan ein Leben außerhalb der Schule gebe, war es an der Zeit, endlich damit zu beginnen. Mit seinem alten Leben war es ein für allemal vorbei. Von nun an würde er nicht mehr mit der Schule verheiratet sein. Aidan saß da und wärmte sich die Hände an der Kaffeetasse. Dieses Zimmer brauchte eine anständige Heizung, doch darum konnte man sich später kümmern. Und zusätzliche Lampen waren nötig, denn das harte Deckenlicht warf zu wenig Schatten, es hatte nichts Anheimelndes.

Da klopfte es an der Tür. Seine blonde Tochter Grania trat ein, schick gekleidet für ihr Rendezvous. »Ist alles in Ordnung, Daddy?« fragte sie. »Brigid hat gemeint, du wärst irgendwie ein bißchen komisch. Du bist doch nicht krank, oder?«

»Nein, mir geht's gut«, antwortete er. Aber seine Stimme schien aus weiter Ferne zu kommen. Und wenn es für *ihn* schon so klang, dann erst recht für Grania. Also zwang er sich zu einem Lächeln. »Hast du heute abend etwas Schönes vor?« erkundigte er sich.

Grania stellte erleichtert fest, daß ihr Vater schon wieder fast der alte war. »Das weiß ich noch nicht, ich bin mit einem ganz tollen

Mann verabredet. Aber davon erzähle ich dir lieber ein andermal.« Ihr Gesichtsausdruck war so sanft und freundlich wie schon lange nicht mehr.
»Warum nicht jetzt gleich?« schlug er vor.
Verlegen trat sie von einem Bein aufs andere. »Nein, das geht erst, wenn ich sicher bin, daß etwas daraus wird. Aber wenn es etwas zu erzählen gibt, wirst du es als erster erfahren.«
Aidan überkam eine unsägliche Traurigkeit. Dieses Mädchen, das er früher an der Hand gehalten hatte, das über seine Späße gelacht und geglaubt hatte, er sei allwissend ... dieses Mädchen konnte es nun kaum erwarten, wegzukommen. »Das freut mich«, meinte er.
»Daddy, sitz doch nicht so einsam in diesem kalten Zimmer herum.«
Er wollte ihr sagen, daß es für ihn überall kalt und einsam war, aber statt dessen entgegnete er nur: »Ich wünsche dir einen schönen Abend.«
Dann ging er zurück ins Wohnzimmer und setzte sich vor den Fernseher.
»Was willst du dir anschauen?« wandte er sich an Brigid.
»Worauf hättest du denn Lust, Daddy?« fragte sie zurück.
Anscheinend hatte ihn dieser Schlag tiefer getroffen, als er gedacht hatte; die nackte Enttäuschung und der Kummer über diese Ungerechtigkeit standen ihm zweifellos ins Gesicht geschrieben, wenn jede seiner beiden Töchter ...
Er musterte sein jüngeres Kind, das sommersprossige Gesicht mit den großen braunen Augen, das ihm so lieb und vertraut war, seit er sie als Baby im Kinderwagen geschoben hatte. Normalerweise verhielt sie sich ihm gegenüber immer etwas gereizt, doch an diesem Abend sah sie ihn an wie einen Patienten, der auf einer Bahre in einem Krankenhausflur liegt – mit jenem kurzzeitig aufflackernden Mitgefühl, das man für einen fremden Menschen empfindet, dem es gerade sehr schlecht geht.
Bis halb zwölf Uhr saßen sie beieinander und sahen sich Sendungen an, die keinem von ihnen gefielen. Doch beide taten es mit

froher Miene, weil sie glaubten, dem anderen einen Gefallen zu tun.

Als Nell um ein Uhr heimkam, lag Aidan im Bett. Das Licht war ausgeschaltet, aber er war wach und hörte, wie draußen das Taxi vorfuhr. Wenn Nell Spätschicht hatte, bezahlte ihr der Chef das Taxi nach Hause.

Leise betrat sie das Zimmer. Aidan roch Zahnpasta und Talkumpuder. Also hatte Nell sich im Badezimmer gewaschen, anstatt das Waschbecken im Schlafzimmer zu benutzen, was ihn hätte stören können. Das Licht ihrer Nachttischlampe leuchtete auf das Buch hinab, das sie gerade las, und blendete ihn nicht, wenn er, wie so oft, wach lag und auf das Rascheln beim Umblättern hörte. Keine Unterhaltung zwischen ihnen konnte je so interessant sein wie die Taschenbücher, die Nell und ihre Freundinnen und Schwestern verschlangen. So blieb Aidan auch heute stumm.

Selbst in dieser Nacht, da ihm das Herz schwer wie Blei war und er seine Frau in die Arme nehmen wollte, da er sich an ihrer weichen, frisch duftenden Haut ausweinen und ihr von Tony O'Brien erzählen wollte. Von Tony O'Brien, der ihm nicht das Wasser reichen konnte und trotzdem zum Direktor befördert werden würde, weil er angeblich mehr »Führungsqualitäten« besaß, was immer damit gemeint sein mochte. Außerdem hätte Aidan seiner Frau gerne gesagt, wie sehr er es bedauerte, daß sie hinter einer Kasse sitzen und reichen Leuten zuschauen mußte, wie sie aßen, sich betranken und anschließend die Rechnung bezahlten ... weil das immer noch interessanter war als alles andere, was ein Ehepaar mit zwei erwachsenen Töchtern an einem Montagabend unternehmen könnte. Doch er lag nur da und hörte von ferne den Stundenschlag der Rathausuhr.

Gegen zwei Uhr legte Nell mit einem leisen Seufzer ihr Buch auf den Nachttisch. Sie rollte sich auf ihrer Seite des Bettes zusammen und schien so weit entfernt von ihm, als läge sie im Zimmer nebenan. Als die Rathausglocke vier Uhr schlug, wurde Aidan bewußt, daß Grania nur noch drei Stunden Schlaf bekommen würde, ehe sie zur Arbeit mußte.

Aber darauf hatte er keinen Einfluß. Es war ausgemachte Sache, daß die Mädchen ihr eigenes Leben lebten und ihnen niemand hineinredete. Obwohl Aidan nicht ganz wohl dabei gewesen war, hatte er sich damit einverstanden erklärt, daß die Mädchen die Beratungsstelle für Familienplanung aufsuchten. Sie kamen heim, wann es ihnen paßte, und wenn sie wegblieben, riefen sie um acht Uhr während des Frühstücks an, um zu sagen, daß alles in Ordnung sei und sie bei einer Freundin übernachtet hätten. Das war eine höfliche Floskel, hinter der weiß der Himmel was stecken konnte. Allerdings behauptete Nell, oft sei es auch die reine Wahrheit, und lieber sollten Grania und Brigid bei einer Freundin übernachten, als sich von einem Betrunkenen heimfahren zu lassen oder in den frühen Morgenstunden vergeblich auf ein Taxi zu warten.

Trotzdem war Aidan erleichtert, als er hörte, wie die Haustür aufgesperrt wurde und flinke Schritte die Treppe heraufhuschten. In ihrem Alter konnte Grania auch einmal mit nur drei Stunden Schlaf auskommen. Und das waren immerhin drei Stunden mehr, als er haben würde.

Die verrücktesten Pläne gingen ihm durch den Kopf. Er könnte aus Protest beim Mountainview College kündigen. Bestimmt würde er auch an einer Privatschule unterkommen, die mit Intensivkursen speziell auf den Abschluß vorbereitete. Ihn als Lateinlehrer würden sie dort mit Kußhand nehmen. Es gab ja viele Berufe, für die man auch heute noch Lateinkenntnisse benötigte. Er konnte bei der Schulbehörde Einspruch erheben und seine Verdienste um die Schule aufzählen – seine vielen ehrenamtlichen Tätigkeiten, um das gesellschaftliche Ansehen der Schule zu fördern; seine berufsorientierenden Veranstaltungen, in denen Referenten mit den Schülern diskutierten und ihnen praktische Tips für das Berufsleben gaben; sein Ökologieunterricht mit Anschauungsbeispielen aus dem Naturgarten.

Dabei konnte er zwischen den Zeilen durchblicken lassen, daß Tony O'Brien ein schädliches Element war. Allein die Tatsache, daß er auf dem Schulgelände gewaltsam gegen einen ehemaligen

Schüler vorgegangen war, hatte eine verheerende Signalwirkung auf diejenigen, denen er eigentlich ein Beispiel sein sollte. Oder sollte Aidan einen anonymen Brief an verschiedene Mitglieder der Schulbehörde schicken, zum Beispiel an den sympathischen Priester mit dem offenen Gesicht und die ziemlich streng wirkende Nonne, die von Tony O'Briens lockeren Moralvorstellungen womöglich keine Ahnung hatten? Vielleicht sollte er mit ein paar Eltern eine Bürgerinitiative gründen? Es gab so viele Möglichkeiten.

Oder sollte er doch Mr. Walshs Worte beherzigen und sich ein Leben außerhalb der Schule aufbauen? Er konnte das Eßzimmer in ein letztes Bollwerk gegen die Enttäuschungen seines Lebens verwandeln. Aidans Kopf fühlte sich so schwer an, als hätte ihm jemand ein Bleigewicht um den Hals gehängt. Schließlich hatte er die ganze Nacht kein Auge zugetan.

Er verwandte viel Sorgfalt auf seine Rasur, denn er wollte nicht mit kleinen Heftpflastern im Gesicht in der Schule erscheinen. Währenddessen schaute er sich im Badezimmer um, als sähe er es zum erstenmal. Auf jedem freien Fleckchen Wand hingen Kunstdrucke von Venedig, Reproduktionen von Turner-Gemälden, die Aidan bei einem Besuch in der Tate Gallery gekauft hatte. Als die Kinder klein gewesen waren, hatten sie immer vom »Venedig-Zimmer« anstatt vom Badezimmer gesprochen. Heute sahen sie die Bilder wahrscheinlich gar nicht mehr; sie waren eins geworden mit der Tapete, die sie fast völlig verdeckten.

Während Aidan mit dem Finger über die Bilder strich, fragte er sich, ob er jemals wieder an diese Orte kommen würde. Als junger Mann war er zweimal dort gewesen. Auch die Flitterwochen hatten sie in Italien verbracht, wo er Nell sein Venedig, sein Rom, sein Florenz und sein Siena gezeigt hatte. Es war eine wundervolle Zeit gewesen, doch sie waren nie wieder hingefahren. Als die Mädchen noch klein gewesen waren, hatte es am Geld oder an der Zeit gefehlt, und später … tja … wer wäre dann noch mitgefahren? Und wenn er allein gereist wäre, hätte er damit ein Zeichen gesetzt. Trotzdem würde er künftig vielleicht einmal

Zeichen setzen müssen, und er war doch noch nicht so abgestumpft, daß ihn die Schönheit Italiens nicht mehr reizen konnte, oder?

Irgendwann hatte es sich bei ihnen eingebürgert, daß beim Frühstück nicht viel gesprochen wurde. Und als Ritual funktionierte es reibungslos. Um acht Uhr war der Kaffee fertig, und zu den Nachrichten wurde das Radio eingeschaltet. Jeder bediente sich selbst. Eine farbenfrohe italienische Schale mit Pampelmusen prangte auf dem Tisch, der Brotkorb war frisch gefüllt, und der Toaster stand auf einem Tablett, auf dem der Trevi-Brunnen abgebildet war. Das hatte Nell ihm zum vierzigsten Geburtstag geschenkt. Um zwanzig nach acht verließen Aidan und die Mädchen das Haus, nachdem sie ihre Teller und Tassen in die Geschirrspülmaschine gestellt hatten, damit Nell weniger Arbeit hatte.

Seine Frau konnte sich nicht beklagen, fand Aidan. Was er ihr versprochen hatte, hatte er auch gehalten. Zwar wohnten sie nicht in einem eleganten Haus, aber es war mit Heizkörpern und Haushaltsgeräten ausgestattet, und er bezahlte dafür, daß dreimal jährlich die Fenster geputzt wurden, alle zwei Jahre der Teppich gereinigt und alle drei Jahre die Hausfassade gestrichen wurde.

Laß doch dieses alberne Spießerdenken, ermahnte sich Aidan, setzte ein Lächeln auf und bereitete sich auf seinen Aufbruch vor.

»Hattest du gestern einen schönen Abend, Grania?« fragte er.

»Ja, war schon okay.« Von der Atmosphäre vager Vertraulichkeit, die sich am Vorabend entwickelt hatte, war nichts mehr zu spüren. Grania verlor kein Wort darüber, ob ihr Bekannter es ernst meinte oder nicht.

»Gut«, nickte Aidan. »War im Restaurant viel Betrieb?« wandte er sich dann an Nell.

»War ganz in Ordnung für einen Montagabend, nichts Aufregendes«, antwortete sie freundlich. Aber es klang, als redete sie mit einem Fremden im Bus.

Aidan nahm seine Aktentasche und machte sich auf den Weg zur Schule. Zum Mountainview College, mit dem er verheiratet war …

was für ein absurder Gedanke! An diesem Morgen hätte ihm die Schule gestohlen bleiben können.
Einen Moment lang blieb er am Tor des Schulhofs stehen. Hier hatte der unwürdige, brutale Kampf zwischen Tony O'Brien und diesem Jungen stattgefunden; danach hatte der Junge mehrere gebrochene Rippen gehabt, und die Platzwunden über dem Auge und an der Unterlippe hatten genäht werden müssen. Es war schmutzig im Hof, der Morgenwind wirbelte Unrat auf. Der Fahrradschuppen mußte gestrichen werden, die Räder waren nicht ordentlich abgestellt. Und die Bushaltestelle vor dem Tor war offen und ungeschützt. Wenn die Busgesellschaft nicht ein richtiges Wartehäuschen für die Kinder aufstellte, würde sich die Schulbehörde darum kümmern. Und wenn diese sich weigerte, würde eine Elterninitiative Spenden dafür sammeln. Derlei Dinge hatte sich Aidan Dunne vorgenommen, wenn er Direktor war. Aber jetzt würden sie nie mehr in die Tat umgesetzt werden.
Den Kindern, die ihn grüßten, nickte er mürrisch zu, anstatt sie wie sonst namentlich anzusprechen. Als er ins Lehrerzimmer kam, traf er dort lediglich Tony O'Brien an, der gerade eine Kopfschmerztablette in einem Glas Wasser auflöste.
»Ich werde allmählich zu alt für diese langen Nächte«, vertraute er Aidan an.
Aidan hätte ihn am liebsten gefragt, warum er sich dann darauf einließ, doch das wäre unklug gewesen. Er durfte keinen unbedachten Schritt machen, ja am besten unternahm er gar nichts, bis er sich einen Plan zurechtgelegt hatte. Also mußte er weiterhin den höflichen, wohlwollenden Kollegen spielen.
»Immer nur Arbeit ist doch auch nichts ...«, fing er an.
Doch Tony O'Brien wollte keine Platitüden hören. »Ich finde, mit fünfundvierzig hat man eine Art Schallgrenze erreicht. Es ist immerhin die Hälfte von neunzig, das sagt alles. Auch wenn es nicht unbedingt jeder hören will.« Er leerte das Glas und leckte sich die Lippen.
»Hat es sich wenigstens gelohnt, ich meine, so lange aufzubleiben?«

»Wer weiß schon, ob es sich je lohnt, Aidan? Ich habe ein nettes junges Mädchen kennengelernt, aber was hat man schon davon, wenn man danach vor seiner Mittelstufenklasse stehen muß?« Tony O'Brien schüttelte sich wie ein Hund, der gerade aus dem Wasser kommt. Und dieser Kerl würde die nächsten zwanzig Jahre das Mountainview College leiten, während der arme alte Mr. Dunne hilflos dasitzen und es mit ansehen mußte. Tony O'Brien gab ihm einen kräftigen Klaps auf die Schulter. »Wie auch immer, *ave atque vale*, wie ihr Lateiner sagt. Ich muß los, es sind nur noch vier Stunden und drei Minuten, ehe ich mir ein heilsames Bierchen genehmigen kann.«
Daß Tony O'Brien die lateinische Redewendung für »Hallo und auf Wiedersehen« kannte, hätte Aidan nicht gedacht. Er selbst benutzte nie lateinische Ausdrücke im Lehrerzimmer, denn er wußte, daß viele seiner Kollegen diese Sprache nicht beherrschten, und wollte nicht als Angeber gelten. Aber das bewies nur, daß man seinen Feind nicht unterschätzen durfte.
Der Tag verging wie jeder andere, egal, ob man einen Kater hatte wie Tony O'Brien oder sich grämte wie Aidan Dunne, dann verging der nächste Tag und der übernächste. Noch immer hatte Aidan sich nicht auf eine bestimmte Vorgehensweise festgelegt. Er fand nie den geeigneten Moment, um zu Hause kundzutun, daß sich seine Hoffnungen auf den Posten des Direktors zerschlagen hatten. Tatsächlich hielt er es sogar für das Beste, gar nichts zu sagen, bis die Entscheidung gefallen war, so daß es aussah, als käme sie für alle überraschend.
Und den Plan, sich ein eigenes Zimmer einzurichten, hatte er nicht vergessen. Er verkaufte den Eßtisch und die Stühle und erstand den kleinen Sekretär. Während seine Frau in Quentin's Restaurant arbeitete und seine Töchter ausgingen, saß er da und überlegte sich, wie es aussehen sollte. Stück für Stück trug er zusammen, um seinen Traum zu verwirklichen: Bilderrahmen aus einem Secondhand-Laden, ein großes, billiges Sofa, das genau in die Fensternische paßte, dazu einen niedrigen Tisch. Und demnächst würde er sich Überwürfe besorgen, in Gold oder Gelb, in

irgendeiner sonnigen Farbe, und einen quadratischen Teppich in einem anderen Farbton, orange oder purpurrot, etwas Lebhaftes, Leuchtendes.
Die anderen zu Hause interessierten sich kaum für sein Vorhaben, also erzählte er nichts davon. Offensichtlich glaubten seine Frau und seine Töchter, das Ganze sei nur wieder eines seiner kleinen, harmlosen Steckenpferde – wie die Projekte im Übergangsjahr und sein langer Kampf um einen wenige Quadratmeter großen Naturgarten in der Schule.

»Schon was gehört wegen dem Direktorenposten in der Schule?« fragte Nell unerwartet eines Abends, als sie zu viert am Küchentisch saßen.
Es gab ihm einen Stich ins Herz, als er log: »Nicht das geringste. Aber nächste Woche wird darüber abgestimmt, soviel steht fest.« Er gab sich ruhig und gelassen.
»Du kriegst ihn bestimmt. Der alte Walsh hat doch einen Narren an dir gefressen«, meinte Nell.
»Nur hat Walsh leider kein Stimmrecht, also hilft mir das überhaupt nichts«, erwiderte Aidan mit einem kurzen, nervösen Lachen.
»Es ist aber doch sicher, daß du ihn bekommst, oder, Daddy?« hakte Brigid nach.
»Das kann man nie wissen. Von einem Direktor werden ganz andere Fähigkeiten verlangt. Ich bin eher besonnen und bedächtig, aber möglicherweise sind das nicht die Eigenschaften, auf die es heutzutage ankommt.« Aidan breitete die Arme aus, um auszudrücken, daß all dies nicht in seiner Macht lag, aber daß es ihm auch gleichgültig war.
»Aber wen sollten sie denn nehmen, wenn nicht dich?« erkundigte sich Grania.
»Wenn ich das wüßte, könnte ich die Tageshoroskope für die Zeitung schreiben. Vielleicht jemanden von außerhalb, vielleicht auch einen aus dem Kollegium, den wir nicht in Betracht gezogen haben …« Er klang gutmütig und um Objektivität bemüht. Es

würde eben der oder die Beste die Stelle bekommen. Ganz einfach.

»Aber du glaubst doch nicht etwa, daß sie dich einfach links liegenlassen werden?« fragte Nell.

Etwas an ihrem Tonfall paßte ihm nicht. Ihre Stimme klang irgendwie ungläubig, als könnte sie es nicht fassen, daß er sich diese Chance womöglich entgehen ließ. Und der Ausdruck »links liegenlassen« wirkte so wegwerfend, so verletzend. Aber Nell war ja völlig ahnungslos. Woher sollte sie auch wissen, daß die Entscheidung bereits gefallen war?

Aidan setzte ein zuversichtliches Lächeln auf. »Mich links liegenlassen? Niemals!« rief er.

»So gefällst du mir schon besser, Daddy«, meinte Grania, ehe sie nach oben ins Badezimmer ging, um sich wieder ihrer Schönheitspflege zu widmen. Die hübschen Venedig-Bilder an den Wänden nahm sie bestimmt gar nicht mehr wahr, sie konzentrierte sich lediglich auf ihr Spiegelbild. Offenbar wollte sie für ihre wie auch immer gearteten Unternehmungen an diesem Abend möglichst hübsch sein.

Heute trafen sie sich zum sechstenmal. Inzwischen wußte Grania mit Sicherheit, daß er nicht verheiratet war. Das hatte sie mit ihren beharrlichen Fragen allmählich aus ihm herausbekommen. Bisher hatte er sie jeden Abend gebeten, doch noch auf einen Kaffee zu ihm mitzugehen. Und bisher hatte sie jedesmal abgelehnt. Doch heute abend vielleicht nicht mehr. Sie mochte ihn wirklich. Er war so gescheit und gebildet und viel interessanter als die Leute in ihrem Alter. Und er hatte auch nichts mit diesen angegrauten Möchtegern-Jugendlichen gemein, die so taten, als seien sie zwanzig Jahre jünger.

Es gab nur ein Problem: Tony arbeitete in Dads Schule. Bei ihrer ersten Begegnung hatte sie Tony gefragt, ob er einen Aidan Dunne kenne, hatte aber nicht erwähnt, daß er ihr Vater war. Sonst hätte Tony womöglich gemeint, sie wolle auf den Altersunterschied zwischen ihnen anspielen. Außerdem war der Name

Dunne hier in der Gegend so häufig, daß Tony keinen Zusammenhang sehen würde. Sie würde Daddy erst davon erzählen, wenn die Beziehung enger geworden war – falls es dazu kam. Und wenn er wirklich der Mann fürs Leben war, würde sich alles übrige – wie die Tatsache, daß er und Daddy an derselben Schule unterrichteten – von selbst regeln. Grania schnitt ihrem Spiegelbild eine Grimasse und überlegte, daß Tony sogar noch netter zu ihr sein würde, wenn ihr Vater Direktor war.

Tony saß in der Bar und nahm einen tiefen Zug von seiner Zigarette. Eine dieser Gewohnheiten, die er einschränken mußte, wenn er Direktor war. Mit dem Rauchen in der Schule mußte Schluß sein. Und mittags durfte er wohl auch nicht mehr so tief ins Glas schauen; obwohl man ihn nicht ausdrücklich darauf hingewiesen hatte, war es ein Wink mit dem Zaunpfahl gewesen. Doch das war auch schon alles. Kein allzu hoher Preis für einen guten Posten. Und nach seinem Privatleben fragte niemand. Mochte Irland auch noch immer erzkatholisch sein – man lebte schließlich in den neunziger Jahren.

Und durch einen glücklichen Zufall hatte er ausgerechnet jetzt ein Mädchen kennengelernt, das ihn wirklich faszinierte und mit dem er durchaus länger als nur ein paar Wochen zusammensein wollte. Ein intelligentes, lebhaftes Mädchen namens Grania, eine Bankangestellte. Sie war ziemlich auf Draht, aber überhaupt nicht spröde oder schwierig, sondern warmherzig und offen. So jemanden fand man nicht an jeder Straßenecke. Allerdings war sie erst einundzwanzig, was natürlich ein gewisses Problem darstellte. Nicht einmal halb so alt wie er, doch das würde ja nicht immer so bleiben. Wenn er sechzig war, würde sie fünfunddreißig sein, was, so betrachtet, bereits die Hälfte von siebzig war. Mit der Zeit würde sie immer mehr aufholen.

Sie hatte nicht in sein Stadthaus mitgehen wollen, aber sie hatte ganz freimütig darüber gesprochen. Es liege nicht daran, daß sie Angst vor Sex habe, sie sei ganz einfach noch nicht dazu bereit, mit ihm zu schlafen. Und wenn sie eine Beziehung haben wollten, müßten sie sich gegenseitig respektieren, keiner dürfe den anderen zu etwas zwingen. Damit war er einverstanden gewesen, es erschien ihm nur fair. Ja, diesmal schon. Normalerweise hätte er eine solche Antwort als Herausforderung empfunden, aber nicht bei Grania. Er war durchaus bereit abzuwarten. Und sie hatte ihm versichert, daß sie keine Spielchen mit ihm treiben würde.

Als er sie in die Bar kommen sah, fühlte er sich so leicht und unbeschwert wie schon lange nicht mehr. Auch er wollte keine Spielchen mit ihr treiben. »Du siehst hübsch aus«, sagte er. »Danke, daß du dich für mich schöngemacht hast, das gefällt mir.«

»Du bist es mir wert«, erwiderte sie schlicht.

Sie tranken und plauderten wie Menschen, die sich schon ewig kannten, fielen einander ins Wort, lachten, hörten gespannt zu, was der andere zu sagen hatte.

»Heute abend gibt es einiges, was wir unternehmen könnten«, meinte Tony O'Brien. »In einem der Hotels findet ein New-Orleans-Abend statt, mit kreolischer Küche und Jazzmusik. Oder wir gehen in diesen Film, über den wir neulich gesprochen haben ... oder ich koche dir etwas bei mir zu Hause. Dann wirst du sehen, wie toll ich das kann.«

Grania lachte. »Soll ich dir wirklich glauben, daß du mir Wan-Tan oder Peking-Ente kochst? Hast du mir nicht erzählt, daß bei dir nebenan ein chinesisches Restaurant ist?«

»Schon, aber wenn du mitgehst, koche ich dir selbst etwas. Um dir zu zeigen, wie wichtig mir das ist. Ich hole dir nicht einfach nur Menü A oder B oder so, obwohl es dir sicher auch schmecken würde.« So offen hatte Tony O'Brien schon lange nicht mehr mit jemandem gesprochen.

»Ich komme gern mit zu dir nach Hause, Tony«, entgegnete Grania ohne Umschweife.

Aidan schlief unruhig und wachte immer wieder auf. Doch kurz vor Morgengrauen fühlte er sich hellwach und hatte einen völlig klaren Kopf. Alles, was er bislang erfahren hatte, stammte aus dem Mund eines tattrigen alten Direktors, der kurz vor der Pensionierung stand und den Lauf der Welt nicht mehr begriff. Noch hatte die Abstimmung nicht stattgefunden, es gab keinen Grund, Trübsal zu blasen, sich Ausreden einfallen zu lassen, irgendwelche Maßnahmen zu ergreifen oder gar den Schuldienst zu quittieren. Da ihm all dies nun klargeworden war, würde heute ein sehr viel besserer Tag werden.

Er würde mit Mr. Walsh, dem derzeitigen Direktor, sprechen und ihn ohne Umschweife fragen, wie seine Bemerkungen von neulich zu verstehen seien – ob sie auf Fakten beruhten oder ob es sich um reine Spekulationen handle.

Vielleicht hatte er ja als nicht stimmberechtigtes Mitglied auch nur mit halbem Ohr bei den Beratungen zugehört. Aidan nahm sich vor, sich kurz zu fassen. Denn das war sein schwacher Punkt, seine Neigung zu übertriebener Weitschweifigkeit. Doch er würde sich vollkommen klar ausdrücken. Wie hatte der Dichter Horaz gesagt? Von Horaz gab es doch ein Zitat für jede Gelegenheit. *Brevis esse aboro obscurus esse.* Genau das war es: Je mehr ich mich um Kürze bemühe, desto unverständlicher werde ich. In der Küche wechselten Nell und Brigid einen verwunderten Blick, als sie Aidan pfeifen hörten. Er konnte nicht besonders gut pfeifen, aber niemand erinnerte sich daran, wann er es das letztemal auch nur versucht hatte.

Kurz nach acht klingelte das Telefon.

»Laßt mich raten, wer das ist«, meinte Brigid und nahm sich noch eine Scheibe Toastbrot.

»Sie ist sehr zuverlässig, und du auch«, erwiderte Nell, während sie an den Apparat ging.

Aidan fragte sich, was es mit Zuverlässigkeit zu tun hatte, wenn seine Tochter die Nacht mit einem Mann verbrachte, den sie bei einem »wichtigen Rendezvous« getroffen hatte. Zumal sie noch vor gerade einer Woche leise Zweifel an dessen Zuverlässigkeit und Anständigkeit hatte anklingen lassen … Aber Aidan behielt diese Gedanken für sich. Er blickte Nell an, die gerade telefonierte.

»Ja. Klar. Sicher. Hast du was Ordentliches zum Anziehen für die

Bank, oder kommst du vorher noch heim? Ah, du hast dir einen Pulli mitgenommen, wie praktisch. Na gut, Kindchen, dann bis heute abend.«

»Und, wie hat sie geklungen?« fragte Aidan.

»Ach, nun reg dich doch nicht auf, Aidan. Waren wir nicht immer der Meinung, daß Grania lieber bei Fiona in der Stadt übernachten sollte, als sich von irgendwelchen dubiosen Leuten heimfahren zu lassen?«

Er nickte. Keiner von ihnen glaubte auch nur einen Augenblick lang, daß Grania bei Fiona übernachtet hatte.

»Dann gab's keine Schwierigkeiten?« fragte Tony.

»Nein, hab ich dir doch gleich gesagt ... sie behandeln mich wie eine Erwachsene.«

»Das tue ich auch, wenn auch auf andere Art.« Er versuchte, Grania wieder zu sich ins Bett zu ziehen.

»Nicht, Tony, das geht nicht. Wir müssen doch zur Arbeit. Ich muß in meine Bank und du ins Mountainview College.«

Er freute sich, daß sie sich den Namen seiner Schule gemerkt hatte. »Ach, das ist kein Problem, dort geht es recht lax zu. Die meiste Zeit können die Lehrer tun und lassen, was sie wollen.«

»Nein, das stimmt nicht«, lachte Grania. »Kein bißchen. Steh auf und geh duschen, ich mache uns Kaffee. Wo ist denn die Kaffeemaschine?«

»Tut mir leid, es gibt nur löslichen Kaffee.«

»Oh, dann tut es mir auch leid, Mr. O'Brien, aber da bin ich wirklich Besseres gewöhnt«, erwiderte sie in gespielter Empörung. »Falls ich mich noch einmal bei Ihnen einfinden soll, wird sich hier einiges verbessern müssen.«

»Ich hatte gehofft, du würdest mich heute abend wieder besuchen«, sagte Tony.

Sie sahen sich in die Augen. Es gab nichts, was zwischen ihnen stand.

»Gut, wenn du richtigen Kaffee hast.«

»Darauf kannst du Gift nehmen.«

Zum Frühstück aß Grania Toasts, und Tony rauchte zwei Zigaretten.

»Du solltest das Rauchen wirklich einschränken«, meinte Grania. »Die ganze Nacht habe ich deinen pfeifenden Atem gehört.«

»Das war die Leidenschaft«, behauptete er.

»Von wegen. Das war die Qualmerei«, beharrte sie.

Vielleicht, ja vielleicht würde er es dieser aufgeweckten, lebhaften jungen Frau zuliebe wirklich schaffen, das Rauchen aufzugeben. Es war schon schlimm genug, daß er soviel älter war als sie, da machte ihn ein pfeifender Atem nicht gerade attraktiver. »Weißt du, ich könnte mich ändern«, sagte er in ernstem Ton. »In meinem Leben stehen einige Veränderungen bevor, allein schon beruflich. Aber wichtiger ist, daß ich mich jetzt, da ich dich kenne, stark genug fühle, um mit einer Menge schlechter Gewohnheiten brechen zu können.«

»Ich werde dir dabei helfen, glaub mir«, versicherte ihm Grania und legte ihre Hand auf die seine. »Und ich brauche dich auch. Hilf mir, geistig rege und wach zu bleiben. Seit dem Ende meiner Schulzeit habe ich kein Buch mehr in die Hand genommen, und ich möchte wieder anfangen zu lesen.«

»Ich finde, wir sollten uns den Tag freinehmen, um dieses Versprechen feierlich zu begehen«, schlug Tony halb im Spaß vor.

»He, so was kannst du dir im nächsten Schuljahr aber aus dem Kopf schlagen«, erwiderte sie lachend.

»Wieso im nächsten Schuljahr?« Woher konnte sie von seiner Beförderung erfahren haben? Niemand wußte davon außer den Mitgliedern der Schulbehörde, die ihm den Posten angeboten hatten. Doch das sollte bis zur offiziellen Bekanntgabe streng vertraulich bleiben.

Eigentlich hatte Grania ihm noch nicht sagen wollen, daß ihr Vater zum Lehrerkollegium gehörte. Aber nach allem, was zwischen ihr und Tony gewesen war, erschien ihr diese Geheimniskrämerei als unsinnig. Irgendwann würde es ohnehin herauskommen, und sie war einfach so stolz auf Dads neue Stelle. »Nun, du mußt dich mit meinem Vater gutstellen. Er wird nämlich der neue Direktor des Mountainview College werden.«

»Dein Vater wird *was*?«

»Direktor. Bis nächste Woche ist es noch geheim, aber ich glaube, daß sich das ja jeder schon gedacht hat.«

»Wie heißt dein Vater?«

»Dunne, so wie ich. Aidan Dunne, er ist der Lateinlehrer. Erinnerst du dich noch, als wir uns kennengelernt haben, habe ich dich gefragt, ob du ihn kennst?«

»Du hast aber nicht gesagt, daß er dein Vater ist.«

»Na ja, es waren so viele Leute da, und ich wollte nicht, daß du denkst, ich wäre noch ein Kind. Und später war es dann nicht mehr wichtig.«

»O mein Gott«, stöhnte Tony O'Brien. Er wirkte alles andere als erfreut.

Grania biß sich auf die Lippe und bereute, überhaupt davon angefangen zu haben. »Bitte sag ihm nicht, daß du es weißt, ja? Bitte!«

»Er hat dir das gesagt? Daß er Direktor wird?« Auf Tonys Gesicht malte sich ungläubiges Staunen. »Wann? Wann hat er dir das erzählt? Ist das schon lange her?«

»Er redet schon seit einer Ewigkeit immer wieder davon, aber das hat er gestern abend gesagt.«

»Gestern abend? Nein, du täuschst dich bestimmt. Du mußt das falsch verstanden haben.«

»Nein, habe ich nicht. Wir haben darüber gesprochen, kurz bevor ich mich mit dir getroffen habe.«

»Und hast du ihm gesagt, daß du mit mir verabredet bist?« Mit einem beinahe irren Blick starrte er sie an.

»Nein. Tony, was ist denn los?«

Er nahm sie bei den Händen und sprach ganz langsam und eindringlich: »Was ich dir jetzt sage, ist das Wichtigste, was ich je in meinem Leben gesagt habe. In meinem ganzen langen Leben, Grania. Du darfst deinem Vater niemals verraten, was du mir gerade erzählt hast. Niemals, hörst du?«

Grania lachte verlegen und versuchte, ihre Hände zurückzuziehen. »Ach, hör auf. Das klingt ja wie in irgendeinem Melodram.«
»Es ist auch ein bißchen so, ganz im Ernst.«
»Mein Vater darf also niemals wissen, daß ich dich kennengelernt habe, daß wir uns treffen, daß ich dich mag ... was für eine Beziehung soll das eigentlich sein?« Sie funkelte ihn an.
»Nein, wir sagen es ihm natürlich schon. Aber später. Vorher muß ich allerdings mit ihm reden.«
»Worüber?« wollte Grania wissen.
»Das kann ich dir nicht sagen. Wenn es auf dieser Welt noch so etwas wie Würde und Anstand gibt, dann kommt es darauf an, daß du mir jetzt vertraust und mir glaubst, daß ich nur das Beste, das Allerbeste für dich will.«
»Wie soll ich dir vertrauen, wenn du mir nicht sagst, worum es bei dieser ganzen Heimlichtuerei geht?«
»Es geht darum, daß du mir vertraust.«
»Es geht einzig und allein darum, daß du mich im ungewissen läßt, und das paßt mir überhaupt nicht!«
»Was hast du zu verlieren, wenn du mir vertraust, Grania? Schau, vor zwei Wochen haben wir uns noch nicht mal gekannt, heute sind wir ein Liebespaar. Kannst du mir nicht noch einen oder zwei Tage geben, bis ich die Sache geklärt habe?« Er stand auf und zog seine Jacke an. Dafür, daß es am Mountainview College angeblich recht lax zuging und keiner sich darum kümmerte, wann man eintrudelte, hatte Tony O'Brien es ziemlich eilig.

Aidan Dunne war im Lehrerzimmer. Er wirkte etwas erregt, vielleicht sogar ein wenig fiebrig. In seinen Augen lag ein unnatürlicher Glanz. Litt er möglicherweise unter irgendwelchen Wahnvorstellungen? Oder ahnte er, daß seine geliebte Tochter von einem Mann verführt worden war, der so alt war wie er, aber zehnmal unsolider?
»Aidan, ich muß Sie ganz, ganz dringend sprechen«, raunte Tony O'Brien ihm zu.
»Vielleicht nach Schulschluß, Tony ...«

»Jetzt sofort. Kommen Sie, wir gehen in die Bibliothek.«
»Tony, in fünf Minuten läutet die Glocke.«
»Zum Teufel mit der Glocke.« Tony zerrte ihn förmlich aus dem Lehrerzimmer.
In der Bibliothek blickten zwei strebsame Mädchen aus der Oberstufe verdutzt auf.
»Raus«, befahl Tony in einem Ton, der keine Widerrede duldete. Eines der Mädchen setzte trotzdem zu einem Widerspruch an. »Aber wir *lernen* hier, wir arbeiten an ...«
»Habe ich mich nicht klar genug ausgedrückt?«
Da begriff sie, und die beiden verschwanden.
»So geht man nicht mit Kindern um! Wir sollten sie zum Lernen ermuntern. Herrgott, wir sollten froh sein, wenn sie in die Bibliothek gehen, und sie nicht vor die Tür setzen wie diese Rausschmeißer in den Nachtlokalen, in denen Sie verkehren. Was für ein Beispiel geben Sie eigentlich für die Kinder ab?«
»Wir sind nicht hier, um ein Beispiel abzugeben, sondern um sie zu unterrichten. Um ihnen Wissen einzutrichtern. Nicht mehr und nicht weniger.«
Aidan warf ihm einen geringschätzigen Blick zu, dann erwiderte er: »Ich wäre Ihnen sehr verbunden, wenn Sie mich mit Ihrer unausgegorenen Katzenjammer-Philosophie um diese Tageszeit und überhaupt zu jeder Zeit verschonen würden. Lassen Sie mich auf der Stelle zu meiner Klasse gehen!«
»Aidan.« Tony O'Brien schlug jetzt einen anderen Ton an. »Aidan, hören Sie mir zu. Ich werde zum Direktor ernannt werden. Die Entscheidung sollte zwar erst nächste Woche bekanntgegeben werden, aber es ist wohl besser, wenn ich darauf dränge, daß es schon heute geschieht.«
»Wie, was ... warum wollen Sie das denn?« Aidan fühlte sich, als hätte man ihm einen Magenschwinger verpaßt. Es kam zu plötzlich, darauf war er nicht vorbereitet. Dabei stand doch noch gar nichts fest, es war noch nichts spruchreif.
»Damit Sie sich diesen Unsinn aus dem Kopf schlagen und sich nicht in dem Irrglauben wiegen, *Sie* würden den Posten krie-

gen, womit Sie sich und anderen nur etwas vormachen … deshalb.«
Aidan musterte Tony O'Brien. »Warum tun Sie mir das an, Tony, warum nur? Angenommen, Sie bekommen die Stelle wirklich, besteht dann Ihre erste Amtshandlung darin, daß Sie mich hier hereinschleppen und mir genüßlich unter die Nase reiben, daß Sie – ausgerechnet Sie, der Sie sich einen feuchten Kehricht um die Schule scheren – zum Direktor ernannt werden? Haben Sie denn nicht einen Funken Anstand im Leib? Können Sie nicht mal abwarten, bis Ihnen die Stelle offiziell angeboten wird, bevor Sie über andere schadenfroh spotten? Sind Sie so verdammt zuversichtlich, so von sich überzeugt, daß …«
»Aidan, Sie können doch nicht mehr ernstlich geglaubt haben, daß Sie das Rennen machen. Hat Ihnen dieser alte Schwätzer Walsh nicht Bescheid gesagt? Wir haben alle angenommen, er hätte Sie informiert. Ja, das hat er uns sogar selbst gesagt.«
»Er hat mir mitgeteilt, wahrscheinlich würden Sie die Stelle bekommen. Was er allerdings sehr bedauerlich fand, wie ich hinzufügen möchte.«
Ein Kind streckte den Kopf zur Bibliothekstür herein und starrte erschrocken die beiden rotgesichtigen Lehrer an, die sich feindselig gegenüberstanden.
Tony O'Brien stieß einen Schrei aus, daß der Junge vor Schreck beinahe umfiel. »Mach, daß du verschwindest, du neugieriger Rotzbengel! Marsch ins Klassenzimmer!«
Der Junge erblaßte und warf Aidan Dunne einen fragenden Blick zu.
»Schon gut, Declan. Sag deinen Klassenkameraden, sie sollen ihren Vergil aufschlagen, ich komme gleich.« Die Tür wurde geschlossen.
»Daß Sie sich all ihre Namen merken können«, wunderte sich Tony O'Brien.
»Sie dagegen kennen kaum einen beim Namen«, erwiderte Aidan mit tonloser Stimme.

»Wissen Sie, von einem Direktor wird nicht erwartet, daß er ein besonders netter oder großmütiger Mensch ist.«

»Anscheinend nicht«, räumte Aidan ein. Mittlerweile hatten sich die beiden wieder beruhigt, die Hitzigkeit und Gereiztheit war verflogen.

»Ich bin auf Sie angewiesen, Aidan, Sie müssen mir helfen, damit es mit der Schule nicht vollends bergab geht.«

Doch nach dieser Demütigung war Aidan zu enttäuscht, um einzulenken. »Nein, das wäre zuviel verlangt. Ich mag ja gutmütig sein, aber das bringe ich nicht über mich. Ich kann hier nicht bleiben. Jetzt nicht mehr.«

»Aber was wollen Sie denn tun, in Gottes Namen?«

»Oh, ich stehe keineswegs vor dem Nichts. Es gibt durchaus Schulen, wo man mich mit Handkuß nimmt, auch wenn diese offensichtlich nicht dazugehört.«

»Seien Sie doch kein Narr, Sie werden hier gebraucht. Sie sind eine tragende Säule des Mountainview College, und das wissen Sie.«

»Aber anscheinend nicht tragend genug, um zum Direktor ernannt zu werden.«

»Muß ich Ihnen das wirklich noch erklären? Ein Direktor steht heute vor ganz anderen Anforderungen. Für dieses Amt will man keinen weisen Prediger ... sondern jemanden mit Durchsetzungsvermögen, der sich nicht scheut, sich mit dem Ausschuß für Berufsausbildung oder dem Erziehungsministerium herumzustreiten, der auch mal die Polizei ruft, wenn es um Vandalismus oder Drogen geht, der sich mit unzufriedenen Eltern auseinandersetzt ...«

»Ich könnte nicht als Ihr Untergebener arbeiten, Tony, ich kann Sie als Lehrer nicht akzeptieren.«

»Sie müßten mich auch nicht als Lehrer akzeptieren.«

»Doch. Sehen Sie, ich wäre nicht einverstanden mit dem, was Sie ändern wollen. Und mir sind andere Dinge wichtig als Ihnen.«

»Nennen Sie mir ein Beispiel, nur eines, jetzt gleich. Woran haben

Sie gedacht, als Sie vorhin durchs Schultor gingen ... was würden Sie als Direktor ändern?«
»Ich würde das Haus streichen lassen, es sieht dreckig und heruntergekommen aus ...«
»Okay.« Tony schnippte mit den Fingern. »Genau das würde ich auch tun.«
»Ach, das sagen Sie jetzt doch nur.«
»Nein, Aidan, das sage ich nicht bloß, sondern ich weiß auch schon, wie ich es anpacke. Sie wüßten doch gar nicht, wie Sie es anfangen müßten. Ich kenne einen jungen Reporter von der Abendzeitung, den lasse ich mit einem Fotografen vorbeikommen und einen Artikel schreiben mit der Überschrift: ›Das Mountainview College in seiner ganzen Pracht‹. Dazu Bilder von Wänden mit abblätternder Farbe, von verrosteten Geländern, vom Namensschriftzug, an dem Buchstaben fehlen.«
»Sie können die Schule doch nicht so schlechtmachen!«
»Damit mache ich sie überhaupt nicht schlecht. Am Tag nachdem der Artikel erschienen ist, setze ich durch, daß die Verwaltung einer umfassenden Renovierung zustimmt. Wir können Einzelheiten bekanntgeben und sagen, daß das schon länger geplant war, daß sich Sponsoren vor Ort beteiligen werden ... wir zählen auf, wer was übernehmen wird ... Sie wissen schon, die Gartencenter, die Malergeschäfte, diese Eisenschmiede, die den neuen Schriftzug macht ... ich habe bereits eine ellenlange Liste.«
Aidan blickte auf seine Hände. Es stimmte, er selbst wäre nie darauf gekommen, auf so einen erfolgversprechenden Plan. Nächstes Jahr um diese Zeit würde die Schule in neuem Glanz erstrahlen, und er hätte das nie zuwege bringen können. Jetzt fühlte er sich auf der ganzen Linie geschlagen. »Ich kann nicht bleiben, Tony. Ich käme mir gedemütigt vor, übergangen.«
»Aber es hat doch keiner hier geglaubt, daß Sie Direktor werden.«
»Doch – ich«, erwiderte er ganz schlicht.
»Nun, dann existiert diese Demütigung, von der Sie sprechen, aber nur in Ihrem Kopf.«

»Und natürlich meine Familie ... sie denkt, ich hätte die besten Chancen ... und sie freuen sich schon alle auf die Feier.«
Tony spürte einen Kloß im Hals. Er wußte, daß Aidan recht hatte. Denn die Tochter dieses Mannes hatte mit solchem Stolz von der neuen Stelle ihres Vaters gesprochen. Aber jetzt blieb keine Zeit für Sentimentalitäten, es galt zu handeln.
»Dann geben Sie Ihrer Familie einen Anlaß zum Feiern.«
»Und welchen, bitte sehr?«
»Nehmen wir an, es wäre nie um eine Neubesetzung der Direktorenstelle gegangen. Nehmen wir an, Sie hätten eine gewisse Position in der Schule, die es Ihnen erlaubt, etwas Neues einzuführen, etwas zu verändern ... Was würden Sie dann tun?«
»Hören Sie, Tony, ich weiß, daß Sie es gut meinen, und ich bin Ihnen dafür dankbar. Aber momentan habe ich keine Lust auf Spekulationen, was wäre, wenn.«
»Ich bin der Direktor, geht das nicht in Ihren Kopf? Ich kann tun und lassen, was ich will, das hat nichts mit Spekulationen zu tun. Ich möchte, daß Sie auf meiner Seite stehen. Ich will, daß Sie mit Eifer bei der Sache sind und nicht wie ein Trauerkloß herumlaufen. Also sagen Sie mir in Gottes Namen, was Sie tun würden – wenn Sie freie Hand hätten.«
»Nun, Sie werden nicht begeistert davon sein, weil es mit der Schule an sich wenig zu tun hat, aber ich finde, wir sollten Abendkurse veranstalten.«
»Was?«
»Sehen Sie, ich wußte ja, daß Sie nichts davon halten.«
»Das habe ich nicht gesagt. An welche Art von Abendkursen haben Sie gedacht?«
Während sich die beiden Männer in der Bibliothek noch weiter unterhielten, war es in ihren Klassenzimmern merkwürdig still. Unter normalen Umständen konnte der Lärm in einer lehrerlosen Klasse einen ziemlich hohen Geräuschpegel erreichen. Doch die beiden strebsamen Mädchen hatten nach ihrem Rauswurf aus der Bibliothek hastig den Rückzug ins Klassenzimmer angetreten und von dem Vorfall und von Mr. O'Briens Gesichtsausdruck

erzählt. Die Klasse kam zu dem Schluß, daß sich der Erdkundelehrer auf dem Kriegspfad befand und man sich am besten möglichst still verhielt, bis er zurückkehrte. Jeder hatte ihn schon einmal zornig erlebt, und dann war mit ihm nicht gut Kirschen essen.

Declan, der seinen Klassenkameraden auszurichten hatte, sie sollten ihren Vergil aufschlagen, meinte in verschwörerischem Ton: »Ich glaube, sie waren gerade am Armdrücken. Beide hatten einen knallroten Kopf, und Mr. Dunne hat geklungen, als würde Mr. O'Brien ihm gleich ein Messer in den Rücken rennen.«

Alle starrten ihn mit großen Augen an. Declan war nicht sonderlich phantasiebegabt, es mußte etwas daran sein. Also packten sie gehorsam ihren Vergil aus. Nicht, daß sie darin lasen oder ihn übersetzten, das hatte man ihnen ja nicht aufgetragen. Aber vor jedem Kind lag die aufgeschlagene *Aeneis, Buch IV*, während sie ängstlich zur Tür blickten, ob womöglich Mr. Dunne mit einem großen Blutfleck zwischen den Schulterblättern hereinwankte.

Die Bekanntgabe erfolgte am Nachmittag und bestand aus zwei Teilen.

Im Rahmen eines Pilotprojekts zur Erwachsenenbildung würden ab September unter der Leitung von Mr. Aidan Dunne Abendkurse angeboten werden. Der derzeitige Direktor, Mr. John Walsh, habe das Pensionsalter erreicht und scheide nun aus dem Amt, sein Nachfolger sei Mr. Anthony O'Brien.

Im Lehrerzimmer konnte Aidan beinahe genauso viele Glückwünsche entgegennehmen wie Tony. Zwei Flaschen Sekt wurden geöffnet, und man prostete sich mit Kaffeetassen zu.

Endlich klappte es mit den Abendkursen. Der Vorschlag war schon oft eingebracht, aber immer wieder abgeschmettert worden: Die Gegend sei ungeeignet, es gebe zuviel Konkurrenz von anderen Erwachsenenbildungszentren, dann sei da das Problem mit der Beheizung der Räume, der Hausmeister müßte länger als sonst hierbleiben, außerdem könnten sich die Kurse nicht selbst tragen. Wie kam es, daß die Schulbehörde jetzt auf einmal ihr Einverständnis gab?

»Anscheinend hat Aidan sie überzeugen können«, erklärte Tony O'Brien, während er die Tassen wieder mit Sekt füllte.

Schließlich war es Zeit zu gehen.

»Ich weiß gar nicht, was ich sagen soll«, wandte sich Aidan an seinen neuen Direktor.

»Wir haben eine Vereinbarung getroffen. Sie haben bekommen, was Sie wollten, und jetzt gehen Sie schnurstracks nach Hause zu Ihrer Frau und Ihren Kindern und erzählen ihnen das auch so. Weil Sie das erreicht haben, was Ihnen wirklich wichtig ist. Es liegt Ihnen nämlich gar nicht, sich von früh bis spät mit allen möglichen Leuten herumzuplagen, was zu den Aufgaben eines Direktors gehört. Halten Sie sich das vor Augen, und machen Sie es auch Ihrer Familie klar.«

»Darf ich Sie etwas fragen, Tony? Warum legen Sie so großen Wert darauf, wie ich es meiner Familie beibringe?«

»Ganz einfach. Wie schon gesagt, ich brauche Sie. Aber ich brauche einen glücklichen, erfolgreichen Menschen. Ich möchte nicht, daß Sie in Ihre alte Rolle schlüpfen und in Selbstmitleid zerfließen, weil Sie sich verkannt und übergangen fühlen.«

»Das klingt einleuchtend.«

»Und Ihre Familie wird sich mit Ihnen freuen, weil Sie das erreicht haben, was Sie im Grunde immer schon wollten.«

Als Aidan durch das Schultor ging, blieb er einen Moment stehen, strich über die abblätternde Farbe und betrachtete die rostigen Schlösser. Tony hatte recht, er hätte gar nicht gewußt, wie er ein solches Vorhaben realisieren sollte. Dann schweifte sein Blick zum Nebengebäude, wo nach seinem und Tonys Willen die Abendkurse stattfinden würden. Es hatte einen separaten Eingang, so daß die Leute nicht durch die ganze Schule laufen mußten, verfügte über Toiletten und zwei große Unterrichtsräume. Einfach ideal.

Wie man es auch drehte und wendete, Tony war einfach ein merkwürdiger Mensch. Aidan hatte ihm sogar angeboten, ihn

einmal zu Hause zu besuchen und seine Familie kennenzulernen. Aber Tony hatte gemeint, jetzt noch nicht, lieber im September, wenn das neue Schuljahr begonnen hatte.
»Wer weiß, was bis September noch alles geschieht.«
Das waren seine Worte gewesen. Wirklich ein komischer Kauz. Aber für das Mountainview College war das wahrscheinlich die beste Lösung.

Drinnen im Schulhaus sog Tony O'Brien den Rauch seiner Zigarette tief ein. Von jetzt an würde er nur noch in seinem Büro rauchen, nicht mehr außerhalb.
Er beobachtete, wie Aidan Dunne am Tor stand und es sogar liebevoll tätschelte. Aidan war ein guter Lehrer und ein guter Mensch. Er hatte es verdient, daß man ihm mit diesen Abendkursen entgegenkam – auch wenn das für Tony eine ziemliche Plackerei bedeuten würde, weil er von Pontius zu Pilatus laufen und jedem weismachen mußte, die Kurse würden sich selbst tragen – obwohl alle wußten, daß das nie der Fall sein würde.
Tony seufzte tief und hoffte, Aidan würde die Angelegenheit zu Hause gut über die Bühne bringen. Sonst sah es für Tonys Zukunft mit Grania Dunne, dem ersten Mädchen, mit dem er sich eine feste Bindung zumindest vorstellen konnte, ziemlich schwarz aus.

»Ich habe eine sehr gute Nachricht«, verkündete Aidan beim Abendessen.
Er erzählte seiner Familie vom Pilotprojekt, von den Abendkursen, die im Nebengebäude der Schule stattfinden würden, von den dafür bereitgestellten Finanzmitteln und von seinen Plänen, Unterricht in italienischer Sprache und Kultur anzubieten.
Die anderen ließen sich schnell von seiner Begeisterung anstecken und stellten Fragen: Würde er Bilder, Plakate und Landkarten an den Wänden aufhängen dürfen? Könnte man diese auch die Woche über hängenlassen? Wen wollte er als Lehrkräfte

gewinnen? Würde man auch italienisch kochen lernen? Und Opernarien hören?

»Wird dir das alles nicht zuviel werden, wenn du dann auch noch Direktor bist?« fragte Nell.

»Nein, nein, ich übernehme diese Aufgabe *anstelle* des Direktorpostens«, erklärte er heiter und musterte dabei jedes Gesicht in der Runde. Keine der drei Frauen senkte den Blick, es erschien ihnen als völlig gleichwertige Alternative. Und seltsamerweise kam es ihm allmählich selbst so vor. Vielleicht war dieser verrückte Tony O'Brien doch klüger, als man annahm. Sie unterhielten sich weiter, es war ein richtiges Familiengespräch. Wie hoch mußte die Teilnehmerzahl mindestens sein? Sollte es eher italienische Konversation für den Urlaub sein oder etwas für höhere Ansprüche? Das Geschirr auf dem Tisch wurde beiseite geschoben, damit Aidan sich Notizen machen konnte.

Erst sehr viel später fragte Brigid: »Wer wird denn nun Direktor, wenn du es nicht machst?«

»Ach, ein gewisser Tony O'Brien, der Erdkundelehrer, ein netter Kerl. Mit dem hat das Mountainview College eine gute Wahl getroffen.«

»Ich hab's doch gleich gewußt, daß es keine Frau wird«, meinte Nell naserümpfend.

»Oh, ich glaube, daß sogar zwei Frauen im Gespräch waren, aber den Posten hat eben die fähigste Lehrkraft bekommen«, erwiderte Aidan und schenkte ihnen von dem Wein nach, den er zur Feier des Tages gekauft hatte. Bald würde er sein neues Zimmer beziehen; er wollte es noch heute abend wegen der Regale ausmessen. Einer der Lehrer aus dem Kollegium war Hobbyschreiner, und er würde Aidan die Bücherregale und kleinen Borde für die italienischen Teller bauen.

Keinem fiel es auf, als Grania leise aufstand und das Zimmer verließ.

Er saß im Wohnzimmer und wartete. Sie kam bestimmt, wenn auch nur, um ihm zu sagen, daß sie ihn haßte. Aber vielleicht nicht nur deswegen. Da klingelte es an der Tür, und mit rotgeweinten Augen stand sie vor ihm.
»Ich habe eine Kaffeemaschine gekauft«, sagte er. »Und eine feingemahlene kolumbianische Mischung. Ist das recht?«
Sie trat ein. Ein junges Mädchen, aber nicht selbstbewußt. Nicht mehr. »Du bist so ein Schwein, so ein mieses und verlogenes Schwein.«
»Nein, das bin ich nicht«, entgegnete er vollkommen ruhig. »Ich bin ein ehrlicher Mensch, das mußt du mir glauben.«
»Warum soll ich dir auch nur ein Wort glauben? Du hast dich die ganze Zeit bloß lustig gemacht über mich und meinen Vater, sogar über meine Bemerkung mit der Kaffeemaschine. Na, meinetwegen lach dich doch tot. Ich bin nur gekommen, um dir zu sagen, daß du das Allerletzte bist und mir hoffentlich nie wieder so ein mieser Kerl über den Weg läuft. Ich hoffe, daß ich sehr alt werde und viele, viele Menschen kennenlerne, aber daß mir nie wieder so etwas Schreckliches passiert, daß ich jemandem vertraue, der auf den Gefühlen anderer Leute herumtrampelt. Wenn es einen Gott gibt, soll er mich bitte, bitte davor bewahren, daß mir noch mal jemand so etwas antut.« Sie war so tief gekränkt, daß er sie nicht einmal zu berühren wagte.
»Bis heute morgen habe ich nicht gewußt, daß du die Tochter von Aidan Dunne bist. Und ebensowenig, daß Aidan geglaubt hat, er würde zum Direktor befördert«, fing er an.
»Du hättest mir doch Bescheid sagen können, oder nicht?« schrie sie ihn an.
Mit einemmal war Tony sehr müde. Er hatte einen schweren Tag hinter sich. Ruhig fuhr er fort: »Nein. Ich hätte dir nicht sagen können: ›Dein Vater täuscht sich, weil nämlich dein Herzallerliebster die Stelle kriegt.‹ Und wenn wir von Loyalität sprechen, so habe ich ihm meine bewiesen. Es war meine Pflicht, dafür zu sorgen, daß er sich nicht zum Narren macht, daß er sich nicht in eine aussichtslose Sache verrennt, sondern das bekommt, was ihm

wirklich zusteht – eine neue Position, wo er Dinge selbständig entscheiden kann.«

»Oh, ich verstehe«, gab sie verächtlich zurück. »Er bekommt also seine Abendkurse als Trostpflaster.«

Tony O'Briens Stimme klang kühl. »Tja, wenn du es so sehen willst, kann ich wohl nichts daran ändern. Wenn du es nicht als das siehst, was es ist, als einen Durchbruch, eine Herausforderung, als den Anfang von etwas, was das Leben vieler Menschen, vor allem das deines Vaters, verändern kann – wenn du das nicht begreifst, dann tut es mir leid. Und es überrascht mich. Ich hätte dich für klüger gehalten.«

»Wir sind hier nicht im Klassenzimmer, Herr Lehrer. Und daß du jetzt den Geknickten spielst, läßt mich völlig kalt. Du hast mich und meinen Vater für dumm verkauft.«

»Wie kommst du denn darauf?«

»Er weiß nicht, daß du mit seiner Tochter geschlafen hast, daß du von seinen Hoffnungen auf diese Stelle erfahren und sie ihm weggeschnappt hast. Deshalb!«

»Und hast du ihm das alles erzählt, damit ihm leichter ums Herz wird?«

»Du weißt genau, daß ich das nicht getan habe. Aber was zwischen uns beiden war, spielt keine Rolle. Es war bloß ein Abenteuer für eine Nacht, sonst nichts.«

»Ich kann nur hoffen, daß du deine Meinung änderst, Grania, denn ich empfinde sehr, sehr viel für dich und möchte mit dir zusammensein.«

»Ja, ja.«

»Nichts ›ja, ja‹. Es ist die reine Wahrheit. Es mag dir komisch vorkommen, aber was mich an dir anzieht, ist nicht deine Jugend oder dein Äußeres. Ich habe viele junge und attraktive Freundinnen gehabt, und wenn ich Gesellschaft haben wollte, könnte ich bestimmt wieder eine finden. Aber du bist anders. Wenn du mich verläßt, ist das für mich ein sehr großer Verlust. Ob du es glaubst oder nicht, aber das ist es, was ich empfinde. Und das meine ich ernst.«

Diesmal schwieg sie. Eine Zeitlang sahen sie einander an, dann sagte Tony: »Dein Vater hat mich gebeten, mal vorbeizukommen und seine Familie kennenzulernen, aber ich habe gemeint, damit sollten wir noch bis September warten. Ich habe ihm gesagt, der September ist noch weit, und wer weiß, was bis dahin geschieht.« Sie zuckte die Achseln. »Dabei habe ich nicht an mich, sondern an dich gedacht. Entweder hast du dann immer noch eine Mordswut auf mich und bist an dem Tag, an dem ich vorbeikomme, einfach nicht da. Oder uns ist bis dahin beiden klar, daß wir uns wirklich lieben, und wir wissen, daß alles, was heute passiert ist, nur eine Verkettung unglücklicher Umstände war.«
Grania sagte nichts.
»Im September also«, fügte er hinzu.
»Gut.« Sie wandte sich zur Tür um.
»Ich überlasse es dir, ob du mit mir Kontakt aufnehmen willst, Grania. Ich warte auf dich, und ich würde dich sehr gern wiedersehen. Wir müssen nicht einmal ein Liebespaar sein, wenn du das nicht möchtest. Wärst du nur ein Abenteuer für mich gewesen, wäre ich froh, dich loszusein. Wenn ich nicht diese tiefen Gefühle für dich hätte, würde ich mir sagen, daß das Ganze wohl zu kompliziert ist und wir am besten Schluß machen sollten. Aber ich werde warten und die Hoffnung nicht aufgeben, daß du zu mir zurückkehrst.«
Sie wirkte noch immer unversöhnlich und ärgerlich. »Natürlich mit telefonischer Voranmeldung, falls du gerade Gesellschaft hast, wie du es nennst«, bemerkte sie.
»Ich werde keine derartige Gesellschaft haben, bis du zu mir zurückkehrst«, erwiderte er.
Sie machte eine abwehrende Geste. »Ich glaube nicht, daß das der Fall sein wird.«
»Nun, lassen wir es einfach offen«, meinte er mit einem freundlichen Lächeln. Er stand an der Tür, während sie die Straße hinunterging, die Hände in den Taschen vergraben, den Kopf gesenkt. Sie wirkte so einsam und verloren. Am liebsten wäre er ihr nachgelaufen und hätte sie zurückgeholt, doch es war noch zu früh.

Dabei hatte er nur getan, was er tun mußte. Es hätte für sie beide keine gemeinsame Zukunft gegeben, wenn er Aidan im dunkeln gelassen und Grania verraten hätte, was ihr Vater noch nicht wußte. Er überlegte, wie die Chancen standen, daß sie zu ihm zurückkam. Fünfzig zu fünfzig, vermutete er.
Womit die Aussichten wesentlich besser waren als bei den Abendkursen. Auf den Erfolg der Kurse konnte kein halbwegs vernünftiger Mensch auch nur einen Penny setzen. Sie waren zum Scheitern verurteilt, ehe sie begonnen hatten.

SIGNORA

In den vielen Jahren, die Nora O'Donoghue auf Sizilien lebte, hatte sie nicht einen Brief von zu Hause bekommen.

Stets wartete sie voll banger Hoffnung auf *il postino,* wenn er auf der kleinen Straße unter dem gleißend blauen Himmel näher kam. Aber nie brachte er ihr einen Brief aus Irland, obwohl sie an jedem Ersten des Monats schrieb, wie es ihr erging. Sie hatte Kohlepapier gekauft; auch etwas, das in dem Geschäft mit seinem kleinen Sortiment aus Papier, Stiften und Umschlägen nur schwer zu beschreiben oder auf italienisch zu verlangen war. Aber Nora mußte wissen, was sie ihnen bereits erzählt hatte, damit sie sich nicht in Widersprüche verwickelte. Da alles, was sie über ihr Leben hier schrieb, gelogen war, sollte es wenigstens in sich stimmig sein.

Obwohl sie nie eine Antwort erhielt, war Nora sicher, daß ihre Briefe gelesen und mit schweren Seufzern, hochgezogenen Augenbrauen und ernstem Kopfschütteln untereinander weitergereicht wurden. Die arme, dumme, dickköpfige Nora, sie wollte nicht einsehen, was sie für eine Dummheit begangen hatte. Nie würde sie einen Schlußstrich ziehen und nach Hause zurückkehren.

»Mit ihr war einfach nicht zu reden«, würde ihre Mutter sagen.

»Dem Mädchen war nicht zu helfen, sie hatte ja nicht einmal Gewissensbisse«, würde das Urteil ihres Vaters lauten. Er war ein sehr gläubiger Mensch, und so war es in seinen Augen eine weitaus größere Sünde, Mario ohne das Sakrament der Ehe zu lieben, als ihm in das entlegene Dorf Annunziata zu folgen, obwohl Mario klargestellt hatte, daß er sie nicht heiraten würde.

Hätte sie geahnt, daß die Eltern die Verbindung abbrechen würden, so hätte sie behauptet, daß sie und Mario verheiratet wären.

Zumindest hätte das ihrem alten Vater die Nachtruhe wiedergegeben, denn dann hätte er den Gedanken nicht mehr zu fürchten brauchen, vor Gott treten und die Todsünde seiner Tochter, ihre Unkeuschheit, erklären zu müssen.
Aber nein, diese Möglichkeit hätte sie nicht gehabt, denn Mario hatte ja darauf bestanden, ihnen reinen Wein einzuschenken.
»Ich würde Ihre Tochter liebend gern heiraten«, hatte er gesagt, und seine großen dunklen Augen waren zwischen ihrem Vater und ihrer Mutter hin und her gewandert. »Doch leider, leider ist das unmöglich. Meine Familie möchte, daß ich Gabriella heirate, und auch ihre Familie will diese Verbindung. Wir sind Sizilianer, also müssen wir uns dem Willen unserer Familien beugen. Sicherlich ist dies in Irland nicht sehr viel anders.« Er hatte damit um Verständnis gebettelt, um Nachsicht, ja beinahe um ein aufmunterndes Schulterklopfen.
Zwei Jahre lang hatte er mit der Tochter der O'Donoghues in London zusammengelebt. Sie waren gekommen, um ihn zur Rede zu stellen. Und er hatte sich seiner Meinung nach bewundernswert ehrlich und anständig verhalten. Was konnte man mehr von ihm wollen?
Nun, zum einen, daß er aus dem Leben ihrer Tochter verschwand. Und zum anderen, daß Nora nach Irland zurückkehrte, wo hoffentlich niemand je von dieser leidigen Affäre Wind bekam. Andernfalls würden ihre ohnehin schon geringen Heiratschancen noch weiter zusammenschmelzen.
Sie versuchte, Verständnis für die Eltern aufzubringen. Man schrieb zwar das Jahr 1969, aber sie lebten in einem entlegenen Winkel der Welt; selbst eine Fahrt nach Dublin war für sie bereits eine Tortur. Wie mußte da erst ihre Reise nach London auf sie gewirkt haben, wo sie ihre Tochter in Sünde lebend vorfanden und sich dann noch damit abfinden mußten, daß sie diesem Mann nach Sizilien folgen wollte?
Nun, die Antwort lautete, daß sie entsetzt waren und nicht auf ihre Briefe reagierten.
Nora konnte ihnen verzeihen. Ja, in gewisser Hinsicht verzieh sie

ihnen wirklich. Doch ihren beiden Schwestern und ihren zwei Brüdern konnte sie niemals vergeben. Denn sie waren jung, sie mußten wissen, was es hieß, zu lieben – obwohl einem angesichts ihrer Ehepartner Zweifel kommen konnten. Aber immerhin waren sie zusammen aufgewachsen, hatten darum gekämpft, aus dem einsamen, abgelegenen Kaff, in dem sie lebten, wegzukommen. Gemeinsam hatten sie gebangt, als ihrer Mutter die Gebärmutter entfernt wurde und als ihr Vater nach seinem Sturz auf das Eis Invalide geworden war. Immer hatten sie miteinander wegen der Zukunft beratschlagt, hatten überlegt, was passieren sollte, wenn Mam oder auch Dad allein zurückblieb: Denn keiner konnte es ohne den anderen schaffen. Und sie waren stets übereingekommen, daß der kleine Hof dann verkauft werden sollte; der Erlös sollte es dem Vater oder der Mutter ermöglichen, den Lebensabend in einer Dubliner Wohnung, nahe den Kindern, zuzubringen.
Nora wurde klar, daß sie mit ihrer Übersiedlung nach Sizilien diesen seit langem gefaßten Plan durchkreuzt hatte. Denn damit verringerte sich die Zahl der Pflegekräfte um weit mehr als zwanzig Prozent. Da sie nicht verheiratet war, hatten die anderen wahrscheinlich angenommen, daß sie sich allein um den überlebenden Elternteil kümmern würde. Somit hatte sich die Zahl der Pflegekräfte um hundert Prozent verringert. Vielleicht hörte sie deshalb nie von ihnen. Sie würden ihr wahrscheinlich erst schreiben, wenn Mam oder Dad schwer erkrankten, vielleicht auch erst, wenn einer von ihnen bereits verstorben war.
Aber manchmal zweifelte sie selbst daran. Sie schien ihnen so fern zu sein, als ob *sie* bereits gestorben wäre. Also verließ sie sich lieber auf eine Freundin, eine liebe, gute Seele namens Brenda, die mit ihr zusammen in der Hotellerie gearbeitet hatte. Von Zeit zu Zeit schneite Brenda bei den O'Donoghues herein. Es fiel ihr nicht schwer, sich ihrem kopfschüttelnden Bedauern über Noras Torheit anzuschließen. Denn Brenda hatte Tage und Nächte damit verbracht, auf Nora einzureden, sanft warnend oder drohend; sie hatte Nora klarzumachen versucht, wie töricht es war, Mario in

sein Heimatdorf Annunziata zu folgen und sich dort dem gesammelten Zorn zweier Familien auszusetzen.
Brenda war im Haus ihrer Eltern ein gern gesehener Gast, denn niemand ahnte, daß sie mit ihrer ausgewanderten Tochter in Verbindung stand und ihr erzählte, was daheim geschah. Und so erfuhr Nora durch Brenda von den neuen Nichten und Neffen, von den Anbauten am Haus, von dem Verkauf eines mehr als einen Hektar großen Ackers und von dem kleinen Wohnwagen, der nun hinten am Familienauto hing. Brenda schrieb ihr, wieviel sie fernsahen und daß sie zu Weihnachten einen Mikrowellenherd von ihren Kindern bekommen hatten. Nun, von den Kindern, die sie als die ihren betrachteten.
Außerdem versuchte Brenda, die Eltern zum Schreiben zu bewegen. Bestimmt würde Nora liebend gern von ihnen hören, beteuerte sie; sie müsse sich dort doch sehr einsam fühlen. Doch die Eltern lachten nur und erwiderten: »Von wegen. Madame Nora fühlt sich ganz bestimmt nicht einsam. Sie macht sich ein schönes Leben in Annunziata, während sich wahrscheinlich der ganze Ort das Maul über sie zerreißt und sich seinen Teil über die irischen Frauen denkt.«
Brenda war mit einem Mann verheiratet, über den sie sich vor Jahren beide lustig gemacht hatten – sein Spitzname war Pillow Case, obwohl heute keiner mehr wußte, was er eigentlich mit einem Kopfkissenbezug gemein haben sollte. Sie waren kinderlos und arbeiteten in einem Restaurant; Patrick, wie Brenda ihn jetzt nannte, war der Küchenchef und sie die Geschäftsführerin. Der Besitzer lebte die meiste Zeit im Ausland und ließ ihnen freie Hand. Brenda schrieb, es sei, als hätte man seinen eigenen Laden, nur noch besser, nämlich ohne finanzielle Sorgen. Sie wirkte zufrieden, aber vielleicht schrieb ja auch sie nicht die Wahrheit.
Nora jedenfalls berichtete Brenda nie, wie die Dinge wirklich standen; wie es war, jahrelang in einem Ort zu leben, der noch kleiner war als ihr irisches Heimatdorf, und einen Mann zu lieben, der auf der anderen Seite der kleinen *piazza* wohnte – einen

Mann, der stets raffinierte Vorwände ersinnen mußte, um sich zu ihr zu stehlen, und dies mit den Jahren immer seltener tat.
Nora schilderte das wunderschöne Dorf Annunziata mit seinen weißen Häusern, wo jeder einen kleinen Balkon mit schwarzem schmiedeeisernen Geländer hatte, auf dem Geranien oder Fleißige Lieschen blühten – und nicht nur in ein, zwei Töpfen wie daheim, sondern in einer Unmenge von Gefäßen. Daß vor dem Ort ein großes Tor stand, von dem aus man das Tal überblicken konnte. Daß in der Kirche ein paar herrliche Keramiken zu sehen waren, die immer mehr Touristen anzogen.
Mario und Gabriella führten das Hotel am Ort und boten neuerdings auch Touristenmenüs an, die großen Anklang fanden. Jeder in Annunziata war hoch erfreut über den zunehmenden Besucherstrom, denn das hieß, daß auch andere Leute Geld verdienten, etwa die liebenswerte Signora Leone, die Ansichtskarten und Fotos von der Kirche verkaufte, oder Noras gute Freunde Paolo und Gianna, die kleine Schüsseln und Becher töpferten, auf denen *Annunziata* geschrieben stand. Andere wiederum verkauften Orangen oder Blumen aus Körben. Sogar sie, Nora, profitierte von dem Touristenstrom, denn sie fertigte nicht nur Spitzentaschentücher und Tischläufer für den Verkauf an, sondern machte auch kleine Führungen für englischsprachige Besucher. Sie zeigte ihnen die Kirche, erzählte von deren Geschichte und wies sie auf Orte im Tal hin, wo Schlachten stattgefunden und möglicherweise die Römer gesiedelt hatten. Jedenfalls waren sie mit Sicherheit jahrhundertelang Stätten einer bewegten Vergangenheit gewesen.
Nie hielt sie es für notwendig, Brenda von den fünf Kindern zu erzählen, die Mario und Gabriella inzwischen hatten. Alle mit großen dunklen Augen, die Nora quer über die *piazza* argwöhnisch musterten, wenn sie den Blick nicht gerade mürrisch gesenkt hielten. Zu jung, um zu wissen, wer sie war und warum man sie haßte und fürchtete, doch klug genug, um sie nicht einfach nur für eine x-beliebige Nachbarin zu halten.
Schließlich hatten Brenda und Pillow Case keine eigenen Kinder.

Warum sollten sie sich also für diese hübschen, sizilianischen Sprößlinge interessieren, die niemals lächelten und von den Stufen des Familienhotels aus hinüber in das kleine Zimmer starrten, wo die Signora über ihrer Näharbeit saß und dabei das Geschehen auf der Straße beobachtete?
So nannte man sie in Annunziata, einfach die Signora. Als sie hergekommen war, hatte sie erzählt, sie sei Witwe. Und Signora klang ihrem Namen Nora so ähnlich, daß sie das Gefühl hatte, sie hätte seit jeher so geheißen.
Selbst wenn jemand dagewesen wäre, der sie von Herzen geliebt und sich um sie gesorgt hätte, wäre es schwierig gewesen zu erklären, wie ihr Leben in diesem Dorf verlief. Über einen Ort wie diesen hätte sie in Irland nur die Nase gerümpft. Hier gab es kein Kino, keinen Tanzsaal, keinen Supermarkt, der Bus verkehrte unregelmäßig, und wenn er dann endlich kam, zogen sich die Fahrten endlos in die Länge.
Aber sie liebte jeden einzelnen Stein dieses Dorfes, denn hier lebte und arbeitete und sang Mario in seinem Hotel, hier zog er seine Söhne und Töchter groß und lächelte ihr zu, wenn sie am Fenster saß und nähte. Und sie nickte huldvoll zurück und merkte gar nicht, wie die Zeit verging. Längst erinnerte sich keiner mehr an ihre leidenschaftlichen Londoner Jahre, die 1969 zu Ende gegangen waren – keiner außer Mario und der Signora.
Selbstverständlich dachte auch Mario voller Liebe und Sehnsucht und Bedauern daran zurück. Warum sonst hätte er sich in manchen Nächten in ihr Bett stehlen sollen, nachdem er mit dem Schlüssel aufgesperrt hatte, den sie für ihn hatte nachmachen lassen. Warum sonst hätte er sich über den dunklen Platz geschlichen, während seine Ehefrau schlief? Sie wußte, daß sie in mondhellen Nächten gar nicht erst auf ihn zu warten brauchte. Zu viele fremde Augen hätten eine Gestalt über die *piazza* huschen sehen und gewußt, daß Mario auf dem Weg zu der Fremden war, zu der seltsamen Ausländerin mit dem feurigen Blick und dem langen roten Haar.
Hin und wieder fragte sich die Signora selbst, ob sie am Ende

wirklich verrückt war, wie es ihre Familie daheim und höchstwahrscheinlich auch die Einwohnerschaft von Annunziata vermutete.

Andere Frauen hätten ihn bestimmt ziehen lassen. Sie hätten ein wenig über die verlorene Liebe geweint und dann ihr Leben weitergelebt. 1969 war sie erst vierundzwanzig gewesen. Sie war dreißig geworden und dann auf die Vierzig zugegangen, während sie nähte und lächelte und italienisch sprach – doch nie in der Öffentlichkeit ein Wort mit dem Mann wechselte, den sie liebte. All die Jahre in London, als er sie gebeten hatte, seine Sprache zu lernen, und ihr vorgeschwärmt hatte, wie schön sie klang, hatte sie sich kaum ein Wort gemerkt, sondern darauf beharrt, daß er Englisch lernen müsse, damit sie in Irland ein Zwölf-Betten-Hotel eröffnen und damit ihr Glück machen könnten. Und all die Jahre hatte Mario gelacht und gesagt, sie sei seine rothaarige *principessa*, das hübscheste Mädchen der Welt.

Aber die Signora hatte auch ein paar Erinnerungen, die sie sich nicht ins Gedächtnis rief, wenn sie an die Vergangenheit dachte. So dachte sie nicht daran zurück, welch heftiger Zorn Mario erfaßt hatte, als sie ihm nach Annunziata gefolgt und an jenem Tag aus dem Bus gestiegen war; dank Marios Beschreibungen hatte sie das kleine Hotel seines Vaters sofort erkannt. Marios Gesichtsausdruck war so hart gewesen, daß sie jetzt noch beim Gedanken daran erschauerte. Er hatte wortlos auf einen Lieferwagen vor dem Haus gedeutet und sie hineingedrängt. Dann war er losgebraust, hatte in halsbrecherischem Tempo die Kurven geschnitten und war unvermittelt von der Straße abgebogen, hinein in ein abgeschiedenes Olivenwäldchen, wo niemand sie sehen konnte. Sie hatte ihm voller Verlangen die Arme entgegengestreckt, mit all der Sehnsucht, die ihre ständige Begleiterin auf dieser Reise gewesen war.

Aber Mario hatte sie weggestoßen und auf das Tal gezeigt, das sich zu ihren Füßen erstreckte.

»Sieh diese Weinberge, die gehören Gabriellas Vater. Sieh jene dort, die gehören meinem. Es war uns von Anfang an bestimmt zu heiraten. Du hast kein Recht, einfach hierherzukommen und mich in Schwierigkeiten zu bringen.«

»Ich habe alles Recht der Welt. Denn ich liebe dich, und du liebst mich.« So einfach war es.

In seinem Gesicht machte sich Bestürzung breit. »Du kannst nicht behaupten, daß ich nicht ehrlich gewesen bin. Ich habe es dir gesagt, ich habe es deinen Eltern gesagt. Nie habe ich so getan, als ob ich frei und nicht Gabriella versprochen wäre.«

»Im Bett hast du nichts davon gesagt. Da hast du keine Gabriella erwähnt«, wandte sie ein.

»Keiner erwähnt im Bett eine andere Frau, Nora. Sei vernünftig, fahr wieder nach Hause, kehr zurück nach Irland.«

»Ich kann nicht zurück«, antwortete Nora schlicht. »Ich muß dort sein, wo du bist. So ist es nun einmal. Ich werde für immer hierbleiben.«

Und so war es.

Jahr um Jahr verstrich, und allein durch ihre Beharrlichkeit wurde die Signora Teil des Lebens von Annunziata. Nicht, daß man sie wirklich in die Dorfgemeinschaft aufgenommen hätte, denn man rätselte immer noch darüber, was sie eigentlich hier wollte; ihre Erklärung, sie liebe Italien, erschien ziemlich dürftig. Sie bewohnte zwei Zimmer in einem Haus am Dorfplatz. Und weil sie sich ein bißchen um das ältliche Ehepaar kümmerte, dem das Haus gehörte, ihnen morgens dampfende Tassen mit *caffè latte* brachte und die Einkäufe für sie erledigte, zahlte sie nur eine geringe Miete. Doch sie war kein Störenfried. Weder schlief sie mit den Männern, noch trank sie in Bars. Jeden Freitagvormittag gab sie in der kleinen Schule Englischunterricht. Und sie nähte kleine Liebhaberstücke, die sie alle paar Monate zusammenpackte und in einer größeren Stadt verkaufte.

Italienisch lernte sie aus einem kleinen Buch, das völlig zerfledderte, während sie die Redewendungen immer und immer wieder durchging, sich selbst Fragen stellte und sie beantwortete, bis ihre irische Zunge schließlich die italienischen Laute beherrschte.

Sie saß in ihrem Zimmer und wurde Zeugin, wie Mario und Gabriella heirateten; währenddessen nähte sie die ganze Zeit und ließ nicht eine Träne auf das Leinen fallen, das sie gerade bestickte. Die Tatsache, daß er zu ihr heraufsah, als die Glocken des kleinen Campanile läuteten, der zu der Kirche auf der *piazza* gehörte, war ihr genug. Er schritt, von seinen und Gabriellas Brüdern geleitet, zum Traualtar, weil ihm dieser Weg vorgezeichnet war. Es war eben Tradition, daß die Familien untereinander heirateten, um das Land zusammenzuhalten. Das hatte nichts mit seiner Liebe zu ihr oder mit ihrer Liebe zu ihm zu tun. Die wurde von so etwas nicht berührt.
Und sie sah von diesem Fenster aus auch zu, wie seine Kinder, eins nach dem anderen, zur Taufe in die Kirche gebracht wurden. In diesem Teil der Welt mußten Familien Söhne haben. Die Signora schmerzte das nicht. Denn sie wußte, wenn es nach ihm gegangen wäre, dann wäre sie – seine *principessa irlandese* – vor aller Augen die Seine gewesen.
Der Signora war klar, daß die meisten Männer in Annunziata von ihrem Verhältnis mit Mario wußten. Doch keinen störte das, es machte Mario in ihren Augen zu einem ganzen Kerl. Allerdings hatte sie stets geglaubt, daß die Frauen nichts von dieser Liebe ahnten. Nie war es ihr merkwürdig erschienen, daß man sie nicht einlud, mit den anderen zum Markt zu gehen, die Trauben zu lesen, die nicht fürs Keltern bestimmt waren, oder gemeinsam wilde Blumen für das Fest zu pflücken. Denn anscheinend waren alle glücklich und zufrieden damit, daß sie wunderschöne Kleider nähte, um die Statue Unserer Lieben Frau herauszuputzen.
Und im Lauf der Jahre lächelten ihr die Frauen immer freundlicher zu, während sie anfangs stotternd, dann flüssiger die fremde Sprache zu meistern lernte. Längst hatten sie aufgehört zu fragen, wann sie wieder nach Hause, zurück auf ihre Insel, fahren würde. Es war, als hätte sie in ihren Augen eine Art Probe bestanden: Die Signora machte keinem Kummer, sie durfte bleiben.

Und nach zwölf Jahren hörte sie dann auch von ihren Schwestern. Rita und Helen schrieben ihr belanglose Briefe. Kein Wort darüber, daß sie an Geburtstagen und zu Weihnachten Karten von Nora bekommen hatten, daß sie all ihre Briefe an die Eltern gelesen hatten. Statt dessen schilderten sie ihre Hochzeiten, erzählten von ihren Kindern und den schweren Zeiten, wie teuer alles geworden war, wie wenig Zeit und wieviel Streß man doch hatte.

Zuerst freute sich die Signora, von ihnen zu hören. Sie hatte lange darauf gewartet, daß ihre beiden Welten zusammenwuchsen. Zwar waren auch Brendas Briefe in dieser Hinsicht hilfreich, aber sie stellten keine echte Verbindung zu ihrer Vergangenheit, zu ihrer Familie her. Freudig beantwortete sie die Schreiben, erkundigte sich nach den Angehörigen und dem Befinden der Eltern und fragte, ob sie sich endlich mit der Situation abgefunden hätten. Da sie darauf keine Antwort erhielt, stellte die Signora andere Fragen, wollte die Meinung ihrer Schwestern zu Themen wie dem Hungerstreik der IRA, Ronald Reagans Sieg bei den amerikanischen Präsidentenwahlen oder zur Verlobung von Prinz Charles und Lady Di erfahren. Doch auch hierauf kam nie eine Antwort. Und wieviel sie ihnen auch von Annunziata schrieb, nie gingen sie darauf ein.

Brenda hingegen meinte, sie wundere sich nicht im geringsten über Ritas und Helens Kontaktaufnahme.

»Du kannst jetzt täglich damit rechnen, auch von Deinen Brüdern zu hören«, schrieb sie. »Denn die bittere Wahrheit ist, daß es Deinem Vater nicht gutgeht. Wahrscheinlich muß er auf Dauer ins Krankenhaus, und was wird dann aus Deiner Mutter? Nora, ich sage Dir das mit so brutaler Offenheit, weil es brutal und traurig ist. Du weißt sehr gut, daß ich es für eine große Dummheit gehalten habe, in dieses gottverlassene Bergnest zu ziehen, um zuzuschauen, wie der Mann, der Dir seine Liebe beteuert hat, mit seiner Familie vor Dir herumstolziert ... aber bei Gott, ich denke ganz und gar nicht, daß Du jetzt etwa heimkommen solltest, um Dich um Deine Mutter zu kümmern, die sich keinen Pfifferling um Dich geschert und nicht einen Deiner Briefe beantwortet hat.«

Traurig las die Signora diesen Brief. Bestimmt irrte sich Brenda. Bestimmt mißdeutete sie die Lage. Rita und Helen hatten geschrieben, weil sie den Kontakt nicht abreißen lassen wollten. Doch dann traf der Brief ein, in dem man ihr mitteilte, daß Dad ins Krankenhaus eingeliefert worden war, und die Frage stellte, wann Nora heimkommen und die Sache in die Hand nehmen würde.

Es war Frühling, und nie hatte Annunziata schöner ausgesehen. Aber die Signora war blaß und niedergeschlagen. Selbst Menschen, die sie mit Argwohn betrachteten, waren besorgt. Die Leones, die Ansichtskarten und kleine Zeichnungen verkauften, statteten ihr einen Besuch ab. Ob sie vielleicht ein bißchen Suppe wolle, eine *stracciatella*, Brühe mit geschlagenem Ei und Zitronensaft? Sie lehnte dankend ab, doch ihr Gesicht war bleich und ihre Stimme tonlos. Sie machten sich Sorgen um sie.

Das Gerücht, daß es der Signora nicht gutging, drang bis auf die andere Seite der *piazza* ins Hotel und kam dort dem attraktiven, dunkelhäutigen Mario und seiner soliden, treuen Ehefrau Gabriella zu Ohren. Vielleicht sollte man den *dottore* rufen?

Gabriellas Bruder runzelte die Stirn. Wenn in Annunziata eine Frau an einer rätselhaften Schwäche litt, hieß das oft nur eins: daß sie schwanger war.

Der gleiche Gedanke durchzuckte Mario. Aber er hielt allen Blicken gelassen stand. »Das kann nicht sein, sie ist beinahe vierzig«, meinte er.

Dennoch warteten sie gespannt auf den Arzt und hofften, daß er sich bei einem Glas Sambucca – seine kleine Schwäche – dazu äußern würde.

»Die Ursache ist in ihrem Kopf«, vertraute ihm der *dottore* an. »Eine merkwürdige Frau. Körperlich fehlt ihr nichts, sie ist einfach nur sehr traurig.«

»Warum geht sie dann nicht zurück nach Hause, in ihre Heimat?« fragte Gabriellas ältester Bruder. Seit dem Tod des Vaters war er das Familienoberhaupt. Und ihm waren beunruhigende Dinge über seinen Schwager und die Signora zu Ohren gekommen. Aber er wußte auch, daß das nicht stimmen konnte. Kein Mann konnte ein solcher Narr sein, so etwas direkt vor seiner Haustür zu tun.

Die Dorfbewohner sahen mit an, wie die Signora immer mehr den Kopf hängen ließ, und nicht einmal die Leones konnten die Ursache dafür ergründen. Die arme Signora. Sie saß einfach nur da, den Blick in die Ferne gerichtet.

Eines Nachts, als seine ganze Familie schlief, schlich Mario über die Straße und hinauf in ihr Schlafzimmer.

»Was ist passiert? Jeder erzählt, du seist krank und drauf und dran, den Verstand zu verlieren«, sagte er, als er sie in die Arme nahm und unter die Steppdecke schlüpfte, die sie mit den Namen italienischer Städte bestickt hatte: Firenze, Napoli, Milano, Venezia, Genova. Alle in unterschiedlichen Farben und mit kleinen Blumen drumherum. Ein Liebesbeweis, hatte sie Mario erzählt. Immer, wenn sie daran gearbeitet hätte, habe sie überlegt, wieviel Glück ihr doch beschieden sei, weil sie in dieses Land gekommen war und nun nahe dem Mann lebte, den sie liebte. Nicht jeder war so glücklich wie sie.

Doch in dieser Nacht klang sie nicht wie eine der glücklichsten Frauen der Welt. Sie seufzte nur tief und lag schwer wie Blei auf dem Bett, anstatt sich frohgemut Mario zuzuwenden. Und sie sagte keinen Ton.

»Signora.« Auch er nannte sie jetzt so wie alle anderen. Es wäre aufgefallen, wenn er ihren richtigen Namen gewußt hätte. »Liebe, liebe Signora, wie oft habe ich dir gesagt, daß du von hier weggehen sollst, daß du in Annunziata keine Zukunft hast! Aber du hast darauf bestanden hierzubleiben, das war nun mal deine Entscheidung. Und die Leute hier haben dich kennen- und liebengelernt. Man hat mir erzählt, daß der Arzt hier war. Ich möchte nicht, daß du traurig bist. Sag mir, was los ist.«

»Du weißt, was los ist.« Ihre Stimme klang matt.

»Nein, was denn?«

»Du hast den Arzt gefragt. Ich habe gesehen, wie er ins Hotel gegangen ist, nachdem er bei mir war. Er hat dir gesagt, daß ich im Kopf nicht richtig bin, und das ist alles.«

»Aber warum? Warum jetzt? Du hast so lange hier gelebt, ohne italienisch sprechen zu können, ohne eine Menschenseele zu kennen. In dieser Zeit hättest du verrückt werden können. Nicht jetzt, da du seit zehn Jahren in diesem Ort lebst.«

»Mehr als elf Jahre, Mario. Beinahe zwölf.«

»Na gut, wie auch immer.«

»Ich bin traurig, weil ich gedacht hatte, daß meine Familie mich liebt und mich vermißt. Und jetzt muß ich feststellen, daß ich für sie nur als Pflegerin unserer alten Mutter interessant bin.« Sie sah ihn dabei nicht an. Kalt und reglos lag sie da und reagierte nicht auf seine Berührungen.

»Du willst nicht mit mir zusammensein, obwohl es sonst immer so schön ist und wir so glücklich miteinander sind?« Er war sehr überrascht.

»Nein, Mario, jetzt nicht. Danke vielmals, aber bitte nicht heute nacht.«

Er stand auf und ging um das Bett herum, um sie anzusehen. Dazu entzündete er die Kerze in dem tönernen Kerzenständer; sie hatte nämlich keine elektrische Nachttischlampe. Ihr langes rotes Haar umrahmte das kalkweiße Gesicht auf dem Kissen, ein harter Kontrast zu den bunten Städtenamen. Er wußte nicht, was er sagen sollte. »Bald mußt du mit den sizilianischen Städten anfangen«, meinte er. »Catania, Palermo, Cefalù, Agrigento …«

Wieder seufzte sie.

Beunruhigt ging Mario nach Hause. Aber die Berge von Annunziata mit ihren täglich neuen Blumenteppichen verfügten über heilsame Kräfte. Die Signora wanderte draußen umher, bis ihre Wangen wieder Farbe bekamen.

Von den Leones erhielt sie von Zeit zu Zeit einen kleinen Korb mit Brot, Käse und Oliven: Und Gabriella, Marios Ehefrau, überreichte ihr mit steinerner Miene eine Flasche Marsala und sagte, für manche Leute sei das wahre Medizin. An einem Sonntag war

sie dann bei den Leones zum Mittagessen eingeladen. Es gab *pasta Norma*, mit Auberginen und Tomaten.
»Wissen Sie, warum man dieses Gericht so nennt, Signora?«
»Nein, Signora Leone, leider nicht.«
»Weil es so gut ist, daß es in seiner Vollkommenheit der Oper *Norma* von Bellini gleicht.«
»Der schließlich Sizilianer war«, ergänzte die Signora stolz.
Sie tätschelten ihr die Hand. Die Signora wußte soviel über ihr Land, ihr Dorf. Wer wäre nicht von ihr entzückt gewesen?
Paolo und Gianna, denen das kleine Keramikgeschäft gehörte, töpferten ihr einen eigenen Becher; sie schrieben *Signora d'Irlanda* darauf. Und sie zogen ein Stück Gaze mit Perlenkranz darüber. So blieb das Wasser über Nacht frisch, ohne daß Fliegen oder Staub hineinfallen konnten. Verschiedene Leute kamen vorbei und erledigten Kleinigkeiten für das alte Paar, in dessen Haus die Signora lebte, damit diese sich keine Sorgen wegen ihrer Miete zu machen brauchte. Und dank dieser Freundschafts-, ja Liebesbeweise kam die Signora wieder zu Kräften. Selbst wenn man sich zu Hause in Dublin nichts aus ihr machte – von woher jetzt in immer kürzeren Abständen Briefe eintrafen, in denen sie nach ihren Plänen gefragt wurde –, hier war sie den Menschen teuer.
So schilderte sie in ihren Antwortbriefen das Leben in Annunziata beinahe träumerisch und betonte, wie sehr sie hier doch gebraucht werde, wie ihre alten Vermieter auf sie angewiesen seien. Und zu den Leones, die sich oft wortreich stritten, mußte sie jeden Sonntag zum Mittagessen gehen, um das Schlimmste zu verhindern. Auch Marios Hotel erwähnte sie, wie sehr man dort auf die Touristen angewiesen sei, so daß alle Ortsbewohner ihren Beitrag für den Fremdenverkehr leisten mußten. Ihre Aufgabe war es, die Touristen herumzuführen, und sie hatte einen zauberhaften Platz entdeckt, wohin sie die Besucher brachte; einen Felsvorsprung, von dem aus man weit über die Täler und Berge schauen konnte. Auf ihren Vorschlag hin hatte Marios jüngerer Bruder dort ein kleines Café eröffnet. Es hieß *Vista del Monte*, also Bergblick – doch klang es auf italienisch nicht sehr viel schöner?

Aber sie äußerte auch Mitleid mit ihrem Vater, der nun die meiste Zeit im Krankenhaus liegen mußte. Und es war sicherlich besser, daß sie den Hof verkauft hatten und nach Dublin gezogen waren. Auch ihre Mutter bedauerte sie, die nun – wie sie ihr geschrieben hatten – versuchte, in einer Dubliner Wohnung zurechtzukommen. Schon oft hatten sie Nora darauf hingewiesen, daß es in dieser Wohnung noch ein freies Zimmer gab, doch ebenso oft war sie darüber hinweggegangen; sie erkundigte sich lediglich nach dem Befinden ihrer Eltern und ließ leichte Verwunderung über die Postzustellung anklingen. Denn sie habe so regelmäßig geschrieben, schon seit 1969, und dennoch hatten ihr ihre Eltern bis heute, und das war bereits in den achtziger Jahren, nicht einmal geantwortet. Das könne sie sich nur damit erklären, daß sämtliche Briefe verlorengegangen seien.
Im nächsten Brief lobte Brenda sie in höchsten Tönen.
»Braves Mädchen. Du hast sie ganz schön durcheinandergebracht. Schätze, in spätestens vier Wochen hältst Du einen Brief Deiner Mutter in Händen. Aber bleib hart. Komm nicht ihr zuliebe nach Hause. Sie schreibt nur, weil man sie dazu zwingt.«
Der Brief traf ein, und der Signora ging das Herz über, als sie die vertraute Handschrift der Mutter sah. Ja, sie war ihr selbst nach all den Jahren noch vertraut. Und sie wußte, daß Helen und Rita ihr Wort für Wort diktiert hatten.
Denn ihre Mutter ging über die zwölf Jahre des Stillschweigens beinahe völlig hinweg. An ihrer beharrlichen Weigerung, auf die flehentlichen Briefe der einsamen Tochter in Italien zu antworten, sei die »sehr engstirnige Sichtweise Deines Vaters in Fragen der Moral« schuld. Die Signora lächelte müde. Selbst wenn ihre Mutter hundert Jahre lang über dem Brief gebrütet hätte, wäre ihr eine solche Formulierung nicht eingefallen.
Im letzten Absatz schrieb sie: »Bitte komm nach Hause, Nora. Komm und wohne bei uns. Wir wollen uns in Deine Lebensplanung nicht einmischen, aber wir brauchen Dich. Sonst würden wir Dich nicht darum bitten.«
Und sonst hätte sie auch nicht geschrieben, dachte die Signora.

Zu ihrer eigenen Überraschung war sie gar nicht sonderlich verbittert. Diese Phase hatte sie wohl endgültig hinter sich. Sie hatte sie durchlebt, als Brenda ihr geschrieben hatte, daß sie den anderen als Mensch gleichgültig war und man sie lediglich als Pflegekraft für ihre alten, starrköpfigen Eltern haben wollte.
Während sie hier ihr friedliches Leben führte, konnte sie es sich sogar leisten, ihre Familie zu bedauern. Denn verglichen mit dem, was sie von ihrem Leben hatte, waren ihre Eltern und ihre Geschwister arm dran. Also schrieb sie freundlich zurück, daß sie nicht kommen könne. Hätten sie ihre Briefe aufmerksamer gelesen, wüßten sie, daß sie hier unabkömmlich sei. Natürlich würden die Dinge anders liegen, hätte man ihr in der Vergangenheit das Gefühl gegeben, daß man sie als Mitglied der Familie betrachte und auf sie zähle. Dann hätte sie nicht so enge Beziehungen zu den Menschen dieses wunderschönen, friedlichen Ortes aufgebaut. Wie hätte sie auch nur ahnen sollen, daß man sie bitten würde, nach Hause zu kommen? Schließlich war man nie mit ihr in Verbindung getreten. Sie würden das also sicher verstehen.

Und weitere Jahre zogen ins Land.
Inzwischen zeigten sich graue Strähnen im roten Haar der Signora. Doch anders als die dunkelhaarigen Frauen in ihrer Nachbarschaft wirkte sie dadurch nicht älter. Es sah eher aus, als seien ihre Haare von der Sonne gebleicht. Gabriella am Empfangstresen des Hotels wirkte hingegen wie eine Matrone. Ihr Gesicht war fleischiger und runder geworden, und ihre kleinen Äuglein blickten milde, während sie früher vor Eifersucht geblitzt hatten, wenn sie böse Blicke quer über die *piazza* geworfen hatte. Ihre Söhne waren groß, und sie hatte ihre liebe Not mit ihnen. Wo waren die kleinen dunkeläugigen und folgsamen Engelchen von einst geblieben?
Wahrscheinlich war auch Mario älter geworden, doch das entging der Signora. Er besuchte sie seltener und oft nur, um mit ihr im Arm still dazuliegen.
Auf der Steppdecke fand sich jetzt kaum mehr ein freies Plätzchen, um noch weitere Städtenamen einzusticken. Denn die

Signora hatte inzwischen auch die Namen kleinerer Ortschaften, die ihr gefielen, dort verewigt.

»Giardini-Naxos paßt nicht zwischen die großen Städte, es ist doch nur ein winziges Nest«, rügte Mario.

»Nein, das finde ich nicht. Als ich in Taormina war, bin ich mit dem Bus dorthin gefahren ... ein zauberhafter Ort, mit ganz eigener Atmospäre ... und mit einer Menge Touristen. Nein, nein, er verdient einen Platz auf der Decke.« Und manchmal seufzte Mario schwer, als würde ihm die Last der Probleme zuviel. Er erzählte ihr von seinen Sorgen. Sein zweiter Sohn war ein Tunichtgut; er wollte nach New York gehen, dabei war er gerade erst zwanzig. Da konnte er leicht den falschen Leuten in die Hände geraten. Das würde zu nichts Gutem führen.

»Hier verkehrt er auch mit den falschen Leuten. Wahrscheinlich wird er in New York vorsichtiger und besonnener sein«, meinte die Signora beschwichtigend. »Gib ihm deinen Segen und laß ihn ziehen, denn fortgehen wird er sowieso.«

»Du bist sehr, sehr klug, Signora«, erwiderte Mario und schmiegte den Kopf in ihre Halsbeuge.

Dabei schloß sie jedoch nicht die Augen, sondern starrte an die dunkle Decke und dachte an die Zeit zurück, als er ihr in ebendiesem Zimmer gesagt hatte, wie dumm sie sei, weil sie ihm hierher gefolgt war. Hierher, wo es keine Zukunft für sie gab. Doch die Jahre hatten ihre Torheit in Weisheit verwandelt. Wie seltsam diese Welt doch war!

Und dann wurde die Tochter von Mario und Gabriella schwanger. Von einem Burschen, der nun ganz und gar nicht der Schwiegersohn ihrer Träume war, er stammte vom Land und schrubbte die Töpfe in der Hotelküche. Mario kam zu Nora und weinte sich bei ihr aus, über den Burschen, über das Baby, über seine Tochter, die doch selbst noch ein Kind war. Über die Schmach und die Schande.

Man schreibe bereits das Jahr 1994, entgegnete sie ihm. Selbst in Irland betrachte man so etwas nicht mehr als Schmach und Schande. So spiele eben das Leben. Man müsse das Beste daraus machen. Vielleicht könne der junge Mann ja übergangsweise im Vista del Monte arbeiten, es ein bißchen erweitern und später mal sein eigenes Lokal eröffnen.

Daß es ihr fünfzigster Geburtstag war, verschwieg die Signora nicht nur ihm, sie erzählte es auch sonst niemandem. Doch sie hatte sich selbst einen kleinen Kissenbezug bestickt, der Schriftzug *BUON COMPLEANNO*, Alles Gute zum Geburtstag, prangte darauf. Als Marios Tränen über die entehrte Tochter getrocknet waren und er gegangen war, befühlte sie den Stoff. »Ich frage mich, ob ich wirklich verrückt geworden bin, so wie ich es damals vor Jahren befürchtet habe?«

Von ihrem Fenster aus beobachtete sie, wie Maria zum Traualtar schritt, um den Küchenjungen zu heiraten, so wie sie einst Mario und Gabriella bei deren Gang in die Kirche zugesehen hatte. Die Glocken des Campanile waren immer noch dieselben, sie läuteten weit übers Land, wie Glocken eben läuten sollten.

Kaum zu glauben, daß sie schon fünfzig war. Sie fühlte sich keinen Tag älter als am Tag ihrer Ankunft. Und sie bereute nichts. Gab es außer ihr viele Menschen, die das von sich sagen konnten, hier oder anderswo?

Und natürlich kam es so, wie sie gesagt hatte. Maria war zwar mit einem Mann verheiratet, der sie – und ihre Familie – nicht verdient hatte, aber dafür ließ man den Burschen Tag und Nacht im Vista del Monte schuften. Und wenn die Leute darüber klatschten, dann höchstens ein paar Tage lang.

Der zweite Sohn, der Tunichtgut, ging nach New York, und schon bald hörte man, was für ein Prachtkerl er doch sei. Er arbeitete in der Trattoria seines Cousins und sparte jeden Cent, um eines Tages zurück nach Sizilien kommen und sich dort ein eigenes Restaurant kaufen zu können.

Das Fenster der Signora auf den Platz hinaus war nachts immer einen Spaltbreit geöffnet, und so hörte sie als eine der ersten, wie die Brüder von Gabriella, jetzt stämmige Männer mittleren Alters, aufgeregt aus ihren Autos sprangen. Zuerst weckten sie den *dotto-*

re, hämmerten gegen seine Tür. Die Signora stand im Schatten ihres Fensterladens und beobachtete die Szene. Es hatte einen Unfall gegeben, soviel stand fest.

Sie spähte angestrengt hinaus, um zu erkennen, was geschehen war. Bitte, lieber Gott, laß es keins ihrer Kinder sein. In dieser Familie gab es schon genug Probleme.

Und dann sah sie, wie Gabriellas untersetzte Gestalt auf die Schwelle trat, in einem Nachtgewand und nur mit einem Tuch über den Schultern. Sie hatte die Hände vors Gesicht geschlagen, ihre Schreie gellten durch die Nacht.

»MARIO, MARIO …«

Die Klage hallte in den Bergen um Annunziata wider, in allen Tälern erklang ihr Echo.

Und sie erfüllte auch das Schlafzimmer der Signora, der eine eisige Hand ans Herz faßte, als sie mit ansah, wie man den Körper aus dem Wagen hob.

Sie wußte nicht, wie lange sie so schreckensstarr dagestanden hatte. Doch als die Familie, die Nachbarn und Freunde auf den mondbeschienenen Platz strömten, war sie eine von ihnen, und Tränen liefen ihr über die Wangen. Sein Gesicht war blutig und zerschrammt. Er war von einem nahe gelegenen Dorf nach Hause gefahren und hatte eine Kurve verfehlt. Der Wagen hatte sich viele Male überschlagen.

Sie wußte, daß sie ihm übers Gesicht streicheln mußte. Nichts würde je wieder gut werden auf der Welt, wenn sie ihn nicht berührte und küßte, wie seine Schwestern, seine Kinder und seine Frau es taten. Ohne darauf zu achten, ob jemand sie beobachtete, ging sie auf ihn zu. All die Jahre der Heimlichtuerei und des Versteckspiels waren wie ausgelöscht.

Doch als sie schon fast bei ihm war, fühlte sie, wie Hände nach ihr faßten, verschiedene Menschen in der Menge hielten sie entschlossen zurück: Signora Leone, ihre Freunde von der Töpferei, Paolo und Gianna, und – so merkwürdig es ihr im nachhinein auch schien – zwei Brüder von Gabriella. Sie drängten sie zurück, dorthin, wo die neugierigen Einwohner von Annunziata ihren unverhüllten Schmerz nicht sehen konnten. So blieb ein Ereignis ungeschehen, das die Dorfgeschichte um ein weiteres erstaunliches Kapitel bereichert hätte: wie die *Signora irlandese* zusammengebrochen war und in aller Öffentlichkeit ihre Liebe für den Mann gestanden hatte, der das Hotel führte.

Diese Nacht verbrachte sie in Häusern, in denen sie noch nie gewesen war; die Menschen flößten ihr starken Branntwein ein, einer streichelte ihr die Hand. Sie hörte das Wehklagen und die Gebete draußen, und manchmal erhob sie sich, um hinauszugehen und ihren rechtmäßigen Platz neben seinem Leichnam einzunehmen. Aber stets wurde sie sanft zurückgehalten.

Am Tag seiner Beerdigung saß sie blaß und still an ihrem Fenster; als sie seinen Sarg aus dem Hotel heraus und über den Platz in die freskengeschmückte Kirche trugen, senkte sie das Haupt. Heute gab die Glocke nur einen einzigen, klagenden Laut von sich. Und niemand blickte zu ihrem Fenster hinauf. Niemand sah, wie ihr die Tränen über das Gesicht rannen und auf die Stickarbeit in ihrem Schoß tropften.

Danach glaubten alle, sie würde nun fortgehen; man fand, jetzt sei es für sie an der Zeit, nach Hause zurückzukehren.

Jeden Tag wurde ihr das ein bißchen klarer. So sagte Signora Leone: »Bevor Sie zurückfahren, müssen Sie unbedingt noch mit mir an der großen Karfreitagsprozession in meiner Heimatstadt Trápani teilnehmen ... damit Sie den Menschen in Irland alles darüber erzählen können.«

Und Paolo und Gianna gaben ihr einen großen Teller, ein Abschiedsgeschenk. »Wenn du die Früchte, die in Irland wachsen, darauflegst, wird dich der Teller an die Zeit in Annunziata erinnern.« Alle schienen überzeugt, daß sie bald die Heimreise antreten würde.

Doch die Signora hatte kein Heim, wo man auf sie wartete, sie wollte nicht fort. Immerhin hatte sie, die jetzt schon über fünfzig war, seit mehr als zwanzig Jahren hier gelebt. Und hier wollte sie auch sterben. Eines Tages würde die Glocke auch zu ihrem Begräbnis läuten, das Geld für ihre Beerdigung hatte sie

schon in einem kleinen Holzkästchen mit Schnitzereien bereitgelegt.
Und so achtete sie nicht auf die immer unverblümteren Andeutungen.
Bis Gabriella zu ihr kam.
In dunkler Trauerkleidung überquerte Gabriella den Platz. Sie wirkte gealtert, Kummer und Gram hatten tiefe Spuren in ihr Gesicht gegraben. Sie war noch nie in den Zimmern der Signora gewesen. Doch sie klopfte an die Tür, als ob man sie erwartete. Die Signora hantierte nervös herum, um ihren Gast zu bewirten, sie bot Gabriella Fruchtsaft und Wasser an und einen Keks aus der Dose. Dann setzte sie sich und wartete.
Gabriella durchmaß die beiden Räume. Sie strich über die Steppdecke auf dem Bett mit all den kunstvoll eingestickten Ortsnamen.
»Eine erlesene Arbeit, Signora«, lobte sie.
»Sehr freundlich, Signora Gabriella.«
Danach herrschte langes Schweigen.
»Werden Sie bald zurück in Ihre Heimat fahren?« fragte Gabriella schließlich.
»Niemand wartet dort auf mich«, erwiderte die Signora schlicht.
»Aber hier gibt es doch auch keinen, dem zuliebe Sie bleiben wollen. Jetzt nicht mehr.« Gabriella war nicht minder direkt.
Die Signora nickte, als wollte sie ihr recht geben. »Aber in Irland, Signora Gabriella, habe ich überhaupt niemanden. Ich bin hierher gekommen, als ich noch ein junges Mädchen war, jetzt bin ich eine Frau in mittleren Jahren, an der Schwelle zum Alter. Ich möchte hierbleiben.« Ihre Blicke kreuzten sich.
»Sie haben hier doch keine Freunde, kein erfülltes Leben, Signora.«
»Ich habe hier mehr als in Irland.«
»In Irland könnten Sie die alten Bekanntschaften auffrischen. Ihre Freunde und ihre Familie würden sich über Ihre Rückkehr bestimmt freuen.«
»Wollen Sie denn, daß ich fortgehe, Signora Gabriella?« fragte

die Signora schließlich ohne Umschweife. Sie wollte es einfach wissen.
»Er hat immer gesagt, daß Sie gehen würden, wenn er sterben sollte. Er hat gesagt, daß Sie zu Ihren Leuten zurückgehen würden und mich hier im Kreis meiner Lieben meinen Ehemann betrauern ließen.«
Überrascht blickte die Signora sie an. Mario hatte dieses Versprechen in ihrem Namen gegeben, ohne sie zu fragen. »Hat er behauptet, ich sei damit einverstanden?«
»Er hat gesagt, daß es so kommen würde. Und daß er Sie nicht heiraten würde, falls ich, Gabriella, zuerst sterben sollte, weil das einen Skandal auslösen und mein Ansehen schmälern würde. Weil man dann denken könnte, daß er von jeher eigentlich Sie hatte heiraten wollen.«
»Und waren Sie froh darüber?«
»Nein, ganz und gar nicht, Signora. Weil ich mir nicht vorstellen mochte, wie es ist, wenn Mario tot ist oder ich sterbe. Aber es gab mir wohl die notwendige Würde. Ich brauchte Sie nicht zu fürchten. Sie würden nicht gegen jede Tradition verstoßen und hierbleiben, um mit uns den Verblichenen zu betrauern.«
Draußen auf dem Platz ging das Leben seinen gewohnten Gang: Fleisch wurde ins Hotel geliefert, ein Lieferwagen mit Ton rumpelte zur Töpferwerkstatt, Kinder kamen lachend und kreischend aus der Schule. Hunde bellten, und irgendwo zwitscherten sogar Vögel. Mario hatte mit ihr über Würde und Tradition gesprochen und wie wichtig diese Dinge für ihn und seine Familie waren.
Daher glaubte sie, seine Stimme aus dem Jenseits zu hören. Er sandte ihr eine Nachricht, er bat sie, nach Hause zu fahren.
Sie sprach betont langsam: »Voraussichtlich Ende des Monats, Signora Gabriella. Ich werde wohl Ende des Monats nach Irland zurückkehren.«
In den Augen der anderen Frau spiegelten sich Dankbarkeit und Erleichterung. Sie streckte ihre Hände aus und umfaßte die der Signora. »Bestimmt werden Sie dort sehr viel glücklicher sein und Ihren Frieden finden«, meinte sie.

»Ja, gewiß«, erwiderte die Signora gedehnt. Die Worte klangen in der warmen Luft des Nachmittags lange nach.
»*Si, si, ... veramente.*«
Sie besaß kaum genug Geld, um die Heimreise zu bezahlen. Aber offenbar wußten ihre Freunde das.
Und so kam Signora Leone und drückte ihr ein Bündel Lirescheine in die Hand. »Bitte, Signora, bitte. Schließlich verdanke ich Ihnen meinen geschäftlichen Erfolg. Bitte, nehmen Sie es an.«
Bei Paolo und Gianna war es das gleiche. Ohne die Signora hätten sie niemals ihr Töpfergeschäft eröffnen können. »Betrachten Sie es als kleine Provision.«
Selbst die alten Leute, bei denen sie die längste Zeit ihres Erwachsenenlebens zur Miete gewohnt hatte, steckten ihr etwas zu. Sie habe das Haus so gut in Schuß gehalten, sie verdiene eine Entschädigung für ihre Mühe.
An dem Tag, als der Bus kam, um sie samt ihrer Habe in die Stadt und zum Flughafen zu bringen, trat Gabriella vor die Tür. Zwar sagte sie nichts, und auch die Signora schwieg, doch sie verbeugten sich voreinander mit ernster, respektvoller Miene. Einige der Zuschauer wußten, was diese Geste bedeutete: daß nämlich die eine Frau der anderen von Herzen dankte, in einer Weise, die sich nicht in Worte fassen ließ, und daß sie ihr viel Glück auf ihrem weiteren Lebensweg wünschte.

In der Stadt ging es lebhaft und laut zu, und am Flughafen herrschte lärmendes Gedränge. Aber es war nicht das fröhliche, geschäftige Treiben von Annunziata. Nein, hier eilten die Menschen aneinander vorbei, ohne den anderen auch nur anzusehen. Das würde in Dublin nicht anders sein, doch die Signora beschloß, nicht weiter darüber nachzudenken.
Noch hatte sie keinerlei Pläne gefaßt. Sie würde einfach tun, was sie für richtig hielt, wenn sie erst einmal dort eingetroffen war. Warum sollte sie sich die ganze Reise damit verderben, Pläne für eine unwägbare Zukunft zu schmieden? Sie hatte auch nieman-

dem ihr Kommen angekündigt. Weder ihrer Familie noch Brenda. Zuerst würde sie sich ein Zimmer suchen und sich um ihren Lebensunterhalt kümmern, wie sie das seit jeher getan hatte. Dann würde sie sich alles weitere überlegen.

Im Flugzeug wollte sie ein Gespräch mit einem Jungen anknüpfen. Er war etwa zehn Jahre alt, so alt wie Marios und Gabriellas jüngster Sohn Enrico. Automatisch sprach sie ihn auf italienisch an, doch er blickte verwirrt zur Seite.

Also blickte die Signora aus dem Fenster. Nun würde sie nie erfahren, was aus Enrico wurde, aus seinem Bruder in New York oder aus seiner Schwester, die mit dem ehemaligen Küchenjungen oben im Vista del Monte wohnte. Sie würde auch nicht wissen, wer nach ihr in ihren Zimmern wohnte.

Es war ein Sprung ins kalte Wasser. Man wußte nicht, was einen erwartete, und auch nicht, was an dem Ort geschah, wo man so lange gelebt hatte.

In London mußte sie umsteigen. Doch sie empfand keinerlei Bedürfnis, länger in der Stadt zu verweilen, wo sie einst mit Mario zusammengelebt hatte, und die Lieblingsplätze von damals aufzusuchen. Was sollte sie bei längst vergessenen Menschen oder an Orten, an die sie sich kaum noch erinnerte? Nein, sie würde gleich nach Dublin weiterfliegen. Was immer sie dort auch erwarten mochte.

Alles hatte sich ungeheuer verändert. Der Flugplatz war soviel größer als in ihrer Erinnerung. Und die Flugzeuge kamen aus aller Welt. Als sie fortgegangen war, landeten die meisten internationalen Linien noch in Shannon. Sie hätte nicht gedacht, daß es hier so anders aussehen würde. Schon allein die Straße vom Flughafen in die Stadt! Damals hatte sich der Bus seinen Weg zwischen Wohnblocks hindurch gebahnt; heute fuhr er eine mit Blumenrabatten gesäumte Autobahn entlang. Himmel, wie modern Irland geworden war!

Eine Amerikanerin im Bus fragte sie, wo sie wohnen würde.

»Ich weiß noch nicht«, erwiderte die Signora. »Aber ich werde schon etwas finden.«

»Stammen Sie von hier, oder sind Sie Ausländerin?«
»Ich bin vor langer Zeit aus Irland fortgegangen«, erklärte die Signora.
»Wie ich ... ich suche nach meinen Vorfahren«, meinte die Amerikanerin erfreut. Eine Woche wollte sie damit zubringen, ihre Herkunft zu erforschen. Das sollte doch genügen, oder?
»Oh, gewiß«, nickte die Signora und merkte, daß es ihr schwerfiel, im Englischen gleich die richtigen Worte zu finden. Um ein Haar hätte sie *certo* gesagt. Doch wie affektiert mußte es klingen, wenn sie immer wieder ins Italienische fiel, man würde sie für eine Angeberin halten.
Die Signora stieg aus dem Bus und ging den Liffey entlang zur O'Connell-Brücke. Um sie herum waren lauter junge Leute, hochgewachsen und selbstbewußt standen sie lachend in Gruppen beisammen. Hatte sie nicht irgendwo gelesen, daß mehr als die Hälfte der irischen Bevölkerung unter vierundzwanzig war? Allerdings hatte sie nicht damit gerechnet, es so unübersehbar bestätigt zu bekommen. Und alle waren sie in fröhlichen Farben gekleidet. Bevor Nora die Stellung in England angetreten hatte, war Dublin eine graue, düstere Stadt gewesen. Doch jetzt waren viele Gebäude blitzsauber, elegante, teure Wagen fuhren dicht an dicht auf den Straßen. Damals waren es vor allem Fahrräder und Wagen aus zweiter und dritter Hand gewesen. Und die Geschäfte wirkten freundlich und einladend. Ihr Blick fiel auf Zeitschriften mit beinahe barbusigen Mädchen auf dem Titelblatt. Bestimmt wären solche Fotos damals der Zensur zum Opfer gefallen.
Aus irgendeinem Grund ging sie auch hinter der O'Connell-Brücke weiter die Uferstraße entlang, so als wollte sie der Menge folgen. Und schließlich war sie mitten in Temple Bar. Hier sah es aus wie am linken Seine-Ufer in Paris, wo sie vor so vielen Jahren einmal ein langes Wochenende mit Mario verbracht hatte. Kopfsteinpflaster, Straßencafés, gut besetzt mit jungen Leuten, die einander zuwinkten und fröhliche Worte zuriefen.
Niemand hatte ihr erzählt, daß es in Dublin so aussah. Aber hatte Brenda, verheiratet mit Pillow Case und Geschäftsführerin eines

sehr viel gediegeneren Lokals, jemals ihren Fuß in diese Straßen gesetzt?
Auch ihre Schwestern mit den Ehemännern, die immer knapp bei Kasse waren, ihre beiden Brüder und deren phlegmatische Frauen ... nein, das waren nicht die Leute, die Temple Bar erkundeten. Für diese Gegend hatten sie bestimmt nur ein mißbilligendes Kopfschütteln übrig.
Doch die Signora fand es hier einfach wundervoll. Es war eine völlig neue Welt für sie, und sie konnte sich nicht satt sehen. Schließlich setzte sie sich, um einen Kaffee zu trinken.
Ein etwa achtzehnjähriges Mädchen mit langen roten Haaren, nicht unähnlich ihrer früheren Mähne, bediente sie. Sie hielt die Signora für eine Ausländerin.
»Woher kommen Sie?« erkundigte sie sich, dabei sprach sie langsam und betonte jedes Wort.
»*Italia*«, antwortete die Signora.
»Ein wunderschönes Land. Allerdings werde ich erst dort hinfahren, wenn ich die Sprache kann.«
»Und warum?«
»Nun, ich will verstehen, was die Typen sagen. Ich meine, man weiß ja nicht, worauf man sich einläßt, wenn man kein Wort versteht.«
»Ich habe kein Italienisch gekonnt, als ich dorthin gegangen bin. Und ich habe ganz bestimmt nicht gewußt, worauf ich mich einlasse«, meinte die Signora. »Doch es ist alles gutgegangen ... nein, mehr als gut. Es war wunderschön.«
»Wie lange waren Sie dort?«
»Oh, sehr lange. Sechsundzwanzig Jahre«, meinte sie und war selbst erstaunt darüber. Das Mädchen, das noch nicht einmal auf der Welt gewesen war, als sie sich auf dieses Abenteuer eingelassen hatte, schaute sie verwundert an.
»Wenn Sie so lange geblieben sind, muß es Ihnen wirklich sehr gut gefallen haben.«
»Oh, ja, in der Tat.«
»Und seit wann sind Sie wieder hier?«

»Seit heute.«
Die Signora seufzte tief. War es nur Einbildung, daß das Mädchen sie jetzt ein bißchen anders ansah? Vielleicht überlegte sie ja, ob diese Fremde alle Tassen im Schrank hatte. Doch diesen Eindruck wollte die Signora unbedingt vermeiden. Sie durfte keine italienischen Redewendungen gebrauchen, nicht seufzen und keine merkwürdigen, ungereimten Dinge erzählen.
Schon wollte das Mädchen gehen.
»Entschuldigung«, hielt die Signora sie auf. »Aber das hier scheint ein sehr hübscher Stadtteil von Dublin zu sein. Glauben Sie, daß ich hier ein Zimmer mieten könnte?« Jetzt schien das Mädchen endgültig überzeugt zu sein, daß sie einen Vogel hatte. Vielleicht sagte man nicht mehr Zimmer? Hätte sie Apartment sagen sollen? Wohnung? Unterkunft? »Etwas ganz Einfaches«, ergänzte sie.
Betrübt mußte sie erfahren, daß Temple Bar der letzte Schrei war. Jeder wollte hier wohnen. Es gab Penthousewohnungen, Popstars hatten Hotels gekauft und Geschäftsleute in Stadthäuser investiert. Überall schossen neue Restaurant wie Pilze aus dem Boden.
»Verstehe.« Der Signora wurde klar, daß sie über die Stadt, in die sie zurückgekehrt war, eine Menge lernen mußte. »Könnten Sie mir dann vielleicht sagen, wo man gut und nicht zu teuer unterkommen kann, in einer Gegend, die nicht der letzte Schrei ist?«
Doch das Mädchen schüttelte den Kopf mit der langen roten Mähne. Diskret versuchte sie herauszubekommen, ob die Signora überhaupt Geld hatte, ob sie für ihren Lebensunterhalt arbeiten mußte und für wie lange sie ein Zimmer suchte.
Die Signora beschloß, ihr reinen Wein einzuschenken. »Ich habe genug Geld, um eine Woche lang ein Zimmer mit Frühstück zu bezahlen. Aber dann muß ich etwas Billigeres finden, am besten, wo ich etwas dazuverdienen kann ... Kinder hüten vielleicht?«
Zweifelnd sah das Mädchen sie an. »Die Leute wollen meist junge Babysitter«, meinte sie.
»Oder über einem Lokal, in dem ich arbeiten könnte?«
»Nein, da würde ich mir ehrlich gesagt keine großen Hoffnungen machen ... so etwas suchen alle.«

Sie war wirklich sehr nett, diese junge Frau. Natürlich betrachtete sie sie mit einem mitleidigen Gesicht, aber angesichts dessen, was noch vor ihr lag, würde sich die Signora daran gewöhnen müssen. Und sie entschied sich, ihre prekäre Lage mit einem heiteren Ton zu überspielen. Schließlich wollte sie nicht wie eine alte, schrullige Stadtstreicherin wirken.

»Ist das Ihr Name auf der Schürze? Suzi?«

»Ja. Meine Mutter war leider ein Suzi-Quatro-Fan.« Sie sah den fragenden Blick der Signora. »Die Sängerin, kennen Sie die nicht? Vor Jahren war sie mal ziemlich berühmt. Na ja, vielleicht nicht in Italien.«

»Das glaube ich Ihnen gern, ich habe nur nie Radio gehört. Nun, Suzi, ich will Ihnen mit meinen Problemen nicht Ihre Zeit stehlen, aber vielleicht könnten Sie mir noch eine halbe Minute opfern und sagen, in welcher Gegend ich etwas Billigeres finde, so daß ich dort mit der Zimmersuche anfangen kann?«

Suzi nannte Namen von Orten, die in den Jugendjahren der Signora noch kleine Vororte oder sogar Dörfer weit außerhalb der Stadt gewesen waren. Doch jetzt hatten sie sich offenbar zu ausgedehnten Arbeitersiedlungen entwickelt. Laut Suzi hatte jeder zweite dort ein Zimmer zu vermieten, sofern die Kinder aus dem Haus waren. Vorausgesetzt, daß sie bar bezahlte. Und sie sollte besser nicht erwähnen, daß sie knapp bei Kasse war. Derlei Dinge behielt man besser für sich.

»Sie sind sehr liebenswürdig, Suzi. Wieso wissen Sie so gut über all das Bescheid? Sie sind doch noch so jung?«

»Na ja, ich bin dort aufgewachsen, deshalb kenne ich mich aus.«

Die Signora wußte, daß sie die Geduld des netten Mädchens nicht überstrapazieren durfte. Daher griff sie nach ihrer Geldbörse, um den Kaffee zu bezahlen.

»Vielen Dank für Ihre Hilfe, ich weiß das wirklich zu schätzen. Wenn ich etwas gefunden habe, komme ich mal mit einem kleinen Geschenk vorbei.«

Da sah sie, daß Suzi unentschlossen auf ihrer Unterlippe kaute.

»Wie heißen Sie?« fragte sie dann.

»Ich weiß, daß es komisch klingt, aber mein Name ist Signora. Nicht, daß ich irgendwie steif wirken möchte, aber so hat man mich dort genannt, und so möchte ich auch in Zukunft heißen.«
»Ist das Ihr Ernst, ich meine, daß es Ihnen egal ist, was für eine Wohnung es ist? Wie es dort aussieht?«
»Mein voller Ernst.« Und das sah man auch ihrem Gesicht an. Die Signora hatte noch nie begreifen können, warum manche Menschen so großen Wert auf ihre Wohnverhältnisse legten.
»Wissen Sie, ich komme mit meiner Familie nicht klar, deshalb wohne ich nicht mehr zu Haus. Und vor ein paar Wochen erst habe ich gehört, daß sie einen Untermieter für mein Zimmer suchen wollen. Es steht leer, und sie könnten ein paar Pfund extra pro Woche gut gebrauchen – in bar natürlich. Und wenn jemand fragt, müßten Sie sagen, daß Sie eine Freundin der Familie sind ... wegen dem Finanzamt.«
»Glauben Sie, das würde gehen?« Die Augen der Signora leuchteten auf.
»Aber machen Sie sich bitte keine falschen Vorstellungen.« Suzi wollte von vornherein jedes Mißverständnis vermeiden. »Es handelt sich um ein ganz einfaches Haus zwischen lauter anderen ganz einfachen Häusern, manche sind in besserem Zustand, andere ein bißchen heruntergekommen ... nichts Schickes oder so. Tag und Nacht läuft der Fernseher, sie streiten sich wegen dem Programm, und natürlich ist da auch noch mein Bruder Jerry. Vierzehn Jahre alt und unausstehlich.«
»Ich brauche nur ein Dach über dem Kopf. Es wäre bestimmt das Richtige.«
Suzi schrieb die Adresse auf und erklärte ihr, welchen Bus sie nehmen mußte. »Am besten klingeln Sie zuerst bei ein paar anderen Leuten in der Straße, von denen ich sicher weiß, daß sie nichts vermieten. Dann können Sie wie zufällig bei meinen Eltern nachfragen. Sagen Sie gleich, daß Sie bar bezahlen und daß es nicht für lange ist. Sie werden ihnen gefallen, weil Sie ein bißchen älter sind – ›solide‹ würden sie es nennen. Meine Eltern werden

Sie bestimmt nehmen, aber verraten Sie nicht, daß ich Sie geschickt habe.«
Die Signora musterte sie mit einem langen Blick. »Haben Sie etwas gegen Ihren Freund?«
»Gegen meine Freunde«, korrigierte Suzi sie. »Mein Vater sagt, ich sei ein Flittchen. Bitte widersprechen Sie ihm nicht, wenn er Ihnen das erzählt, sonst merkt er, daß Sie mich kennen.« Suzis Gesicht verhärtete sich.
Habe ich auch so verbissen geschaut, überlegte die Signora, als ich damals, vor all den Jahren, nach Sizilien gegangen bin?

Sie stieg in den Bus und wunderte sich, wie die Stadt, in der sie einst gelebt hatte, gewachsen war. Trotz des Verkehrs spielten Kinder in der Abenddämmerung auf der Straße, doch dann fuhr der Bus noch weiter hinaus. Hier gab es kleine Gärten, und die Kinder fuhren auf Fahrrädern ihre Runden, lehnten an Zäunen oder rannten aus einem Garten in den anderen.
Die Signora fragte in den Häusern, die Suzi ihr genannt hatte. Und Dubliner Männer und Frauen erwiderten ihr, daß sie leider keinen Platz hätten, sie lebten jetzt schon sehr beengt.
»Wüßten Sie vielleicht bei jemand anderem etwas?«.
»Versuchen Sie es mal bei den Sullivans«, meinte einer.
Damit hatte sie ihren Vorwand. Sie klopfte an die Tür. Würde das hier ihr neues Heim werden? War dies das Dach, unter dem sie künftig wohnen würde, in der Hoffnung, daß der Schmerz über den Verlust ihres ruhigen Lebens in Annunziata irgendwann einmal nachließ? Nicht nur der Tod des Mannes, den sie geliebt hatte, quälte sie, sie hatte ja auch ihr ganzes Leben dort, ihre Zukunftsperspektive aufgegeben. Nun würde sie nie mit Glockengeläut dort begraben werden. Sie hatte alles verloren. Doch sie riß sich zusammen und ermahnte sich auch, sich nicht zu früh zu freuen. Vielleicht sagten sie ja nein.
Jerry öffnete ihr. Er hatte rote Haare, Sommersprossen und ein belegtes Brot in der Hand.
»Mmmh?« brummelte er mit vollem Mund.

»Kann ich bitte deinen Vater oder deine Mutter sprechen?«
»Wegen was?« fragte er schroff.
Offensichtlich hatte er in der Vergangenheit Leute eingelassen, die nicht immer willkommen gewesen waren.
»Ich wollte mich erkundigen, ob ich hier vielleicht ein Zimmer mieten könnte?« begann die Signora. Dabei fiel ihr auf, daß drinnen der Fernseher leiser gestellt worden war, damit man mitbekam, wer draußen stand und was man von ihnen wollte.
»Ein Zimmer? *Hier*?« fragte Jerry so ungläubig, daß die Signora selbst unsicher wurde. Vielleicht war es doch eine idiotische Idee. Andererseits war ihr ganzes bisheriges Leben von idiotischen Ideen bestimmt worden. Warum also jetzt damit aufhören?
»Vielleicht könnte ich mit deinen Eltern darüber sprechen?«
Der Vater des Jungen kam an die Tür. Ein großer, schwerer Mann mit über den Ohren abstehenden Haarbüscheln, die wie Henkel aussahen. Er war etwa in ihrem Alter, schätzte die Signora. Aber sein rotes Gesicht verriet, daß die Jahre nicht spurlos an ihm vorbeigegangen waren. Er wischte sich beide Hände an der Hose ab, als ob er ihr die Hand schütteln wollte.
»Womit kann ich Ihnen dienen?« fragte er mißtrauisch.
Die Signora erklärte, daß sie in der Gegend ein Zimmer suche. Die Quinns von Nummer 22 hätten sie hierher geschickt, weil bei ihnen vielleicht ein Zimmer leerstehe. Damit erweckte sie den Eindruck, als ob die Quinns Bekannte von ihr wären, das konnte nicht schaden.
»Peggy, kommst du mal?« rief er. Und eine Frau mit dunklen Ringen unter den Augen, das glatte Haar nach hinten gekämmt, erschien rauchend und hustend an der Tür.
»Was ist?« meinte sie unwirsch.
Es klang nicht gerade vielversprechend, aber die Signora sagte ihr Sprüchlein noch einmal auf.
»Und warum suchen Sie ausgerechnet in dieser Gegend ein Zimmer?«
»Ich war lange Zeit nicht in Irland. Deshalb kenne ich mich nicht

mehr sehr gut aus, aber ich muß schließlich irgendwo wohnen. Ich hatte ja keine Ahnung, daß alles so teuer geworden ist … und … na ja, hierher bin ich gekommen, weil man von hier aus die Berge sehen kann.«

Das schien ihnen aus irgendeinem Grund zu gefallen. Vielleicht, weil es so treuherzig klang.

»Wir hatten noch nie Untermieter«, meinte die Frau.

»Ich mache bestimmt keine Umstände, ich halte mich nur in meinem Zimmer auf.«

»Sie wollen nicht mit uns essen?« Der Mann deutete zu einem Tisch, auf dem ein Teller mit nicht gerade appetitlichen, dick geschnittenen Broten stand. Die Butter war noch im Papier, die Milch in der Flasche.

»Nein, vielen herzlichen Dank, aber das ist wirklich nicht nötig. Wenn ich mir vielleicht einen Wasserkocher anschaffen dürfte, und eine Kochplatte, um Suppe heiß zu machen? Ansonsten esse ich hauptsächlich Salat.«

»Sie haben das Zimmer doch noch gar nicht gesehen«, bemerkte die Frau.

»Würden Sie es mir bitte zeigen?« Der Ton der Signora war freundlich, aber bestimmt.

Zusammen gingen sie die Treppe hinauf, nur Jerry blieb unten und sah ihnen nach.

Es war ein kleines Zimmer mit Waschbecken. Ein leerer Schrank und ein leeres Bücherregal, keine Bilder an den Wänden. Nichts erinnerte an die Jahre, die die hübsche, lebenslustige Suzi mit dem langen roten Haar und den blitzenden Augen in diesem Zimmer verbracht hatte.

Draußen dunkelte es bereits. Das Fenster ging nach hinten hinaus, man blickte über unbebautes Land, auf dem bald weitere Häuser stehen würden. Doch noch hatte man freie Sicht auf die Berge.

»Es ist herrlich, so einen wundervollen Ausblick zu haben«, sagte die Signora. »Ich habe lange in Italien gelebt. Dort würde man das Haus Vista del Monte nennen, Bergblick.«

»So heißt die Schule, in die unser Junge geht, Mountainview«, erwiderte der bullige Mann.
Die Signora lächelte ihn an. »Wenn Sie mich nehmen würden, Mrs. Sullivan, Mr. Sullivan ... ich denke, hier habe ich ein hübsches Plätzchen gefunden.«
Die beiden wechselten einen Blick und schienen sich zu fragen, ob diese Frau wohl noch alle Tassen im Schrank hatte und ob es wirklich klug war, sie bei sich wohnen zu lassen.
Dann zeigten sie ihr das Bad. Sie würden ein wenig zusammenräumen, sagten sie, und ihr eine Stange für ihr Handtuch frei machen.

Unten saßen sie dann noch beisammen und unterhielten sich. Offensichtlich förderte das gute Benehmen der Signora bei ihnen Sonntagsmanieren zutage. Der Mann räumte das Essen vom Tisch, die Frau drückte die Zigarette aus, der Fernsehapparat wurde ausgeschaltet. Interessiert beobachtete der Junge von der entgegengesetzten Zimmerecke aus das Geschehen.
Man erzählte ihr, daß ein Paar, das schräg gegenüber wohnte, sich praktisch seinen Lebensunterhalt damit verdiene, das Finanzamt über die Angelegenheiten anderer Leute aufzuklären. Wenn sie hier einziehen wolle, müßte sie deshalb so tun, als ob sie eine Verwandte sei und nicht eine Mieterin, die das Einkommen des Haushaltes aufbesserte.
»Vielleicht eine Cousine?« Die Signora schien sich mit diesem Gedanken durchaus anfreunden zu können.
Sie erzählte, daß sie jahrelang in Italien gelebt hatte, und mit Rücksicht auf die vielen Papst- und Herz-Jesu-Bilder an den Wänden fügte sie hinzu, ihr italienischer Gatte sei vor kurzem verstorben. Deshalb sei sie nach Irland zurückgekehrt.
»Und Sie haben keine Familie hier?«
»O doch, es gibt ein paar Verwandte. Ich werde sie demnächst einmal besuchen«, antwortete die Signora, deren Mutter, Vater, zwei Schwestern und zwei Brüder in ebendieser Stadt lebten.
Sie erfuhr, daß die Zeiten schwer seien und Jimmy als Fahrer

arbeite, freiberuflich sozusagen; er fuhr Taxi oder Lieferwagen, was sich gerade so ergab. Peggy saß im Supermarkt an der Kasse. Und dann kam die Sprache wieder auf das Zimmer im oberen Stock.

»Hat früher jemand aus der Familie darin gewohnt?« erkundigte sich die Signora höflich.

Und sie hörte von einer Tochter, die es vorzog, mehr in Stadtnähe zu wohnen. Dann wurde über Geld gesprochen, und sie zeigte ihnen ihre Brieftasche. Ihre Barschaft entsprach fünf Wochenmieten. »Wären Sie mit einer Vorauszahlung für einen Monat einverstanden?« fragte sie.

Unsicher sahen die Sullivans einander an. Menschen mit so wenig Lebenserfahrung, die wildfremden Menschen ihre Brieftasche zeigten, waren ihnen nicht ganz geheuer.

»Ist das alles, was Sie haben?«

»Augenblicklich ja. Aber sobald ich Arbeit gefunden habe, wird es mehr sein.« Der Gedanke an ihre knappen Geldmittel schien die Signora nicht zu beunruhigen. Doch den Sullivans war immer noch nicht recht wohl in ihrer Haut. »Vielleicht warte ich besser draußen, damit Sie es in Ruhe durchsprechen können«, schlug die Signora vor und ging in den Garten, von dem aus sie die fernen Berge sehen konnte, die manche Leute nur Hügel nannten. So zerklüftet, scharfzackig und blau wie ihre Berge in Sizilien waren sie allerdings wirklich nicht.

In Annunziata würde das Leben seinen gewohnten Gang gehen. Ob sich der eine oder andere wohl fragte, wie es der Signora erging und wo sie heute nacht ihr müdes Haupt zur Ruhe betten würde?

Die Sullivans traten aus der Tür. Offenbar war die Entscheidung gefallen.

»Nachdem Sie ein bißchen knapp bei Kasse sind, möchten Sie bestimmt gleich hier einziehen, oder?« meinte Jimmy Sullivan.

»Oh, wenn es schon ab heute ginge, wäre das großartig«, nickte die Signora.

»Gut. Sie können eine Woche hier wohnen, und wenn es Ihnen dann noch bei uns gefällt und wir mit Ihnen auskommen, können wir uns über eine Verlängerung unterhalten«, schlug Peggy vor.
Die Augen der Signora leuchteten auf. »*Grazie, grazie*«, rutschte es ihr heraus. »Entschuldigung, aber ich habe so lange dort gelebt«, fügte sie hastig hinzu.
Doch keinen schien es zu stören. Man hielt sie offensichtlich für eine harmlose Spinnerin.
»Kommen Sie mit hoch und helfen Sie mir, das Bett zu beziehen«, schlug Peggy vor.
Der stumme Blick des jungen Jerry folgte ihnen.
»Ihr werdet mit mir keinen Ärger haben, Jerry«, versprach die Signora ihm.
»Woher wissen Sie, daß man mich Jerry nennt?« gab er zurück.
Das war ein Patzer. Doch seine Eltern hatten vorher bestimmt einmal seinen Namen erwähnt. Und die Signora war es gewohnt, Spuren zu verwischen. »Weil es dein Vorname ist«, erwiderte sie schlicht.
Das schien ihm als Antwort zu genügen.
Peggy zog Laken und Decken heraus. »Suzi hatte eine dieser Chenille-Tagesdecken«, meinte sie, »aber sie hat sie mitgenommen.«
»Fehlt Ihnen Ihre Tochter?«
»Oh, sie kommt etwa einmal die Woche vorbei, aber meist nur, wenn ihr Vater nicht zu Hause ist. Die beiden hatten ständig Meinungsverschiedenheiten, schon seit Suzi zehn war. Schade, aber nicht zu ändern. Es ist besser für sie, allein zu leben, als hier dauernd Krach zu haben.«
Die Signora packte die mit den italienischen Städtenamen bestickte Decke aus, die sie in Seidenpapier eingeschlagen hatte. Dazwischen hatte sie ihren Becher gesteckt, damit er nicht zerbrach. Es war ihr nicht unangenehm, ihre wenigen Besitztümer im Beisein von Peggy Sullivan aus der Tasche zu räumen; so konnte diese sich gleich von ihrem untadeligen Lebenswandel überzeugen.

Peggys Augen weiteten sich vor Staunen.

»Woher um alles in der Welt haben Sie denn das? Die ist ja einfach wundervoll«, hauchte sie.

»Ich habe die Decke im Lauf der Jahre selbst angefertigt und immer mal wieder einen Namen dazugefügt. Sehen Sie, hier ist Rom, und hier ist Annunziata, wo ich gelebt habe.«

»Und Sie haben mit ihm unter dieser Decke gelegen ... wie traurig, daß er sterben mußte.« Jetzt standen Tränen in Peggys Augen.

»Ja. Ja, es ist traurig.«

»War er lange krank?«

»Nein, er kam bei einem Unfall ums Leben.«

»Haben Sie ein Bild von ihm, das sie vielleicht hier aufstellen wollen?« Peggy klopfte auf die Kommode.

»Nein, die einzigen Bilder von Mario sind in meinem Herzen.« Ihre Worte schienen noch lange nachzuklingen. Dann entschloß sich Peggy, das Thema zu wechseln. »Ich verspreche Ihnen eins, wenn Sie so nähen können, werden Sie bald Arbeit finden. Jeder wird Sie mit Freuden nehmen.«

»Ich hatte nie daran gedacht, mit Nähen meinen Lebensunterhalt zu verdienen.« Der Blick der Signora war in weite Ferne gerichtet.

»Was wollten Sie denn sonst tun?«

»Unterrichten oder vielleicht als Fremdenführerin arbeiten. In Sizilien habe ich auch kleine filigrane Stickereien an Souvenirläden verkauft, aber ich glaube nicht, daß sich hier jemand dafür interessiert.«

»Wenn Sie Kleeblätter und Harfen sticken, vielleicht schon«, meinte Peggy. Doch dieser Vorstellung konnten sie beide nicht viel abgewinnen. Sie machten das Zimmer fertig, die Signora hängte ihre wenigen Kleider auf und schien rundum zufrieden.

»Danke, daß ich so schnell hier einziehen durfte. Ich habe gerade eben schon Ihrem Sohn versprochen, daß ich keinen Ärger machen werde.«

»Ach, kümmern Sie sich nicht um den. Der macht schon Ärger genug für zwei, der stinkfaule Kerl. Man könnte verzweifeln.

Wenigstens ist Suzi nicht auf den Kopf gefallen, aber der Bengel landet mal in der Gosse.«
»Das ist bestimmt nur so eine Phase.« Mit diesen Worten hatte die Signora auch Mario wegen seiner scheinbar mißratenen Sprößlinge getröstet und optimistisch gestimmt. Eltern wollten so etwas hören.
»Dann dauert sie aber schon ziemlich lange. Hören Sie, möchten Sie nicht noch nach unten kommen und vor dem Schlafengehen ein Gläschen mit uns trinken?«
»Danke, nein. Ich möchte Ihnen möglichst wenig Umstände machen. Und so müde, wie ich bin, schlafe ich sicherlich sofort ein.«
»Aber Sie haben nicht einmal einen Wasserkocher, um sich einen Tee zu machen.«
»Danke, aber mir fehlt wirklich nichts.«
Peggy ließ sie allein und ging nach unten, wo Jimmy eine Sportsendung im Fernsehen verfolgte. »Mach ein bißchen leiser, Jimmy. Die Frau ist müde, sie war den ganzen Tag auf den Beinen.«
»Allmächtiger, geht es jetzt etwa wieder so los wie damals, als die Kinder klein waren, immer ›pssst‹ und ›sei leise‹?«
»Nein, aber du bist doch genauso scharf auf das Geld wie ich.«
»Sie hat sie jedenfalls nicht alle. Hast du irgendwas aus ihr rausgekriegt?«
»Tja, sie hat gesagt, sie wäre verheiratet gewesen, und ihr Mann wäre bei einem Unfall ums Leben gekommen.«
»Anscheinend glaubst du ihr nicht?«
»Na ja, sie hat kein Bild von ihm. Und sie sieht nicht aus, als ob sie verheiratet gewesen wäre. Dann hat sie dieses Ding auf dem Bett, eine Steppdecke wie ein Priesterornat. Zu so was hat man einfach keine Zeit, wenn man verheiratet ist.«
»Du liest zu viele Bücher und siehst zu viele Filme. Das ist das ganze Problem.«
»Jedenfalls spinnt sie ein bißchen, Jimmy, das steht fest.«
»Aber sie wird uns doch wohl kaum nachts im Bett ermorden, oder?«

»Nein, das nicht. Aber vielleicht war sie mal eine Nonne, sie hat so was Stilles, in sich Gekehrtes. Ja, schätze, damit liege ich richtig. Oder vielleicht ist sie ja noch immer eine. Heutzutage weiß man ja nie.«

»Könnte sein.« Jimmy wurde nachdenklich. »Falls sie wirklich eine Nonne ist, erzähl ihr lieber nichts von Suzi. Denn wenn sie erfährt, wie sich die Göre aufführt, die wir aufgezogen haben, zieht sie hier vielleicht blitzschnell wieder aus.«

Die Signora stand am Fenster und schaute zu den Bergen.

Konnte das hier jemals ihr Heim werden?

Und würde sie weich werden, wenn sie ihre hilflosen und gebrechlichen Eltern sah? Würde sie ihnen die Kränkungen und ihre Kaltherzigkeit verzeihen, die Gleichgültigkeit, nachdem sie gemerkt hatten, daß sie nicht folgsam nach Hause eilen würde, um ihre Tochterpflichten zu erfüllen?

Wollte sie tatsächlich in diesem kleinen schäbigen Haus leben, wo lärmende Menschen mit den Türen knallten, der Junge schmollte, die Tochter verbittert war? Doch irgendwie wußte die Signora, daß sie dieser Familie Sullivan, die sie heute zum erstenmal in ihrem Leben gesehen hatte, mit Freundlichkeit begegnen würde. Sie würde versuchen, eine Aussöhnung zwischen Suzi und ihrem Vater herbeizuführen. Sie würde einen Weg finden, den schmollenden Jungen für die Schule zu interessieren. Und sie würde die Gardinen säumen, die zerschlissenen Kissen im Wohnzimmer flicken und die Handtücher im Badezimmer einfassen. Aber sie würde nichts überstürzen. Die Jahre in Annunziata hatten sie Geduld gelehrt.

Und deshalb würde sie auch nicht gleich morgen zu ihrer Mutter gehen oder in das Pflegeheim, wo ihr Vater untergebracht war.

Allerdings konnte sie Brenda und Pillow Case besuchen – sie durfte nur nicht vergessen, ihn Patrick zu nennen. Die beiden würden sich freuen, sie zu sehen, und beruhigt sein, weil sie bereits eine Unterkunft gefunden hatte und sich auf Arbeitssuche befand. Vielleicht gab es ja sogar in ihrem Restaurant eine Stellung für sie? Sie konnte abwaschen und in der Küche das Gemüse putzen, wie der Küchenjunge, der Marios Tochter geheiratet hatte.

Die Signora zog sich aus und wusch sich. Dann streifte sie das weiße Nachthemd über, dessen Ausschnitt sie mit kleinen Rosenknospen bestickt hatte. Mario hatte es sehr gemocht; sie erinnerte sich, wie er die Rosenknospen gestreichelt hatte, ehe er dann ihren Körper liebkoste.

Mario, der jetzt auf einem Friedhof hoch über dem Tal und mit Blick über die Berge ruhte. Er hatte die Signora letztlich doch sehr gut gekannt, er hatte gewußt, daß sie seinen posthumen Rat befolgen würde, auch wenn sie zu seinen Lebzeiten so eigensinnig gewesen war. Alles in allem war er wahrscheinlich froh gewesen, daß sie damals zu ihm gekommen und geblieben war, daß sie sechsundzwanzig Jahre in seinem Dorf gelebt hatte. Und er hätte sich gefreut, wenn er gewußt hätte, daß sie nach seinem Tod wieder fortgegangen war, so wie er es gewollt hatte, damit seiner Witwe Würde und Achtung zuteil wurden.

Sie hatte ihn so oft glücklich gemacht, unter dieser Decke und in ebendiesem Nachthemd. Wenn sie seinen Sorgen gelauscht, ihm über den Kopf gestreichelt und kluge Vorschläge gemacht hatte, war er ein froher Mann gewesen. Die Signora lauschte dem seltsam unvertrauten Hundegebell und dem Geplärr der Kinder. Bald würde sie einschlummern, und morgen fing ihr neues Leben an.

Mittags machte Brenda im Speisesaal des Quentin's immer die Runde, das war ihr längst zur Gewohnheit geworden. Eine nahe Kirchenglocke läutete zum Angelusgebet, doch das geschäftige Dublin hielt heutzutage nicht mehr inne und betete, wie man das in Brendas Jugend getan hatte. Wie immer trug sie ein schlichtes farbiges Kleid mit schneeweißem Kragen, ihr Make-up war frisch aufgetragen, und sie begutachtete jeden Tisch. Die Kellner wußten, daß sie besser gleich ordentlich deckten, denn Brenda nahm es ziemlich genau. Der im Ausland lebende Mr. Quentin pflegte stets zu sagen, daß er seinen guten Ruf in Dublin einzig und allein Brenda und Patrick verdanke, und Brenda wollte, daß das so blieb. Die meisten Angestellten waren schon eine ganze Weile hier; sie kannten die Eigenheiten ihrer Kollegen und arbeiteten gut zusammen. Im Quentin's verkehrten viele Stammkunden, die gerne mit Namen angesprochen wurden, und Brenda hatte allen eingeschärft, wie wichtig es war, sich kleine Details aus dem Leben der Gäste zu merken. Haben Sie einen schönen Urlaub verlebt? Schreibt der Herr bereits wieder an einem neuen Buch? Erst neulich habe ich Ihr Foto in der *Irish Times* gesehen, gratuliere, daß Ihr Pferd beim Rennen gewonnen hat.

Obwohl ihr Gatte Patrick glaubte, die Leute kämen des guten Essens wegen, wußte Brenda es besser: Ihre Kundschaft kam, um willkommen geheißen und umschmeichelt zu werden. Sie hatte genug Jahre damit verbracht, nett zu Leuten zu sein, die klein angefangen und sich dann zu bedeutenden Positionen hochgearbeitet hatten. Sie würden sich stets an den wohltuenden Empfang erinnern, den man ihnen jedesmal im Quentin's bereitet hatte. Das war der eigentliche Grund für ihren guten Umsatz trotz der schweren Zeiten, in denen die Gürtel angeblich enger geschnallt werden mußten.

Als Brenda gerade dabei war, ein Blumenarrangement auf einem Fenstertisch zu ordnen, hörte sie, wie die Tür geöffnet wurde. Niemand kam schon um diese Zeit zum Essen. Die Dubliner waren als späte Esser bekannt, und im Quentin's ließ man sich frühestens um halb eins blicken.

Zögernd trat die Frau ein. Sie war ungefähr fünfzig, vielleicht auch ein bißchen älter; in ihrem langen grauen Haar, das sie mit einem bunten Schal lose hinten zusammengebunden hatte, schimmerten noch ein paar rote Strähnen. Ihr langer brauner Rock reichte ihr fast bis zu den Knöcheln, und ihre Jacke war altmodisch geschnitten, sie schien aus den siebziger Jahren zu stammen. Doch wirkte sie weder schäbig noch elegant, nur irgendwie fremdartig. Gerade trat sie auf Nell Dunne zu, die wie immer an der Kasse saß, als Brenda erkannte, um wen es sich handelte.

»Nora O'Donoghue!« rief sie aufgeregt. Die jungen Kellner und Mrs. Dunne an der Kasse beobachteten erstaunt, wie Brenda – die stets untadelige Brenda Brennan! – durch das Restaurant rannte, um diese hier völlig deplaziert wirkende Frau zu umarmen. »Du meine Güte, endlich bist du von dort fort, du hast dich tatsächlich ins Flugzeug gesetzt und bist nach Hause gekommen!«
»Ja, ich bin wieder da«, erwiderte die Signora.
Plötzlich verdüsterte sich Brendas Miene. »Es ist doch nicht ... ich meine, ist etwa dein Vater gestorben?«
»Nein, nein. Nicht, daß ich wüßte.«
»Oh, dann bist du also nicht zu ihnen heimgekehrt?«
»Nein, keineswegs.«
»Großartig. Ich wußte, daß du nicht klein beigeben würdest. Aber sag, wie geht's der großen Liebe deines Lebens?«
Da wich plötzlich alle Farbe und alles Leben aus dem Gesicht der Signora. »Er ist tot, Brenda. Mario ist gestorben. Er ist bei einem Autounfall ums Leben gekommen. Nun liegt er auf dem Friedhof von Annunziata.«
Allein diese Worte auszusprechen schien sie ungeheure Kraft zu kosten, und sie sah aus, als würde sie gleich in Ohnmacht fallen. Nur noch vierzig Minuten, dann war der Laden hier gerammelt voll. Brenda Brennan mußte von der Bildfläche verschwinden, das Aushängeschild des Quentin's konnte nicht mitten im Restaurant zusammen mit einer Freundin über deren verlorene Liebe weinen. Blitzschnell dachte sie nach. Es gab hier eine Nische, die sie normalerweise für Liebespaare reserviert hielt oder für diskrete Geschäftsessen. Dort würde sie Nora plazieren. Sie führte die Freundin an den Tisch und bestellte einen großen Brandy und ein Glas Eiswasser. Eins von beiden würde bestimmt helfen.
Mit geübtem Auge änderte sie rasch die Tischbelegung und bat Nell Dunne, die neue Fassung zu kopieren.
Nell wirkte ein bißchen zu neugierig. »Gibt es sonst etwas, was wir tun können, um die, äh ... Lage zu entspannen, Ms. Brennan?«
»Nein danke, Nell. Kopieren Sie nur den neuen Reservierungsplan, verteilen Sie ihn an die Kellner, und sorgen Sie auch dafür,

daß die Küche ein Exemplar bekommt. Das ist alles, danke.« Ihr schroffer Ton war schon beinahe unhöflich. Manchmal brachte Nell Dunne sie zur Weißglut, obwohl sie nicht sagen konnte, warum.

Und dann setzte sich Brenda Brennan – die sowohl bei ihren Angestellten wie auch bei ihren Gästen die *eiskalte Lady* hieß – in die Nische und weinte zusammen mit ihrer Freundin über den Tod von Mario, dessen Ehefrau zu Nora gekommen war und sie gebeten hatte, nach Hause zurückzukehren.

Es war ein Alptraum und dennoch eine Liebesgeschichte. Ein paar Minuten überlegte Brenda wehmütig, wie es wohl war, so zu lieben, so hemmungslos und ohne jede Rücksicht auf Konsequenzen, ohne Aussicht auf eine gemeinsame Zukunft.

Die Gäste würden von der Signora in ihrer Nische nicht mehr mitbekommen als vom Minister und seiner Freundin, die oft hier speisten, oder von den Headhunters, die hier bei einem gemeinsamen Mittagessen Führungskräfte anderer Firmen abzuwerben versuchten. In dieser Nische konnte Brenda sie guten Gewissens allein lassen.

Also trocknete sie sich die Augen, puderte ihre Nase, zupfte den Kragen zurecht und machte sich an ihre Arbeit. Die Signora spähte immer wieder um die Ecke und sah erstaunt zu, wie ihre Freundin Brenda reiche, selbstbewußte Leute zu Tischen führte, sich nach deren Familien erkundigte, nach dem Gang der Geschäfte ... Und die Preise auf der Speisekarte! Davon hätte eine Familie in Annunziata eine ganze Woche lang leben können. Woher hatten diese Leute nur soviel Geld?

»Der Küchenchef empfiehlt heute einen ganz frischen Glattbutt, und auch die Pilzpfanne ist vorzüglich ... aber lassen Sie sich ruhig Zeit, Charles wird Ihre Bestellung aufnehmen, wenn Sie soweit sind.«

Wo hatte Brenda gelernt, so zu sprechen, Pillow Case beinahe ehrfürchtig Küchenchef zu nennen, sich so gerade zu halten, so selbstbewußt aufzutreten? Während die Signora ihr Leben lang bestrebt gewesen war, Rücksicht zu nehmen und sich anzupas-

sen, hatten andere etwas aus sich gemacht, sich durchgesetzt. Und das würde sie nun auch lernen müssen, wenn sie überleben wollte.
Die Signora putzte sich die Nase und straffte die Schultern. Anstatt sich weiterhin über den Tisch zu kauern und verängstigt auf die Karte zu starren, bestellte sie einen Tomatensalat und Rindfleisch. Sie hatte schon so lange kein Fleisch mehr gegessen, das hatten ihre Finanzen nicht erlaubt. Angesichts der Preise auf der Karte wurde ihr schwindelig, aber Brenda hatte darauf bestanden, daß sie sich aussuchen sollte, was sie wolle, es sei ihr Willkommensessen. Ohne daß sie darum gebeten hatte, stand plötzlich auch eine Flasche Chianti auf dem Tisch. Die Signora widerstand der Versuchung, auf der Weinkarte nach dem Preis zu schauen. Es war ein Geschenk, und sie würde es als solches annehmen.
Kaum hatte sie zu essen begonnen, merkte sie, wie hungrig sie war. Schon im Flugzeug hatte sie kaum etwas zu sich genommen, da war sie zu aufgeregt gewesen. Und gestern abend, im Haus der Sullivans, hatte sie ebenfalls nichts gegessen. Der Tomatensalat war köstlich und mit frischem Basilikum bestreut. Seit wann war so etwas in Irland üblich? Das Fleisch wurde englisch gebraten serviert, und das Gemüse war knackig und zart, nicht im Wasserbad weich gekocht, wie sie es früher gekannt hatte, bevor sie in Italien lernte, es behutsam zu garen.
Als sie den Teller leer gegessen hatte, fühlte sie sich den neuen Herausforderungen besser gewachsen.
»Es ist schon in Ordnung, ich werde nicht wieder weinen«, sagte sie zu Brenda, die sich ihr gegenüber gesetzt hatte, nachdem die anderen Gäste gegangen waren.
»Kehr nicht zurück zu deiner Mutter, Nora. Ich möchte mich wirklich nicht in private Angelegenheiten einmischen oder Familien auseinanderbringen, aber sie war nie für dich da, als du sie gebraucht hättest. Warum solltest du jetzt für sie dasein?«
»Nein, ich fühle mich ihr gegenüber zu gar nichts verpflichtet.«
»Gott sei Dank«, meinte Brenda erleichtert.
»Aber ich werde arbeiten und mir meinen Lebensunterhalt ver-

dienen müssen. Brauchst du nicht jemanden zum Kartoffelschälen oder zum Putzen?«

Dezent gab Brenda ihrer Freundin zu verstehen, daß sich das nicht rechnen würde. Dafür gab es Lehrlinge. Damals waren sie auch in der Lehre gewesen, vor all den Jahren ... bevor sich alles geändert hatte.

»Und außerdem bist du zu alt für solche Arbeiten, Nora, und zu gut ausgebildet. Du kannst tausend andere Dinge tun, im Büro arbeiten, Italienisch unterrichten ...«

»Nein, *dazu* bin ich zu alt, das ist das Problem. Ich kenne mich ja noch nicht einmal mit einer Schreibmaschine aus, geschweige denn mit einem Computer. Und ich habe keine offizielle Lehrbefähigung oder wie das heißt.«

»Am besten gehst du erst mal stempeln.« Brenda dachte immer praktisch.

»Stempeln?«

»Ja. Du meldest dich arbeitslos, dann bekommst du Sozialhilfe.«

»Das kann ich nicht tun, denn das steht mir nicht zu.«

»Doch, natürlich. Du bist Irin, oder nicht?«

»Aber ich habe so lange im Ausland gelebt. Ich habe hier nichts einbezahlt«, beharrte die Signora.

Brenda musterte sie besorgt. »Du kannst hier nicht das Leben einer Mutter Teresa führen. Die Welt ist hart, da mußt du sehen, wo du bleibst, und nehmen, was du kriegen kannst.«

»Mach dir keine Sorgen um mich, Brenda. Ich bin eine Überlebenskünstlerin. Sieh doch nur, was ich beinahe ein Vierteljahrhundert lang durchgestanden habe. Das hätten die meisten Menschen nicht geschafft. Und ich habe nur ein paar Stunden nach meiner Ankunft hier in Dublin eine Unterkunft gefunden. Da werde ich auch Arbeit finden.«

Die Signora wurde in die Küche geführt, damit sie Pillow Case begrüßen konnte. Nur mit Schwierigkeiten gelang es ihr, ihn Patrick zu nennen. Höflich und ernst hieß er sie in der Heimat willkommen und sprach ihr sein Beileid zum Tod ihres Gatten aus. Glaubte er wirklich, daß sie mit Mario verheiratet gewesen

war, oder tat er in Gegenwart der Lehrlinge nur so, um den Schein zu wahren?
Herzlich bedankte sich die Signora für das ausgezeichnete Essen und versprach, einmal auf eigene Kosten wieder hier zu speisen.
»Wir haben demnächst eine italienische Woche. Vielleicht könntest du für uns die Speisekarte übersetzen?« schlug Patrick vor.
»Aber gern.« Die Miene der Signora hellte sich auf. Damit würde sie sich für eine Mahlzeit erkenntlich zeigen können, die mehr gekostet hatte, als sie vermutlich in zwei Wochen verdienen würde.
»Wir würden dich ganz offiziell damit beauftragen, gegen Honorar und so«, bekräftigte Patrick. Wie waren die Brennans nur so weltgewandt geworden, daß sie es schafften, ihr Geld anzubieten, ohne es wie ein Almosen wirken zu lassen?
Die Signora fühlte sich neu gestärkt. »Darüber reden wir, wenn es soweit ist. Aber ich möchte euch jetzt nicht länger aufhalten. Nächste Woche komme ich wieder vorbei und erzähle euch von meinen Fortschritten.« Schnell und ohne große Abschiedszeremonie war sie verschwunden. Das hatte sie in den langen Jahren in ihrem Dorf gelernt. Die Menschen mochten einen lieber, wenn man nicht ewig blieb, wenn sie sich darauf verlassen konnten, daß eine Unterhaltung auch ein Ende hatte.
Dann kaufte sie Teebeutel und Kekse und zur Krönung eine hübsche Seife.
Doch als sie sich in mehreren Restaurants nach Arbeit in der Küche erkundigte, wurde sie überall höflich abgewiesen. Auch als sie sich im Supermarkt erbot, Regale einzuräumen, und in einem Zeitungskiosk fragte, ob sie nicht die Zeitungen und Zeitschriften auspacken und einsortieren könnte, erntete sie nur verwunderte Blicke. Hin und wieder fragte man sie, warum sie nicht zum Arbeitsamt ginge. Ihr verständnisloser Blick bestätigte die Menschen in ihrer Ansicht, daß diese Frau wohl ein bißchen einfältig war.
Aber die Signora gab nicht auf. Bis fünf Uhr suchte sie unermüdlich nach Arbeit. Dann nahm sie einen Bus, der zur neuen Adresse

ihrer Mutter fuhr. Dort lagen die Häuser mitten im Grünen, Blumenbeete, Büsche und Grasflächen formten eine Landschaft, wie es so schön hieß. Eine Menge Türen waren nicht nur über Stufen, sondern auch über Rampen zugänglich, die Häuser in zweckmäßiger Bauweise den Bedürfnissen der Senioren angepaßt. Mit den alten Bäumen und Büschen, die die roten Backsteingebäude umgaben, wirkte das Anwesen gediegen, ja vertrauenerweckend und höchst ansprechend für Menschen, die ihre Häuser verkauft hatten, um hier ihren Lebensabend zu verbringen.

Hinter einem großen Baum verborgen saß die Signora, ihre Einkaufstüte auf dem Schoß, lange Zeit ruhig da und behielt die Nummer 23 im Auge. Da sie es gewohnt war, lange stillzusitzen, merkte sie nicht, wie die Zeit verging. Und sie trug auch nie eine Uhr, weil die Zeit keine Bedeutung für sie hatte. Die Signora beschloß zu warten, bis sie ihre Mutter zu Gesicht bekommen würde, wenn nicht heute, dann ein andermal. Erst wenn sie ihre Mutter gesehen hatte, würde sie wissen, was zu tun war. Vorher konnte sie keine Entscheidung treffen. Denn vielleicht würde sie ja Mitleid überwältigen oder kindliche Liebe, der Wunsch zu verzeihen? Vielleicht würde ihre Mutter aber auch eine Fremde für sie sein, die in der Vergangenheit ihre Liebe und Freundschaft verschmäht hatte.

Die Signora vertraute ihren Gefühlen. Sie wußte, daß sie dann klar sehen würde.

Doch an diesem Abend betrat niemand die Nummer 23, und es kam auch niemand heraus. Gegen zehn Uhr verließ die Signora ihren Posten und nahm einen Bus, der sie zu den Sullivans brachte. Leise schloß sie die Tür auf und ging nach oben, nur als sie am Wohnzimmer mit dem plärrenden Fernsehapparat vorbeikam, rief sie: »Guten Abend«. Jerry saß mit seinen Eltern vorm Fernseher. Kein Wunder, daß er in der Schule nicht aufpaßte, wenn er bis spät in die Nacht Western sehen durfte.

Die Sullivans hatten eine Kochplatte und einen alten Wasserkocher für sie aufgetrieben. So brühte sie sich einen Tee auf und sah hinaus auf die Berge.

Schon nach sechsunddreißig Stunden lag ein dünner Schleier über ihren Erinnerungen an Annunziata, mußte sie sich den Spaziergang hinauf zum Vista del Monte bewußt vergegenwärtigen. Ob Paolo und Gianna sie vermissen würden? Und würde sich Signora Leone fragen, wie es ihrer irischen Freundin in der fernen Heimat wohl erging?

Dann wusch sie sich mit der luxuriösen Seife, die nach Sandelholz duftete, und legte sich schlafen. Weder die Schüsse in den Saloons noch die wilde Jagd der Planwagen störten ihren langen, tiefen Schlummer.

Als sie aufstand, waren die anderen bereits außer Haus. Peggy war zu ihrer Arbeit im Supermarkt gegangen, Jimmy hatte eine Fuhre, und Jerry schlug in der Schule die Zeit tot. Auch sie machte sich auf den Weg. Heute würde sie das Haus ihrer Mutter am Vormittag überwachen und sich erst nachmittags auf Arbeitssuche begeben. Sie setzte sie sich wieder hinter denselben Baum, doch diesmal mußte sie nicht lange warten. Ein Kleinwagen fuhr bei Nummer 23 vor, und eine untersetzte, matronenhafte Frau, die roten Haare in kleine Löckchen gelegt, stieg aus. Der Signora verschlug es beinahe den Atem, als sie erkannte, daß es sich um ihre jüngere Schwester Rita handelte. Rita wirkte so ältlich, so gesetzt, dabei war sie doch erst sechsundvierzig. Als die Signora von Irland weggegangen war, war Rita noch ein junges Mädchen gewesen, und natürlich hatte sie in all den Jahren nicht nur keine liebevollen Briefe, sondern auch kein Foto von ihrer Familie bekommen. Das durfte sie nicht vergessen. Sie hatten ihr erst geschrieben, als sie sie brauchten, als sich um der lieben Bequemlichkeit willen die Mühe zu lohnen schien, mit dem schwarzen Schaf in Verbindung zu treten – mit dieser Verrückten, die Schande über sich gebracht hatte, indem sie einem verheirateten Mann nach Sizilien gefolgt war.

Rita wirkte steif und verkniffen.

Sie erinnerte die Signora an Gabriellas Mutter, eine kleine, verbitterte Frau, die mit ihrem kritischen Blick ständig und überall Mängel zu sehen schien, ohne sie näher benennen zu können. Es

sind die Nerven, sagte man. Konnte diese Frau mit den hochgezogenen Schultern und den unbequemen, zu engen Schuhen wirklich ihre kleine Schwester Rita sein? Diese Frau, die jetzt zwölf Schrittchen trippelte, wo vier normale Schritte genügt hätten? Bestürzt spähte die Signora aus ihrem Versteck hervor. Die Autotür stand offen, Rita mußte gekommen sein, um ihre Mutter abzuholen. Vorsorglich machte sie sich auf einen neuen Schreck gefaßt. Denn wenn Rita so gealtert war, wie mochte dann erst ihre Mutter aussehen?
Und ihr fielen die alten Leute von Annunziata ein, die klein und oft über einen Stock gebeugt auf dem Dorfplatz saßen, die Vorbeigehenden betrachteten und dabei stets lächelten. Oft befühlten sie den Rock der Signora und bewunderten die Stickerei. »*Bella bellissima*«, nickten sie.
Ihre Mutter war bestimmt ganz anders , dachte die Signora, als sie die rüstige Siebenundsiebzigjährige erblickte. Sie trug ein braunes Kleid und eine braune Strickjacke darüber. Ihr Haar hatte sie, wie eh und je, zu einem altmodischen Knoten aufgesteckt. »Sie würde ganz hübsch aussehen, wenn sie nicht so eine strenge Frisur hätte«, hatte Mario damals gesagt.
Man stelle sich einmal vor, daß ihre Mutter damals nur wenig älter gewesen war als sie heute! Und doch war sie so unerbittlich gewesen, so festgefahren in ihren Ansichten und hatte sich bereitwillig religiösen Normen gefügt, obwohl sie nicht wirklich gläubig war. Wenn ihre Mutter damals für sie eingetreten wäre, lägen die Dinge jetzt anders. Dann wäre die Signora über all die Jahre hinweg mit ihrer Familie in Verbindung geblieben, sie hätte gewußt, daß sie zu Hause willkommen war, und wäre jetzt wahrscheinlich freudig zurückgekehrt, um sich um die Eltern zu kümmern, selbst auf dem Hof, den sie so ungern verlassen hatten.
Aber so? Die beiden waren nur wenige Schritte von ihr entfernt ... wenn sie gerufen hätte, hätten sie sich umgedreht.
Die Signora sah, wie Ritas Haltung noch steifer wurde, als ihre Mutter vor sich hinzuschimpfen begann: »Schon gut, schon gut. Ich steig ja schon ein, kein Grund, mich zu hetzen. Eines Tages

wirst du auch mal alt sein, denk daran.« Die beiden freuten sich nicht, einander zu sehen, man spürte nicht den Hauch von Dankbarkeit, obwohl Mutter doch abgeholt und ins Krankenhaus gefahren wurde. Kein Mitgefühl verband diese beiden Frauen, die einen alten Mann besuchen fuhren, der nicht mehr zu Hause leben konnte.

Heute war wohl Rita dran, morgen wahrscheinlich Helen, und ihre Schwägerinnen waren wohl ebenfalls für freudlose Fahrten und andere Aufgaben eingeteilt. Kein Wunder, daß sie die Verrückte aus Italien hatten zurückholen wollen. Als der Wagen an ihr vorbeibrauste, sah sie die beiden Frauen schmallippig und schweigsam nebeneinandersitzen. Wo hatte sie nur so innig lieben gelernt, fragte sich die Signora, da sie doch aus einer zutiefst lieblosen Familie stammte? Beim Anblick ihrer Mutter und ihrer Schwester hatte sie tatsächlich eine Entscheidung getroffen. Hocherhobenen Hauptes verließ die Signora die gepflegte Grünanlage. Jetzt war sie sich sicher. Und es würden sie weder Zweifel noch Schuldgefühle plagen.

Was die Arbeitssuche anging, war dieser Nachmittag genauso unergiebig wie der gestrige. Doch die Signora wollte sich davon nicht entmutigen lassen. Als sie wieder am Liffey vorbeikam, betrat sie kurz entschlossen das Café, in dem Suzi arbeitete. Erfreut sah das Mädchen auf.

»Sie sind tatsächlich hingegangen! Meine Mam hat mir erzählt, daß sie zu einer Untermieterin gekommen ist wie die Jungfrau zum Kind.«

»Ich habe es sehr gut getroffen. Und dafür wollte ich mich bedanken.«

»Nun, es ist wirklich nichts Besonderes, aber fürs erste wird es wohl gehen.«

»Ich kann von Ihrem Zimmer aus die Berge sehen.«

»Ja, und ein paar Hektar Ödland, die nur darauf warten, umgegraben und mit weiteren Wohnklos bebaut zu werden.«

»Es ist genau das Richtige für mich. Nochmals vielen Dank.«

»Meine Eltern halten Sie für eine Nonne. Stimmt das?«
»Nein, nein, eher das Gegenteil.«
»Mam sagt, Ihr Mann sei gestorben?«
»Nun, gewissermaßen ja.«
»Er ist in gewissem Sinn tot für Sie ... meinen Sie das?«
Gelassen sah die Signora sie an; es war unschwer zu erkennen, warum manche Leute sie für eine Nonne hielten. »Nein, er war *gewissermaßen* mein Mann, aber ich sah keinen Grund, das deinen Eltern lang und breit auseinanderzusetzen.«
»Dafür gibt es auch keinen Grund. Es ist besser so«, nickte Suzi und goß ihr eine Tasse Kaffee ein. »Auf Kosten des Hauses«, flüsterte sie.
Die Signora lächelte still in sich hinein. Wenn sie es weiterhin so geschickt anstellte, würde sie bald überall in Dublin kostenlos zu Speis und Trank kommen. »Gestern habe ich schon umsonst im Quentin's gegessen, ich hab's wirklich gut«, vertraute sie Suzi an.
»Dort würde ich liebend gern arbeiten«, seufzte Suzi. »In schwarzen Hosen wie die Kellner. Außer Ms. Brennan wäre ich dann die einzige Frau dort.«
»Sie kennen Ms. Brennan?«
»Sie ist eine lebende Legende. Am liebsten würde ich drei Jahre dort arbeiten und alles lernen, was man wissen muß. Dann könnte ich mein eigenes Restaurant eröffnen.«
Der Signora entfuhr ein neidischer Seufzer. Wie herrlich, wenn man solche Möglichkeiten vor Augen hatte, statt sich weiteren Ablehnungen als Tellerwäscherin aussetzen zu müssen. »Suzi, bitte sagen Sie mir, warum ich nirgends Arbeit finden kann, eine ganz anspruchslose Arbeit wie Putzen, Einsortieren oder so etwas? Was stimmt nicht mit mir? Bin ich einfach schon zu alt?«
Suzi kaute auf der Unterlippe. »Ich glaube, Sie sehen zu vornehm aus für die Art von Arbeit, die Sie suchen. Wie Sie ja auch für eine Untermieterin bei meinen Eltern ein bißchen zu elegant wirken. Das irritiert die Leute, sie finden es etwas seltsam. Und seltsamen Menschen geht man lieber aus dem Weg.«
»Was würden Sie mir dann raten?«

»Vielleicht sollten Sie sich nach einer besseren Arbeit umsehen, als Empfangsdame vielleicht, oder ... Meine Mam sagt, Sie haben eine bestickte Tagesdecke, die eine wahre Pracht ist. Vielleicht könnten Sie damit in Geschäfte gehen und zeigen, was Sie können. In richtig elegante Geschäfte, wissen Sie?«

»Dazu fehlt mir der Mut.«

»Wenn Sie in Ihrem Alter in Italien mit einem Mann zusammengelebt haben, ohne mit ihm verheiratet zu sein, dann haben Sie den nötigen Mut«, lächelte Suzi.

Und sie stellten eine Liste von Designerläden und Modegeschäften zusammen, die vielleicht an hochwertigen Stickereiarbeiten interessiert sein mochten. Als die Signora sah, wie Suzi am Bleistift kaute und überlegte, welche Geschäfte noch in Frage kamen, trat der Signora ein Bild vor Augen: Eines Tages würde sie mit dieser hübschen jungen Frau nach Annunziata fahren und behaupten, daß sie ihre Nichte sei – schließlich hatten sie das gleiche rote Haar. Damit würde sie den Menschen dort zeigen, daß sie in Irland eine Heimat, eine Familie hatte, und zugleich den Iren beweisen, daß sie in Annunziata eine geachtete Frau gewesen war. Doch all das war nur ein schöner Tagtraum, in dem sie schwelgte, während Suzi laut über ihre Frisur nachdachte.

»Ich habe da eine Freundin, die in einem wirklich todschicken Salon Haare schneidet: An den Ausbildungsabenden brauchen sie dort Versuchskaninchen. Warum schauen Sie nicht einmal in dem Laden vorbei? Für zwei Pfund bekommen Sie eine wirklich tolle Frisur, die normalerweise das Zwanzig- oder Dreißigfache kostet.«

Gab es wirklich Leute, die sechzig Pfund für einen Haarschnitt ausgaben? Die Welt war ganz und gar verrückt geworden. Mario hatte ihr langes Haar immer geliebt. Aber Mario war tot. Und er hatte ihr ausrichten lassen, daß sie nach Irland zurückgehen sollte, also würde er geradezu von ihr erwarten, daß sie sich nötigenfalls die Haare schneiden ließ. »Wo ist dieser Salon?« fragte die Signora und notierte sich die Adresse.

»Jimmy, sie hat sich die Haare schneiden lassen«, flüsterte Peggy Sullivan.
Jimmy lauschte gerade gebannt einem Interview, in dem ein Fußballmanager Insider-Kenntnisse preisgab. »Prima«, nickte er nur.
»Ganz im Ernst, sie ist nicht das, wofür sie sich ausgibt. Ich habe sie vorher hereinkommen sehen. Man erkennt sie kaum wieder, sie sieht jetzt zwanzig Jahre jünger aus.«
»Gut, gut.« Jimmy stellte den Fernseher lauter, aber Peggy nahm ihm die Fernbedienung aus der Hand und stellte ihn wieder leiser.
»Nimm doch ein bißchen Rücksicht. Die Frau zahlt uns gutes Geld, da muß sie ja nicht unbedingt einen Gehörschaden kriegen.«
»Gut, aber dann halt die Klappe.«
Peggy saß da und grübelte. Diese Signora, wie sie sich nannte, war mehr als nur ein bißchen seltsam. Keiner konnte so einfältig sein wie sie und dennoch überleben. Mit dem bißchen Geld in der Tasche konnte sich doch niemand einen solchen Haarschnitt leisten, der hatte bestimmt ein Vermögen gekostet! Peggy haßte Geheimnisse. Und jetzt stand sie vor einem ziemlich großen.

»Sie müssen entschuldigen, wenn ich meine Tagesdecke heute mitnehme«, sagte die Signora am nächsten Morgen beim Frühstück zu den Sullivans. »Ich möchte nicht, daß Sie etwa denken, ich würde nun die ganze Einrichtung raustragen. Aber wissen Sie, ich habe gemerkt, daß die Leute ein bißchen verunsichert auf mich reagieren. Ich muß ihnen beweisen, daß ich bestimmte Dinge durchaus kann. Und ich habe meine Haare in einem Salon schneiden lassen, wo sie an sogenannten Modellen üben. Finden Sie, daß ich jetzt normaler aussehe?«
»Es ist sehr hübsch geworden, Signora, wirklich«, erwiderte Jimmy Sullivan.
»Jedenfalls sieht es sündteuer aus«, lobte Peggy.
»Sind die Haare gefärbt?« erkundigte sich Jerry interessiert.

»Nein, es ist Henna drin. Sie haben dort gesagt, ich hätte eine so ausgefallene Farbe, die an eine alten, grau gewordenen Fuchs erinnern würde«, antwortete die Signora, offenbar nicht im mindesten gekränkt von Jerrys Frage oder dem Urteil der jungen Friseusen.

Es schmeichelte ihr sehr, daß alle so begeistert von ihrer Handarbeit waren. Man bewunderte die raffinierte Stickerei und das phantasievolle Zusammenspiel der Ortsnamen mit dem Blumenmuster. Doch niemand hatte Arbeit für sie. Man bot ihr oft an, sie in eine Kartei aufzunehmen, und mehr als einmal reagierte man überrascht, als die Signora ihre Adresse nannte. Anscheinend hatte man sie in einer eleganteren Wohngegend vermutet. So gab es letztlich auch an diesem Tag nur Absagen, aber man behandelte sie respektvoller und musterte sie nicht mit diesem befremdeten Gesichtsausdruck. Designermodegeschäfte, Boutiquen und zwei Kostümbildnereien hatten ihre Arbeit mit ehrlichem Interesse begutachtet. Suzi hatte recht gehabt, daß sie nach Höherem streben sollte.
Sollte sie vielleicht doch versuchen, als Fremdenführerin oder Lehrerin unterzukommen? Schließlich hatte sie damit in Sizilien mehr als ihr halbes Erwachsenenleben lang einen Großteil ihres Lebensunterhaltes bestritten.

Sie machte es sich zur Gewohnheit, abends mit Jerry zu plaudern. Normalerweise klopfte er an ihre Tür. »Störe ich, Mrs. Signora?«
»Nein, komm ruhig herein, Jerry. Es ist schön, Gesellschaft zu haben.«
»Sie können jederzeit runterkommen, das wissen Sie. Es würde keinem was ausmachen.«
»Nein, lieber nicht. Ich habe von deinen Eltern ein Zimmer gemietet und möchte, daß sie mich gerne hier haben. Da will ich mich nicht aufdrängen.«
»Was tun Sie da, Mrs. Signora?«
»Ich nähe Babykleidchen für eine Boutique. Sie wollen vier davon,

und die Kleider müssen sehr schön werden. Denn ich habe für das Material auf meine Ersparnisse zurückgegriffen und kann es mir nicht leisten, daß sie womöglich einen Rückzieher machen.«
»Sind Sie arm, Mrs. Signora?«
»Nein, nicht wirklich arm, aber ich habe wenig Geld.« Das schien eine vernünftige Antwort zu sein, und Jerry gab sich damit zufrieden. »Warum machst du deine Hausaufgaben nicht hier bei mir?« schlug sie vor. »Dann leistest du mir Gesellschaft, und ich kann dir vielleicht ein bißchen dabei helfen.«

So verbrachten sie den ganzen Mai, sie saßen beisammen und unterhielten sich. Jerry hatte der Signora geraten, gleich fünf Kleidchen zu nähen und so zu tun, als ob die Boutique ihres Wissens fünf bestellt hätte. Das war ein guter Rat gewesen, sie hatten alle fünf genommen und wollten sogar noch mehr.
Die Signora zeigte großes Interesse an Jerrys Hausaufgaben. »Lies mir das Gedicht noch einmal vor, damit wir herausbekommen, was es bedeutet.«
»Es ist bloß ein altes Gedicht, Mrs. Signora.«
»Ich weiß, aber es muß eine Bedeutung haben. Laß uns darüber nachdenken.« Gemeinsam rezitierten sie: »›Und neun Reihn Bohnen habe‹ … Warum ausgerechnet neun?«
»Er war bloß so'n oller Dichter, Signora. Ich glaub nicht, daß er was damit gemeint hat.«
»›Allein in bienendurchsummter Au.‹ Stell dir das einmal vor, Jerry. Er wollte einfach nur das Summen der Bienen um sich herum hören, ihm gefiel der Lärm der Stadt nicht.«
»Na ja, er war ziemlich alt«, erklärte Jerry.
»Wer?«
»Na, Yeats. Der das Gedicht geschrieben hat.«

Und ganz allmählich brachte sie Jerry dazu, sich für seine Schulfächer zu interessieren.
Unter dem Vorwand, ein schlechtes Gedächtnis zu haben, ließ sie sich von Jerry immer wieder die Gedichte vortragen, während sie

über ihren Näharbeiten saß. In ihrem Beisein schrieb er auch seine Hausaufsätze und erledigte seine Mathematikaufgaben. Das einzige, was ihn schon immer ein bißchen interessiert hatte, war Erdkunde. Das hatte mit seinem Lehrer zu tun, Mr. O'Brien, der anscheinend ein prima Kerl war. Wenn Mr. O'Brien von Flußbetten und Gesteinsschichten oder Erosionen und solchen Sachen sprach, schien er stets zu erwarten, daß man wußte, wovon die Rede war. Die anderen Lehrer glaubten dagegen immer, daß man von rein gar nichts eine Ahnung hatte, das war der Unterschied.

»Und er wird Schuldirektor, nächstes Jahr«, erklärte Jerry.

»Aha. Sind die anderen am Mountainview damit einverstanden?«

»Tja, ich denke schon. Der alte Walsh war ein fürchterlicher Kotzbrocken.«

Die Signora schaute ihn verständnislos an, als ob sie dieses Wort noch nie gehört hätte. Es klappte jedesmal.

»Der jetzige Direktor, Mr. Walsh, er taugt nicht viel.«

»Ah, ich verstehe.«

Jerrys Ausdrucksweise habe sich ungeheuer verbessert, erzählte Suzi der Signora. Und noch erfreulicher war, daß auch einige seiner Lehrer Fortschritte bei ihm feststellten. »Eigentlich sollten meine Eltern Ihnen etwas zahlen und nicht umgekehrt«, meinte Suzi. »Sie sind ja fast eine Art private Hauslehrerin. Zu schade, daß Sie nicht an einer Schule unterrichten können.«

»Ihre Mutter hat mich am Donnerstag zum Tee eingeladen, damit ich Sie kennenlerne«, erzählte die Signora. »Jerrys Lehrer kommt wohl auch. Sie verspricht sich wahrscheinlich ein bißchen Unterstützung von uns.«

»Oha, dieser Tony O'Brien ist ein wahrer Herzensbrecher. Ich habe da so ein paar Geschichten gehört. Nehmen Sie sich vor dem bloß in acht, Signora. Mit Ihrer eleganten Frisur und so werden Sie ihm bestimmt gleich auffallen.«

»Ich werde mich nie wieder verlieben«, erwiderte die Signora schlicht.

»Oh, das habe ich nach meinem vorletzten Freund auch gesagt, aber ganz plötzlich ist es dann wieder passiert.«

Die Teestunde begann etwas verkrampft.
Peggy Sullivan war nicht gerade die geborene Gastgeberin, deshalb nahm die Signora schon bald das stockende Gespräch in die Hand. Leise, beinahe verträumt, erzählte sie, welche überwiegend positiven Veränderungen ihr in Irland aufgefallen waren. »In der Schule geht es heute so munter zu, und Sie machen ja wirklich großartige Projekte in Erdkunde, hat mir Jerry erzählt. Als ich jung war, sah es da eher trist aus.«
Damit war das Eis gebrochen. Peggy Sullivan hatte nämlich befürchtet, der Klassenlehrer wolle bei seinem Besuch vor allem Beschwerden über ihren Sohn loswerden. Und sie war angenehm überrascht, daß die Signora sich so gut mit ihrer Tochter verstand. Auch freute sie sich, als Jerry von seinem neuesten Hobby erzählte; er versuchte gerade herauszubekommen, nach wem und was die Plätze und Straßen in der Umgebung benannt waren. Mitten im fröhlichsten Geplauder kam Jimmy nach Hause, und die Signora meinte, daß es doch ein Glück für Jerry sei, einen Vater zu haben, der die Stadt kenne wie seine Westentasche.
Sie unterhielten sich wie eine ganz normale Familie. Höflicher als viele andere, die Tony O'Brien besucht hatte. Dabei hatte er immer geglaubt, daß Jerry Sullivan aus hoffnungslosen Verhältnissen stammte. Doch diese seltsame Frau schien nicht nur den Haushalt in die Hand genommen zu haben, sondern auch auf das Kind einen guten Einfluß auszuüben.
»Wenn Sie so lange in Italien geblieben sind, muß es Ihnen gut gefallen haben.«
»Oh, sehr sogar.«
»Ich bin selbst noch nie dort gewesen, aber einer meiner Kollegen, Aidan Dunne, schwärmt regelrecht dafür. Wenn er so richtig in Fahrt kommt, heißt es nur noch Italien hier und Italien da.«
»Mr. Dunne ist der Lateinlehrer«, ergänzte Jerry bedrückt.
»Latein? Du könntest Latein lernen, Jerry«, überlegte die Signora mit leuchtenden Augen.
»Ach, das ist doch nur was für Schlaumeier, die dann auf die Universität gehen und Rechtsanwälte oder Ärzte werden.«

»Nein, das stimmt nicht«, entgegneten die Signora und Tony O'Brien wie aus einem Mund.
»Bitte ...«, ließ er ihr den Vortritt.
»Nun, ich wünschte, ich hätte Latein gelernt, denn es ist sozusagen die Wurzel aller Sprachen ... von Französisch oder Italienisch oder Spanisch. Wenn du das lateinische Wort kennst, weißt du immer, woher die Wörter dieser Sprachen stammen«, erklärte sie voller Begeisterung.
»Meine Güte, Sie sollten Aidan Dunne wirklich mal kennenlernen«, sagte Tony O'Brien. »Das ist seit Jahr und Tag seine Rede. Ich finde es gut, wenn die Kinder Latein lernen, weil es so logisch ist. Latein ist Denksport wie ein Kreuzworträtsel, und man hat keine Probleme mit der Aussprache.«
Als der Lehrer gegangen war, unterhielten sich alle noch eine Weile angeregt miteinander. Und die Signora wußte, daß Suzi in Zukunft etwas häufiger zu Hause vorbeischauen und ihrem Vater nicht mehr so gezielt aus dem Weg gehen würde. Das Verhältnis zwischen ihnen entspannte sich langsam.

Brenda und die Signora trafen sich zu einem Spaziergang in St. Stephen's Green. Friedlich standen sie im Sonnenschein nebeneinander und fütterten die Enten mit trockenem Brot, das Brenda mitgebracht hatte.
»Ich gehe deine Mutter einmal im Monat besuchen«, erzählte Brenda. »Soll ich ihr sagen, daß du wieder da bist?«
»Was meinst du?«
»Lieber nicht. Aber hauptsächlich, weil ich immer noch Angst habe, daß du dann zu ihr ziehst.«
»Da kennst du mich aber schlecht. Ich kann ungeheuer stur sein. Magst du sie eigentlich als Mensch? Mal ehrlich.«
»Nein, nicht sehr. Anfangs bin ich hingegangen, um dir eine Freude zu machen, und später tat sie mir einfach leid. Ständig jammert sie wegen Rita und Helen und klagt über ihre undankbaren Schwiegertöchter.«
»Ich werde sie besuchen. Du mußt mich nicht verleugnen.«

»Geh nicht, sonst läßt du dich noch erweichen.«
»Glaub mir, das wird nie geschehen.«

Noch am selben Nachmittag schaute sie bei ihrer Mutter vorbei. Sie ging einfach hin und klingelte an der Tür von Nummer 23.
Verwirrt sah ihre Mutter sie an. »Ja?« fragte sie.
»Ich bin's, Nora. Ich bin gekommen, um dich zu besuchen, Mutter.«
Kein Lächeln, keine ausgestreckten Arme, kein herzliches Willkommen. Nichts als Feindseligkeit in den kleinen braunen Augen, die sie jetzt musterten. Reglos standen sie beide da, ihre Mutter trat nicht beiseite, um sie hereinzubitten. Und Nora fragte nicht, ob sie eintreten dürfe.
Doch sie ergriff wieder das Wort. »Ich bin gekommen, um zu sehen, wie es dir geht. Und ich wollte fragen, ob Daddy sich wohl freuen würde, wenn ich ihn im Pflegeheim besuche, oder ob ich lieber nicht hingehen soll? Ich möchte das tun, was für jeden das Beste ist.«
Da schürzte ihre Mutter die Lippen. »Wann hat dir schon jemals was am Wohl anderer gelegen? Du hast doch immer nur an dich selbst gedacht!« Reglos und stumm stand die Signora vor der Tür, in solchen Situationen konnte sie schon immer eine beinahe unheimliche Gemütsruhe an den Tag legen. Schließlich trat ihre Mutter doch noch einen Schritt zurück. »Komm herein, da du schon mal da bist«, meinte sie unwirsch.
Der Signora fielen ein paar vereinzelte Stücke aus ihrem früheren Zuhause ins Auge, aber wirklich nur sehr wenige. Vornehmlich die Vitrine, in der das gute Porzellan und das bißchen Silber aufbewahrt wurden, aber man hatte schon damals kaum durch die blinden Scheiben sehen können, und heute war das nicht anders. An den Wänden hing kein einziges Bild, im Bücherregal stand kein Buch. Statt dessen beherrschte ein riesiger Fernsehapparat das Zimmer, und auf einem kleinen Zinntablett auf dem Eßtisch stand eine Flasche Orangensaft. Weder Blumen noch

andere Anzeichen von Lebensfreude waren zu sehen. Da ihre Mutter ihr keinen Stuhl anbot, setzte sich die Signora an den Eßtisch. Bestimmt war hier noch nicht oft gegessen worden, dachte sie. Doch es stand ihr wohl kaum zu, sich darüber zu mokieren. Schließlich hatte sie sechsundzwanzig Jahre lang in zwei Zimmern gelebt, ohne jemals jemanden zu bewirten. Vielleicht lag das ja in der Familie.

»Wahrscheinlich willst du mir jetzt die Bude vollqualmen?«

»Nein, Mutter, ich rauche nicht. Ich habe nie geraucht.«

»Woher soll ich denn wissen, was du tust oder nicht tust?«

»Ja, woher solltest du?« erwiderte sie ruhig und ganz ohne Vorwurf.

»Machst du Urlaub in der alten Heimat oder was?«

In dem gelassenen Tonfall, der ihre Mutter schon immer zur Weißglut getrieben hatte, erklärte die Signora, daß sie nach Irland zurückgezogen sei, in einem Zimmer zur Untermiete lebe und sich ihren Lebensunterhalt mit Näharbeiten verdiene. Wobei sie hoffe, noch andere Arbeit zu finden. Als sie erwähnte, in welchem Viertel sie wohnte, schnaubte ihre Mutter geringschätzig, doch die Signora überhörte es. Dann hielt sie höflich inne, um ihre Mutter zu Wort kommen zu lassen.

»Hat er dich schließlich doch noch rausgeworfen, dieser Mario oder wie er hieß?«

»Du weißt ganz genau, daß er Mario hieß, Mutter. Denn du hast ihn kennengelernt. Und er hat mich nicht rausgeworfen, nein. Wenn er noch leben würde, wäre ich noch dort. Aber leider ist er bei einem tragischen Unfall ums Leben gekommen, bei einem Verkehrsunfall auf einer Bergstraße. Ich weiß, es tut dir leid, das zu hören, Mutter. Nun, und deshalb habe ich mich entschlossen, nach Irland zurückzukehren.« Wieder hielt sie inne.

»Ich schätze, sie wollten dich dort nicht haben. Und nachdem er nicht mehr da war, um dich zu beschützen, mußtest du gehen, oder?«

»Nein, Mutter, da irrst du dich. Dort waren mir alle wohlgesonnen.«

Wieder schnaubte die alte Frau. Und wieder folgte Schweigen. Bis ihre Mutter es nicht länger ertrug. »Und deshalb wohnst du bei fremden Leuten in einem verrufenen Viertel, wo es von Arbeitslosen und Kriminellen wimmelt, anstatt bei deiner Familie. Und das soll wohl auch so bleiben, ja?«

»Es ist sehr lieb von dir, Mutter, daß du mir ein Zuhause anbietest, aber wir sind uns doch sehr fremd geworden. Ich habe zu lange woanders gelebt und meine kleinen Eigenheiten entwickelt, und du bestimmt auch. Da dich mein Leben nie interessiert hat, würden dich meine Geschichten ja doch nur langweilen. Aber vielleicht kann ich ab und an vorbeischauen. Und vielleicht kannst du mir sagen, ob sich Vater über einen Besuch von mir freuen würde?«

»Ach, deine Besuche kannst du dir an den Hut stecken. Du bist hier bei uns nicht erwünscht, und damit basta.«

»Wenn das stimmen sollte, würde es mir sehr leid tun. Schließlich habe ich mich ehrlich bemüht, den Kontakt mit euch allen aufrechtzuerhalten. Brief um Brief habe ich geschrieben, ohne je eine Antwort zu bekommen, ohne je etwas von meinen sechs Nichten und fünf Neffen zu erfahren. Dabei würde ich sie zu gern kennenlernen, jetzt, da ich wieder da bin.«

»Nun, keiner von uns will irgend etwas mit dir zu tun haben, das kann ich dir versichern. Du spinnst ja wohl, wenn du glaubst, du kannst hier so einfach reinschneien und so tun, als wäre nie was gewesen. Und was hätte nicht alles aus dir werden können! Sieh doch nur mal deine ehemalige Freundin Brenda an, was für eine nette und gepflegte Frau das heute ist, verheiratet, eine prima Stellung und alles. So eine Tochter wünscht sich jede Frau!«

»Nun, du hast ja noch Rita und Helen«, ergänzte die Signora. Dieses Mal fiel das Schnauben etwas leiser aus, doch zeigte es unmißverständlich, daß auch diese beiden die mütterlichen Erwartungen enttäuscht hatten. »Jedenfalls können wir jetzt, da ich wieder da bin, vielleicht mal zusammen essen gehen, oder ich hole dich ab, und wir trinken irgendwo in der Stadt zusammen Tee.

Außerdem werde ich mich in dem Heim erkundigen, ob Vater mit einem Besuch von mir einverstanden ist.«

Und wieder Schweigen. Für ihre Mutter kam das alles ein bißchen zu plötzlich. Die Signora hatte bewußt ihre Adresse nicht genannt, nur das Viertel, in dem sie wohnte. So konnten ihre Schwestern sie nicht dort aufstöbern und belästigen. Und sie hatte keine Gewissensbisse deswegen. Denn diese Frau hier liebte sie nicht, ihr Wohlergehen war ihr egal, sie hatte in all den Jahren nicht ein einziges Mal ihre Freundschaft oder auch nur Kontakt zu ihr gesucht.

Die Signora stand auf und wollte gehen.

»Immer noch die Nase oben, was? Dabei bist du jetzt schon eine ältere Frau. Glaub bloß nicht, daß irgendein Mann in Dublin dich noch nimmt mit deiner Vergangenheit. Ich weiß, daß es heutzutage Scheidung und all diese Sachen gibt, die deinem Vater das Herz gebrochen haben, aber kein Mann in ganz Irland wird sich mit einer fünfzigjährigen Frau wie dir einlassen, die so lange einen anderen hatte.«

»Tja, Mutter, deshalb trifft es sich gut, daß ich keinerlei Pläne in dieser Richtung habe. Ich schreibe dir kurz, bevor ich wieder vorbeischaue, in drei, vier Wochen ungefähr.«

»Wochen?« fragte ihre Mutter ungläubig.

»Ja. Und vielleicht bringe ich dann einen Kuchen oder einen Kirschstrudel von Bewley's zum Tee mit. Mal sehen. Bis dahin meine herzlichsten Grüße an Helen und Rita. Sag ihnen, daß ich auch ihnen schreiben werde.«

Und noch ehe ihre Mutter wußte, wie ihr geschah, war die Signora schon wieder verschwunden. Der Signora war klar, daß ihre Mutter binnen Sekunden am Telefon sein würde, um ihre anderen Töchter anzurufen. So etwas Aufregendes war schließlich seit Jahren nicht mehr passiert.

Die Signora empfand nicht einmal Trauer. Das lag schon lange hinter ihr. Sie hatte auch keine Schuldgefühle. Denn schließlich war sie nur sich selbst verantwortlich, sie mußte lediglich Sorge dafür tragen, daß sie gesund, stark und unabhängig blieb. Und sie durfte sich auch nicht zu sehr in die Sullivan-Familie drängen, obwohl sie die hübsche Tochter sehr gern mochte und der mürrische Sohn ihre mütterlichen Instinkte weckte. Brenda und Patrick, dem erfolgreichen Aufsteigerpaar im Dublin von heute, durfte sie ebenfalls nicht zur Last fallen. Und die Boutiquen konnten ihr nicht garantieren, daß ihre hochwertigen Stickereiarbeiten auch Käufer finden würden.
Deshalb brauchte sie unbedingt ein zweites Standbein, irgendeine Stellung als Lehrerin. Daß sie keine besonderen Qualifikationen vorweisen konnte, machte vielleicht gar nichts; immerhin wußte sie, wie man Italienisch für Anfänger lehrte, sie hatte sich die Sprache schließlich selbst beigebracht.
Ob dieser Mann an Jerrys Schule, der Italienisch-Liebhaber, von dem Tony O'Brien erzählt hatte, vielleicht etwas für sie wußte ... vielleicht kannte er ja eine Gruppe von Leuten, die an Italienischstunden interessiert war? Das Gehalt spielte gar keine so große Rolle, Hauptsache, sie konnte diese schöne Sprache wieder sprechen, sich die italienischen Laute auf der Zunge zergehen lassen.
Wie hatte er noch mal geheißen? Mr. Dunne? Ja, genau, Mr. Aidan Dunne. Nun, fragen kostete nichts, und wenn er Italien wirklich liebte, würde er ihr bestimmt helfen.
Die Signora setzte sich in den Bus und fuhr zur Schule. Ach, wie anders sah es hier doch aus als an ihrer Vista del Monte, wo jetzt an den Hängen bestimmt schon die Sommerblumen blühten! Hier auf dem Schulhof dagegen müllübersäter Asphalt, ein baufälliger Fahrradschuppen, und das Schulgebäude hätte einen Anstrich bitter nötig gehabt. Warum ließ man nicht wenigstens ein bißchen Grünzeug die Wände hochranken?
Die Signora wußte, daß eine kommunale Schule über keinerlei Stiftungsmittel oder Spenden für Verschönerungsmaßnahmen

verfügte. Doch war es dann ein Wunder, daß Kinder wie Jerry Sullivan nicht gerade stolz auf ihre Schule waren?

»Er ist wahrscheinlich im Lehrerzimmer«, bekam sie von einer Gruppe Jugendlicher zur Antwort, als sie nach Mr. Dunne, dem Lateinlehrer, fragte.

Also klopfte sie an die Tür des Lehrerzimmers, und ein Mann mit schütterem braunen Haar und ängstlichem Blick öffnete. Er war hemdsärmelig, doch sie sah hinter ihm über einer Stuhllehne sein Jackett hängen. Offensichtlich waren alle anderen Lehrer während der Mittagspause nicht im Haus, nur Mr. Dunne hielt die Stellung. Die Signora hatte einen älteren Mann erwartet, vielleicht weil er eine alte Sprache lehrte. Doch dieser Mann war höchstens so alt wie sie selbst. Na ja, nach heutigen Maßstäben war das alt, man war dem Ende des Berufslebens näher als seinem Anfang.

»Ich wollte mich mit Ihnen über Italien und Italienisch unterhalten, Mr. Dunne«, sagte sie.

»Ich wußte, daß eines Tages jemand kommen und genau das sagen würde«, strahlte er sie an.

Auch sie lächelte, und es war sofort klar, daß sie gute Freunde werden würden. In dem großen unordentlichen Lehrerzimmer mit Blick auf die Berge saßen sie beisammen und unterhielten sich, als ob sie einander schon immer gekannt hätten. Aidan Dunne erzählte ihr von seinem Herzenswunsch, dem Abendkurs, und auch von der herben Enttäuschung, die er an ebendiesem Vormittag hatte einstecken müssen, weil nämlich die Mittel für einen solchen Kurs nicht genehmigt werden würden. Nun würden sie sich niemals eine qualifizierte Lehrkraft leisten können. Zwar hatte der künftige Direktor eine kleine Summe aus den ihm zur Verfügung stehenden Geldern in Aussicht gestellt, doch sie würde gerade eben für die Renovierung der Klassenzimmer reichen. Er habe schon befürchtet, meinte Aidan Dunne, er müsse das ganze Projekt fallenlassen, doch jetzt sehe er einen Hoffnungsschimmer am Horizont.

Die Signora erzählte ihm, daß sie lange Jahre in Sizilien gelebt habe und deshalb nicht nur die Sprache, sondern auch ein bißchen etwas von der Kultur vermitteln könne. Man könnte beispielsweise eine Unterrichtseinheit zu italienischen Künstlern, zu Bildhauern und Freskenmalern anbieten, und dann eine zu italienischer Musik, Opern ebenso wie Kirchenmusik. Und dann gäbe es ja noch die Weine und das Essen, Obst und Gemüse und *frutti di mare*, tja, und natürlich die ganzen Redewendungen, die man im Urlaub gut brauchen konnte. Italienischstunden konnten ja so viel mehr sein als nur trockene Grammatik und Vokabelpauken.

Mit ihren glänzenden Augen sah sie jetzt sehr viel jünger aus als die Frau, die schüchtern an der Tür des Lehrerzimmers gestanden hatte. Aidan hörte, wie der Lärm der Kinder im Gang draußen lauter wurde, ein Zeichen, daß die Mittagspause fast vorüber war. Gleich würden die anderen Lehrer hereinkommen, und der Zauber war verflogen.

Die Signora erriet seine Gedanken. »Ich bin schon zu lange geblieben, Sie haben zu tun. Aber vielleicht könnten wir uns ein andermal weiter darüber unterhalten?«

»Um vier ist die Schule aus. Gott, jetzt rede ich schon wie die Kinder«, lächelte Aidan.

Die Signora lächelte zurück. »Es muß wundervoll sein, in einer Schule zu arbeiten. Denn da bleibt man wohl immer jung und redet und denkt wie ein Kind.«

»Ich wünschte, es wäre so«, meinte Aidan.

»Als ich in Annunziata Englisch unterrichtete, habe ich immer in ihre kleinen Gesichter geblickt und gedacht: ›Jetzt wissen sie noch nichts, doch nachher, wenn die Stunde vorbei ist, dann wissen sie etwas.‹ Es war ein schönes Gefühl.«

Nun sah er ihr mit unverhohlener Bewunderung ins Gesicht, während er sich in sein Jackett zwängte, um zurück ins Klassenzimmer zu gehen. Sie konnte sich kaum entsinnen, wann jemand sie zuletzt bewundert hatte. In Annunziata hatte man sie auf eine merkwürdige Weise geachtet. Und natürlich hatte Mario sie geliebt, von ganzem Herzen, das war nicht die Frage. Doch er hatte sie nie bewundert. Er war im Dunkeln zu ihr geschlichen, er hatte sich an sie geschmiegt und ihr von seinen Sorgen erzählt, doch nie hatte er sie bewundernd angesehen.

Und es gefiel der Signora, bewundert zu werden, ebenso wie ihr dieser Mann gefiel, der so viele Mühen auf sich nahm, um seine Liebe zu einem anderen Land mit den Menschen hier zu teilen. Seine Hauptsorge war wohl, daß nicht genügend Geld vorhanden war, um einen solchen Luxus wie einen Abendkurs zu finanzieren.

»Soll ich vor dem Tor auf Sie warten?« fragte die Signora. »Wir könnten dann nach vier Uhr weiter darüber reden.«

»Ich möchte Ihnen nicht Ihre Zeit stehlen«, begann er.

»Oh, ich habe nichts anderes zu tun.« Warum ihm etwas vormachen?

»Vielleicht möchten Sie sich in der Zwischenzeit in der Bibliothek umsehen?« schlug er vor.

»Ja, gern.«

Aidan Dunne führte sie zwischen schubsenden Kindern, die sie jedoch nicht weiter beachteten, den Gang entlang. In einer großen Schule wie dieser tauchten immer mal wieder Fremde auf, kein Grund, ihnen hinterherzustarren. Nur Jerry Sullivan war verständlicherweise verblüfft.

»Himmel, Mrs. Signora ...«, stammelte er.

»Hallo, Jerry«, begrüßte sie ihn freundlich im Vorübergehen, als wäre sie tagtäglich in seiner Schule.

In der Bibliothek erkundete sie dann, was zu italienischer Sprache und Kultur vorhanden war; es handelte sich vornehmlich um antiquarische Bücher, die Aidan Dunne vermutlich auf eigene Kosten angeschafft hatte. Dieser nette Mann war voller Enthusiasmus, vielleicht konnte er ihr ja tatsächlich helfen. Und sie ihm. Zum ersten Mal, seit sie nach Irland zurückgekehrt war, fühlte sich die Signora wohl und richtig entspannt. Sie räkelte sich und gähnte hinaus in den Sommersonnenschein.

Obwohl sie bald Italienisch unterrichten würde, wovon sie jetzt überzeugt war, dachte sie nicht an Italien. Sondern an Dublin.

Und sie fragte sich, woher sie die Schüler für diesen Kurs bekommen würden. Sie und Mr. Dunne. Sie und Aidan. Reiß dich zusammen, ermahnte sie sich. Sie durfte sich nicht irgendwelchen Träumereien hingeben. Denn schließlich war das ihr Verderben gewesen, behaupteten die Leute. Daß sie Hirngespinsten nachhing und die Realität nicht sah.

Nach zwei Stunden stand Aidan Dunne in der Tür der Bibliothek und strahlte übers ganze Gesicht. »Ich habe kein Auto«, meinte er. »Sie wohl auch nicht?«

»Ich kann mir kaum den Bus leisten«, erwiderte die Signora.

BILL

Das Leben wäre viel einfacher, dachte Bill Burke, wenn er sich nur in Grania Dunne verlieben könnte.

Sie war in seinem Alter, um die dreiundzwanzig. Sie kam aus einer ganz normalen Familie, ihr Vater arbeitete als Lehrer am Mountainview College und ihre Mutter im Quentin's an der Kasse. Sie war hübsch und eine angenehme Gesprächspartnerin.

Gemeinsam schimpften sie zuweilen über die Bank und fragten sich, warum immer nur die raffgierigen und rücksichtslosen Leute Erfolg hatten. Grania erkundigte sich regelmäßig nach seiner Schwester und gab ihm Bücher für sie mit. Und vielleicht hätte sich Grania auch in ihn verliebt, wenn die Dinge nur anders gelegen hätten.

Sich mit einem guten, verständnisvollen Freund über die Liebe zu unterhalten war nicht schwer. Und Bill verstand Grania gut, wenn sie ihm von diesem schon ziemlich alten Mann erzählte, der ihr trotz aller Bemühungen einfach nicht aus dem Sinn ging. Der Mann hätte ihr Vater sein können, sein Atem ging pfeifend vom vielen Rauchen, und wenn er so weitermachte, würde er wahrscheinlich in ein paar Jahren unter der Erde liegen. Trotzdem, sie hatte noch nie jemanden kennengelernt, für den sie so viel empfunden hatte.

Allerdings würde aus den beiden nie ein Paar werden, denn er hatte sie belogen und ihr verschwiegen, daß er Schuldirektor werden würde, als er schon längst davon wußte. Und Granias Vater hätte der Schlag getroffen, er wäre tot umgefallen, hätte er erfahren, daß sie sich mit diesem Tony O'Brien getroffen und sogar schon mit ihm geschlafen hatte. Einmal.

Sie hatte ja versucht, mit anderen auszugehen, aber es hatte

einfach nicht funktioniert. Immerzu mußte sie an ihn denken, an die Fältchen um seine Augen, wenn er lächelte. Es war so ungerecht. Welche Fehlfunktionen des menschlichen Körpers oder Geistes waren daran schuld, daß man sich in jemanden verliebte, der so gar nicht zu einem paßte?
Bill konnte ihr nur von ganzem Herzen beipflichten. Auch ihn hatte das Schicksal mit dieser bedauerlichen Schwäche geschlagen. Er liebte Lizzie Duffy, und das war die unwahrscheinlichste Verbindung, die man sich vorstellen konnte. Lizzie war eine zwar hübsche, aber lästige, weil hoffnungslos verschuldete Kundin bei seiner Bank. Und obwohl sie sich an keine Vorschriften hielt, bekam sie einen höheren Kredit als jede andere Kundin bei dieser und auch den anderen Filialen.
Lizzie liebte Bill auch. Zumindest *behauptete* sie es oder *glaubte*, ihn zu lieben. Wie sie sagte, habe sie in ihrem ganzen Leben noch nie einen so ernsten, eulenhaften, ehrenwerten und dusseligen Menschen kennengelernt. Verglichen mit Lizzies sonstigem Umgang, trafen all diese Eigenschaften tatsächlich auf ihn zu. Die meisten ihrer Freunde lachten ständig und ohne Grund und hatten nur mäßiges Interesse daran, einen Arbeitsplatz zu finden oder zu behalten, aber enormes Interesse an Reisen und Vergnügungen. Es war einfach idiotisch, Lizzie zu lieben.
Doch bei einer Tasse Kaffee versicherten Bill und Grania einander mit ernster Miene, daß das Leben sehr einfach und sehr langweilig wäre, wenn jeder nur Menschen lieben würde, die zu ihm paßten.
Lizzie erkundigte sich nie nach Bills großer Schwester Olive. Obwohl sie sie natürlich schon kennengelernt hatte, als sie einmal zu Besuch gekommen war. Olive war ein bißchen zurückgeblieben, das war alles, einfach nur zurückgeblieben. Sie hatte keine bestimmte Krankheit. Sie war fünfundzwanzig und benahm sich wie eine Achtjährige. Eine sehr nette, aufgeweckte Achtjährige.
Wenn man das wußte, gab es mit Olive keine Probleme. Sie erzählte einem Geschichten aus Büchern wie alle Achtjährigen und berichtete begeistert von Dingen, die sie im Fernsehen gesehen hatte. Manchmal wurde sie auch laut und schwierig, und weil

Olive groß und kräftig war, stieß sie oft etwas um. Aber nie war sie wütend oder schlecht gelaunt, sie interessierte sich stets für alles und jeden und war der festen Meinung, daß an ihre Familie so leicht niemand herankam. »Meine Mutter backt die besten Kuchen der Welt«, erzählte sie allen Leuten, und Bills Mutter, deren Backkünste sich darauf beschränkten, einen gekauften Biskuitkuchen zu verzieren, strahlte voller Stolz. »Mein Vater leitet den großen Supermarkt«, verkündete Olive, und ihr Vater, der dort an der Fleisch- und Wursttheke arbeitete, lächelte nachsichtig.
Olives Behauptung: »Mein Bruder Bill ist Bankdirektor« kommentierte Bill mit einer Grimasse, ebenso wie Grania, als sie davon erfuhr. »Das würde ich zu gerne einmal erleben«, fügte er hinzu.
»Willst du doch gar nicht. Das würde nur heißen, daß du kapituliert hast, Kompromisse gemacht hast«, entgegnete Grania aufmunternd.
Aber Lizzie war der gleichen Ansicht wie Olive. »Du mußt es in der Bank zu etwas bringen«, pflegte sie zu Bill zu sagen. »Ich brauche nämlich einen erfolgreichen Mann, und wenn wir beide mit fünfundzwanzig heiraten, solltest du die ersten Stufen der Karriereleiter schon hinter dir haben.«
Obwohl Lizzie dabei ihr bezauberndes, strahlendes Lächeln aufgesetzt, ihre kleinen, weißen Zähne entblößt und ihre sagenhafte goldene Lockenpracht geschüttelt hatte, wußte Bill, daß es ihr ernst war. Sie könne niemals einen Versager heiraten, meinte sie; das wäre einfach schrecklich, denn es würde sie beide zermürben. Trotzdem erwäge sie ernsthaft, in zwei Jahren, wenn sie beide ein Vierteljahrhundert alt seien, Bill zu heiraten, denn dann sei ihr Verfallsdatum überschritten und es sei Zeit für ein gesetzteres Leben.
Lizzie hatte keinen weiteren Kredit bekommen, weil sie ihren ersten noch nicht zurückbezahlt hatte. Ihre Kreditkarte war eingezogen worden, und Bill hatte an sie adressierte Briefe gesehen, die folgendermaßen begannen: »Falls bis morgen, siebzehn Uhr, keine Zahlung eingeht, sehen wir uns gezwungen, ...« Aber ir-

gendwie gab es doch jedesmal noch einen Ausweg. Manchmal erschien Lizzie in Tränen aufgelöst in der Bank, manchmal strotzend vor Selbstvertrauen, weil sie eine neue Stelle bekommen hatte. Sie ging niemals unter. Und war nie zerknirscht.

»Meine Güte, Bill, eine Bank hat doch keine Gefühle. Der Bank geht es einzig und allein darum, Geld zu verdienen und möglichst keine Verluste zu machen. Sie ist der Feind.«

»Aber nicht meiner«, wandte Bill ein. »Sondern mein Arbeitgeber.«

»Lizzie, nicht«, bat er verzweifelt, wenn sie noch eine Flasche Wein bestellte. Denn er wußte, daß sie sie nicht bezahlen konnte, und dann würde er einspringen müssen, was ihm zusehends schwerer fiel. Schließlich wollte er zu Hause auch noch etwas beisteuern, da er doch soviel besser verdiente als sein Vater und seine Eltern große Opfer für seine berufliche Zukunft gebracht hatten. Nur konnte man mit Lizzie unmöglich sparen. Bill hatte sich eigentlich ein neues Jackett kaufen wollen, doch das mußte er sich aus dem Kopf schlagen. Warum mußte Lizzie ständig von einer Urlaubsreise reden, die sie sich schlichtweg nicht leisten konnten? Und wie sollte er es eigentlich schaffen, auch noch etwas beiseite zu legen, damit er mit fünfundzwanzig wohlhabend genug wäre, um Lizzie zu heiraten?

Bill hoffte, es würde ein schöner Sommer werden. Wenn hier die Sonne schien, würde sich Lizzie vielleicht mit einem Urlaub in heimischen Gefilden zufriedengeben. Aber wenn es ständig bedeckt war und all ihre Freunde von dieser oder jener griechischen Insel schwärmten oder davon, wie wenig man für einen gan- zen Monat in der Türkei brauchte, würde sie das Reisefieber pak- ken. Bill konnte von der Bank, bei der er arbeitete, keinen Kredit bekommen. Das war ein ehernes Gesetz. Aber natürlich war es woanders jederzeit möglich. Möglich, wenn auch ganz und gar nicht erstrebenswert. Er fragte sich, ob er ein Geizhals war. Eigentlich nicht, fand er, doch wer schätzte sich selbst schon richtig ein?

»Ich glaube, wir sind nur das, was die anderen in uns sehen«, meinte er während der Kaffeepause zu Grania.

»Da bin ich anderer Meinung, denn das könnte ja heißen, daß wir ihnen immerzu etwas vorspielen«, entgegnete sie.
»Sehe ich wie eine Eule aus?« wollte er wissen.
»Natürlich nicht«, seufzte Grania. Er fragte sie das nicht zum erstenmal.
»Dabei trage ich nicht einmal eine Brille«, klagte Bill. »Vielleicht, weil ich so ein rundes Gesicht habe und ziemlich glattes Haar ...«
»Eulen haben überhaupt kein Haar, sie haben Federn«, wandte Grania ein.
Das verwirrte Bill nur noch mehr. »Wie kommen sie dann darauf, daß ich eulenhaft wirke?« fragte er.
An jenem Abend gab es in der Bank einen Vortrag über Aufstiegsmöglichkeiten. Grania und Bill saßen nebeneinander. Sie erfuhren von Lehrgängen und Programmen und daß die Bank es begrüße, wenn sich die Mitarbeiter spezialisierten. Intelligenten jungen Männern und Frauen mit Sprach- und Spezialkenntnissen und Erfahrung stehe die ganze Welt offen. Im Ausland beschäftigte Mitarbeiter erhielten selbstverständlich ein höheres Gehalt, da es dafür Zuschläge gebe. Die Programme würden erst in einem Jahr anlaufen, interessierte Mitarbeiter sollten sich jedoch schon frühzeitig darauf vorbereiten, da die Konkurrenz sehr groß sein werde.
»Bewirbst du dich für einen der Lehrgänge?« erkundigte sich Bill.
Grania wirkte bekümmert. »Ich würde schon gerne, weil ich dann von hier wegkäme und nicht befürchten müßte, daß mir Tony O'Brien über den Weg läuft. Aber andererseits möchte ich auch nicht in einem anderen Teil der Welt sein und dort ständig an ihn denken müssen. Welchen Sinn hätte das? Wenn ich schon unglücklich bin, dann besser hier, wo ich in seiner Nähe bin, als irgendwo in der Ferne, wo ich nichts höre und sehe von ihm.«
»Will er dich denn immer noch haben?« Bill hatte die Geschichte schon oft gehört.
»Ja, er schickt mir jede Woche eine Postkarte hierher in die Bank. Sieh mal, da habe ich die von dieser Woche.« Grania zeigte ihm

ein Bild von einer Kaffeeplantage. Auf der Rückseite standen vier Worte: »Warte noch immer, Tony.«

»Viel schreibt er ja nicht gerade«, bemängelte Bill.

»Nein, aber das ist so eine Art Fortsetzungsgeschichte«, erklärte Grania. »Auf einer hat er geschrieben: ›Kaffee ist fertig‹, und auf einer anderen: ›Hoffe noch immer‹. Er will mir damit sagen, daß er es mir überläßt.«

»Ist das eine Art Kode?« fragte Bill verblüfft.

»Es bezieht sich darauf, daß ich gesagt habe, ich würde erst zu ihm zurückkommen, wenn er eine richtige Kaffeemaschine gekauft hat.«

»Und, hat er jetzt eine?«

»Ja, natürlich, Bill. Aber darum geht es nicht.«

»Frauen sind ziemlich schwierig«, seufzte Bill.

»Nein, sind sie nicht. Sie sind ganz gewöhnliche Menschen, offen und unkompliziert. Vielleicht nicht unbedingt dein kleines Konsumrausch-Fräulein, mit dem du dich eingelassen hast, aber die meisten von uns sind so.«

Grania fand Lizzie unmöglich. Bill fand, Grania sollte wieder zu ihrem alten Typen zurückgehen und mit ihm Kaffee und Bett teilen, oder was sonst auf seinen Postkarten stand, weil ihr das Leben ohne ihn verdammt wenig Spaß machte.

Der Vortrag hatte Bill zum Nachdenken angeregt. Angenommen, er würde tatsächlich ins Ausland versetzt werden. Angenommen, er schaffte es wirklich, Mitglied der Vorhut zu werden, die im Rahmen der Firmenexpansion in eine europäische Hauptstadt geschickt wurde? Dann würden sich eine Menge Dinge ändern. Zum erstenmal in seinem Leben würde er richtig Geld verdienen. Er würde unabhängig sein. Er mußte nicht mehr jeden Abend zu Hause sitzen und mit Olive spielen und seinen Eltern ausgewählte Ereignisse des Tages schildern, die ihn in einem guten Licht zeigten.

Lizzie konnte mit ihm zusammen in Paris, Rom oder Madrid leben, sie konnten eine kleine gemeinsame Wohnung beziehen und jede Nacht zusammen schlafen. Er mußte nicht wie jetzt in ihre Wohnung kommen und danach wieder nach Hause fahren ... ein Arrangement, über das sich Lizzie köstlich amüsierte, das sie jedoch auch ganz praktisch fand. Denn da sie erst gegen Mittag aufzustehen pflegte, war es angenehm, nicht in aller Frühe von jemandem geweckt zu werden, der die extravagante Gewohnheit hatte, morgens zur Bank zum Arbeiten zu gehen.

Er begann, Broschüren über Sprachintensivkurse zu studieren. So etwas war nicht billig. Die Kurse mit Sprachlabor waren völlig unerschwinglich. Außerdem würde er weder die Zeit noch die Energie dafür aufbringen. Nach einem Arbeitstag in der Bank war er erschöpft und so müde, daß er sich abends nicht mehr richtig konzentrieren konnte. Und da es ihm einzig darum ging, genug Geld zu verdienen, um Lizzie etwas bieten zu können, durfte er nicht riskieren, sie dadurch zu verlieren, daß er sich von ihr und ihrer Clique zurückzog.

Nicht zum erstenmal wünschte er, er würde einen anderen Typ Frau lieben. Aber es war eben wie bei den Masern: Wenn es einen erwischt hatte, war nichts mehr zu machen. Man mußte abwarten, bis man geheilt war oder bis sich die Sache irgendwie von selbst erledigt hatte. Wie üblich bat er seine Freundin Grania um Rat. Und zum erstenmal erging sie sich nicht nur in düsteren Prophezeiungen, daß ihn seine Liebe zu Lizzie ins Verderben stürzen würde, sondern hatte wirklich eine hilfreiche Idee.

»Mein Vater möchte an seiner Schule einen Italienisch-Abendkurs einrichten«, sagte sie. »Er beginnt im September, und jetzt suchen sie händeringend nach Teilnehmern.«

»Lernt man da was?«

»Ich weiß nicht. Ich soll nur ein bißchen Werbung dafür machen.« Grania war immer so ehrlich. Das war eine der Eigenschaften, die er an ihr mochte. Sie machte einem nichts vor. »Zumindest ist es nicht teuer«, meinte sie. »Sie haben soviel Geld in diesen Kurs investiert, wie sie konnten, aber wenn keine dreißig Schüler zusammenkommen, fällt das Ganze ins Wasser. Das täte mir so leid für meinen Vater.«

»Schreibst du dich dann auch ein?«

»Nein, er hat gesagt, das wäre demütigend für ihn. Es würde einen jämmerlichen Eindruck machen, wenn seine ganze Familie mitmachen müßte.«
»Da hat er wahrscheinlich recht. Könnte man denn in der Bank überhaupt etwas damit anfangen? Lernt man dort die einschlägigen Fachausdrücke?«
»Das bezweifle ich, es werden wohl eher Begrüßungsformeln und einfache Konversation durchgenommen. Aber wenn du in einer Bank in Italien arbeitest, mußt du das bei den Kundengesprächen ja auch beherrschen.«
»Verstehe.« Bill hatte seine Zweifel.
»Meine Güte, Bill, welche Fachausdrücke verwenden wir hier schon tagtäglich außer Soll und Haben? Ich wette, das kann sie dir beibringen.«
»Wer?«
»Die Lehrerin, die er dafür eingestellt hat. Eine echte Italienerin. Er nennt sie die Signora. Er sagt, sie ist große Klasse.«
»Und wann fängt dieser Kurs an?«
»Am fünften September, wenn sich genügend viele anmelden.«
»Und muß man für das ganze Jahr im voraus bezahlen?«
»Nur für ein Halbjahr. Ich bringe dir eine Broschüre mit. Wenn du wirklich Italienisch lernen willst, kannst du es ebensogut dort machen, Bill. Du würdest damit zum Seelenfrieden meines armen, alten Vaters beitragen.«
»Und werde ich dort auch Tony begegnen, dem Urheber deines Herzeleids?« erkundigte sich Bill.
»O Gott, sag bloß nichts von Tony. Was ich dir erzählt habe, muß unbedingt unter uns bleiben.« Grania klang besorgt.
Er tätschelte ihre Hand. »Ich wollte dich doch nur ein bißchen auf den Arm nehmen. Mir ist schon klar, daß es ein Geheimnis ist. Aber falls ich ihm begegne, werde ich ihn genau unter die Lupe nehmen und dir dann meine Meinung über ihn sagen.«
»Ich hoffe, du magst ihn.« Grania wirkte plötzlich sehr jung und verletzlich.

»Er ist bestimmt ein so fabelhafter Typ, daß ich anfangen werde, dir Postkarten über ihn zu schreiben«, meinte Bill mit einem aufmunternden Lächeln, das Grania jetzt so sehr brauchte – mutterseelenallein in einer Welt, die nichts von ihr und Tony O'Brien wußte.

An jenem Abend erzählte Bill seinen Eltern, daß er vorhabe, Italienisch zu lernen.
Olive war begeistert. »Bill geht nach Italien. Bill geht nach Italien und wird Bankdirektor«, erzählte sie den Nachbarn.
Sie wußten, was sie davon zu halten hatten. »Großartig«, meinten sie nachsichtig. »Wird er dir fehlen?«
»Wenn er in Italien ist, läßt er uns alle nachkommen«, erklärte Olive zuversichtlich.
Bill hörte in seinem Zimmer alles mit, und ihm wurde das Herz schwer. Seine Mutter fand die Idee mit dem Italienischkurs wundervoll. Es sei so eine schöne Sprache. Sie liebe es, den Papst italienisch sprechen zu hören, und das Lied *O sole mio* habe es ihr schon immer angetan. Seinem Vater gefiel es, daß sein Junge versuchte, voranzukommen, er habe doch gewußt, daß sich die zusätzliche Büffelei für das Abschlußzeugnis einmal lohnen würde. Seine Mutter erkundigte sich beiläufig, ob Lizzie auch mitmachen würde.
Bill konnte sich nicht vorstellen, daß Lizzie diszipliniert oder zielstrebig genug sein könnte, um auch nur zweimal zwei Stunden wöchentlich etwas zu lernen. Sicher würde sie lieber mit ihren Freunden ausgehen, sich amüsieren und sündteure, farbenfrohe Cocktails trinken. »Sie hat sich noch nicht entschieden«, erwiderte er bestimmt. Er wußte, wie wenig sie von Lizzie hielten. Bei ihrem ersten und einzigen Besuch hier war sie nicht besonders gut angekommen. Ihr Rock war zu kurz, der Ausschnitt zu tief gewesen, sie hatte zu laut und über die falschen Dinge gelacht und überhaupt keine Ahnung vom Leben.
Doch er hatte sich nicht beirren lassen. Lizzie war das Mädchen, das er liebte. Sie war die Frau, die er in zwei Jahren, mit fünfund-

zwanzig, heiraten würde. Zu Hause wollte er keine abfälligen Bemerkungen über Lizzie hören, und seine Eltern respektierten das. Manchmal träumte Bill von seinem Hochzeitstag. Wie aufgeregt seine Eltern sein würden! Seine Mutter würde schon eine Ewigkeit vorher überlegen, welchen Hut sie tragen sollte, und wahrscheinlich mehrere Exemplare kaufen, bevor sie sich für den richtigen entschied. Auch über Olives Ausstattung würde es lange Diskussionen geben, es sollte nicht zu auffällig, aber elegant sein. Sein Vater würde sich über den geeigneten Termin Gedanken machen und hoffen, daß er mit seiner Arbeit im Supermarkt gut zu vereinbaren war. Seit seiner Jugend arbeitete er schon in diesem Geschäft und hatte miterlebt, wie es sich stetig wandelte. Er war sich seines Wertes bis heute nicht bewußt und hatte ständig Angst davor, daß ein neuer Filialleiter seine Kündigung bedeuten könnte. Manchmal hätte Bill ihn am liebsten geschüttelt und ihm gesagt, daß er mehr wert war als das gesamte restliche Personal zusammen und daß das jeder wisse. Doch sein Vater, schon über fünfzig und ohne die Qualifikationen und Kenntnisse der Jungen, hätte ihm das nie geglaubt. Er würde für den Rest seines Lebens Angst vor seinem Arbeitgeber haben und sich ihm zu Dank verpflichtet fühlen.

Von Lizzies Familie, dem anderen Teil der Hochzeitsgesellschaft, hatte Bill keine klare Vorstellung. Lizzie hatte erzählt, daß ihre Mutter in den Westen von Cork gezogen sei, weil es ihr dort besser gefalle, und ihr Vater nach Galway, weil er dort viele Freunde habe. Ihre Schwester lebte in den Staaten, und ihr Bruder arbeitete in einem Wintersportort und war schon seit einer Ewigkeit nicht mehr nach Hause gekommen.

Bill erzählte Lizzie von dem Kurs. »Würdest du auch gerne mitmachen?« fragte er hoffnungsvoll.

»Wozu das denn?« Lizzies Lachen steckte ihn an, obwohl er nicht wußte, worüber er eigentlich lachte.

»Na, damit du ein bißchen Italienisch sprechen kannst, wenn wir nach Italien fahren, weißt du.«

»Sprechen die dort denn nicht Englisch?«

»Manche schon, aber es wäre doch toll, wenn man sich in ihrer Sprache mit ihnen unterhalten könnte.«
»Und das würden wir am Mountainview, diesem alten Kasten, lernen?«
»Das Mountainview College hat einen ausgezeichneten Ruf.« Er fühlte sich Grania und ihrem Vater gegenüber zu Loyalität verpflichtet.
»Das kann schon sein, aber sieh dir doch mal an, in was für einer Gegend es liegt. Um lebend dorthin zu gelangen, braucht man ja eine kugelsichere Weste.«
»Es ist eine heruntergekommene Gegend, das stimmt schon«, räumte Bill ein. »Aber das liegt nur daran, daß die Leute dort arm sind.«
»Arm«, schrie Lizzie beinahe heraus. »Arm sind wir doch alle, um Himmels willen, aber deswegen führen wir uns noch lange nicht so auf wie die da.«
Wieder einmal machte Bill sich Gedanken über Lizzies Charakter. Wie konnte sie sich mit diesen Familien vergleichen, die nichts anderes als Arbeitslosigkeit kannten und auf Sozialhilfe und Wohlfahrt angewiesen waren? Trotzdem, man mußte es einfach ihrer Naivität zuschreiben. Wenn man einen Menschen liebte, mußte man ihn nehmen, wie er war. Das hatte er schon seit langem begriffen.
»Na, ich werde mich auf alle Fälle anmelden«, sagte er. »Direkt vor der Schule ist eine Bushaltestelle, und der Kurs findet dienstags und donnerstags statt.«
Lizzie blätterte in der kleinen Broschüre. »Zu deiner Unterstützung würde ich ja gerne mitmachen, Bill, ehrlich, aber ich habe einfach nicht das Geld.« Sie blickte ihn mit ihren riesengroßen Augen an. Es wäre wundervoll, dachte er, wenn er sie an seiner Seite haben und mit ansehen könnte, wie sie all diese fremden Worte aussprach und die Sprache erlernte.
»Dann zahle ich für dich mit«, verkündete Bill Burke. Jetzt würde er auf jeden Fall einen Kredit bei einer anderen Bank aufnehmen müssen.

Die Leute bei der Bank waren nett und verständnisvoll. Sie mußten es ja genauso machen, sie alle mußten sich anderswo Geld leihen. Die Formalitäten waren kein Problem.
»Ihr Kreditrahmen liegt allerdings weit höher«, informierte ihn der hilfsbereite Bankangestellte, wie Bill es an seiner Stelle auch getan hätte.
»Ich weiß, aber die Rückzahlung ... ich habe schon jetzt jeden Monat so viele Raten.«
»Wem sagen Sie das«, meinte der junge Mann. »Und was Kleidung heutzutage kostet, ist ein Skandal. Alles, was auch nur ein bißchen nach etwas aussieht, kostet ein Vermögen.«
Bill dachte an das Jackett, er dachte an seine Eltern und an seine Schwester Olive. Wie gerne hätte er ihnen zum Sommerende etwas spendiert. Am Ende war der Kredit genau doppelt so hoch wie beabsichtigt.

Grania erzählte Bill, daß ihr Vater über die von ihr angeworbenen neuen Kursteilnehmer hoch erfreut war. Jetzt waren es schon zweiundzwanzig. Es sah gut aus, und immerhin blieb ihnen noch eine ganze Woche. Sie hatten beschlossen, den Kurs im ersten Halbjahr auf alle Fälle abzuhalten, auch wenn keine dreißig Schüler zusammenkamen, um sich nicht zu blamieren und die, die sich schon eingeschrieben hatten, nicht zu enttäuschen.
»Wenn es erst mal läuft, spricht es sich vielleicht herum«, meinte Bill.
»Es heißt, daß nach der dritten Stunde normalerweise viele wieder aufhören«, sagte Grania. »Aber bange machen gilt nicht. Heute abend werde ich noch meine Freundin Fiona bearbeiten.«
»Die Fiona, die im Krankenhaus arbeitet?« Bill hatte das Gefühl, daß Grania ihn mit Fiona verkuppeln wollte. Sie war stets voll des Lobs für Fiona, besonders, wenn er ihr erzählt hatte, daß Lizzie gerade wieder eine große Dummheit gemacht hatte.
»Ja, du kennst Fiona doch. Sie ist Brigids und meine allerbeste Freundin. Wir können immer erzählen, wir würden bei ihr über-

nachten, auch wenn es gar nicht stimmt – wenn du weißt, was ich meine.«
»Ich schon, aber was ist mit deinen Eltern?« fragte Bill.
»Die machen sich keine Gedanken darüber, wie alle Eltern. Solche Sachen verdrängen sie in den hintersten Winkel ihres Gedächtnisses.«
»Muß euch Fiona oft decken?«
»Mich nicht mehr seit ..., nun, seit dieser ewig zurückliegenden Nacht mit Tony. Weißt du, gleich am nächsten Tag habe ich herausgefunden, daß er so hinterhältig war und meinem Vater die Stelle weggeschnappt hat. Habe ich dir davon erzählt?«
Das hatte sie, schon viele Male, aber Bill blieb geduldig. »Ich glaube, du hast gesagt, daß der Zeitpunkt ungünstig war.«
»Ja, er hätte nicht schlechter sein können«, schnaubte Grania. »Wenn ich es eher gewußt hätte, hätte ich ihm nicht einmal guten Tag gesagt, und wenn ich es erst später erfahren hätte, wäre unsere Beziehung vielleicht schon so eng gewesen, daß es kein Zurück mehr gegeben hätte.« Sie ärgerte sich maßlos über die Ungerechtigkeit des Schicksals.
»Angenommen, du würdest dich entschließen, wieder zu ihm zurückzugehen. Würde das deinem Vater den Rest geben?«
Grania musterte ihn mit durchdringendem Blick. Konnte Bill etwa hellsehen, oder woher sonst wußte er, daß sie sich die ganze letzte Nacht im Bett hin und her gewälzt und darüber nachgedacht hatte, ob sie mit Tony O'Brien noch einmal Kontakt aufnehmen sollte? Tony hatte sie mit seinen Postkarten dazu ermuntert, er hatte ihr den Ball zugeworfen. Im Grunde war es sogar unhöflich, ihm nicht in irgendeiner Weise zu antworten. Doch dann dachte sie wieder daran, wie schlimm es für ihren Vater wäre. Er war sich so sicher gewesen, daß *er* den Direktorenposten bekommen würde; es mußte ihm mehr bedeutet haben, als er sich hatte anmerken lassen. »Nun, ich habe tatsächlich darüber nachgedacht«, entgegnete Grania zögernd. »Und ich bin zu dem Ergebnis gekommen, daß ich besser noch ein Weilchen warten sollte, bis bei meinem Vater wieder alles im

Lot ist. Dann ist er vielleicht eher in der Lage, so etwas zu verkraften.«

»Spricht er sich mit deiner Mutter aus, was meinst du?«

Grania schüttelte den Kopf. »Sie reden kaum noch miteinander. Für meine Mutter zählen nur noch das Restaurant und die Besuche bei ihren Schwestern. Und Dad verbringt die meiste Zeit damit, sich eine Art Arbeitszimmer einzurichten. Er ist in letzter Zeit ziemlich einsam, und ich würde es nicht übers Herz bringen, ihn noch mehr zu belasten. Aber vielleicht, wenn der Abendkurs ein Riesenerfolg wird und er das Lob dafür erntet ... dann könnte ich ihm reinen Wein einschenken. Falls ich mich wieder darauf einlassen will, natürlich.«

Bill warf Grania einen bewundernden Blick zu. Genau wie er war auch sie selbstbewußter als ihre Eltern, und sie wollte ihnen ebenfalls keinen Kummer bereiten. »Wir haben so viele Gemeinsamkeiten«, sagte er unvermittelt. »Ist es nicht schade, daß wir nicht ineinander verliebt sind?«

»Ich weiß, Bill.« Grania seufzte aus tiefstem Herzen. »Dabei siehst du unheimlich gut aus, besonders in deinem neuen Jackett. Du hast wundervoll glänzendes braunes Haar und bist jung, und du wirst nicht schon tot sein, wenn ich vierzig bin. Wie blöd, daß wir nicht ineinander verliebt sind, aber ich bin's nicht, nicht das kleinste bißchen.«

»Ich weiß«, sagte Bill. »Ich auch nicht. Ist das nicht zum Heulen?«

Um seiner Familie eine Freude zu machen, wollte er mit ihr einen Ausflug ans Meer unternehmen und sie dort zum Essen einladen. Also fuhren sie eines Sonntags mit dem Zug an die Küste.

Kaum angekommen, spazierten sie hinunter zum Meer, um sich den Hafen und die Fischerboote anzusehen. Es waren immer noch Sommergäste da und Touristen mit Fotoapparaten. Sie schlenderten die zugige Hauptstraße des Küstenstädtchens entlang und betrachteten die Schaufenster. Bills Mutter meinte, es müsse herrlich sein, an einem Ort wie diesem zu leben.

»Als wir noch jung waren, hätte jeder es sich leisten können, hier draußen zu wohnen«, erklärte Bills Vater. »Aber für damalige Verhältnisse war diese Gegend ziemlich abgelegen, und die besseren Stellen gab es in der Nähe der Stadt. Deshalb sind wir nicht hierhergezogen.«

»Vielleicht wird Bill ja eines Tages an so einem Ort wohnen, wenn er befördert worden ist«, überlegte seine Mutter hoffnungsvoll.

Bill versuchte sich vorzustellen, wie er hier in einer Neubauwohnung oder in einem der alten Häuser zusammen mit Lizzie wohnte. Was würde sie den ganzen Tag lang machen, wenn er mit dem Zug nach Dublin gependelt war? Würde sie auch hier draußen schnell Freunde finden? Würden sie Kinder haben? Sie hatte einmal gesagt, einen Jungen und ein Mädchen, dann wäre Schluß. Aber das war schon vor einer ganzen Weile gewesen. Wenn er dieses Thema jetzt zur Sprache brachte, wollte sie sich nicht mehr so genau festlegen. »Mal angenommen, du würdest jetzt schwanger werden«, hatte Bill eines Abends gemeint. »Dann müßten wir unsere Zukunftspläne ein bißchen vorantreiben.«

»Völlig falsch, Süßer«, hatte sie entgegnet. »Dann müßten wir alle unsere Pläne aufgeben.«

Und da hatte er zum erstenmal eine gewisse Härte in ihrem lächelnden Gesicht bemerkt. Aber er maß diesem Eindruck keine Bedeutung bei. Bill wußte, daß Lizzie nicht hart war. Sie hatte lediglich, wie alle anderen Frauen auch, Angst vor den Gefahren und Unwägbarkeiten des weiblichen Körpers. Das hatte die Natur nicht gerade gerecht verteilt. Frauen konnten bei der Liebe nie so richtig entspannt sein, denn sie mußten immer damit rechnen, daß es zu einer ungewollten Schwangerschaft kam.

Da Olive nicht gut zu Fuß war und ihre Mutter ohnehin die Kirche besichtigen wollte, spazierten Bill und sein Vater allein die Vico Road entlang, die sich anmutig an der Bucht entlangschlängelte. Die Bucht wurde oft mit dem Golf von Neapel verglichen, und viele Straßen im Ort hatten italienische Namen wie Vico oder Sorrento, und es gab Häuser, die La Scala, Milano oder Ancona hießen. Die Menschen hatten Erinnerungen an ähnliche Küsten-

ansichten von ihren Reisen mitgebracht, und angeblich war die italienische Küste ebenso hügelig wie der Küstenstreifen hier.
Bill und sein Vater sahen sich die Häuser und Gärten an und bewunderten sie ohne Neid. Wäre Lizzie dabeigewesen, hätte sie darüber geklagt, wie ungerecht es doch sei, daß manche Leute solche Häuser mit zwei großen Autos davor hatten. Bill jedoch, der Bankangestellte, und sein Vater, der tagtäglich mit Plastikhandschuhen Speck aufschnitt, ihn in kleine, durchsichtige Beutel steckte und abwog, konnten sich diese Besitztümer ansehen, ohne sie für sich selbst haben zu wollen.
Die Sonne schien, und sie hatten eine gute Fernsicht. Draußen auf dem glitzernden Wasser lagen ein paar Jachten. Die beiden setzten sich auf die Mauer, und Bills Vater zündete sich eine Pfeife an.
»Ist in deinem Leben alles so gekommen, wie du es dir gewünscht hast, als du jung warst?« wollte Bill wissen.
»Nicht alles, natürlich, aber das meiste schon.« Sein Vater sog an seiner Pfeife.
»Und was zum Beispiel?«
»Na, daß ich so eine gute Stelle habe und sie trotz allem auch behalten kann. Das ist für mich nichts Selbstverständliches. Und daß deine Mutter mich geheiratet hat und mir so eine gute Ehefrau und außerdem eine wundervolle Hausfrau ist. Und ihr natürlich, Olive und du, ihr seid ein großer Segen für uns.«
Bill verschlug es beinahe den Atem. Sein Vater lebte völlig in einer Traumwelt. All diese Dinge sollten ein Segen sein? Etwas, worüber man sich freute? Eine zurückgebliebene Tochter? Eine Frau, die kaum ein Spiegelei braten konnte und für ihn trotzdem eine wundervolle Hausfrau war? Eine Arbeit, die kein anderer mit seinen Fähigkeiten annehmen und so gut erledigen würde …
»Dad, warum bin ich für dich ein Segen?« fragte Bill.
»Jetzt hör aber auf, du willst doch bloß gelobt werden.« Sein Vater grinste ihn an, als ob der Junge sich einen Scherz erlaubt hätte.
»Nein, ich wollte wissen, was dir an mir gefällt.«
»Wer könnte einen besseren Sohn haben? Schau mal, du lädst uns

alle zu diesem Ausflug heute ein, von deinem schwer verdienten Geld. Du trägst auch einiges zum Haushalt bei. Und du bist so nett zu deiner Schwester.«

»Jeder mag Olive.«

»Ja, das ist wahr, aber du bist besonders lieb zu ihr. Deine Mutter und ich brauchen uns deshalb keine Sorgen zu machen. Wir wissen, daß du dich einmal um Olive kümmern wirst, wenn unsere Zeit abgelaufen ist und wir auf dem Glasnevin-Friedhof liegen.«

Bill erkannte seine eigene Stimme nicht, als er antwortete: »Ach, um Olive wird sich immer jemand kümmern. Darüber macht ihr euch doch keine Sorgen, oder?«

»Natürlich, es gibt jede Menge Heime und Einrichtungen, aber wir wissen genau, daß du Olive niemals an so einen Ort geben würdest.«

Und als sie so in der Sonne saßen und das Meer unter ihnen schimmerte, kam eine kleine Brise auf, die wie ein frischer Wind in die Welt seiner Gedanken fuhr. Auf einmal fiel es Bill wie Schuppen von den Augen, was ihm in den dreiundzwanzig Jahren seines Lebens nie bewußt gewesen war: daß Olive auch sein Problem war, nicht nur das seiner Eltern. Daß seine große, einfältige Schwester ein Leben lang auf ihn angewiesen sein würde. Wenn er und Lizzie in zwei Jahren heirateten, wenn er mit Lizzie im Ausland lebte, wenn ihre beiden Kinder geboren wurden – Olive würde immer dabeisein.

Sein Vater und seine Mutter lebten vielleicht noch zwanzig Jahre. Dann wäre Olive erst fünfundvierzig. Eine Fünfundvierzigjährige mit dem Verstand eines Kindes. Bill fröstelte.

»Komm, Dad, Mam hat ihre drei Rosenkränze in der Kirche längst gebetet. Die beiden warten bestimmt schon im Pub auf uns.«

Das taten sie tatsächlich. Olive strahlte über das ganze Gesicht, als sie ihren Bruder kommen sah.

»Das ist Bill, der Bankdirektor«, sagte sie.

Und alle im Pub lächelten darüber. So lächelten alle, die Olive nicht ihr Leben lang am Hals haben würden …

Bill fuhr hinauf zum Mountainview College, um sich für den Italienischkurs einzuschreiben. Mit Betroffenheit stellte er fest, wie glücklich er sich schätzen konnte, daß sein Vater genügend Geld beiseite gelegt hatte, um ihn auf eine kleinere und bessere Schule schicken zu können. In Bills Schule hatte es einen anständigen Sportplatz gegeben, und dank sogenannter freiwilliger Elternspenden auch einige andere Annehmlichkeiten und Vorzüge, die dem Mountainview College immer versagt bleiben würden.

Er betrachtete die abblätternde Farbe und den scheußlichen Fahrradschuppen.

Nur wenige der Jungen, die hier zur Schule gingen, würden ohne weiteres eine Anstellung bei einer Bank bekommen so wie er. Oder war er jetzt nur überheblich? Vielleicht hatten sich die Zeiten geändert. Vielleicht traf ihn noch größere Schuld als andere, weil er in Gedanken ein solches System unterstützte. Darüber, dachte er sich, könnte er mit Grania reden. Schließlich unterrichtete ihr Vater hier.

Es war kein Thema, über das er mit Lizzie reden konnte.

Lizzie war wegen des Italienischkurses schon sehr aufgeregt. »Ich erzähle jedem, daß wir bald perfekt Italienisch können«, erklärte sie und lachte glücklich. Einen Moment lang erinnerte sie ihn an Olive. Der gleiche naive Glaube, daß man etwas nur auszusprechen brauchte, damit es in Erfüllung ging, als hätten die Wünsche Macht über die Wirklichkeit. Doch wer hätte die hübsche, naive, temperamentvolle Lizzie mit der armen Olive verglichen, seiner pummeligen, zurückgebliebenen, ewig lächelnden Schwester, die für immer und ewig an ihn gekettet sein würde?

Im tiefsten Innern seines Herzens hoffte Bill, daß Lizzie sich das mit dem Italienischkurs noch einmal überlegte. Damit würde er wenigstens ein paar Pfund sparen. Allmählich ergriff ihn Panik angesichts des Betrags, der in Form von Raten von seinem Gehalt abgezogen wurde, noch bevor er am Ende des Monats auch nur einen Penny nach Hause brachte. Er freute sich über sein neues Jackett, aber so sehr dann auch wieder nicht. Wahrscheinlich würde er es noch einmal bereuen, daß er sein Geld so sinnlos verschwendet hatte.

»Sie tragen ein hübsches Jackett, ist das reine Wolle?« erkundigte sich die Frau am Schreibtisch. Sie war schon älter, bestimmt über fünfzig. Aber sie lächelte freundlich und befühlte den Stoff am Ärmel.

»Ja, genau«, entgegnete Bill. »Leichte Wolle, aber eigentlich zahlt man ja für den Schnitt. Das hat man mir jedenfalls gesagt.«

»Ja, sicher. Der Schnitt ist italienisch, nicht wahr?«. Sie sprach irisches Englisch, aber mit leichtem Akzent, als ob sie längere Zeit im Ausland gelebt hätte. Sie schien ehrlich interessiert. War das etwa die Lehrerin? Es hatte doch geheißen, es wäre eine richtige Italienerin. War das bereits der erste Haken an der Sache?

»Sind Sie die Lehrerin?« fragte er. Er hatte sein Geld noch in der Tasche. Vielleicht sollte er es sich noch einmal überlegen. Angenommen, das Ganze erwies sich als reine Geldschneiderei? Wäre das nicht typisch für ihn? Daß er aus lauter Dummheit sein Geld zum Fenster hinauswarf, nur weil er sich nicht genau erkundigt hatte?

»Ja, das bin ich. Man nennt mich die Signora. Ich habe sechsundzwanzig Jahre lang in Italien gelebt, in Sizilien, und ich denke und träume noch immer auf italienisch. Ich hoffe, es wird mir gelingen, Ihnen und den anderen Kursteilnehmern all das zu vermitteln.«

Jetzt war es noch schwerer, einen Rückzieher zu machen. Bill wünschte, er wäre nicht so ein feinfühliger, gutmütiger Mensch gewesen. So mancher seiner Kollegen in der Bank hätte genau gewußt, wie er sich aus dieser Situation herauswinden konnte. Grania und er nannten sie die Haie.

Als er an Grania dachte, fiel ihm ihr Vater wieder ein. »Haben Sie genügend Anmeldungen, damit der Kurs zustande kommt?« erkundigte er sich. Vielleicht war das seine Chance. Vielleicht fand der Kurs gar nicht statt.

Doch die Signora strahlte ihn begeistert an. »*Si, si,* wir haben großes Glück. Leute von nah und fern haben davon gehört. Wie haben Sie davon erfahren, Signor Burke?«

»In der Bank«, erwiderte er.

»In der Bank.« Die Freude der Signora war so groß, daß er sie ihr nicht verderben wollte. »Welch eine Vorstellung, daß man sogar in der Bank von uns gehört hat.«

»Glauben Sie, daß ich in dem Kurs auch Fachterminologie lernen kann?« fragte Bill.

»Welcher Art genau?«

»Sie wissen schon, die Fachausdrücke, die wir in der Bank verwenden ...« Doch Bill blieb vage. Er wußte nicht, welche Fachausdrükke er eines Tages in einer italienischen Bank brauchen würde.

»Sie können sie mir aufschreiben, und ich schlage sie dann nach«, versprach die Signora. »Aber, um ganz offen zu sein, im Kurs wird es nur am Rande um solche Dinge gehen. In erster Linie werden Sprach- und Landeskenntnisse vermittelt. Ich möchte, daß Sie Italien liebgewinnen und ein wenig davon kennenlernen. Und wenn Sie einmal dorthin fahren, sollen Sie das Gefühl haben, Sie würden einen Freund besuchen.«

»Das hört sich toll an«, meinte Bill und überreichte ihr das Geld für Lizzie und ihn.

»*Martedi*«, sagte die Signora.

»Wie bitte?«

»*Martedi*, Dienstag. Jetzt kennen Sie schon ein Wort.«

»*Martedi*«, wiederholte Bill und ging hinaus zur Bushaltestelle. Mehr noch als bei seinem feinen Wolljackett mit dem eleganten Schnitt hatte er nun das Gefühl, gutes Geld sinnlos vergeudet zu haben.

»Was soll ich zum Italienischkurs bloß anziehen?« fragte Lizzie ihn am Montag abend. So etwas konnte nur Lizzie fragen. Andere hätten vielleicht eher wissen wollen, ob sie Schreibhefte oder Lexika oder Namensschilder mitbringen sollten.

»Etwas, das die anderen nicht vom Lernen ablenkt«, schlug Bill vor.

Das war allerdings eine vergebliche Hoffnung und außerdem ein törichter Vorschlag. Lizzies Garderobe enthielt schlicht keine Kleidungsstücke, die nicht ablenkten. Sogar jetzt, obwohl es nicht mehr Sommer war, trug sie einen Minirock, so daß man ihre langen, braunen Beine bewundern konnte, dazu ein eng anliegendes Oberteil und eine locker um die Schultern geschlungene Jacke.

»Aber was genau?«

Er wußte, daß sie nicht den Stil meinte, sondern daß es ihr um die Farbe ging. »Mir gefällt das Rote ganz gut«, meinte er.

Ihre Augen leuchteten. Es war nicht schwer, Lizzie zufriedenzustellen. »Ich probier es gleich an«, sagte sie und holte ihren roten Rock und ihre rot-weiß gemusterte Hemdbluse. Sie sah hinreißend aus, frisch und jugendlich und wie aus einer Shampooreklame mit ihrem goldblonden Haar.

»Soll ich noch ein rotes Haarband dazu tragen?« Sie schien unentschlossen.

Auf einmal hatte Bill das Gefühl, sie beschützen zu müssen. Lizzie brauchte ihn wirklich. Mochte er auch wie eine Eule aussehen und von der Idee besessen sein, daß man Schulden zurückzahlen mußte – ohne ihn wäre sie verloren.

»Heute abend geht's los«, erzählte er Grania am nächsten Tag in der Bank.

»Du wirst doch ehrlich zu mir sein, oder? Du sagst mir ganz offen, wie es war.« Grania schien dieser Kurs sehr wichtig zu sein. Sie machte sich Gedanken darüber, wie ihr Vater dabei wegkam, ob er eine gute oder eine schlechte Figur machte.

Bill versprach ihr, ganz aufrichtig zu sein. Doch er wußte, daß das ziemlich unwahrscheinlich war. Selbst wenn es ein Fiasko werden würde, würde er es nicht fertigbringen, ihr das ins Gesicht zu sagen. Wahrscheinlich würde er ihr erzählen, es sei ganz in Ordnung gewesen.

Bill erkannte das trostlose Nebengebäude kaum wieder, es sah wie verwandelt aus. Großformatige Poster prangten an den Wänden:

Bilder von dem Trevi-Brunnen und dem Kolosseum, die Mona Lisa und der David von Michelangelo, Fotos von riesigen Weinbergen und italienischen Speisen. Auf einem Tisch, der mit rotem, weißem und grünem Kreppapier überzogen war, standen mit Frischhaltefolie abgedeckte Pappteller.

Anscheinend war darauf richtiges Essen serviert, kleine Salamihäppchen und Käsewürfel. Überall lagen Papierblumen, und an jeder steckte ein großes Schild mit ihrem Namen. Nelken hießen *garofani* ... Hier hatte sich jemand ungeheuer viel Mühe gegeben. Bill hoffte, daß alles gutgehen würde. Er hoffte es für die seltsame Frau mit der merkwürdigen Haarfarbe, rot mit grauen Strähnen, die Frau, die alle nur die Signora nannten. Und für den netten Mann, der immer nur herumstand und sich im Hintergrund hielt – offenbar war es Granias Vater. Für alle die Leute, die unsicher und nervös dasaßen und darauf warteten, daß es endlich anfing. Jeder von ihnen hatte einen Traum oder eine Hoffnung wie er. Aber keiner machte den Eindruck, als strebte er eine internationale Bankkarriere an.

Die Signora klatschte in die Hände und stellte sich vor. »*Mi chiamo Signora. Come si chiama?*« fragte sie den Mann, der Granias Vater sein mußte.

»*Mi chiamo Aidan*«, antwortete er. Und so ging es weiter im ganzen Klassenzimmer herum.

Lizzie war entzückt. »*Mi chiamo Lizzie*«, rief sie, und alle lächelten anerkennend, als hätte sie eben eine Meisterleistung vollbracht.

»Versuchen wir doch, unseren Namen eine italienische Note zu geben. Sie könnten zum Beispiel sagen: ›*Mi chiamo Elisabetta.*‹«

Lizzies Entzücken steigerte sich derart, daß sie kaum noch aufhören wollte, auch das ständig vor sich hin zu plappern.

Dann schrieb jeder *Mi chiamo* und seinen Namen auf ein großes Stück Papier und heftete es sich an. Und sie lernten, die anderen nach ihrem Befinden, der Uhrzeit, dem Wochentag, dem Datum und ihrer Adresse zu fragen.

»*Chi è?*« fragte die Signora und zeigte dabei auf Bill.

»*Guglielmo*«, gab die Klasse im Chor zurück.

Nach kurzer Zeit kannten sie bereits von jedem den italienischen Namen, und die Klasse hatte sich sichtlich entspannt. Die Signora verteilte Blätter. Darauf standen alle Sätze, die sie der Signora bisher nachgesprochen hatten. Allerdings wäre ihnen die richtige Aussprache bedeutend schwerer gefallen, wenn man ihnen zuerst die geschriebene Version vorgelegt hätte.

Wieder und wieder wurden die Sätze durchgegangen – welcher Tag ist heute, wie spät ist es, wie heißen Sie – und die Antworten gegeben. Am Ende schienen die Kursteilnehmer sehr zufrieden mit sich.

»*Bene*«, sagte die Signora schließlich. »Jetzt haben wir noch zehn Minuten.« Da verschlug es ihnen beinahe den Atem. Die zwei Stunden konnten doch nicht schon vorbei sein. »Sie alle haben eifrig mitgearbeitet, deshalb gibt es gleich eine kleine Belohnung. Aber bevor wir die Salami und den *formaggio* essen, müssen wir lernen, wie man sie ausspricht.«

Wie Kinder stürzten sich die dreißig Erwachsenen auf die Wurst und den Käse, nachdem sie die richtige Aussprache wiederholt hatten.

»*Giovedi*«, sagte die Signora.

»*Giovedi*«, ertönte es im Chor. Als Bill anfing, die Stühle ordentlich an der Wand zu stapeln, warf die Signora Granias Vater einen Blick zu, als wolle sie wissen, ob das nötig sei. Er nickte stumm. Dann schlossen sich die anderen an. Nach wenigen Minuten war das Klassenzimmer aufgeräumt. Der Hausmeister würde hier nicht mehr viel zu tun haben.

Bill und Lizzie gingen zusammen zur Bushaltestelle.

»*Ti amo*«, sagte sie plötzlich zu ihm.

»Was heißt das denn?« wollte er wissen.

»Ach, komm, du bist doch hier die Intelligenzbestie«, entgegnete Lizzie. Ihr Lächeln brach ihm schier das Herz. »Rate doch mal. *Ti* … was heißt das?«

»Das heißt ›dich‹, glaube ich«, entgegnete Bill.

»Und was heißt ›*amo*‹?«

»Vielleicht Liebe?«

»Es bedeutet ›ich liebe dich‹!«
»Woher weißt du das?« Er war verblüfft.
»Ich habe sie gerade gefragt, bevor wir gegangen sind. Sie hat gemeint, es sind die zwei schönsten Worte der Welt.«
»Ja, allerdings«, sagte Bill.
Vielleicht würde der Italienischkurs doch ein Erfolg werden.

»Ungelogen, es war einfach großartig«, berichtete Bill Grania am nächsten Tag.
»Mein Vater war in Hochstimmung, als er nach Hause kam, Gott sei Dank«, meinte Grania.
»Und sie ist wirklich gut. Weißt du, sie gibt einem das Gefühl, als würde man die Sprache schon nach fünf Minuten beherrschen.«
»Dann wirst du also bald die italienische Abteilung leiten«, neckte ihn Grania.
»Sogar Lizzie hat es gefallen, sie war tatsächlich interessiert. Im Bus hat sie die Übungssätze ständig wiederholt, und alle haben mitgemacht.«
»Das kann ich mir vorstellen«, meinte Grania schnippisch.
»Ach, sei doch nicht so. Sie war aufmerksamer bei der Sache, als ich gedacht hätte. Sie nennt sich jetzt Elisabetta«, erklärte Bill stolz.
»Da wette ich drauf«, bemerkte Grania grimmig. »Und darauf, daß sie bis zur dritten Stunde ausgestiegen ist.«

Wie es der Zufall wollte, behielt Grania recht, aber nicht wegen Lizzies mangelndem Interesse. Es hing damit zusammen, daß Lizzies Mutter nach Dublin kam.
»Sie war schon seit einer Ewigkeit nicht mehr hier, ich muß sie einfach vom Zug abholen«, entschuldigte sie sich bei Bill.
»Kannst du ihr denn nicht erklären, daß du um halb zehn wieder zurück bist?« bettelte Bill. Er hatte das sichere Gefühl, daß Signorina Elisabetta die Waffen strecken würde, wenn sie auch nur eine Stunde verpaßte. Sie würde behaupten, sie könne das Versäumte überhaupt nicht mehr aufholen.

»Nein, ehrlich, Bill, sie kommt nicht besonders oft nach Dublin. Ich muß einfach dort sein.«
Er schwieg.
»Meine Güte, *dir* ist deine Mutter ja so wichtig, daß du sogar noch bei ihr *wohnst.* Warum soll ich meine dann nicht mal von der Heuston Station abholen? Das ist wirklich nicht zuviel verlangt.«
Das sah Bill ein. »Nein«, pflichtete er ihr bei. »Du hast recht.«
»Und noch was, Bill. Könntest du mir Geld für das Taxi borgen? Meine Mutter fährt nicht gerne mit dem Bus.«
»Bezahlt sie denn das Taxi nicht?«
»Sei doch nicht so ein Geizhals. Was bist du doch für ein knausriger, knickeriger Pfennigfuchser.«
»Das ist nicht fair, Lizzie. Und es ist einfach nicht wahr.«
»Na gut.« Sie zuckte mit den Schultern.
»Was meinst du mit ›na gut‹?«
»Na gut eben. Viel Spaß im Unterricht und schöne Grüße an die Signora.«
»Hier hast du das Geld für das Taxi.«
»Nein, so nicht. Nicht, wenn du so ein Theater darum machst.«
»Es wäre mir eine Freude, wenn deine Mutter und du ein Taxi nehmen würden, wirklich. Es würde dich glücklich machen und dir das Gefühl geben, großzügig und eine gute Gastgeberin zu sein. Bitte nimm es, Lizzie, bitte.«
»Na gut, wenn du meinst.«
Er küßte sie auf die Stirn. »Lerne ich deine Mutter diesmal wenigstens kennen?«
»Ich hoffe es, Bill. Du weißt ja, daß wir das letztes Mal schon arrangieren wollten, aber sie hat so viele Freunde hier, daß sie es zeitlich nicht geschafft hat. Sie kennt eben eine Menge Leute, weißt du.«
Bill dachte im stillen, daß Lizzies Mutter vielleicht eine Menge Leute kannte, aber anscheinend keinen so gut, daß er sie mit dem Auto oder Taxi vom Bahnhof abgeholt hätte. Doch das behielt er für sich.
»*Dov'è la bella Elisabetta?*« erkundigte sich die Signora.

»*La bella Elisabetta è andata alla stazione*«, hörte Bill sich antworten. »*La madre di Elisabetta arriva stasera.*«

Die Signora war überwältigt. »*Benissimo, Guglielmo. Bravo, bravo.*«

»Du hast ja mächtig gebüffelt, du kleiner Streber«, bemerkte ein gedrungener, wütend dreinblickender Kerl, auf dessen blauem Namensschild Luigi stand. Sein richtiger Name lautete Lou.

»Wir hatten *andato* letzte Woche, es stand auf der Liste, und *stasera* haben wir in der ersten Stunde schon durchgenommen. Das waren alles Wörter, die wir schon kennen. Ich habe überhaupt nicht mächtig gebüffelt.«

»Meine Güte, reg dich wieder ab«, gab Lou zurück, aber seine Miene wurde noch finsterer. Er stimmte in den Chor der Klasse ein, die gerade feststellte, daß es auf dieser *piazza* viele schöne Gebäude gebe. »Das ist schon mal gelogen«, murmelte er mit einem Blick auf den kasernenartigen Schulhof.

»Das wird schon noch. Hier wird gerade renoviert«, meinte Bill.

»Du bist ja 'ne richtige Frohnatur, was?« sagte Lou. »Wenn's nach dir geht, ist immer alles großartig.«

Wie gerne hätte Bill ihm erzählt, daß die Dinge für ihn alles andere als großartig waren. Daß er zu Hause leben mußte und seine ganze Familie von ihm abhängig war. Daß er eine Freundin hatte, der er nicht einmal so viel bedeutete, daß sie ihn ihrer Mutter vorgestellt hätte. Daß er keine Ahnung hatte, wie er nächsten Monat die fällige Rate für seinen Kredit zurückzahlen sollte. Aber natürlich sagte er nichts dergleichen. Statt dessen schloß er sich der Klasse an, die immer noch *in questa piazza ci sono molti belli edifici* aufsagte. Er überlegte, was Lizzie und ihre Mutter wohl unternommen hatten. Lieber Gott, hoffentlich hatte Lizzie ihre Mutter nicht in ein Restaurant eingeladen und einen Scheck eingelöst. Denn dann würde sie wirklich Ärger mit der Bank bekommen.

Sie aßen kleine Brotstücke mit einer Art Aufstrich. Die Signora erklärte, das seien *crostini.* »Und was ist mit dem *vino*?« fragte jemand.

»Ich hätte gerne *vino* mitgebracht, *vino rosso, vino bianco.* Aber wie

Sie wissen, sind wir hier in einer Schule, und Alkohol ist auf dem Schulgelände verboten. Um den Kindern kein schlechtes Beispiel zu geben.«

»Das kommt für die Leute hier wohl ein bißchen spät«, warf Lou ein.

Bill musterte ihn aufmerksam. Es war völlig unbegreiflich, warum ein Mann wie er Italienisch lernte. Obwohl es bei allen Kursteilnehmern schwer zu erraten war, was sie hierhergeführt hatte, und sich wahrscheinlich auch bei Lizzie einige wunderten, schien es für Lou – oder Luigi – keinen plausiblen Grund zu geben, warum er zwei Abende in der Woche in einem Kurs zubrachte, dem er offensichtlich nicht das geringste abgewinnen konnte, denn er machte von Anfang bis Ende ein finsteres Gesicht. Bill beschloß, es als eines der wundersamen Dinge zu betrachten, an denen das Leben so reich war.

Eine der Papierblumen lag zerrissen auf dem Boden.

»Kann ich die haben, Signora?« fragte Bill.

»*Certo, Guglielmo.* Ist sie für *la bellissima Elisabetta?*«

»Nein, für meine Schwester.«

»*Mia sorella, mia sorella,* meine Schwester«, sagte die Signora. »Sie sind ein freundlicher, gütiger Mensch, Guglielmo.«

»Ja, aber was hat man heutzutage schon davon?« erwiderte Bill, ehe er zur Bushaltestelle hinausging.

Olive erwartete ihn an der Tür. »Sag etwas auf italienisch«, schrie sie ihm entgegen.

»*Ciao, sorella*«, sagte er. »Hier ist ein *garofano* für dich. Den habe ich dir mitgebracht.«

Ihr glücklicher Gesichtsausdruck verstärkte seine Niedergeschlagenheit noch, und dabei hatte er sich schon vorher ziemlich elend gefühlt.

Diese Woche nahm Bill belegte Brote mit zur Arbeit. Er konnte sich nicht einmal mehr die Kantine leisten.

»Ist alles in Ordnung?« erkundigte sich Grania besorgt. »Du siehst müde aus.«

»Oh, als angehendes Sprachgenie hat man's eben nicht leicht, aber daran muß man sich gewöhnen«, meinte er mit einem matten Lächeln.

Er sah es Grania an, daß sie nach Lizzie fragen wollte, es sich aber doch anders überlegte. Lizzie? Wo war sie heute wohl? Vielleicht trank sie mit den Freunden ihrer Mutter Cocktails in einem der großen Hotels. Oder sie trieb sich irgendwo in Temple Bar herum und entdeckte ein neues Lokal, von dem sie ihm mit glänzenden Augen berichten würde. Er wünschte, sie würde ihn anrufen und mit ihm sprechen, ihn nach dem Kurs gestern abend fragen. Dann würde er ihr erzählen, wie sehr man sie dort vermißt hatte und daß man sie *la bella Elisabetta* genannt hatte. Und daß er selbst einen Satz formuliert hatte, nämlich daß sie zum Bahnhof gefahren sei, um ihre Mutter abzuholen. Und sie würde ihm ihre Unternehmungen schildern. Warum herrschte jetzt Funkstille?

Der Nachmittag erschien ihm lang und öde. Nach der Arbeit machte er sich allmählich Sorgen. Normalerweise verging kein Tag, an dem sie nicht wenigstens miteinander telefonierten. Sollte er bei ihr in der Wohnung vorbeischauen? Aber wenn sie gerade ihre Mutter zu Besuch hatte, konnte das aufdringlich wirken. Sie hatte zwar gesagt, sie hoffe, daß er sie kennenlernen würde. Aber man durfte es nicht übers Knie brechen.

Auch Grania blieb länger in der Arbeit. »Wartest du auf Lizzie?« erkundigte sie sich.

»Nein. Ihre Mutter ist in der Stadt, da hat sie wahrscheinlich keine Zeit. Ich überlege nur gerade, was ich tun könnte.«

»Ich auch. Die Arbeit in der Bank macht doch einen Mordsspaß, findest du nicht? Am Abend ist man dermaßen ausgelaugt, daß man gar nichts mehr mit sich anzufangen weiß«, lachte Grania.

»Aber du bist doch immer auf Achse, Grania«, meinte Bill neidisch.

»Nun, heute abend nicht. Ich habe keine Lust, nach Hause zu gehen. Meine Mutter ist schon auf dem Weg ins Restaurant, mein Vater hat sich in sein Arbeitszimmer verzogen, und Brigid führt sich auf wie eine Verrückte, weil sie schon wieder zugenommen hat. Sie trampelt auf der Waage herum und behauptet, im ganzen Haus würde es nach Bratfett riechen, und redet jeden Abend fünf Stunden lang nur übers Essen. Wenn man ihr länger zuhört, kann man davon graue Haare kriegen.«

»Ist das wirklich ein Problem für sie?« Bill interessierte sich stets für die Sorgen seiner Mitmenschen.

»Ich weiß es nicht. Für mich sieht sie immer gleich aus, ein bißchen stämmig, aber attraktiv. Mit gepflegten Haaren und einem Lächeln im Gesicht sieht sie so gut aus wie jede andere, aber sie muß ständig herumjammern, daß sie hier ein Pfund oder dort ein Kilo zuviel hat oder daß schon wieder ein Reißverschluß geplatzt oder eine Strumpfhose zerrissen ist. Mein Gott, sie macht einen wahnsinnig. Ich werde bestimmt nicht heimgehen, um mir das anzuhören, das kannst du mir glauben.«

Es entstand eine Pause. Bill war nahe daran, sie auf einen Drink einzuladen, doch dann fiel ihm seine finanzielle Situation wieder ein. Jetzt hatte er einen wirklich guten Grund, um mit seiner Monatskarte nach Hause zu fahren und heute abend keinen einzigen Penny mehr auszugeben.

Genau in diesem Moment kam Grania mit einem Vorschlag: »Ich könnte dich eigentlich ins Kino und danach auf eine Portion Pommes einladen. Was hältst du davon?«

»Das geht doch nicht, Grania.«

»Und ob das geht. Ich schulde dir noch was dafür, daß du dich zu diesem Kurs angemeldet hast. Du hast mir damit einen großen Gefallen getan.« Dagegen ließ sich nichts sagen.

Sie gingen das Kinoprogramm in der Abendzeitung durch, überlegten in schönster Eintracht, welcher Film gut und welcher schlecht sein könnte. Mit einer Frau wie Grania zusammenzusein wäre so einfach, dachte Bill wieder einmal. Und er war sich sicher, daß Grania das gleiche dachte. Aber wenn es nun einmal nicht ging, dann war eben nichts zu machen. Sie würde weiterhin diesen seltsamen älteren Mann lieben und die Schwierigkeiten, die auf sie zukamen, wenn ihr Vater davon erfuhr, in Kauf nehmen. Und er würde bei Lizzie bleiben, die ihm tagtäglich das Herz brach. So war das nun mal im Leben.

Als er zu Hause ankam, empfing ihn seine Mutter mit besorgter Miene. »Diese Lizzie war hier«, eröffnete sie ihm. »Du sollst sofort zu ihr in die Wohnung kommen, egal wann.«

»Ist etwas nicht in Ordnung?« Er war beunruhigt. Es sah Lizzie eigentlich nicht ähnlich, einfach bei ihm zu Hause hereinzuschneien, nicht nach den wenig ermutigenden Reaktionen auf ihren ersten Besuch.

»Oh, da ist so einiges nicht in Ordnung, würde ich sagen. Dieses Mädchen steckt immer in Schwierigkeiten«, meinte seine Mutter. Aus ihr würde er nicht mehr herausbekommen als diese Äußerung allgemeinen Unmuts. Also verließ er das Haus wieder und nahm den Bus zu Lizzies Wohnung.

Da saß sie in jener lauen Septembernacht vor dem Haus, in dem sie ein Apartment gemietet hatte. Sie kauerte auf den breiten steinernen Stufen, die zur Haustür führten, die Hände um die Knie geschlungen, und wippte vor und zurück. Zu seiner Erleichterung weinte sie nicht und schien auch nicht aufgeregt oder außer Fassung zu sein.

»Wo warst du?« fragte sie ihn vorwurfsvoll.

»Und wo warst *du*?« entgegnete Bill. »*Du* sagst doch immer, ich soll nicht anrufen und nicht vorbeikommen.«

»Ich war hier.«

»Ja, und ich bin ausgegangen.«

»Wohin?«

»Ins Kino«, entgegnete er.

»Ich dachte, wir haben kein Geld, und so ganz normale Sachen wie Kinobesuche sind verboten?«

»Es hat mich nichts gekostet. Grania Dunne hat mich eingeladen.«

»Ach ja?«

»Ja. Was ist denn das Problem, Lizzie?«
»Alles«, erwiderte sie.
»Warum bist du zu mir nach Hause gekommen?«
»Ich wollte dich sehen, damit du alles wieder in Ordnung bringst.«
»Na, du hast es geschafft, meiner Mutter und mir einen ordentlichen Schrecken einzujagen. Warum hast du mich nicht in der Arbeit angerufen?«
»Ich war so verwirrt.«
»Ist deine Mutter gut angekommen?«
»Ja.«
»Und, hast du sie abgeholt?«
»Ja«, sagte sie mit tonloser Stimme.
»Mit dem Taxi?«
»Ja.«
»Na, was war das Problem?«
»Sie hat über meine Wohnung gelacht.«
»Oh, Lizzie. *Bitte.* Du hast mich doch nicht ganze vierundzwanzig Stunden später extra hierherkommen lassen, nur um mir das mitzuteilen, oder?«
»Doch«, lachte sie.
»So ist sie nun mal, und du bist auch so ... Menschen wie deine Mutter und du lachen ständig über irgend etwas. Es liegt in eurer Natur.«
»Nein, aber das war ein anderes Lachen.«
»Inwiefern?«
»Sie hat bloß gesagt, das sei wohl ein Witz, und daß sie nun, da sie die Wohnung gesehen habe, ja wieder gehen könne. Sie meinte, ich hätte doch hoffentlich nicht etwa das Taxi weggeschickt, nachdem ich sie in dieser Wildnis ausgesetzt hätte.«
Bill wurde traurig. Der Vorfall hatte Lizzie offenbar ziemlich mitgenommen. Was für eine gedankenlose Person diese Frau war! Da sah sie ihre Tochter so selten, und nicht mal für die paar Stunden ihres Besuches konnte sie nett zu ihr sein.
»Ich weiß, ich weiß«, besänftigte er sie. »Aber alle Leute sagen ständig das Falsche, das weiß man doch. Komm schon, deshalb

sollten wir uns keine grauen Haare wachsen lassen. Gehen wir hinauf. He, komm schon.«

»Nein, das geht nicht.«

Er mußte offenbar noch mehr Überzeugungsarbeit leisten.

»Lizzie, ich habe in der Bank von morgens bis abends mit Menschen zu tun, die das Falsche sagen. Es sind keine bösen Leute, aber sie stoßen die anderen vor den Kopf. Der Trick dabei ist, daß man es nicht an sich herankommen lassen darf. Und wenn ich dann von der Arbeit heimkomme, erzählt mir meine Mutter, daß sie völlig erledigt ist, weil sie Fertigsoße über ein Tiefkühlhähnchen gekippt hat, und mein Vater jammert mir vor, daß er als Junge keine Perspektiven hatte, und Olive macht jedem, den sie trifft, weis, ich wäre Bankdirektor. Es fällt mir manchmal auch schwer, das alles zu ertragen, aber man muß sich einfach damit abfinden, das ist alles.«

»Das mag für dich vielleicht so sein, aber nicht für mich.« Wieder klang ihre Stimme völlig ausdruckslos.

»Habt ihr euch etwa gestritten? Ist es das? Das geht vorüber, so ein Familienkrach legt sich immer irgendwann. Wirklich, Lizzie.«

»Nein, wir hatten eigentlich keinen Streit.«

»So?«

»Ich hatte das Essen für sie fertig. Hühnerleber und eine kleine Flasche Sherry, und Reis dazu. Ich zeigte es ihr, aber da lachte sie wieder.«

»Nun ja, wie schon gesagt …«

»Sie wollte nicht hierbleiben, Bill, nicht mal zum Essen. Sie sei nur gekommen, sagte sie, damit ich Ruhe gebe. Sie wollte zu irgendeiner Ausstellungseröffnung in einer Kunstgalerie und würde zu spät kommen. Dann versuchte sie, sich an mir vorbeizudrängen.«

»Ähm … ja …?« Bill gefiel das gar nicht.

»Da konnte ich es einfach nicht mehr ertragen.«

»Was hast du gemacht, Lizzie?« Er staunte, daß er so ruhig blieb.

»Ich habe die Tür zugesperrt und den Schlüssel aus dem Fenster geworfen.«

»Du hast *was?*«
»Ich sagte, jetzt müsse sie einfach hierbleiben, sich hinsetzen und mit ihrer Tochter sprechen. Jetzt könne sie nicht mehr weglaufen, wie sie schon ihr ganzes Leben lang weggelaufen sei vor uns allen, vor Daddy und uns Kindern.«
»Und was hat sie dann gemacht?«
»Oh, sie hat sich schrecklich aufgeregt und geschrien und gegen die Tür gehämmert und gesagt, ich sei genauso verrückt wie mein Vater und so, du weißt schon, das Übliche.«
»Nein, weiß ich nicht. Was noch?«
»Ach, das kannst du dir doch denken.«
»Und was ist dann passiert?«
»Nun, irgendwann war sie erschöpft, und schließlich hat sie doch gegessen.«
»Hat sie da immer noch geschrien?«
»Nein, sie hat sich nur Sorgen gemacht, daß im Haus ein Feuer ausbrechen könnte und wir dann verbrutzeln würden. Das hat sie immer wieder gesagt. Daß wir verbrutzeln würden.«
Bills Verstand arbeitete langsam, aber gründlich. »Aber du *hast* sie schließlich wieder herausgelassen, oder?«
»Nein, habe ich nicht. Keineswegs.«
»Sie ist immer noch da drin?«
»Ja.«
»Das ist doch nicht dein Ernst, Lizzie.«
Sie nickte mehrmals. »Ich fürchte schon.«
»Wie bist du herausgekommen?«
»Durchs Fenster. Als sie im Bad war.«
»Sie hat bei dir geschlafen?«
»Es blieb ihr ja nichts anderes übrig. Ich schlief im Sessel. Sie hatte das ganze Bett für sich.« Es klang wie eine Verteidigung.
»Damit ich nichts falsch verstehe: Sie kam gestern, Dienstag, um sieben Uhr hier an, und jetzt, Mittwoch abend um elf ist sie *immer noch* hier, festgehalten gegen ihren Willen?«
»Ja.«
»Allmächtiger Gott, warum nur?«

»Damit ich mit ihr reden konnte. Sie findet nie Zeit, um mit mir zu reden. Nie, nicht ein einziges Mal.«

»Und, hat sie mit dir geredet? Ich meine jetzt, da du sie eingesperrt hast?«

»Nicht richtig, nicht so, wie ich es mir vorgestellt habe. Sie geht immer noch auf mich los und sagt, ich sei unvernünftig, unsolide und solche Sachen.«

»Ich kann es nicht fassen, Lizzie. Sie hat nicht nur die ganze Nacht hier verbracht, sondern auch noch den folgenden Tag bis heute abend?« In seinem Kopf drehte sich alles.

»Was hätte ich sonst tun sollen? Sie hat nie auch nur einen Augenblick Zeit, ist immer in Eile ... muß immer irgendwohin und sich mit anderen Leuten treffen.«

»Aber so etwas kannst du nicht machen. Du kannst nicht jemanden einsperren und erwarten, daß er dann mit dir redet.«

»Ich weiß, vielleicht war es nicht richtig, was ich getan habe. Hör mal, ich dachte, ob du nicht mit ihr sprechen könntest ... Man kann sich nicht mehr vernünftig mit ihr unterhalten.«

»Ich soll mit ihr reden? Ausgerechnet ich?«

»Na, immerhin hast du gesagt, du willst sie kennenlernen, Bill. Darum hast du mich schon mehrmals gebeten.«

Er blickte in das schöne, bekümmerte Gesicht der Frau, die er liebte. Natürlich hatte er seine zukünftige Schwiegermutter kennenlernen wollen. Aber nicht, wenn sie in einem Apartment eingeschlossen war. Nicht, nachdem sie seit mehr als dreißig Stunden festgehalten wurde und kurz davor war, die Polizei zu rufen. Diese Begegnung erforderte mehr diplomatisches Geschick, als von Bill Burke je verlangt worden war.

Er überlegte, wie seine Lieblingsromanhelden wohl gehandelt hätten, und kam zu dem sicheren Schluß, daß ihnen niemals eine derartige Situation zugemutet worden wäre.

Die beiden stiegen die Treppe zu Lizzies Wohnung hinauf. Hinter der Tür waren keine Geräusche zu hören.

»Kann es sein, daß sie irgendwie herausgekommen ist?« flüsterte Bill.

»Nein. Unten am Fenster ist so eine Art Riegel. Den hat sie unmöglich aufgekriegt.«

»Und wenn sie die Scheibe eingeschlagen hat?«

»Nein, du kennst meine Mutter nicht.«

Das stimmt, dachte Bill, aber er würde sie bald kennenlernen, wenn auch unter äußerst merkwürdigen Umständen. »Wird sie gewalttätig werden, auf mich losgehen oder so?«

»Nein, natürlich nicht«, tat Lizzie seine Befürchtungen ab.

»Sprich du erst mal mit ihr und sag ihr, wer ich bin.«

»Nein, sie ist böse auf mich. Aber bei jemand anderem wird sie sich vielleicht zusammenreißen.« Lizzie sah ihn mit ängstlich aufgerissenen Augen an.

Bill straffte die Schultern. »Ähm, Mrs. Duffy, mein Name ist Bill Burke, ich arbeite bei der Bank«, sagte er schließlich. Es kam keine Antwort. »Mrs. Duffy, ist alles in Ordnung? Können Sie mir versichern, daß Sie die Ruhe bewahren werden und bei guter Gesundheit sind?«

»Warum sollte ich die Ruhe bewahren und bei guter Gesundheit sein? Meine geisteskranke Tochter hat mich hier eingesperrt, und das wird sie jeden Tag, jede Stunde ihres restlichen Lebens bereuen.« Ihre Stimme klang sehr zornig, aber nicht leidend.

»Nun, Mrs. Duffy, wenn Sie bitte ein Stück von der Tür zurücktreten, dann kann ich hereinkommen und Ihnen alles erklären.«

»Sind Sie ein Freund von Elizabeth?«

»Ja, ein sehr guter Freund. Ich habe sie sehr gern.«

»Dann müssen Sie auch geisteskrank sein«, sagte die Stimme.

Lizzie blickte auf. »Jetzt weißt du, was ich meine«, flüsterte sie.

»Mrs. Duffy, ich finde, das können wir viel besser von Angesicht zu Angesicht besprechen. Ich komme jetzt, also gehen Sie bitte ein wenig zur Seite.«

»Sie kommen nicht herein. Ich habe einen Stuhl unter die Türklinke gestellt, falls diese Verrückte noch mehr Drogensüchtige oder Kriminelle mitbringt wie Sie. Ich bleibe hier, bis jemand kommt, um mich zu retten.«

»Ich bin doch gekommen, um Sie zu retten«, beschwor Bill sie verzweifelt.

»Sie können den Schlüssel so lange herumdrehen, wie Sie wollen, Sie kommen nicht herein.«

Es stimmte, wie Bill feststellte. Sie hatte sich tatsächlich verbarrikadiert.

»Durch das Fenster?« wandte er sich an Lizzie.

»Man muß ein bißchen klettern, aber ich zeige es dir.«

Bill erschrak. »Ich hatte eigentlich gemeint, *du* sollst durch das Fenster klettern.«

»Das kann ich nicht, Bill, du hast sie doch gehört. Sie ist wie ein wilder Stier. Sie würde mich umbringen.«

»Und was glaubst du, wird sie mit mir anstellen, vorausgesetzt, ich komme überhaupt hinein? Sie hält mich für einen Drogensüchtigen.«

Lizzies Lippen zitterten. »Du hast versprochen, mir zu helfen«, sagte sie kleinlaut.

»Zeig mir das Fenster«, gab Bill sich geschlagen. Man mußte wirklich ein bißchen klettern, und als er das Fenster erreichte, sah er die Stange, die Lizzie davor festgeklemmt hatte. Er zog sie behutsam heraus, öffnete das Fenster und schob den Vorhang beiseite. Eine blonde Frau um die Vierzig mit verlaufener Wimperntusche im Gesicht bemerkte ihn, als er gerade durchs Fenster stieg, und ging mit einem Stuhl auf ihn los.

»Bleiben Sie mir vom Leibe, raus hier, Sie nichtsnutziger kleiner Schläger«, kreischte sie.

»Mummy, Mummy«, schrie Lizzie draußen vor der Wohnungstür.

»Mrs. Duffy, bitte, bitte.« Bill ergriff den Deckel des Brotkastens, um sich damit zu verteidigen. »Mrs. Duffy, ich bin gekommen, um Sie herauszulassen. Sehen Sie, hier habe ich den Schlüssel. Bitte, bitte, stellen Sie den Stuhl hin.«

Als er ihr tatsächlich einen Schlüssel entgegenstreckte, schien sich ihr gehetzter Blick etwas zu entspannen. Sie stellte den Stuhl auf den Boden und musterte ihn mißtrauisch.

»Lassen Sie mich einfach die Tür aufsperren, dann kann Lizzie hereinkommen, und wir können alles in Ruhe besprechen«, bat er und bewegte sich auf die Tür zu.

Doch Lizzies Mutter hatte den Küchenstuhl schon wieder ergriffen. »Gehen Sie von der Tür weg. Womöglich wartet da draußen eine ganze Bande. Ich habe Lizzie zwar schon gesagt, daß ich kein Geld und keine Kreditkarten besitze ... es ist sinnlos, *mich* zu kidnappen. Für mich wird keiner Lösegeld bezahlen. Sie haben sich wirklich die falsche Person ausgesucht.« Mit ihren zitternden Lippen ähnelte sie ihrer Tochter dermaßen, daß Bill spürte, wie sich der vertraute Beschützerinstinkt in ihm regte.

»Da draußen wartet nur Lizzie, keine Bande. Das ist alles ein Mißverständnis«, erwiderte er in besänftigendem Ton.

»Sie können mir viel erzählen. Ich bin hier seit letzter Nacht eingesperrt mit diesem wahnsinnigen Mädchen, und dann haut sie ab und läßt mich zurück, ganz allein, und ich habe keine Ahnung, wer als nächster an der Tür auftaucht, und dann kommen Sie durchs Fenster herein und bedrohen mich mit dem Brotkasten.«

»Nein, nein, den habe ich mir erst geholt, als Sie den Stuhl genommen haben. Sehen Sie, ich lege ihn wieder hin.« Mit seinem Ton erzielte er eine beachtliche Wirkung. Anscheinend wollte sie jetzt vernünftig mit ihm reden. Sie stellte den roten Küchenstuhl hin und setzte sich darauf, erschöpft, verängstigt und ratlos, was sie jetzt tun sollte.

Bills Atem ging wieder ruhiger. Er beschloß, es für einen Augenblick lang gut sein zu lassen und keine neuen Vorschläge zu machen. Die Wohnungstür konnte man auch später öffnen. Argwöhnisch beäugten sie einander.

Bis von draußen jemand rief: »Mummy? Bill? Was ist los? Warum seid ihr so still?«

»Wir ruhen uns aus«, rief Bill zurück und fragte sich, ob das eine ausreichende Erklärung war.

Doch Lizzie schien damit zufrieden. »In Ordnung«, kam es von draußen.

»Steht sie unter Drogen?« wollte ihre Mutter wissen.

»Nein. Herrgott, nein, überhaupt nicht.«
»Nun, worum geht es dann eigentlich? Warum sperrt sie mich ein und will sich angeblich mit mir unterhalten, redet aber dann nichts als Unsinn?«
»Ich glaube, sie vermißt Sie«, erwiderte Bill bedächtig.
»Sie wird mich von nun an noch viel mehr vermissen«, sagte Mrs. Duffy.
Bill musterte sie und versuchte, sich ein Bild von ihr zu machen. Ihr jugendliches Aussehen und die schlanke Figur erweckten den Eindruck, als gehöre sie einer ganz anderen Generation an als seine eigene Mutter. Sie trug ein fließendes, kaftanartiges Kleid und Glasperlenketten. In ihrer Aufmachung ähnelte sie den New Age-Anhängern, jedoch fehlten die typischen offenen Sandalen und das lange, wallende Haar. Sie hatte die gleichen Locken wie Lizzie, aber mit grauen Strähnen. Wenn nicht ihr verweintes Gesicht gewesen wäre, hätte man glauben können, sie wolle zu einer Party gehen. Was sie ja auch vorgehabt hatte.
»Ich glaube, Lizzie war traurig darüber, daß Sie beide sich so auseinandergelebt hatten«, sagte Bill, was die Frau im Kaftan nur mit einem verächtlichen Schnauben kommentierte. »Weil Sie so weit entfernt wohnen und so.«
»Nicht weit genug, das kann ich Ihnen versichern. Eigentlich wollte ich mich mit ihr nur treffen und irgendwo kurz etwas trinken, aber nein, sie bestand darauf, mich mit dem Taxi abzuholen, und dann hat sie mich hierhergeschleppt. Ich sagte ihr, ich hätte nur wenig Zeit, weil ich zu Chesters Vernissage gehen wollte … Was Chester wohl glaubt, wo ich abgeblieben bin! Ich darf gar nicht daran denken.«
»Wer ist Chester?«
»Er ist ein Freund, meine Güte, nur ein Freund, einer der Leute, die bei mir in der Nähe wohnen. Er ist Künstler. Wir sind alle zusammen hierhergefahren, und bestimmt fragt sich jeder, was mit mir passiert ist.«
»Werden die anderen nicht auf die Idee kommen, hier nach Ihnen zu suchen, bei Ihrer Tochter?«

»Nein, natürlich nicht, warum sollten sie?«
»Aber sie wissen, daß Sie eine Tochter in Dublin haben?«
»Ja, kann schon sein. Sie wissen, daß ich drei Kinder habe, aber ich rede nicht pausenlos von ihnen. Sie wissen jedenfalls nicht, wo Elizabeth wohnt oder so.«
»Und Ihre sonstigen Freunde, Ihre richtigen Freunde?«
»Das sind meine richtigen Freunde«, schnauzte sie ihn an.
»Ist da drin alles in Ordnung?« wollte Lizzie wissen.
»Stör uns jetzt nicht, Lizzie«, bat Bill.
»Bei Gott, das wirst du mir büßen, Elizabeth«, drohte ihre Mutter.
»Wo wohnen sie denn, Ihre Freunde?«
»Ich weiß es nicht, das ist es ja. Wir wollten abwarten, wie die Vernissage läuft, und falls Harry auch da wäre, wollten wir danach alle zu ihm gehen. Er wohnt in einem Mordsschuppen, wo wir schon mal übernachtet haben. Und wenn alle Stricke reißen, hätte Chester noch ein paar fabelhafte kleine Frühstückspensionen gewußt, wo man für einen Spottpreis übernachten kann.«
»Ob Chester wohl die Polizei verständigt hat, was meinen Sie?«
»Warum hätte er das tun sollen?«
»Weil er sich Sorgen macht, was mit Ihnen geschehen ist.«
»Die Polizei?«
»Nun, wenn er Sie erwartet hat und Sie nicht aufgetaucht sind.«
»Er glaubt bestimmt, ich habe in der Ausstellung jemanden getroffen und bin mit ihm weggegangen. Vielleicht denkt er auch, ich hätte keine Lust gehabt, überhaupt zu kommen. Das ist ja das Ärgerliche an dieser ganzen Geschichte.«
Bill seufzte erleichtert auf. Lizzies Mutter nahm es mit Verabredungen nicht so genau. Also gab es wohl keine patrouillierenden Streifenwagen auf der Suche nach einer Blondine in einem Kaftan. Lizzie würde nicht den Rest der Nacht in einer Gefängniszelle verbringen müssen.
»Sollen wir sie hereinlassen, was meinen Sie?« Es gelang ihm, den Eindruck zu vermitteln, als stünde er auf Mrs. Duffys Seite.
»Wird sie dann wieder mit diesem Unsinn anfangen, daß wir nie

miteinander reden und keine richtige Beziehung haben und ich immer vor ihr davonlaufe?«
»Nein, ich sorge dafür, daß sie das bleibenläßt. Vertrauen Sie mir.«
»Gut. Aber erwarten Sie bloß nicht, daß ich alles vergebe und vergesse, nach all dem, was sie mir angetan hat.«
»Nein, es ist völlig verständlich, daß Sie verärgert sind.« Er schob sich an ihr vorbei und ging zur Tür. Draußen im dunklen Flur kauerte Lizzie. »Ach, Lizzie«, sagte Bill, als begrüße er einen unerwarteten, aber willkommenen Besuch. »Komm doch herein. Vielleicht könntest du uns allen eine Tasse Tee machen.«
Lizzie trippelte hinter ihm her in die Küche und vermied es, ihrer Mutter in die Augen zu sehen.
»Warte nur, bis dein Vater von diesem Vorfall erfährt«, drohte ihre Mutter.
»Mrs. Duffy, nehmen Sie Ihren Tee mit Milch und Zucker?« unterbrach Bill sie.
»Nein, danke.«
»Schwarz für Mrs. Duffy«, rief Bill, als gebe er dem Personal Anweisungen. Er machte sich in der kleinen Wohnung zu schaffen, räumte ein bißchen auf, zog die Tagesdecke auf dem Bett glatt, hob Sachen vom Boden auf, als ob er auf diese Weise alles wieder ins Lot bringen könnte. Nach kurzer Zeit saß das seltsame Dreiergespann zusammen und trank Tee.
»Ich habe Teegebäck dazu besorgt«, erklärte Lizzie stolz und stellte eine mit Schottenmuster bedruckte Blechdose auf den Tisch.
»Das kostet doch ein Vermögen«, sagte Bill entsetzt.
»Ich wollte etwas zu Hause haben, wenn meine Mutter kommt.«
»Ich habe nie behauptet, daß ich zu dir komme, das war allein deine Idee. Eine Schnapsidee.«
»Na, wenigstens sind sie in einer Dose«, meinte Bill. »Da halten sie bestimmt lange.«
»Sind Sie nicht ganz richtig im Kopf?« wandte sich Lizzies Mutter plötzlich an Bill.

»Ich finde eigentlich schon. Warum fragen Sie?«
»In so einer Situation fangen Sie an, über Kekse zu reden.«
»Nun, das ist immer noch besser, als ewig herumzuschreien oder über Bedürfnisse und Beziehungen und das alles zu sprechen. Hatten Sie nicht vorhin erwähnt, Sie wollten nichts davon hören?« Bill war gekränkt.
»Nein, das ist nicht besser. Wenn Sie mich fragen, ist es verrückt. Sie sind genauso durchgedreht wie Lizzie. Ich bin in einem Irrenhaus gelandet.«
Ihr Blick wanderte zur Tür, und ihm fiel auf, daß ihre Reisetasche dort lag. Würde sie versuchen, damit zu entwischen? Und wäre das vielleicht auch am besten so? Oder steckten sie alle jetzt schon so tief in dieser Sache, daß es besser war, sie bis zum Ende durchzustehen? Sollte Lizzie ihrer Mutter doch erklären, was sie störte, und sollte diese es akzeptieren oder abstreiten. Sein Vater hatte immer gesagt, es sei das beste, erst einmal abzuwarten und zu sehen, was passiere. Bill konnte mit dieser Einstellung wenig anfangen. Worauf warten? Was sehen? Da aber sein Vater offenbar gut damit gefahren war, hatte dieser Lebensgrundsatz vielleicht doch seine Vorteile.
Lizzie knabberte an einem Keks. »Die sind herrlich«, sagte sie. »Man schmeckt die Butter richtig heraus.« Wie liebenswert sie war, wie ein kleines Kind. Warum fiel ihrer Mutter das nicht auch auf?
Bill sah von einer zur anderen. Bildete er es sich ein, oder entspannte sich die Miene von Lizzies Mutter tatsächlich ein wenig?
»Es ist nicht immer einfach, Lizzie, als Frau so ganz allein«, fing sie an.
»Aber du brauchtest nicht allein zu sein, Mummy. Du hättest uns alle bei dir haben können, Dad und mich und John und Kate.«
»Ich konnte nicht so leben, den ganzen Tag eingesperrt in diesem Haus, und darauf warten, daß der Mann heimkommt und die Lohntüte abliefert. Und oft ist dein Vater mit dem Lohn nicht

heimgekommen, sondern hat ihn ins Wettbüro getragen. So wie er es jetzt immer noch macht, drüben in Galway.«
»Du brauchtest nicht wegzugehen.«
»Doch, denn sonst hätte ich jemanden umgebracht, ihn, dich oder mich. Manchmal ist es besser, wegzugehen und sich ein bißchen Luft zum Atmen zu verschaffen.«
»Wann sind Sie eigentlich weggegangen?« fragte Bill in leichtem Konversationston, als erkundigte er sich nach den Abfahrtszeiten von Zügen.
»Wissen Sie das etwa nicht? Kennen Sie die Geschichte von der bösen Hexe, die davongelaufen ist und alle im Stich gelassen hat, nicht in allen Einzelheiten?«
»Nein, davon weiß ich nichts. Bis zu diesem Augenblick war mir nicht klar, daß Sie überhaupt weggelaufen sind. Ich dachte immer, Sie und Mr. Duffy hätten sich freundschaftlich getrennt, und von den Kindern wäre jedes seiner Wege gegangen. Mir erschien das als etwas sehr Vernünftiges, was alle Familien machen sollten.«
»Was meinen Sie damit, daß es alle Familien so machen sollten?« Lizzies Mutter musterte ihn argwöhnisch.
»Nun, wissen Sie, ich lebe zu Hause mit meinen Eltern und meiner behinderten Schwester, und ehrlich gesagt sehe ich keine Möglichkeit, jemals *nicht* dort oder wenigstens in der Nähe zu sein. In Lizzies Familie, habe ich mir dann gedacht, hat jeder seine Freiheit ... ich habe sie irgendwie darum beneidet.«
»Warum packen Sie nicht einfach Ihre Sachen und gehen?« schlug Lizzies Mutter vor.
»Das könnte ich, aber ich hätte kein gutes Gefühl dabei.«
»Man lebt nur einmal.« Nun wurde Lizzie von beiden völlig ignoriert.
»Ja, das ist es. Wenn wir nicht nur einmal leben würden, hätte ich nicht solche Schuldgefühle.«
Lizzie versuchte, sich wieder in das Gespräch einzuschalten. »Du schreibst mir nie. Du meldest dich nie bei mir.«
»Worüber sollte ich dir schon schreiben, Lizzie? Du kennst meine Freunde nicht. Ich kenne deine Freunde nicht, und auch nicht

die von John und Kate. Aber ich liebe dich noch immer und will nur das Beste für dich, auch wenn wir uns nicht ständig sehen.« Sie hielt inne, als sei sie selbst überrascht, soviel von sich preisgegeben zu haben.
Lizzie war noch nicht überzeugt. »Wenn du uns wirklich lieben würdest, würdest du uns ab und zu besuchen. Dann würdest du dich nicht über meine Wohnung lustig machen und über meinen Vorschlag, hier bei mir zu übernachten. Nicht, wenn du uns lieben würdest.«
»Ich glaube, Mrs. Duffy meint ...«, fing Bill an.
»Meine Güte, nennen Sie mich einfach Bernie.« Bill war so verblüfft, daß er vergaß, was er sagen wollte. »Reden Sie weiter, Sie sagten gerade, daß ich meine ... Was meine ich denn?«
»Ich glaube, Sie meinen, daß Lizzie Ihnen sehr viel bedeutet, aber daß Sie sich ein wenig auseinandergelebt haben, weil West-Cork ja auch so weit weg ist ... und daß Sie gestern nicht hier übernachten wollten, weil Chester seine Vernissage hatte und Sie rechtzeitig dort sein wollten, um ihn moralisch zu unterstützen. Etwas in der Richtung?« Die Fältchen auf seinem runden Gesicht verrieten die Anspannung, als er von einer zur anderen sah. Wenn sie doch nur so etwas gemeint hatte, und nicht, daß sie die Polizei rufen würde oder Lizzie ihr Leben lang nicht mehr sehen wollte!
»Es geht *ein wenig* in diese Richtung«, pflichtete Bernie ihm bei. »Aber nur ein wenig.«
Immerhin etwas, dachte Bill im stillen. »Und als Lizzie den Schlüssel weggeworfen hat, tat sie es deshalb, weil das Leben viel zu schnell vergeht und sie Sie richtig kennenlernen und mit Ihnen reden wollte. Um nicht noch mehr Zeit zu verlieren. War es nicht so?«
»Genau.« Lizzie nickte mit Nachdruck.
»Aber, allmächtiger Gott, wie immer Sie heißen ...«
»Bill«, kam er ihr zu Hilfe.
»Ja, nun, Bill, aber jemand, der mich hierherlockt und mich einsperrt, der ist doch nicht mehr ganz richtig im Kopf.«

»Ich habe dich nicht hergelockt. Ich habe mir von Bill das Geld für dein Taxi geborgt, dich in meine Wohnung eingeladen und Teegebäck und Schinken und Hühnerleber und Sherry gekauft. Ich habe mein Bett für dich gemacht. Ich wollte, daß du bleibst. War das wirklich so viel verlangt?«

»Aber ich konnte doch nicht.« Bernie Duffys Stimme war jetzt viel sanfter.

»Du hättest vorschlagen können, dann eben am nächsten Tag zu kommen. Aber du hast nur gelacht. Das konnte ich nicht ertragen, und dann bist du immer wütender geworden und hast schreckliche Dinge gesagt.«

»Was ich gesagt habe, war nicht normal, weil die Person, mit der ich gesprochen habe, nicht normal war. Du hast mich völlig aus der Fassung gebracht, Lizzie. Du bist mir wie eine Geisteskranke vorgekommen. Wirklich. Du hast nur wirres Zeug geredet. Immer wieder hast du erzählt, daß du dich in den letzten sechs Jahren wie eine verlorene Seele gefühlt hättest ...«

»So war es auch.«

»Du warst siebzehn, als ich weggegangen bin. Dein Vater wollte, daß du mit ihm nach Galway ziehst, aber das wolltest du nicht ... Du seist alt genug, hast du gesagt, um allein in Dublin zu leben. Ich erinnere mich noch, du hast bei einer chemischen Reinigung angefangen. Du hast dir dein eigenes Geld verdient. Und du wolltest es so. Zumindest hast du das behauptet.«

»Ich bin hiergeblieben, weil ich dachte, du würdest zurückkommen.«

»Wohin zurück? Hierher?«

»Nein, zurück in unser Haus. Daddy hat es noch ein Jahr lang behalten, weißt du noch?«

»Ja, ich weiß noch, und dann hat er jeden Penny, den er dafür bekommen hat, auf Pferde gesetzt, die auf irgendwelchen englischen Rennbahnen unter ›ferner liefen‹ abschneiden.«

»Warum bist du nicht zurückgekommen, Mummy?«

»Was hätte mich hier erwartet? Dein Vater hat sich nur noch dafür interessiert, ob seine Pferde in Form waren, John war in die

Schweiz gegangen, Kate nach New York, und du bist mit deiner Clique herumgezogen.«
»Ich habe auf dich gewartet, Mummy.«
»Nein, das stimmt nicht, Lizzie. Du kannst nicht die ganze Geschichte hindrehen, wie es dir paßt. Warum hast du mir das denn nicht geschrieben, wenn es wirklich so war?«
Es trat Schweigen ein.
»Du wolltest nur etwas von mir hören, wenn es mir gutging, also habe ich mich auf das Gute beschränkt. Ich habe dir Ansichtskarten und Briefe geschickt, in denen ich dir von meinen Reisen nach Griechenland und auf die Achill-Insel erzählt habe. Daß ich mir wünschte, du würdest zurückkommen, habe ich verschwiegen, aus Angst, daß du sonst böse mit mir wärst.«
»Es wäre mir jedenfalls bedeutend lieber gewesen, als entführt und festgehalten zu werden ...«
»Und ist es schön dort, wo Sie wohnen, in West-Cork?« Wieder war Bill ganz der interessierte Gesprächspartner. »Nach den Bildern von der Küste zu schließen, die man so kennt, muß es ein wundervolles Fleckchen sein.«
»Es ist etwas ganz Besonderes. Dort leben viele freie Geister, Leute, die zurück aufs Land gezogen sind und malen, kreativ sind, töpfern.«
»Und haben Sie sich auch einer dieser Künste verschrieben ... ähm ... Bernie?« Seine Frage klang aufrichtig interessiert; sie konnte sie nicht als Beleidigung auffassen.
»Nein, ich persönlich nicht. Aber künstlerisch tätige Menschen und ihre Lebensart haben mich schon immer angezogen. Wenn ich irgendwo eingesperrt bin, habe ich das Gefühl zu ersticken. Deshalb ist diese ganze Geschichte auch ...«
Bill bemühte sich, das Gespräch rasch auf ein anderes Thema zu lenken. »Und haben Sie ein eigenes Haus, oder leben Sie mit Chester zusammen?«
»Nein, du lieber Himmel, nein«, lachte sie, fröhlich und schallend, wie er es von ihrer Tochter kannte. »Nein, Chester ist schwul, er lebt mit Vinnie zusammen. Nein, nein. Sie sind meine besten

Freunde. Sie wohnen etwa sechs Kilometer von mir entfernt. Nein, ich habe ein Zimmer, ein Apartment, wie man es heute wohl nennt. Das Haus war früher das Nebengebäude eines größeren Anwesens.«

»Das klingt gut. Liegt es in der Nähe der Küste?«

»Ja, sicher. Dort ist man überall in der Nähe der Küste. Es hat sehr viel Charme. Es ist mir richtig ans Herz gewachsen. In den sechs Jahren, seit ich dort wohne, habe ich ein richtiges kleines Zuhause daraus gemacht.«

»Und wie verdienen Sie Ihren Lebensunterhalt, Bernie? Haben Sie eine Stelle?«

Lizzies Mutter sah ihn an, als hätte er gerade ein ordinäres Geräusch von sich gegeben. »Wie bitte?«

»Ich meine, wenn Lizzies Vater Ihnen kein Geld gegeben hat, müssen Sie doch Ihren Lebensunterhalt selbst verdienen. Ganz einfach.« Er ließ nicht locker.

»Das kommt davon, weil er bei einer Bank arbeitet, Mummy«, entschuldigte Lizzie ihn. »Das mit dem Lebensunterhalt ist ihm furchtbar wichtig.«

Auf einmal wurde es Bill zuviel. Hier saß er mitten in der Nacht in diesem Haus und versuchte, zwischen diesen verrückten Frauen Frieden zu stiften, und dabei dachten die, *er* sei der Verrückte, nur weil er eine Stelle hatte, seine Rechnungen bezahlte und ein geregeltes Leben führte. Nun, jetzt reichte es ihm jedenfalls. Sollten sie sich doch allein zusammenraufen. Er würde jetzt heimgehen, in sein ödes Haus, zu seiner bedauernswerten Familie.

Er würde nie einen Posten im internationalen Bankgeschäft bekommen, und wenn er noch so gut auf italienisch über »schöne Gebäude« und »rote Nelken« plaudern konnte und sämtliche Begrüßungsfloskeln beherrschte. Von nun an würde er nicht mehr versuchen, selbstsüchtige Menschen dazu zu bringen, in den anderen etwas Gutes zu entdecken. Er spürte ein ungewohntes Kribbeln in seiner Nase und seinen Augen, als müßte er gleich zu weinen anfangen.

Beiden Frauen fiel gleichzeitig auf, daß sich sein Gesichtsausdruck verändert hatte. Er schien weit weg zu sein.
»Ich wollte mich über Ihre Frage nicht lustig machen«, sagte Lizzies Mutter. »Natürlich muß ich Geld verdienen. Ich helfe in dem Haus, wo ich mein Apartment habe, im Haushalt. Dort erledige ich die leichteren Arbeiten, Saubermachen und so. Und wenn sie Partys feiern ... nun, dann räume ich hinterher auf. Außerdem mache ich die Bügelwäsche. Ich habe schon immer gerne gebügelt. Zum Ausgleich muß ich keine Miete bezahlen, und natürlich bekomme ich auch ein kleines Taschengeld.«
Lizzie sah ihre Mutter ungläubig an. Das war also die künstlerische Lebensart, der Umgang mit den Reichen und Mächtigen, den Playboys und der Schickeria, die im Südwesten Irlands einen zweiten Wohnsitz hatten. Ihre Mutter war ein Hausmädchen.
Mittlerweile hatte Bill seine Fassung zurückgewonnen. »Das ist sicher keine schlechte Lösung«, sagte er. »Auf diese Weise schlagen Sie gleich mehrere Fliegen mit einer Klappe – Sie haben eine schöne Unterkunft, sind unabhängig, müssen sich aber auch keine Gedanken darüber machen, wie das Essen auf den Tisch kommt.«
Sie musterte sein Gesicht, um herauszufinden, ob er das sarkastisch gemeint hatte, fand aber kein Anzeichen dafür. »Sie haben recht«, sagte Bernie Duffy schließlich. »Genauso ist es.«
Bill glaubte, schnell etwas sagen zu müssen, bevor Lizzie mit irgendeiner Bemerkung herausplatzte, die alles zunichte machen konnte. »Vielleicht könnten Lizzie und ich Sie einmal besuchen, wenn es wärmer wird. Es wäre mir eine große Freude. Wir könnten den Bus nehmen und in Cork umsteigen.«
»Seid ihr beide ... Ich meine, sind Sie Lizzies Freund?«
»Ja, wir wollen mit fünfundzwanzig heiraten, also in zwei Jahren. Ich hoffe auf einen Posten in Italien, deshalb machen wir zusammen einen Italienischkurs.«
»Ja, das hat sie mir erzählt, neben all dem anderen Gequassel«, sagte Bernie.
»Daß wir heiraten?« Bill freute sich.

»Nein, daß sie Italienisch lernt. Das fand ich dann noch verrückter.«
Es schien alles gesagt zu sein. Bill erhob sich, als wäre er ein ganz normaler Gast, der sich an einem ganz normalen Abend verabschieden will. »Bernie, es ist spät geworden. Jetzt fahren keine Busse mehr, und selbst wenn noch welche fahren würden, wäre es wahrscheinlich schwierig, Ihre Freunde ausfindig zu machen. Deshalb schlage ich vor, daß Sie heute nacht hierbleiben, nur wenn Sie möchten natürlich, und der Schlüssel bleibt selbstverständlich im Schloß. Morgen, wenn Sie beide sich gut erholt haben, sagen Sie einander friedlich und ohne Groll auf Wiedersehen. Ich sehe Sie wahrscheinlich erst nächsten Sommer wieder, denn es würde mir ein Vergnügen sein, Sie in West-Cork zu besuchen.«
»Gehen Sie nicht«, flehte Bernie. »Gehen Sie nicht. Solange Sie hier sind, ist sie nett und ruhig, aber wenn Sie zur Tür hinaus sind, wird Sie wieder loszetern, ich hätte sie verlassen.«
»Nein, nein. Das hat sich jetzt alles von Grund auf geändert.« Er sprach mit Überzeugung. »Lizzie, gibst du deiner Mutter den Schlüssel? Bernie, den behalten Sie jetzt, dann wissen Sie, daß Sie jederzeit gehen können.«
»Wie kommst *du* denn nach Hause, Bill?« fragte Lizzie.
Er sah sie überrascht an. Sonst schien es sie nie zu kümmern, daß er fast fünf Kilometer zu Fuß zurücklegen mußte, wenn er nachts heimging, oder zumindest fragte sie nie danach.
»Ich gehe zu Fuß. Es ist eine schöne, sternenklare Nacht«, erwiderte er. Sie sahen ihn beide an. Er hatte das Bedürfnis weiterzureden, damit dieser Augenblick des Friedens andauerte. »In der Italienischstunde gestern hat die Signora uns einen Satz über das Wetter beigebracht, nämlich daß der Sommer sehr schön war. *E' stata una magnifica estate.*«
»Das klingt hübsch«, sagte Lizzie. »*E' stata una magnifica estate.*« Sie wiederholte den Satz ohne Fehler.
»He, du hast es gleich auf Anhieb richtig gesagt. Wir mußten es gestern immer wieder üben.« Bill war beeindruckt.

»Sie konnte sich Sachen schon immer gut merken, schon als kleines Mädchen. Man mußte ihr es einmal sagen und sie hat es für immer im Kopf behalten«. Beinahe stolz betrachtete Bernie ihre Tochter.
Auf dem Heimweg fühlte sich Bill leicht und unbeschwert. Viele der Hindernisse, die ihm so riesig erschienen waren, wirkten nun weit weniger bedrohlich. Er brauchte nicht mehr zu befürchten, daß eine mondäne Mutter in West-Cork ihn, den kleinen Bankangestellten, als schlechte Partie für ihre Tochter ansah. Er mußte sich keine Sorgen mehr machen, daß er für Lizzie zu langweilig war. Denn sie sehnte sich nach Sicherheit, Liebe und einem Halt im Leben, und all das konnte er ihr bieten. Probleme würde es natürlich trotzdem geben. Lizzie würde es nie leichtfallen, mit festen Beträgen hauszuhalten. Sie würde immer großzügig mit Geld umgehen und immer alles sofort haben wollen. Seine Aufgabe war es, dafür zu sorgen, daß sich ihre Verschwendungssucht in halbwegs vernünftigen Grenzen hielt. Und daß sie sich mit dem Gedanken an Arbeit anfreundete. Wenn ihre verrückte Mutter sich mit Bügeln und Putzen für fremde Leute ihren Lebensunterhalt verdiente, würde Lizzie ihre Maßstäbe vielleicht auch ein bißchen herunterschrauben.
Vielleicht würden sie sogar irgendwann einmal nach Galway fahren und Lizzies Vater besuchen. Damit sie begriff, daß sie bereits eine Familie hatte, daß sie sich nicht mehr eine einbilden und herbeisehnen mußte. Und bald schon würde sie auch zu seiner Familie gehören.
Während andere Leute in Autos oder Taxis vorbeifuhren, spazierte Bill Burke durch die Nacht. Er beneidete keinen von ihnen. Er war ein Glückspilz. Sicher, er hatte sich um Menschen zu kümmern, die auf ihn angewiesen waren. Die ihn brauchten. Aber das war gut so. Denn das bedeutete nur, daß er genau der Richtige dafür war, und vielleicht würde sein Sohn ihn dereinst genauso bemitleiden, wie er heute seinen Vater bemitleidete. Aber das machte nichts. Dann hatte der Junge es eben nicht begriffen. Und wenn schon.

KATHY

Kaum ein anderes Mädchen am Mountainview College lernte so eifrig wie Kathy Clarke. Während des Unterrichts war ihre Stirn stets nachdenklich gerunzelt, sie tüftelte an den Aufgaben herum, hakte nach, stellte Fragen. Im Lehrerzimmer kursierten harmlose Witze über sie. So bedeutete etwa »wie Kathy Clarke schauen«, daß man mit zusammengekniffenen Augen einen Aushang am Schwarzen Brett anstarrte und ihn zu verstehen versuchte.

Sie war ein großes, linkisches Mädchen, trug einen marineblauen, ein wenig zu langen Schulrock und zählte nicht zu denen in der Klasse, die sich Ohrlöcher stechen ließen und sich mit Modeschmuck behängten. Zwar war sie nicht sonderlich gescheit, wollte jedoch gut sein und strengte sich deshalb sehr an. Beinahe zu sehr. Jedes Jahr fanden Elternsprechtage statt, aber eigentlich konnten sich die Lehrer kaum daran erinnern, wer denn wegen Kathy kam.

»Ihr Vater ist Klempner«, erzählte Aidan einmal. »Er hat bei uns die Sanitärinstallationen gemacht, gute Arbeit, aber dann wollte er natürlich bar bezahlt werden, was er mir erst am Ende gesagt hat … als ich mein Scheckheft zückte, ist er fast in Ohnmacht gefallen.« Helen, die Gälischlehrerin, berichtete: »Ich weiß noch, daß ihre Mutter während des ganzen Gesprächs nicht einmal ihre Zigarette aus dem Mund genommen hat und nur ständig fragte: ›Was nutzt es ihr denn, was bringt ihr das fürs spätere Leben?‹«

»Das sagen sie doch alle«, meinte Tony O'Brien, der künftige Direktor, resigniert. »Man kann ja kaum von ihnen erwarten, daß sie einem vorschwärmen, wie geistig stimulierend sie das Lernen um des Lernens willen finden.«

»Kathy hat eine ältere Schwester, die auch manchmal kommt«, fiel einer anderen Lehrerin ein. »Sie ist Filialleiterin in einem Supermarkt, und ich glaube, sie ist der einzige Mensch, der die arme Kathy wirklich versteht.«

»Ach Gott, wenn es unsere einzige Sorge wäre, daß die Kinder zu hart und zu verbissen arbeiten!« seufzte Tony O'Brien. Als angehender Direktor hatte er in seinem Büro tagtäglich mit weitaus größeren Problemen zu kämpfen. Und nicht nur in seinem Büro.

In seinem ziemlich unsteten Liebesleben hatte es nur wenige Frauen gegeben, mit denen er zusammenbleiben wollte, und jetzt, da es endlich soweit war und er die Richtige kennengelernt hatte, wurde die Sache plötzlich so verdammt kompliziert. Das Mädchen war die Tochter von Aidan Dunne, dem armen Kerl, der geglaubt hatte, er würde zum Direktor ernannt werden. Die daraus entstehenden Mißverständnisse und Verwicklungen hätten einem viktorianischen Melodram zur Ehre gereicht.

Nun wollte ihn die junge Grania Dunne nicht mehr sehen, weil sie ihm vorwarf, er habe ihren Vater gedemütigt. Das war zwar falsch und an den Haaren herbeigezogen, aber das Mädchen glaubte es. Er hatte ihr die Entscheidung überlassen und zum erstenmal in seinem Leben versichert, er werde sich mit keiner anderen einlassen, sondern darauf warten, daß sie zu ihm zurückkehrte. Ab und zu ließ er ihr ein Lebenszeichen in Form einer witzigen Postkarte zukommen, erhielt jedoch nie eine Antwort. Vielleicht war es töricht, sich weiterhin Hoffnungen zu machen. Schließlich gab es noch eine Menge anderer Frauen auf der Welt, und bislang hatte es ihm nie daran gemangelt.

Aber irgendwie hatte keine eine solche Anziehungskraft auf ihn ausgeübt wie dieses muntere, aufgeweckte Mädchen mit den lebhaften Augen, der bemerkenswerten Energie und der raschen Auffassungsgabe. In ihrer Gegenwart fühlte sich Tony O'Brien tatsächlich um Jahre jünger. Und sie war keineswegs der Meinung gewesen, er sei zu alt für sie, nicht in jener Nacht, die sie bei ihm verbracht hatte. In der Nacht, bevor er erfuhr, wer sie war und

daß ihr Vater auf einen Posten spekulierte, der für ihn gar nicht in Frage kam.
Womit Tony O'Brien am allerwenigsten gerechnet hatte, war, daß er als Direktor des Mountainview College beinahe wie ein Mönch leben würde. Aber es schadete ihm nichts, früh zu Bett zu gehen, weniger zu trinken und sich seltener ins Nachtleben zu stürzen. Ja, er versuchte sogar, das Rauchen einzuschränken, für den Fall, daß Grania zu ihm zurückkehrte. Immerhin rauchte er jetzt morgens nicht mehr. Während er früher mit noch geschlossenen Augen nach dem Päckchen neben dem Bett getastet hatte, schaffte er es nun, bis zur Schulpause zu warten; erst dann genehmigte er sich in der Abgeschiedenheit seines Büros bei einem Kaffee die erste Zigarette. Das war schon ein Erfolg. Er überlegte, ob er Grania eine Karte mit dem Bild einer Zigarette und der Aufschrift »Habe ein Laster weniger« schicken sollte, aber dann würde sie womöglich denken, er habe das Rauchen völlig aufgegeben, was nun ganz und gar nicht stimmte. Es war verrückt, wie häufig er an sie denken mußte.
Ihm war nie bewußt gewesen, wieviel Arbeit es bedeutete, eine Schule wie das Mountainview College zu leiten. Die Elternabende und der Tag der Offenen Tür waren nur zwei der vielen Aufgaben, die ihn bereits vollauf in Anspruch nahmen.
Es blieb ihm wirklich kaum Zeit, sich über Mädchen wie Kathy Clarke Gedanken zu machen. Sie würde von der Schule abgehen und irgendeinen Job finden; vielleicht brachte ihre Schwester sie im Supermarkt unter. Bis zur Hochschulreife würde sie es nicht schaffen. Dafür besaß sie weder den familiären Hintergrund noch die Intelligenz. Aber sie würde sich schon durchschlagen.

Keiner der Lehrer wußte, wie es bei Kathy Clarke zu Hause aussah. Wenn sie überhaupt je einen Gedanken daran verschwendeten, stellten sie sich wahrscheinlich vor, sie lebe in einem der Häuser in der großen, ständig wachsenden Wohnsiedlung, wo es zuviel Fernsehen und zuviel Fastfood-Essen gab, zuwenig Ruhe und Frieden, zu viele Kinder und zuwenig Geld für den Lebensunter-

halt. Das war hier normal. Sie konnten nicht wissen, daß in Kathys Zimmer ein Einbauschreibtisch und eine kleine Büchersammlung standen. Hier saß ihre ältere Schwester Fran jeden Abend bei ihr, bis sie die Hausaufgaben erledigt hatte. Ein Gasofen mit tragbaren Gasflaschen, die Fran zum Vorzugspreis im Supermarkt kaufte, sorgte im Winter für Wärme.
Kathys Eltern lachten über diesen Luxus – die anderen Kinder hatten ihre Hausaufgaben am Küchentisch gemacht, und daran gab es nichts auszusetzen, oder? Allerdings, hatte Fran erwidert. Mit fünfzehn habe sie ohne Abschluß die Schule verlassen, es habe sie Jahre gekostet, sich in eine leitende Position hinaufzuarbeiten, und sie habe immer noch enorme Bildungslücken. Auch die Jungs kamen nur gerade eben so über die Runden, zwei arbeiteten in England, und einer war Roadie bei einer Popgruppe. Offenbar fühlte sich Fran verpflichtet, dafür zu sorgen, daß Kathy es weiter brachte als der Rest der Familie.
Manchmal fürchtete Kathy, sie könne Frans Erwartungen nicht gerecht werden. »Weißt du, ich bin leider gar nicht besonders gescheit, Fran. Ich tue mich nicht so leicht wie viele andere in der Klasse. Harriet zum Beispiel, die kapiert immer alles auf Anhieb.«
»Na, ihr Vater ist schließlich Lehrer, da ist das kein Wunder«, erwiderte Fran naserümpfend.
»Ja, das meine ich ja gerade. Du bist so gut zu mir, Fran. Anstatt tanzen zu gehen, nimmst du dir die Zeit und fragst mich ab. Und ich habe solche Angst, bei den Prüfungen durchzufallen und dich zu enttäuschen, nachdem du dir mit mir so große Mühe gegeben hast.«
»Ich will aber nicht zum Tanzen gehen«, erwiderte Fran seufzend.
»Aber du bist doch noch nicht zu alt für die Disco?« Kathy, das Nesthäkchen der Familie, war sechzehn, Fran war zweiunddreißig und die Älteste. Eigentlich sollte sie inzwischen verheiratet sein und eine eigene Wohnung haben wie all ihre Freundinnen. Trotzdem wünschte sich Kathy, daß Fran niemals auszog. Sie wollte sich lieber nicht vorstellen, wie es zu Hause ohne Fran wäre. Ihre Mam fuhr oft in die Stadt, um »Besorgungen zu machen«,

wie sie es nannte. In Wirklichkeit saß sie dann vor Glücksspielautomaten.

In ihrem Heim hätte es nur wenige Annehmlichkeiten gegeben, wenn Fran nicht dafür gesorgt hätte. Orangensaft zum Frühstück, abends eine warme Mahlzeit. Tatsächlich hatte Fran ihrer Schwester die Schuluniform gekauft und ihr beigebracht, immer die Schuhe zu putzen und jeden Abend Bluse und Unterwäsche zu waschen. Von ihrer Mutter hätte Kathy das nicht gelernt.

Fran klärte sie auch auf und besorgte ihr die erste Packung Tampons. Mit dem Sex, riet Fran, solle sie lieber warten, bis sie jemanden gefunden habe, den sie wirklich sehr gern hatte, anstatt sich mit irgendeinem x-beliebigen einzulassen, nur weil das allgemein erwartet wurde.

»Hast du schon mal jemanden sehr gern gehabt und mit ihm geschlafen?« hatte die damals vierzehnjährige Kathy neugierig gefragt.

Und Fran war ihr auch darauf die Antwort nicht schuldig geblieben. »Ich fand es immer das beste, nicht darüber zu sprechen. Weißt du, es ist etwas Wunderbares, was man nur zerreden würde«, hatte sie entgegnet, und damit war das Thema erledigt.

Fran nahm sie ins Theater mit, zu Aufführungen ins Abbey Theatre, ins Gate und ins Project Arts Centre. Sie schlenderte mit ihr die Grafton Street entlang, und sie gingen auch zusammen in die eleganten Geschäfte. »Wir müssen lernen, in allen Lebenslagen selbstsicher aufzutreten«, erklärte Fran. »Das ist das ganze Geheimnis. Wir dürfen nicht unterwürfig und unsicher wirken, als hätten wir hier nichts zu suchen.«

Über ihre Eltern äußerte Fran niemals ein Wort der Kritik. Manchmal beschwerte sich Kathy: »Mam weiß deine Großzügigkeit gar nicht zu schätzen, Fran. Da hast du ihr diesen schönen neuen Herd gekauft, aber sie kocht nie darauf.«

»Ach, sie ist schon in Ordnung«, erwiderte Fran dann nur.

»Dad bedankt sich nie, wenn du ihm aus dem Supermarkt Bier mitbringst. Er schenkt dir nie etwas.«

»Dad ist kein übler Kerl«, meinte Fran beschwichtigend. »Es ist nun mal kein schönes Leben, wenn man den ganzen Tag zwischen Rohrleitungen und Siphons herumhantieren muß.«

»Glaubst du, du wirst mal heiraten?« fragte Kathy sie eines Tages neugierig.

»Ich warte ab, bis du erwachsen bist. Vorher zerbreche ich mir nicht den Kopf darüber«, erwiderte Fran lachend.

»Aber wirst du dann nicht zu alt sein?«

»Keineswegs. Wenn du zwanzig bist, bin ich gerade mal sechsunddreißig, in der Blüte meines Lebens«, versicherte Fran ihrer Schwester.

»Ich hab gedacht, du würdest Ken heiraten«, meinte Kathy.

»Tja, hab ich aber nicht. Und nun ist er nach Amerika gegangen und somit passé.« Frans Antwort klang sehr entschieden.

Ken hatte ebenfalls im Supermarkt gearbeitet und war sehr ehrgeizig. Mam und Dad hatten immer gesagt, er und Fran würden den Laden bestimmt auf Vordermann bringen. Aber Kathy war sehr erleichtert gewesen, als Ken von der Bildfläche verschwand.

Zum Elternsprechtag im Sommer konnte Kathys Vater nicht gehen. Er müsse an diesem Abend lange arbeiten, sagte er.

»Ach, bitte, Dad. Die Lehrer möchten, daß jemand von den Eltern kommt. Mam wird nicht hingehen, das tut sie ja nie. Und du müßtest gar nicht viel machen, nur zuhören und ihnen sagen, daß alles in Ordnung ist.«

»Herrgott, Kathy, ich kann Schulen nicht ausstehen. Ich fühle mich dort völlig fehl am Platz.«

»Aber Dad, es ist ja nicht so, daß ich irgendwas angestellt hätte und die Lehrer über mich schimpfen. Sie sollen einfach nur den Eindruck haben, daß ihr an schulischen Dingen Anteil nehmt.«

»Das tun wir auch, mein Kind, doch, doch ... aber deine Mutter ist in letzter Zeit nicht auf der Höhe, es würde eher schaden als nützen, wenn sie hingehen würde. Und du weißt ja, wie die über das Rauchen denken, das macht sie nur fertig ... vielleicht sollte Fran wieder hingehen. Sie kennt sich sowieso besser aus als wir.«

Also ging Fran und sprach mit den erschöpften Lehrern, die eine Unmenge elterlicher Beichten hören mußten und jedem ein paar aufmunternde Worte und eine kleine Warnung mit auf den Weg gaben.
»Sie ist zu verkrampft«, bekam Fran zu hören. »Sie lernt zu verbissen. Wahrscheinlich wäre sie aufnahmefähiger, wenn sie sich mehr entspannen könnte.«
»Aber sie ist ganz eifrig bei der Sache, wirklich«, wandte Fran ein. »Ich setze mich immer zu ihr, wenn sie ihre Hausaufgaben macht, und sie erledigt sie stets gewissenhaft.«
»Sie spielt aber nicht viel, oder?« Der angehende Schuldirektor war ein netter Mann. Anscheinend kannte er die Kinder jedoch nur flüchtig und sprach eher allgemein. Fran fragte sich, ob er sich wirklich an all seine Schüler erinnerte oder einfach nur ins Blaue hinein redete.
»Nein, das will sie nicht, weil sie dann zu wenig Zeit zum Lernen hätte, wissen Sie.«
»Vielleicht sollte sie das aber tun«, stellte der Mann nüchtern, aber nicht unfreundlich fest.
»Ich finde, sie sollte Latein abwählen«, meinte der freundliche Mr. Dunne.
Fran erschrak. »Aber Mr. Dunne, sie gibt sich solche Mühe. Ich selbst habe es nie gelernt und versuche mitzukommen, wenn wir zusammen die Lektionen durchsehen. Sie befaßt sich wirklich stundenlang damit.«
»Aber sehen Sie, sie versteht nicht, worum es eigentlich geht.« Der arme Mr. Dunne bemühte sich sehr, sie nicht zu kränken.
»Vielleicht sollte ich mich darum kümmern, daß sie ein paar Nachhilfestunden bekommt? Es wäre großartig für sie, wenn sie in ihrem Abschlußzeugnis Latein vorweisen könnte. Wenn man ein solches Fach belegt hat, stehen einem so viele Möglichkeiten offen.«
»Möglicherweise schafft sie aber nicht den Notenschnitt für die Hochschule.« Es klang, als wolle er ihr das möglichst schonend beibringen.

»Aber sie muß es schaffen! Keiner von uns hat es soweit gebracht. Wenigstens sie muß eine gute Ausgangsposition haben.«
»Sie haben doch eine recht gute Stelle, Miss Clarke, ich sehe Sie immer im Supermarkt. Könnten Sie Kathy nicht dort unterbringen?«
»Kathy wird niemals im Supermarkt arbeiten!« Frans Augen blitzten.
»Entschuldigen Sie«, meinte Mr. Dunne leise.
»Nein, ich habe mich zu entschuldigen. Es ist sehr nett von Ihnen, daß Sie sich so viele Gedanken machen. Bitte verzeihen Sie, daß ich so laut geworden bin. Geben Sie mir einfach einen Rat, was das Beste für sie wäre.«
»Sie sollte sich mit etwas beschäftigen, was ihr Spaß macht, ohne Leistungsdruck«, sagte Mr. Dunne. »Ein Musikinstrument – hat sie dafür einmal Interesse gezeigt?«
»Nein.« Fran schüttelte den Kopf. »Nichts dergleichen. Wir sind alle hoffnungslos unmusikalisch, sogar mein Bruder, der für eine Popgruppe arbeitet.«
»Und Malen?«
»Das kann ich mir nicht vorstellen. Das würde sie ebenfalls zu verbissen angehen. Ständig würde sie sich fragen, ob sie es auch richtig macht.« Mit diesem netten Mr. Dunne zu reden war angenehm. Sicher fiel es ihm nicht leicht, wenn er Eltern oder anderen Angehörigen sagen mußte, daß ihr Kind für ein Hochschulstudium nicht intelligent genug war. Vielleicht hatte er selbst Kinder, die auf die Universität gingen, und wollte, daß andere dieselbe Chance bekamen. Und er sorgte sich so liebenswürdig darum, wie aus Kathy ein glücklicherer und weniger verkrampfter Mensch werden könnte. Es tat Fran leid, daß sie alle seine Vorschläge gleich verwarf. Der Mann meinte es nur gut. Als Lehrer mußte er ja wohl auch viel Geduld haben.
Aidan betrachtete das hübsche, schmale Gesicht dieser jungen Frau, der am Wohl ihrer Schwester soviel mehr gelegen war als den Eltern. Nur mit Mühe brachte er es über sich zu sagen, ein Kind sei schwer von Begriff, weil er sich im Grunde mitschuldig

fühlte. Jedesmal dachte er dann, daß es möglicherweise weit weniger begriffsstutzige Schüler geben würde, wenn die Schule kleiner und besser ausgestattet gewesen wäre und wenn es größere Bibliotheken und zusätzliche Fördermaßnahmen gegeben hätte. Darüber hatte er auch mit der Signora gesprochen, als sie das Konzept für den Italienischunterricht ausgearbeitet hatten. Sie meinte, es hinge größtenteils mit den Erwartungen der Leute zusammen. Nach der Einführung des offenen Bildungssystems würde es mindestens eine Generation dauern, bis die Menschen von dem Glauben abkamen, daß man ihnen ja doch nur überall Steine in den Weg legte.

In Italien sei es genauso gewesen, erzählte sie. Sie habe miterlebt, wie die Kinder eines Hotelbesitzers in einem kleinen, ärmlichen Ort aufgewachsen seien. Und sie sei allein dagestanden mit der Ansicht, die Kinder sollten in der kleinen Dorfschule mehr lernen als damals ihre Eltern. Also hatte sie ihnen gerade genug Englisch beibringen können, daß sie die Touristen begrüßen und als Kellner oder Zimmermädchen arbeiten konnten. Dabei hatte sie sich so gewünscht, sie würden im Leben weiterkommen. Die Signora verstand gut, was Aidan seinen Schützlingen im Mountainview College bieten wollte.

Mit ihr konnte man sich ganz zwanglos unterhalten. Während sie den Abendkurs planten, plauderten sie oft bei einer Tasse Kaffee. Sie war eine angenehme Gesellschafterin, belästigte ihn nicht mit Fragen über sein Zuhause und seine Familie und erzählte selbst nur wenig von ihrem Leben im Haus dieses Jerry Sullivan. Aidan hatte ihr sogar von dem Arbeitszimmer erzählt, das er sich gerade einrichtete.

»Mein Herz hängt nicht an Besitztümern«, meinte die Signora. »Aber ein hübsches, ruhiges Zimmer mit viel Sonnenlicht und einem soliden Schreibtisch, all die Erinnerungen, die man so hat, die Bücher, die Bilder an der Wand … das wäre in der Tat sehr schön.« Es hörte sich an, als sei sie eine Zigeunerin oder eine Stadtstreicherin, deren Herz niemals an so herrlichen Dingen hängen würde, die sie anderen aber durchaus gönnte.

Er würde ihr von Kathy Clarke erzählen, diesem Mädchen, das immer so verkniffen dreinschaute und sich furchtbar anstrengte, weil ihre Schwester so große Hoffnungen in sie setzte und sie für blitzgescheit hielt. Die Signora kam oft auf gute Ideen, vielleicht auch in diesem Fall.

Doch nun verscheuchte er die Erinnerungen an diese angenehmen Unterhaltungen und konzentrierte sich wieder auf das Hier und Jetzt. Vor ihm lag noch ein langer Abend. »Ihnen wird bestimmt etwas einfallen, Miss Clarke.« Mr. Dunne spähte hinaus zu der Schlange von Eltern, die noch ziemlich lang war.

»Ich bin Ihnen und all Ihren Kollegen hier sehr dankbar.« Frans Worte klangen aufrichtig. »Sie nehmen sich wirklich Zeit und machen sich Gedanken über die Kinder. Früher, zu meiner Schulzeit, war das anders. Aber vielleicht ist das auch nur eine meiner Ausreden«, schloß sie mit ernstem Gesicht. Die junge Kathy Clarke konnte sich glücklich schätzen, so eine fürsorgliche Schwester zu haben.

Die Hände in den Taschen vergraben, ging Fran mit gesenktem Kopf zur Bushaltestelle. Als sie auf dem Weg an einem Nebengebäude vorbeikam, bemerkte sie einen Aushang, der für einen Italienischkurs im nächsten September warb. Ein Einführungskurs, der einem die Malerei, die Musik und die Sprache Italiens näherbringen wollte. Und über all dem Lernen, hieß es, werde der Spaß nicht zu kurz kommen. Das könnte vielleicht das Richtige sein, überlegte Fran. Doch es war zu teuer. Sie hatte ja jetzt schon so viele Ausgaben. Die Teilnahmegebühr, die man für ein halbes Jahr im voraus bezahlen mußte, konnte sie sich kaum leisten. Und was, wenn Kathy das Ganze mit allzu großer Ernsthaftigkeit betrieb, wie sie es mit allem anderen ja auch immer tat? Dann kam sie vom Regen in die Traufe. Nein, entschied Fran, sie mußte sich etwas anderes einfallen lassen. Seufzend ging sie weiter.

An der Bushaltestelle traf sie Peggy Sullivan, eine der Kassiererinnen vom Supermarkt. »Nach diesen Gesprächen fühlt man sich immer um Jahre gealtert, finden Sie nicht?« meinte Mrs. Sullivan.

»Na ja, man wartet jedesmal eine Ewigkeit. Aber es ist immer noch besser als in unserer Jugend, wo keiner eine Ahnung hatte, was wir in der Schule machten. Wie kommt Ihr Junge denn so zurecht?« Als Filialleiterin hatte Fran es sich zur Gewohnheit gemacht, möglichst viel über ihre Angestellten zu erfahren. So wußte sie, daß Peggy zwei Kinder hatte, die ihr ziemlichen Kummer bereiteten – eine erwachsene Tochter, die sich mit dem Vater nicht vertrug, und einen Jungen, der sich nicht mit seinen Büchern beschäftigen wollte.
»Nun, Jerry wird es nicht glauben, aber anscheinend macht er echte Fortschritte. Das haben alle gesagt. Allmählich wird wieder ein Mensch aus ihm, wie einer seiner Lehrer es ausgedrückt hat.«
»Das ist ja erfreulich.«
»Ja, und das haben wir alles dieser Verrückten zu verdanken, die bei uns wohnt. Das muß unter uns bleiben, Miss Clarke, aber wir haben eine Untermieterin, halb Irin und halb Italienerin. Sie sagt, sie ist mit einem Italiener verheiratet gewesen, der gestorben ist, dabei stimmt das überhaupt nicht. Ich glaube ja, daß sie eine verkappte Nonne ist. Aber wie auch immer, sie hat sich jedenfalls sehr um Jerry gekümmert und ihn, wie's aussieht, völlig umgekrempelt.« Peggy Sullivan erklärte, Jerry habe nie begriffen, daß Gedichte eine Aussage hatten, aber als die Signora bei ihnen eingezogen sei, habe sich alles geändert. Sein Englischlehrer sei von ihm hellauf begeistert. Und daß Geschichte von Dingen handelte, die sich tatsächlich zugetragen hätten, sei ihm auch erst jetzt klargeworden. Seitdem sei er wie verwandelt.
Bekümmert dachte Fran an ihre Schwester, der sie soviel Zeit widmete und die dennoch nicht recht begreifen wollte, daß Latein einstmals eine lebendige Sprache gewesen war. Vielleicht konnte diese Signora auch ihr das Tor zu einer neuen Welt aufstoßen.
»Wovon lebt sie denn, Ihre Untermieterin?« fragte Fran.
»Ach, um das herauszufinden, bräuchte man ein ganzes Heer von Detektiven. Sie macht gelegentlich Näharbeiten und arbeitet ab und zu im Krankenhaus, soviel ich weiß. Aber im nächsten Schuljahr wird sie hier an der Schule einen Italienischkurs leiten, und

darauf freut sie sich jetzt schon wie ein Schneekönig. Man könnte meinen, sie hätte höchstpersönlich die Weltmeisterschaft gewonnen, wenn man sie ihre italienischen Lieder trällern hört. Den ganzen Sommer tut sie nichts anderes, als sich auf diesen Kurs vorzubereiten. Eine ausgesprochen liebenswürdige Frau, wirklich, aber ziemlich seltsam, ein bißchen verschroben, wissen Sie.«
Da war Frans Entscheidung gefallen. Ja, sie würde sich und Kathy für diesen Kurs anmelden. Dann würden sie jeden Dienstag und Donnerstag zusammen hingehen und Italienisch lernen, jawohl, und es würde bestimmt Spaß machen mit dieser verrückten Frau, die Lieder sang und jetzt schon mit Feuereifer den Kurs vorbereitete. Vielleicht wurde die arme Kathy, das nervöse, verkrampfte Kind, dann ein wenig gelöster. Und vielleicht tröstete es Fran darüber hinweg, daß Ken ohne sie nach Amerika ausgewandert war.
»Sie haben gesagt, daß Kathy eine großartige Schülerin ist«, verkündete Fran stolz am Küchentisch.
Ihre Mutter, die einige beträchtliche Verluste an den Einarmigen Banditen verschmerzen mußte, versuchte Begeisterung zu heucheln. »Na, warum auch nicht? Schließlich ist sie ja ein großartiges Mädchen.«
»Haben sie gar nichts Schlechtes über mich gesagt?« wollte Kathy wissen.
»Nein, sie meinten, du machst deine Hausaufgaben immer sehr gewissenhaft, und es sei eine wahre Freude, jemanden wie dich zu unterrichten. Jawohl!«
»Ich wäre schon gerne hingegangen, mein Kind, aber ich hatte Angst, daß ich nicht rechtzeitig von der Arbeit wegkomme.« Kathy und Fran verziehen ihrem Dad. Jetzt machte es nichts mehr aus.
»Ich habe eine große Belohnung für dich, Kathy. Wir werden Italienisch lernen, du und ich.«
Die Überraschung der Familie Clarke hätte nicht größer sein können, wenn Fran einen Flug zum Mond vorgeschlagen hätte.
Kathy wurde vor Freude ganz rot. »Wir beide?«
»Warum nicht? Ich wollte schon immer mal nach Italien, und

wenn ich die Sprache beherrsche, habe ich viel bessere Chancen, mir einen Italiener zu angeln!«

»Aber ist das denn was für mich?«

»Na klar. Das ist ein Kurs für Dummköpfe wie mich, die nie was gelernt haben, und du wirst wahrscheinlich die Beste von allen sein. Aber in erster Linie soll es Spaß machen. Den Kurs leitet eine Frau. Sie wird uns Opern vorspielen und Bilder zeigen und mit uns italienisch kochen. Das wird klasse.«

»Ist das nicht sehr teuer, Fran?«

»Nein, und außerdem bringt es uns ja auch was«, antwortete Fran und fragte sich, wie sie eigentlich dazu kam, so etwas zu behaupten.

Im Sommer ließ Ken sich in einer Kleinstadt im Staat New York nieder, von wo aus er Fran nun wieder schrieb. »Ich liebe Dich und werde Dich immer lieben. Die Sache mit Kathy verstehe ich durchaus, aber könntest Du nicht trotzdem kommen? Wir könnten sie ja in den Ferien zu uns holen, und Du könntest ihr Unterricht geben. Bitte sag ja, bevor ich mir eine kleine Dienstwohnung nehme. Wenn du ja sagst, kaufe ich uns ein Häuschen. Sie ist sechzehn, Fran, ich kann nicht noch vier Jahre auf Dich warten.«

Fran weinte, als sie den Brief las, doch sie konnte Kathy jetzt nicht allein lassen. Es war immer ihr Traum gewesen, daß eines Tages jemand von den Clarkes zur Universität ging. Sicher, Ken sagte, wenn sie erst einmal selbst Kinder hätten, würden sie deren Zukunft von vornherein so planen, daß ihnen später alle erdenklichen Möglichkeiten offenstanden. Aber Ken verstand das nicht. Sie hatte zuviel in Kathy investiert. Das Mädchen war kein Genie, aber sie war auch nicht dumm. Wäre sie als Kind reicher Eltern geboren worden, hätte sie all die Vorteile, die es einem leichter machten, in die Wiege gelegt bekommen. Sie würde an einer Hochschule studieren können, einfach deshalb, weil man sich immer genügend Zeit für sie nahm, weil Bücher im Haus waren, weil alle es als selbstverständlich erachteten. Fran hatte bei Kathy

Hoffnungen geweckt. Deshalb konnte sie jetzt nicht weggehen und sie bei ihren Eltern zurücklassen – ihrer Mutter, die die meiste Zeit an Spielautomaten verbrachte, und ihrem Vater, der es zwar gut meinte, aber nicht weiter dachte als bis zum nächsten Schwarzarbeitsjob, mit dem er seine bescheidenen Ansprüche befriedigen konnte.
Ohne sie wäre Kathy verloren.

Es war ein warmer Sommer, die Touristen strömten noch zahlreicher als sonst nach Irland. Im Supermarkt wurden spezielle Lunchpakete für Picknicks im Park angeboten. Das war Frans Idee gewesen, und sie erwies sich als großer Erfolg.
Mr. Burke von der Fleischtheke war zunächst skeptisch gewesen. »Ich möchte ja nicht auf meine jahrzehntelange Berufserfahrung pochen, Miss Clarke, aber ich halte wirklich nichts davon, den Speck aufzuschneiden, anzubraten und dann kalt auf die Sandwiches zu legen. Würden Brote mit einem feinen mageren Schinken, wie wir sie sonst verkaufen, nicht besser ankommen?«
»Das ist der Geschmack der Zeit, Mr. Burke. Die Leute wollen knusprig gebratenen Speck haben. Und wenn wir den kleingeschnittenen Speck schön warm halten und die Sandwiches erst bei Bedarf belegen, dann verspreche ich Ihnen, daß die Kunden gar nicht genug davon kriegen können.«
»Aber wenn ich ihn schneide und anbrate und ihn keiner kauft, was dann, Miss Clarke?« Mr. Burke war ein ganz reizender Mensch, der es jedem recht zu machen versuchte, aber vor allen Veränderungen zurückschreckte.
»Probieren wir es drei Wochen lang aus, dann sehen wir weiter«, meinte Fran.
Und sie sollte recht behalten. Die köstlichen Sandwiches fanden reißenden Absatz. Natürlich zahlte der Supermarkt dabei drauf, aber das machte nichts: Hatte man die Kunden erst einmal in den Laden gelockt, kauften sie bei der Gelegenheit auch noch andere Waren.
Fran besuchte mit Kathy das Museum of Modern Art, und an

ihrem freien Tag nahmen sie an einer dreistündigen Busrundfahrt durch Dublin teil. Nur damit wir unsere Heimatstadt besser kennenlernen, hatte Fran gesagt. Es gefiel ihnen sehr – sie sahen die beiden protestantischen Kathedralen, in denen sie noch nie gewesen waren, fuhren um den Phoenix Park und betrachteten voller Stolz die georgianischen Türen mit den fächerförmigen Oberlichten, auf die man sie aufmerksam machte.

»Stell dir vor, wir sind die einzigen Iren im Bus«, flüsterte Kathy. »Das ist *unsere* Stadt, die anderen sind nur Besucher.«

Mit sanftem Druck konnte Fran die Sechzehnjährige auch zum Kauf eines schicken gelben Baumwollkleides und einer neuen Frisur überreden. Am Ende des Sommers war sie ein sonnengebräuntes, attraktives Mädchen, und ihr gequälter Gesichtsausdruck war verschwunden.

Wie Fran feststellte, hatte Kathy durchaus Freundinnen. Allerdings waren es keine kichernden Busenfreundinnen, wie Fran sie in ihrer Jugend gehabt hatte, die eine Ewigkeit zurückzuliegen schien. Manche dieser Mädchen gingen samstags in eine laute Disco, von der ihr einer der Burschen aus der Arbeit erzählt hatte. Nach allem, was sie gehört hatte, mußte es ein zwielichtiger Schuppen sein, wo ganz offen mit Drogen gehandelt wurde. Um ein Uhr nachts tauchte Fran immer »zufällig« dort auf, um ihre Schwester abzuholen. Sie bat Barry, einen jungen Lieferwagenfahrer des Supermarkts, an den fraglichen Samstagen bei ihr vorbeizukommen und sie zu dieser Disco zu fahren. Er hatte gemeint, da sollte ein junges Mädchen lieber nicht hingehen.

»Was soll ich machen?« erwiderte Fran achselzuckend. »Wenn ich es ihr verbiete, fühlt sie sich bevormundet. Ich glaube, ich kann schon froh sein, daß ich durch Sie einen Vorwand habe, sie dann gleich nach Hause zu bringen.« Barry war ein prima Bursche, der auf Überstunden ganz versessen war, weil er sich ein Motorrad kaufen wollte. Jetzt habe er das erste Drittel dafür zusammengespart, meinte er, sobald er die Hälfte hätte, würde er es sich aussuchen gehen. Und wenn er zwei Drittel hätte, würde er es kaufen und den Rest in Raten abbezahlen.

»Und warum wollen Sie ein Motorrad haben, Barry?« fragte Fran.
»Es ist ein Stück Freiheit, Miss Clarke«, antwortete er. »Wissen Sie, es ist ein tolles Gefühl, wenn einem der Fahrtwind um die Ohren pfeift und so.«
Fran fühlte sich plötzlich sehr alt. »Meine Schwester und ich wollen Italienisch lernen«, erzählte sie ihm, als sie eines Abends wieder vor der Discothek warteten und der Kauf des heißersehnten Motorrades allmählich in greifbare Nähe rückte.
»Ah, das ist toll, Miss Clarke. Das würde ich auch gern. Ich war während der Fußballweltmeisterschaft dort und habe wirklich großartige Leute kennengelernt, die nettesten Menschen, die man sich nur vorstellen kann, Miss Clarke. Manchmal denke ich mir, daß wir ganz ähnlich wären, wenn wir dieses Klima hätten.«
»Sie könnten doch auch Italienisch lernen«, erwiderte Fran geistesabwesend. Sie beobachtete gerade, wie einige übel aussehende Typen aus der Disco kamen. Warum gingen Kathy und ihre Freundinnen ausgerechnet hierher? Heute hatten die Sechzehnjährigen viel mehr Freiheiten als zu Frans Zeit; sie hätte nie in so ein Lokal gehen dürfen.
»Vielleicht tue ich das auch, sobald ich das Motorrad abbezahlt habe. Weil ich nämlich als erstes damit nach Italien fahren werde«, verkündete Barry.
»Nun, der Kurs findet am Mountainview College statt und fängt im September an.« Sie redete etwas zerstreut, weil sie gerade Kathy, Harriet und deren Freundinnen erspäht hatte. Als sie auf die Hupe drückte, schauten sofort alle herüber. Sie waren es schon gewöhnt, jeden Samstag eine Mitfahrgelegenheit nach Hause zu bekommen. Was war eigentlich mit den Eltern all dieser Mädchen? Kümmerte es sie nicht, wo sich ihre Töchter herumtrieben? Oder war sie nur übertrieben ängstlich? Gott, aber ihr würde ein Stein vom Herzen fallen, wenn die Schule wieder anfing und mit diesen Nachtschwärmereien Schluß war.

Der Italienischkurs begann an einem Dienstag um sieben Uhr. Am Vormittag hatte Fran wieder einen Brief von Ken erhalten.

Nun habe er sich in seiner kleinen Wohnung eingerichtet. Der Wareneinkauf laufe hier übrigens völlig anders ab, man feilschte nicht mit den Lieferanten, sondern zahlte einfach, was sie verlangten. Die Leute seien sehr nett, sie luden ihn oft zu sich nach Hause ein. Labour Day* stand vor der Tür, dann würde man den Sommer mit einem Picknick ausklingen lassen. Er habe Sehnsucht nach ihr, schrieb Ken. Ob sie ihn auch vermisse?

Dreißig Leute nahmen an dem Kurs teil. Alle bekamen ein großes Stück Pappe, auf das sie ihren Namen schreiben sollten, aber die Kursleiterin – eine ganz fabelhafte Person – meinte, sie sollten einander mit den italienischen Versionen ihrer Namen ansprechen. So wurde aus Fran *Francesca* und aus Kathy *Caterina.* Es war lustig, einander mit Handschlag zu begrüßen und nach dem Namen zu fragen. Offenbar fühlte sich Kathy hier außerordentlich wohl. Letzten Endes hat es sich also doch gelohnt, dachte Fran, während sie den Gedanken beiseite schob, daß Ken an Labour Day mit anderen Leuten ein Picknick machte.

»He, Fran, siehst du den Burschen da drüben, der sich mit *Mi chiamo Bartolomeo* vorstellt? Ist das nicht Barry aus deinem Supermarkt?« Und er war es tatsächlich, stellte Fran erfreut fest. Anscheinend hatte es dank der Überstunden jetzt mit dem Motorrad geklappt. Sie winkten einander quer durch den Raum zu.

Was für ein merkwürdiges Sammelsurium von Leuten! Da war diese elegante Frau, die in ihrem Haus immer so prächtige Gesellschaften gab. Was in Gottes Namen machte sie nur an einem Ort wie diesem? Und das hübsche Mädchen mit den goldenen Locken – *Mi chiamo Elisabetta* – und dem netten, zurückhaltenden Freund in dem guten Anzug. Dazu der dunkelhaarige, brutal aussehende *Luigi* und der ältere Mann namens *Lorenzo.* Eine wirklich erstaunliche Mischung.

Die Signora war entzückend. »Ich kenne Ihre Vermieterin«, sagte Fran zu ihr, als sie sich kleine Häppchen mit Käse und Salami schmecken ließen.

* In den Vereinigten Staaten wird der Tag der Arbeit am 1. Montag im September begangen (A.d.Ü.)

»Ja, äh, Mrs. Sullivan ist eine Verwandte von mir«, erwiderte die Signora nervös.
»Ach ja, natürlich, das habe ich vergessen. Wie dumm von mir«, meinte Fran beruhigend. Die Verhältnisse dort waren schließlich ganz ähnlich wie bei ihr zu Hause. »Sie hat mir erzählt, daß Sie ihrem Sohn sehr geholfen haben.«
Auf dem Gesicht der Signora erschien ein strahlendes Lächeln. Sie war ausgesprochen hübsch, wenn sie lächelte. Daß diese Frau eine Nonne sein sollte, konnte Fran sich nicht vorstellen. Bestimmt hatte Peggy Sullivan etwas mißverstanden.

Der Unterricht machte Fran und Kathy großen Spaß. Wenn sie danach mit dem Bus heimfuhren, lachten sie wie Kinder über ihre Aussprachefehler und über die Geschichten, die die Signora erzählt hatte. Als Kathy ihren Klassenkameradinnen davon berichtete, erntete sie ungläubiges Staunen.
Unter den Kursteilnehmern herrschte ein ganz außergewöhnlicher Zusammenhalt – als wären sie auf einer einsamen Insel gestrandet, wo ihre einzige Hoffnung auf Rettung darin bestand, daß sie die Sprache lernten und sich alles einprägten, was man ihnen beibrachte. Und vielleicht weil die Signora sie alle für höchst begabt hielt, glaubten sie allmählich selbst daran. Sie bat ihre Schüler, möglichst die italienischen Begriffe zu verwenden, auch wenn sie noch keine ganzen Sätze bilden konnten. So redeten sie davon, daß sie in die *casa* gehen müßten, daß es in der *camera* ziemlich warm sei oder daß sie *stanca* (müde) seien.
Und die stets aufmerksam zuhörende Signora schien erfreut, aber keineswegs überrascht zu sein. Daß jeder, der Italienisch lernte, mit Freude und Begeisterung bei der Sache war, hielt sie für eine Selbstverständlichkeit. Bei ihrem Unterricht wurde sie von Mr. Dunne unterstützt, der das ganze Projekt aus der Taufe gehoben hatte. Die beiden schienen sich recht gut zu verstehen.
»Vielleicht sind sie alte Freunde von früher«, mutmaßte Fran.
»Nein, er hat eine Frau und zwei erwachsene Kinder«, erklärte Kathy.

»Er kann doch eine Frau haben und trotzdem mit ihr befreundet sein«, meinte Fran.
»Schon, aber ich glaube, die beiden haben was miteinander. Sie lächeln sich immer so verstohlen an. Harriet sagt, das ist ein untrügliches Zeichen.« Harriet war Kathys Schulfreundin, die sich sehr für sexuelle Fragen interessierte.

Aidan Dunne hätte es nicht für möglich gehalten, daß ihn der Erfolg des Italienischkurses so glücklich machen würde. Woche für Woche kamen die Teilnehmer mit Fahrrädern, Motorrädern, Lieferwagen und Bussen zur Schule, und diese bemerkenswerte Frau fuhr in ihrem BMW vor. Mit großem Vergnügen bereitete Aidan die diversen Überraschungen für sie vor. So bastelte er weiße Papierfähnchen, die die Signora an alle verteilte; dann sagte sie ihnen, mit welchen Farben sie sie bemalen sollten. Reihum hielt dann jeder sein Fähnchen hoch, und die anderen riefen im Chor dessen Farben. Sie waren wie Kinder, wie eifrige, lernbegierige Schüler. Und am Ende der Stunde half dieser gefährlich aussehende Kerl, der Lou hieß, beim Aufräumen; dabei hätte man von so einem Schlägertypen am allerwenigsten angenommen, daß er freiwillig länger blieb, um Schachteln wegzuräumen oder Stühle zu stapeln.
All das hatte man nur der Signora zu verdanken. Mit ihrer schlichten Art brachte sie bei jedem nur das Beste zum Vorschein. Neulich hatte sie Aidan gefragt, ob sie ihm Kissenbezüge nähen solle.
»Kommen Sie doch mal vorbei und sehen sich das Zimmer an«, schlug er unvermittelt vor.
»Ja, das ist eine gute Idee. Wann soll ich denn kommen?«
»Am Samstag vormittag habe ich keine Schule. Hätten Sie da Zeit?«
»Ich kann mich immer freimachen«, erwiderte sie.
Den ganzen Freitag abend verbrachte er damit, in seinem Zimmer sauberzumachen. Dann stellte er das Tablett mit den beiden roten Murano-Gläsern bereit. Er hatte eine Flasche Marsala gekauft, um

mit ihr auf das neu hergerichtete Zimmer und auf den Erfolg des Kurses anstoßen.

Als die Signora kurz vor Mittag eintraf, brachte sie verschiedene Stoffmuster mit. »Nach dem, was Sie mir erzählt haben, könnte dieses Gelb das Richtige sein«, meinte sie und hielt einen leuchtenden, schweren Stoff hoch. »Davon kostet der Meter zwar etwas mehr, aber es ist ja ein Zimmer fürs Leben, nicht wahr?«

»Ein Zimmer fürs Leben«, bestätigte Aidan.

»Wollen Sie es Ihrer Frau zeigen, bevor ich mich an die Arbeit mache?« fragte sie.

»Nein, nein, Nell wird es bestimmt gefallen. Ich meine, im Grunde ist es ja mein Zimmer.«

»Ja, natürlich.« Die Signora stellte niemals Fragen.

An diesem Vormittag war Nell nicht daheim, und auch die beiden Töchter waren weggegangen. Aidan hatte ihnen nichts von dem Besuch gesagt und war froh über ihre Abwesenheit. Schließlich stieß er mit der Signora auf den Erfolg des Italienischkurses und auf das »Zimmer fürs Leben« an.

»Ich wünschte, Sie könnten auch normale Schulklassen unterrichten. Sie verstehen es, andere zu begeistern«, sagte er bewundernd.

»Ach, das kommt nur daher, daß sie es von sich aus lernen wollen.«

»Aber dieses Mädchen, Kathy Clarke – die Kollegen sagen, sie ist in letzter Zeit ein richtig heller Kopf, und das nur dank Ihres Italienischkurses.«

»*Caterina* … ein nettes Mädchen.«

»Nun, wie ich gehört habe, unterhält sie die ganze Klasse mit Geschichten aus Ihrem Kurs, und jetzt wollen die anderen auch alle Italienisch lernen.«

»Ist das nicht wundervoll?« meinte die Signora.

Was ihr Aidan allerdings nicht berichtete – weil er es nämlich nicht wußte –, war, daß Kathy Clarke ebenfalls herumerzählte, er, Aidan Dunne, füßle unter dem Tisch mit der alten Italienischlehrerin und mache ihr dauernd schöne Augen. Kathys Freundin Harriet sagte, das habe sie schon immer vermutet. Gerade die stillen Wasser seien tief. Das seien die wahren Lüstlinge.

Miss Quinn unterrichtete Geschichte und war bemüht, den Stoff in einer zeitgemäßen Form zu präsentieren, so daß die Kinder etwas damit anfangen konnten. Es brachte nichts, ihnen zu sagen, die Medicis seien Kunstmäzene gewesen, deshalb nannte sie sie »Sponsoren«. Das sagte den Schülern mehr.

»Weiß jemand von euch vielleicht, wer von diesen Sponsoren gefördert wurde?« fragte sie.

Verständnislos schauten sich die Kinder an.

»Sponsoren?« fragte Harriet. »So wie ein Getränkehersteller oder ein Versicherungsunternehmen?«

»Ja. Fallen euch denn gar keine berühmten italienischen Künstler ein?« Die Geschichtslehrerin war jung und hatte sich noch nicht mit der Unwissenheit – oder Vergeßlichkeit – der Kinder abgefunden.

Da erhob sich Kathy Clarke. »Einer der bedeutendsten war Michelangelo. Papst Sixtus IV., einer von den Medicis, beauftragte Michelangelo, die Decke der Sixtinischen Kapelle zu bemalen, und er wollte all diese verschiedenen Szenen dort haben.« Ruhig und gelassen stand sie vor der Klasse und erzählte von dem Gerüst, das dafür gebaut wurde, von den Streitigkeiten und Zerwürfnissen sowie von dem Problem, daß die Farben verblaßten.

Es klang kein bißchen angestrengt, sondern einfach nur begeistert. Da Kathys Ausführungen zu einem regelrechten Vortrag ausuferten, mußte die junge Geschichtslehrerin das Mädchen bald bremsen.

»Vielen Dank, Katherine Clarke. Kennt noch jemand einen berühmten Künstler aus dieser Epoche?«

Wieder schnellte Kathys Hand hoch. Die Lehrerin sah sich nach weiteren Wortmeldungen um, doch es kamen keine. Verwundert lauschten die Jungen und Mädchen, als Kathy Clarke ihnen von Leonardo da Vinci berichtete, von seinen Aufzeichnungen, die fünftausend Seiten umfaßten und allesamt in Spiegelschrift geschrieben waren, vielleicht weil er Linkshänder war, vielleicht auch, weil er seine Gedanken geheimhalten wollte. Und er habe sich beim Herzog von Mailand um eine Stelle beworben und ihm

angeboten, Kriegsschiffe zu bauen, denen Kanonenkugeln nichts anhaben konnten, und in Friedenszeiten als Bildhauer zu arbeiten.
Das alles wußte Kathy Clarke, und sie erzählte es wie eine spannende Geschichte.
»Mann o Mann, dieser Kurs in italienischer Kultur muß wirklich fabelhaft sein«, meinte Josie Quinn im Lehrerzimmer.
»Wieso?« fragten ihre Kollegen.
»Gerade eben hat Kathy Clarke einen kompletten Abriß über die Renaissance gegeben. So etwas haben Sie noch nicht gehört.«
Am anderen Ende des Raums saß Aidan Dunne, der sich diesen Kurs ausgedacht hatte. Er rührte in seinem Kaffee, und auf seinem Gesicht lag ein breites, glückliches Lächeln.

Die Stunden im Italienischkurs brachten sie einander noch näher, Kathy und Fran. Im Herbst kam Matt Clarke aus England zurück und teilte seinen Angehörigen mit, er werde Tracey aus Liverpool heiraten, sie wollten aber keine große Feier veranstalten und statt dessen lieber auf die kanarischen Inseln fliegen. Alle waren erleichtert, daß ihnen der lange Weg nach England zur Hochzeit erspart blieb. Als sie erfuhren, daß das Paar vor der Hochzeit in die Flitterwochen fahren würde, gab es einiges Gekichere.
Matt fand das vernünftiger so. »Sie möchte knackig braun sein, wenn wir die Hochzeitsfotos machen. Und wenn wir dort feststellen, daß wir uns nicht mögen, können wir das Ganze noch abblasen«, meinte er unbekümmert.
Matt gab seiner Mutter Geld für die Spielautomaten und lud seinen Vater auf ein paar Bier ein. »Warum haben sie es denn so furchtbar wichtig mit diesem Italienischkurs?« erkundigte er sich.
»Keine Ahnung«, antwortete sein Vater. »Ich kann mir überhaupt keinen Reim darauf machen. Fran rackert sich von früh bis spät in ihrem Supermarkt ab. Der Bursche, mit dem sie zusammen war, ist in die Staaten gegangen. Mir ist es ein Rätsel, warum sie sich das alles antut, vor allem weil die Lehrer in der Schule sagen, daß Kathy sowieso schon zuviel lernt. Aber sie sind ganz versessen

darauf. Haben sogar vor, nächstes Jahr hinzufahren. Na, mir soll's recht sein.«

»Kathy ist ein recht hübsches Mädchen geworden, findest du nicht?« sagte Matt.

»Kann schon sein. Weißt du, ich sehe sie ja jeden Tag, da ist mir das nie aufgefallen«, meinte sein Vater ein wenig überrascht.

Und Kathy wurde wirklich zusehends attraktiver. In der Schule sprach ihre Freundin Harriet sie darauf an. »Hast du eigentlich einen Freund oder so was in diesem Italienischkurs? Du wirkst irgendwie verändert.«

»Nein, aber eine Menge älterer Männer, die gibt es da schon«, erwiderte Kathy lachend. »Manche sind sogar ziemlich alt. Bei dem Rollenspiel, wo wir um ein Rendezvous bitten, mußten wir Paare bilden. Es war zum Schreien. Ich hatte diesen einen, der bestimmt schon hundert ist und Lorenzo heißt. Na ja, im richtigen Leben heißt er Laddy, glaube ich. Jedenfalls sagt dieser Lorenzo zu mir: *E libera questa sera?*, und dabei rollt er mit den Augen und zwirbelt seinen imaginären Schnurrbart, daß alle sich vor Lachen kaum noch einkriegen.«

»Ach komm! Bringt sie euch auch wirklich nützliche Sachen bei, wie man es anstellen und was man sagen muß?«

»So einigermaßen.« Kathy versuchte sich an eine Redewendung zu erinnern. »Wir lernen zum Beispiel *Vive solo* oder *sola,* das heißt, lebst du allein. Aber da war noch so ein Ausdruck, wie hieß er noch gleich ... *Deve rincasare questa notte?* Mußt du heute abend heim.«

»Und die Lehrerin ist diese alte Frau, die wir ab und zu in der Bibliothek sehen, mit den komisch gefärbten Haaren?«

»Ja, die Signora.«

»So was«, wunderte sich Harriet. Ihr kam das alles immer seltsamer vor.

»Besuchen Sie immer noch diesen Kurs im Mountainview, Miss Clarke?« Peggy Sullivan rechnete mit ihr gerade die Kasse ab.

»Der ist wirklich klasse, Mrs. Sullivan. Sagen Sie das doch mal der Signora, ja? Alle sind hellauf begeistert davon. Sie werden es nicht glauben, aber bis jetzt ist noch kein einziger abgesprungen. So etwas hat es bestimmt noch nie gegeben.«

»Ja, sie hat sich auch selbst recht zuversichtlich geäußert. Aber wissen Sie, Miss Clarke, sie ist eine äußerst mysteriöse Person. Sie behauptet, sie sei sechsundzwanzig Jahre mit einem Italiener verheiratet gewesen und habe mit ihm da unten in einem kleinen Ort gelebt ... aber es kommt nie ein Brief aus Italien, und in ihrem Zimmer ist nirgendwo ein Bild von ihm. Und dann stellt sich heraus, daß ihre ganze Familie in Dublin wohnt, die Mutter in so einer teuren Wohnung an der Küste, der Vater in einem Pflegeheim, und Geschwister hat sie hier auch überall.«

»Hm, na ja ...« Fran wollte nichts hören, was auch nur entfernt nach einer Kritik an der Signora klang.

»Ich finde das einfach eigenartig. Warum nimmt sie sich bei uns ein Zimmer zur Untermiete, wenn es in der Gegend von Angehörigen nur so wimmelt?«

»Vielleicht kommt sie nicht mit ihnen aus. So etwas soll es ja geben.«

»Sie besucht ihre Mutter jeden Montag und zweimal die Woche ihren Vater im Heim. Eine der Pflegerinnen dort hat Suzi erzählt, daß sie ihn in seinem Rollstuhl in den Garten schiebt, dann setzt sie sich unter einen Baum und liest ihm etwas vor. Aber er hockt nur da und starrt vor sich hin, obwohl er bei den anderen Verwandten, die ihn nur alle Jubeljahre mal besuchen, sehr viel gesprächiger ist.«

»Die arme Signora«, entfuhr es Fran. »Sie hat etwas Besseres verdient.«

»Das finde ich auch, Miss Clarke, jetzt, wo Sie es sagen«, pflichtete ihr Peggy Sullivan bei.

Sie hatte auch guten Grund, diesem merkwürdigen Gast dankbar zu sein, mochte sie nun eine Nonne sein oder nicht. Denn auf Peggys Familie übte diese Frau einen ganz wunderbaren Einfluß aus. Suzi verstand sich glänzend mit ihr und kam jetzt viel regelmäßiger nach Hause, und Jerry betrachtete sie beinahe als seine Privatlehrerin. Sie hatte ihnen Stores und dazu passende Kissenbezüge genäht, den Geschirrschrank in der Küche gestrichen und die Blumenkästen neu bepflanzt. In ihrem Zimmer sah es picobello aus. Gelegentlich ging Peggy hinein und schaute sich ein bißchen um, wie man das eben so tat. Aber die Signora schien jetzt nicht mehr zu besitzen als damals bei ihrem Einzug. Sie war ein sehr ungewöhnlicher Mensch. Und es war gut, daß die Leute im Kurs sie alle mochten.

Kathy Clarke war mit Abstand die jüngste ihrer Schülerinnen und Schüler. Ein wißbegieriges Mädchen, das auch Fragen nach der Grammatik stellte, von der die anderen keine Ahnung hatten oder auch gar nichts wissen wollten. Obendrein war sie auch noch hübsch mit ihren blauen Augen und den dunklen Haaren, was man in dieser Kombination in Italien nicht zu sehen bekam. Dort hatten die dunkelhaarigen Schönheiten stets große braune Augen.

Sie fragte sich, was Kathy tun würde, wenn sie von der Schule abgegangen war. Manchmal sah sie das Mädchen beim Lernen in der Bibliothek. Anscheinend hoffte sie, später studieren zu können.

»Was hat denn deine Mutter für Zukunftspläne für dich geschmiedet?« fragte die Signora Kathy eines Abends, als sie nach dem Unterricht die Stühle zusammenstellten. Die anderen Kursteilnehmer standen noch herum und plauderten, niemand hatte es eilig, und das war ein gutes Zeichen. Die Signora wußte mit Sicherheit, daß ein paar noch in den Pub weiter oben am Berg und einige andere auf einen Kaffee gehen würden. Genauso hatte sie es sich erhofft.

»Meine Mutter?« Kathy schien erstaunt.

»Ja, sie wirkt immer so interessiert und anteilnehmend«, sagte die Signora.

»Nein, eigentlich weiß sie gar nicht viel über die Schule und was ich so tue. Sie geht selten aus dem Haus und hat sicherlich keine Vorstellung davon, was ich arbeiten oder studieren könnte.«

»Aber sie kommt doch immer mit dir hierher zum Kurs und

arbeitet im Supermarkt, oder nicht? Mrs. Sullivan, bei der ich wohne, sagt, daß sie dort die Chefin ist.«

»Ach, Sie meinen Fran, meine *Schwester*«, erklärte Kathy. »Sagen Sie ihr bloß nicht, daß Sie sie für meine Mutter gehalten haben, sonst wird sie bestimmt fuchsteufelswild.«

Die Signora war verdutzt. »Es tut mir wirklich leid, ich habe das völlig mißverstanden.«

»Na ja, das kann einem aber auch leicht passieren.« Kathy wollte nicht, daß es der älteren Frau peinlich war. »Fran ist die älteste von uns Kindern, ich bin die jüngste. Da ist dieser Gedanke völlig naheliegend.«

Mit ihrer Schwester sprach Kathy nicht darüber. Warum auch? Fran würde nur zum Spiegel rennen und ihr Gesicht nach Falten absuchen. Die arme Signora war eben ein bißchen zerstreut und verstand wirklich oft etwas falsch. Doch als Lehrerin war sie phantastisch. Jeder im Kurs hatte sie gern, auch Bartolomeo, der mit dem Motorrad.

Kathy mochte Bartolomeo, er hatte so ein bezauberndes Lächeln und wußte alles über Fußball. Einmal fragte er sie, wohin sie zum Tanzen ging, und sie erzählte ihm von der Disco im Sommer. Darauf meinte er, gegen Ende des Halbjahres könnten sie sich ja zum Tanzen verabreden, er kenne eine gute Discothek.

Als sie Harriet davon berichtete, sagte diese: »Ich hab's doch gleich gewußt, daß du nur wegen dem Sex in den Kurs gehst.« Und darüber lachten sie länger, als es irgend jemand anderer lustig gefunden hätte.

Im Oktober gab es ein heftiges Unwetter, und das Dach des Nebengebäudes, in dem der Abendkurs stattfand, wurde undicht. Alle packten mit an, um die Lage unter Kontrolle zu bringen, sie besorgten Zeitungen, rückten Tische beiseite und stellten einen Eimer unter, den sie in einem Toilettenraum gefunden hatten. Dabei riefen sie einander immer *Che tempaccio* und *Che brutto tempo* zu. Barry erklärte, er würde in seiner Regenkluft draußen an der Bushaltestelle warten und ihnen Lichtzeichen

geben, wenn der Bus kam, damit sie nicht alle bis auf die Haut durchnäßt wurden.
Connie, die Frau mit dem Schmuck, für den man sich nach Luigis Worten ein ganzes Mietshaus kaufen könnte, sagte, sie könne gut noch vier Personen mitnehmen. Und so quetschten sie sich in den prächtigen BMW – Guglielmo, der gutaussehende junge Bankangestellte, seine etwas konfuse Freundin Elisabetta, Francesca und die junge Caterina. Zuerst fuhren sie zu Elisabettas Wohnung, und von *ciao*- und *arrivederci*-Rufen begleitet, hastete das junge Paar durch den strömenden Regen zur Haustür hinauf.
Dann ging es weiter zu den Clarkes. Fran saß vorne und wies Connie den Weg, denn in dieser Gegend kannte sie sich bestimmt nicht aus. Als sie das Haus erreichten, sah Fran, wie ihre Mutter gerade die Mülltonnen hinausstellte, eine Zigarette im Mundwinkel trotz des Regens, wie eh und je in ihren ausgelatschten Pantoffeln und ihrem schäbigen Morgenrock. Und Fran schämte sich dafür, daß sie sich wegen ihrer Mutter genierte. Nur weil sie gerade in einem schicken Wagen mitgenommen wurde, bedeutete das nicht, daß für sie plötzlich andere Wertmaßstäbe gelten sollten. Ihre Mutter hatte ein schweres Leben gehabt und sich als großmütig und verständnisvoll erwiesen, als es darauf angekommen war.
»Da steht Mam und wird klatschnaß. Die Mülltonnen hätten doch wirklich Zeit bis morgen gehabt«, meinte Fran.
»*Che tempaccio, che tempaccio*«, entgegnete Kathy theatralisch.
»Mach schon, Caterina. Deine Oma hält euch die Tür auf«, sagte Connie.
»Das ist meine Mutter«, erwiderte Kathy.
Doch im Prasseln des Regens, im Durcheinander von schlagenden Türen und klappernden Mülltonnen schien niemand auf ihre Worte zu achten.
Als sie im Haus waren, betrachtete Mrs. Clarke erstaunt und verärgert ihre durchnäßte Zigarette. »Ihr hättet mich ja fast ertrinken lassen, bis ihr euch aus dieser Luxuskarosse herausbequemt habt.«

»Puh«, stöhnte Fran und ging zum Herd. »Jetzt machen wir uns erst mal Tee.«
Kathy marschierte schnurstracks zum Küchentisch und setzte sich.
»*Due tazze di te*«, sagte Fran in ihrem besten Italienisch. »Mach schon, Kathy. *Con latte? Con zucchero?*«
»Du weißt doch, daß ich nie Milch und Zucker nehme.« Es klang, als wäre Kathy mit ihren Gedanken ganz woanders, und sie sah ziemlich blaß aus. Mrs. Clarke meinte, wozu solle sie noch aufbleiben, wenn hier bloß so komisches Zeug geredet werde, sie gehe zu Bett; wenn ihr sauberer Ehemann vom Pub nach Hause käme und sich noch etwas braten wolle, solle er die benutzten Pfannen gefälligst selber abspülen, sie habe keine Lust, ihm morgen früh hinterherzuräumen.
Nörgelnd und hustend stapfte sie die knarrende Treppe hinauf.
»Was ist los, Kathy?«
Kathy sah sie nachdenklich an. »Bist du meine Mutter, Fran?« fragte sie.
In der Küche herrschte Stille. Sie hörten die Toilettenspülung im oberen Stockwerk und das Prasseln des Regens draußen auf dem Beton.
»Warum fragst du das jetzt?«
»Weil ich Klarheit haben will. Bist du's oder bist du's nicht?«
»Du weißt, daß ich es bin, Kathy.« Langes Schweigen.
»Nein, das habe ich nicht gewußt. Bis gerade eben nicht.« Fran kam auf sie zu und wollte sie in die Arme nehmen. »Nein, geh weg. Ich will nicht, daß du mich anfaßt.«
»Kathy, du hast es doch gewußt, du hast es gespürt, es mußte nicht ausgesprochen werden. Ich habe gedacht, du wüßtest es.«
»Wissen es die anderen?«
»Wen meinst du damit? Diejenigen, bei denen es unumgänglich ist, wissen es. Aber *du* weißt, daß ich dich sehr liebhabe, daß ich alles für dich tun würde und nur das Beste für dich will.«
»Nur keinen Vater, kein Zuhause, keinen Namen.«
»Du hast sehr wohl einen Namen, du hast ein Zuhause, und du hast Mam und Dad, die dir Mutter und Vater sind.«

»Nein, ich bin ein uneheliches Kind, das du zur Welt gebracht hast, und das hast du mir immer verschwiegen.«
»Du weißt genau, daß heute niemand mehr von unehelichen Kindern redet. Und seit dem Tag deiner Geburt gehörst du auch vor dem Gesetz zu dieser Familie, das ist dein Zuhause.«
»Aber warum hast du nicht ...«, fing Kathy an.
»Kathy, was sagst du da – hätte ich dich zur Adoption freigeben und wildfremden Leuten überlassen sollen? Und hätte ich abwarten sollen, bis du achtzehn bist, ehe ich dich kennenlerne, und auch dann nur, falls du es gewünscht hättest?«
»All die Jahre hast du mich in dem Glauben gelassen, daß Mam meine Mutter sei. Ich kann es nicht fassen.« Kathy schüttelte den Kopf, als wollte sie diesen neuen und erschreckenden Gedanken verscheuchen.
»Mam war dir und mir eine Mutter. Vom ersten Augenblick an, als sie von deiner Existenz erfuhr, hat sie dich angenommen. Sie hat gesagt, wie schön, wieder ein Baby im Haus zu haben. Das waren ihre Worte, und sie hatte recht. Und, Kathy, ich dachte wirklich, du wüßtest es.«
»Aber woher denn? Wir haben doch beide zu Mam ›Mam‹ und zu Dad ›Dad‹ gesagt. Von allen Leuten habe ich immer nur gehört, du seist meine Schwester, wie Matt und Joe und Sean meine Brüder sind. Woher hätte ich es denn wissen sollen?«
»Nun, es wurde keine große Affäre daraus gemacht. Wir lebten alle zusammen unter einem Dach, du warst nur sieben Jahre jünger als Joe, und da hat sich das einfach angeboten.«
»Wissen es all die Nachbarn?«
»Der eine oder andere vielleicht, aber wahrscheinlich haben sie es längst vergessen.«
»Und wer ist mein Vater? Mein richtiger Vater?«
»Dad ist dein richtiger Vater, denn er hat dich aufgezogen und sich um uns beide gekümmert.«
»Du weißt schon, was ich meine.«
»Er war ein Junge, der auf eine piekfeine Schule gegangen ist und dessen Eltern nicht wollten, daß er mich heiratet.«

»Warum sagst du ›er war‹? Ist er tot?«
»Nein, das nicht, aber wir haben nichts mehr mit ihm zu tun.«
»Du nicht, aber vielleicht möchte *ich* etwas mit ihm zu tun haben.«
»Das halte ich für keine gute Idee.«
»Was du denkst, ist mir egal. Wer oder wo er auch sein mag, er ist mein Vater. Ich habe das Recht, etwas über ihn zu erfahren, ihn kennenzulernen, ihm zu sagen: ›Ich bin Kathy, und du hast mich in die Welt gesetzt.‹«
»Trink doch einen Tee, bitte. Oder laß wenigstens mich einen trinken.«
»Ich halte dich nicht davon ab.« Kathys Blick war kalt.
Fran wußte, daß sie jetzt mehr Takt und Einfühlungsvermögen brauchte, als es je in ihrer Arbeit erforderlich gewesen war. Sogar mehr als damals, als ein Kind des Direktors in den Ferien bei ihnen gejobbt hatte und beim Klauen erwischt worden war. Denn jetzt ging es um etwas sehr viel Wichtigeres.
»Ich erzähle dir alles, was du wissen willst. Alles«, sagte sie in einem möglichst ruhigen Ton. »Und damit Dad nicht mittendrin reinplatzt, schlage ich vor, daß wir auf dein Zimmer gehen.«
Kathys Zimmer war viel größer als das von Fran; hier befanden sich der Schreibtisch, das Bücherregal und ein Handwaschbecken, das der Klempner in der Familie vor Jahren liebevoll eingebaut hatte.
»Das hast du alles gemacht, weil du ein schlechtes Gewissen hattest, stimmt's? Das hübsche Zimmer, die Schuluniform, das zusätzliche Taschengeld, sogar den Italienischkurs – das hast du alles bezahlt, weil du mir gegenüber Schuldgefühle hattest.«
»Ich hatte deinetwegen nie auch nur eine Sekunde lang Schuldgefühle«, erwiderte Fran gleichmütig. Es hörte sich so überzeugend an, daß Kathy, die leicht hysterisch klang, sich wieder beruhigte. »Nein, ich war deinetwegen manchmal bekümmert, weil du dich in der Schule so sehr anstrengst und weil ich gehofft hatte, ich könnte dir alles geben, dir einen guten Start ins Leben verschaffen. Ich habe hart gearbeitet, denn du solltest es immer gut haben. Jede Woche habe ich ein bißchen Geld in die Bauspar-

kasse eingezahlt, nicht viel, aber genug, um dir ein selbständiges Leben zu ermöglichen. Ich habe dich immer geliebt, und ehrlich gesagt, manchmal war mir selbst nicht mehr ganz klar, ob du meine Schwester oder meine Tochter bist. Für mich bist du einfach Kathy, und ich möchte das Aller-, Allerbeste für dich. Um dir das geben zu können, arbeite ich hart, und das ist mir das Wichtigste. Was immer ich also für dich empfinde, es sind mit Sicherheit keine Schuldgefühle.«

Tränen traten Kathy in die Augen. Zögernd faßte Fran nach Kathys Hand, mit der sie die Teetasse umklammert hielt.

»Ich weiß, ich hätte das nicht sagen sollen«, meinte Kathy. »Es war einfach der Schock, verstehst du?«

»Ist schon gut. Frag mich alles, was du wissen willst.«

»Wie heißt er?«

»Paul. Paul Malone.«

»Kathy Malone?« überlegte sie.

»Nein, Kathy Clarke.«

»Wie alt war er damals?«

»Sechzehn. Ich war fünfzehneinhalb.«

»Wenn ich daran denke, was für kluge Ratschläge über Sex du mir gegeben hast und wie ernst ich sie genommen habe …«

»Wenn du dir in Erinnerung rufst, was ich gesagt habe, wirst du feststellen, daß ich nichts gepredigt habe, woran ich mich nicht selbst gehalten habe.«

»Du hast ihn also geliebt, diesen Paul Malone?« Aus Kathys Ton sprach kalte Verachtung.

»Ja, sehr sogar. Ich war jung, aber ich dachte, ich wüßte, was Liebe ist, und er auch. Und deshalb werde ich es nicht als kindische Schwärmerei abtun. Denn das war es nicht.«

»Und wo hast du ihn kennengelernt?«

»Auf einem Popkonzert. Wir waren so unzertrennlich, daß ich manchmal geschwänzt und ihn von der Schule abgeholt habe, und dann sind wir ins Kino gegangen. Eigentlich hätte er Nachhilfestunden gehabt, aber die hat er ausfallen lassen. Es war eine wunderbare und glückliche Zeit.«

»Und dann?«
»Dann stellte ich fest, daß ich schwanger war. Als Paul seinen Eltern und ich Mam und Dad davon erzählte, gab es überall ein Mordstheater.«
»War jemals vom Heiraten die Rede?«
»Nein, das war für niemanden ein Thema. Aber wenn ich allein oben in dem Zimmer saß, das jetzt deines ist, habe ich oft daran gedacht. Ich stellte mir immer vor, Paul würde eines Tages mit einem Blumenstrauß vor der Tür stehen und sagen, daß er mich heiraten würde, sobald ich sechzehn wäre.«
»Aber daraus wurde offenbar nichts, oder?«
»Nein.«
»Und warum wollte er nicht mit dir zusammenziehen und dich wenigstens unterstützen, wenn er dich schon nicht heiratete?«
»Das war Teil der Abmachung.«
»Welcher Abmachung?«
»Seine Eltern meinten, da eine solche Partnerschaft nicht gutgehen könne und keine Zukunft habe, wäre allen am meisten gedient, wenn sämtliche Beziehungen abgebrochen würden. So haben sie es ausgedrückt.«
»Waren es üble Leute?«
»Ich weiß nicht. Bis dahin hatte ich sie ja nicht gekannt, ebensowenig wie Paul Mam und Dad kennengelernt hatte.«
»Also bestand die Abmachung darin, daß er ungeschoren davonkommt. Daß er ein Kind zeugt und auf Nimmerwiedersehen verschwindet.«
»Sie haben uns viertausend Pfund gegeben, Kathy, das war damals eine Menge Geld.«
»Ihr habt euch kaufen lassen!«
»Nein, so haben wir es nicht gesehen. Ich habe zweitausend Pfund für dich auf der Bausparkasse angelegt. Zusammen mit dem, was ich selbst regelmäßig eingezahlt habe, ist inzwischen ein recht ansehnliches Sümmchen daraus geworden. Und die anderen zweitausend Pfund bekamen Mam und Dad dafür, daß sie dich aufziehen.«

»Fand Paul Malone das fair? Daß er viertausend Pfund zahlt, um mich für immer los zu sein?«

»Er kannte dich ja nicht. Er hörte auf seine Eltern, die ihm sagten, mit sechzehn sei er zu jung für eine Vaterschaft, er müsse an seine künftige Karriere denken, das sei ein Fehler gewesen, und er müsse seine Schuld mir gegenüber begleichen. Das war ihre Sicht der Dinge.«

»Und hat es dann mit seiner Karriere geklappt?«

»Ja, er ist Steuerberater.«

»Mein Vater, der Steuerberater«, sagte Kathy.

»Er ist mittlerweile verheiratet und hat Kinder, eine eigene Familie.«

»Du meinst, er hat noch andere Kinder?« Kathy reckte das Kinn in die Höhe.

»Ja, genau. Zwei, glaube ich.«

»Woher weißt du das?«

»Neulich habe ich einen Artikel über ihn in einer Zeitschrift gelesen, du weißt schon, in so einer Illustrierten, wo es um Stars und Prominente und so geht.«

»Aber er ist doch gar kein Prominenter.«

»Seine Frau schon. Er ist mit Marianne Hayes verheiratet.«

»Mein Vater ist mit einer der reichsten Frauen Irlands verheiratet?«

»Ja.«

»Und da habt ihr euch mit mickrigen viertausend Pfund abspeisen lassen?«

»Das ist nicht der Punkt. Damals war er ja noch nicht mit ihr verheiratet.«

»Das ist sehr wohl der Punkt. Jetzt ist er reich und sollte etwas für mich springen lassen.«

»Du hast doch genug, Kathy. Wir haben alles, was wir wollen.«

»Nein, ich habe ganz und gar nicht alles, was ich will, und du auch nicht«, rief Kathy, die jetzt die lange aufgestauten Tränen nicht mehr zurückhalten konnte und hemmungslos schluchzte. Und Fran, die sie sechzehn Jahre lang für ihre Schwester gehalten

hatte, strich ihr mit all der Liebe, die eine Mutter geben konnte, über den Kopf und das nasse Gesicht.
Beim Frühstück am nächsten Morgen hatte Joe Clarke einen Kater.
»Kathy, sei doch so gut und hol mir aus dem Kühlschrank eine Dose kalte Cola, ja? Ich habe heute drüben in Killiney wieder höllisch viel zu tun, und die Jungs mit dem Wagen werden jeden Moment dasein.«
»Du bist näher am Kühlschrank als ich«, erwiderte Kathy.
»Willst du etwa frech werden?« fragte er.
»Nein, ich stelle nur eine Tatsache fest.«
»Na, jedenfalls lasse ich nicht zu, daß eins meiner Kinder in so einem Ton mit mir redet, hörst du?« Die Zornesröte stieg ihm ins Gesicht.
»Ich bin nicht dein Kind«, entgegnete Kathy ungerührt.
Sie sahen nicht einmal erschrocken auf … ihre Großeltern. Diese alten Leute, die sie für ihre Eltern gehalten hatte. Die Frau vertiefte sich wieder in ihre Zeitschrift und rauchte, der Mann brummte: »Ich bin verdammt noch mal nicht schlechter als jeder andere Vater, den du je gehabt hast oder haben wirst. Mach schon, Kind, bring mir die Cola, damit ich nicht extra aufstehen muß, ja?«
Und da erkannte Kathy, daß sie gar nicht versuchten, ein Geheimnis daraus zu machen oder ihr etwas vorzugaukeln. Wie Fran hatten auch sie angenommen, Kathy wüßte Bescheid. Sie blickte zu Fran hinüber, die ihnen den Rücken zugekehrt hatte und zum Fenster hinausschaute.
»In Ordnung, Dad«, meinte Kathy und brachte ihm die Dose und ein Glas dazu.
»Bist ein braves Mädchen«, lobte er und lächelte sie an, wie er es immer tat. Für ihn war alles beim alten geblieben.

»Was würdest du tun, wenn du herausfinden würdest, daß du gar nicht das Kind deiner Eltern bist?« fragte Kathy ihre Freundin Harriet in der Schule.

»Ich wäre hoch erfreut, das kann ich dir sagen.«
»Warum?«
»Weil ich dann als Erwachsene nicht so ein schreckliches Kinn wie meine Mutter und meine Großmutter bekommen würde und mir nicht ständig das Geleiere meines Vaters anhören müßte, daß ich für ein gutes Abschlußzeugnis büffeln soll.« Harriets Vater war Lehrer und hegte große Hoffnungen, daß sie einmal Ärztin wurde. Aber Harriet wollte lieber Nachtclubbesitzerin werden.
Sie ließen das Thema fallen.
»Was weißt du über Marianne Hayes?« erkundigte sich Kathy später.
»Daß sie die reichste Frau von Europa ist – oder nur von Dublin? Na, und daß sie auch gut aussieht. Ich schätze, das hat sie sich alles gekauft, die schönen Zähne, die Bräune, das glänzende Haar und so.«
»Ja, bestimmt.«
»Wieso interessierst du dich für sie?«
»Ich habe gestern nacht von ihr geträumt«, bekannte Kathy wahrheitsgemäß.
»Ich habe geträumt, ich hätte mit einem ganz tollen Typen geschlafen. Ich finde, wir sollten allmählich damit anfangen, wir sind schließlich schon sechzehn.«
»Sonst redest du immer davon, daß wir uns auf die Schule konzentrieren sollten.«
»Ja, das war vor diesem Traum. Aber du siehst heute ziemlich blaß und müde und alt aus. Träum nicht wieder von Marianne Hayes, das bekommt dir nicht.«
»Ja, das stimmt«, pflichtete Kathy ihr bei und mußte plötzlich an Fran denken, an ihr blasses Gesicht und die Ringe unter den Augen. Fran, die nicht sonnengebräunt war und für die es keine Urlaube im Ausland gab. Und die seit sechzehn Jahren jede Woche Geld für ihre Tochter ansparte. Kathy erinnerte sich an Frans Freund Ken, der nach Amerika ausgewandert war. Hatte er auch eine reiche Frau gefunden? Eine, die nicht die Tochter eines

Klempners war und sich in einem Supermarkt zur Filialleiterin hochgearbeitet hatte? Eine, die sich nicht für ein uneheliches Kind abrackerte? Ken hatte über sie Bescheid gewußt. Anscheinend hatte Fran sich nicht sonderlich bemüht, die Sache geheimzuhalten.

Wie Fran gestern abend gesagt hatte, gab es überall in Dublin eine Menge Familien, in denen das jüngste Kind in Wirklichkeit ein Enkelkind war. Und in vielen Fällen sei die Mutter des Kindes, die älteste Schwester, nicht zu Hause geblieben, sondern habe ein neues Leben angefangen. Das sei nicht fair.

Doch noch weniger fair war es, daß Paul Malone sein Vergnügen gehabt und sich dann aus der Verantwortung gestohlen hatte. An jenem Tag wurde Kathy Clarke im Unterricht dreimal wegen Unaufmerksamkeit ermahnt. Aber ihr stand nicht der Sinn nach Lernen. Sie überlegte, wie sie am besten mit Paul Malone Kontakt aufnehmen sollte.

»Rede doch mit mir«, meinte Fran an diesem Abend.

»Worüber? Du hast doch gesagt, es gibt nichts mehr zu bereden.«

»Dann hat sich also nichts geändert?« fragte Fran mit besorgter Miene. Sie besaß keine teuren Anti-Faltencremes. Sie hatte auch nie jemanden gehabt, der ihr half, ihr Kind aufzuziehen. Dagegen hatte Marianne Hayes, jetzt Marianne Malone, bestimmt von allen Seiten Unterstützung bekommen. Kindermädchen, Ammen, Aupair-Mädchen, Chauffeure, Tennislehrer. Kathy schaute ihrer Mutter ruhig und fest ins Gesicht. Auch wenn ihre Welt aus den Fugen geraten war, wollte sie Fran nicht mit noch mehr Sorgen belasten.

»Nein, Fran«, log sie. »Es hat sich nichts geändert.«

Es war nicht schwer, die Adresse von Paul und Marianne herauszufinden.

Über die beiden stand fast jede Woche etwas in der Zeitung, und jeder kannte ihr Haus. Aber Kathy wollte ihn nicht zu Hause aufsuchen. Sie mußte mit ihm in seinem Büro sprechen. Es ging

um eine geschäftliche Unterredung. Bei dem, was sie ihm zu sagen hatte, brauchte seine Frau nicht dabeizusein.
Mit einer Telefonkarte ausgerüstet fing sie an, die großen Steuerberatungskanzleien anzurufen. Bereits beim zweiten Gespräch erfuhr sie, wo er arbeitete. Sie hatte schon von dieser Sozietät gehört, sie beriet all die Filmstars und Theaterleute, arbeitete für das Showbusineß. Also hatte er nicht nur eine Menge Geld, sondern auch noch seinen Spaß.
Zweimal ging sie zu dem Bürohaus, und zweimal verließ sie der Mut. Das Gebäude war riesig. Zwar wußte sie, daß die Firma nur die fünfte und sechste Etage gemietet hatte, aber irgendwie traute sie sich trotzdem nicht hinein. Wenn sie erst einmal drinnen war, würde sie mit ihm reden, ihm sagen, wer sie war und wie hart ihre Mutter arbeitete, um etwas für sie beiseite legen zu können. Sie würde um nichts betteln, ihn nur auf die Ungerechtigkeit hinweisen. Aber das Haus war zu beeindruckend, zu einschüchternd. Der Portier im Foyer, die Mädchen am Empfang, die jeden Besucher telefonisch ankündigten, damit kein Unbefugter in die noblen Büros der oberen Etagen gelangte.
Wenn sie an diesen geschniegelten Empfangsdrachen vorbeikommen und mit Paul Malone sprechen wollte, brauchte sie ein anderes Erscheinungsbild. Sie würden kein Schulmädchen in einem marineblauen Rock zu einem renommierten Steuerberater vorlassen, der außerdem mit einer Millionärin verheiratet war.
Also telefonierte Kathy mit Harriet.
»Kannst du mir morgen ein paar schicke Klamotten von deiner Mutter in die Schule mitbringen?«
»Nur wenn du mir sagst, warum.«
»Ich brauche sie für ein Abenteuer.«
»Ein Abenteuer mit einem Mann?«
»Ja.«
»Dann brauchst du also ein Nachthemd und Unterwäsche?« Harriet dachte praktisch.
»Nein, einen Blazer. Und Handschuhe dazu.«

»Donnerwetter«, staunte Harriet. »Das muß ja was richtig Perverses sein.«
Am nächsten Tag brachte sie die Kleider leicht verknittert in einer Sporttasche mit. Kathy probierte sie in der Mädchentoilette an. Der Blazer war in Ordnung, doch der Rock erschien ihr unpassend.
»Wo findet denn dein Abenteuer statt?« Harriet keuchte vor Aufregung.
»In einem Büro, so einem richtig piekfeinen.«
»Du könntest den Rock ein bißchen hochziehen, du weißt schon, deinen Schulrock. Der könnte ganz passabel sein, wenn er kürzer wäre. Wird er dich ausziehen, oder machst du das selbst?«
»Was? Ach so, ja, das mache ich selbst.«
»Dann ist es ja kein Problem.« Gemeinsam verwandelten sie Kathy in ein Mädchen, dem wohl niemand den Zutritt verwehrt hätte. Frans Lippenstift und Lidschatten hatte sie bereits aufgetragen.
»Schmink dich noch mal ab«, flüsterte Harriet.
»Warum?«
»Na, du mußt ja noch in den Unterricht, und wenn du so reingehst, merken sie doch, daß was im Busch ist.«
»Ich schwänze heute. Du mußt sagen, ich hätte dich angerufen, daß ich eine Grippe habe.«
»Nein. Das glaube ich einfach nicht.«
»Komm schon, Harriet. Ich habe das doch auch für dich gemacht, als du zu diesen Popstars gehen wolltest.«
»Aber wohin willst du denn um neun Uhr morgens?«
»Ins Büro, zu meinem Abenteuer«, antwortete Kathy.
»Du bist mir vielleicht eine«, staunte Harriet mit offenem Mund.

Diesmal zauderte Kathy nicht.
»Guten Morgen. Zu Mr. Paul Malone, bitte.«
»Und wie ist Ihr Name?«
»Mein Name wird ihm nichts sagen, aber könnten Sie ihm mitteilen, daß Katherine Clarke ihn in der Angelegenheit Frances Clarke, einer ehemaligen Klientin, sprechen möchte?« Kathy

hatte das Gefühl, daß in so einem Büro Kurznamen wie Kathy oder Fran fehl am Platz waren.
»Ich werde mit seiner Sekretärin reden. Mr. Malone empfängt niemanden ohne vorherige Terminvereinbarung.«
»Sagen Sie ihr bitte, daß ich warten werde, bis es ihm paßt.« Kathy sprach ruhig und eindringlich, und dadurch erreichte sie wesentlich mehr als durch ihre Versuche, sich herauszuputzen.
Eine der bildhübschen Empfangsdamen tauschte mit ihrer Kollegin einen kaum merklichen Blick, dann sprach sie leise ins Telefon.
»Miss Clarke, Mr. Malones Sekretärin würde Sie gerne sprechen«, meinte sie schließlich.
»Natürlich.«
Kathy trat vor und hoffte, daß der Schulrock, den sie unter dem Blazer von Harriets Mutter trug, nicht plötzlich herunterrutschte.
»Hier spricht Penny. Was kann ich für Sie tun?«
»Hat man Ihnen die relevanten Namen durchgegeben?« fragte Kathy. Wie gut, daß ihr das Wort »relevant« eingefallen war! Es hörte sich großartig an, auch wenn nicht viel dahintersteckte.
»Ja, schon ... aber das ist eigentlich nicht der Punkt.«
»O doch, das ist es. Bitte nennen Sie Mr. Malone diese Namen, und sagen Sie ihm, daß ich ihn nicht lange aufhalten werde. Es wird ihn höchstens zehn Minuten kosten. Aber ich werde hier warten, bis er Zeit für mich hat.«
»Termine werden bei uns nicht so einfach vergeben.«
»Wenn Sie ihm bitte diese Namen nennen würden.« Kathy war beinahe schwindlig vor Aufregung.
Nachdem sie höflich drei weitere Minuten gewartet hatte, ertönte ein Summer.
»Mr. Malones Sekretärin erwartet Sie oben in der sechsten Etage«, verkündete eine der Empfangsgöttinnen.
»Vielen Dank für Ihre Hilfe«, meinte Kathy Clarke, zog ihren Schulrock hoch und ging zum Lift, der sie zu ihrem Vater bringen würde.
»Miss Clarke?« begrüßte sie Penny. Penny sah aus, als könnte sie

an einer dieser Miss-Wahlen teilnehmen. Sie trug ein cremefarbenes Kostüm und schwarze Pumps mit sehr hohen Absätzen. An ihrem Hals baumelte eine dicke schwarze Kette.

»Richtig.« Kathy wünschte sich, sie wäre hübscher, älter und besser gekleidet.

»Wenn Sie mir bitte folgen wollen. Mr. Malone empfängt Sie im Konferenzzimmer. Kaffee?«

»Ja, das wäre sehr nett, danke.«

Penny führte sie in einen Raum mit einem hellen Holztisch, um den acht Stühle gruppiert waren. An den Wänden hingen Gemälde, nicht einfach nur Drucke hinter Glas wie bei ihnen in der Schule, sondern richtige Gemälde. Auf dem Fensterbrett standen Blumen, frische Schnittblumen, die erst an diesem Morgen hingestellt worden waren. Kathy setzte sich und wartete.

Da kam er herein, ein junger, gutaussehender Mann, der jünger wirkte als Fran, obwohl er ein Jahr älter war.

»Hallo«, sagte er und strahlte übers ganze Gesicht.

»Hallo«, erwiderte sie. Dann herrschte Schweigen.

In diesem Moment kam Penny mit dem Kaffee herein. »Soll ich das Tablett hierlassen?« fragte sie. Offensichtlich wäre sie liebend gern selbst geblieben.

»Danke, Pen«, sagte er.

»Wissen Sie, wer ich bin?« fragte Kathy, nachdem Penny gegangen war.

»Ja«, antwortete er.

»Haben Sie mich erwartet?«

»Ehrlich gesagt, frühestens in zwei oder drei Jahren.« Sein Lächeln wirkte anziehend.

»Und was hätten Sie dann getan?«

»Dasselbe wie jetzt – zugehört.«

Das war geschickt von ihm, jetzt mußte sie die Initiative ergreifen.

»Nun, ich wollte Sie nur mal kennenlernen«, meinte sie ein wenig verunsichert.

»Selbstverständlich«, entgegnete er.

»Damit ich weiß, wie Sie aussehen.«

»Jetzt wissen Sie es.« Es klang freundlich, wie er das sagte, freundlich und entgegenkommend. »Und was denken Sie nun?« fragte er.

»Sie sehen gut aus«, antwortete sie widerstrebend.

»Sie auch. Sehr gut sogar.«

»Wissen Sie, ich habe es gerade erst erfahren«, erklärte sie.

»Verstehe.«

»Und deshalb mußte ich herkommen und mit Ihnen reden.«

»Natürlich.« Er hatte ihnen beiden Kaffee eingeschenkt und überließ es Kathy, sich bei Milch und Zucker selbst zu bedienen.

»Bis vor ein paar Tagen war ich noch vollkommen davon überzeugt, daß ich die Tochter von Mam und Dad bin. Es war ein gewisser Schock für mich.«

»Fran hat Ihnen nicht gesagt, daß sie Ihre Mutter ist?«

»Nein.«

»Nun, das kann ich verstehen, solange Sie klein waren. Aber als Sie älter wurden …«

»Nein, sie dachte, ich wüßte es irgendwie, aber das war nicht der Fall. Ich hielt sie immer nur für eine wundervolle ältere Schwester. Ich bin nicht allzu gescheit, wissen Sie.«

»Ich finde Sie sowohl hübsch als auch gescheit.« Anscheinend war er wirklich von ihr angetan.

»Ich bin es aber nicht. Ich muß ziemlich büffeln und komme am Ende auch ans Ziel, doch ich habe keine so rasche Auffassungsgabe wie etwa meine Freundin Harriet. Ich bin eher ein Arbeitstier.«

»Das bin ich auch. Da schlägst du deinem Vater nach.«

Es war ein überwältigender Augenblick, hier in diesem Büro. Er gab zu, daß er ihr Vater war. Kathy schwebte beinahe wie auf Wolken. Aber jetzt wußte sie nicht mehr weiter. Er hatte ihr alle Argumente aus der Hand genommen. Sie hätte gedacht, er würde aufbrausen, alles abstreiten und sich herausreden. Doch er hatte nichts dergleichen getan.

»Du hättest doch keine solche Stelle bekommen, wenn du nur ein Arbeitstier wärst.«

»Meine Frau ist sehr vermögend, und ich bin ein charmantes

Arbeitstier, das heißt, ich komme mit allen gut aus. In gewisser Weise ist das der Grund, warum ich hier arbeite.«
»Aber du hast es doch aus eigener Kraft zum Steuerberater gebracht, bevor du sie kennengelernt hast, nicht wahr?«
»Ja, ich war bereits Steuerberater, wenn auch nicht in dieser Firma. Aber ich hoffe, daß du eines Tages meine Frau kennenlernst, Katherine. Du wirst sie mögen, sie ist ein ausgesprochen liebenswerter Mensch.«
»Ich heiße Kathy, und ich kann sie gar nicht mögen. Daß sie ein liebenswerter Mensch ist, glaube ich gern, aber sie will mich sicher nicht kennenlernen.«
»Doch, wenn ich ihr sage, daß ich es möchte. Wir erweisen einander gern Gefälligkeiten. Und ich wäre ebenfalls bereit, jemanden kennenzulernen, wenn ich ihr damit eine Freude machen könnte.«
»Aber sie weiß ja gar nicht, daß es mich gibt.«
»Doch, das habe ich ihr schon vor langer Zeit erzählt. Ich wußte nicht, wie du heißt, aber ich habe ihr gesagt, daß ich eine Tochter habe, die ich nicht kenne, die ich aber wahrscheinlich kennenlernen werde, wenn sie erwachsen ist.«
»Du hast nicht gewußt, wie ich heiße?«
»Nein. Nach all dieser Aufregung damals sagte Fran, sie würde mir nur mitteilen, ob es ein Junge oder ein Mädchen sei, sonst nichts.«
»Das war die Abmachung?« fragte Kathy.
»Du hast es ganz treffend ausgedrückt – das war die Abmachung.«
»Sie spricht sehr freundlich von dir. Sie findet, daß du dich in dieser Sache ganz richtig verhalten hast.«
»Und was läßt sie mir ausrichten?« Er war völlig entspannt und aufgeschlossen, nicht etwa zurückhaltend oder argwöhnisch.
»Sie hat keine Ahnung, daß ich hier bin.«
»Wo glaubt sie denn, daß du bist?«
»Drüben in der Mountainview-Schule.«
»Mountainview? Dort gehst du zur Schule?«
»Von den viertausend Pfund vor sechzehn Jahren ist nicht mehr

genug übrig, daß man mich damit auf eine Nobelschule schicken könnte«, gab Kathy bissig zurück.
»Du weißt also von der Abmachung?«
»Ich habe alles auf einmal erfahren, alles an einem Abend. Da wurde mir klar, daß sie nicht meine Schwester ist und du dich freigekauft hast.«
»Hat sie es so ausgedrückt?«
»Nein. Aber so ist es, auch wenn sie es anders formuliert hat.«
»Das tut mir sehr leid. Es muß schrecklich und trostlos sein, so etwas zu erfahren.«
Kathy schaute ihn an. Genau das war es gewesen – trostlos. Sie hatte überlegt, wie unfair diese Abmachung gewesen war. Ihre Mutter war arm, man konnte sie einfach auszahlen. Ihr Vater hingegen stammte aus einer privilegierten Familie und mußte für sein Vergnügen nicht bezahlen. Da war ihr der Gedanke durch den Kopf gegangen, daß das ganze System Leute wie sie stets benachteiligte und daß sich daran nie etwas ändern würde. Seltsam, daß er dieses Gefühl so gut nachvollziehen konnte.
»Ja, und das ist es immer noch.«
»Nun, sag mir, was du von mir willst. Sag es mir, dann können wir darüber reden.«
Ursprünglich war sie hergekommen, um für sich und Fran alles herauszuschlagen, was man sich nur vorstellen konnte. Sie hatte ihm klarmachen wollen, daß im zwanzigsten Jahrhundert die Reichen nicht mehr bei allem, was sie taten, ungeschoren davonkamen. Aber irgendwie fiel es ihr schwer, das jenem Mann zu sagen, der ihr so unbefangen und wohlwollend gegenübersaß und allem Anschein nach erfreut und keineswegs entsetzt war, sie zu sehen.
»Ich bin mir noch nicht sicher, was ich eigentlich will. Das kommt alles ein bißchen plötzlich.«
»Ich weiß. Du hattest noch nicht die Zeit, um dir über deine Gefühle klarzuwerden.« Es klang nicht erleichtert, sondern mitfühlend.

»Diese neue Situation ist für mich noch immer schwer zu begreifen.«
»Für mich auch. Ich kann es noch gar nicht fassen, daß du jetzt hier bist.« Er stellte sich mit ihr auf dieselbe Ebene.
»Ärgert es dich nicht, daß ich hergekommen bin?«
»Nein, ganz im Gegenteil, ich freue mich, dich zu sehen. Es tut mir nur leid, daß dein bisheriges Leben so hart gewesen ist und du jetzt auch noch diesen Schock verkraften mußt. Das sind meine Empfindungen.«
Kathy hatte einen Kloß im Hals. Er war so völlig anders, als sie ihn sich vorgestellt hatte. Konnte es wirklich sein, daß dieser Mann ihr Vater war? Und daß er und Fran unter anderen Umständen geheiratet hätten und sie ihre älteste Tochter wäre?
Da nahm er eine Visitenkarte heraus und schrieb eine Nummer darauf. »Unter dieser Nummer kannst du mich direkt erreichen, ohne den Umweg über die Telefonzentrale und die Sekretärinnen«, meinte er. Es ging ihr fast zu glatt – so, als wollte er sich davor drücken, Erklärungen abgeben zu müssen. Als wollte er vermeiden, daß jemand in der Kanzlei von seinem kleinen häßlichen Geheimnis erfuhr.
»Hast du nicht Angst, ich könnte dich zu Hause anrufen?« fragte sie. Zwar bedauerte sie es, diese freundliche Atmosphäre zerstören zu müssen, aber sie wollte sich nicht von ihm um den Finger wickeln lassen.
Er hielt den Füllfederhalter noch immer in der Hand. »Ich wollte dir gerade auch noch meine Telefonnummer zu Hause aufschreiben. Du kannst mich jederzeit anrufen.«
»Und was ist mit deiner Frau?«
»Marianne wird sich natürlich auch freuen, mit dir zu sprechen. Ich werde ihr heute abend erzählen, daß du mich besucht hast.«
»Du bist ein ziemlich cooler Typ, stimmt's?« meinte Kathy halb bewundernd, halb mißbilligend.
»Nach außen hin, glaube ich, wirke ich ruhig, aber unter der Oberfläche bin ich sehr aufgeregt. Und das ist ja auch kein

Wunder. Da begegne ich zum erstenmal meiner gutaussehenden erwachsenen Tochter, und mir wird bewußt, daß sie meinetwegen auf der Welt ist.«

»Und denkst du auch jemals an meine Mutter?«

»Eine Zeitlang habe ich oft an sie gedacht, wie das immer so ist bei der ersten Liebe. Aber mehr noch wegen dem, was passiert ist und weil du geboren wurdest. Doch da wir nun mal nicht zusammenkommen konnten, wandte ich mich im Lauf der Zeit anderen Menschen und Dingen zu.«

Es war die Wahrheit, unbestreitbar.

»Wie soll ich dich anreden?« fragte Kathy plötzlich.

»Du sagst zu deiner Mutter Fran, willst du mich dann Paul nennen?«

»Wir sehen uns wieder, Paul«, meinte sie und stand auf.

»Komm zu mir, wann immer du willst, Kathy«, sagte ihr Vater.

Erst reichten sie einander die Hand, doch dann zog er sie an sich und umarmte sie. »Von jetzt an wird einiges anders werden, Kathy«, versprach er ihr. »Anders und besser.«

Während Kathy mit dem Bus zur Schule zurückfuhr, rieb sie sich Lippenstift und Lidschatten ab und verstaute den zusammengerollten Blazer von Harriets Mutter in der Leinentasche. Dann ging sie in den Unterricht.

»Und?« zischte Harriet.

»Nichts.«

»Was heißt nichts?«

»Es ist nichts passiert.«

»Heißt das, du hast dich schön gemacht, bist in sein Büro gegangen, und er hat dich nicht mal angerührt?«

»Es gab so was wie eine Umarmung«, berichtete Kathy.

»Wahrscheinlich ist er impotent«, nickte Harriet wissend. »Die Zeitschriften sind voll von Leserinnenbriefen darüber. Offenbar kommt das ziemlich oft vor.«

»Schon möglich«, erwiderte Kathy und holte ihr Erdkundebuch heraus.

Mr. O'Brien, der in den höheren Klassen immer noch Erdkunde

unterrichtete, obwohl er Direktor war, blickte sie über den Rand seiner Lesebrille hinweg an. »Ist deine Grippe so plötzlich wieder verschwunden, Kathy?« fragte er mißtrauisch.
»Ja, Gott sei Dank, Mr. O'Brien«, sagte Kathy. Es klang nicht direkt frech oder trotzig, aber sie redete mit ihm wie mit einem Ebenbürtigen, nicht wie eine Schülerin mit ihrem Lehrer.
Seit Schuljahresbeginn hatte sich dieses Kind ziemlich gemausert, dachte Tony O'Brien im stillen. Er fragte sich, ob es irgendwie mit dem Italienischkurs zusammenhing, der sich wundersamerweise und entgegen seinen Prophezeiungen nicht als Fiasko entpuppt hatte, sondern als riesiger Erfolg.

Mam war zum Bingo gegangen, Dad in den Pub. Aber Fran war zu Hause in der Küche.
»Du kommst ein bißchen spät, Kathy. Alles in Ordnung?«
»Ja, ich war nur noch ein wenig spazieren. Ich habe für heute abend alle Körperteile auswendig gelernt. Du weißt ja, die Signora steckt uns wieder paarweise zusammen und fragt: *Dov'è il gomito?*, und dann müssen wir auf den Ellbogen des Partners deuten.«
Fran freute sich, sie so glücklich zu sehen. »Soll ich uns getoastete Sandwiches machen, damit wir den Abend ohne knurrenden Magen überstehen?«
»Gern. Weißt du, was ›Füße‹ heißt?
»*I piedi.* Das habe ich in der Mittagspause gelernt.« Fran grinste. »Wir sind richtige Musterschülerinnen, wir zwei.«
»Ich war heute bei ihm.«
»Bei wem?«
»Bei Paul Malone.«
Fran setzte sich. »Das ist nicht dein Ernst.«
»Er war sehr nett, wirklich. Schau, er hat mir seine Visitenkarte gegeben, mit seiner Durchwahlnummer und seiner Privatnummer zu Hause.«
»Ich glaube nicht, daß das klug von dir war«, meinte Fran schließlich.

»Na, er schien sich jedenfalls zu freuen. Er hat zumindest gesagt, er sei froh, daß ich gekommen bin.«

»Tatsächlich?«

»Ja, und er hat gesagt, ich könne ihn jederzeit besuchen, auch zu Hause, und seine Frau kennenlernen, wenn ich will.« Aus Frans Gesicht war plötzlich jeder Ausdruck gewichen. Es wirkte völlig leblos, als hätte jemand irgend etwas in ihrem Kopf ausgelöscht. Verwirrt sah Kathy sie an. »Na, freust du dich denn nicht? Es gab keinen Streit, keine Szene, es war einfach ein ganz normales Gespräch. Er hat verstanden, daß das alles ein gewisser Schock für mich war und daß von nun an alles anders werden würde. Anders und besser, das waren seine Worte.«

Fran nickte und schien offenbar nicht fähig, etwas zu sagen. Dann nickte sie wieder und brachte schließlich die Worte heraus: »Ja, das ist gut. Gut.«

»Bist du denn nicht froh darüber? Ich dachte, du würdest es so wollen.«

»Es steht dir vollkommen frei, Kontakt mit ihm aufzunehmen und teilzuhaben an dem, was er dir bieten kann. Dieses Recht wollte ich dir nie nehmen.«

»Darum geht es nicht.«

»Doch. Es ist völlig verständlich, daß du dich übers Ohr gehauen fühlst, wenn du siehst, was er alles hat, Tennisplätze, Swimmingpools, wahrscheinlich sogar einen Chauffeur.«

»Ich bin nicht deswegen zu ihm gegangen«, begann Kathy.

»Und dann kommst du in so ein Haus zurück, gehst auf eine Schule wie das Mountainview und sollst auch noch glauben, daß so ein blöder Abendkurs, für den ich den letzten Penny zusammenkratzen mußte, etwas besonders Tolles ist. Kein Wunder, daß du hoffst, alles wird ... wie war das? ... ›anders und besser‹.«

Erschrocken schaute Kathy sie an. Fran glaubte offenbar, daß sie Paul Malone lieber mochte als sie. Daß sie sich von einem Mann, den sie nur kurz gesprochen und bis vor ein paar Tagen noch nicht einmal gekannt hatte, betören und blenden ließ.

»Das einzige, was besser ist, ist, daß ich nun über alles Bescheid weiß. Ansonsten hat sich nichts geändert«, versuchte sie zu erklären.

»Sicher.« Fran war jetzt einsilbig und zugeknöpft. Mechanisch belegte sie die Brote mit Käse und je zwei Tomatenscheiben und legte sie auf den Grillrost.

»Fran, hör auf, ich will das nicht. Begreifst du denn nicht? Ich *mußte* ihn sehen. Und du hattest recht, er ist kein Ungeheuer, sondern ein netter Mensch.«

»Das freut mich.«

»Aber du hast da was falsch verstanden. Hör mal, ruf ihn an und frag ihn. Es ist nicht so, daß ich lieber bei ihm als bei dir sein will. Ich möchte ihn nur ab und zu mal sehen, weiter nichts. Ruf ihn an und rede mit ihm, dann wirst du es verstehen.«

»Nein.«

»Nein? Wieso nicht? Jetzt habe ich dir doch gewissermaßen den Weg geebnet.«

»Vor sechzehn Jahren habe ich mich auf eine Abmachung eingelassen. Es wurde vereinbart, daß ich nicht mit ihm in Verbindung trete. Und daran habe ich mich immer gehalten.«

»Aber ich habe diese Abmachung nicht getroffen.«

»Nein, und habe ich dir etwa einen Vorwurf gemacht? Ich habe gesagt, es ist dein gutes Recht. Habe ich das gesagt oder nicht?« Fran stellte die Käsetoasts für Kathy und sich auf den Tisch und goß ihnen beiden ein Glas Milch ein.

Kathy überkam eine unsägliche Traurigkeit. Diese gütige Frau hatte sich für sie abgerackert, damit sie alles bekam, was sie brauchte. Wenn Fran nicht wäre, stünde nicht immer ein schönes Glas kalte Milch für sie bereit, und es gäbe kein warmes Abendessen. Und jetzt war ihr sogar herausgerutscht, daß sie sich das Geld für den Italienischkurs vom Mund abgespart hatte. Kein Wunder, daß es sie kränkte und beunruhigte, wenn sie daran dachte, daß all diese Opfer, ihre jahrelange Liebe und Fürsorge, für Kathy vielleicht auf einmal nichts mehr zählten. Daß sie sich von der plötzlichen Aussicht auf Reichtum und Luxus blenden ließ.

»Wir sollten jetzt zum Bus gehen«, meinte Kathy.

»Sicher, wenn du willst.«
»Natürlich will ich.«
»Na gut.« Fran zog ihren Mantel über, der schon bessere Tage gesehen hatte, und schlüpfte in ihre guten Schuhe, die gar nicht mehr so gut waren. Kathy dachte an die weichen italienischen Lederschuhe, die ihr Vater trug. Sie wußte, daß sie sehr, sehr teuer waren.
»*Avanti*«, sagte sie, und sie rannten zum Bus.
Im Kurs mußte Fran mit Luigi ein Paar bilden. An diesem Abend wirkte seine Miene noch finsterer und bedrohlicher als sonst.
»*Dov'è il cuore?*« fragte Luigi. Sein Dubliner Akzent ließ kaum erahnen, welchen Körperteil er meinte. »*Il cuore*«, wiederholte Luigi gereizt. »*Il cuore*, das wichtigste Organ des Körpers, Herrgott noch mal.«
Fran schaute ihn unsicher an. »*Non so*«, sagte sie.
»Sie werden doch wissen, wo das blöde *cuore* ist.« Luigi wurde zusehends ungehaltener.
Da kam ihr die Signora zu Hilfe. »*Con calma per favore*«, versuchte sie Frieden zu stiften. Sie griff nach Frans Hand und legte sie ihr aufs Herz. »*Ecco il cuore.*«
»Dafür haben Sie ja ganz schön lang gebraucht«, grummelte Luigi.
Die Signora betrachtete Fran. Heute abend war sie so anders. Sonst beteiligte sie sich immer lebhaft am Unterricht und ermunterte auch das Kind dazu.
Die Signora hatte sich bei Peggy Sullivan nochmals vergewissert. »Haben Sie mir nicht erzählt, daß Miss Clarke die Mutter des sechzehnjährigen Mädchens ist?« fragte sie.
»Ja, sie bekam sie, als sie gerade selbst erst in diesem Alter war. Ihre Mutter hat das Mädchen aufgezogen, aber es ist das Kind von Miss Clarke, das weiß jeder.«
Bis auf Kathy, dachte die Signora. Doch in dieser Woche waren sie beide verändert. Vielleicht war es ja jetzt herausgekommen. Bedrückt fragte sie sich, ob sie womöglich mit schuld daran war.

Kathy wartete eine Woche, ehe sie Paul Malone über seine Durchwahl im Büro anrief.
»Störe ich gerade?« fragte sie ihn.
»Im Moment habe ich noch jemanden hier, aber ich möchte mich gern mit dir unterhalten. Bleibst du bitte noch einen Augenblick dran?«
Sie hörte, wie er jemanden hinauskomplimentierte. Einen Prominenten, wie sie vermutete.
»Kathy?« Seine Stimme klang freundlich und angenehm.
»War das ernst gemeint, daß wir uns mal irgendwo treffen könnten, nicht nur so zwischen Tür und Angel im Büro?«
»Natürlich war das ernst gemeint. Willst du mit mir zu Mittag essen?«
»Ja, gern. Wann?«
»Morgen. Kennst du das Quentin's?«
»Ich weiß, wo es ist.«
»Prima. Sagen wir um eins? Paßt das mit der Schule?«
»Ich sorge dafür, daß es paßt«, meinte sie grinsend und hatte das Gefühl, daß er ebenfalls grinste.
»Gut, aber ich möchte nicht, daß du Ärger bekommst.«
»Nein, das geht schon in Ordnung.«
»Ich freue mich, daß du angerufen hast«, sagte er.
An jenem Abend wusch sie sich die Haare und wählte sorgfältig ihre Garderobe aus, ihre beste Schulbluse und ihren Blazer, den sie mit Fleckentferner behandelt hatte.
»Du triffst dich heute mit ihm«, stellte Fran fest, als sie sah, wie Kathy ihre Schuhe putzte.
»Ich habe schon immer gesagt, du hättest zu Interpol gehen sollen«, erwiderte Kathy.
»Nein, das hast du noch nie gesagt.«
»Wir treffen uns nur zum Mittagessen.«
»Wie gesagt, das ist dein gutes Recht. Wohin geht ihr denn?«
»Ins Quentin's.« Sie mußte ihr die Wahrheit sagen. Früher oder später würde Fran es doch erfahren. Allerdings wäre es ihr jetzt fast lieber gewesen, wenn er ein etwas weniger exklusives Lokal

ausgesucht hätte. Denn das Quentin's war für sie und Fran eine andere Welt.

Fran konnte sich zu einigen aufmunternden Worten durchringen. »Nun, das wird bestimmt prima, ich wünsche dir viel Spaß. Und laß es dir schmecken.«

Kathy fiel auf, daß Mam und Dad in letzter Zeit eine sehr untergeordnete Rolle in ihrem Leben zu spielen schienen; sie blieben völlig im Hintergrund. War das schon immer so gewesen, und hatte sie es nur nie bemerkt?

Dem diensthabenden Lehrer erzählte sie, sie habe einen Zahnarzttermin.

»Dafür mußt du eine schriftliche Bestätigung vorlegen«, meinte der Lehrer.

»Ich weiß, aber ich habe solche Angst davor gehabt, daß ich vergessen habe, den Zettel mitzunehmen. Kann ich ihn morgen bringen?«

»Na schön, meinetwegen.«

Es zahlte sich aus, dachte Kathy, daß sie all die Jahre eine gute, strebsame Schülerin gewesen war. Da es mit ihr nie Ärger gegeben hatte, konnte sie sich jetzt einiges herausnehmen.

Selbstverständlich mußte sie Harriet anvertrauen, daß sie die Schule schwänzte.

»Wohin gehst du denn diesmal? Verkleidest du dich für ihn als Krankenschwester?« wollte Harriet wissen.

»Nein, wir gehen nur zusammen Mittag essen, ins Quentin's«, verkündete sie stolz.

Harriet fiel die Kinnlade runter. »Jetzt nimmst du mich aber auf den Arm, oder?«

»Überhaupt nicht. Ich bringe dir am Nachmittag die Speisekarte mit.«

»Ich kenne niemanden, der so ein aufregendes Liebesleben hat wie du«, meinte Harriet neidisch.

Das Lokal war dezent beleuchtet, kühl und sehr elegant.
Eine gutaussehende Frau in einem dunklen Kostüm kam auf sie zu.
»Guten Tag, ich bin Brenda Brennan und heiße Sie herzlich willkommen. Sind Sie mit jemandem verabredet?«
Kathy wünschte, sie wäre wie diese Frau, und dasselbe wünschte sie sich für Fran. Eine selbstbewußte Dame. Möglicherweise war die Frau ihres Vaters so jemand. Dazu mußte man geboren sein, das konnte man sich nicht antrainieren. Doch immerhin konnte man lernen, sich selbstbewußt zu geben.
»Ich bin mit Mr. Paul Malone verabredet. Er sagte, er habe für ein Uhr reserviert, ich bin ein bißchen früh dran.«
»Wollen Sie mir bitte zu Mr. Malones Tisch folgen? Möchten Sie einstweilen etwas trinken?«
Kathy bestellte eine Diätcola, die ihr in einem Waterford-Kristallglas mit Eis und Zitronenscheiben serviert wurde. Sie mußte sich jedes Detail merken, für Harriet.
Da kam er herein, nickte in diese und jene Richtung, lächelte hier und dort jemandem zu, und einmal erhob sich sogar ein Gast, um ihm die Hand zu schütteln. Als er bei Kathy angelangt war, hatte er das halbe Lokal begrüßt.
»Du siehst heute anders aus, ganz reizend«, meinte er.
»Nun, zumindest trage ich nicht mehr den Blazer von der Mutter meiner Freundin und ein Pfund Make-up, damit ich an den Empfangsdamen vorbeikomme«, lachte sie.
»Sollen wir gleich bestellen? Mußt du bald wieder zurück?«
»Nein, ich bin beim Zahnarzt, das kann ewig dauern. Hast du es eilig?«
»Nein, gar nicht.«
Als ihnen die Speisekarten gereicht wurden, kam Ms. Brennan und erläuterte die Gerichte der Tageskarte. »Wir haben heute einen köstlichen *insalata di mare*«, begann sie.
»*Gamberi, calamari*?« plapperte Kathy spontan los. Erst gestern abend hatten sie die Meeresfrüchte durchgenommen ... »*Gamberi*, Garnelen, *calamari*, Tintenfische ...«

Paul und Brenda Brennan musterten sie verblüfft.
»Ich gebe nur ein bißchen an. Ich besuche einen Abendkurs in Italienisch.«
»Wenn ich das alles auf Anhieb wüßte, würde ich auch damit angeben«, meinte Ms. Brennan. »Mir hat das meine Freundin Nora beibringen müssen, die für uns die Speisekarte schreibt, wenn wir eine italienische Woche haben.« Die beiden sahen Kathy mit bewundernden Blicken an. Oder bildete sie sich das nur ein? Paul bestellte für sich das übliche, ein Glas Wein mit Mineralwasser.
»Du hättest mich nicht in ein so schickes Restaurant ausführen müssen«, sagte Kathy.
»Ich bin stolz auf dich, ich wollte mich mit dir in der Öffentlichkeit zeigen.«
»Nun, es ist bloß, weil Fran denkt ... ich glaube, sie ist eifersüchtig, weil ich mit dir in so ein Lokal gehe. Mit ihr gehe ich immer nur zu Colonel Sanders Hähnchen essen, oder zu McDonald's.«
»Sie versteht das sicherlich. Ich wollte mit dir einfach nur hübsch ausgehen. Es ist ja ein besonderer Anlaß.«
»Sie hat gesagt, es sei mein gutes Recht, und sie wünscht mir viel Spaß. Aber ich glaube, daß sie sich insgeheim ein bißchen Sorgen macht.«
»Hat sie sonst noch jemanden, einen Freund oder so?« fragte er, worauf Kathy überrascht aufsah. »Was ich eigentlich sagen wollte ... es geht mich natürlich nichts an, aber ich hoffe, daß sie jemanden hat. Ich hatte gehofft, sie würde heiraten und du würdest Geschwister bekommen. Aber wenn du mit mir nicht darüber reden willst, ist das völlig in Ordnung ... wie gesagt, ich habe kein Recht dazu, Fragen zu stellen.«
»Es gab Ken.«
»War es etwas Ernstes?«
»Das war nie ganz klar. Oder zumindest war es mir nicht klar, weil ich nie was mitkriege und ein bißchen schwer von Begriff bin. Aber sie gingen oft zusammen aus, und sie hat immer gelacht, wenn er mit dem Auto vorgefahren ist, um sie abzuholen.«

»Und wo ist er jetzt?«
»Er ist nach Amerika gegangen«, antwortete Kathy.
»Hat ihr das leid getan, was meinst du?«
»Auch das weiß ich nicht. Ab und zu schreibt er ihr. In letzter Zeit nicht mehr so häufig, aber im Sommer kamen viele Briefe von ihm.«
»Hätte sie zu ihm ziehen können?«
»Es ist komisch, daß du das ansprichst ... sie hat mich mal gefragt, ob ich mit ihr fortgehen und in einer kleinen Provinzstadt in Amerika leben will. Es ist nicht New York City oder so etwas. Und ich habe gesagt, laß mich um Gottes willen in Dublin bleiben, das ist wenigstens eine Hauptstadt.«
»Glaubst du, daß sie deinetwegen nicht mit Ken mitgegangen ist?«
»Das habe ich mir nie überlegt. Aber ich habe ja die ganze Zeit geglaubt, sie sei meine Schwester. Es könnte schon etwas damit zu tun haben.« Ihr Gesicht nahm einen bekümmerten, schuldbewußten Ausdruck an.
»Mach dir deshalb keine Sorgen. Wenn jemand ein schlechtes Gewissen haben muß, dann ich.« Er hatte ihre Gedanken erraten.
»Ich habe sie gebeten, dich anzurufen. Aber das will sie nicht.«
»Warum nicht? Hat sie dir den Grund genannt?«
»Wegen der Abmachung ... sie hat gesagt, du hättest dich an deinen Teil der Abmachung gehalten, und sie werde ihren halten.«
»Sie war immer schon eine grundehrliche Haut«, bemerkte Paul.
»Es sieht also ganz so aus, als würdet ihr nie mehr miteinander reden.«
»Nun, wir werden nie zusammenkommen und Hand in Hand in den Sonnenuntergang spazieren. Das ist gewiß, denn wir haben uns beide verändert. Ich liebe Marianne, und Fran liebt vielleicht Ken oder sonst jemanden. Aber wir werden miteinander sprechen, darum kümmere ich mich. Doch ehe wir die Probleme der Welt lösen, wollen wir uns das gute Mittagessen schmecken lassen, ja?«
Er hatte recht, und eigentlich war auch alles gesagt. Sie plauderten

über die Schule und das Showbusineß, über den wunderbaren Italienischkurs und seine beiden Kinder, die sechs und sieben Jahre alt waren.

Als sie zahlten, musterte die Frau an der Kasse Kathy interessiert. »Entschuldigen Sie, aber ist das nicht eine Mountainview-Jacke, die Sie da anhaben?« Kathy schaute schuldbewußt drein. »Wissen Sie, mein Mann arbeitet dort, deshalb habe ich sie erkannt«, fuhr die Frau fort.

»Ach ja? Wie heißt er denn?«

»Aidan Dunne.«

»Oh, Mr. Dunne ist ein netter Lehrer. Er unterrichtet Latein und hat den Italienischkurs ins Leben gerufen«, erzählte sie Paul.

»Und wie ist Ihr Name ...?« fragte die Kassiererin.

»Das wird für immer ein Geheimnis bleiben. Mädchen, die sich mittags freinehmen, wollen nicht, daß ihren Lehrern irgendwelcher Klatsch zugetragen wird.« Paul Malone lächelte verbindlich, doch sein Ton war knallhart. Nell Dunne begriff, daß sie zu neugierig gewesen war. Hoffentlich hatte Ms. Brennan nicht zugehört.

»Du brauchst mir gar nichts erzählen«, meinte Harriet gähnend. »Du hast bestimmt Austern und Kaviar gegessen.«

»Nein, ich hatte *carciofi* und Lamm. Die Frau von Mr. Dunne saß an der Kasse, sie hat meine Schuljacke erkannt.«

»Jetzt bist du dran.« Harriet grinste dümmlich.

»Ganz und gar nicht, ich habe ihr ja nicht gesagt, wer ich bin.«

»Sie wird es herausfinden, und dann erwischen sie dich.«

»Sag doch so was nicht. Du willst doch auch nicht, daß sie mich erwischen, sondern daß ich weiter meine Abenteuer habe.«

»Kathy Clarke, sogar wenn sie mir den Tod auf dem Scheiterhaufen angedroht hätten, hätte ich gesagt, du bist die letzte auf der Welt, die sich auf Abenteuer einläßt.«

»Tja, so spielt das Leben«, erwiderte Kathy fröhlich.

»Gepräch für Miss Clarke auf drei«, verkündeten die Lautsprecher. Überrascht sah Fran auf. Sie ging in den Überwachungsraum, von dem aus man die Kunden beobachten konnte, ohne selbst gesehen zu werden.
Mit einem Knopfdruck stellte sie die Verbindung her. »Miss Clarke, Filialleitung«, sagte sie.
»Paul Malone«, meldete sich eine Stimme.
»Ja?«
»Ich würde gern mit dir reden. Ich nehme an, du willst dich nicht mit mir treffen?«
»So ist es, Paul. Ich bin nicht verbittert, es bringt nur nichts.«
»Fran, können wir uns kurz am Telefon unterhalten?«
»Ich habe gerade viel zu tun.«
»Tüchtige Leute haben immer viel zu tun.«
»Tja, du sagst es.«
»Aber was könnte wichtiger sein als Kathy?«
»Für mich nichts.«
»Und mir ist sie auch sehr wichtig, aber ...«
»Aber du möchtest nicht allzuviel mit ihr zu tun haben.«
»Ganz im Gegenteil, ich würde gern möglichst viel mit ihr zu tun haben. Aber du hast sie aufgezogen, du hast sie zu dem Menschen gemacht, der sie heute ist, dir bedeutet sie mehr als jedem anderen. Ich möchte mich jetzt nicht auf einmal dazwischendrängen. Sag mir, was deiner Meinung nach das Beste für sie wäre.«
»Glaubst du, daß ich das weiß? Woher sollte ich es wissen? Ich möchte, daß sie alles auf der Welt bekommt, aber ich kann es ihr nicht geben. Wenn du mehr für sie tun kannst, dann tu es, sorg dafür, daß sie es bekommt.«
»Sie hält große Stücke auf dich, Fran.«
»Von dir ist sie auch sehr angetan.«
»Mich kennt sie gerade erst ein oder zwei Wochen, aber dich ihr Leben lang.«
»Brich ihr nicht das Herz, Paul. Sie ist ein großartiges Mädchen, und es war so ein Schock für sie. Ich dachte, sie wüßte oder ahnte

oder spürte es irgendwie. Hier bei uns in der Gegend ist das ja nicht so außergewöhnlich. Aber offenbar habe ich mich geirrt.«

»Ja, aber sie ist damit fertig geworden. Das hat sie von dir. Sie kann mit schwierigen Situationen umgehen, mögen sie nun verdient oder unverdient sein.«

»Von dir hat sie auch einiges geerbt – sehr viel Mut.«

»Was sollen wir also tun, Fran?«

»Wir müssen es ihr überlassen.«

»Sie kann mich so oft sehen, wie sie will. Aber ich verspreche dir, daß ich nicht versuchen werde, sie dir wegzunehmen.«

»Ich weiß.« Schweigen trat ein.

»Und ist sonst … hm … alles in Ordnung?«

»Ja, es ist … alles in Ordnung.«

»Sie hat mir erzählt, daß ihr beide Italienisch lernt. Vorhin hat sie im Restaurant italienisch gesprochen.«

»Das ist schön.« Fran klang erfreut.

»Haben wir das in gewisser Weise nicht gut hingekriegt, Fran?«

»Ja, natürlich«, erwiderte sie und legte auf, ehe sie in Tränen ausbrach.

»Was sind *carciofi*, Signora?« fragte Kathy im Italienischunterricht.

»Artischocken, Caterina. Warum fragst du?«

»Ich war in einem Restaurant, wo das auf der Speisekarte stand.«

»Diese Speisekarte habe ich für meine Freundin Brenda Brennan geschrieben«, erklärte die Signora stolz. »War es das Quentin's?«

»Genau, aber sagen Sie Mr. Dunne nichts davon. Seine Frau arbeitet dort. Ist eine komische Ziege, finde ich.«

»Wenn du es sagst«, entgegnete die Signora.

»Ach übrigens, Signora, erinnern Sie sich noch, daß Sie gemeint haben, Fran wäre meine Mutter, und daß ich gesagt habe, sie ist meine Schwester?«

»Ja, nun …« Die Signora setzte zu einer Entschuldigung an.

»Sie hatten völlig recht, ich hatte das nur nicht begriffen«, sagte Kathy in einem Ton, als könnte es schließlich jedem mal passieren, daß man die Mutter für die Schwester hielt.

»Na, dann ist es ja gut, daß sich alles geklärt hat.«
»Ich finde es sehr gut«, meinte Kathy.
»Ganz bestimmt.« Die Signora klang ernst. »Sie ist so jung und so nett, und ihr habt noch viele gemeinsame Jahre vor euch. Viel mehr, als wenn sie eine ältere Mutter wäre.«
»Ja. Ich wünschte nur, sie würde heiraten. Dann würde ich mich nicht so verantwortlich für sie fühlen.«
»Vielleicht heiratet sie ja mal.«
»Aber ich fürchte, sie hat ihre Chance vertan. Ihr Freund ist nach Amerika gegangen. Ich glaube, sie ist nur meinetwegen hiergeblieben.«
»Du könntest ihm doch schreiben«, schlug die Signora vor.

Brenda Brennan, die Freundin der Signora, hörte mit Entzücken, welche Fortschritte der Italienischkurs machte. »Neulich hatte ich eine deiner jungen Schülerinnen da, sie trug eine Mountainview-Jacke und sagte, sie lerne Italienisch.«
»Hat sie Artischocken gegessen?«
»Woher weißt du das nur? Hast du übersinnliche Kräfte?«
»Das war Kathy Clarke ... sie ist die einzige Jugendliche, die anderen sind alle erwachsen. Sie sagte mir, daß Aidan Dunnes Frau bei euch arbeitet. Stimmt das?«
»Ach, das ist der Aidan, von dem du so oft erzählst. Ja, Nell ist die Kassiererin. Eine sonderbare Frau, ich weiß ehrlich gesagt nicht, was ich von ihr halten soll.«
»Wie meinst du das?«
»Nun, sie ist sehr tüchtig und schnell und ehrlich. Setzt für die Kunden ein freundliches Lächeln auf und kann sich ihre Namen merken. Aber mit den Gedanken ist sie ganz woanders.«
»Wo?«
»Ich glaube, sie hat ein Verhältnis«, antwortete Brenda schließlich.
»Unmöglich. Mit wem denn?«
»Ich weiß es nicht, aber sie tut so geheimnisvoll und hat nach der Arbeit oft noch eine Verabredung.«

»So, so.«
Brenda ging mit einem Achselzucken darüber hinweg. »Wenn du also vorhast, dich an ihren Mann heranzumachen, nur zu. Die Frau sitzt im Glashaus, die kann nicht mit Steinen werfen.«
»Himmel, Brenda, wo denkst du hin! In meinem Alter! Aber sag, mit wem hat denn Kathy Clarke in deinem eleganten Restaurant gespeist?«
»Tja, es ist komisch … mit Paul Malone. Von dem hast du sicher schon gehört, oder nicht? Ein Steuerberater, der gerade sehr ›in‹ ist und in die steinreiche Hayes-Familie eingeheiratet hat. Ein Charmeur, wie er im Buche steht.«
»Und Kathy war mit ihm verabredet?«
»Ja, ich weiß. Dabei könnte sie seine Tochter sein«, meinte Brenda. »Aber ehrlich gesagt, je länger ich in dieser Branche arbeite, desto weniger wundert mich noch irgend etwas.«

»Paul?«
»Kathy! Du hast dich ja eine Ewigkeit nicht mehr gemeldet.«
»Willst du morgen mit mir zu Mittag essen? Diesmal lade ich dich ein. Aber nicht ins Quentin's.«
»Klar. Woran hast du denn gedacht?«
»Ich habe im Italienischkurs einen Gutschein für so ein Lokal gewonnen, Mittagessen für zwei Personen einschließlich Wein.«
»Ich kann aber nicht zulassen, daß du schon wieder die Schule schwänzt.«
»Nun, deshalb wollte ich den Samstag vorschlagen, wenn das bei dir geht.«
»Es geht immer, Kathy. Das weißt du doch.«

Sie zeigte ihm den Preis, den sie im Italienischkurs gewonnen hatte. Und Paul Malone meinte, es freue ihn sehr, daß sie ihn als Begleiter erkoren habe.
»Ich will dir etwas vorschlagen, wobei es auch ein bißchen um Geld geht. Aber ich möchte es nicht geschenkt haben.«
»Dann schieß mal los«, sagte er.

Sie erzählte ihm von dem Flug nach New York über Weihnachten. Den größten Teil würde Ken bezahlen, aber er hatte einfach nicht die ganze Summe flüssig, und dort drüben konnte er sich nichts leihen: Es war nicht wie hier, wo die Leute gewissermaßen auf Pump lebten.

»Wem sagst du das«, bemerkte Paul Malone, der Steuerberater.

»Er hat sich sehr gefreut über meinen Brief. Ich hatte ihm geschrieben, daß ich jetzt über alles Bescheid weiß und es mir leid tut, falls ich ihrem Glück im Weg gestanden habe. In seinem Antwortbrief meinte er, er liebe Fran über alles und habe schon mit dem Gedanken gespielt, ihretwegen nach Irland zurückzukehren. Aber er hätte Angst, daß er damit alles verderben könnte. Ehrlich, Paul, ich kann dir den Brief nicht zeigen, weil er persönlich ist, aber er würde dir gefallen, ganz bestimmt. Du würdest dich für Fran freuen.«

»Das glaube ich auch.«

»Also sage ich dir jetzt einfach, um welchen Betrag es sich handelt: ungefähr dreihundert Pfund. Mir ist klar, daß das eine enorme Summe ist. Aber ich weiß auch, daß soviel Geld auf dem Bausparkonto ist, das Fran für mich angelegt hat. Es wäre also nur ein Darlehen, verstehst du? Wenn wir die beiden zusammenbringen, kann ich dir das Geld sofort zurückzahlen.«

»Wie sollen wir es arrangieren, damit sie das Ganze nicht durchschauen?«

»Du gibst ihnen einfach das Geld.«

»Ich würde dir alles geben, Kathy, und deiner Mutter auch. Aber man darf die Menschen nicht in ihrem Stolz verletzen.«

»Können wir nicht Ken das Geld schicken?«

»Das würde ihn vielleicht kränken.«

Beide schwiegen. Da kam der Kellner und erkundigte sich, ob ihnen das Essen schmecke.

»*Benissimo*«, lobte Kathy.

»Meine ... meine junge Freundin hat mich mit dem Gutschein eingeladen, den sie in einem Italienischkurs gewonnen hat«, erklärte Paul Malone.

»Dann müssen Sie ja sehr klug sein«, sagte der Kellner zu Kathy.
»Nein, ich habe nur Glück bei Preisausschreiben«, erwiderte sie.
Paul sah sie an, als habe er soeben einen Geistesblitz gehabt.
»Genau – du könntest doch zwei Flugtickets gewinnen«, schlug er vor.
»Wie das?«
»Na, du hast doch auch ein Mittagessen für zwei Personen in diesem Lokal hier gewonnen.«
»Aber nur, weil die Signora dafür gesorgt hat, daß jemand aus dem Kurs den Preis gewinnt.«
»Nun, vielleicht könnte ich dafür sorgen, daß eine bestimmte Person zwei Flugtickets gewinnt.«
»Das wäre doch Betrug.«
»Aber besser, als den großen Gönner zu spielen.«
»Darüber muß ich erst nachdenken.«
»Laß dir aber nicht zu lange Zeit. Wir müssen dieses imaginäre Preisausschreiben ja auch noch organisieren.«
»Und sollen wir es Ken sagen?«
»Ich finde nicht«, antwortete Paul. »Was meinst du?«
»Meiner Meinung nach müssen Leute nicht alles wissen«, sagte Kathy. Es war eine Redensart, die Harriet oft gebrauchte.

LOU

Als Lou fünfzehn war, drangen drei mit Prügeln bewaffnete Männer in den Laden seiner Eltern ein und wollten sämtliche Zigaretten sowie den Kasseninhalt mitgehen lassen. Während die Familie ängstlich hinter der Theke kauerte, hörte man eine Polizeisirene näher kommen.

Blitzschnell flüsterte Lou dem kräftigsten der Männer zu: »Hinten raus, und über die Mauer.«

»Was ist für dich dabei drin?« zischte der Bursche.

»Nehmt die Glimmstengel, aber laßt die Kohle hier. Los, haut ab.«

Und genau das taten sie.

Die Polizisten waren außer sich. »Woher wußten die Kerle, daß es eine Fluchtmöglichkeit gibt?«

»Sie kannten sich wohl aus in der Gegend«, meinte Lou achselzuckend.

Auch Lous Vater war wütend. »Du hast sie entwischen lassen, verdammter Idiot. Die Polizei hätte sie in den Knast gesteckt, wenn du nicht gewesen wärst.«

»Komm zurück auf den Boden, Mann.« Lou sprach schon seit einiger Zeit selbst wie ein Gangster. »Wozu das Ganze? Die Gefängnisse sind voll, man hätte sie auf Bewährung laufenlassen, sie wären zurückgekommen und hätten uns den Laden aufgemischt. So aber sind sie uns was schuldig. Es ist dasselbe wie Schutzgeld zahlen.«

»Das ist ja wie im Dschungel«, gab sein Vater zurück. Aber Lou war felsenfest davon überzeugt, daß er das Richtige getan hatte, und insgeheim pflichtete ihm seine Mutter bei.

»Bloß keinen Ärger zu Hause«, lautete seit jeher ihr Wahlspruch. Und daß man Ärger bekam, wenn man mit Prügeln bewaffnete

Diebe der Polizei übergab, war ihrer Überzeugung nach so sicher wie das Amen in der Kirche.

Sechs Wochen später erschien ein stämmiger Mann in dem Laden und wollte Zigaretten kaufen. Er war ungefähr dreißig, und sein Schädel war beinahe kahlrasiert. Da die Schule schon aus war, bediente ihn Lou.

»Wie heißt du?« fragte der Mann.

Lou erkannte die Stimme. Es war der Mann, der ihn gefragt hatte, was denn für ihn drin sei, wenn er sie laufenließ. »Lou«, antwortete er knapp.

»Erkennst du mich, Lou?«

Lou sah ihm geradewegs in die Augen. »Nein, hab Sie noch nie gesehen«, erwiderte er.

»Braver Junge. Du hörst noch von uns, Lou.« Und der Kerl, der vor sechs Wochen mehr als fünfzig Schachteln Zigaretten eingesteckt hatte, während er drohend einen Knüppel schwang, zahlte diesmal anstandslos. Nicht lange danach kam der bullige Mann wieder und gab ihm eine Plastiktüte. »Eine Lammkeule für deine Mutter, Lou«, meinte er bloß und ging.

»Deinem Vater müssen wir das ja nicht auf die Nase binden«, meinte sie nur. Die Lammkeule kochte sie für das sonntägliche Mittagessen.

Denn Lous Vater hätte sicherlich gesagt, daß es ihnen auch nicht gefallen würde, wenn jemand die Waren aus *ihrem* Laden in der Nachbarschaft verteilte wie ein moderner Robin Hood, und daß der überfallene Metzger wahrscheinlich ähnlich empfand.

Doch Lou und seine Mutter hielten es für klüger, nicht weiter darüber nachzudenken. Für Lou war der bullige Mann jetzt eine Art Robin Hood, und wenn er ihn irgendwo sah, nickte er ihm zu: »Wie geht's?«

Dann lachte der Mann zu ihm hinüber. »Na, alles in Ordnung, Lou?«

In seinem Innersten hoffte Lou, daß Robin noch einmal mit ihm in Kontakt treten würde. Seine Schuld hatte der Mann mit der Lammkeule beglichen, das war Lou klar. Doch bei dem Gedanken daran, daß er nun einen direkten Draht zur Unterwelt hatte, überlief Lou ein Prickeln, und er wünschte, daß Robin mal irgendeine Aufgabe für ihn hätte. Natürlich wollte er nicht selbst an einem Überfall teilnehmen. Und er konnte auch kein Fluchtfahrzeug steuern. Aber trotzdem wäre er gern bei etwas Aufregendem dabeigewesen.

Doch solange er noch zur Schule ging, ließ ein derartiger Auftrag auf sich warten. Da Lou das Lernen nicht besondes lag, ging er mit sechzehn von der Schule ab und machte sich von da an ohne große Erwartungen regelmäßig auf den Weg zum Arbeitsamt. Doch wen sah er da die Aushänge studieren?

»Wie geht's, Robin?« fragte Lou, der längst vergessen hatte, daß es sich dabei um einen Phantasienamen handelte.

»Was meinst du mit Robin?« fragte der Mann mißtrauisch.

»Na ja, ich mußte Sie doch irgendwie anreden. Und da ich Ihren Namen nicht wußte, habe ich mir den ausgedacht.«

»Ist das vielleicht irgendein blöder Scherz?« Der Mann schien ausgesprochen schlecht gelaunt.

»Nein, nein, es ist wegen Robin Hood, Sie wissen doch, der damals …« Lou verstummte. Er wollte nicht über die Männer in den Wäldern von Nottingham sprechen, sonst glaubte Robin noch, daß er sich über ihn lustig machen wollte; und auch das Wort ›Räuberbande‹ erwähnte er wohl besser nicht. Warum bloß hatte er ihn überhaupt mit diesem Namen angesprochen?

»Solange es nichts damit zu tun hat, daß man Leuten was wegnimmt …«

»Um Himmels willen, nein. Keine Spur!« sagte Lou, als sei ein solcher Gedanke völlig abwegig.

»Na, dann.« Robin schien besänftigt.

»Wie heißen Sie denn richtig?«

»Ach, Robin tut's schon, nachdem jetzt klar ist, wie's gemeint ist.«

»In Ordnung.«

»Und, Lou? Wie stehen die Aktien?«

»Nicht besonders. Ich hab in einem Lagerhaus gearbeitet, aber da gab es eine dämliche Regelung wegen dem Rauchen.«
»Verstehe. Überall dasselbe«, nickte Robin verständnisvoll. Er kannte die Geschichte von dem Jungen, der seine erste Stelle bereits nach einer Woche wieder los war. Wahrscheinlich war es auch seine eigene.
»Hier, schau, da gibt's was«, meinte er und deutete auf eine Anzeige, die eine Putzstelle in einem Kino anbot.
Lou schüttelte den Kopf. »Das ist doch was für Mädchen«.
»Heutzutage schwer zu sagen. Steht nichts davon bei.«
»Jedenfalls 'ne ziemlich blöde Arbeit.« Lou war gekränkt, daß Robin so wenig von ihm hielt und glaubte, daß er sich mit einem solchen Idiotenjob zufriedengeben würde.
»Könnte ihre Vorteile haben.« Dabei sah Robin unbestimmt in die Ferne.
»Wie das?«
»Man könnte abends die Tür offenlassen.«
»Wie, Nacht für Nacht? Das würden die doch merken.«
»Nicht, wenn der Riegel nur ein bißchen zurückgeschoben ist.«
»Wozu?«
»Nun, dann könnten Leute rein und raus, und das vielleicht 'ne Woche lang.«
»Und dann?«
»Na ja, derjenige, der die Putzstelle hat, müßte noch ein paar Tage weiter saubermachen, nach ein, zwei Wochen könnte er dann kündigen. Und würde feststellen, daß man ihm sehr dankbar ist.«
Vor Aufregung verschlug es Lou fast den Atem. Es war passiert. Endlich hatte Robin ihn in seine Gang aufgenommen. Ohne ein weiteres Wort ging Lou zum Schalter und füllte das Formular für die Putzstelle aus.
»Wie konntest du nur so eine Stellung annehmen?« fragte ihn sein Vater.
»Na, einer muß es ja tun«, gab Lou achselzuckend zurück.
Er säuberte die Sitze und sammelte den Abfall ein. Auch die Toiletten putzte er, den Graffiti dort rückte er mit Scheuerpulver

zu Leibe. Und jeden Abend schob er den Riegel an der großen Hintertür ein Stückchen zurück. Robin hatte ihm nicht einmal sagen müssen, welche Tür er gemeint hatte. Es war ganz offensichtlich, daß man nur dort ungesehen hereinkam.

Der Geschäftsführer war ein kleiner, hektischer Mann, der Lou ständig erzählte, wie schlecht die Welt heutzutage doch sei. Kein Vergleich mit früher, als er noch ein Junge war.

»Schon wahr«, nickte Lou, der sich ziemlich wortkarg gab. Er wollte nicht, daß man sich nach dem Vorfall zu gut an ihn erinnerte.

Es geschah vier Tage später. Diebe waren eingebrochen, hatten den kleinen eingebauten Safe geknackt und waren mit den Tageseinnahmen verschwunden. Anscheinend hatten sie einen Riegel durchgesägt. Sie mußten durch einen Türspalt herangekommen sein. Als die Polizei fragte, ob es vielleicht denkbar sei, daß die Tür gar nicht verschlossen gewesen war, bekam der kleine, hektische Geschäftsführer – der sich in seinem Urteil über die Schlechtigkeit der Welt bestätigt fühlte – beinahe einen Nervenzusammenbruch und beteuerte, dieser Gedanke sei absolut lächerlich. Er mache jeden Abend seine Runde, und warum hätten sie bei einer offenen Tür denn die Mühe auf sich nehmen sollen, den Riegel durchzusägen? Lou wurde klar, daß dies zu seinem Schutz geschehen war. So fiel kein Verdacht auf den neuen Putzmann.

Danach blieb er noch zwei Wochen in dem Kino und kontrollierte jeden Abend sorgfältig den neuen Riegel, damit niemand Verdacht schöpfte. Dann erzählte er dem Geschäftsführer, daß er eine bessere Arbeit gefunden habe.

»Du warst ein tüchtiger Junge, besser als die meisten, die wir hier hatten«, meinte der Geschäftsführer, was Lou doch ein bißchen die Schamesröte ins Gesicht trieb. Denn er wußte, daß er dieses Lob nun wirklich nicht verdient hatte. Seine Vorgänger hatten zumindest nicht nachts die Tür offengelassen und damit Einbrechern den Weg geebnet. Doch jetzt nutzten Gewissensbisse auch nichts mehr. Was geschehen war, war geschehen. Er konnte nur darauf warten, was als nächstes kam.

Nun, als nächstes kam eines Tages Robin vorbei, kaufte eine Schachtel Zigaretten und überreichte ihm einen Umschlag. Da sein Vater ebenfalls im Laden war, nahm Lou ihn wortlos entgegen und öffnete das Kuvert erst, als er allein war. Es steckten zehn Zehn-Pfund-Noten darin. Hundert Pfund dafür, daß er vier Nächte lang den Riegel ein bißchen zurückgeschoben hatte! Man zeigte sich erkenntlich, so wie Robin es ihm versprochen hatte.

Lou fragte Robin nie, ob er etwas für ihn zu tun hätte. Er ging seiner eigenen Arbeit nach und nahm mal diesen, mal jenen Job an. Doch er war sich sicher, daß man an ihn denken würde, wenn man mal jemanden brauchte. Und er hoffte immer, dem bulligen Mann zufällig über den Weg zu laufen. Aber zumindest beim Arbeitsamt sah er Robin nie wieder.
Allerdings war er ziemlich sicher, daß der Einbruch im Supermarkt auf Robins Konto ging. An einem Tag mit langer Öffnungszeit war kurz nach Geschäftsschluß beinahe der gesamte Alkoholvorrat in einen Lieferwagen verladen und weggeschafft worden. Die Wachleute konnten es nicht fassen. Und nichts deutete auf die Mittäterschaft eines Supermarkt-Angestellten hin.
Wie Robin das wohl angestellt hatte? überlegte Lou. Und wo hortete er das Diebesgut? Er mußte irgendwo ein Lager haben. Seit dem Einbruch in dem Laden seiner Eltern hatte Robin Karriere gemacht. Damals war Lou erst fünfzehn gewesen. Doch jetzt war er beinahe neunzehn. Und er hatte in der ganzen Zeit nur einen einzigen Job für den großen Robin erledigt.

Unerwartet begegnete Lou ihm eines Abends in der Disco, einem lauten Schuppen, in dem er kein einziges Mädchen entdeckt hatte, das ihm gefiel. Um die Wahrheit zu sagen, *er* hatte bei keiner landen können. Was ihm einfach nicht in den Kopf wollte, denn er war aufmerksam, charmant und spendierte ihnen etwas zu trinken. Mit dem Ergebnis, daß sie anschließend mit üblen Burschen abzogen, die finster die Stirn runzelten. Während er

diesen Gedanken nachhing, sah er Robin, der mit einem bildhübschen Mädchen tanzte. Je mehr sie ihn anlächelte und mit ihm flirtete, desto düsterer und verschlossener, ja drohender gab sich Robin. Vielleicht war das ja der Trick? An der Theke übte Lou, die Stirn zu runzeln, er begutachtete sich dabei gerade im Spiegel, als Robin von hinten auf ihn zutrat.
»Alles okay, Lou?«
»Schön, dich zu sehen, Robin.«
»Du gefällst mir, Lou. Kannst abwarten.«
»Drängeln hilft nichts. Immer mit der Ruhe, ist mein Motto.«
»Hab gehört, daß es neulich bei deinen Eltern im Laden 'n bißchen Ärger gab.«
Wie hatte Robin davon erfahren? »Stimmt, mit 'n paar rotznäsigen Typen.«
»Na, die haben ihre Strafe schon gekriegt. Man hat ihnen so den Hintern versohlt, daß sie sich bestimmt nicht mehr bei euch blicken lassen. Außerdem haben unsere Freunde und Helfer einen kleinen Tip gekriegt, wo die Ware ist. Morgen sollte die Angelegenheit eigentlich wieder bereinigt sein.«
»Danke, Robin. Prima.«
»Keine Ursache. War mir ein Vergnügen.« Lou wartete.
»Arbeit?«
»Nichts Festes. Kann jederzeit kündigen.«
»Ganz schön was los hier, nicht?« Robin nickte hinüber zur Kasse an der Bar, wo Zehn- und Zwanzig-Pfund-Noten in rascher Folge den Besitzer wechselten. Die Tageseinnahmen ergaben bestimmt ein rundes Sümmchen.
»Mmh. Wahrscheinlich haben sie zwei Bodybuilder und 'nen Schäferhund, damit das Geld heil zur Bank kommt.«
»Nun, zufällig nicht«, erwiderte Robin. Und wieder wartete Lou.
»Draußen steht 'n kleiner Bus, mit dem sie gegen drei Uhr früh die Angestellten heimfahren. Zuletzt steigt der Geschäftsführer aus, mit 'ner Sporttasche. Sieht aus, als hätte er da Klamotten drin, stimmt aber nicht.«
»Und er bringt die Kohle nicht zu 'nem Safe?«

»Nee. Er nimmt das Geld mit nach Hause. Später kommt dann wer, um es abzuholen und einzuschließen.«
»Bißchen umständlich, was?«
»Na ja, ist 'ne verrufene Gegend hier.« Mißbilligend schüttelte Robin den Kopf. »Keiner reißt sich darum, hier mit 'nem Geldtransporter herumzukutschieren. Zu gefährlich.« Robin runzelte die Stirn, als werfe dies einen dunklen Schatten auf ihrer aller Leben.
»Und die meisten Leute ahnen nichts von diesem Hin und Her mit der Sporttasche?«
»Ich glaub nicht, daß irgend jemand davon weiß.«
»Und der Fahrer?«
»Nein, der sicher nicht.«
»Wie könnte es laufen?«
»Wenn einer zufällig vor dem Bus wenden müßte, würde er ihn damit vielleicht fünf Minuten lang aufhalten.« Lou nickte. »Einer mit 'nem Wagen und 'nem Führerschein. Am besten ein Stammkunde.«
»Gute Idee.«
»Hast du 'nen Wagen?«
»Tut mir leid, Robin. Einen Führerschein ja, und ich komm auch oft hierher. Aber ich hab leider kein Auto.«
»Schon mal dran gedacht, dir eins zuzulegen?«
»Ja schon, 'n gebrauchtes ... hätte mich schon sehr gereizt. Aber es war einfach nicht drin.«
»Bis jetzt«, Robin prostete ihm zu.
»Bis jetzt«, nickte Lou. Er wußte, daß er von Robin hören würde. Irgendwie machte es ihn stolz, daß Robin gesagt hatte, er gefiele ihm. Also zog er die Augenbrauen finster zusammen und nahm ein Mädchen ins Visier. Prompt fragte sie ihn, ob er mit ihr tanzen wolle. Schon lange hatte Lou sich nicht mehr so gut gefühlt.
Am nächsten Tag erzählte ihm sein Vater, daß etwas Unglaubliches geschehen wäre. Die Polizei hätte doch tatsächlich das ganze Diebesgut gefunden, das diese jungen Rowdys aus dem Laden gestohlen hatten. Wenn das kein Wunder sei! Drei Tage später

kam ein Brief von einer Werkstatt, eine Vereinbarung zur Ratenzahlung. Mr. Lou Lynch habe eine Anzahlung von zweitausend Pfund geleistet und erkläre sich bereit, den Rest in monatlichen Raten zu begleichen. Der Wagen könne nach Unterzeichnung des Vertrags innerhalb der nächsten drei Tage abgeholt werden.

»Ich denke daran, mir ein Auto zuzulegen«, erzählte Lou seinen Eltern.

»Prima«, meinte seine Mutter.

»Was für ein verdammt luxuriöses Leben diese Arbeitslosen heutzutage doch führen«, lautete der Kommentar seines Vaters.

»Ich bin nicht arbeitslos.« Lou war gekränkt.

Denn er arbeitete in einem großen Geschäft für Elektrogeräte, wo er den Käufern die Kühlschränke und Mikrowellengeräte zum Auto schleppte. Er hatte immer gehofft, daß Robin sich mal an so einem Ort blicken ließ. Wie hätte er auch damit rechnen sollen, daß er ihn ausgerechnet in einer Discothek treffen würde?

Stolz machte er mit dem Auto ein paar Spritztouren. So kutschierte er eines Sonntags seine Mutter hinaus nach Glendalough. Sie erzählte ihm, daß sie in ihrer Jugend immer davon geträumt habe, mal einen jungen Burschen mit Auto kennenzulernen, doch leider sei das nie passiert.

»Nun, jetzt ist es soweit, Mam«, tröstete er sie.

»Dein Vater denkt, daß die Sache nicht koscher ist. Er sagt, von dem, was du verdienst, könntest du dir nie und nimmer einen solchen Wagen leisten.«

»Und was denkst du, Ma?«

»Ich denke gar nicht, mein Sohn.«

»Siehst du, Ma, ich auch nicht.«

Erst sechs Wochen später stolperte er wieder über Robin, der in dem großen Elektrogeschäft einen Fernsehapparat kaufte. Lou trug ihm das Gerät zum Wagen.

»Noch oft in dieser Disco?« fragte er.

»So zwei-, dreimal die Woche. Man kennt mich dort jetzt mit Namen«, antwortete Lou.

»Eigentlich 'ne ziemliche Kaschemme, was?«

»Na ja. Irgendwo muß man ja hin, wenn man mal tanzen oder was trinken will.« Lou wußte, daß Robin es gern sah, wenn man locker blieb.
»Guter Standpunkt. Bist du heute abend dort?«
»Klar doch.«
»Besser, man trinkt nichts. Vielleicht muß man ins Röhrchen pusten.«
»Einen Abend lang Mineralwasser hat noch keinem geschadet.«
»Vielleicht sollte ich dir mal erklären, wo man dort am besten parkt.«
»Klasse.« Lou erkundigte sich nicht nach weiteren Einzelheiten, und diese Zurückhaltung war offenbar sein großer Pluspunkt. Robin schätzte Leute, die nicht neugierig waren.
Gegen zehn Uhr abends parkte er den Wagen an der Stelle, die Robin ihm beschrieben hatte. Er erkannte sofort, daß er das Sträßchen auf ganzer Breite blockieren würde, wenn er dort herausfuhr. Kein Wagen würde an ihm vorbei und auf die Hauptstraße kommen. Allerdings würde ihn jeder in dem Kleinbus deutlich sehen können. Er mußte den Motor absaufen lassen. So daß er ihn trotz aller Anstrengungen nicht mehr starten konnte. Aber bis dahin waren es noch fünf Stunden.
Also ging er in die Disco, wo er gleich in der ersten Viertelstunde ein Mädchen kennenlernte, das erste Mädchen, in das er sich ernsthaft verliebte, ja, mit dem er den Rest seines Lebens verbringen wollte. Sie hieß Suzi und war eine hochgewachsene, atemberaubende Rothaarige. Sie sei zum erstenmal hier, erzählte sie ihm. Zu Hause in ihrer Wohnung falle ihr einfach die Decke auf den Kopf, deshalb habe sie sich entschlossen, auszugehen und zu schauen, was der Abend so bot.
Der Abend bescherte ihr Lou auf dem Silbertablett. Sie tanzten und plauderten miteinander. Es gefiel ihr, daß er nur Mineralwasser trank. Denn so viele Burschen hätten eine Bierfahne. Und er räumte ein, daß er durchaus ab und an ein Bier trinke, wenn auch in Maßen.
Suzi arbeitete in einem Café in Temple Bar. Und sie stellten

fest, daß sie die gleichen Filme mochten, dieselbe Musik hörten, daß sie für indische Küche schwärmten, beide keine Scheu hatten, im Sommer im kalten Meer zu schwimmen, und daß sie beide eines Tages nach Amerika auswandern wollten. In viereinhalb Stunden kann man viel von einem anderen Menschen erfahren, wenn man nüchtern ist. Und alles, was Lou von Suzi erfuhr, gefiel ihm. Unter normalen Umständen hätte er sie nach Hause gefahren.

Aber heute nacht herrschten keine normalen Umstände. Und daß er überhaupt ein Auto hatte, lag eben an diesen außergewöhnlichen Umständen.

»Ich würde Sie ja gerne nach Hause bringen, aber ich muß hier noch auf 'nen Typen warten.« Durfte er das sagen, oder machte er sich damit verdächtig, später beim Verhör? Denn verhört würde er mit Sicherheit. Oder sollte er sie zu Fuß nach Hause begleiten und dann wieder herkommen? Das wäre eine Möglichkeit gewesen, aber Robin wollte, daß er den ganzen Abend gut sichtbar auf der Bildfläche blieb.

»Ich würde Sie sehr gern wiedersehen, Suzi«, sagte er.

»Ich Sie auch.«

»Vielleicht morgen abend? Hier oder lieber irgendwo anders, wo es ruhiger ist?«

»Heißt das etwa, daß der heutige Abend schon vorbei ist?« fragte Suzi.

»Für mich schon. Aber morgen abend können wir durchmachen, wenn Sie möchten.«

»Sind Sie verheiratet?«

»Nein, natürlich nicht. Ich bin doch erst zwanzig. Wie soll ich da schon verheiratet sein?«

»Na ja, manche sind es.«

»Nun, ich jedenfalls nicht. Sehen wir uns also morgen abend?«

»Wohin gehen Sie denn jetzt?«

»Auf die Herrentoilette.«

»Sie haben doch nichts mit Drogen zu tun, Lou?«

»Himmel, nein. Aber was wird das, ein Kreuzverhör?«

»Nur, weil Sie schon den ganzen Abend unentwegt aufs Klo rennen.« Das stimmte. Er hatte immer wieder den Raum durchquert, um gesehen zu werden, damit man sich später gut an ihn erinnerte.
»Nein, mit Drogen habe ich nichts am Hut. Hören Sie, schöne Frau, wir machen uns morgen einen ganz tollen Abend. Ich führe Sie aus, wohin Sie wollen. Das ist mein Ernst.«
»Mmh.«
»Nicht mmh. Ich mein das wirklich so.«
»Gute Nacht, Lou«, sagte sie verletzt und enttäuscht, nahm ihre Jacke und ging hinaus in die Nacht.
Wie gern wäre er ihr nachgerannt. Warum mußte das ausgerechnet heute abend passieren? Die Welt war schon verdammt ungerecht.

Die Minuten zogen sich endlos dahin, bis es endlich Zeit war für den Coup. Schließlich verließ Lou als letzter die Disco und ging zu seinem Wagen, wo er wartete, bis die Leute in dem Kleinbus saßen und die Scheinwerfer aufflammten. Genau in diesem Augenblick setzte er zurück und versperrte ihnen den Weg. Dann gab er immer wieder Gas und ließ den Motor damit so gründlich absaufen, daß ihn bestimmt keiner mehr flott bekam.
Die Sache klappte wie am Schnürchen. Lou bekam nichts davon mit, denn er tat die ganze Zeit so, als versuche er verzweifelt, sein Auto zu starten. Und als er schließlich merkte, daß schattenhafte Gestalten über eine Mauer kletterten und dahinter verschwanden, war er die Verblüffung selbst. Da rannte schon der völlig aufgelöste Geschäftsführer mit hochrotem Kopf auf ihn zu und schrie um Hilfe und nach der Polizei.
Derweil saß Lou hilflos in seinem Wagen. »Ich kann hier nicht weg. Ich habe alles versucht.«
»Der steckt doch mit denen unter einer Decke«, schrie jemand aus dem Bus, und Lou wurde von starken Armen gepackt, Rausschmeißer und Barkeeper hielten ihn wie in einem Schraubstock, bis sie erkannten, um wen es sich handelte.

»He, das ist doch Lou Lynch«, meinte einer, und sie ließen ihn los.
»Was soll denn das? Zuerst springt mein Wagen nicht an, und dann stürzt ihr euch alle auf mich. Was ist denn passiert?«
»Man hat die Einnahmen geklaut, das ist passiert!« Dem Geschäftsführer war klar, daß er sich einen neuen Job suchen konnte. Und er wußte, daß stundenlange polizeiliche Ermittlungen vor ihm lagen. Vor ihnen allen.
Einer der Polizisten erkannte Lous Adresse wieder. »Da war ich doch erst vor kurzem. Eine Jugendgang hatte dort ausgeräumt.«
»Ja, das stimmt. Und meine Eltern sind der Polizei wirklich sehr dankbar, daß sie ihr Eigentum wieder zurückerhalten haben.«
Über dieses Lob in aller Öffentlichkeit freute sich der Polizist ungemein, obwohl ja eigentlich nicht die Tüchtigkeit der Polizei, sondern ein anonymer Tip zur Entdeckung des Diebesguts geführt hatte. Und Lou hielt man für einen riesengroßen Pechvogel. Die Angestellten sagten aus, daß es sich bei ihm um einen netten Kerl handle, der in so krumme Dinger nicht verwickelt sein könne. Auch in dem Elektrogeschäft stellte man ihm ein gutes Zeugnis aus. Außerdem war er mit der Ratenzahlung für seinen Wagen nicht im Rückstand und hatte keinen Tropfen Alkohol im Blut. Lou Lynch hatte eine blütenweiße Weste.
Doch diesmal dachte er am nächsten Tag nicht an Robin und das Kuvert und wieviel wohl drin sein mochte. Statt dessen wanderten seine Gedanken immer wieder zu der wunderschönen Suzi Sullivan. Er würde sie belügen und ihr die offizielle Version der Geschichte auftischen müssen. Hoffentlich war sie nicht allzu sauer auf ihn.
In seiner Mittagspause ging er mit einer roten Rose in der Hand zu dem Café, wo sie arbeitete. »Danke für den gestrigen Abend.«
»Da gibt es nicht viel zu danken«, beschwerte sich Suzi. »Der hatte schließlich kaum angefangen. Aschenbrödel mußte ja gleich wieder nach Hause.«

»Heute abend wird das anders«, meinte Lou. »Das heißt natürlich, wenn Sie wollen.«
»Mal sehen.« Suzi wollte sich nicht festlegen.

Von da an trafen sie sich beinahe jeden Abend.
Lou wollte gern, daß sie wieder mal in die Disco gingen, in der sie sich kennengelernt hatten. Aus sentimentalen Gründen, wie er behauptete. In Wahrheit wollte er sich einfach mal wieder dort blicken lassen, damit die Angestellten nicht glaubten, er würde nach dem Überfall einen Bogen um ihren Laden machen.
Haarklein erzählte man ihm, was passiert war. Offenbar waren vier Männer mit Pistolen in den Bus eingedrungen und hatten den Insassen befohlen, sich auf den Boden zu legen. Dann hatten sie sich sämtliche Taschen geschnappt und waren in Sekundenschnelle verschwunden. Pistolen. Lou wurde ein bißchen flau im Magen, als er das hörte. Irgendwie hatte er gedacht, daß Robin und seine Freunde noch immer mit Knüppeln herumfuchtelten. Aber das war natürlich schon mehr als fünf Jahre her, die Welt hatte sich seitdem weitergedreht. Der Geschäftsführer der Discothek war gefeuert worden, und die Tageseinnahmen wurden jetzt jede Nacht mit einem gepanzerten Fahrzeug mit kläffenden Hunden darin abgeholt. Da hätte man für einen Überfall schon eine halbe Armee gebraucht.
Als Lou drei Wochen später abends aus der Arbeit kam, wartete Robin auf dem Parkplatz auf ihn. Wieder überreichte er ihm einen Umschlag. Und wieder steckte Lou ihn ein, ohne nachzusehen, was drin war.
»Danke«, sagte er nur.
»Willst du denn gar nicht wissen, wieviel es ist?« Robin wirkte enttäuscht.
»Nicht nötig. Ihr wart bisher immer fair zu mir.«
»Tausend Pfund«, lächelte Robin stolz.
Das war tatsächlich ein Grund zur Freude. Lou öffnete das Kuvert und strich über die Geldscheine. »Großartig«, nickte er.

»Bist ein guter Mann, Lou. Du gefällst mir«, meinte Robin und brauste davon.
Mit tausend Pfund in der Tasche und dem schönsten rothaarigen Mädchen weit und breit fühlte sich Lou Lynch wie der größte Glückspilz auf Erden.

Seine Romanze mit Suzi entwickelte sich höchst erfreulich. Denn mit seinem Anteil war er in der Lage, ihr schöne Dinge zu kaufen und sie in gute Lokale auszuführen. Doch als er wieder einmal eine Zwanzig-Pfund-Note aus der Tasche zog, reagierte sie anders als erwartet.
»He, Lou, wo hast du eigentlich das viele Geld her?«
»Ich arbeite schließlich.«
»Ja, aber ich weiß auch, was du dort verdienst. Das ist schon der dritte Zwanziger, den du diese Woche anbrichst.«
»Stehe ich etwa unter Beobachtung?«
»Ich mag dich, natürlich beobachte ich dich da.«
»Was willst du denn herauskriegen?«
»Jedenfalls nicht, daß du ein Gangster oder so was bist«, antwortete Suzi unverblümt.
»Sehe ich etwa so aus?«
»Das ist keine Antwort.«
»Auf manche Fragen gibt es kein klares Ja oder Nein«, entgegnete Lou.
»Dann laß mich anders fragen: Bist du im Moment in eine krumme Sache verwickelt?«
»Nein«, antwortete er aufrichtig.
»Und hast du vor, demnächst bei so einem Ding mitzumachen?«
Schweigen. »Wir haben das nicht nötig, Lou. Du hast einen Job, ich hab einen Job. Bring dich nicht in Schwierigkeiten.« Suzi hatte einen wundervollen cremefarbenen Teint und große dunkelgrüne Augen.
»Gut. Ich werde sauber bleiben«, versprach er.
Und Suzi war klug genug, es dabei zu belassen. Sie stellte keine Fragen über seine Vergangenheit. In den folgenden Wochen

sahen sie sich noch häufiger als bisher. Und eines Tages lud Suzi ihn zu einem Sonntagsmittagessen bei ihren Eltern ein, damit sie ihn kennenlernten.

Lou war überrascht, in welchem Viertel sie wohnten.

»Ich hätte gedacht, daß du aus einer vornehmeren Gegend stammst«, meinte er, als sie aus dem Bus stiegen.

»Ich habe mich entsprechend rausgeputzt, um die Stelle in dem Restaurant zu kriegen.«

Ihr Vater war bei weitem nicht so übel, wie sie behauptet hatte. Er war Anhänger der richtigen Fußballmannschaft und hatte genug Bier im Kühlschrank.

Ihre Mutter arbeitete in dem Supermarkt, den Robin und seine Freunde vor einiger Zeit ausgeräumt hatten. Sie erzählte ihm, daß Ms. Clarke, die Filialleiterin, noch heute überzeugt war, einer von den Angestellten müsse extra die Tür offengelassen haben. Aber niemand habe einen Verdacht, wer das gewesen sein könnte.

Kopfschüttelnd hörte Lou sich die Geschichte an. Robin mußte in der ganzen Stadt Leute haben, die für ihn Riegel zurückschoben und Autos an den strategisch günstigen Stellen parkten. Zärtlich lächelte er Suzi an. Und hoffte zum erstenmal, daß Robin ihn nicht wieder kontaktieren würde.

»Du hast ihnen gefallen«, erzählte Suzi ihm nachher überrascht.

»Warum auch nicht? Ich bin ein netter Kerl«, erwiderte Lou.

»Mein Bruder hat gesagt, du hättest einen schrecklich fiesen Gesichtsausdruck, wenn du die Brauen so zusammenziehst. Aber ich habe ihm gesagt, daß es ein nervöser Tick ist und man auf so was nicht herumreitet.«

»Es ist kein nervöser Tick! Ich versuche nur, bedeutender auszusehen«, gab Lou unwirsch zurück.

»Egal, was es ist, es war jedenfalls das einzige, was sie an dir auszusetzen hatten. Wann werde ich deine Eltern kennenlernen?«

»Nächste Woche?« schlug er vor.

Seine Mutter und sein Vater waren höchst beunruhigt, daß er ein Mädchen zum Essen mitbringen wollte. »Bestimmt ist sie schwanger«, mutmaßte sein Vater.

»Nein, ist sie nicht. Und macht ja keine Andeutungen in diese Richtung, wenn sie da ist.«

»Was sie wohl gern ißt?« überlegte seine Mutter.

Er versuchte sich zu erinnern, was es bei den Sullivans gegeben hatte. »Hähnchen«, sagte er. »Sie ißt für ihr Leben gern Brathähnchen.« Selbst seine Mutter würde das eßbar hinbekommen.

»Du hast ihnen gefallen«, sagte er später zu ihr, genauso überrascht wie sie eine Woche zuvor.

»Schön«, gab sie scheinbar gleichmütig zurück. Aber Lou wußte, daß sie sich darüber freute.

»Du bist die erste, weißt du«, erklärte er.

»Wirklich?«

»Nein. Ich meine die erste, die ich mit nach Hause gebracht habe.«

Suzi tätschelte ihm die Hand. Er hatte wirklich enormes Glück gehabt, ein Mädchen wie Suzi Sullivan kennenzulernen.

Anfang September kreuzte wieder einmal Robin zufällig seinen Weg. Doch natürlich war es kein Zufall. Robin hatte in der Nähe des Ladens seiner Eltern geparkt und wollte gerade aus dem Wagen steigen.

»Ein Bier, um den Feierabend zu begießen?« Robin machte eine Kopfbewegung zu dem nahen Pub hinüber.

»Prima Idee«, willigte Lou scheinbar begeistert ein. Manchmal hatte er Angst, daß Robin Gedanken lesen konnte. Hoffentlich war ihm sein zögernder Ton entgangen.

»Wie steht's denn so?«

»Großartig. Ich habe ein tolles Mädchen kennengelernt.«

»Ich weiß. Sie sieht umwerfend aus, nicht?«

»Ja. Und es ist uns beiden ziemlich ernst.«

Robin boxte ihn in die Seite. Es war zwar freundschaftlich gemeint, tat aber trotzdem weh. Doch Lou unterdrückte den Impuls, die schmerzende Stelle zu reiben. »Dann muß also bald die

Anzahlung für ein Häuschen her?« erkundigte sich Robin beiläufig.
»Ach, das eilt nicht. Sie hat 'ne prima Bude.«
»Aber *irgendwann* schon, oder?« Robin wollte Lou festnageln.
»Ja, wir planen was in diese Richtung.« Schweigen. Merkte Robin, daß Lou sich aus seinen Fängen lösen wollte?
»Du weißt doch, daß du mir immer gefallen hast, Lou?« fragte Robin jetzt.
»Ja, und du hast mir gefallen. Es war 'ne gegenseitige Sache. Ist gegenseitig«, beeilte sich Lou hinzuzufügen.
»Wenn man bedenkt, unter welchen Umständen wir uns kennengelernt haben.«
»Ach, du weißt ja, wie das so ist. Irgendwann erinnert man sich nicht mehr so genau daran, wo man jemanden kennengelernt hat.«
»Gut«, nickte Robin. »Weißt du, was ich suche, Lou? Ich brauch einen Platz.«
»Zum Wohnen?«
»Nein, nein. Ich hab 'ne Wohnung, die von unseren lieben Freunden und Helfern regelmäßig auf den Kopf gestellt wird. Ist für die Polizei wohl so was wie Routine geworden, sich wöchentlich meine Bude vorzunehmen.«
»Was für 'ne Schikane!«
»Wem sagst du das? Und sie finden nie etwas, sie wissen also, daß es reine Schikane ist.«
»Aber wenn sie nie was finden ...?« Lou hatte keine Ahnung, wohin diese Unterhaltung führen sollte.
»Das heißt, daß manche Sachen woanders hin müssen. Und das wird von Tag zu Tag schwieriger.« Früher hätte Lou einfach abgewartet. Und Robin hätte in aller Ruhe etwas sagen können wie: »Was ich suche, ist ein Platz, wo zwei-, dreimal die Woche richtiger Trubel herrscht, so daß niemand bemerkt, wer da eigentlich aus und ein geht.«
Doch diesmal unterbrach Lou ihn nervös: »So etwas wie das Lagerhaus, in dem ich arbeite?«

»Nein, das wird schließlich von einem Sicherheitsdienst überwacht.«
»Wie müßte dieser Platz denn aussehen?«
»Er müßte gar nicht groß sein … so, daß etwa fünf, sechs Schachteln reinpassen. In der Größe von Weinkisten.«
»Das dürfte doch nicht allzu schwer sein, Robin.«
»Die beobachten mich auf Schritt und Tritt. Seit Wochen ziehe ich schon durch die Gegend und rede mit jedem, den sie nicht in ihren Akten haben, nur um sie zu verwirren. Aber demnächst kommt eine Lieferung, und ich brauche wirklich dringend einen Platz dafür.«
Nachdenklich sah Lou hinaus, hinüber zum Laden seiner Eltern.
»Bei meinem Dad und meiner Ma geht es auch schlecht.«
»So etwas meine ich auch nicht. Nein, es müßte irgendwo sein, wo wirklich ein ständiges Kommen und Gehen herrscht.«
»Ich werde darüber nachdenken«, sagte Lou.
»Gut. Denk ein paar Tage drüber nach. Nächste Woche sag ich dir dann, was du zu tun hast. Es ist ganz einfach, hat nichts mit Autofahren oder so zu tun.«
»Tja, Robin, darüber wollte ich eigentlich mal mit dir reden … ich möchte … na ja, ich würde in Zukunft lieber nicht mehr dabeisein.«
Robin runzelte kaum merklich die Stirn. »Einmal dabei, immer dabei«, zischte er. Lou schwieg. »So ist es nun mal«, setzte Robin hinzu.
»Verstehe«, nickte Lou und zog die Brauen zusammen, um zu zeigen, wie ernst er das nahm.

An diesem Abend hatte Suzi keine Zeit für ihn. Sie habe der verrückten alten Italienerin, die bei ihren Eltern zur Untermiete lebte, versprochen, im Mountainview College den Anbau ein bißchen herzurichten. Für einen Abendkurs.
»Warum braucht sie denn *dich* dazu?« brummte Lou, der mit Suzi ins Kino, dann eine Kleinigkeit essen und später ins Bett hatte gehen wollen. Was Lou hingegen partout nicht wollte, war allein

zu sein und darüber nachgrübeln zu müssen, daß es »Einmal dabei, immer dabei« hieß.

»Komm doch einfach mit«, schlug Suzi vor. »Dann sind wir schneller fertig.«

Lou war einverstanden, und sie machten sich auf den Weg zur Schule. Der Anbau war gar kein richtiger Anbau, sondern ein freistehendes Gebäude direkt neben dem Schulhaus. Von der Eingangshalle führten Türen zu einem großen Klassenzimmer, zwei Toilettenräumen und einer kleinen Teeküche. In der Halle selbst gab es einen großen Wandschrank mit ein paar Schachteln darin. Leeren Schachteln.

»Was 'n damit?« fragte er.

»Wir wollen versuchen, ein bißchen aufzuräumen, damit es nicht wie eine Müllhalde aussieht, wenn wir mit dem Unterricht beginnen. Es soll richtig festlich wirken«, meinte die verschrobene Frau, die alle Signora nannten. Sie war harmlos, aber irgendwie nicht ganz richtig im Kopf, und ihr Haar hatte die merkwürdige Farbe einer gescheckten Stute.

»Sollen wir die Schachteln wegwerfen?« überlegte Suzi.

Da sagte Lou langsam: »Warum sie nicht einfach ordentlich aufeinanderstapeln? Man kann nie wissen, wozu ein paar Schachteln mal gut sein können.«

»Im Italienischunterricht?« fragte Suzi ungläubig.

Doch da meldete sich die Signora zu Wort. »Er hat recht. Wir können sie als Tische benutzen, wenn wir lernen, wie man in einem italienischen Restaurant eine Bestellung aufgibt. Sie können auch eine Ladentheke darstellen oder ein Auto in einer Werkstatt.«

Erstaunt sah Lou sie an. Zwar hatte sie offenbar nicht alle Tassen im Schrank, aber in diesem Augenblick hätte er sie küssen mögen.

»Kluge Frau, die Signora«, murmelte er und stapelte die Schachteln ordentlich aufeinander.

Er konnte nicht mit Robin in Kontakt treten, war jedoch keineswegs überrascht, als dieser ihn in der Arbeit anrief.

»Ich komm lieber nicht bei dir vorbei. Diese Zinnsoldaten spielen seit ein paar Tagen regelrecht verrückt. Kann keinen Schritt tun, ohne daß mir fünf Mann folgen.«

»Ich hab was gefunden«, sagte Lou.

»Ich wußte, daß ich mich auf dich verlassen kann.«

Lou erzählte ihm, worum es sich handelte und daß jeden Dienstag und Donnerstag dreißig Leute dort sein würden.

»Prima«, meinte Robin. »Hast du dich eingeschrieben?«

»Für was?«

»Na, für diesen Kurs natürlich.«

»Himmel, Robin, ich kann nicht mal ordentlich Englisch. Was soll ich da Italienisch lernen?«

»Ich zähle auf dich«, erwiderte Robin nur und legte auf.

Als Lou abends nach Hause kam, lag dort ein Umschlag für ihn, mit fünfhundert Pfund darin und einem Zettel: »Kostenbeitrag für Sprachkurs.« Robin meinte es ernst.

»Du willst *was*?«

»Na, du sagst doch immer, daß ich was tun soll, um weiterzukommen, Suzi. Warum denn nicht?«

»Damit habe ich gemeint, daß du dich mehr in Schale werfen, eine besser bezahlte Stellung suchen sollst. Und nicht, plötzlich verrückt zu spielen und eine Fremdsprache zu lernen.« Suzi war fassungslos. »Lou, du spinnst. Das kostet eine Stange Geld. Die arme Signora hat schon Angst, daß es den Leuten zu teuer ist, und da kommst du aus heiterem Himmel an und willst mitmachen. Ich fasse es einfach nicht.«

Lous Stirnrunzeln war noch finsterer als sonst. »Das Leben wäre ziemlich öde, wenn wir den anderen immer verstehen würden«, brummte er.

Aber Suzi fand, daß das vieles vereinfachen würde.

Als Lou zu seiner ersten Italienischstunde ging, tat er es wie ein zum Tode Verurteilter auf dem Weg zum Galgen. In der Schule hatte er nicht gerade geglänzt. Und nun lagen weitere demütigende Erfahrungen vor ihm. Doch dann machte es ihm überraschenderweise sogar Spaß. Zuerst fragte diese schrullige Signora sie alle nach ihren Namen und gab ihnen alberne bunte Pappschilder, auf die sie ihre Namen schreiben sollten – allerdings die italienische Form davon.

Aus Lou wurde Luigi. Das gefiel ihm nicht schlecht. Es klang wie der Name eines wichtigen Mannes.

»*Mi chiamo Luigi*«, sagte er und starrte finster die anderen Leute im Klassenzimmer an, die beeindruckt schienen.

Es war ein seltsamer Haufen, der sich da zusammengefunden hatte. Eine Frau glitzerte wie ein Weihnachtsbaum, soviel Schmuck trug sie. Dabei hätte jeder, der seine fünf Sinne beisammen hatte, gewußt, wie gefährlich so etwas in der Gegend des Mountainview College war. Und sie fuhr einen BMW. Lou hoffte, daß Robins Freunde den Wagen in Ruhe lassen würden. Denn die Frau, der er gehörte, war zufälligerweise sehr nett, und sie hatte traurige Augen.

Dann saß da ein freundlicher älterer Mann, der in einem Hotel als Nachtportier arbeitete; er hieß Laddy, und auf seinem Schild stand Lorenzo. Außerdem besuchten eine Mutter mit ihrer Tochter den Kurs, eine umwerfende Blondine namens Elisabetta mit ihrem sehr ernsthaften Freund, der Anzug und Krawatte trug, und noch ein Dutzend andere Menschen, die man hier nicht erwartet hätte. Vielleicht fanden sie es ja überhaupt nicht seltsam, daß er hier saß. Es erschien ihnen womöglich völlig normal.

Zwei Wochen lang fragte sich allerdings Lou, was er hier verloren hatte. Dann hörte er von Robin. Nächsten Dienstag würden ein paar Schachteln eintreffen, gegen halb acht, kurz bevor der Kurs begann. Vielleicht konnte er sich ja darum kümmern, daß sie in den Wandschrank in der Eingangshalle kamen?

Lou hatte den Mann im Anorak noch nie gesehen. Er hatte auch lediglich nach dem Lieferwagen Ausschau gehalten. Und es trafen gerade so viele Leute ein, die ihre Fahrräder und Motorroller abstellten, die Dame parkte ihren BMW, und zwei Frauen fuhren in einem Toyota Starlet vor ... da erregte der Lieferwagen überhaupt kein Aufsehen.

Es handelte sich um vier Schachteln, die sie blitzschnell in die Kammer räumten. Und schon war der Mann im Anorak samt Lieferwagen wieder verschwunden.

Am Donnerstag wurden die vier Schachteln wieder abgeholt, und Lou hatte alles so vorbereitet, daß auch diese Transaktion in Sekundenschnelle über die Bühne ging. Er machte sich bei der Lehrerin regelrecht lieb Kind, weil er ihr immer zur Hand ging, wenn sie zum Beispiel rotes Kreppapier und Besteck auf die Schachteln legen wollte.

»Quanto costa il piatto del giorno?« fragte die Signora, und alle wiederholten diesen Satz immer und immer wieder, bis sie nach jedem verdammten Gericht fragen und mit dem Messer in der Hand sagen konnten: *»Ecco il coltello!«*

Es war vielleicht Kinderkram, aber Lou machte es trotzdem Spaß. Er hatte schon vor Augen, wie er eines Tages zusammen mit Suzi nach Italien reisen und ihr in fließendem Italienisch ein *bicchiere di vino rosso* bestellen würde.

Einmal hob die Signora eine schwere Schachtel hoch, eine von der Lieferung.

Und Lou fühlte, wie ihm das Herz in die Hosen rutschte, als er hastig sagte: »Ach, Signora, lassen Sie *mich* das doch machen. Und nehmen wir doch lieber leere Schachteln.«

»Aber was ist denn da bloß drin, daß es so schwer ist?«

»Weiß man, was sie in einer Schule so rumstehen haben? So, daß hätten wir. Was ist denn heute dran?«

»Hotels, *alberghi. Albergho di prima categoria, di seconda categoria.*«

Und Lou freute sich wie ein Schneekönig, weil er verstand, worum es ging. »Vielleicht war ich ja gar nicht dumm in der Schule«, sagte er zu Suzi. »Vielleicht haben sie es mir nur falsch beigebracht.«

»Schon möglich«, meinte Suzi, die nur mit halbem Ohr zuhörte. Denn es gab Ärger mit Jerry. Ihre Mam und ihr Dad waren zum Direktor bestellt worden. Scheint eine ernste Sache, hatten sie gesagt. Und das, obwohl Jerry sich so gut entwickelt hatte, seitdem die Signora bei ihnen wohnte; er erledigte sogar seine Hausaufgaben und lernte mit. Diebstahl oder so etwas konnte es ja wohl nicht sein. Aber in der Schule hatten sie sehr geheimnisvoll getan.

Eine der angenehmen Seiten an der Arbeit in einem Café war, daß man den Leuten bei ihren Gesprächen zuhören konnte. Allein mit den Gesprächsfetzen, die sie beim Bedienen aufschnappte, könnte sie ein Buch über Dublin schreiben, meinte Suzi immer.

Die Menschen planten heimliche Wochenenden zu zweit, schmiedeten Pläne für Seitensprünge und besprachen mögliche Steuerhinterziehung. Man erfuhr von unglaublichen Skandalen in Politiker-, Journalisten- und Schauspielerkreisen ... vielleicht nicht unbedingt wahr, aber immer haarsträubend. Trotzdem waren oft die allergewöhnlichsten Gespräche die interessantesten. So zeigte sich etwa eine Sechzehnjährige wild entschlosssen, schwanger zu werden, damit sie von zu Hause ausziehen und eine Sozialwohnung beantragen konnte; ein Paar, das Personalausweise fälschte, debattierte die Vorzüge verschiedener Beschichtungsverfahren. Lou hoffte, daß Robin und seine Freunde nicht ausgerechnet in diesem Café ihre Raubzüge besprachen, aber eigentlich war es eine Klasse zu vornehm für sie. Wahrscheinlich konnte er in dieser Hinsicht unbesorgt sein.

Wenn die Gäste interessante Dinge besprachen, machte Suzi einfach am Nebentisch besonders gründlich sauber. So auch, als ein Mann im fortgeschrittenen Alter mit seiner Tochter kam, einer attraktiven Blondine mit dem Logo einer Bank am Blazer. Der Mann hatte ein faltiges Gesicht und relativ lange Haare. Schwer zu sagen, was er von Beruf war, vielleicht Journalist oder Schriftsteller, doch er kam Suzi vage bekannt vor. Die beiden schienen sich zu streiten. Und so blieb Suzi in der Nähe.

»Ich habe nur in ein Treffen eingewilligt, weil ich eine halbe Stunde Pause habe und lieber ordentlichen Kaffee trinke als das Spülwasser in unserer Kantine«, sagte das Mädchen.

»Eine brandneue, wunderschöne Kaffeemaschine und vier verschiedene Kaffeesorten warten bei mir zu Hause auf dich«, sagte er nicht wie ein Vater, sondern eher wie ein Liebhaber. Aber er war doch schon uralt. Suzi polierte mit Hingabe die Tischplatte, um noch mehr mitzukriegen.

»Das heißt, du hast sie schon benutzt?«

»Ich übe, damit ich dir am Tag deiner Rückkehr einen Blue Mountain oder Costa Rica aufbrühen kann.«

»Da kannst du lange warten.«

»Bitte, laß uns miteinander reden.« Trotz seines Alters sah er recht gut aus, das mußte Suzi zugeben.

»Wir reden doch miteinander, Tony.«

»Ich glaube, ich liebe dich.«

»Nein, das tust du nicht. Dir gefällt nur die Erinnerung an die Zeit mit mir. Und du kannst es nicht ertragen, daß ich nicht zurückkomme wie all die anderen, sobald du pfeifst.«

»Jetzt gibt es keine anderen mehr.« Schweigen. »Und ich habe noch nie zu einer gesagt, daß ich sie liebe.«

»Zu mir auch nicht. Du hast lediglich gesagt, daß du das *glaubst*. Das ist ein Unterschied.«

»Gib mir die Möglichkeit, es herauszufinden. Ich bin mir beinahe sicher«, lächelte er die junge Frau an.

»Du meinst, ich soll mit dir ins Bett gehen, damit du dir klar darüber wirst.« Sie klang ziemlich verbittert.

»Nein, das meine ich nicht. Laß uns irgendwo zusammen essen gehen und miteinander reden, so wie früher.«

»Bis es Zeit wird, zu Bett zu gehen. Und dann heißt es wieder, laß uns zusammen ins Bett gehen, so wie früher.«

»Wir haben das nur einmal getan, Grania. Und es geht mir nicht nur darum.« Suzi konnte sich nicht losreißen. Und sie fand, Grania sollte dem netten alten Kerl eine Chance geben und wenigstens mit ihm zusammen essen gehen. Beinahe wäre sie rübergegangen und hätte ihr das gesagt, doch sie biß sich auf die Zunge. Schließlich ging sie das nichts an.

»Na gut, aber nur zum Essen«, willigte Grania ein, und dann lächelten sie sich an und hielten Händchen.

Es war nicht immer derselbe Mann, auch der Anorak und der Lieferwagen wechselten. Doch immer blieb der Kontakt auf ein Minimum beschränkt, und alles ging stets in großer Eile vonstatten.
Als es draußen früher dunkel wurde und häufiger regnete, brachte Lou eine Kleiderstange mit, um daran die nassen Jacken und Mäntel aufzuhängen, die sonst vielleicht in den Wandschrank gewandert wären. »Damit die Klamotten nicht die Schachteln von der Signora durchweichen«, erklärte er.
Wochenlang trafen dienstags Schachteln ein, die donnerstags wieder abgeholt wurden. Lou wollte lieber nicht darüber nachdenken, was wohl darin war. Flaschen waren es jedenfalls nicht, das stand fest. Wenn Robin Alkohol geklaut oder geschmuggelt hätte, dann wären es ganze Wagenladungen gewesen wie damals bei dem Bruch im Supermarkt. Und so konnte Lou der unangenehmen Wahrheit nicht länger ausweichen: Es mußten Drogen sein. Warum sonst sollte sich Robin so anstellen? Bei was sonst gab es einen, der das Zeug brachte, und einen anderen, der es kurz darauf wieder abholte? Um Himmels willen, Drogen in einer Schule! Robin mußte komplett verrückt sein.
Und dann auch noch dieser blöde Zufall mit Suzis kleinem Bruder, einem rothaarigen Burschen mit frechem Gesicht. Man hatte ihn zusammen mit einer Clique älterer Jungs im Fahrradschuppen erwischt. Zwar hatte Jerry geschworen, daß er nur der Bote gewesen sei, er habe am Schultor etwas für die Großen abgeholt, weil der Direktor sie nicht aus den Augen gelassen habe. Aber Mr. O'Brien machte Suzis ganze Familie deswegen zur Schnecke.
Nur die Bitten der Signora verhinderten, daß Jerry von der Schule flog. Er war doch noch so jung, und die ganze Familie versprach, daß er nach der Schule nirgends herumhängen, sondern immer gleich nach Hause kommen und seine Schularbeiten erledigen würde. Und weil er sich in der letzten Zeit so gut gemacht hatte und sich die Signora persönlich für ihn verbürgte, hatte man noch einmal ein Auge zugedrückt.
Die älteren Jungen hingegen wurden noch am selben Tag von der

Schule verwiesen. Offenbar hatte Tony O'Brien gesagt, daß es ihn nicht die Bohne schere, was aus ihnen wurde. Sie hätten sowieso keine große Zukunft vor sich, und die paar Monate, bis der Ernst des Lebens für sie beginne, würden sie jedenfalls nicht an seiner Schule herumlungern.

Was für ein Unwetter wohl losbrechen würde, dachte Lou, wenn jemals rauskäme, daß das Nebengebäude als Drogenzwischenlager diente, wo jeden Dienstag eine Ladung eintraf, die am Donnerstag wieder auf den Weg gebracht wurde? Vielleicht stammte ja das Zeug, das der kleine Jerry Sullivan – sein zukünftiger Schwager! – in der Hand gehabt hatte, aus ebendiesen Lieferungen?

Denn Suzi und Lou hatten beschlossen, im kommenden Jahr zu heiraten.

»Mir wird nie einer besser gefallen«, hatte Suzi gesagt.

»Das klingt, als hättest du die Nase voll vom Suchen und nimmst deshalb den, an dem es am wenigsten auszusetzen gibt.«

»Nein, das stimmt nicht.« Seit er Italienisch lernte, hatte Suzi ihn noch mehr ins Herz geschlossen. Die Signora lobte ihn so oft wegen seiner Hilfsbereitschaft. »Lou steckt eben voller Überraschungen«, hatte Suzi erwidert. Und das stimmte. Sie hörte ihn seine Italienisch-Vokabeln ab, die Körperteile, die Wochentage. Wenn er dabei angestrengt überlegte, sah er aus wie ein kleiner Junge. Wie ein lieber kleiner Junge.

Gerade als Lou daran dachte, Suzi einen Verlobungsring zu schenken, hörte er wieder von Robin.

»Wie wär's allmählich mit einem Ring für dein rothaariges Mädchen, Lou?« fragte er.

»Na ja, Robin, eigentlich wollte ich ihn ihr gern selbst kaufen, du weißt schon, mit ihr zusammen in den Laden gehen und sie einen aussuchen lassen …« Lou wußte nicht, ob er noch einen Lohn für die Sache mit der Schule erwarten durfte. In gewisser Weise war seine Aufgabe so kinderleicht, daß er eigentlich gar nicht mehr dafür haben wollte. Andererseits aber war die Sache so brandheiß,

daß er wirklich ordentlich dafür bezahlt werden sollte, damit es das Risiko lohnte.
»Ich wollte gerade vorschlagen, daß du mit ihr in den großen Laden da an der Grafton Street gehst und sie was aussuchen läßt. Du brauchst das Ding nur anzuzahlen, der Rest wird dann erledigt.«
»Das geht nicht, Robin. Sie würde was merken, und ich hab ihr nichts gesagt.«
Robin lächelte ihn an. »Ich wußte, daß du die Klappe hältst, Lou. Aber nein, sie wird nichts merken. Der Typ dort bringt dir ein Tablett mit wirklich gutem Zeug, ohne Preisschild dran. Dann hat sie immer 'nen richtig dicken Klunker am Finger. Der außerdem rechtmäßig erworben wurde, denn der offene Betrag wird in bar beglichen.«
»Trotzdem, Robin. Ich weiß ja, daß du es gut meinst, aber ...
»Wenn du erst 'nen Haufen Kinder hast und die Zeiten schwer sind, wirst du froh sein, daß du mal 'nen Burschen namens Robin kennengelernt hast, denn dann hast du nicht nur die Anzahlung für 'n Häuschen auf der hohen Kante, deine Frau trägt auch noch 'nen Stein, der zehn Riesen wert ist.«
Hatte Robin da eben wirklich etwas von zehntausend Pfund gesagt? Lou wurde ganz schwindelig. Und von einer Anzahlung für ein Haus war auch noch die Rede gewesen. Man mußte schon total bekloppt sein, um so ein Angebot in den Wind zu schlagen.
Sie gingen zum Juwelier und fragten nach George.
George brachte ihnen ein Tablett. »Alles in der gewünschten Preislage«, sagte er zu Lou.
»Aber die sind ja riesig«, flüsterte Suzi. »Lou, so was kannst du dir nicht leisten.«
»Bitte gönn mir doch die Freude. Ich will dir eben einen wirklich hübschen Ring schenken«, bat er sie mit großen, traurigen Augen.
»Nein, Lou, kommt nicht in Frage. Wir sparen zusammen fünfundzwanzig Pfund die Woche, und das fällt uns schon nicht leicht. Jeder Ring hier kostet mindestens zweihundertfünfzig Pfund, das sind die Ersparnisse von zehn Wochen. Ernsthaft, laß uns was

Billigeres ansehen.« Das Mädchen war so lieb, sie war einfach zu gut für ihn. Und dabei hatte sie keine Ahnung, daß hier echte Werte vor ihr lagen.
»Welcher tät dir denn am besten gefallen?«
»Das ist doch wohl kein echter Smaragd, Lou?«
»Er ist smaragdähnlich geschliffen«, erwiderte George ernst.
Suzi bewegte ihre Hand hin und her; der Stein fing das Licht ein und warf es tausendfach zurück. Und Suzi lachte vor Freude.
»Himmel, man würde wetten, daß der echt ist«, sagte sie an George gewandt.
Lou ging mit George in eine Ecke und überreichte ihm zweihundertfünfzig Pfund. Dabei erfuhr er, daß bereits neuneinhalbtausend Pfund hinterlegt worden waren – für einen Ring, den ein gewisser Mr. Lou Lynch heute aussuchen würde.
»Ich wünsche Ihnen viel Freude damit«, sagte George, ohne mit der Wimper zu zucken.
Wieviel wußte dieser George? War er auch einer, der einmal dabeigewesen und deshalb auf immer dabei war? Und hatte Robin tatsächlich an einem ehrenwerten Ort wie diesem neuneinhalbtausend Pfund in bar hingeblättert? Lou war ganz benommen zumute.

Die Signora bewunderte Suzis Ring. »Er ist wirklich wunderschön«, lobte sie.
»Nur Glas, Signora, aber sieht er nicht aus wie ein echter Smaragd?«
Doch die Signora, die Schmuck schon immer geliebt, wenn auch nie welchen besessen hatte, wußte, daß dieser Stein echt war. Und teuer gefaßt dazu. Sie begann sich wegen Luigi Sorgen zu machen.

Als Suzi sah, wie die hübsche blonde Grania das Café betrat, hätte sie sie am liebsten gefragt, wie denn das Abendessen mit dem älteren Herrn verlaufen war. Doch das war ja wohl völlig ausgeschlossen.
»Ein Tisch für zwei?« fragte sie statt dessen höflich.

»Ja, ich erwarte noch jemanden.«
Leider nicht den älteren Herrn, mußte Suzi enttäuscht feststellen. Sondern ein Mädchen, ein zartes Geschöpf mit einer riesigen Brille. Die beiden waren offensichtlich alte Freundinnen.
»Ich muß dazusagen, daß noch nichts feststeht, Fiona, gar nichts. Aber vielleicht übernachte ich in den nächsten Wochen ab und zu mal bei dir, wenn du verstehst, was ich meine.«
»Ich verstehe nur zu gut«, nickte Fiona. »Obwohl es Ewigkeiten her ist, seit eine von euch sich auf mich berufen hat.«
»Na ja, es ist eben so, daß dieser Mann ... nun, das ist eine lange Geschichte. Ich mag ihn wirklich, sehr sogar, aber es gibt Probleme.«
»Zum Beispiel, daß er fast hundert ist, oder?« fragte Fiona.
»Ach, Fiona, wenn du wüßtest ... das ist noch das geringste Problem. Eigentlich ist sein Alter überhaupt kein Problem.«
»Ihr seid schon merkwürdige Leute, ihr Dunnes«, meinte Fiona kopfschüttelnd. »Du gehst mit einem Rentner, aber sein Alter scheint dir völlig egal zu sein. Und Brigid grämt sich zu Tode wegen der Dicke ihrer Oberschenkel, die in meinen Augen absolut normal sind.«
»Das ist nur wegen diesem Urlaub, sie war da an einem Nacktbadestrand«, erklärte Grania. »Und da hat einer von diesen Idioten gesagt, wenn du einen Bleistift unter deinen Busen klemmen kannst, ohne daß er runterfällt, bist du zu mollig und solltest nicht oben ohne gehen.«
»Na und ...?«
»Brigid hat dann wohl gesagt, sie könne ein Telefonbuch drunterklemmen, und es würde nicht runterfallen.«
Bei der Vorstellung mußten sie beide kichern.
»Na, wenn sie es selbst so gesagt hat«, meinte das Mädchen mit der riesigen Brille.
»Tja, das Schlimme daran war wohl, daß niemand ihr widersprochen hat. Und jetzt hat sie einen Wahnsinnskomplex wegen ihrer Figur.« Suzi bemühte sich, nicht laut herauszulachen, und fragte, ob sie noch mehr Kaffee wollten.

»Mann, was für ein toller Ring«, staunte Grania.
»Ich habe mich gerade verlobt«, erzählte Suzi stolz.
Die jungen Frauen gratulierten ihr und steckten sich probehalber den Ring an den Finger.
»Ist das ein echter Smaragd?« fragte Fiona.
»Na, wohl kaum. Der arme Lou arbeitet als Packer in dem großen Elektrogeschäft. Nein, aber prima geschliffenes Glas, oder?«
»Einfach traumhaft. Wo stammt der her?«
Suzi nannte den Namen des Juweliers.
Als sie außer Hörweite war, flüsterte Grania ihrer Freundin Fiona zu: »Komisch. Dort verkaufen sie nur sündteure Steine. Ich weiß das, weil sie ein Geschäftskonto bei uns haben. Und deshalb könnte ich darauf schwören, daß das kein Glasring ist. Nein, der ist echt.«

Weihnachten rückte immer näher. Da die Teilnehmer des Italienischkurses sich zwei Wochen lang nicht sehen würden, hatte die Signora vorgeschlagen, daß jeder zur letzten Stunde vor den Ferien etwas mitbringen sollte, so daß sie eine richtige Weihnachtsparty feiern konnten. Große Spruchbänder mit der Aufschrift »*Buon Natale*« hingen an den Wänden, ebenso Glückwünsche für das neue Jahr. Und alle hatten sich entsprechend in Schale geworfen. Selbst Bill, der ernste junge Bankangestellte, den hier alle Guglielmo nannten, konnte sich der fröhlichen Stimmung nicht entziehen und brachte Papierhüte mit.
Connie, die Frau mit dem teuren Schmuck und dem dicken Wagen, steuerte sechs Flaschen Frascati bei, die sie angeblich im Kofferraum ihres Mannes gefunden hatte. Da er sie vermutlich aus dem Haus schaffen und seiner Sekretärin hatte mitbringen wollen, fand Conny, daß sie besser von den Kursteilnehmern geleert würden. Niemand wußte, ob sie im Ernst sprach oder nicht, und außerdem hatte bisher Alkoholverbot im Unterricht geherrscht. Aber die Signora meinte, daß sie schon mit dem Direktor, Tony O'Brien, gesprochen habe, und heute wäre nichts dagegen einzuwenden.

Was die Signora nicht wiederholte, war Tony O'Briens Bemerkung, da es in der Schule von harten Drogen nur so wimmele und die Jugendlichen hemmungslos Crack konsumierten, sei es nun wirklich kein Verbrechen, wenn Erwachsene bei einer Weihnachtsfeier ein Glas Wein miteinander trinken wollten.

»Wie haben Sie letzte Weihnachten verbracht?« erkundigte sich Luigi bei der Signora, einfach, weil er gerade neben ihr saß, als das ganze *salute* und *molto grazie* und *va bene* um sie herum losging.

»Letztes Jahr ging ich um Mitternacht zur Christmette und habe von ganz hinten in der Kirche meinen Mann Mario und seine Kinder beobachtet.«

»Warum haben Sie denn nicht mit ihnen zusammengesessen?« fragte er weiter.

Sie lächelte ihn an. »Das hätte sich nicht geschickt.«

»Und dann ist er gestorben«, nickte Luigi. Suzi hatte ihn über die Signora und ihre Witwenschaft informiert. Doch Suzis Mutter behauptete immer noch steif und fest, daß sie eine Nonne sei.

»Ja, Lou. Dann ist er gestorben«, sagte sie leise.

»*Mi dispiace*«, meinte Lou. »*Troppo triste,* Signora.«

»Sie haben recht, Lou. Aber das Leben ist nun mal kein Zuckerschlecken, für niemanden.«

Er wollte gerade nicken, als ihn ein entsetzlicher Gedanke durchzuckte.

Heute war Donnerstag, doch es war kein Mann im Anorak dagewesen. Und kein Lieferwagen. Nun würde die Schule zwei Wochen lang geschlossen sein, und das Zeug lagerte die ganze Zeit hier im Wandschrank. Was um Himmels willen sollte er jetzt tun?

Die Signora hatte ihnen das Lied »Stille Nacht« auf italienisch beigebracht, und der Abend neigte sich seinem Ende zu. Lou war in heller Aufregung. Denn er war nicht mit dem Wagen da, und selbst wenn er um diese Uhrzeit noch ein Taxi auftreiben konnte, wie sollte er erklären, daß er vier schwere Schachteln aus dem Wandschrank mitnahm? Doch er sah auch keine Möglichkeit, vor Januar wieder hier hereinzukommen. Robin würde ihm den Kopf abreißen.

Obwohl ... es war schließlich Robins Fehler, weil er ihm keine Telefonnummer, keine Instruktionen für den Notfall gegeben hatte. Wahrscheinlich war dem Kurier etwas dazwischengekommen. Er war die Schwachstelle bei diesen Transaktionen. Lou traf keine Schuld. Niemand konnte ihn verantwortlich machen. Allerdings hatte man ihn bezahlt, sehr gut bezahlt sogar, damit er einen kühlen Kopf behielt und überlegt handelte. Was also sollte er tun? Der Aufbruch war in vollem Gange. Alle riefen sich Abschiedsgrüße zu.

Da erbot sich Lou, den Abfall wegzuräumen. »Nein, Lou, ich kann nicht zulassen, daß Sie das allein übernehmen. Sie haben sich bisher schon so ins Zeug gelegt«, meinte die Signora.

Und sofort sprangen ihm Guglielmo und Bartolomeo zur Seite. Nirgendwo sonst hätte er mit zwei so unterschiedlichen Männern freundschaftliche Kontakte knüpfen können, der eine war ein ernster Bankangestellter, der andere Lastwagenfahrer. Zusammen trugen sie die schwarzen Müllsäcke hinaus in die dunkle Nacht und zu den großen Müllcontainern.

»Die Signora ist wahnsinnig nett, nicht wahr?« meinte Bartolomeo.

»Lizzi glaubt, daß sie was mit Mr. Dunne hat, wißt ihr, dem, der die ganze Sache hier ins Laufen gebracht hat«, flüsterte Guglielmo.

»Ach was.« Lou war baß erstaunt. Und die Männer überlegten, ob da etwas dran sein konnte.

»Na, wäre es nicht einfach großartig, wenn das stimmen würde?«

»Aber in ihrem Alter ...« Guglielmo schüttelte den Kopf.

»Vielleicht erscheint es uns als normalste Sache der Welt, wenn wir erst mal selber in ihrem Alter sind.« Lou wollte der Signora irgendwie beistehen. Ob es da besser war, dieses Gerücht als völlig lächerlich abzutun oder als normalste Sache überhaupt hinzustellen?

Und sein Herz klopfte immer noch wie verrückt wegen der Schachteln. Er wußte, daß er etwas tun mußte, was ihm von Herzen zuwider war: Er würde diese reizende Frau mit dem geschecktem

Haar hintergehen müssen. »Wie kommen Sie eigentlich nach Hause?« fragte er sie beiläufig. »Holt Mr. Dunne Sie ab?«

»Ja, er hat gesagt, er käme vielleicht vorbei.« Dabei färbten sich ihre Wangen leicht rosa. Eine Folge des Weins, des schönen Abends, der direkten Frage.

Wenn schon Luigi, nicht gerade ihr hellster Schüler, etwas an ihrem Umgang mit Aidan Dunne aufgefallen war, dann wußte ja wohl der ganze Kurs Bescheid, fürchtete die Signora. Dabei wollte sie unbedingt vermeiden, daß man bei ihnen eine Affäre vermutete. Schließlich war weder in Worten noch in Taten irgend etwas vorgefallen, was über freundschaftliche Verbundenheit hinausging. Trotzdem sollten seine Frau und seine beiden Töchter lieber nichts davon erfahren. Und das Gerücht von einer Affäre würde zweifellos auch Mrs. Sullivan zu Ohren kommen.

Da die Signora so viele Jahre lang ein unauffälliges Leben geführt hatte, wollte sie jetzt keinesfalls zum Gegenstand von Klatsch und Tratsch werden. Wozu es überdies auch gar keinen Anlaß gab, denn schließlich sah Aidan Dunne in ihr nichts weiter als eine liebe Bekannte. Das war alles. Doch für andere Leute – für Leute wie Luigi, die irgendwie mehr im Leben verwurzelt waren – mochte es anders aussehen.

Noch immer sah er sie fragend an. »Soll ich für sie abschließen? Sie könnten dann schon vorgehen, ich komme gleich nach. Wir sind heute abend alle etwas spät dran.«

»*Grazie, Luigi. Troppo gentile.* Aber passen Sie bitte auf, daß Sie wirklich abschließen. Sie wissen ja, daß hier in etwa einer Stunde ein Wachmann seine Runde macht. Und Mr. O'Brien ist in dieser Hinsicht so ein Pedant. Bisher hat man uns nie nachsagen können, daß wir das Abschließen vergessen. Passen Sie bitte auf, daß das so bleibt.«

Er konnte also nicht einfach die Tür offenlassen und zurückkommen, sobald ihm etwas eingefallen war. Er mußte die dämliche Tür zusperren. Lou betrachtete den Schlüssel, der an einem großen, schweren Schlüsselanhänger in Form einer Eule hing. Kindisch, aber er erfüllte seinen Zweck: Niemand würde dieses

klobige Ding vergessen oder glauben, es sei in seiner Handtasche, wenn es sich nicht darin befand.
Schnell wie der Blitz befestigte er seinen eigenen Schlüssel an der blöden Eule und steckte dafür den der Signora ein, mit dem er gerade abgeschlossen hatte. Dann rannte er hinter ihr her und ließ den Schlüsselanhänger in ihre Handtasche gleiten. Sie würde den Schlüssel erst nächstes Jahr wieder brauchen, und bis dahin würde ihm längst etwas eingefallen sein, wie er ihr den richtigen Schlüssel wieder unterschieben konnte. Hauptsache, sie ging jetzt in dem Glauben nach Hause, den richtigen Schlüssel in der Tasche zu haben.
Auch wenn Luigi nicht sah, wie Mr. Dunne aus dem Schatten trat und den Arm der Signora nahm, fragte er sich, ob an dem Gerücht etwas Wahres dran war. Er mußte das unbedingt Suzi erzählen. Wobei ihm einfiel, daß er die heutige Nacht ohnehin am besten bei Suzi verbrachte. Denn soeben hatte er den Schlüssel zu seinem Elternhaus weggegeben.

»Heute übernachte ich bei Fiona«, sagte Grania.
Brigid sah von ihrem Tomatensalat auf.
Im Gegensatz zu Nell Dunne, die weiter in ihrem Buch schmökerte. »Schön«, brummelte sie nur.
»Dann also bis morgen abend«, meinte Grania.
»Bis morgen.« Ihre Mutter sah noch immer nicht auf.
»Bis morgen«, antwortete Brigid verstimmt.
»Du könntest doch auch ausgehen, Brigid. Was zwingt dich, hier seufzend über einem Teller Tomatensalat zu sitzen? Es gibt massenhaft vergnüglichere Orte, und du könntest ebenfalls bei Fiona übernachten.«
»Ja, sie hat ja 'nen richtigen Landsitz, wo sie uns alle unterbringen kann«, brummte Brigid.
»Meine Güte, Brigid. Morgen ist Heiligabend. Sei doch mal ein bißchen fröhlich.«
»Ich kann fröhlich sein, ohne die Beine breit zu machen«, zischte sie.

Bestürzt schaute Grania hinüber zu ihrer Mutter, doch die hatte nichts gehört. »Das können wir alle«, gab Grania leise zurück. »Doch wir anderen fallen nicht jedem auf die Nerven mit dem Umfang unserer Oberschenkel, die – und das muß mal gesagt werden – völlig normal sind.«
»Wer hat dir was von meinen Oberschenkeln erzählt?« fragte Brigid mißtrauisch.
»Eine ganze Menge Leute sind heute deswegen an der Bank vorbeimarschiert und haben dagegen protestiert. Ach, Brigid, halt endlich die Klappe, du siehst einfach prima aus. Hör doch auf mit diesem Magersucht-Quatsch!«
»Magersucht?« Brigid schnaubte verächtlich. »Auf einmal bist du wieder fröhlich, nur weil dein Liebster wieder im Lande ist.«
»Was für ein Liebster? Wen meinst du damit? Du hast doch keine Ahnung!« Grania war stocksauer auf ihre jüngere Schwester.
»Ich weiß jedenfalls, daß du hier ewig und drei Tage mit Grabesmiene rumgesessen und Trübsal geblasen hast. Aber mir Vorwürfe machen, wenn ich mal seufze! Dabei hast du gestöhnt wie eine Heulboje und bist drei Meter hoch gesprungen, wenn mal das Telefon geklingelt hat. Wer auch immer es sein mag, er ist verheiratet. Du sitzt ganz schön in der Patsche.«
»Brigid, du hast dich schon oft geirrt«, meinte Grania kopfschüttelnd. »Aber nie hast du falscher gelegen. Er ist nicht verheiratet. Und ich könnte wetten, daß er es nie sein wird.«
»So 'nen Mist reden Leute, wenn sie auf 'nen Verlobungsring scharf sind«, meinte Brigid und stocherte lustlos in ihrem Teller herum.
»Ich geh jetzt jedenfalls«, antwortete Grania. »Sag Dad, daß ich nicht heimkomme, damit er die Tür abschließen kann.«
Ihr Vater ließ sich kaum noch beim Abendessen in der Küche blicken. Entweder saß er in seinem Zimmer und überlegte, welche Farben und Bilder sich an den Wänden gut machen würden, oder er war in der Schule und beschäftigte sich mit dem Abendkurs.

Aidan Dunne war zur Schule gegangen, weil er hoffte, dort die Signora zu treffen. Aber es war alles dunkel und zugesperrt. In den Pub ging sie nie allein, und da sich im Café die Geschenkeinkäufer der letzten Minute auf die Füße treten würden, war sie dort bestimmt auch nicht. Bei den Sullivans hatte er sie noch nie angerufen, damit konnte er jetzt also schlecht anfangen.
Aber er wollte sie unbedingt noch vor Weihnachten sehen, denn er hatte ein kleines Geschenk für sie, ein Medaillon mit einem winzigen Porträt von Leonardo da Vinci darin. Es war zwar nicht teuer gewesen, doch schien es genau das Richtige für sie zu sein. Und deshalb sollte sie es auch an Weihnachten haben. Eingepackt war es in Goldpapier mit der Aufschrift *Buon Natale.* Nein, nachträglich war es nicht dasselbe.
Oder sehnte er sich vielleicht nur danach, sich ein wenig mit ihr zu unterhalten? Sie hatte ihm einmal erzählt, daß sie manchmal am Ende der Straße, in der sie lebte, auf einem kleinen Mäuerchen sitze und die Berge betrachte. Dabei überlege sie dann, wie anders ihr Leben doch geworden sei und daß die Bezeichnung *vista del monte* für sie mittlerweile in erster Linie die Schule bedeutete. Vielleicht saß sie ja auch heute abend dort.
Aidan Dunne ging durch die Siedlung, wo in den Fenstern Weihnachtsbeleuchtungen blinkten und Bier ins Haus geliefert wurde. Wie anders mußte die Signora doch das letzte Weihnachtsfest verbracht haben, als sie noch unter lauter Italienern in einem sizilianischen Dorf lebte.
Da saß sie tatsächlich und blickte ihm ruhig entgegen. Ja, sie schien kein bißchen überrascht. Er setzte sich neben sie.
»Ich bringe Ihnen Ihr Weihnachtsgeschenk«, sagte er.
»Und ich habe Ihres dabei«, erwiderte sie und zeigte auf ein großes Paket.
»Sollen wir sie gleich aufmachen?« Aidan Dunne war sehr neugierig.
»Warum nicht?«
Und sie packten das Medaillon und einen großen, buntbemalten italienischen Teller aus, der mit seiner gelbgoldenen Farbgebung

und den roten Sprenkeln darin wunderbar in Aidans Zimmer paßte. Überschwenglich bedankten sie sich, dann saßen sie weiter nebeneinander wie Teenager, die keinen Platz hatten, wo sie hingehen konnten.

Doch irgendwann wurde es ziemlich kalt, und plötzlich standen beide gleichzeitig auf.

»*Buon natale*, Signora.« Er küßte sie auf die Wange.

»*Buon natale*, Aidan, *caro mio*.«

An Heiligabend schufteten sie in dem Elektrogeschäft bis spätabends. Warum sich die Leute wohl erst in letzter Minute für ein elektrisches Tranchiermesser, den Videorecorder oder einen Wasserkocher entscheiden konnten? Lou ackerte den ganzen Tag, und es war schon fast Geschäftsschluß, als Robin mit einem Lieferschein bei der Warenabholung erschien. Irgendwie hatte Lou ihn erwartet.

»Frohe Weihnachten, Lou.«

»*Buon natale*, Robin.«

»Was soll das?«

»Das ist italienisch. Seit du mich in diesen Kurs geschickt hast, kann ich kaum noch englisch denken.«

»Ach ja. Nun, ich wollte dir sagen, daß du jederzeit damit aufhören kannst«, meinte Robin.

»*Was?*«

»Ja, sicher. Man hat einen neuen Platz gefunden, aber die Leute sind dir sehr dankbar, daß alles so ruhig und problemlos abgewickelt werden konnte.«

»Und was ist mit der letzten Lieferung?« Lou war kalkweiß im Gesicht.

»Was soll damit sein?«

»Sie ist immer noch dort.«

»Du machst Witze.«

»Glaubst du, ich würde über so was Witze machen? Nein, am Donnerstag ist niemand gekommen, das Zeug wurde nicht abgeholt.«

»Beeil dich ein bißchen und bring dem Herrn seine Ware.« Der Vorarbeiter wollte endlich Feierabend machen.
»Gib mir deinen Lieferschein«, flüsterte Lou.
»Es ist ein Fernsehapparat, für dich und Suzi.«
»Das kann ich nicht annehmen«, erwiderte Lou. »Sie würde gleich wissen, daß er geklaut ist.«
»Er ist nicht geklaut, ich habe gerade dafür bezahlt.« Robin war gekränkt.
»Ich weiß, aber du verstehst, was ich meine. Ich hole ihn und trage ihn dir zum Wagen.«
»Eigentlich wollte ich dich mit dem Überraschungsgeschenk zu ihr nach Hause fahren.«
Wie Lou vermutet hatte, handelte es sich um das teuerste Modell, das es im Laden gab. Absolute Spitzenklasse. Nie im Leben würde Suzi Sullivan ihm abkaufen, daß dieses Gerät auf rechtmäßige Weise in seinen Besitz gelangt war. Und sie würde es nicht in ihrer Wohnung dulden, er konnte sich das Hochtragen also sparen.
»Mensch, Robin, wir haben jetzt wirklich andere Probleme als den Fernseher. Warte, bis ich meinen Lohn abgeholt habe, dann überlegen wir, was wir wegen der Schule unternehmen können.«
»Ich nehme an, du hast schon etwas angeleiert?«
»Ja, aber vielleicht nicht das Richtige.«
Lou reihte sich in die Schlange vor der Lohnkasse ein und erhielt wie alle anderen sein Geld, einen Drink und eine Prämie. Erst nach scheinbar einer Ewigkeit kam er wieder heraus und setzte sich zu dem bulligen Mann in den Kombi, wo hinten auf der Ladefläche ein riesiger Fernsehapparat thronte.
»Ich habe den Schlüssel zur Schule, aber nur der Himmel weiß, was für Verrückte sie dort angestellt haben, die zu den merkwürdigsten Tag- und Nachtzeiten die Runde machen und an Türen rütteln. Das ist so 'ne Marotte des Direktors.«
Lou zog den Schlüssel, den er seit dem Abend der Weihnachtsfeier ständig bei sich trug, aus der Tasche.
»Du bist ein heller Kopf, Lou.«
»Na ja, zumindest heller als die, die mir nicht gesagt haben, was

ich tun soll, wenn kein Mann im Anorak auftaucht.« Lou war verärgert, unzufrieden und ängstlich zugleich. Hier saß er nun, zusammen mit einem Verbrecher, auf dem Parkplatz seiner Arbeitsstelle, hinten im Wagen einen riesigen Fernsehapparat, den er nicht annehmen konnte. Er hatte einen Schlüssel geklaut und eine Wagenladung voller Drogen in einer Schule gelassen. Nein, Lou fühlte sich nicht wie ein heller Kopf, er kam sich vor wie der letzte Trottel.

»Natürlich gibt es immer mal wieder Probleme mit anderen Leuten«, sagte Robin jetzt. »Sie lassen einen im Stich. Uns hat einer im Stich gelassen. Er wird es nicht wieder tun.«

»Was ist mit ihm?« fragte Lou voller Angst. Er stellte sich vor, daß der Anorak-Mann, der nicht aufgetaucht war, als Leiche mit einem Betonblock an den Füßen auf dem Grund des Liffey lag.

»Wie ich schon gesagt habe, er wird es nicht wieder tun. Weil er nämlich keinen Auftrag mehr bekommt.«

»Vielleicht hatte er ja einen Autounfall, oder sein Kind mußte ins Krankenhaus.« Warum meinte Lou, ihn auch noch verteidigen zu müssen? Schließlich war er an allem schuld.

Denn sonst hätte Lou sich jetzt abseilen können. Robin hatte einen neuen Platz gefunden. Obwohl er vielleicht mit dem Italienischkurs weitermachen würde, überlegte Lou zu seiner eigenen Überraschung. Irgendwie machte es ihm Spaß. Und er würde vielleicht sogar nächsten Sommer mit nach Italien fahren, die Signora plante eine Gruppenreise des ganzen Kurses. Dabei bestand gar keine Notwendigkeit, sicherheitshalber noch ein paar Wochen weiterzumachen. Denn ihre Transaktionen waren nicht aufgeflogen, die Schule war ein ideales Zwischenlager gewesen. Wenn dieser Blödian letzten Donnerstag das Zeug abgeholt hätte!

»Seine Strafe ist, daß er nie wieder etwas für uns tun darf.« Bekümmert schüttelte Robin sein Haupt.

Da sah Lou einen Lichtstreif am Ende des Tunnels. So also konnte man sich aus der Affäre ziehen! Man mußte einfach einen Coup vermasseln. Einfach mal versagen, dann wurde man nie wieder zu einem krummen Ding aufgefordert. Wenn er doch nur schon

früher gewußt hätte, daß es so einfach war. Aber bei dieser Sache war die Chance bereits vertan. Der Anorak-Mann hatte die Strafe dafür kassiert, während Lou wahrscheinlich die Lage gerettet hatte. Aber für das nächste Mal wußte er Bescheid.
»Ist das dein Auto, Robin?«
»Nein, natürlich nicht. Das weißt du doch. Ich hab's von 'nem Freund, damit ich dir und Suzi den Fernseher bringen kann. Aber du stellst dich ja so an.« Robin zog eine Schnute wie ein Kind.
»Die Bullen vermuten dich also nicht in dem Wagen«, meinte Lou. »Ich hab da eine Idee. Vielleicht klappt es nicht, aber sonst fällt mir nichts ein.«
»Red schon.«
Und Lou sprach.
Es war beinahe Mitternacht, als Lou an der Schule vorfuhr. Vor der Tür des Nebengebäudes wendete er den Kombi, dann schaute er sich nach allen Seiten um, bevor er aufsperrte und eintrat.
Lou traute sich fast nicht zu atmen, als er zu dem Wandschrank schlich. Und da waren sie, die vier Schachteln. Sie sahen aus wie immer, in jede hätten zwölf Weinflaschen hineingepaßt, aber kein Klirren wies auf Flaschen als Inhalt hin. Es gab auch keinen Aufkleber: Achtung, Glas! Vorsichtig trug er eine nach der anderen vor die Tür. Dann schleppte er keuchend und schwitzend den riesigen Fernsehapparat ins Klassenzimmer. Das Gerät hatte sogar einen eingebauten Videorecorder, war also auf dem neuesten Stand der Technik. Daneben legte er einen Zettel, den er schon vorher geschrieben hatte. Die Buntstifte dafür hatte er extra in einem Laden mit langer Öffnungszeit gekauft.
»*Buon natale a Lei, Signora, e a tutti*«, stand darauf.
Die Schule würde also einen Fernsehapparat zu Weihnachten bekommen. Und die Schachteln waren in Sicherheit. Er würde sie jetzt gleich in Robins Wagen zu einem Ort fahren, wo ein anderer Mann mit einem anderen Lieferwagen sie schweigend in Empfang nehmen würde.
Was für ein Leben wohl Menschen führten, die an Heiligabend spontan Zeit hatten? Lou hoffte, nie zu diesen Leuten zu gehören.

Und er fragte sich, was die Signora wohl sagen würde, wenn sie das Geschenk sah. Würde sie die erste sein, die es zu Gesicht bekam? Vielleicht entdeckte ja auch dieser verrückte Tony O'Brien, der scheinbar Tag und Nacht hier herumstrich, als erster die Kiste. Jedenfalls würden sie sich alle bis ans Ende ihrer Tage darüber wundern. Lou hatte die Gerätenummer weggefeilt, der Fernseher konnte also in einem Dutzend Geschäften gekauft worden sein.

Auch die Verpackung verriet nichts über seine Herkunft. Wenn man Nachforschungen anstellte, würde bald klar sein, daß es sich nicht um Diebesgut handelte. Ihm würde man jedenfalls nie auf die Schliche kommen. Und auch das Rätsel, wie man den Apparat ins Klassenzimmer geschafft hatte, würde wohl nie gelöst werden. Irgendwann geriet dann die ganze Sache bestimmt in Vergessenheit, denn schließlich war nichts gestohlen oder beschädigt worden.

Selbst der heikle Mr. O'Brien würde letztendlich wohl aufhören, Spekulationen darüber anzustellen, wie man in das gut gehütete Gebäude hatte eindringen können.

Und die Schule besaß künftig einen klasse Fernseher mit Videorecorder, den man im Unterricht einsetzen konnte. Auch im Italienischkurs, für den das Geschenk ja schließlich bestimmt war. Bei der nächsten Aufgabe, die Robin für Lou hatte, würde er dann Mist bauen. Worauf man ihm traurig erklären würde, daß es nie wieder etwas für ihn zu tun gäbe. Dann endlich konnte Lou ohne Altlasten aus seiner Vergangenheit ein normales Leben führen.

Am Weihnachtsmorgen war Lou reichlich erschöpft. Er kam auf Besuch zu Suzis Eltern, wo er zu Tee und Weihnachtsgebäck eingeladen war. Im Hintergrund spielte die Signora Schach mit Jerry.

»Schach!« flüsterte Suzi erstaunt. »Der Bursche versteht nicht nur die Spielregeln, sondern auch schon was von Strategie. Es geschehen noch Zeichen und Wunder.«

»Signora!« begrüßte er sie.

»Luigi«, sagte sie erfreut.
»Ich habe einen Schlüsselanhänger geschenkt gekriegt, der genauso aussieht wie Ihrer«, flunkerte er. Dabei war diese Sorte weit verbreitet; kaum ein Grund, Erstaunen zu zeigen.
Doch die Signora reagierte wie immer erfreut, wenn man das Wort an sie richtete, und nahm das Stichwort auf: »Wie meine Eule?« fragte sie.
»Ja. Lassen Sie mich doch mal vergleichen, ob es derselbe ist.«
Sie nahm ihren aus der Handtasche, und während Lou so tat, als vergleiche er die beiden, tauschte er sie aus. Jetzt konnte ihm nichts mehr passieren. Keiner würde sich später an dieses harmlose Gespräch erinnern. Vor allem, wenn er jetzt von anderen Geschenken erzählte und sie damit verwirrte.

»Himmel, ich dachte schon, Lou hört heute abend überhaupt nicht mehr zu reden auf«, stöhnte Peggy Sullivan, als sie zusammen mit der Signora Geschirr spülte. »Erinnern Sie sich noch an die Redensart: ›Mit einer Grammophonnadel geimpft‹? Kann man ja heute nicht mehr sagen, wo es nur noch CDs und Kassetten gibt.«
»Ja, ich erinnere mich an diesen Ausdruck. Ich habe einmal versucht, ihn Mario zu erklären, doch wie so vieles war er nicht zu übersetzen. Er hat nie begriffen, was ich damit eigentlich sagen wollte.«
Es war der richtige Augenblick für Vertraulichkeiten. Deshalb wagte Peggy, die dieser sonderbaren Frau sonst nie eine persönliche Frage stellte, einen Vorstoß: »Wollten Sie denn nicht, wenigstens an Weihnachten, mit ihrer eigenen Familie zusammensein, Signora?«
Die Signora schien überhaupt nicht verstimmt darüber. Nachdenklich versuchte sie, die richtigen Worte zu finden, wie sie es auch tat, wenn Jerry sie etwas fragte.
»Nein, das hätte mir nicht gefallen. Wissen Sie, es wäre so künstlich gewesen. Und obwohl ich meine Mutter und meine Schwestern mehrmals getroffen habe, hat es auch keine von ihnen

vorgeschlagen. Sie leben ihr eigenes Leben, haben ihre eigenen Gewohnheiten. Und deshalb wäre es ein Fehler, mich ihnen aufzudrängen. Es hätte jedem von uns das Fest verdorben. Während es mir hier, in Ihrer Familie, sehr gut gefallen hat.« Sie sprach ganz ruhig, es schien sie nicht zu erschüttern. Dabei funkelte das neue Medaillon an ihrem Hals. Sie hatte nicht verraten, woher es stammte. Und keiner hatte sich zu fragen getraut. Denn sie wirkte immer so verschlossen.
»Und uns hat es mit Ihnen gefallen, Signora, sehr sogar«, erwiderte Peggy Sullivan und fragte sich, wie sie eigentlich früher ohne diese merkwürdige Frau ausgekommen war.

Die nächste Italienischstunde fand am ersten Dienstag im Januar statt. Obwohl es ein kalter Abend war, fehlte niemand. Kein einziger von den dreißig Kursteilnehmern, die sich im September eingeschrieben hatten, hatte aufgegeben. Das mußte für einen Abendkurs ein unerreichter Rekord sein.
Außerdem hatte sich noch die Crème de la crème im Klassenzimmer eingefunden, Direktor Tony O'Brien und Mr. Dunne strahlten übers ganze Gesicht. Denn es war etwas ganz Unglaubliches passiert: Der Italienischkurs hatte ein Geschenk bekommen. Wie ein kleines Kind klatschte die Signora vor Freude in die Hände.
Wo stammte es nur her? Hatte einer der Kursteilnehmer Weihnachtsmann gespielt? Würde der edle Spender sich zu erkennen geben, damit man ihm danken konnte? Alle waren verblüfft, doch natürlich vermuteten sie Connie dahinter.
»Nein, leider nicht. Ich wünschte wirklich, ich hätte daran gedacht. Schade, daß mir nicht so etwas Nettes eingefallen ist.« Connie schien sich beinahe ein bißchen zu schämen, daß sie dem Kurs kein solches Geschenk gemacht hatte.
Er freue sich wirklich darüber, sagte der Direktor, obwohl es ihm sicherheitstechnisch Sorgen bereite. Denn wenn sich niemand dazu bekenne, würde man die Schlösser auswechseln müssen, denn offensichtlich sei irgendwer mit einem Nachschlüssel her-

eingekommen. Es habe keinerlei Spuren eines gewaltsamen Eindringens gegeben.
»In der Bank würde man das ganz anders sehen«, lachte Guglielmo. »Dort würde man sagen: ›Laß es so, wie es ist. Denn wer uns letzte Woche einen Fernseher geschenkt hat, beglückt uns vielleicht nächste Woche mit einer Stereoanlage.‹«
Und Lorenzo, im Alltagsleben Laddy, der Nachtportier, meinte, man würde sich wundern, wie viele Schlüssel in Dublin mehrere Türen öffneten.
Da schaute die Signora plötzlich Luigi ins Gesicht, und Luigi wandte sich ab.
Bitte, laß sie nichts sagen. Bitte, sie muß doch wissen, daß das zu nichts Gutem führt, daß es nur Ärger gibt, wenn sie redet. Lou wußte nicht, ob er zu Gott betete oder einfach nur mit sich selbst sprach, doch es kam von Herzen.
Und es wirkte. Jetzt schaute die Signora woandershin.
Der Unterricht begann. Mit Wiederholungen. Wieviel sie doch vergessen hatten, meinte die Signora kopfschüttelnd, wieviel sie noch lernen mußten, bis sie die versprochene Reise nach Italien antreten konnten. Beschämt rissen sich alle zusammen und übten die Redewendungen, die ihnen noch vor zwei Wochen so flüssig über die Lippen gekommen waren.
Nach dem Unterricht wollte Lou gleich verschwinden.
»Helfen Sie mir heute nicht mit den Schachteln, Luigi?« Die Signora sah ihm fest in die Augen.
»*Scusi, Signora,* wo hab ich nur meinen Kopf? Ich hab's glatt vergessen.«
Zusammen trugen sie die Schachteln in den Wandschrank, der nie wieder eine gefährliche Fracht bergen würde.
»Ähm … begleitet Mr. Dunne Sie nach Hause, Signora?«
»Nein, Luigi. Aber Sie sieht man häufig in Begleitung von Suzi, der Tochter des Hauses, in dem ich lebe.« Sie sah auf einmal sehr böse aus.
»Aber das wissen Sie doch, Signora. Wir sind verlobt.«
»Genau darüber wollte ich mit Ihnen reden. Über die Verlo-

bung und den Ring. *Un anello di fidanzamento,* wie es in Italien heißt.«

»Ja, ein Ring für die Braut«, wiederholte Lou eifrig.

»Doch normalerweise nicht mit einem Smaragd, Luigi. Nicht mit einem echten Smaragd. Das eben kommt mir sehr sonderbar vor.«

»Ach, was reden Sie da, Signora! Ein echter Smaragd? Sie machen wohl Witze. Das ist doch bloß Glas.«

»Es ist ein Smaragd, *uno smeraldo.* Glauben Sie, ich kenne mich damit aus. Ich liebe nämlich Edelsteine.«

»Heutzutage gibt es erstklassige Kopien, Signora. Keiner kann sie mehr von echten Steinen unterscheiden.«

»So etwas kostet Tausende, Luigi.«

»Signora, hören Sie ...«

»Wie auch ein solcher Fernsehapparat mehrere hundert Pfund kostet ... vielleicht sogar mehr als tausend.«

»Was reden Sie da?«

»Ich weiß nicht. Was sagen *Sie* mir denn?«

Kein Lehrer hatte es früher geschafft, daß Lou Lynch sich armselig und schlecht vorgekommen war. Und selbst seine Eltern hatten ihn nie dazu bewegen können, sich den gesellschaftlichen Normen zu fügen, wie auch sämtliche Priester und Klosterbrüder an dem Jungen verzweifelt waren. Doch plötzlich hatte er eine Heidenangst, daß diese sonderbare Frau die Achtung vor ihm verlieren und reden könnte.

»Ich sage ...«, setzte er an. Sie wartete, unbewegt, wie es ihre Art war. »Nun, ich sage, daß es vorbei ist, egal, was es war. Und daß es nicht mehr vorkommen wird.«

»Sind diese Sachen gestohlen, der herrliche Smaragd und der wundervolle Fernsehapparat?«

»Nein, nein, sind sie nicht«, beeilte er sich zu versichern. »Sie wurden bezahlt, wenn auch nicht von mir. Sondern von Leuten, für die ich gearbeitet habe.«

»Und jetzt arbeiten Sie nicht mehr für diese Leute?«

»Nein, ich schwöre.« Lou wollte unbedingt, daß sie ihm glaubte. Flehentlich sah er sie an.

»Dann ist es jetzt also mit den Pornos vorbei?«

»*Was?*«

»Ich habe die Schachteln natürlich aufgemacht, Luigi. Schließlich habe ich mir Sorgen gemacht, daß vielleicht Drogen darin sein könnten, in einer Schule! Wo doch da diese Sache mit dem kleinen Jerry, Suzis Bruder, passiert ist.«

»Aber es waren keine Drogen.« Lou bemühte sich, es nicht wie eine Frage, sondern wie eine Feststellung klingen zu lassen.

»Sie wissen, daß es andere Sachen waren. Schmierige, widerliche Sachen, den Umschlägen nach zu urteilen. Und dafür so viele Umstände mit dem Herein- und wieder Herausschaffen. Lächerlich und doch für junge, unverdorbene Seelen wahrscheinlich sehr schädlich.«

»Sie haben es sich angesehen, Signora?«

»Nein, ich habe sie nicht abgespielt. Ich habe keinen Videorecorder, und selbst wenn ich einen hätte ...«

»Aber Sie haben nichts gesagt?«

»Ich habe jahrelang geschwiegen. Das wird einem zur Gewohnheit.«

»Und Sie haben auch von dem Schlüssel gewußt?«

»Nein, bis heute abend nicht. Da ist mir dann eingefallen, daß Sie mir irgendeinen Unsinn von einem Schlüsselanhänger erzählt haben. Weshalb denn das?«

»Man hatte ein paar Schachteln versehentlich über Weihnachten hiergelassen«, gab er zu.

»Hätten Sie die nicht einfach hierlassen können, Luigi? Anstatt Schlüssel zu stehlen und sich heimlich einzuschleichen?«

»Es war eine vertrackte Angelegenheit«, meinte er geknickt.

»Und der Fernsehapparat?«

»Das ist eine lange Geschichte.«

»Erzählen Sie mir wenigstens ein Stück davon.«

»Na ja, er war ein Geschenk, für das Aufbewahren ... na, dieser Videos. Aber ich wollte ihn nicht zu Suzi mitbringen, weil ... ach, Sie wissen, daß das nicht gegangen wäre. Suzi hätte gleich Bescheid gewußt oder zumindest etwas geahnt.«

»Und jetzt gibt es nichts mehr, was sie herausfinden könnte?«
»Nein, Signora.« Lou fühlte sich wie ein Vierjähriger, der mit hängendem Kopf seine Missetaten gestand.
»*In bocca al lupo,* Luigi«, sagte die Signora und schloß die Tür hinter sich, lehnte sich dann noch einmal dagegen und prüfte, ob sie wirklich verschlossen war.

CONNIE

Als Constance O'Connor fünfzehn war, strich ihr die Mutter den Nachtisch. Zum Tee gab es kein Gebäck mehr, anstatt Butter stand Diätmargarine auf dem Tisch, Bonbons und Schokolade waren aus dem Haus verbannt.

»Du wirst allmählich ein bißchen rund um die Hüften, Schatz«, erklärte ihre Mutter auf Constance' Proteste.

»Mit einem dicken Hintern nützt es auch nichts, wenn du Tennisstunden nimmst und wir uns in der guten Gesellschaft sehen lassen.«

»Nützen nichts wozu?«

»Um den richtigen Ehemann zu angeln«, hatte ihre Mutter lachend erwidert. Und bevor Connie etwas dagegen einwenden konnte, hatte sie noch hinzugefügt: »Glaub mir, ich weiß, wovon ich spreche. Ich behaupte nicht, daß das gerecht ist, aber so läuft es nun mal. Und wenn wir die Regeln schon kennen, warum sollten wir uns nicht daran halten?«

»Vielleicht ist es ja so gelaufen, als du jung warst, Mutter, damals in den vierziger Jahren. Aber seitdem hat sich alles verändert.«

»Glaub mir«, begann ihre Mutter. Das war einer ihrer Lieblingssätze, die Leute sollten ihr immer alles mögliche glauben. »Es hat sich nichts geändert. Ob 1940 oder 1960, sie wollen immer noch eine ranke und schlanke Frau. Das wirkt einfach vornehmer. Die Art von Mann, auf die *wir* aus sind, möchte eine Frau mit dem entsprechenden Äußeren. Sei einfach froh, daß du das weißt und daß viele deiner Schulfreundinnen es nicht wissen.«

Da hatte Connie sich an ihren Vater gewandt. »Hast du Mutter geheiratet, weil sie schlank war?«

»Nein, ich habe sie geheiratet, weil sie wunderschön und liebenswürdig und warmherzig war. Und weil sie auf sich aufpaßte. Denn ich wußte, jemand, der auf sich aufpaßte, würde auch auf mich aufpassen, und auf dich, als du dann kamst, und auf das Haus. So einfach war das.«

Connie besuchte eine teure Mädchenschule.

Ihre Mutter drängte sie immer, ihre Freundinnen zum Essen oder übers Wochenende einzuladen. »Dann werden sie deine Einladung erwidern, und du lernst ihre Brüder und Freunde kennen«, erklärte sie.

»Ach Mutter, das ist doch idiotisch. Ich bewege mich nicht in den gesellschaftlichen Kreisen, in denen man bei Hofe vorgestellt wird. Wenn ich jemanden kennenlerne, dann geschieht das rein zufällig. So ist das heutzutage.«

»So ist es auch heutzutage nicht«, widersprach ihre Mutter.

Und mit siebzehn oder achtzehn hatte Connie genau den Umgang, den ihre Mutter sich für sie gewünscht hatte: Söhne von Ärzten und Anwälten, junge Leute, deren Väter erfolgreiche Geschäftsleute waren. Manche waren sehr amüsant, andere dagegen reichlich dumm, aber Connie wußte ja, daß alles anders werden würde, wenn sie erst zur Universität ging. Dann konnte sie endlich all die verschiedenen Menschen kennenlernen, die es da draußen in der Welt gab. Dann konnte sie sich ihre Freunde selbst aussuchen und war nicht auf den kleinen Kreis angewiesen, den ihre Mutter für *comme il faut* erachtete.

Kurz vor ihrem neunzehnten Geburtstag hatte sie sich am University College Dublin eingeschrieben. Sie war ein paarmal hingegangen und hatte das Universitätsgelände erkundet, hatte sogar einige öffentliche Vorlesungen besucht, damit sie sich zu Semesteranfang im Oktober bereits ein bißchen auskannte.

Doch im September passierte etwas Unfaßbares: Ihr Vater starb. Als Zahnarzt, der die meiste Zeit auf dem Golfplatz verbracht hatte und dessen geschäftlicher Erfolg hauptsächlich darauf zurückzuführen war, daß er eine Gemeinschaftspraxis mit seinem Onkel unterhielt, hätte er eigentlich ewig leben müssen. So hieß es allgemein. Er hatte nicht einmal geraucht, kaum getrunken – und

wenn, dann nur aus Gründen der Geselligkeit – und viel Sport getrieben. In seinem Leben hatte es nicht den geringsten Streß gegeben.
Allerdings hatten sie nichts von seiner Wettleidenschaft geahnt. Erst nach einer Weile kam heraus, daß es Schulden gab. Daß man das Haus würde verkaufen müssen. Und daß kein Geld da war, um Connie und ihre Geschwister auf die Universität zu schicken.
Connies Mutter hatte während der ganzen Enthüllungen keine Gefühlsregung gezeigt. Auf der Beerdigung wahrte sie die Form und lud anschließend die gesamte Trauergesellschaft bei sich zu Hause auf einen Imbiß und ein Glas Wein ein. »Richard hätte es so gewollt«, sagte sie.
Schon kursierten Gerüchte, aber sie begegnete ihnen hocherhobenen Hauptes. Nur wenn sie mit Connie allein war, ließ sie die Maske fallen. »Wenn er nicht schon tot wäre, würde ich ihn umbringen«, sagte sie immer wieder. »Ich würde ihn mit bloßen Händen erwürgen für das, was er uns angetan hat.«
»Armer Daddy.« Connie war milder gestimmt. »Er muß seinen gesunden Menschenverstand verloren haben, wenn er sein ganzes Geld für Hunde- und Pferdewetten verschwendet hat. Aber wenn er nicht gestorben wäre, hätte er es zumindest erklären können oder vielleicht sogar alles zurückgewonnen.« Connie wollte ihren Vater, diesen liebevollen, gutmütigen Mann, in bester Erinnerung behalten. Er war viel unkomplizierter als Mutter gewesen und hatte ihr nicht so viele Vorschriften gemacht.
»Sei keine Närrin, Connie. Dafür ist jetzt keine Zeit. Uns bleibt nur die Hoffnung, daß du eine gute Partie machst.«
»Mutter! Das ist doch Unsinn. Es wird noch Jahre dauern, bis ich heirate. Erst kommt das Studium, und anschließend möchte ich reisen. Wenn ich mich häuslich niederlasse, werde ich beinahe dreißig sein.«
Ihre Mutter warf ihr einen eisigen Blick zu. »Laß dir das ein für allemal gesagt sein: Es wird kein Studium geben. Wovon sollten wir die Gebühren bezahlen, wovon deinen Unterhalt?«
»Und was soll ich deiner Meinung nach sonst tun?«

»Du wirst tun, was die Situation erfordert. Du wirst bei der Familie deines Vaters leben, seine Onkel und Brüder schämen sich sehr wegen seiner Verfehlungen. Manche wußten davon, andere nicht. Auf alle Fälle sind sie bereit, dir ein Jahr lang in Dublin Obdach zu geben, während du einen Sekretärinnenkurs absolvierst und vielleicht noch ein paar andere Dinge lernst. Dann suchst du dir eine Stelle und so bald wie möglich auch einen passenden Heiratskandidaten.«
»Aber Mutter ... Ich möchte einen Universitätsabschluß machen. Es ist doch schon alles geregelt, sie haben mich angenommen.«
»Damit ist es nun vorbei.«
»Das kann doch nicht wahr sein.«
»Darüber mußt du dich bei deinem verstorbenen Vater beklagen. Es geht auf sein Konto, nicht auf meines.«
»Könnte ich denn nicht arbeiten und nebenher zur Universität gehen?«
»Das klappt nie und nimmer. Und außerdem wird dich seine Verwandtenschar kaum in ihr Haus aufnehmen, wenn du als Putzfrau oder Verkäuferin arbeitest. Und auf eine bessere Stelle kannst du nicht hoffen.«
Vielleicht hätte sie sich nicht so leicht entmutigen lassen dürfen, sagte sich Connie später. Aber im nachhinein konnte man sich die Zustände damals kaum noch vorstellen. Sie waren einfach alle so erschüttert und durcheinander gewesen.
Und sie hatte sich so davor gefürchtet, bei ihren Verwandten zu leben, die sie noch nicht einmal kannte, während Mutter und die Zwillinge zurück aufs Land zu Mutters Familie zogen. Mutter sagte, diese Rückkehr in die kleine Stadt, die sie vor langer Zeit im Triumph verlassen hatte, sei das Schlimmste, was man von einem Menschen verlangen könne.
»Aber sie werden dich bemitleiden und nett zu dir sein«, hatte Connie sie getröstet.
»Ihr Mitleid und ihre Freundlichkeit will ich nicht haben. Ich wollte Achtung. Doch damit ist es nun vorbei. Und das werde ich ihm nie verzeihen, niemals, solange ich lebe.«

In dem Sekretärinnenkurs traf Connie Vera, mit der sie zur Schule gegangen war.
»Es tut mir schrecklich leid, daß dein Vater sein ganzes Geld verloren hat«, sagte Vera sofort, und Connie traten die Tränen in die Augen.
»Es war furchtbar«, entgegnete sie. »Denn irgendwie ist nicht nur mein Vater gestorben, was ja schon schlimm genug wäre. Sondern es ist auch noch so, als hätten wir ihn die ganze Zeit gar nicht gekannt.«
»Oh, natürlich habt ihr ihn gekannt, nur wußtet ihr nicht, daß er gern sein Glück beim Wetten versuchte. Und das hätte er auch nie getan, wenn er geahnt hätte, daß er euch damit so verletzt«, sagte Vera.
Connie freute sich, auf eine liebenswürdige und verständnisvolle Seele zu treffen. Und obwohl sie und Vera in der Schule keine engen Freundinnen gewesen waren, waren sie von diesem Moment an beinahe unzertrennlich.
»Du weißt gar nicht, wie schön es ist, wenn man jemanden hat, der einen versteht«, schrieb sie ihrer Mutter. »Das ist wie ein warmes Bad. Bestimmt wären die Menschen bei Großmutter auch so zu dir, wenn du es zulassen und ihnen erzählen würdest, wie schrecklich du dich fühlst.«
Die Antwort ihrer Mutter war scharf und unmißverständlich. »Du solltest nicht bei jedermann um Mitleid betteln. Mitleid ist auf lange Sicht kein Trost, ebensowenig wie nette, rührende Worte. Würde und Stolz sind das einzige, was du auf deinem Lebensweg brauchst. Ich bete, daß sie dir nicht genommen werden wie mir.«
Nie ein Wort, daß sie Vater vermißte. Was für ein liebevoller Ehemann, für ein guter Vater er gewesen war. Sie nahm seine Bilder aus den Fotorahmen und ließ die Rahmen versteigern. Connie wagte nicht zu fragen, ob wenigstens ihre Kinderfotos noch existierten.
Connie und Vera besuchten die Sekretärinnenschule mit gutem Erfolg. Neben Stenografie und Maschineschreiben hatten sie auch Kurse in Buchführung und allgemeiner Büroorganisation,

all das, was eben zu einer gründlichen Ausbildung gehörte. Die Familie des Onkels, bei der sie wohnte, war beschämt über ihre Notlage und ließ ihr deshalb mehr Freiheit, als ihre Mutter ihr gewährt hätte.

Connie genoß ihre Jugend und Dublin in vollen Zügen. Sie und Vera gingen zum Tanzen und lernten dabei nette Leute kennen. Ein Junge namens Jacko interessierte sich für Connie, und dessen Freund Kevin hatte ein Auge auf Vera geworfen, also gingen sie oft zu viert aus. Aber weder Connie noch Vera meinten es wirklich ernst, im Gegensatz zu den Jungen, die sie drängten, mit ihnen zu schlafen. Connie wollte nichts davon wissen, aber Vera willigte ein.

»Warum tust du das bloß, wenn es dir gar nicht gefällt und du dazu noch Angst vor einer Schwangerschaft hast?« fragte Connie verwundert.

»Ich habe nicht gesagt, daß es mir nicht gefällt«, protestierte Vera. »Ich habe nur gesagt, es ist nicht so toll, wie einem weisgemacht wird, und ich habe keine Ahnung, was dieses Stöhnen und Schnaufen eigentlich soll. Außerdem habe ich keine Angst davor, schwanger zu werden, weil ich nämlich ab jetzt die Pille nehme.«

Obwohl Verhütungsmittel Anfang der siebziger Jahre in Irland noch verboten waren, konnte man sich die Pille bei unregelmäßiger Menstruation verschreiben lassen. Daher war es nicht verwunderlich, daß ein großer Anteil der weiblichen Bevölkerung an diesem Symptom litt. Connie fand, es könne von Vorteil sein, ebenso zu verfahren. Man wußte schließlich nie, wann genau man in die Lage kam, mit jemandem zu schlafen, und dann wäre es schade gewesen, warten zu müssen, bis die Wirkung der Pille einsetzte.

Jacko erfuhr allerdings nichts davon, daß Connie die Pille nahm. Und er gab die Hoffnung nicht auf, daß Connie irgendwann einsehen würde, daß sie ebenso füreinander geschaffen waren wie Kevin und Vera. Um ihr zu gefallen, ließ er sich alles mögliche einfallen. Er schwärmte ihr von einer gemeinsamen Reise nach

Italien vor und daß sie zuvor auf irgendeiner Abendschule oder mit Hilfe von Schallplatten Italienisch lernen würden. In Italien würde man sie kaum mehr von echten Italienern unterscheiden können, so fließend würde ihnen *scusi* und *grazie* über die Lippen kommen. Jacko sah gut aus, und er begehrte sie leidenschaftlich. Aber Connie blieb hart. Sie wollte keine Affäre mit ihm, nicht richtig mit ihm zusammensein. Daß sie die Pille nahm, war nur ihrer praktischen Ader zuzuschreiben.

Vera vertrug die Pille nicht, und gerade, als sie mal wieder zu einer anderen Marke wechselte, wurde sie schwanger.

Kevin freute sich. »Wir hatten sowieso vor, irgendwann zu heiraten«, meinte er bloß.

»Aber vorher wollte ich noch etwas von meinem Leben haben«, schluchzte Vera.

»Das hattest du doch, und jetzt fängt das Leben erst richtig an für uns. Für dich, das Baby und mich.« Kevin war überglücklich, daß sie nun nicht mehr zu Hause leben mußten. Jetzt konnten sie in eine eigene Wohnung ziehen.

Es war dann allerdings keine sehr komfortable Wohnung. Vera kam nicht gerade aus begüterten Verhältnissen, und ihre Eltern waren verärgert, daß ihre Tochter die kostspielige Schulausbildung und den teuren Sekretärinnenkurs nun völlig umsonst gemacht hatte, denn sie hatte ja noch keinen einzigen Tag in ihrem Leben gearbeitet.

Auch über Veras neue Verwandtschaft waren sie alles andere als erfreut. Obwohl sie Kevins Familie für außerordentlich respektabel hielten, war sie doch beileibe nicht das, was sie sich für ihre Tochter erhofft hatten.

Ihrer Freundin Connie brauchte Vera die angespannte Situation nicht zu erklären, denn Connies Mutter hätte ebenfalls getobt. Sie konnte sie förmlich keifen hören: »Sein Vater ist Anstreicher. Und Kevin will in das Geschäft einsteigen. Ein Geschäft nennen sie das!«

Es wäre völlig sinnlos gewesen zu erklären, daß Kevins Vater eine kleine Bau- und Malerfirma besaß, die sich im Laufe der Zeit durchaus zu einem bedeutenden Unternehmen entwickeln konnte.

Seit seinem siebzehnten Lebensjahr hatte Kevin sich seinen Lebensunterhalt selbst verdient. Jetzt war er einundzwanzig und außerordentlich stolz darauf, daß er Vater wurde. Er hatte das Kinderzimmer in dem kleinen Reihenhäuschen dreimal gestrichen. Es sollte einfach perfekt sein, wenn das Baby kam.

Auf Veras Hochzeit, bei der Jacko als Brautführer und Connie als Brautjungfer fungierten, faßte Connie einen Entschluß. »Von nun an können wir nicht mehr miteinander ausgehen«, sagte sie.

»Das ist doch wohl nicht dein Ernst. Was habe ich dir denn getan?«

»Nichts, Jacko, du warst immer wahnsinnig nett zu mir. Aber ich möchte nicht heiraten, sondern arbeiten und ins Ausland gehen.«

Sein offenes, ehrliches Gesicht nahm einen verwunderten Ausdruck an. »Du könntest weiterhin arbeiten, und wir würden jedes Jahr nach Italien in Urlaub fahren.«

»Nein, Jacko. Lieber Jacko, nein.«

»Ich hatte eigentlich gedacht, wir würden noch heute abend unsere Verlobung bekanntgeben«, sagte er. Die Enttäuschung stand ihm ins Gesicht geschrieben.

»Wir kennen uns doch kaum, du und ich.«

»Wir kennen uns genauso gut wie das Brautpaar hier, und sieh mal, wie weit die schon gekommen sind«, meinte Jacko voller Neid.

Doch Connie fand, daß ihre Freundin äußerst unklug gehandelt hatte, als sie Kevin das Jawort gegeben hatte. Aber sie schwieg, auch wenn sie vermutete, daß Vera ihr neues Leben bald satt haben würde. Vera mit ihren dunklen, fröhlichen Augen und den dunklen Ponyfransen eines Schulmädchens würde bald Mutter werden. Und sie schaffte es sogar, die mißbilligenden Mienen ihrer Eltern zu ignorieren und dafür zu sorgen, daß die ganze Gesellschaft sich auf ihrem Hochzeitsfest gut unterhielt. Da stand sie, mit ihrem kleinen, sich bereits abzeichnenden Bäuchlein, und stimmte zur Klavierbegleitung »Hey Jude« an. Bald fielen die Anwesenden mit ein. »La la la la la la la, Hey Jude« trällerten alle.

Vera schwor Connie hoch und heilig, daß es genau das war, was sie sich wünschte.
Und erstaunlicherweise schien das die Wahrheit zu sein. Sie schloß den Kurs ab und fing im Büro von Kevins Vater zu arbeiten an. Nach kürzester Zeit hatte sie Ordnung in das kümmerliche Buchführungssystem gebracht. Ein anständiger Aktenschrank löste die bisherige Zettelwirtschaft ab, und es gab einen Terminkalender, in den sich jeder eintragen mußte. Die so gefürchtete Steuererklärung verlor ihre Schrecken. Schritt für Schritt hob Vera das Niveau.
Das Baby war ein Engel, ein winziges Bündel mit dunklen Augen und Veras und Kevins dichtem schwarzen Haar. Bei seiner Taufe empfand Connie zum erstenmal so etwas wie Neid. Sie und Jacko waren die Paten. Jacko hatte seine neue Freundin mitgebracht, ein kesses kleines Ding. Ihr Rock war zu kurz und ihre ganze Aufmachung unpassend für einen solchen Anlaß.
»Ich hoffe, du bist glücklich«, flüsterte Connie ihm am Taufstein zu.
»Ich käme schon morgen zu dir zurück. Noch heute abend, Connie«, entgegnete er.
»Das ist nicht drin. Und außerdem ist es gemein, an so etwas auch nur zu denken«, sagte sie.
»Ich bin nur mit ihr zusammen, damit ich dich vergessen kann«, verteidigte er sich.
»Vielleicht schafft sie das sogar.«
»Sie oder die nächsten siebenundzwanzig. Allerdings bezweifle ich das.«
Die Feindseligkeit, die Veras Familie gegenüber Kevin empfunden hatte, war nun wie weggeblasen. Und nicht zum erstenmal gab ein winziges, unschuldiges Baby im Taufkleid dazu den Anstoß. Während man es herumreichte, versuchte man, die charakteristische Familiennase, die typische Augen- oder Ohrenform an dem kleinen Wesen zu entdecken. Vera mußte nicht mehr »Hey Jude« singen, um alle aufzuheitern, sie waren bereits vollkommen glücklich.

Die Freundinnen hatten den Kontakt zueinander nicht abreißen lassen. Vera hatte sich erkundigt: »Willst du wissen, wie sehr Jacko sich nach dir verzehrt oder nicht?«
»Bitte, nicht. Kein Wort davon.«
»Und was soll ich ihm sagen, wenn er fragt, ob du dich mit jemandem triffst?«
»Die Wahrheit. Sag, daß ich hin und wieder eine Verabredung habe, du aber nicht glaubst, daß ich mich ernsthaft für einen interessiere. Und daß ich ganz bestimmt nicht vorhabe zu heiraten.«
»In Ordnung«, versprach Vera. »Aber ganz unter uns, hast du seit ihm schon jemanden kennengelernt, den du gern hattest?«
»Ein paar davon konnte ich gut leiden, ja.«
»Aber du bist noch mit keinem von ihnen ins Bett gegangen?«
»Solche Themen kann ich mit einer ehrbaren, verheirateten Frau und Mutter nicht erörtern.«
»Das heißt also nein«, befand Vera, und dann kicherten die beiden wie damals, als sie zusammen Maschineschreiben gelernt hatten.
Connies attraktives Aussehen und ihre souveräne Art waren bei Vorstellungsgesprächen ein großer Pluspunkt. Sie schaffte es stets, nur zurückhaltendes Interesse an der Stelle zu bekunden, dennoch wirkte sie niemals arrogant. Einen begehrten Posten in einer Bank lehnte sie ab, weil es sich nur um einen Zeitvertrag handelte.
Der Herr, bei dem sie sich vorstellte, war überrascht und sehr beeindruckt von ihr. »Warum haben Sie sich eigentlich beworben, wenn Sie die Stelle nicht interessiert?« wollte er wissen.
»Dem Text Ihrer Anzeige war nicht zu entnehmen, daß es sich um eine zeitlich befristete Aushilfstätigkeit handelt«, entgegnete sie.
»Aber es wäre sicherlich von Vorteil, bereits einen Fuß in der Bank zu haben, Miss O'Connor.«
Connie ließ sich nicht beirren. »Wenn ich bei einer Bank anfange, dann möchte ich zum Stammpersonal gehören und in einem regulären Arbeitsverhältnis stehen«, sagte sie.

Der Eindruck, den sie bei ihm hinterließ, war so nachhaltig, daß er noch am selben Abend zwei Freunden im Golfclub von ihr erzählte. »Könnt ihr euch noch an Richard O'Connor erinnern, den Zahnarzt, der bis zum letzten Hemd alles verloren hat? Seine Tochter war heute bei mir, eine richtige kleine Grace Kelly, sehr souverän. Ich wollte ihr eine Stelle geben, weil ich dachte, daß ich es dem armen alten Richard schuldig wäre. Aber sie hat abgelehnt. Trotzdem, sie ist ein kluges kleines Ding.«

Einer der Männer besaß ein Hotel. »Würde sie sich an der Rezeption gut machen?«

»Sie ist genau das, was du suchst. Vielleicht sogar ein bißchen zu elegant.«

Also wurde Connie am nächsten Tag zu einem Vorstellungsgespräch gebeten.

»Die Arbeit ist sehr einfach, Miss O'Connor«, erklärte der Mann.

»Ja, aber was könnte ich dann dabei lernen? Ich möchte eine Aufgabe haben, die mich fordert, an der ich wachsen kann.«

»Es handelt sich um eine Stelle in einem neu eröffneten erstklassigen Hotel. Sie wird das sein, was Sie daraus machen.«

»Warum glauben Sie, daß ich dafür geeignet bin?«

»Aus drei Gründen: Sie sind attraktiv, Sie wissen sich auszudrücken, und ich kannte Ihren Vater.«

»Meinen verstorbenen Vater habe ich Ihnen gegenüber gar nicht erwähnt.«

»Nein, aber ich weiß, wer er war. Seien Sie nicht dumm, Mädchen, sagen Sie zu. Ihr Vater würde es gerne sehen, daß Sie versorgt sind.«

»Nun, falls das sein Wunsch war, dann hat er zu seinen Lebzeiten jedenfalls nicht sehr viel dazu beigetragen.«

»Hören Sie auf, so über ihn zu sprechen. Er hat Sie alle sehr geliebt.«

»Woher wissen Sie das?«

»Er hat uns auf dem Golfplatz ständig Fotos von Ihnen und Ihren Geschwistern gezeigt. Sie wären die klügsten Kinder auf der ganzen Welt, hat er uns erzählt.«

Ihre Augen begannen zu brennen. »Ich möchte die Stelle nicht aus Mitleid bekommen, Mr. Hayes.«

»Ich würde mir von meiner Tochter ebenfalls wünschen, daß sie so denkt, aber auch, daß sie sich nicht von übertriebenem Stolz leiten läßt. Stolz ist nicht nur eine Todsünde, er ist auch ein schlechter Gefährte an einem kalten Winterabend, das sollten Sie wissen.«

Einer der wohlhabendsten Männer Dublins gab ihr seine Lebensansichten preis. »Danke, Mr. Hayes, ich weiß Ihr Angebot zu schätzen. Am besten denke ich in Ruhe darüber nach.«

»Es wäre mir lieber, Sie würden gleich zusagen. Ein Dutzend anderer junger Frauen wartet nur auf die Stelle. Greifen Sie zu, und machen Sie etwas daraus.«

An jenem Abend rief Connie ihre Mutter an.

»Ich arbeite ab Montag im Hayes-Hotel. Bei der Hoteleröffnung werde ich als Empfangschefin vorgestellt, ausgewählt aus einer Schar von Hunderten von Bewerberinnen. Das hat mir die Abteilung für Öffentlichkeitsarbeit mitgeteilt. Stell dir bloß vor, mein Bild wird in der Abendzeitung erscheinen.« Connie wirkte sehr aufgeregt.

Ihre Mutter war davon nicht beeindruckt. »Die wollen dich nur als dumme kleine Blondine hinstellen, die für die Fotografen in die Kamera lächelt.«

Connie spürte, wie ihr Inneres sich verhärtete. Bis jetzt hatte sie sich den Wünschen ihrer Mutter bis in alle Einzelheiten gefügt, sie hatte den Sekretärinnenkurs gemacht, bei ihren Verwandten gewohnt, sich eine Stelle gesucht. Da hatte sie es wirklich nicht nötig, sich von oben herab behandeln zu lassen. »Falls du dich noch erinnerst, Mutter, wollte ich eigentlich die Universität besuchen und Anwältin werden. Das sollte nicht sein, also tat ich hier mein Bestes. Tut mir leid, daß du so wenig davon hältst. Ich dachte, du würdest dich freuen.«

Ihre Mutter bereute ihren Ton sofort. »Entschuldige, tut mir wirklich leid. Wenn du wüßtest, wie gereizt ich in letzter Zeit geworden bin … Hier heißt es schon, ich wäre genauso wie unsere gute Tante Katie, und du weißt bestimmt noch, welch legendären Ruf sie in unserer Familie hatte.«

»Ist schon gut, Mutter.«

»Nein, das ist es nicht. Ich schäme mich. Denn ich bin sehr stolz auf dich. Und diese schlimmen Dinge habe ich nur gesagt, weil ich den Gedanken nicht ertragen kann, daß wir Leuten wie diesem Mr. Hayes, einem Golfkameraden deines Vaters, dankbar sein müssen. Er weiß sicher, daß du die arme Tochter von Richard bist, und hat dir die Stelle aus Barmherzigkeit gegeben.«

»Nein, das weiß er mit Sicherheit nicht, Mutter«, log Connie sie ungerührt an.

»Du hast recht, woher auch? Es sind beinahe zwei Jahre vergangen seitdem.« Ihre Mutter klang traurig.

»Ich rufe dich wieder an und erzähle dir alles, Mutter.«

»Tu das, mein Liebes, und laß dich durch mich nicht irritieren. Weißt du, mehr als mein Stolz ist mir nicht geblieben. Aber ich werde niemals zu Kreuze kriechen, egal, wo oder bei wem, mein Stolz ist ungebrochen.«

»Ich bin froh, daß du dich für mich freust. Grüße die Zwillinge von mir.« Connie wußte, daß sie für die beiden vierzehnjährigen Jungen, die anders als geplant nicht eine private Jesuitenschule besuchten, sondern eine Knabenschule in einer Kleinstadt, bald eine Fremde sein würde.

Ihr Vater war tot, ihre Mutter konnte ihr nicht helfen. Sie war auf sich allein gestellt. Deshalb würde sie tun, was Mr. Hayes ihr geraten hatte. Es war ihre erste richtige Stellung, und sie würde sich bewähren. Man würde sie im Hayes-Hotel als die erste und beste Empfangsdame, die sie je hatten, in Erinnerung behalten.

Mit Connie hatte er eine ausgezeichnete Wahl getroffen, beglückwünschte sich Mr. Hayes wieder und wieder. Sie war eine richtige kleine Grace Kelly. Er fragte sich, wie lange es dauern würde, bis sie ihrem Fürsten begegnete.

Es dauerte zwei ganze Jahre. Natürlich gab es in der Zwischenzeit alle möglichen Angebote. Geschäftsleute, die regelmäßig im Hotel abstiegen, rissen sich darum, die elegante Miss O'Connor von der Rezeption in eines der schicken Restaurants oder auch in Nachtklubs, die überall in der Stadt wie Pilze aus dem Boden schossen, auszuführen. Doch sie blieb zurückhaltend. Stets pflegte sie mit einem herzlichen Lächeln zu erwidern, daß sie Arbeit und Privatleben strikt trenne.

»Es muß ja nicht mit Ihrer Arbeit verquickt sein«, stieß Teddy O'Hara verzweifelt hervor. »Ich ziehe in ein anderes Hotel, wenn Sie nur mit mir ausgehen.«

»Da würde ich dem Hayes-Hotel einen schlechten Dienst erweisen, nachdem ich diesen guten Posten bekommen habe«, entgegnete Connie lächelnd, »wenn ich unsere Kunden vergraule.«

Sie erzählte Vera alles von ihren Verehrern. Einmal in der Woche besuchte sie Vera, Kevin und Deirdre, der bald ein zweites Baby folgte.

»Teddy O'Hara wollte mit dir ausgehen?« Vera machte große Augen. »Oh, bitte heirate ihn, Connie, dann beauftragt er uns mit der Renovierung seiner Geschäfte. Wir hätten ausgesorgt. Komm schon, du mußt ihn heiraten, uns zuliebe.«

Connie lachte nur, aber es wurde ihr bewußt, daß sie es bisher versäumt hatte, ihren Freunden Aufträge zu verschaffen, was ihr leicht möglich gewesen wäre. Am nächsten Tag erzählte sie Mr. Hayes, daß sie eine sehr gute kleine Bau- und Malerfirma kenne, die man doch in die Liste der Dienstleistungsbetriebe aufnehmen könne, welche für das Hotel arbeiteten. Mr. Hayes entgegnete, das falle in den Entscheidungsbereich der entsprechenden Abteilung, aber er brauche gerade jemanden für sein eigenes Haus draußen in Foxrock.

Kevin und Vera wurden nicht müde davon zu schwärmen, wie groß und prächtig das Haus und wie nett die Familie Hayes sei, zu der eine kleine Tochter namens Marianne gehörte. Kevin und sein Vater hatten ihr Kinderzimmer renoviert, mit allem Luxus, den man sich nur vorstellen konnte. Sie hatte sogar ihr eigenes kleines Badezimmer, ganz in Rosa. Und das für ein Kind!

Doch aus Veras und Kevins Worten klang niemals Neid. Sie

blieben Connie stets dankbar dafür, daß sie bei den Hayes ein Wort für sie eingelegt hatte. Denn Mr. Hayes war mit ihrer Arbeit sehr zufrieden und empfahl die Firma auch an Bekannte weiter. Schon bald konnte sich Kevin einen besseren Lieferwagen kaufen. Man sprach sogar davon, in ein größeres Haus zu ziehen, wenn das zweite Baby da war.
Sie waren noch immer mit Jacko befreundet, der in der Elektrobranche tätig war. Ob sie auch für *ihn* ein paar Aufträge an Land ziehen sollte? Connie hatte darüber nachgedacht. Vera wollte vorfühlen. Jacko meinte dazu lediglich: »Du kannst dieser eingebildeten Ziege ausrichten, sie soll sich ihre Gefälligkeiten sonstwo hinstecken.«
»Er schien nicht besonders angetan«, lautete Veras Version, denn sie war ein friedliebender Mensch.
Und gerade als Veras und Kevins zweites Baby geboren wurde, lernte Connie Harry Kane kennen. Er war der attraktivste Mann, den sie jemals gesehen hatte, mit seinem dichten, braunen Haar, das in Locken bis auf die Schultern fiel – ganz anders als die Geschäftsleute, mit denen sie üblicherweise zu tun hatte. Er hatte für jedermann ein Lächeln übrig, und sein Benehmen ließ darauf schließen, daß er daran gewöhnt war, sofort Beachtung zu finden, wohin er auch kam. Türsteher beeilten sich, ihm zu öffnen, die Verkäuferin in der Boutique ließ die anderen Kunden warten, wenn er eine Zeitung kaufen wollte, und sogar Connie, die sonst als ziemlich kühl galt, sah bei seinem Erscheinen auf und lächelte ihm freundlich zu.
Besonders freute sie sich, als er einmal Zeuge wurde, wie sie im Umgang mit schwierigen Geschäftsreisenden großes Geschick bewies. »Sie sind eine richtige kleine Diplomatin, Miss O'Connor«, bemerkte er bewundernd.
»Es ist uns immer eine Freude, Sie hier begrüßen zu dürfen, Mr. Kane. Im Konferenzraum ist alles für Sie vorbereitet.«
Harry Kane führte mit zwei älteren Partnern ein neu gegründetes und sehr erfolgreiches Versicherungsunternehmen, das für die alteingesessenen Firmen eine große Konkurrenz darstellte. Man-

che argwöhnten, die Firma habe zu schnell zu stark expandiert, über kurz oder lang würde sich das rächen. Doch dafür gab es keine Anzeichen. Seine Partner, die in Galway und Cork tätig waren, trafen sich jeden Mittwoch mit Harry Kane im Hayes-Hotel. Die Sitzung, der auch eine Sekretärin beiwohnte, dauerte von neun Uhr bis halb eins, anschließend luden sie Geschäftspartner zum Lunch ein.

Dabei handelte es sich zuweilen um Minister, Wirtschaftsbosse oder Vorsitzende großer Gewerkschaften. Connie wunderte sich, daß sie die Sitzungen nicht in ihrem Dubliner Büro abhielten. Denn Harry Kane hatte in einem der georgianischen Häuser ein großes, prestigeträchtiges Büro mit fast einem Dutzend Angestellten. Wahrscheinlich lag es an dem vertraulichen Charakter der Gespräche, und außerdem waren sie hier völlig ungestört. Das Hotel hatte strikte Anweisung, mittwochs keinerlei Anrufe zum Konferenzraum durchzustellen. Die Sekretärin war wohl in alle Firmengeheimnisse eingeweiht und wußte, was es zu verbergen galt. Connie beobachtete sie sehr interessiert, wenn sie allwöchentlich mit den Sitzungsteilnehmern kam und ging. Dann trug sie stets einen Aktenkoffer mit Papieren bei sich, nahm jedoch nie an den Geschäftsessen teil. Trotzdem gehörte sie wahrscheinlich zum engsten Kreis.

Connie wäre auch gerne jemandem auf diese Art zu Diensten gewesen. Jemandem wie Harry Kane. Sie fing an, diese Frau in Gespräche zu verwickeln, wobei sie all ihren Charme und all ihre Redekunst spielen ließ.

»Ist im Konferenzraum alles zu Ihrer Zufriedenheit, Miss Casey?«

»Natürlich, Miss O'Connor, sonst hätte Mr. Kane Ihnen Bescheid gesagt.«

»Wir haben gerade eine Reihe moderner audiovisueller Geräte angeschafft. Vielleicht haben Sie bei Ihren Sitzungen Verwendung dafür?«

»Danke, aber nein.«

Miss Casey schien immer sehr darauf bedacht, das Hotel so schnell wie möglich zu verlassen, als würde ihr Aktenkoffer heißes Geld enthalten. Vielleicht war das sogar der Fall. Connie und Vera konnten stundenlang über den Inhalt des Aktenkoffers spekulieren.

»Ich würde sagen, sie ist ganz einfach eine Fetischistin«, meinte Vera, während sie den kleinen Charlie auf den Knien schaukelte und Deirdre versicherte, sie sei viel hübscher und liebenswerter, als Charlie es je sein würde.

»*Was?*« Connie hatte keine Ahnung, wovon Vera überhaupt sprach.

»Sie ist Sadomasochistin, peitscht ihnen jeden Mittwoch die Seele aus dem Leib. Das gibt ihnen die Kraft zum Arbeiten. Natürlich, das ist in ihrem Koffer – Peitschen!«

»Ach Vera, ich wünschte, du könntest sie einmal sehen.«

Connie lachte Tränen, als sie sich Miss Casey in dieser Rolle vorstellte. Und seltsamerweise war sie eifersüchtig bei der Vorstellung, daß diese ruhige, elegante Miss Casey tatsächlich eine intime Beziehung zu Harry Kane haben könnte. Solche Gefühle hatte sie noch nie bei jemandem empfunden.

»Du bist in ihn verknallt«, bemerkte Vera weise.

»Nur, weil er mich nicht beachtet. Du weißt doch, wie das ist.«

»Warum magst du ihn, was glaubst du?«

»Er erinnert mich ein wenig an meinen Vater«, sagte Connie unvermittelt, bevor ihr überhaupt bewußt war, daß es genau das war.

»Dann solltest du um so mehr ein Auge auf ihn haben«, riet ihr Vera, der es als einziger erlaubt war, Richard O'Connors kleine Wettleidenschaft zu erwähnen, ohne daß seine Tochter ihr den Kopf abriß.

Ohne allzu auffällig Erkundigungen einzuziehen, erfuhr Connie Stück für Stück mehr über Harry Kane. Er war beinahe dreißig, ledig, seine Eltern lebten als kleine Bauern auf dem Land. Er hatte es als erster in seiner Familie zu einem erfolgreichen Geschäftsmann gebracht. Er wohnte in einer Junggesellenwohnung mit Blick aufs Meer und besuchte – stets in Begleitung mehrerer Personen – Premieren und Vernissagen.

Wenn man von ihm hin und wieder in der Zeitung las, war es

immer im Zusammenhang mit einer Gruppe von Leuten; oder es hieß, daß er beim Rennen neben führenden Persönlichkeiten in der Loge gesessen hatte. Sollte er einmal heiraten, dann kam eine Verbindung mit einer Familie wie der von Mr. Hayes in Frage. Gott sei Dank war *dessen* Tochter erst ein kleines Schulmädchen, sonst wäre sie die ideale Partie für ihn gewesen.

»Mutter, warum kommst du nicht einmal an einem Mittwoch mit dem Zug nach Dublin und gehst mit ein paar Freundinnen ins Hayes-Hotel essen? Ich sorge dafür, daß man dich bevorzugt behandelt.«

»Ich habe keine Freundinnen mehr in Dublin.«

»Doch, das hast du.« Connie zählte einige auf.

»Ich will ihr Mitleid nicht haben.«

»Wenn du sie nett zum Essen einlädst, werden sie dich kaum bemitleiden. Bitte, ein Versuch kann nicht schaden. Vielleicht laden *sie* dich dann ein anderes Mal ein. Du kannst das ermäßigte Tagesticket benutzen.«

Widerstrebend erklärte sich ihre Mutter einverstanden.

Sie bekamen einen Tisch in der Nähe von Mr. Kanes Gesellschaft, zu der ein Zeitungsverleger und zwei Kabinettsminister zählten. Die Damen genossen ihren Lunch und ebenso die Tatsache, daß man ihnen anscheinend mehr Aufmerksamkeit entgegenbrachte als den ach so wichtigen Leuten am Nebentisch.

Wie Connie gehofft hatte, erwies sich das Essen als riesiger Erfolg. Eine der Teilnehmerinnen meinte, sie wolle sich revanchieren und die anderen einladen. Es sollte wieder an einem Mittwoch stattfinden, in einem Monat. Und so ging es weiter. Connies Mutter wurde immer fröhlicher und selbstbewußter, da kaum jemand ihren Mann erwähnte. Nur gelegentlich war von »dem armen Richard« die Rede, aber so hätten sie gegenüber jeder Witwe über den Verstorbenen gesprochen.

Connie schaute stets an ihrem Tisch vorbei und lud sie zu einem Glas Portwein ein, mit den besten Empfehlungen. Vor aller Augen unterschrieb sie dann die Bestellung, damit jeder sehen

konnte, daß das auf ihre Rechnung ging. Dabei blickte sie jedesmal mit einem kurzen Lächeln zum Tisch der Kane-Gesellschaft hinüber.
Nach dem viertenmal zeigte sich, daß sie ihm tatsächlich aufgefallen war. »Sie sind sehr liebenswürdig zu diesen älteren Damen, Miss O'Connor«, sagte er.
»Meine Mutter und ein paar ihrer Freundinnen. Sie gehen so gerne hier essen, und ich freue mich immer, wenn Mutter kommt, sie wohnt nämlich auf dem Land, wissen Sie.«
»Ach, und wo wohnen *Sie?*« fragte er mit großen Augen, gespannt auf ihre Antwort.
Das wäre das Stichwort gewesen für eine Antwort wie: »Ich habe meine eigene Wohnung«, oder: »Ich lebe alleine.« Doch Connie war auf diese Frage vorbereitet. »Nun, ich wohne natürlich in Dublin, Mr. Kane, aber ich hoffe, bald einmal zu verreisen und auch andere Städte kennenzulernen.« Sie gab nichts preis. Sein Interesse war geweckt, das war an seinem Gesicht abzulesen.
»Das sollten Sie auch, Miss O'Connor. Waren Sie schon einmal in Paris?«
»Leider nein.«
»Ich fahre nächstes Wochenende dorthin. Hätten Sie Lust, mich zu begleiten?«
Sie lachte freundlich, als würde sie nicht über ihn, sondern mit ihm lachen. »Wäre das nicht schön! Aber ich fürchte, es kommt nicht in Frage. Ich wünsche Ihnen viel Vergnügen.«
»Vielleicht würden Sie mit mir essen gehen, wenn ich wieder zurück bin. Dann kann ich Ihnen davon erzählen.«
»Sehr gerne.«
Und so fing sie an, die Romanze zwischen Connie O'Connor und Harry Kane. Während der ganzen Zeit wußte Connie, daß Siobhan Casey, seine ihm treu ergebene Sekretärin, sie haßte. Sie versuchten, ihre Beziehung, so gut es ging, geheimzuhalten, aber das war nicht immer einfach. Wenn er Karten für die Oper bekam, wollte er mit ihr hingehen und nicht mit einer Gruppe von Personen, die eigens für ihn ausgewählt waren. Schon bald wurden ihre

Namen miteinander in Verbindung gebracht. Eine Kolumnistin beschrieb sie als seine blonde Begleiterin.

»Das gefällt mir nicht«, sagte sie, als sie es in einer Sonntagszeitung las. »Es klingt ein bißchen so, als wäre ich ein billiges Flittchen.«

»Weil du meine Begleiterin bist?« Er zog die Augenbrauen nach oben.

»Du weißt schon, was ich meine. Bei ›Begleiterin‹ denkt man sich alles mögliche.«

»Nun, es ist nicht meine Schuld, daß die Journalisten in diesem Punkt falsch liegen.« Seit einiger Zeit schon drängte er sie, mit ihm zu schlafen, aber ohne Erfolg.

»Ich finde, wir sollten uns nicht mehr sehen, Harry.«

»Das ist nicht dein Ernst.«

»Mir fällt es ja auch schwer, aber ich finde, es ist am besten so. Schau mal, ich will keine kurzlebige Affäre mit dir haben und dann fallengelassen werden. Ganz ernsthaft, Harry, dafür mag ich dich zu sehr. Ich denke ständig an dich.«

»Und ich an dich.« Er klang, als meine er es aufrichtig.

»Ist es dann nicht besser, wenn wir es jetzt beenden?«

»Ich komme gerade nicht auf den Satz ...«

»Steig aus, bevor es zu spät ist«, sagte sie lächelnd.

»Ich will nicht aussteigen«, entgegnete er.

»Ich auch nicht. Aber später wird es mir noch schwerer fallen.«

»Willst du mich heiraten?« fragte er sie.

»Nein, darum geht es nicht. Ich will dir nicht die Pistole auf die Brust setzen. Das ist kein Ultimatum oder so, es ist nur zu deinem eigenen Besten.«

»Aber ich setze *dir* die Pistole auf die Brust. Heirate mich.«

»Warum?«

»Weil ich dich liebe«, antwortete er.

Die Hochzeit sollte im Hayes-Hotel stattfinden. Alle bestanden darauf. Schließlich gehöre Mr. Kane fast zur Familie, und Miss O'Connor sei seit der Eröffnung die Seele des Hauses.

Connies Mutter mußte lediglich für ihre eigene Garderobe aufkommen. Sie konnte also ihre Freundinnen einladen, jene Damen, mit denen sie wieder Kontakt aufgenommen hatte. Sogar ein paar ihrer alten Feinde hatte sie eingeladen. Ihre beiden Zwillingssöhne geleiteten auf der elegantesten Hochzeitsfeier, die Dublin seit Jahren erlebt hatte, die Gäste zu ihren Plätzen. Ihre Tochter war eine Schönheit, der Bräutigam einer der begehrtesten Junggesellen Irlands. An jenem Tag vergab Connies Mutter ihrem verstorbenen Mann beinahe. Wenn er ihr jetzt lebend gegenübergetreten wäre, hätte sie ihn vielleicht doch nicht gleich erwürgt. Sie hatte sich mit ihrem Schicksal ausgesöhnt.

Am Vorabend der Hochzeit schliefen sie und Connie im selben Hotelzimmer. »Ich kann dir gar nicht sagen, wie froh ich bin, dich so glücklich zu sehen«, sagte sie zu ihrer Tochter.

»Danke, Mutter. Ich weiß, du wolltest immer nur das Beste für mich.« Connie war sehr gelassen. Am Morgen würden ein Friseur und eine Kosmetikerin auf ihr Zimmer kommen, um ihre Mutter, Vera und sie selbst zu verschönern. Vera war die Brautjungfer und völlig überwältigt von all der Pracht.

»Du *bist* doch glücklich?« fragte ihre Mutter unvermittelt.

»Ach, Mutter, um Himmel willen.« Connie versuchte, ihren Unmut zu beherrschen. Würde sie es jemals erleben, daß ihre Mutter nicht versuchte, ihr alles zu verderben? Trotzdem erwiderte sie ihren besorgten, freundlichen Blick. »Ich bin sehr, sehr glücklich. Ich habe nur Angst davor, daß ich nicht gut genug sein könnte für ihn, weißt du. Er ist ein sehr erfolgreicher Mann, vielleicht kann ich ja nicht mit ihm mithalten.«

»Bis jetzt ist es dir ganz gut gelungen«, meinte ihre Mutter scharfsinnig.

»Das liegt nur an meiner Taktik. Im Gegensatz zum Rest der Welt, wie's mir scheint, habe ich noch nicht mit ihm geschlafen. Ich war nicht leicht zu haben, aber wenn ich ihn jetzt heirate, ist vielleicht alles ganz anders.«

Ihre Mutter zündete sich noch eine Zigarette an. »Bitte merke dir das eine, das ich dir gleich sagen werde. Danach sollst du nie

wieder mit jemandem darüber sprechen, aber merke es dir. Du mußt darauf bestehen, daß er dir Geld zu deiner eigenen Verfügung gibt. Das legst du beiseite und investierst es. Damit bist du abgesichert, was auch immer passiert.«
»Oh, Mutter.« Connie blickte sanft und voller Mitleid auf ihre Mutter, die um alles betrogen worden war.
»Hätte Geld denn so einen Unterschied gemacht?«
»Das kannst du dir nicht vorstellen. Und ich werde heute nacht dafür beten, daß du es auch nie erfahren mußt.«
»Ich werde darüber nachdenken, was du gesagt hast«, versprach Connie. Das war ein äußerst nützlicher Satz, den sie häufig bei ihrer Arbeit verwendete – immer dann, wenn sie nicht die geringste Absicht hatte, über das nachzudenken, was ihr jemand gesagt hatte.

Die Hochzeitsfeier wurde ein Triumph. Harrys Partner und ihre Frauen meinten, es sei die schönste Hochzeit gewesen, bei der sie jemals gewesen seien, was einer offiziellen Billigung gleichkam. Mr. Hayes aus dem Hotel sagte, da der Brautvater leider nicht mehr unter den Lebenden weile, übernehme er es an seiner Stelle zu sagen, wie glücklich und stolz Richard gewesen wäre, wenn er diesen Tag erlebt und seine hübsche Tochter so strahlend und glücklich gesehen hätte. Das Hayes-Hotel schätze sich glücklich, daß Connie Kane, wie sie von nun an heiße, so lange hier weiterarbeiten wolle, bis die Umstände sie daran hinderten.
Daß die Frau eines so reichen Mannes als Empfangsdame in einem Hotel arbeiten wollte, bis sie schwanger wurde, löste aufgeregtes Gekicher aus. Man ging jedoch davon aus, daß ein Baby nicht lange auf sich warten lassen würde.
Das Paar verbrachte die Flitterwochen auf den Bahamas, zwei Wochen, von denen Connie geglaubt hatte, es würden die schönsten ihres Lebens werden. Sie mochte es, sich mit Harry zu unterhalten und mit ihm zu lachen. Sie liebte es, mit ihm am Strand spazierenzugehen, in der Morgensonne am Ufer Sandburgen zu bauen, händchenhaltend den Sonnenuntergang

zu genießen, bevor sie zum Essen und danach zum Tanzen gingen.
Was ihr allerdings überhaupt nicht gefiel, nicht das kleinste bißchen, war, mit ihm ins Bett zu gehen. Damit hätte sie am allerwenigsten gerechnet. Aber er war so grob und ungeduldig. Und er war schrecklich ungehalten, weil sie auf seine Bemühungen keine Reaktion zeigte. Als sie dann wußte, was er von ihr erwartete, und Erregung vorzutäuschen begann, durchschaute er sie sofort.
»Nun hör schon auf, Connie, dieses alberne Keuchen und Stöhnen ist ja richtig peinlich.«
Noch nie war sie so verletzt gewesen und hatte sich so einsam gefühlt. Gerechterweise mußte sie zugeben, daß er sich wirklich bemühte. Bald war er sanft, umwarb sie und schmeichelte ihr. Bald umarmte und liebkoste er sie. Doch sobald es ernst wurde und der Akt vollzogen werden sollte, verkrampfte sie sich und wurde abweisend, auch wenn sie sich noch so sehr einredete, daß sie es beide wollten.
Manchmal lag sie lange wach in der dunklen, warmen Nacht und lauschte dem Zirpen der Zikaden und den ungewohnten Geräuschen der karibischen See in der Ferne. Sie fragte sich, ob wohl alle Frauen so empfanden. Handelte es sich gar um eine gigantische Verschwörung, daß die Frauen schon seit Jahrhunderten so taten, als gefiele es ihnen, obwohl sie im Grunde nur Kinder und eine gesicherte Existenz wollten? Hatte ihre Mutter das gemeint, als sie ihr riet, auf einer Absicherung zu bestehen? Selbst heutzutage, in den siebziger Jahren des zwanzigsten Jahrhunderts, war das für Frauen nicht selbstverständlich. Männer hingegen konnten ihr Heim verlassen, ohne deswegen als Schurken dazustehen, Männer konnten all ihre Ersparnisse beim Wetten verlieren wie ihr Vater und galten trotzdem noch als prima Kerle.
In jenen langen, heißen, schlaflosen Nächten, in denen sie reglos im Bett lag, um ihn nicht zu wecken und das Ganze noch einmal über sich ergehen lassen zu müssen, dachte Connie auch über die Worte ihrer Freundin Vera nach. »Connie, um Himmels willen,

geh endlich mit ihm ins Bett. Damit du weißt, ob es dir überhaupt gefällt. Mal angenommen, du findest es scheußlich – dann müßtest du es ein Leben lang ertragen.«

Sie hatte nein gesagt. Es erschien ihr wie Betrug, Sex als Waffe einzusetzen, sich erst ewig zu verweigern und dann zuzustimmen, nur weil ihr der Verlobungsring sicher war. Er hatte es respektiert, daß sie jungfräulich in die Ehe gehen wollte. Doch in all den Monaten vor der Hochzeit hatte es durchaus Momente gegeben, in denen er sie erregt hatte. Warum hatte sie ihrem Begehren damals nicht nachgegeben, anstatt auf das hier zu warten? Es war eine Katastrophe. Eine Enttäuschung, die ihr Leben überschatten würde.

Nach acht Tagen und acht Nächten, die für zwei junge, gesunde Menschen eigentlich zu den schönsten ihres Lebens zählen sollten, die sich jedoch zu einem Alptraum aus Frustrationen und Mißverständnissen auswuchsen, beschloß Connie, wieder die selbstbewußte Frau zu werden, die sie einmal gewesen war und die ihn so sehr in den Bann gezogen hatte. In ihrem besten zitronengelb und weiß gemusterten Kleid setzte sie sich auf den Balkon, eine Schale mit Obst und eine Kanne Kaffee standen bereit. Dann rief sie ihn: »Harry, steh schon auf und nimm eine Dusche, wir müssen uns unterhalten.«

»Immer willst du dich nur unterhalten«, nuschelte er in sein Kissen.

»Beeil dich, Harry, der Kaffee bleibt nicht ewig heiß.«

Zu ihrer Überraschung folgte er ihrer Aufforderung und kam, zerzaust, aber sehr attraktiv, in seinem weißen Frotteebademantel zum Frühstück. Es war eine Sünde, dachte sie, daß sie es nicht schaffte, diesen Mann zu befriedigen und von ihm befriedigt zu werden. Aber abgesehen davon war es auch ein Problem, das es aus der Welt zu schaffen galt.

Nach der zweiten Tasse Kaffee begann sie: »Zu Hause bei dir in der Arbeit und auch bei mir in der Arbeit würden wir uns zusammensetzen und darüber reden, wenn wir ein Problem hätten, oder?«

»Was soll das?« Er klang nicht so, als würde er darauf eingehen wollen.
»Du hast mir von der Frau deines Partners erzählt, die eure Geschäftsgeheimnisse ausplauderte, wenn sie zuviel getrunken hatte. Also mußtet ihr dafür sorgen, daß sie keine wichtigen Informationen bekam. Das war eure Strategie ... ihr habt ihr unter dem Siegel der Verschwiegenheit Belanglosigkeiten anvertraut. Und sie war vollkommen zufrieden damit und ist es immer noch. Ihr habt euch eine Taktik zurechtgelegt, ihr drei habt euch zusammen hingesetzt und euch gesagt, daß ihr sie nicht kränken wollt und daher nicht mit ihr darüber sprechen könnt. Wie sollte es also weitergehen? Schließlich habt ihr eine Lösung gefunden.«
»Und?« Er wußte nicht, worauf sie hinauswollte.
»Und im Hotel hatten wir dieses Problem mit Mr. Hayes' Neffen. Dumm wie Bohnenstroh ..., aber er war nun einmal da und sollte für eine leitende Position im Hotel aufgebaut werden. Nur, bei diesem Jungen war Hopfen und Malz verloren. Wie sollten wir Mr. Hayes das beibringen? Wir haben uns beraten; drei von uns, denen etwas an einer Lösung des Problems lag, haben sich zusammengesetzt und überlegt, was zu tun war. Da fanden wir heraus, daß der Junge eigentlich Musiker werden wollte und kein Hoteldirektor. Wir haben ihn als Pianisten in einem unserer Gesellschaftsräume eingesetzt, er hat all seine reichen Freunde ins Haus gebracht, es hat wunderbar geklappt.«
»Wovon redest du eigentlich, Connie?«
»Du und ich, wir haben ein Problem. Wieso, ist mir völlig rätselhaft. Du bist himmlisch, du bist ein erfahrener Liebhaber, und ich liebe dich. Also muß es an mir liegen, vielleicht sollte ich einen Arzt oder Psychiater oder so etwas aufsuchen. Auf jeden Fall möchte ich eine Lösung finden. Können wir darüber reden, ohne zu streiten oder beleidigt oder verletzt zu sein?« Sie wirkte so hinreißend, so ernsthaft bemüht, diese unangenehme, peinliche Sache anzusprechen, daß er um eine Antwort rang.
»Sag *irgend etwas*, Harry. Sag, daß wir nach acht Tagen und acht Nächten noch nicht aufgeben. Sag mir, daß auch ich diese Erfül-

lung, die mir bisher verwehrt blieb, erleben werde, daß alles gut wird.« Noch immer Stille. Kein anklagendes, nur ein verwundertes Schweigen. »Sag etwas«, flehte sie. »Sag mir einfach, was du willst.«

»Ich möchte ein Flitterwochenbaby, Connie. Ich bin dreißig Jahre alt, ich möchte einen Sohn, der mein Geschäft übernehmen kann, wenn ich fünfundfünfzig bin. Im Laufe der nächsten Jahre möchte ich eine Familie haben, die für mich da ist; wenn ich sie brauche, möchte ich zu ihr nach Hause kommen können. Aber das *weißt* du doch alles. Wir haben so lange über unsere Träume und Ziele gesprochen, nächtelang, bevor mir klar wurde ...« Er hielt inne.

»Sprich nur weiter«, sagte sie mit leiser Stimme.

»Na gut, bevor mir klar wurde, daß du frigide bist«, fuhr er fort. Es trat Schweigen ein. »*Du* wolltest, daß ich es sage. Ich sehe keinen Sinn darin, über diese Dinge zu reden.« Er wirkte bedrückt.

Sie war immer noch ruhig. »Du hast recht, ich habe dich dazu gebracht, es zu sagen. Und ist das wirklich deine Meinung über mich?«

»Du hast doch selbst gesagt, daß du vielleicht einen Psychiater nötig hast, einen Arzt, irgend etwas. Vielleicht hängt es mit deiner Vergangenheit zusammen. Mein Gott, ich weiß es doch auch nicht! Und es tut mir schrecklich leid, weil du wunderschön bist und es mich sehr betrübt, daß es dir nicht gefällt.«

Sie war entschlossen, nicht zu weinen, zu schreien, wegzulaufen – was sie am liebsten getan hätte. Sie hatte bis jetzt ihre Ruhe bewahrt, sie mußte es auch weiter schaffen.

»Also möchten wir in vielerlei Hinsicht das gleiche. Ich möchte auch ein Flitterwochenbaby haben«, sagte sie. »Komm, so schwer kann es nicht sein. Alle Leute machen es, versuchen wir es weiter.« Aber noch nie hatte sie jemanden so unaufrichtig angelächelt wie jetzt ihn, als sie ihn zurück ins Schlafzimmer führte.

Als sie nach Dublin zurückkehrten, versprach sie ihm, eine Lösung zu finden. Und noch immer tapfer lächelnd versicherte sie ihm, daß es am vernünftigsten sei, den Rat von Fachleuten einzuholen. Zunächst vereinbarte sie einen Termin bei einem führenden Gynäkologen. Er war ein äußerst höflicher und charmanter Mann, er zeigte ihr ein Schaubild der weiblichen Geschlechtsorgane und erläuterte ihr, an welchen Stellen Blockaden oder Hemmungen denkbar wären. Connie studierte die Zeichnungen ohne echte Anteilnahme. Es hätten Pläne für eine neue Klimaanlage im Hotel sein können, dabei hatten sie doch mit den Vorgängen in ihrem eigenen Körper, mit ihren ureigensten Empfindungen zu tun. Sie nickte auf seine Erklärungen hin, beruhigt durch seine Ungezwungenheit und die diskrete Art, in der er durchblicken ließ, daß die halbe Welt mit ähnlichen Problemen zu kämpfen hatte.
Doch als auf den theoretischen der praktische Teil folgen sollte, begannen die Probleme. Sie verkrampfte sich derart, daß eine Untersuchung unmöglich war. Er stand da und verzweifelte allmählich, die Hand in einem Gummihandschuh, sein Gesichtsausdruck war freundlich, aber unpersönlich. Connie empfand ihn nicht als Bedrohung, im Gegenteil, sie wäre so erleichtert gewesen, wenn er irgendeine Membran entdeckt hätte, die ganz leicht entfernt werden konnte. Aber in ihr hatte sich alles zusammengezogen.
»Ich glaube, wir sollten die Untersuchung unter Vollnarkose vornehmen«, schlug er vor. »Das macht es für alle Beteiligten leichter. Wahrscheinlich genügt eine Ausschabung der Gebärmutter, und Sie sind wieder putzmunter.«
Sie vereinbarte einen Termin für die nächste Woche. Harry war liebevoll und stand ihr bei. Er begleitete sie in die Klinik, als sie aufgenommen wurde. »Du bist für mich das Wichtigste auf der Welt. Ich habe noch nie eine Frau wie dich kennengelernt.«
»Darauf möchte ich wetten«, versuchte sie zu scherzen. »Mit den anderen hattest du ganz andere Probleme als mit mir – da wußtest du nicht, wie du dich ihrer erwehren solltest.«

»Connie, es wird alles gut werden.« Harry war so sanft, so besorgt, und er sah so gut aus. Wenn sie zu einem Mann wie ihm nicht zärtlich sein konnte, gab es für sie keine Hoffnung. Angenommen, sie hätte früher dem Drängen von Männern wie Jacko nachgegeben, wäre das besser oder schlechter gewesen? Sie würde es nie erfahren.

Die Untersuchung ergab, daß bei Mrs. Constance Kane körperlich alles in Ordnung war. Wie Connie ihre Berufserfahrung gelehrt hatte, mußte man, wenn man in eine Sackgasse geriet, wieder zum Ausgangspunkt zurückkehren und einen anderen Weg ausprobieren. Also vereinbarte sie einen Termin bei einer Psychiaterin. Es war eine sehr sympathische Frau mit einem herzlichen Lächeln und einer sachlichen Art. Man konnte gut mit ihr reden, sie stellte knappe Fragen und erwartete eine ausführliche Antwort. Von ihrer Arbeit her war Connie es eher gewöhnt zuzuhören, doch mit der Zeit fiel es ihr leichter, sich auf die interessierten, aber niemals aufdringlichen Fragen der Psychiaterin einzulassen.

Sie versicherte der älteren Frau, daß es in ihrer Vergangenheit keine unangenehmen sexuellen Erfahrungen gegeben habe, da es mit Harry Kane das erste Mal gewesen sei. Nein, das habe sie nicht als schlimm empfunden, sie sei auch nicht neugierig oder frustriert gewesen. Nein, sie habe sich noch nie zu einer Geschlechtsgenossin hingezogen gefühlt, auch habe sie keine emotionale Bindung zu einer Frau, die so stark sei, daß sie ihre heterosexuellen Begierden überlagere. Sie erzählte ihr von ihrer tiefen Freundschaft zu Vera, doch diese habe ganz bestimmt keine sexuelle Komponente, und es bestehe auch keine emotionale Abhängigkeit – sie lachten einfach viel zusammen und vertrauten sich gegenseitig ihre Geheimnisse an. Connie erzählte auch davon, wie ihre Freundschaft angefangen hatte, nämlich weil Vera der einzige Mensch gewesen sei, der die Geschichte mit ihrem Vater als etwas völlig Normales betrachtet hatte, das jedem passieren konnte.

Die Psychiaterin war sehr verständnisvoll und mitfühlend und stellte mehr und mehr Fragen über Connies Vater und darüber, ob sie nach seinem Tod von ihm enttäuscht gewesen war. »Ich glaube, Sie machen zuviel aus dieser Sache mit meinem Vater«, sagte Connie einmal.

»Das ist schon möglich. Erzählen Sie mir, wie es war, wenn Sie von der Schule nach Hause kamen. Hat er sich zum Beispiel um Sie gekümmert, wenn Sie Hausaufgaben gemacht haben?«

»Ich weiß schon, was Sie damit andeuten möchten – vielleicht, daß er sich an mir vergangen hat oder so. Aber es war überhaupt nichts.«

»Nein, das möchte ich keineswegs andeuten. Warum glauben Sie das?«

Sie bewegten sich im Kreis. Manchmal fing Connie an zu weinen.

»Ich habe das Gefühl, meinen Vater zu verraten, wenn ich so über ihn spreche.«

»Sie haben doch gar nichts Nachteiliges über ihn gesagt, nur, daß er freundlich und gütig und liebevoll war und daß er den Leuten auf dem Golfplatz Fotos von Ihnen gezeigt hat.«

»Trotzdem habe ich das Gefühl, daß er für irgend etwas verantwortlich gemacht wird, zum Beispiel dafür, daß ich nicht gut im Bett bin.«

»Sie haben ihn dessen nicht beschuldigt.«

»Ich weiß, aber ich fühle, daß das irgendwie im Hintergrund steht.«

»Und warum glauben Sie das?«

»Ich weiß nicht. Wahrscheinlich, weil ich mich so im Stich gelassen fühlte. Ich mußte meine ganze Lebensgeschichte neu schreiben. Er hat uns gar nicht geliebt. Wie konnte er uns lieben, wenn irgendwelche Hunde oder Pferde wichtiger für ihn waren?«

»Sehen Sie das jetzt so?«

»Er hat mich nie angerührt, das kann ich Ihnen versichern. Und ich verdränge auch nichts oder so.«

»Aber er hat Sie im Stich gelassen. Er hat Sie enttäuscht.«

»Daran kann es doch wohl nicht liegen, oder? Weil ein Mann unsere Familie im Stich gelassen hat, sollte ich vor allen Männern Angst haben?« Connie mußte bei der Vorstellung lachen.

»Ist das so unwahrscheinlich?«
»Ich habe täglich mit Männern zu tun, ich arbeite mit ihnen zusammen. Gefürchtet habe ich mich noch nie vor ihnen.«
»Aber Sie haben auch noch nie einen nahe an sich herankommen lassen.«
»Ich werde darüber nachdenken, was Sie gesagt haben«, versprach Connie.
»Denken Sie darüber nach, was *Sie* gesagt haben«, riet ihr die Psychiaterin.

»Hat sie etwas herausgefunden?« fragte Harry hoffnungsvoll.
»Jede Menge Unsinn. Weil mein Vater unzuverlässig war, denke ich angeblich das gleiche von allen Männern.« Connie lachte spöttisch.
»Das könnte doch stimmen«, meinte er zu ihrer Überraschung.
»Aber Harry, wie sollte das möglich sein? Wir sind so offen zueinander, du würdest mich nie im Stich lassen.«
»Ich hoffe nicht«, entgegnete er so ernst, daß Connie ein Schauder überlief.
Die Wochen vergingen. Es wurde nicht besser, doch Connie flehte ihn an: »Bitte, gib die Hoffnung nicht auf, Harry, gib mich nicht auf. Ich liebe dich und möchte so gerne ein Kind von dir. Vielleicht bin ich entspannter, wenn wir erst ein Kind haben, und vielleicht gefällt es mir dann sogar, so wie es eigentlich sein sollte.«
»Ruhig, ruhig«, erwiderte er und streichelte die Sorgenfalten aus ihrem Gesicht, und es war überhaupt nicht abstoßend oder schmerzhaft, nur so schrecklich schwierig. Sie hätte längst schwanger sein können, so oft hatten sie schon miteinander geschlafen. Wie viele Frauen wurden schwanger, obwohl sie alles Erdenkliche taten, um eine Schwangerschaft zu verhüten. In ihren schlaflosen Nächten fragte sich Connie, ob sie zu allem anderen auch noch unfruchtbar war. Aber nein. Ihre Regel blieb aus, und da sie kaum zu hoffen wagte, wartete sie noch eine Weile, bis sie absolut sicher war. Dann erzählte sie ihm die Neuigkeit.

Sein Gesicht leuchtete. »Du hättest mich nicht glücklicher machen können«, sagte er. »Ich werde dich niemals im Stich lassen.«
»Ich weiß«, sagte sie. Aber sie wußte es nicht, denn in seinem Leben gab es etwas, das sie nie würde mit ihm teilen können, und sie fühlte, daß er es irgendwann einmal mit jemand anderem teilen würde. Bis es soweit war, mußte sie alles in ihrer Macht Stehende tun, ihn bei jenen Dingen zu unterstützen, die *sie* mit ihm teilen konnte.
Sie besuchten viele öffentliche Empfänge zusammen, und Connie bestand darauf, als Mrs. Constance Kane vom Hayes-Hotel vorgestellt zu werden anstatt nur als Harrys Frau. Zusammen mit den Frauen anderer erfolgreicher Männer sammelte sie Geld für zwei wohltätige Organisationen. Und sie gab selbst Gesellschaften in ihrem neuen, prachtvollen Haus, in dem Kevins Familie die gesamten Maler- und Tapezierarbeiten ausgeführt hatte.
Ihre Mutter erfuhr nicht, wie es um sie und Harry stand. Doch Vera erzählte sie alles. »Wenn das Baby erst da ist«, riet Vera, »läßt du dich mit einem anderen Mann ein. Vielleicht gefällt es dir mit dem, und dann kommst du zurück zu Harry und machst es mit ihm noch einmal richtig.«
»Ich werde darüber nachdenken«, erwiderte Connie.

Das Kinderzimmer war fertig. Connie hatte ihre Stellung gekündigt. »Dürfen wir hoffen, daß Sie zumindest stundenweise wieder bei uns arbeiten werden, wenn das Baby alt genug ist, um bei einem Kindermädchen zu bleiben?« drängte Mr. Hayes.
»Mal sehen.« Sie war so ruhig und beherrscht wie nie zuvor, dachte Mr. Hayes. Auch die Ehe mit so einem knallharten Burschen wie Harry Kane hatte sie nicht verändert.
Connie hatte großen Wert darauf gelegt, engen Kontakt zu Harrys Familie zu halten. In einem Jahr war sie öfter zu Besuch bei ihnen gewesen als Harry in den vergangenen zehn. Sie hielt sie über alle Einzelheiten ihrer Schwangerschaft auf dem laufenden, denn ihr erstes Enkelkind sei ein wichtiges Ereignis in ihrem Leben, behauptete sie. Harrys Eltern waren ruhige Leute, die großen Re-

spekt vor ihrem so überaus erfolgreichen Sohn hatten. Die Tatsache, daß man sie derart mit einbezog, ja, sie sogar bei der Namenswahl nach ihrer Meinung fragte, freute sie sehr und machte sie fast ein bißchen verlegen.

Connie achtete auch darauf, die Beziehungen zu Harrys Partnern und deren Frauen zu pflegen. Sie begann, sie an den Mittwochabenden zu einem leichten Abendessen in ihr Haus zu bitten. Da die Geschäftspartner bereits mittags nach der wöchtentlichen Sitzung ausgiebig gespeist hatten, legten sie keinen Wert auf ein üppiges Essen. Aber jede Woche war eine leckere Kleinigkeit für sie vorbereitet. Natürlich nichts Kalorienreiches, denn einer der Gäste war immer auf Diät, und selbstverständlich wurde auch nicht zuviel Alkohol angeboten, denn einer der Partner neigte dazu, einen über den Durst zu trinken.

Connie stellte Fragen und lauschte ihren Antworten. Den Frauen erzählte sie, Harry habe eine so hohe Meinung von ihren Ehemännern, daß sie beinahe eifersüchtig werde bei seinen Lobeshymnen. Sie merkte sich all die uninteressanten Einzelheiten über die Prüfungen der Kinder, die Verschönerung ihrer Häuser, den Urlaub und neue Kleiderkäufe. Diese Frauen waren beinahe zwanzig Jahre älter als sie. Zu Anfang waren sie ihr mit Ablehnung und Argwohn begegnet, aber sechs Monate nach ihrer Hochzeit waren sie ihre ergebenen Sklavinnen. Sie erzählten ihren Männern, daß Harry Kane keine bessere Ehefrau hätte finden können. Wie gut sei es doch, daß er nicht diese verkniffene Siobhan Casey geheiratet habe, die sich so große Hoffnungen gemacht hatte.

Die Partner wollten kein kritisches Wort über die absolut brillante Siobhan hören. Aus Gründen der Diskretion und der Männersolidarität hielten sie es nicht für nötig zu erklären, daß Miss Caseys Hoffnungen zwar vielleicht nicht zu einer Ehe geführt hatten, daß aber eine Fortsetzung ihrer einstigen Affäre mit Harry Kane mehr als wahrscheinlich schien. Keiner der Partner konnte das begreifen. Wenn man zu Hause so eine wunderschöne Frau wie Connie hatte, warum noch woanders auf die Suche gehen?

Als Connie begriff, daß ihr Mann mit Siobhan Casey schlief,

bekam sie einen mächtigen Schreck. So bald hatte sie etwas Derartiges nicht erwartet. Er hatte ihr nicht gerade lange die Treue gehalten. Ihrem gemeinsamen Leben hatte er keine große Chance gegeben. Seit sieben Monaten war Connie nun verheiratet, seit drei Monaten schwanger, und sie hatte ihren Teil der Vereinbarung bestens erfüllt. Kein Mann hatte je eine bessere Gefährtin gehabt, keiner ein bequemeres Leben. Connie hatte ihre beträchtlichen Kenntnisse aus der Hotelbranche in ihrem Haus eingesetzt. Es war elegant und komfortabel. Wenn er es wünschte, war es voller Menschen, gab es Blumen, Feste. Und es war ruhig und friedlich, wenn er das wollte. Aber er wollte mehr. Wenn es sich nur um einen einmaligen Seitensprung während einer Konferenz oder einer Auslandsreise gehandelt hätte, hätte sie vermutlich damit leben können. Aber ausgerechnet mit dieser Frau, dic ihn ganz offensichtlich schon immer gewollt hatte! Wie erniedrigend war es für Connie, daß sie ihn jetzt wiederhatte. Und schon so bald.

Mit seinen Ausreden gab er sich keine große Mühe. »Am Montag bin ich in Cork, ich denke, ich werde dort übernachten«, hatte er ihr erzählt. Nur hatte sein Partner in Cork an diesem Abend angerufen und nach ihm gefragt. Also war er überhaupt nicht dort gewesen.

Connie hatte die Sache heruntergespielt und so getan, als würde sie Harrys beiläufige Erklärung akzeptieren. »Dieser Typ könnte sich nicht einmal seinen eigenen Namen merken, wenn er nicht auf seinem Aktenkoffer stehen würde. Ich habe ihm mindestens dreimal gesagt, daß ich im Hotel übernachte. Das muß wohl am Alter liegen.«

Kurz danach, vor seiner Reise nach Cheltenham, schickte das Reisebüro das Ticket an seine Privatadresse, und da bemerkte Connie, daß auch ein Ticket für Siobhan Casey dabeilag.

»Ich wußte gar nicht, daß sie mitfährt«, meinte sie leichthin.

Harry zuckte mit den Schultern. »Wir müssen Kontakte knüpfen, zum Rennen gehen, Leute treffen. Da muß einer dabeisein, der nüchtern bleibt und alles mitschreibt.«

Und von da an übernachtete er mindestens einmal in der Woche nicht zu Hause. Und an etwa zwei weiteren Abenden blieb er so lange aus, daß klar war, daß er von einer anderen kam. Um sie nicht zu stören und damit sie in ihrem Zustand genügend Schlaf bekam, schlug er getrennte Schlafzimmer vor. Connie fühlte sich in ihrem Zimmer unendlich einsam.

Die Wochen verstrichen, und sie sprachen immer weniger miteinander. Doch er war stets höflich und voll des Lobes, besonders für ihre allwöchentlichen Mittwochseinladungen. Diese hätten wirklich dazu beigetragen, die Geschäftsbeziehungen zu seinen Partnern zu festigen, erklärte er ihr. Eine Folge davon war, daß er mittwochs zu Hause übernachtete, doch daß sie dies damit bezweckte, verschwieg sie ihm. Sie bestellte Taxis, die die Partner und ihre Frauen zum Hayes-Hotel brachten, wo sie zu einem ermäßigten Tarif in Suiten übernachteten.

Wenn sie weg waren, saß sie noch mit Harry zusammen und unterhielt sich mit ihm über seine Geschäfte, aber oft war sie nur mit halber Aufmerksamkeit dabei. Sie fragte sich, ob er wohl auch mit Siobhan Casey in deren Wohnung zusammensaß und, wie jetzt mit ihr, über seine Erfolge und Mißerfolge sprach. Oder wurden er und Siobhan so von der Lust überwältigt, sobald sie die Tür hinter sich geschlossen hatten, daß sie sich gegenseitig die Kleider vom Leib rissen und es auf dem Kaminvorleger trieben, weil sie nicht warten konnten, bis sie im Schlafzimmer waren?

Eines Mittwochabends streichelte er ihren dicken Bauch, und dabei traten ihm Tränen in die Augen. »Es tut mir so leid«, sagte er.

»Was denn?« Sie sah ihn fragend an.

Er hielt inne, als überlege er, ob er ihr etwas anvertrauen sollte oder nicht, deshalb sprach sie hastig weiter. Sie wollte nicht, daß etwas zugegeben und damit zur Kenntnis genommen und akzeptiert wurde. »Was tut dir leid? Wir haben doch alles, fast alles. Und was wir nicht haben, erreichen wir vielleicht noch.«

»Ja, ja, natürlich«, sagte er und riß sich zusammen.

»Und schon bald kommt unser Baby zur Welt«, meinte sie beruhigend.
»Und dann wird alles gut«, erwiderte er ohne große Überzeugung.

Nach achtzehn Stunden Wehen wurde ihr Sohn geboren. Er war ein kerngesundes Baby und wurde auf den Namen Richard getauft. Wie Connie erklärte, hatten zufälligerweise sowohl Harrys als auch ihr Vater so geheißen, daher sei diese Wahl naheliegend gewesen. Die Tatsache, daß Mr. Kane senior zeit seines Lebens Sonny Kane gerufen worden war, erwähnte niemand.
Die Tauffeier fand zu Hause statt. Sie wurde in elegantem, doch zugleich schlichtem Rahmen gehalten. Connie, die bereits eine Woche nach der Geburt wieder so schlank war wie zuvor, begrüßte die Gäste; ihre Mutter stand in ihrer übertriebenen Aufmachung dabei und strahlte vor Glück; Veras Kinder Deirdre und Charlie waren Ehrengäste.
Der Pfarrer war ein guter Freund von Connie. Er erfüllte seine Aufgabe mit großem Stolz. Ach, wären doch alle seine Gemeindemitglieder so großzügig und charmant wie diese junge Frau, dachte er bei sich. Auch ein Freund von Connies Vater nahm an der Feier teil, ein angesehener Anwalt im mittleren Alter, der einen ausgezeichneten Ruf genoß. Er war nicht dafür bekannt, Prozesse zu verlieren.
Beim Anblick von Connie, die – seinen Sohn im Arm – in ihrem eleganten marineblauen Seidenkleid mit weißen Besätzen zwischen dem Priester und dem Anwalt stand, spürte Harry ein Frösteln. Da er nicht wußte, woher diese Empfindung kam, maß er ihr keine Bedeutung bei. Vielleicht war nur eine Grippe im Anzug, was er allerdings nicht hoffte, da er in den kommenden Wochen eine Menge zu tun hatte. Trotzdem, er konnte die Augen nicht von dieser Szene abwenden. In ihr lag etwas, wovon er sich bedroht fühlte.
Beinahe widerstrebend näherte er sich der Gruppe. »Das gibt ein reizendes Bild«, sagte er in seiner üblichen ungezwungenen Art.

»Mein Sohn, am Tag seiner Taufe von den Vertretern des Rechts und der Geistlichkeit umringt. Kann man sich einen besseren Start für ihn vorstellen, im heiligen Irland?«
Sie lächelten, und Connie ergriff das Wort. »Ich habe Father O'Hara und Mr. Murphy eben erzählt, welch glücklicher Tag das heute für dich sein muß. Angesichts dessen, was du mir eine Woche nach unserer Hochzeit gesagt hast.«
»Ach ja, was habe ich denn da gesagt?«
»Du hast gesagt, du möchtest ein Flitterwochenbaby, das deine Firma übernehmen kann, wenn du fünfundfünfzig bist, und eine Familie, die für dich da ist, wenn du sie brauchst.« Auf die anderen wirkten ihre Worte freundlich und bewundernd, doch er hörte den scharfen Unterton heraus. Sie hatten seitdem nie wieder über diesen Vorfall gesprochen. Er hatte nicht erwartet, daß sie sich noch wortwörtlich an seine Bemerkung erinnern würde, die, wie er schon damals gefunden hatte, ziemlich schroff gewesen war. Und daß sie sie in aller Öffentlichkeit noch einmal wiederholen würde, hätte er nie für möglich gehalten. Wollte sie ihm etwa drohen?
»Bestimmt habe ich mich etwas liebevoller ausgedrückt, Connie«, wandte er lächelnd ein. »Wir waren auf den Bahamas und frisch verheiratet.«
»Genau so hast du es gesagt. Und ich habe Father O'Hara und Mr. Murphy gerade erklärt, daß ich das Schicksal nicht herausfordern möchte, aber bis jetzt scheint alles mehr oder weniger so zu laufen wie geplant.«
»Hoffen wir, daß Richard die Versicherungsbranche zusagt.«
Es war etwas Bedrohliches, das wußte er nun – er wußte nur nicht, woher es kam.

Monate später bat ein Anwalt Harry, ihn in seiner Kanzlei aufzusuchen.
»Benötigen Sie ein Versicherungskonzept für Ihre Firma?« wollte Harry wissen.
»Nein, es handelt sich um eine rein private Angelegenheit, und

es wird auch ein renommierter Kollege anwesend sein«, erwiderte der Anwalt.
In der Kanzlei erwartete ihn T. P. Murphy, der Freund von Connies Vater. Freundlich lächelnd saß er schweigend daneben, während der andere Anwalt erklärte, er sei von Mrs. Kane beauftragt worden, gemäß dem Gesetz über das Eigentum verheirateter Frauen ihr gemeinsames Vermögen aufzuteilen.
»Sie weiß doch, daß die Hälfte von meinem Besitz ihr gehört.«
Harry war erschüttert wie nie zuvor in seinem Leben. Er hatte schon viele geschäftliche Verhandlungen geführt, bei denen die Gegenseite ihn überrascht hatte, aber noch nie hatte ihn das so aus der Fassung gebracht.
»Ja, aber es müssen gewisse andere Faktoren berücksichtigt werden«, wandte der Anwalt ein. Der renommierte T. P. Murphy sagte nichts, er blickte nur von einem zum anderen.
»Welche zum Beispiel?«
»Das hohe Risiko in Ihrem Geschäft, Mr. Kane.«
»Jedes verdammte Geschäft birgt ein gewisses Risiko, Ihres übrigens auch«, gab er patzig zurück.
»Sie werden zugeben müssen, daß Ihre Firma in sehr kurzer Zeit stark expandiert hat. Da wäre es doch möglich, daß einige der Vermögenswerte nicht so sicher sind, wie es auf dem Papier den Anschein hat.«
Diese verdammte Connie hatte den Anwälten doch tatsächlich von dieser Gesellschaft erzählt, die auf tönernen Füßen stand, dem einzigen Bereich, der ihm und seinen Partnern wirklich Sorgen machte. Woher hätten sie sonst davon erfahren sollen?
»Wenn meine Frau etwas gegen unsere Firma gesagt hat, damit sie selbst einen Anteil in die Hände bekommt, wird ihr das leid tun«, sagte er, völlig aus der Reserve gelockt.
An diesem Punkt lehnte sich T. P. Murphy vor und sprach mit samtweicher Stimme: »Mein lieber Mr. Kane, wir sind bestürzt darüber, daß Sie die Sorge Ihrer Frau um Sie so völlig mißdeuten. Wahrscheinlich kennen Sie ein wenig von ihrer Lebensgeschich-

te. Das Erbe ihres eigenen Vaters reichte nicht aus, um seine Familie zu versorgen, als er …«

»Das war etwas ganz anderes. Er war ein verrückter alter Zahnarzt, der alles Geld, das ihm seine Zahnfüllungen einbrachten, auf Pferde oder Hunde setzte.« In der Kanzlei herrschte Schweigen. Harry Kane erkannte, daß er sich mit diesem Ausbruch keinen Gefallen getan hatte. Die beiden Anwälte warfen einander einen stummen Blick zu. »Trotzdem war er natürlich in jeder Hinsicht ein Ehrenmann«, fügte er widerwillig hinzu.

»Ja, wie Sie sagen, ein Ehrenmann. Er war viele Jahre lang einer meiner engsten Freunde«, fuhr T. P. Murphy fort.

»Ja. Ja, natürlich.«

»Wie wir von Mrs. Kane erfuhren, erwartet sie in ein paar Monaten ihr zweites Kind, nicht wahr?« Der Anwalt sprach, ohne von seinen Papieren aufzublicken.

»Das ist richtig, ja. Wir freuen uns beide sehr.«

»Und Mrs. Kane hat verständlicherweise ihre erfolgreiche Karriere im Hayes-Hotel aufgegeben, um für diese und alle weiteren Kinder, die vielleicht noch folgen werden, zu sorgen.«

»Aber sie war doch nur eine Empfangsdame, eine, die den Gästen die Schlüssel gibt und ein paar nette Worte zu ihnen sagt. Das kann man wohl kaum als Karriere bezeichnen. Sie ist mit *mir* verheiratet und kann alles haben, was sie will. Habe ich ihr je etwas verweigert? Hat sie sich darüber beschwert?«

»Ich bin wirklich froh, daß Mrs. Kane nicht hier ist und Ihre Worte mit anhören muß«, erwiderte T. P. Murphy. »Wenn Sie wüßten, wie sehr Sie die Situation mißverstehen. Ihre Frau beschwert sich über gar nichts, im Gegenteil, sie sorgt sich um Sie, um Ihre Firma und um die Familie, die Sie sich so sehr gewünscht haben. Ihre Sorge gilt allein Ihnen. Sie befürchtet, daß Sie, falls mit der Firma etwas schiefgeht, alles verlieren, wofür Sie so hart gearbeitet haben und auch in Zukunft arbeiten werden, wofür sie all diese Reisen auf sich nehmen und die häufigen Trennungen von Ihrer Familie.«

»Und wie lautet Connies Vorschlag?«

Jetzt kamen sie auf den Punkt. Connies Anwälte verlangten, daß fast sein gesamter Besitz auf sie überschrieben wurde, das Haus und ein bestimmter, beträchtlicher Anteil des jährlichen Bruttogewinns. Damit wollte sie eine Firma mit eigenen Geschäftsführern gründen. Verträge wurden hervorgeholt, es waren darin bereits Namen genannt.
»Das kann ich nicht tun.« Harry Kane redete nicht gerne um den heißen Brei herum. Und bislang hatte er damit auch Erfolg gehabt.
»Warum nicht, Mr. Kane?«
»Was würden meine Partner davon halten, die Männer, die das Ganze mit mir zusammen aufgebaut haben? Soll ich zu ihnen sagen: ›Hört mal, Leute, der ganze Kram macht mir ein wenig Sorgen, deshalb überschreibe ich meinen Anteil auf meine Frau, damit ihr mir nicht an den Karren fahren könnt, wenn hier alles den Bach runtergeht‹? Wie würde das in ihren Augen wohl aussehen? Wie ein Zeichen von Vertrauen in unsere Firma?«
Harry hatte noch nie jemanden so sanft und zugleich so eindringlich reden hören wie T. P. Murphy. Seine Stimme war kaum hörbar, und trotzdem war jedes Wort, das er sagte, von kristallklarer Deutlichkeit. »Ich bin sicher, Sie gestehen es jedem Ihrer Partner zu, seine Gewinne so zu verwenden, wie es ihm beliebt, Mr. Kane. Der eine steckt das Geld vielleicht in ein Gestüt im Westen, ein anderer kauft sich Kunstwerke und gibt Gesellschaften für Leute aus der Film- und Medienbranche. Das finden Sie völlig in Ordnung. Warum sollten Ihre Partner also etwas dagegen haben, wenn Sie das Geld in die Firma Ihrer Frau stecken?«
Sie hatte ihnen alles erzählt. Woher wußte sie es eigentlich? Die Frauen an den Mittwochabenden ... Nun, bei Gott, dem würde er ein Ende machen.
»Und wenn ich mich weigere?«
»Ich bin sicher, daß Sie das nicht tun werden. Vom Gesetz her ist es zwar nicht möglich, sich scheiden zu lassen, aber es gibt immerhin Familiengerichte, und ich kann Ihnen versichern, daß jeder, der Mrs. Kane vertreten würde, eine enorme Summe herausschla-

gen könnte. Das Bedauerliche daran wären nur all die negativen Schlagzeilen, und gerade das Versicherungsgewerbe ist auf das bedingungslose Vertrauen der Öffentlichkeit ja besonders angewiesen ...« T. P. Murphy verstummte.
Harry Kane unterzeichnete die Verträge.
Dann fuhr er direkt nach Hause, in sein großes, komfortables Heim. Ein Gärtner, der täglich kam, schob gerade einige Pflanzen quer durch den Garten zur Südmauer. Harry schloß die Vordertür auf und betrachtete die frischen Blumen in der Eingangshalle, die hell und freundlich gestrichenen Wände, die Bilder, die sie zusammen ausgesucht hatten. Er warf einen Blick in das geräumige Wohnzimmer, in dem leicht für vierzig Personen Platz war, wenn sie dort nur einen Drink nahmen. An den Wänden standen Vitrinen mit Waterford-Kristall. Das Eßzimmer war mit Trockenblumen geschmückt, sie aßen dort nur, wenn sie eine Gesellschaft gaben.
Dann sah er in die sonnige Küche, wo Connie den kleinen Richard mit löffelweise Apfelbrei fütterte und ihn glücklich anlächelte. Sie trug ein hübsches, geblümtes Umstandskleid mit einem weißen Kragen. Von oben war das Brummen des Staubsaugers zu hören. Bald würde der Lieferwagen vom Supermarkt kommen.
Dieser Haushalt wurde vorbildlich geführt. Mit häuslichen Problemen wurde er nicht belastet, er bekam nicht einmal etwas davon mit. Seine schmutzige Wäsche fand er sauber gewaschen und gebügelt wieder in Schrank und Kommode vor. Er mußte sich keine Socken oder Unterwäsche kaufen, nur seine Anzüge, Hemden und Krawatten suchte er selbst aus.
Harry blieb stehen und musterte seine wundervolle Frau und seinen hübschen kleinen Sohn. Bald würden sie noch ein Baby haben. Connie hatte sich an jeden Punkt der Vereinbarung gehalten. In gewisser Hinsicht hatte sie völlig recht, wenn sie ihre Investition schützen wollte. Bisher hatte sie nicht bemerkt, daß er da war, und sie fuhr hoch, als er eine Bewegung machte.
Doch er stellte fest, daß sie erfreut war, ihn zu sehen. »Oh, schön,

du hast es geschafft, kurz nach Hause zu kommen. Soll ich uns Kaffee machen?«

»Ich war schon bei ihnen«, sagte er.

»Bei wem?«

»Bei deinen Anwälten«, erwiderte er scharf.

Sie zeigte keine Regung. »Es ist viel einfacher, wenn man sie den ganzen Papierkram erledigen läßt. Das sagst du ja selbst auch immer, vergeude keine Zeit, hole dir dafür einen Fachmann.«

»Ich würde sagen, T. P. Murphy wird für seinen fachmännischen Rat nicht schlecht bezahlt, nach seinem Anzug und seiner Uhr zu urteilen.«

»Ich kenne ihn schon eine Ewigkeit.«

»Ja, das hat er erzählt.«

Sie kitzelte Richard unter dem Kinn. »Sag hallo zu deinem Daddy, Richard. Es kommt nicht oft vor, daß er tagsüber zu Hause ist.«

»Soll es von nun an immer so sein? Bissige Bemerkungen und Anspielungen darauf, daß ich nicht da bin? Wird er in dieser Atmosphäre aufwachsen, und auch das zweite Baby ... böser Daddy, Daddy hat keine Zeit für uns ... soll unser Leben so aussehen?«

Sie wirkte zerknirscht. Und soweit er sich überhaupt in sie hineinfühlen konnte, glaubte er, daß es ihr aufrichtig leid tat.

»Harry, ich wollte keine bissige Bemerkung machen, das mußt du mir glauben. Ich habe mich so gefreut, dich zu sehen, und da habe ich ihm in dieser albernen Babysprache gesagt, daß er sich auch freuen soll. Glaub mir, unser Leben wird nicht voller bissiger Bemerkungen sein, das kann ich bei anderen Leuten nicht ausstehen, und auch bei uns wird es nicht so sein.«

Seit Monaten schon war sie nicht mehr so liebevoll und zärtlich mit ihm umgegangen. Aber als sie ihn so mutlos vor sich stehen sah, wurde ihr Herz weich. Sie ging zu ihm hinüber. »Harry, bitte, sei nicht so. Du bist doch immer gut zu mir, und wir haben es so schön. Können wir nicht unser Leben genießen und uns freuen, anstatt argwöhnisch und reserviert zu sein?«

Er hob nicht einmal die Hände, um sie zu umarmen, obwohl sie

ihre Arme um seinen Hals geschlungen hatte. »Du hast mich noch nicht gefragt, ob ich unterschrieben habe«, sagte er.
Sie trat zurück. »Ich wußte, daß du es tun würdest.«
»Woher? Haben sie dich angerufen, kaum daß ich ihr Büro verlassen hatte?«
»Nein, natürlich nicht.« Sie fand diesen Gedanken abscheulich.
»Warum nicht? Sie haben ihren Auftrag doch bestens erledigt.«
»Du hast unterschrieben, weil es eine faire Sache war und weil du erkannt hast, daß es letztendlich auch zu deinem Besten sein wird«, entgegnete sie.
Da zog er sie an sich und fühlte die Wölbung ihres Bauches an seinem Bauch. Noch ein Kind, noch ein Kane für die Dynastie, die er sich wünschte in diesem schönen Haus. »Wenn du mich doch lieben könntest«, sagte er.
»Das tue ich.«
»Aber nicht richtig«, sagte er. Es klang sehr traurig.
»Ich versuche es doch. Du weißt, daß ich jede Nacht da bin, wenn du mich willst. Ich würde gerne das Zimmer, das Bett mit dir teilen. Du willst schließlich, daß wir getrennt schlafen.«
»Ich war sehr, sehr wütend, als ich heimkam, Connie. Ich wollte dir sagen, wie gemein ich es finde, daß du mich so hintergehst und mir den letzten Penny aus der Tasche ziehst. Ich wollte dir sagen, was für eine miese Betrügerin du bist, mit deinen faulen Tricks ... ich wollte dir vieles sagen.« Sie stand da und wartete.
»Aber eigentlich denke ich, daß du, genau wie ich, einen großen Fehler gemacht hast. Du bist genauso unglücklich.«
»Ich bin eher einsam als unglücklich«, sagte sie.
»Wie immer du es nennen möchtest.« Er zuckte die Schultern.
»Bist du jetzt mit all dem Geld weniger einsam?«
»Ich denke, ich habe weniger Angst«, sagte sie.
»Wovor hattest du Angst? Daß ich alles verlieren würde wie dein Vater, daß du wieder arm wärst?«
»Nein, das ist es überhaupt nicht.« Sie sprach mit klarer Stimme.
Er wußte, daß sie die Wahrheit sagte. »Nein, es hat mir nie etwas ausgemacht, arm zu sein. Ich konnte mir meinen Lebensunterhalt

verdienen, im Gegensatz zu meiner Mutter. Aber ich hatte Angst davor, so verbittert zu werden wie sie, ich befürchtete, dich zu hassen, wenn ich wieder die Arbeit annehmen müßte, die ich wegen dir aufgegeben habe, wenn ich noch einmal ganz von vorne anfangen müßte. Ich könnte es nicht ertragen, wenn das Leben der Kinder so völlig anders würde, als sie es erwarten. Ich habe das am eigenen Leib erfahren, und davor hatte ich Angst. Wir hatten so vieles gemeinsam, wir verstanden uns immer so gut, nur nicht im Bett. Ich wollte, daß es bis zu unserem Tod so bleibt.«

»Ich verstehe.«

»Kannst du nicht mein Freund sein, Harry? Ich liebe dich und will nur das Beste für dich, auch wenn ich es anscheinend nicht zeigen kann.«

»Ich weiß nicht«, erwiderte er und griff nach seinem Autoschlüssel. »Ich weiß nicht. Ich würde gerne dein Freund sein, aber ich glaube nicht, daß ich dir vertrauen kann, und zu Freunden muß man Vertrauen haben.« Dann wandte er sich an den glucksenden Richard in seinem Hochstuhl: »Sei nett zu Mummy, mein Sohn, es sieht vielleicht so aus, als hätte sie ein wunderschönes Leben, aber sie hat auch ihre Probleme.« Als er weg war, weinte Connie, daß ihr schier das Herz zerspringen wollte.

Das zweite Baby war ein Mädchen: eine kleine Veronica. Ein Jahr darauf kamen noch Zwillinge. Als auf dem Ultraschallgerät zwei Embryos sichtbar wurden, war Connie überglücklich. In ihrer Familie hatte es schon eine Reihe von Zwillingen gegeben, wie wundervoll. Sie dachte, auch Harry würde sich freuen. »Wie ich sehe, bist du zufrieden«, sagte er eiskalt. »Das macht also vier. Du hast dein Soll erfüllt. Jetzt ist endlich Schluß mit diesem scheußlichen, schmutzigen Geschäft. Welch eine Erleichterung.«

»Du kannst sehr, sehr grausam sein«, erwiderte sie.

Der Außenwelt erschienen sie selbstverständlich als perfektes Paar. Mr. Hayes, dessen Tochter Marianne inzwischen zu einer jungen Schönheit herangewachsen war und von Dublins Mitgiftjägern umschwärmt wurde, hielt immer noch freundschaftlichen Kontakt zu Connie und holte bei Fragen, die das Hotel betrafen, oft ihren Rat ein. Falls er den Eindruck hatte, daß ihre Augen manchmal sehr traurig wirkten, erwähnte er es zumindest nicht. Es war ihm zu Ohren gekommen, daß Harry Kane es mit der ehelichen Treue nicht sehr genau nahm. Man hatte ihn öfter mit anderen Frauen gesehen. Außerdem war da immer noch die ihm bedingungslos ergebene Sekretärin. Aber die Jahre verstrichen, und der aufmerksame Mr. Hayes nahm an, daß das Ehepaar wohl ein Arrangement getroffen hatte.

Der älteste Sohn, Richard, war nicht nur ein guter Schüler, er spielte sogar in der Stamm-Mannschaft seiner Schule beim Rugby-Cup. Die zweite, Veronica, kannte seit ihrem zwölften Geburtstag kein anderes Ziel, als Medizin zu studieren, und die Zwillinge waren nette, ausgelassene Jungen.

Immer noch gaben die Kanes rauschende Partys und wurden häufig zusammen in der Öffentlichkeit gesehen. Connie war in ihrem vierten Lebensjahrzehnt eine elegantere Erscheinung als jede ihrer Altersgenossinnen. Obwohl man bei ihr nie den Eindruck hatte, daß sie viel Zeit auf die Lektüre von Modemagazinen verwendete oder ausschließlich die Kreationen von bekannten Modeschöpfern kaufte – was sie sich hätte leisten können –, war sie immer perfekt angezogen.

Doch sie war nicht glücklich. Natürlich war sie nicht glücklich. Aber schließlich, dachte Connie, lebten viele Menschen in der Hoffnung, daß irgendwann alles besser würde, daß plötzlich alles in einem hellen Licht erstrahlen oder der Film von nun an in Farbe weitergehen würde.

Vielleicht erging es sogar den meisten Leuten so, und das ganze Gerede über Glück war nur Schall und Rauch. Durch ihre jahrelange Tätigkeit im Hotel wußte sie, daß viele Menschen sich einsam und unzulänglich fühlten. Auch von dieser Seite des Lebens erfuhr man beim Umgang mit den Gästen. Und als Mitglied verschiedener Wohltätigkeitsorganisationen konnte sie feststellen, daß manche sich nur dort engagierten, um die einsamen

Stunden totzuschlagen. Es waren Menschen, die immer noch ein Wohltätigkeits-Kaffeekränzchen vorschlugen, weil nichts sonst ihr Leben ausfüllte.

Sie las viel, sah sich jedes Stück im Theater an, das sie interessierte, und unternahm Kurzreisen nach London oder hinunter nach Kerry.

Harry behauptete, er habe keine Zeit für einen Urlaub mit der Familie. Sie fragte sich manchmal, ob es den Kindern eigentlich auffiel, daß seine Partner sehr wohl Urlaub mit ihren Frauen und Kindern machten. Doch Kinder waren oft sehr schlechte Beobachter. Andere Frauen unternahmen mit ihren Männern Auslandsreisen, Connie aber nie. Harry hingegen reiste häufig ins Ausland. Er habe dort geschäftlich zu tun, behauptete er. Spöttisch dachte sich Connie, daß er im Süden Spaniens oder in einem neu erschlossenen Ferienort auf einer griechischen Insel wohl kaum Geschäfte für seine Investmentfirma abwickelte. Doch sie sagte nichts.

Harry suchte nur nach Sex. Er brauchte das einfach. Und wenn sie schon nicht in der Lage war, sich ihm hinzugeben, wäre es unfair gewesen, ihm zu verbieten, es mit anderen zu tun. Connie war nicht im geringsten eifersüchtig auf sein Verhältnis mit Siobhan Casey und wen es da sonst noch gab. Eine von Connies Freundinnen hatte einmal bittere Tränen vergossen wegen der Untreue ihres Mannes. Sie hatte gemeint, allein die Vorstellung, daß er das gleiche, was er mit ihr tat, auch mit einer anderen tue, treibe sie schier zum Wahnsinn. Connie berührte das hingegen überhaupt nicht.

Sie hätte sich gewünscht, daß er diese Dinge außerhalb seines Heimes erledigte und ihr zu Hause ein liebevoller Freund war. Wie gerne hätte sie in einem Zimmer mit ihm geschlafen, an seinen Plänen, Hoffnungen und Träumen Anteil gehabt. Und war das nicht mehr als verständlich? Es erschien ihr eine harte Strafe, von allem abgeschnitten zu sein, nur weil sie nicht in der Lage war, ihm im Bett Befriedigung zu geben. Zählte es für ihn gar nichts, daß sie ihm vier reizende Kinder geschenkt hatte?

Connie wußte, daß viele der Ansicht waren, sie solle Harry verlassen. Vera beispielsweise. Sie sagte es nicht direkt, aber sie machte entsprechende Andeutungen. Ebenso Mr. Hayes vom Hotel. Beide vermuteten, sie bleibe nur bei ihm, um abgesichert zu sein. Sie wußten nicht, wie gut ihre finanzielle Lage war und daß sie völlig unabhängig sein würde, wenn sie ihn verließ.

Warum also blieb sie?

Weil es für die Familie das Beste war. Weil die Kinder beide Elternteile brauchten. Weil es so furchtbar mühsam gewesen wäre, ihr ganzes Leben umzukrempeln, und es keine Garantie gab, daß sie woanders glücklicher gewesen wäre. Und schließlich war ihr Leben ja keineswegs unangenehm. Harry war höflich und freundlich, wenn er zu Hause war. Sie hatte genügend zu tun, sie konnte die Stunden, die Wochen, Monate und Jahre problemlos ausfüllen.

Hin und wieder besuchte sie ihre Mutter und Harrys Eltern. Sie lud immer noch die Geschäftspartner und ihre Frauen ein. Und sie sorgte dafür, daß die Freunde ihrer Kinder sich bei ihnen wie zu Hause fühlten. Stets war vom Tennisplatz das Geräusch von Tennisbällen oder aus den Kinderzimmern Musik zu hören. Der Haushalt der Kanes wurde von der heranwachsenden Generation sehr geschätzt, weil Mrs. Kane so tolerant und Mr. Kane kaum zu Hause war – zwei Eigenschaften, die man bei den Eltern von Freunden sehr zu würdigen wußte.

Als Richard Kane neunzehn war – im gleichen Alter wie Connie, als ihr Vater starb und sie mittellos zurückließ –, kam Harry Kane nach Hause und erzählte ihnen, daß es vorbei sei. Die Firma würde am nächsten Tag mit einem riesigen Skandal und verschwindend geringen Rücklagen Konkurs anmelden müssen. Überall im Land würde man uneinbringliche Forderungen hinterlassen, Menschen verloren damit ihre Renten- und Kapitallebensversicherungen. Einer seiner Partner mußte vom Selbstmord abgehalten werden, der andere hatte still und heimlich das Land verlassen wollen.

Sie saßen zusammen im Eßzimmer, Connie, Richard und Veronica. Die Zwillinge waren gerade auf einer Klassenfahrt. Schweigend saßen sie da, während Harry Kane ihnen schilderte, was auf sie zukommen würde. Sieben- bis achtspaltige Berichte in den Zeitungen. Reporter vor der Haustür, Fotografen, die unbedingt einen Schnappschuß vom Tennisplatz in den Kasten kriegen wollten, als Beleg für den luxuriösen Lebensstil des Mannes, der das ganze Land betrogen hatte. Es würden Namen von Politikern genannt werden, die sie einst protegiert hatten, es würden Einzelheiten über Auslandsreisen veröffentlicht werden. Wichtige Persönlichkeiten, deren Namen man früher mit der Firma in Verbindung gebracht hatte, würden nun jede Beziehung zu ihr abstreiten.

Wie hatte es dazu kommen können? Man war nachlässig geworden, Risiken eingegangen und hatte mit Leuten Geschäfte gemacht, die von anderen als unzuverlässig eingestuft worden waren. Man hatte keine Fragen gestellt, auch wenn es nötig gewesen wäre. Man hatte Dinge nicht wahrhaben wollen, die eine alteingesessene Firma sehr wohl in Rechnung gezogen hätte.

»Werden wir das Haus verkaufen müssen?« fragte Richard. Es herrschte Schweigen.

»Werden wir genug Geld für ein Studium haben?« wollte Veronica wissen. Abermals Schweigen.

Schließlich ergriff Harry das Wort: »An diesem Punkt sollte ich euch beide darüber aufklären, daß eure Mutter mich immer davor gewarnt hat, daß so etwas passieren könnte. Sie hat mich gewarnt, aber ich wollte nicht auf sie hören. Bitte vergeßt das nie, wenn ihr an den heutigen Tag zurückdenkt.«

»O Dad, das ist doch nicht wichtig«, sagte Veronica genau in dem Ton, in dem auch Connie ihren Vater getröstet hätte, hätte dieser seinen finanziellen Ruin noch erlebt. Und sie sah, wie Harrys Augen sich mit Tränen füllten.

»Das hätte jedem passieren können«, meinte Richard tapfer. »So ist es nun mal im Geschäftsleben.«

Connie empfand tiefe Freude. Sie hatte ihre Kindern zu weitherzigen Menschen erzogen, nicht zu verwöhnten Gören, die alles als selbstverständlich hinnahmen. Und sie wußte, daß nun die Reihe an ihr war, zu sprechen. »Als euer Vater mir vorher diese schlechten Neuigkeiten erzählen wollte, bat ich ihn zu warten, bis ihr auch hiersein würdet, denn ich wollte, daß wir es zusammen hören und auch zusammen, als Familie, damit umgehen. In gewisser Hinsicht ist es ein Segen, daß die Zwillinge nicht hier sind, mit ihnen werde ich später reden. Was wir jetzt tun werden, ist folgendes: Wir verlassen noch heute abend das Haus. Jeder packt sich einen kleinen Koffer, genug Sachen für eine Woche. Ich werde Vera und Kevin bitten, uns mit Lieferwagen abholen zu lassen, damit Journalisten, die vielleicht bereits draußen vor dem Haus herumlungern, uns nicht mit unseren Autos wegfahren sehen. Außerdem werden wir auf dem Anrufbeantworter hinterlassen, daß eventuelle telefonische Anfragen an Siobhan Casey zu richten sind. Ich nehme an, das geht in Ordnung, Harry, oder?«

Er nickte völlig verblüfft. »In Ordnung.«

»Ihr werdet bei meiner Mutter auf dem Land bleiben. Niemand weiß, wo sie wohnt, niemand wird sie belästigen. Von dort aus könnt ihr eure Freunde anrufen und ihnen sagen, daß alles wieder gut werden wird, ihr aber aus der Schußlinie sein wollt, bis sich die Wogen geglättet haben. Sagt ihnen, daß ihr in etwa zehn Tagen zurück seid. Kein Skandal dauert ewig.« Mit offenem Mund starrten die Kinder sie an.

»Und natürlich werdet ihr beide zur Universität gehen, genauso wie die Zwillinge. Und wahrscheinlich werden wir dieses Haus verkaufen, aber nicht gleich. Wir werden es nicht irgendeiner Bank in den Rachen werfen.«

»Aber müssen wir die Schulden nicht zurückzahlen?« fragte Richard.

»Dieses Haus gehört nicht eurem Vater«, erwiderte Connie schlicht.

»Aber auch wenn es dir gehört, mußt du dann nicht ...«

»Nein, es gehört auch nicht mir. Es wurde vor langer Zeit von einer anderen Firma gekauft, deren Geschäftsleitung ich angehöre.«

»O Dad, wie gerissen du doch bist!« sagte Richard.

Das war die Gelegenheit. »Ja, dein Vater ist ein äußerst kluger Geschäftsmann, und wenn er eine Vereinbarung trifft, hält er sich auch daran. Er wird alles tun, damit die Leute ihr Geld wiederbekommen, deshalb bin ich sicher, daß wir am Ende nicht als Bösewichte dastehen werden. Aber in der nächsten Zeit wird es ziemlich schwer werden, und wir werden allen Mut und alle Zuversicht brauchen, die wir aufbringen können.«

Den Rest des Abends verbrachten sie mit emsigem Kofferpacken und Telefonieren. Dann verließen sie unbemerkt im Laderaum von Kevins Lieferwägen das Haus.

Vera und Kevin, beide kreidebleich, hießen sie willkommen. Da für Plaudereien oder Mitleidsbekundungen nicht der richtige Zeitpunkt war, gingen Connie und Harry sofort auf ihr Zimmer, das beste Gästezimmer mit einem großen Doppelbett. Ein Teller mit einem kalten Imbiß und eine Thermosflasche mit heißer Suppe standen bereit.

»Bis morgen dann«, sagte Vera und ließ die beiden allein.

Connie schenkte Harry eine kleine Tasse Suppe ein. Er schüttelte den Kopf. »Trink das, Harry. Morgen wirst du es vielleicht brauchen.«

»Hat Kevin all seine Versicherungen bei uns abgeschlossen?«

»Nein, keine einzige«, erwiderte Connie ruhig.

»Wie kommt das?«

»Ich habe es ihm ausgeredet, nur für alle Fälle.«

»Was soll ich nur tun, Connie?«

»Du wirst dich der Sache stellen müssen. Gib zu, daß du gescheitert bist, aber stets nach bestem Wissen und Gewissen gehandelt hast. Sag, daß du im Land bleiben und dein Möglichstes tun wirst, den Schaden zu begrenzen.«

»Sie werden alle über mich herfallen.«

»Nur eine Weile lang. Dann stürzen sie sich auf den nächsten Skandal.«

»Und du?«
»Ich werde wieder arbeiten.«
»Aber was ist mit dem Geld, das all die Anwälte für dich auf die hohe Kante gelegt haben?«
»Ich behalte, soviel ich brauche, um für die Kinder zu sorgen. Den Rest bekommen die Leute, die ihre Ersparnisse verloren haben.«
»Mein Gott, willst du jetzt zu allem Überfluß auch noch die Märtyrerin spielen?«
»Was sollte ich denn deiner Meinung nach mit meinem Geld machen, Harry?« Ihre Augen waren hart.
»Es behalten. Dem Schicksal dankbar sein, daß es nicht verloren ist, und es nicht wieder in die Firma stecken.«
»Das ist doch nicht dein Ernst. Wir werden morgen darüber sprechen.«
»Doch, es ist mein Ernst. Wir reden hier vom Geschäftsleben und nicht von einem Kricketspiel unter Ehrenmännern. Der Vorteil einer Gesellschaft mit beschränkter Haftung ist nun einmal, daß sie nur das bekommen können, was noch da ist. Wozu hast du dir deinen Anteil gesichert, wenn du ihn jetzt wieder zurückgeben willst?«
»Morgen«, entgegnete sie.
»Zieh bloß nicht so ein verkniffenes Gouvernantengesicht, Connie, und benimm dich nur ein einziges Mal in deinem Leben normal. Hör für fünf Minuten auf zu schauspielern und mit diesem scheinheiligen Unsinn, daß du den armen Investoren ihr Geld zurückgeben willst. Die wußten genau, was sie taten. Genauso wie dein Vater, als er das Geld für eure Universitätsgebühren auf ein Pferd setzte, das immer noch nicht im Ziel ist.«
Aus ihrem Gesicht war jegliche Farbe gewichen. Sie stand auf und ging zur Tür. »Spielst du mal wieder die Madame Rührmichnichtan? Lauf nur davon, statt dich mit mir auseinanderzusetzen. Geh hinunter zu deiner Freundin Vera und wein dich bei ihr darüber aus, wie schlecht die Männer sind. Vielleicht hättest du von Anfang an zu Vera ziehen sollen. Könnte es sein, daß dich nur eine Frau so richtig auf Touren bringt?«

Sie hatte es nicht tun wollen, aber sie schlug ihn direkt ins Gesicht. Weil er herumgeschrien und Vera in ihrem eigenen Haus beleidigt hatte, nachdem Vera und Kevin sie aufgenommen hatten, ohne irgendwelche Fragen zu stellen. Harry schien kein Mensch mehr zu sein, er war wie ein wildgewordenes Tier.
Ihre Ringe hinterließen eine Blutspur auf seiner Wange, einen langen roten Streifen. Und zu ihrer eigenen Überraschung war Connie von dem Anblick des Blutes nicht entsetzt. Sie schämte sich nicht einmal für ihre Tat.
Connie schloß die Tür hinter sich und ging nach unten. Am Küchentisch hatte man das Geschrei oben offensichtlich gehört, vielleicht sogar die Worte verstanden. Connie, die in den vergangenen Stunden so ruhig und gefaßt agiert hatte, blickte stumm von einem zum anderen. Da war Deirdre, Veras hübsche, dunkeläugige Tochter, die in einer Modeboutique arbeitete, und Charlie, der als Maler und Tapezierer in den Familienbetrieb eingestiegen war.
Und zwischen Kevin und Vera saß, eine Flasche Whiskey vor sich, Jacko. Jacko, mit weit geöffnetem Hemdkragen und geröteten, wild dreinblickenden Augen. Jacko, der schon seit einer ganzen Weile weinte und trank und mit beidem noch nicht fertig war. In Sekundenschnelle wurde ihr klar, daß er in der Investmentfirma ihres Ehemannes jeden Penny verloren hatte. Ihr erster Freund, der sie bedingungslos und von Herzen geliebt hatte, der an dem Tag ihrer Hochzeit mit Harry vor der Kirche gestanden war, in der Hoffnung, daß sie es sich vielleicht doch noch anders überlegte, saß nun am Küchentisch ihrer Freundin und war völlig ruiniert. Wie war es nur zu all dem gekommen? fragte sich Connie, während sie wie angewurzelt dastand, die Hand an der Kehle.
Sie konnte nicht länger in diesem Raum bleiben. Aber sie konnte auch nicht nach oben zu Harry gehen, der wie ein wütender Stier auf sie wartete, damit er sie weiter beschimpfen und sich mit Selbstvorwürfen zerfleischen konnte. Und sie konnte nicht nach draußen gehen, in die reale Welt, das würde sie nie wieder über

sich bringen. Nie wieder würde sie jemandem in die Augen sehen können. War es möglich, daß manche Menschen das Unglück anzogen und andere dazu brachten, Fehler zu begehen? Es kam sicher nicht allzu häufig vor, daß jemand sowohl einen Vater als auch einen Ehemann hatte, der sein ganzes Vermögen verlor. Warum hatte sie sich zu einem Mann hingezogen gefühlt, der die gleiche Schwäche besaß wie ihr Vater?

Plötzlich mußte sie an die nette Psychiaterin mit dem offenen Gesicht denken, die ihr all diese Fragen über ihren Vater gestellt hatte. Lag vielleicht doch ein Körnchen Wahrheit darin? Sie hatte das Gefühl, schon eine Ewigkeit so dazustehen, aber die anderen schienen sich nicht bewegt zu haben, also waren vermutlich nur ein paar Sekunden vergangen.

Schließlich sagte Jacko etwas. Er lallte ein bißchen. »Ich hoffe, jetzt bist du zufrieden«, sagte er.

Die anderen schwiegen.

Mit klarer und sicherer Stimme wie sonst auch antwortete Connie: »Nein, Jacko, auch wenn es seltsam klingt, ich war noch nie in meinem ganzen Leben zufrieden.« Ihr Blick schien in weiter Ferne zu verweilen. »Mag sein, daß ich zwanzig Jahre lang genug Geld hatte, um glücklich zu sein. Aber ich war nicht glücklich. Die meiste Zeit war ich einsam und habe den anderen etwas vorgespielt. Trotzdem, das ist für dich kein Trost.«

»Nein, ist es nicht.« Jacko wollte nicht einlenken. Er sah immer noch gut aus. Wie sie von Vera erfahren hatte, war seine Ehe gescheitert und seine Frau hatte den Jungen, den er so sehr liebte, mitgenommen.

Sein Geschäft hatte ihm alles bedeutet. Und jetzt hatte er es verloren. »Du bekommst alles zurück«, sagte sie.

»Ach ja?« Sein Lachen klang eher wie ein Bellen.

»Ja, es ist noch Geld da.«

»Darauf hätte ich gewettet. Ist es auf Jersey oder auf den Cayman-Inseln? Oder läuft es auf den Namen der Ehefrau?« höhnte Jacko.

»Zufälligerweise befindet sich ein beträchtlicher Anteil tatsächlich im Besitz der Ehefrau«, erwiderte sie.

Vera und Kevin starrten sie verblüfft an. Jacko konnte es nicht glauben.
»Ich habe also Glück, weil ich ein alter Freund der Ehefrau bin. Das willst du doch damit sagen?« Er wußte nicht, ob er den Rettungsanker, den sie ihm zuwarf, ergreifen sollte.
»Ich möchte damit eher sagen, daß viele Menschen der Ehefrau einiges zu verdanken haben werden. Wenn Harry morgen früh wieder halbwegs zur Vernunft gekommen ist, gehe ich mit ihm noch vor der Pressekonferenz zur Bank.«
»Es gehört dir. Warum behältst du es nicht?« wollte Jacko wissen.
»Weil ich – entgegen der Meinung, die du vielleicht von mir hast – kein Schuft bin. Vera, kann ich irgendwo anders schlafen, vielleicht auf der Couch im Wohnzimmer?«
Vera geleitete sie hinein und gab ihr eine Decke. »Du bist die stärkste Frau, die ich kenne«, sagte sie.
»Du bist die beste Freundin, die es gibt«, entgegnete Connie.
Wäre es schön gewesen, Vera zu lieben? Jahr für Jahr mit ihr zusammenzuleben, mit einem Blumengarten und vielleicht einem kleinen Handwerksbetrieb als Frucht ihrer Verbundenheit? Bei dieser Vorstellung lächelte sie matt.
»Was bringt dich jetzt nur zum Lächeln?« fragte Vera.
»Erinnere mich daran, daß ich es dir irgendwann einmal erzähle. Du würdest es nicht glauben«, erwiderte Connie, als sie ihre Schuhe abstreifte und sich auf die Couch legte.

Zu ihrem größten Erstaunen konnte sie schlafen und erwachte erst durch das Klirren einer Kaffeetasse. Es war Harry, blaß und mit einer langen, dunkelroten Narbe auf der Wange. Diesen Vorfall von letzter Nacht hatte sie völlig verdrängt.
»Ich habe dir Kaffee gebracht«, sagte er.
»Danke.« Sie machte keine Anstalten, die Tasse zu nehmen.
»Es tut mir so schrecklich leid.«
»Ja.«
»Es tut mir leid. Herrgott, Connie, ich bin gestern nacht einfach durchgedreht. Alles, was ich mir immer gewünscht habe, war,

jemand zu sein, und als ich es dann fast geschafft hatte, habe ich alles verpatzt.« Er hatte sich sorgfältig gekleidet und die Haut um die Wunde herum rasiert. Er war bereit für den wahrscheinlich längsten Tag seines Lebens. Sie betrachtete ihn, als sähe sie ihn zum erstenmal. Sie sah ihn mit den Augen all der Menschen, die heute vor den Fernsehgeräten sitzen würden, all der Unbekannten, die ihre Ersparnisse verloren hatten. Ein attraktiver Mann, dem jedes Mittel recht war, um nach oben zu kommen.

Da bemerkte sie, daß er weinte.

»Ich brauche dich so sehr, Connie. Während unserer ganzen Ehe hast du eine Rolle gespielt, Connie. Könntest du nicht noch eine kleine Weile lang weitermachen und so tun, als würdest du mir vergeben? Bitte, Connie, ich brauche dich. Du bist die einzige, die mir helfen kann.« Er schmiegte sein Gesicht mit der dunklen Narbe in ihren Schoß und schluchzte wie ein Kind.

Sie konnte sich später an jenen Tag nicht mehr richtig erinnern. Es war, als wollte sie einzelne Szenen eines Horrorfilms, bei denen sie die Augen geschlossen hatte, wieder zusammensetzen, oder Szenen eines immer wiederkehrenden Alptraums. Ein Teil der Handlung spielte in einer Anwaltskanzlei, wo Harry die Bedingungen des Treuhandfonds, den sie für die Ausbildung ihrer Kinder eingerichtet hatte, dargelegt wurden. Das Geld war gut investiert worden. Es war ein großer Betrag. Und auch den Rest hatte man in Connies Namen gut angelegt. Constance Kane war eine sehr vermögende Frau. Es entging ihr nicht, daß der Anwalt für ihren Ehemann nur Verachtung übrig hatte. Er machte sich kaum die Mühe, das zu verbergen. Auch der alte Freund ihres Vaters, T. P. Murphy, war zugegen, schweigsam und distinguierter denn je. Er machte ein grimmiges Gesicht. Außerdem waren ein Wirtschaftsprüfer sowie ein Anlageberater hinzugezogen worden. Sie ließen den großen Harry Kane spüren, daß sie ihn für einen ganz normalen Betrüger hielten. Dabei hätten diese Menschen ihren Mann noch gestern vormittag höchst ehrerbietig behandelt. Wie schnell sich die Dinge im Geschäftsleben ändern, dachte Connie.

Anschließend gingen sie zur Bank. Das Erstaunen der Bankleute hätte nicht größer sein können, als sie Zeugen wurden, wie gleichsam aus dem Nichts Geldmittel auftauchten. Connie und Harry saßen schweigend dabei, während ihre Berater der Bank erklärten, daß kein einziger Penny von diesem Geld zurückerstattet werden *müßte* und daß es nur zur Verfügung stünde, wenn die Bank ihrerseits zusicherte, daß ein Teil davon den Investoren zugute kommen würde.
Gegen Mittag hatten sie sich geeinigt. Harrys Partner wurden herbeizitiert und angewiesen, sich während der Pressekonferenz im Hayes-Hotel nicht zu äußern. Man entschied ferner, daß die Ehefrauen nicht daran teilnehmen sollten. Sie verfolgten das Ganze gemeinsam vor einem Fernsehgerät in einem Hotelzimmer. Connies Name wurde nicht erwähnt. Es hieß lediglich, man habe Mittel für einen Notfall wie diesen beiseite gelegt.
In den Mittagsnachrichten waren die Schlagzeilen der Morgenzeitungen schon überholt. Einer der Journalisten fragte Harry Kane nach der Wunde auf seiner Backe. Stammte sie von einem Gläubiger?
»Nun, sie stammt von jemandem, der nicht begriffen hat, was passiert ist, der nicht erkannte, daß wir alles Menschenmögliche unternehmen würden, um jene, die uns ihr Vertrauen geschenkt haben, nicht im Stich zu lassen«, erwiderte Harry direkt in die Kamera.
Da überkam Connie eine leichte Übelkeit. Wenn er so lügen konnte, wozu war er sonst noch fähig?
Ganz hinten in dem großen Saal des Hotels, in dem die Pressekonferenz abgehalten wurde, entdeckte Connie Siobhan Casey. Sie fragte sich, wieviel Siobhan wohl gewußt hatte und ob ein Teil von Connies Geld auch ihr zugute kommen würde. Doch das würde sie nie erfahren. Denn wie sie heute morgen versichert hatte, erübrige sich jegliche Kontrolle von ihrer Seite, wenn die gesamte Operation in Händen der Bank lag. Sie wußte, daß das Geld gerecht und klug verteilt werden würde. Sie hatte kein Recht anzuordnen, daß Siobhan Caseys Verluste nicht ausgeglichen

werden sollten, nur weil sie ein Verhältnis mit dem Firmenchef hatte.

Sie konnten in ihr Haus zurückkehren. Nach einer Woche begann man aufzuatmen. Und nach drei Monaten hatte sich die Lage weitgehend normalisiert.

Veronica stellte von Zeit zu Zeit Fragen nach der Narbe in Harrys Gesicht. »Oh, die wird deinen Vater immer daran erinnern, was für ein Dummkopf er gewesen ist«, antwortete er dann, und Connie sah, wie die beiden einen zärtlichen Blick wechselten.

Auch Richard schien für seinen Vater nichts als Bewunderung zu empfinden. Beide Kinder waren der Ansicht, daß er durch diese Erfahrung gewachsen war.

»Er ist jetzt viel öfter zu Hause, nicht wahr, Mum?« sagte Veronica.

»Ja, das stimmt«, erwiderte Connie. Harry übernachtete einmal wöchentlich auswärts und kam zwei- bis dreimal in der Woche sehr spät nach Hause. Nach diesem Schema würde es auch in Zukunft weitergehen.

Halb wünschte Connie, diesen Zustand zu ändern, doch sie konnte sich nicht dazu aufraffen. All die Jahre der Verstellung hatten sie müde gemacht, und sie kannte es ja nicht anders.

Einmal rief sie Jacko in der Arbeit an.

»Ich nehme an, ich soll Euer Gnaden auf Knien dafür danken, daß ich mein Geld wiederbekommen habe.«

»Nein, Jacko, ich dachte nur, wir könnten uns vielleicht mal treffen oder so.«

»Wozu?« fragte er.

»Ich weiß nicht. Zum Reden. Wir könnten auch ins Kino gehen. Hast du eigentlich mal Italienisch gelernt?«

»Nein, ich war zu sehr damit beschäftigt, meinen Lebensunterhalt zu verdienen.« Sie schwieg. Anscheinend rief sie damit Schuldgefühle in ihm wach. »Und du?« fragte er.

»Nein, ich war zu sehr damit beschäftigt, nichts für meinen Lebensunterhalt zu tun.«

Da lachte er. »Mensch, Connie, es hätte doch keinen Sinn, wenn wir uns treffen. Ich würde mich nur wieder Hals über Kopf in dich verlieben und dich bedrängen, mit mir ins Bett zu gehen, so wie ich es schon vor all den Jahren getan habe.«

»Aber Jacko, jetzt doch nicht mehr. Bist du immer noch so versessen auf diese Sache?«

»Bei Gott, das bin ich, und warum auch nicht? Ich bin schließlich in den besten Jahren.«

»Wie wahr, wie wahr.«

»Connie?«

»Ja?«

»Nur, damit du es weißt: Danke.«

»Ich weiß, Jacko.«

Die Monate verstrichen. Es gab keine großen Veränderungen, aber wenn man genauer hinsah, bemerkte man, daß Connie Kane viel von ihrer Lebendigkeit verloren hatte.

Kevin und Vera unterhielten sich darüber. Sie gehörten zu den wenigen, die wußten, daß Connie ihren Mann gerettet hatte. Und es ging ihnen sehr zu Herzen, daß er keine echte Dankbarkeit dafür zeigte. Inzwischen pfiffen es die Spatzen von den Dächern, daß er häufig zusammen mit seiner ehemaligen persönlichen Assistentin in der Öffentlichkeit zu sehen war, jener geheimnisvollen Siobhan Casey, die nun der Geschäftsleitung angehörte.

Auch Connies Mutter fiel auf, daß Connie ihren Lebensmut verloren hatte. Sie versuchte ihre Tochter aufzumuntern. »Dir hat er keine bleibenden Schäden zugefügt, es war anders als bei mir damals. Schließlich hatte er diesen Notfallfonds eingerichtet. An so etwas hatte dein Vater nicht gedacht.« Connie sagte ihr nie die Wahrheit. Ein Grund dafür war, daß sie Harry gegenüber immer noch einen Rest von Loyalität empfand. Vor allem aber wollte sie nicht zugeben, daß ihre Mutter vor all den Jahren recht gehabt hatte, als sie ihr riet, auf einem eigenen Vermögen zu bestehen, um unabhängig zu sein.

Ihre Kinder bemerkten nichts. Mutter war eben Mutter, sie war einfach fabelhaft und immer da, wenn man sie brauchte. Sie

schien völlig zufrieden damit, für sich zu sein und gelegentlich Freundinnen zu treffen.
Richard machte eine Ausbildung zum Wirtschaftsprüfer, und Mr. Hayes verschaffte ihm einen großartigen Posten in der Kanzlei seines Schwiegersohnes. Seine geliebte einzige Tochter Marianne hatte einen attraktiven und äußerst charmanten Mann namens Paul Malone geheiratet. Mit Hilfe des Hayesschen Vermögens und durch seine eigene Persönlichkeit hatte er es weit gebracht. Richard gefiel es sehr gut dort.
Veronica absolvierte in Windeseile ihr Medizinstudium. Wie sie erklärte, überlege sie, sich auf Psychiatrie zu spezialisieren, denn die Probleme der meisten Menschen lägen in ihrer Psyche und ihrer Vergangenheit begründet.
Die Zwillinge hatten sich schließlich doch noch auseinanderentwickelt: Der eine wollte ein Kunststudium beginnen, der andere Beamter werden. Das große Haus gehörte immer noch Connie. Es war nicht nötig gewesen, es zu verkaufen, als man die Mittel für die Rettungsaktion aufgebracht hatte. Connies Anwälte drängten immer wieder darauf, noch einmal ein offizielles Dokument aufzusetzen mit ähnlichen Bestimmungen wie im ersten, das ihr einen Teil der Einnahmen garantierte. Aber sie konnte sich nicht dazu durchringen.
»Das ist doch schon Jahre her. Damals mußte ich für die Zukunft der Kinder vorsorgen«, sagte sie.
»Ehrlich gesagt sollte man es jetzt wieder tun. Wenn es Probleme geben sollte, würde ein Gericht im Rahmen des Gesetzes zwar ziemlich sicher zu Ihren Gunsten entscheiden, aber ...«
»Was für Probleme könnte es jetzt noch geben?« hatte Connie gefragt.
Der Anwalt, der Mr. Kane schon oft beim Essen im Quentin's gesehen hatte, und zwar mit einer Frau, die nicht Mrs. Kane war, wollte sich nicht weiter äußern. »Es wäre mir ein echtes Anliegen«, entgegnete er.
»Gut, aber ohne großes Drama, und ohne ihn zu erniedrigen. Vorbei ist vorbei.«

»Ich werde mir die größte Mühe geben, ein Drama zu vermeiden, Mrs. Kane«, erwiderte der Anwalt.
Und so geschah es. Papiere wurden zur Unterzeichnung in Harrys Büro geschickt. Es gab keine direkte Konfrontation. An dem Tag, als er unterschrieb, war seine Miene wie versteinert. Sie kannte ihn so gut und konnte in seinem Gesicht lesen wie in einem Buch. Er würde kein Wort darüber verlieren, aber versuchen, sie auf irgendeine Weise dafür zu bestrafen.
»Ich werde ein paar Tage lang weg sein«, sagte er an jenem Abend. Ohne Erklärung, ohne Vorwand. Sie bereitete gerade das Abendbrot, obwohl sie wußte, daß er nicht mehr mit ihr zusammen essen würde. Aber feste Gewohnheiten legt man nicht so schnell ab. Connie war daran gewöhnt, so zu tun, als wäre alles in bester Ordnung, auch wenn es nicht so war. Also widmete sie dem Dressing für den Tomaten- und Fenchelsalat größte Aufmerksamkeit.

Sie verkniff sich die Frage, wohin, warum und mit wem er verreiste.
»Wird es sehr anstrengend?« erkundigte sie sich statt dessen.
»Eigentlich nicht«, erwiderte er in schneidendem Ton. »Ich werde es mit ein paar Tagen Urlaub verbinden.«
»Das wird bestimmt schön«, sagte sie.
»Ich fahre auf die Bahamas«, sagte er. Darauf herrschte Schweigen.
»Ah«, meinte sie dann.
»Keine Einwände? Ich meine, du denkst nicht, daß dieser Ort für uns reserviert ist, oder?« Anstelle einer Antwort holte sie den heißen Schinkenauflauf aus dem Backofen. »Na ja, du hast ja deine Kapitalanlagen, deinen Anteil an allem, deine Rechte, so daß mir zumindest geschäftlich die Hände gebunden sind. Damit kannst du dich dann trösten, wenn ich weg bin.« Er war so wütend, daß er kaum sprechen konnte.
Es war erst ein paar Jahre her, da war er vor ihr auf die Knie gesunken und hatte vor Dankbarkeit geweint, gesagt, daß er sie nicht verdiene, geschworen, daß sie nie wieder einsam sein würde.

Und nun war er außer sich vor Wut darüber, daß sie ihre Investitionen schützen wollte, nachdem sich das schon einmal als nur allzu nötig erwiesen hatte.
»Du weißt, daß das nur eine Formalität ist«, sagte sie.
Sein Gesicht hatte sich zu einer höhnischen Grimasse verzogen. »Auch meine Geschäftsreise ist eine reine Formalität«, erwiderte er. Er ging nach oben, um zu packen.
Ihr war klar, daß er heute abend zu Siobhan gehen und beide am Morgen zusammen wegfahren würden. Connie setzte sich und aß ihr Abendbrot. Sie war daran gewöhnt, allein zu essen. Es war ein Spätsommerabend, man hörte Vogelgezwitscher im Garten und gedämpftes Brummen von Autos auf der Straße hinter der hohen Gartenmauer. Es gab Dutzende von Orten, wohin sie heute abend gehen konnte.
Am liebsten wäre sie mit Jacko ins Kino gegangen. Wie gerne wäre sie in der O'Connell Street gestanden, hätte sich das Kinoprogramm angesehen und mit ihm gemeinsam überlegt, in welchen Film sie gehen sollten. Aber diese Vorstellung war einfach lächerlich. Er hatte recht gehabt, es gab jetzt nichts mehr zu sagen. Sie hätte nur mit ihm gespielt, wenn sie mit ihrem BMW in die Arbeitersiedlung gefahren wäre, in der er wohnte, und dort vor seinem Haus gehupt hätte. Nur Dummköpfe dachten, daß sie glücklicher gewesen wären, wenn sie einen anderen Weg eingeschlagen hätten, und vergeudeten dann ihr ganzes Leben damit, der verpaßten Chance nachzutrauern. Vielleicht wäre sie kein bißchen glücklicher gewesen, wenn sie Jacko geheiratet hätte, wahrscheinlich hätte sie es genauso schrecklich gefunden, mit ihm ins Bett zu gehen. Aber vielleicht wäre sie nicht ganz so einsam gewesen.
Sie las gerade die Abendzeitung, als Harry mit zwei Koffern herunterkam. Es sollte wohl ein richtiger Urlaub auf den Bahamas werden. Er wirkte erleichtert, aber auch ein wenig pikiert darüber, daß sie ihm keine Szene machte.
Über den Brillenrand hinweg sah sie ihn an. »Was soll ich sagen, wann du zurückkommst?« fragte sie.

»Sagen? Wem mußt du das denn sagen?«
»Nun, zum einen deinen Kindern, wenn ich auch sicher bin, daß du ihnen das selbst noch erzählen wirst, und dann Freunden und Leuten aus dem Büro und von der Bank.«
»Im Büro weiß man Bescheid«, sagte er.
»Gut, dann verweise ich sie also auf Siobhan?« sagte sie mit Unschuldsmiene.
»Wie du sehr gut weißt, fährt Siobhan mit auf die Bahamas.«
»Aha, auf wen also dann?«
»Ich wäre überhaupt nicht gefahren, Connie, wenn du dich normal benehmen würdest und nicht wie ein Steuerprüfer, der mich überall einengt und kontrolliert.«
»Aber wenn es sich um eine Geschäftsreise handelt, mußt du doch fahren, oder?« sagte sie, und da ging er und knallte die Tür zu. Sie versuchte, weiter Zeitung zu lesen. Szenen wie diese, bei denen er wegging und sie weinte, hatte es schon zu oft gegeben. Das war kein Leben.
Sie las ein Interview mit einem Schullehrer, der am Mountainview College, einer großen städtischen Schule in einer ziemlich rauhen Gegend, einen Italienisch-Abendkurs einrichtete. Das war Jackos Wohngebiet. Mr. Aidan Dunne sagte, er glaube, daß die Menschen des Viertels sich sowohl für die italienische Lebensweise und Kultur als auch für die italienische Sprache interessierten. Seit der Fußballweltmeisterschaft sei das Interesse an Italien in der irischen Bevölkerung stark gewachsen. Sie würden ein breit gefächertes Programm anbieten. Connie las den Artikel noch einmal. Es war durchaus denkbar, daß Jacko sich dort einschrieb. Und falls nicht, wäre sie wenigstens zweimal pro Woche in seiner Gegend. Da stand eine Telefonnummer, sie würde sich sofort anmelden, bevor sie es sich wieder anders überlegte.

Natürlich hatte Jacko sich nicht eingeschrieben. Solche Sachen passierten nur in Büchern oder Filmen. Aber Connie gefiel der Kurs. Diese wundervolle Frau, die Signora, war nicht viel älter als sie selbst und die geborene Lehrerin. Obwohl sie nie die Stimme erhob, hörten alle aufmerksam zu. Sie war stets freundlich, aber erwartete, daß die Teilnehmer lernten, was sie ihnen aufgab.

»*Constanza* … ich fürchte, Sie beherrschen die Uhrzeiten noch nicht richtig, Sie kennen nur *sono le due, sono le tre* … und das wäre in Ordnung, wenn es nur ganze Stunden gäbe, aber Sie müssen die halben und Viertelstunden auch wissen.«

»Es tut mir leid, Signora«, antwortete Mrs. Constance Kane beschämt. »Ich hatte ziemlich viel um die Ohren und kam nicht dazu, es zu lernen.«

»Nächste Woche werden Sie es fehlerfrei beherrschen«, erwiderte die Signora, und dann saß Connie da, steckte ihre Finger in die Ohren und murmelte: *sono le sei e venti.* Wie war sie nur hierhergeraten, in diese abbruchreife Schule am anderen Ende der Stadt, in dieses Klassenzimmer zusammen mit dreißig Fremden, mit denen sie Sprechchöre intonierte, Lieder sang, sich mit Meisterwerken der Malerei, der Bildhauerei und der Baukunst befaßte, italienische Speisen probierte und italienische Opern anhörte? Und was dem Ganzen die Krone aufsetzte, es machte ihr sogar Spaß.

Sie erzählte Harry davon, als er sonnengebräunt und etwas milder gestimmt von den westindischen Inseln zurückkam. Aber er wirkte nicht besonders interessiert.

»Was willst du bloß in dieser üblen Gegend, dort oben mußt du ja aufpassen, daß dir die Radkappen nicht geklaut werden«, sagte er. Das war sein einziger Kommentar zu ihrem Abendkurs.

Auch Vera war nicht gerade begeistert. »Das ist ein gefährliches Viertel, du forderst das Schicksal geradezu heraus, wenn du mit deinem teuren Auto dorthin fährst. Und um Gottes willen, Connie, laß bitte die goldene Uhr zu Hause.«

»Ich weigere mich, dieses Viertel als Ghetto zu betrachten. Das wäre überheblich.«

»Ich weiß überhaupt nicht, was dich dorthin zieht. Gibt es nicht genügend Italienischkurse, zu denen du nicht so weit fahren müßtest?«

»Mir gefällt es dort, und außerdem hoffe ich immer ein wenig,

Jacko in einem der Kurse zu begegnen«, erwiderte Connie mit einem schelmischen Lächeln.

»Allmächtiger Gott, hattest du in deinem Leben nicht schon genug Ärger?« sagte Vera und verdrehte die Augen. Vera steckte bis über beide Ohren in der Arbeit, sie führte immer noch das Büro für Kevin und paßte auch noch auf ihren Enkelsohn auf. Deirdre hatte ein kräftiges, süßes Baby zur Welt gebracht, wollte sich jedoch nicht durch überholte Normen wie die Versklavung durch die Ehe gängeln lassen.

Connie mochte die anderen Kursteilnehmer, zum Beispiel den ernsten Bill Burke, Guglielmo, und seine aufregende Freundin Elisabetta. Er arbeitete in der Bank, die die Rettungsstrategie für Harry und seine Partner ausgearbeitet hatte, aber er war zu jung, um darüber Bescheid wissen zu können. Und selbst wenn, wie hätte er sie als Constanza wiedererkennen sollen? Sie mochte auch die beiden couragierten Frauen Caterina und Francesca, bei denen man nicht genau wußte, ob sie Schwestern oder Mutter und Tochter waren.

Dann gab es noch den großen, grundanständigen Lorenzo, dessen Hände so groß wie Schaufelblätter waren. Er übernahm einmal die Rolle eines Gastes in einem Restaurant, während Connie die Kellnerin spielte.

Una tavola vicina alla finestra, sagte Lorenzo, und Connie schob einen Pappkarton zu einem aufgemalten Fenster, zeigte ihm seinen Platz und wartete, während Lorenzo sich überlegte, was er bestellen wollte. Lorenzo hatte sich selbst alle möglichen neuen Gerichte beigebracht, wie Aal, Gänseleber oder Seeigel. Aber die Signora unterbrach ihn und trug ihm auf, nur die Wörter von der Liste zu lernen.

»Sie verstehen das nicht, Signora, aber die Leute, die ich in Italien besuchen werde, essen nur Delikatessen, keine Pizza, wie wir es hier lernen.«

Dann gab es noch den furchterregenden Luigi, der immer ein finsteres Gesicht zog und eine ganz eigene Art hatte, der italienischen Sprache den Garaus zu machen. Im normalen Leben hätte

Connie einen Menschen wie ihn niemals kennengelernt, aber hier war er gelegentlich ihr Partner, zum Beispiel, als sie Doktor und Krankenschwester spielten und sich mit einem imaginären Stethoskop gegenseitig aufforderten, tief durchzuatmen. *Respiri profondamente per favore, Signora,* hatte Luigi sie angebellt, während er an dem anderen Ende eines Gummischlauches horchte. *Non mi sento bene,* hatte Connie erwidert.
Und mit der Zeit entstand ein richtiges Gemeinschaftsgefühl, wuchsen sie zu einer Gruppe zusammen, die der phantastische Traum eines gemeinsamen Italienurlaubs im nächsten Sommer zusammenschweißte. Connie, die leicht für jeden einen Linienflug hätte bezahlen können, beteiligte sich an Diskussionen darüber, wie man Sponsoren finden und die Kosten senken könnte und daß bei Gruppenreisen leider eine Anzahlung Monate vorher üblich sei. Sollte die Reise tatsächlich stattfinden, würde sie ganz bestimmt mitfahren.
Wie Connie bemerkte, verbesserte sich der bauliche Zustand der Schule mit jeder Woche. Sie wurde richtiggehend renoviert, es wurden Malerarbeiten durchgeführt und Bäume gepflanzt. Auch der Schulhof wurde hergerichtet. Sogar der ramponierte Fahrradschuppen wurde durch einen neuen ersetzt.
»Sie machen ja eine richtige Generalüberholung«, sagte sie anerkennend zu dem ein wenig schlampig wirkenden, aber gutaussehenden Schuldirektor Mr. O'Brien, der gelegentlich zu ihnen hereinschaute und dem Italienischkurs ein großes Lob aussprach.
»Ein mühsames Unterfangen, Mrs. Kane. Wir wären sehr dankbar, wenn Sie bei den Bankiers, mit denen Sie und Ihr Mann zu tun haben, ein gutes Wort für uns einlegen könnten.« Er wußte genau, wer sie war, weshalb es für ihn nicht in Frage kam, sie wie die anderen Constanza zu nennen. Aber angenehmerweise fragte er auch nicht nach, was sie hierhergeführt hatte.
»Diese Leute haben kein Herz, Mr. O'Brien. Sie begreifen nicht, daß Schulen die Zukunft eines Landes sind.«
»Wem sagen Sie das«, seufzte er. »Ich verbringe die Hälfte meiner

Zeit in diesen verdammten Banken und fülle Formulare aus. Wie man Kinder unterrichtet, habe ich schon längst vergessen.«

»Und haben Sie Frau und Kinder, Mr. O'Brien?« Connie konnte sich selbst nicht erklären, warum sie ihm eine so persönliche Frage gestellt hatte. Aufdringlichkeit gehörte sonst nicht zu ihren Charakterzügen. Und von ihrer Arbeit im Hotel her wußte sie, daß es oft klüger war, zuzuhören, als Fragen zu stellen.

»Nein, zufälligerweise bin ich ledig«, entgegnete er.

»Das ist wahrscheinlich auch besser, wenn Sie gewissermaßen mit der Schule verheiratet sind. Es gibt viele Menschen, die gar nicht heiraten sollten, finde ich. Mein eigener Mann ist auch so ein Fall«, sagte sie.

Er zog die Augenbrauen hoch. Connie wurde bewußt, daß sie für eine nette, zwanglose Unterhaltung zu weit gegangen war. »Tut mir leid«, lachte sie. »Ich wollte nicht die einsame Ehefrau spielen, ich habe nur eine Tatsache festgestellt.«

»Ich wäre sehr gerne verheiratet, auch das ist eine Tatsache«, sagte er. Er war so höflich, die vertrauliche Gesprächsebene beizubehalten. Da sie ihm etwas Persönliches anvertraut hatte, gebot es der Anstand, daß er es ihr gleichtat. »Das Problem ist nur, daß ich erst jetzt jemanden kennengelernt habe, den ich heiraten möchte. Und nun bin ich leider zu alt dafür.«

»Aber Sie sind doch noch gar nicht zu alt!«

»Doch, weil ich mich in die falsche Frau verliebt habe. Sie ist praktisch noch ein Kind. Genauer gesagt, sie ist Mr. Dunnes Kind«, fügte er noch hinzu und nickte mit dem Kopf zum Schulgebäude hinüber, wo Aidan Dunne und die Signora sich von den Kursteilnehmern verabschiedeten.

»Und liebt sie Sie auch?«

»Ich hoffe und glaube es. Aber ich bin nicht der Richtige für sie, ich bin wirklich viel zu alt. Ich bin so *gar* nicht der Richtige für sie. Und es gibt auch noch andere Probleme.«

»Was hält Mr. Dunne davon?«

»Er weiß es nicht, Mrs. Kane.«

Sie holte tief Luft. »Jetzt verstehe ich, was Sie mit den anderen

Problemen meinen«, sagte sie. »Ich werde Sie jetzt in Ruhe lassen, damit Sie die Lösung Ihrer Probleme in Angriff nehmen können.«

Er grinste ihr zu, dankbar, daß sie keine weiteren Fragen stellte.

»Ihr Ehemann muß nicht ganz bei Trost sein, wenn er mit seiner Firma verheiratet ist«, sagte er.

»Danke, Mr. O'Brien.« Sie stieg in ihr Auto und fuhr nach Hause. Seit sie diesen Kurs besuchte, erfuhr sie die erstaunlichsten Dinge über die Menschen.

Dieses hinreißende Mädchen mit den Locken, Elisabetta, hatte ihr erzählt, daß Guglielmo nächstes Jahr, wenn er die Sprache beherrsche, eine Bank in Italien leiten würde; der finstere Luigi hatte wissen wollen, ob normale Leute feststellen konnten, daß ein Ring zwölf Riesen wert war. Aidan Dunne hatte sie gefragt, ob sie ein Geschäft wisse, wo man gebrauchte Teppiche in leuchtenden Farben kaufen könne. Bartolomeo erkundigte sich, ob sie jemanden kenne, der schon einmal einen Selbstmordversuch gemacht hatte, und ob diese Menschen es stets noch einmal versuchen würden. Er wolle es nur wegen eines Freundes wissen, hatte er ihr mehrmals versichert. Caterina, die entweder Francescas Schwester oder ihre Tochter war – unmöglich, das herauszufinden –, hatte erzählt, daß sie einmal im Quentin's gegessen habe und daß die Artischocken phantastisch gewesen seien. Lorenzo hörte nicht auf, davon zu schwärmen, wie reich die Familie war, die er in Italien besuchen wollte, und daß er hoffe, er würde sich nicht blamieren. Und jetzt vertraute ihr Mr. O'Brien auch noch an, daß er ein Verhältnis mit Mr. Dunnes Tochter hatte.

Noch vor wenigen Monaten hatte sie nichts von diesen Menschen und ihrem Leben gewußt.

Wenn es regnete, nahm sie gelegentlich jemanden im Auto mit, aber nicht regelmäßig, damit es nicht zur Gewohnheit wurde. Nur bei Lorenzo, den sie ins Herz geschlossen hatte, machte sie eine Ausnahme. Er mußte mit dem Bus fahren und auch noch umsteigen, um zurück zum Hotel seines Neffen zu gelangen. Dort lebte und arbeitete er als Mädchen für alles und Nachtportier. Alle anderen gingen nach dem Unterricht nach Hause oder in einen Pub oder ein Café. Nur Lorenzo kehrte zurück zu seiner Arbeit. Er hatte ihr erzählt, daß es eine gewaltige Zeitersparnis sei, wenn er gefahren wurde. Also nahm Connie ihn jedesmal mit.

Wie sie erfuhr, hieß er eigentlich Laddy. Doch sie nannten sich alle bei ihren italienischen Namen, das machte es im Unterricht einfacher. Laddy war von einer italienischen Familie eingeladen worden, sie doch einmal in Rom zu besuchen. Er war ein großer, fröhlicher, etwas einfältiger Mann um die Sechzig, der nichts Ungewöhnliches dabei fand, daß er von einer Frau mit einem Luxuswagen zurück ins Hotel gefahren wurde, wo er als Portier arbeitete.

Manchmal erzählte er von seinem Neffen Gus, dem Sohn seiner Schwester. Ein Mann, der wie ein Tier schuftete und dennoch nun möglicherweise sein Hotel verlieren würde.

Schon vor einer ganzen Weile habe es einmal nicht sehr gut ausgesehen, eine Versicherungs- und Investmentfirma habe fast Bankrott gemacht. Aber im letzten Moment sei alles wieder ins Lot gekommen, und alle hätten ihr Geld zurückerhalten. Lorenzos Schwester sei damals im Pflegeheim gewesen, und es habe ihr beinahe das Herz gebrochen. Aber Gott habe es gut mit ihnen gemeint, sie habe noch miterleben dürfen, wie ihr einziger Sohn Gus vor dem Ruin gerettet wurde. Danach habe sie in Frieden sterben können. Während Connie zuhörte, biß sie sich auf die Unterlippe. Das waren also die Menschen, die Harry bedenkenlos im Stich gelassen hätte.

Aber was gab es dann jetzt für ein Problem? Nun, das hänge mit dieser alten Geschichte zusammen. Die Firma, die in Schwierigkeiten gewesen war, aber schließlich doch noch ihre Schulden beglichen hatte, habe sie dazu verleitet, noch einmal eine hohe Summe zu investieren, als Dank dafür, daß sie ihnen damals in der Not geholfen habe, obwohl sie nicht dazu verpflichtet gewesen wäre. Lorenzo verstand die Sache nicht in allen Einzelheiten, aber er machte sich große Sorgen. Gus sei am Ende, er habe alles versucht. Das Hotel müsse renoviert werden, denn die Gesundheitsbehörde habe festgestellt, daß Brandgefahr bestehe, aber sie hätten nicht die finanziellen Mittel dafür. Gus habe alles wieder investiert, und es gebe keine Möglichkeit, an das Geld heranzukommen. Anscheinend existierte auf den Bahamas ein Gesetz, das unverhältnismäßig lange Kündigungsfristen vorsehe, bevor man über sein Geld verfügen könne.

Als sie das hörte, bremste Connie abrupt und lenkte den Wagen zum Straßenrand.

»Bitte erzählen Sie mir das noch einmal, Lorenzo.« Ihr Gesicht war kreidebleich.

»Ich bin auch kein Finanzexperte, Constanza.«

»Kann ich mit Ihrem Neffen sprechen? Bitte.«

»Es gefällt ihm vielleicht nicht, daß ich Ihnen von seinen Geschäftsangelegenheiten erzählt habe ...« Lorenzo tat es beinahe leid, daß er sich dieser freundlichen Frau anvertraut hatte.

»Bitte, Lorenzo.«

Während der Unterhaltung mit dem besorgten Gus mußte Connie um einen Brandy bitten. Die Geschichte war zu widerwärtig, zu schmutzig. Nach der Rettung seiner Investition vor fünf Jahren hatte man Gus und wahrscheinlich noch viele andere überredet, ihr Geld noch einmal in zwei völlig getrennt operierende Firmen in Freeport und Nassau zu stecken.

Mit Tränen in den Augen las Connie die Namen der Geschäftsführer: Harold Kane und Siobhan Casey. Gus und Lorenzo starrten sie verständnislos an. Zuerst nahm sie ihr Scheckbuch heraus und schrieb Gus einen Scheck über eine hohe Summe aus, dann gab sie ihm die Adresse einer ausgezeichneten Bau- und Malerfirma, guten Freunden von ihr. Auch einen Elektriker empfahl sie ihm, bat jedoch, ihren Namen ihm gegenüber nicht zu erwähnen.

»Aber warum machen Sie das alles, Constanza?« Gus war völlig perplex.

Connie zeigte auf die Namen auf dem Briefpapier. »Das ist mein Ehemann, und diese Frau ist seine Geliebte. Ich habe jahrelang so getan, als interessiere mich ihre Affäre nicht. Daß er mit ihr

schläft, macht mir wirklich nichts aus, aber bei Gott, es macht mir sehr wohl etwas aus, daß er mein Geld dazu verwendet hat, anständige Leute zu betrügen.« Sie wußte, daß sie ziemlich verstört wirkte.
Gus sprach sehr sanft mit ihr. »Ich kann dieses Geld nicht annehmen, Mrs. Kane. Das ist viel zuviel.«
»Wir sehen uns am Dienstag, Lorenzo«, erwiderte sie und ging.

An wie vielen Donnerstagabenden hatte sie beim Nachhausekommen gehofft, daß er da wäre, und wie selten hatte sie ihn tatsächlich angetroffen. Dieser Abend war da keine Ausnahme. Trotz der späten Stunde rief sie den alten Freund ihres Vaters, T. P. Murphy, an. Dann telefonierte sie mit ihrem Anwalt. Als sie mit ihrer Unterredung fertig waren, war es elf Uhr abends.
»Was werden Sie jetzt tun?« fragte sie den Anwalt.
»Harcourt Square anrufen«, erwiderte er knapp. Das war der Sitz des Betrugsdezernats.
Er war in jener Nacht nicht heimgekommen. Connie hatte keinen Schlaf gefunden. Jetzt begriff sie, wie dumm es gewesen war, dieses Haus so lange zu behalten. Die Kinder waren längst ausgezogen. Mit blassem Gesicht fuhr sie in die Stadt und parkte ihren Wagen. Dann holte sie noch einmal tief Luft und stieg die Treppen zum Büro ihres Mannes hinauf, zu einer Besprechung, die sein Leben von Grund auf verändern würde.
Man hatte sie vorgewarnt, daß es eine umfangreiche und größtenteils negative Berichterstattung geben und daß auch an ihr etwas hängenbleiben würde. Daher schlug man ihr vor umzuziehen. Schon vor Jahren hatte sie eine kleine Wohnung gekauft, für den Fall, daß ihre Mutter einmal nach Dublin ziehen wollte. Sie befand sich im Erdgeschoß eines Hauses an der Küste. Das war der ideale Ort. Sie konnte ihre Sachen innerhalb weniger Stunden dorthin schaffen.
»Länger werden Sie auch nicht Zeit dazu haben«, sagte man ihr.
Sie wollte zuerst unter vier Augen mit ihm sprechen.
Er saß in seinem Büro und sah zu, wie Akten und Software

abtransportiert wurden. »Ich wollte doch nur jemand sein«, sagte er.

»Das hast du mir schon einmal gesagt.«

»Nun, jetzt sage ich es noch einmal. Nur, weil man es zweimal sagt, heißt das nicht, daß es nicht stimmt.«

»Du warst jemand, du bist immer jemand gewesen. Aber das genügte dir nicht, du wolltest alles haben.«

»Du hättest es nicht tun müssen, es ging dir doch gut.«

»Es ging mir immer gut«, sagte sie.

»Nein, das stimmt nicht. Du warst immer ein verkrampftes, frigides, eifersüchtiges Miststück, und das bist du heute noch.«

»Ich war nie eifersüchtig auf das, was Siobhan Casey dir geben konnte, niemals«, erwiderte sie schlicht.

»Und warum hast du mir das angetan?«

»Weil es nicht fair war. Damals bist du mit einem blauen Auge davongekommen. Hat dir das nicht gereicht?«

»Du hast keine Ahnung von Männern. Nicht die geringste.« Er spie die Worte beinahe aus. »Du kannst sie nicht nur nicht befriedigen, du denkst sogar noch, daß ein echter Mann dein Geld und deine ach so gutgemeinten Ratschläge annehmen könnte.«

»Es wäre eine große Hilfe, wenn du um der Kinder willen stark sein könntest«, sagte sie.

»Raus hier, Connie.«

»Sie haben dich immer geliebt, wirklich. Sie führen jetzt ihr eigenes Leben, aber du bist und bleibst ihr Vater.«

»Du haßt mich, stimmt's? Du genießt es, daß ich ins Gefängnis komme.«

»Nein, und wahrscheinlich wirst du nicht lange drin sitzen, wenn überhaupt. Du konntest dich schon immer gut aus Sachen herauswinden.« Connie verließ das Büro.

Auf einem Messingschild an einer Tür sah sie Siobhan Caseys Namen. Auch aus ihrem Büro wurden Akten und Software geschafft. Aber Siobhan hatte offensichtlich weder Familie noch Freunde, die ihr geholfen hätten. Sie mußte sich allein mit den

Bankleuten, Inspektoren des Betrugsdezernats und Anwälten auseinandersetzen.
Connie ging mit sicheren Schritten zur Tür hinaus und drückte auf die Fernbedienung, um ihr Auto aufzuschließen. Dann stieg sie ein und fuhr zu ihrer neuen Wohnung am Meer.

LADDY

Als die Signora den Kursteilnehmern ihre italienischen Namen gab, legte sie weniger Wert auf eine exakte Übersetzung als vielmehr darauf, daß die italienische Form den gleichen Anfangsbuchstaben hatte wie der ursprüngliche Name. Eine der Frauen hieß beispielsweise Gertie, von Margaret – auf italienisch Margaretta. Nur, Gertie wäre dieser Name irgendwie fremd gewesen, also hieß sie im Kurs einfach Gloria, was ihr so gut gefiel, daß sie erwog, sich von nun an immer Gloria zu nennen.

Der große Mann mit dem eifrigen Gesichtsausdruck sagte, sein Name sei Laddy. Die Signora zögerte. Es wäre sinnlos gewesen, die ursprüngliche Form davon herausfinden zu wollen. Sie beschloß, ihm einen Namen zu geben, den er gut aussprechen konnte. »Lorenzo«, schlug sie vor.

Das gefiel Laddy. »Heißen alle Laddys in Italien so?« wollte er wissen.

»Genau, Lorenzo.« Die Signora sagte ihm den Namen mit dem rollenden ›r‹ noch einmal vor.

»Lorenzo, wer hätte das gedacht?« Laddy war von dem Namen so begeistert, daß er ihn ein ums andere Mal wiederholte. »*Mi chiamo Lorenzo.*«

Bei seiner Taufe irgendwann in den dreißiger Jahren hatte man Laddy den Namen John Matthew Joseph Byrne gegeben, aber nie hatte er anders als Laddy geheißen. Seine Geburt – als erster und einziger Sohn nach fünf Töchtern – bedeutete, daß die Zukunft des kleinen Hofes gesichert war. Es gab einen Stammhalter, der den Betrieb einmal weiterführen konnte.

Doch im Leben kommt es oft anders, als man denkt.

Als Laddy eines Tages auf dem Heimweg von der Schule war, zweieinhalb Kilometer durch Pfützen und unter triefenden Bäumen hindurch, kamen ihm seine Schwestern entgegen, und da wußte er, daß etwas Schreckliches passiert war. Zuerst fürchtete er, seinem Collie Tripper, an dem er sehr hing, sei etwas zugestoßen. Daß er sich vielleicht an der Pfote verletzt hatte oder von einer Ratte gebissen worden war.
Da hatte er versucht, an den weinenden Mädchen vorbeizulaufen, aber sie hatten ihn aufgehalten und ihm erklärt, daß Mam und Dad jetzt im Himmel seien und daß von nun an sie auf ihn aufpassen würden.
»Es kann doch nicht sein, daß alle beide auf einmal gestorben sind.«
Laddy war damals acht, er wußte Bescheid. Es starb immer nur einer, und danach trugen alle Trauerkleidung und weinten.
Doch es stimmte tatsächlich. Sie waren an einem Bahnübergang verunglückt, als sie einen Karren, der in den Gleisen steckengeblieben war, herausziehen wollten. Bevor sie noch merkten, wie ihnen geschah, waren sie schon von einem Zug erfaßt worden. Obwohl Laddy wußte, daß es Gottes Wille gewesen und ihre Zeit gekommen war, hatte er sich doch immer gefragt, warum Gott sie ausgerechnet auf diese Weise hatte sterben lassen.
Denn es hatte so vielen Menschen Kummer und Schmerz bereitet. Der Zugführer, dieser bedauernswerte Mann, kam nie darüber hinweg und endete schließlich in einer Nervenheilanstalt. Und diejenigen, die Mam und Dad damals als erste gefunden hatten, konnten ihr Leben lang nicht darüber sprechen. Einmal fragte Laddy einen Pfarrer, warum Gott seinen Eltern nicht eine schwere Wintergrippe beschert hatte, wenn er schon wollte, daß sie starben. Daraufhin hatte sich der Pfarrer nur nachdenklich am Kopf gekratzt und erwidert, daß die Wege des Herrn unergründlich seien, und wenn die Menschen alles verstehen würden, was hienieden geschehe, wären sie ebenso weise wie Er, was natürlich nicht sein könne.
Laddys älteste Schwester Rose arbeitete als Krankenschwester im

örtlichen Krankenhaus. Aber sie kündigte ihre Stellung, um sich um ihre Familie zu kümmern, auch wenn sie sich oft einsam dabei fühlte. Denn der junge Mann, der ihr den Hof gemacht hatte, brach die Beziehung ab, als sich die Umstände änderten und er jedesmal, wenn er sie sehen wollte, einen Fußweg von zweieinhalb Kilometern auf sich nehmen mußte. Ganz abgesehen davon, daß sie nun eine ganze Kinderschar am Hals hatte.

Doch Rose sorgte gut für sie. Jeden Abend kontrollierte sie in der Küche die Hausaufgaben, sie wusch und flickte ihre Kleider, kochte und putzte das Haus, baute Gemüse an, hielt Hühner. Als Knecht stellte sie Shay Neil ein.

Shay versorgte die kleine Rinderherde und hielt den Bauernhof in Gang. Er fuhr auf Märkte und Landwirtschaftsmessen und tätigte dort Geschäfte. Seine Wohnung lag in einem umgebauten Nebengebäude, wo er ein ruhiges Leben führte. Schließlich sollte alles seine Ordnung haben, wenn jemand zu Besuch kam. Und die Vorstellung, daß ein Mann – ein Knecht – zusammen mit den vielen Mädchen und einem kleinen Jungen im gleichen Haus wohnte, hätte niemandem behagt.

Indes, die Byrne-Mädchen hielt es nicht mehr lange auf dem kleinen Hof. Rose sorgte dafür, daß jede ihren Schulabschluß machte, und, ermuntert von ihrer großen Schwester, verließ eine nach der anderen das Haus. Die eine wurde Krankenschwester, die zweite Lehrerin, die dritte arbeitete in Dublin als Verkäuferin, und die vierte ging in den öffentlichen Dienst.

Die Nonnen und Rose hatten sich hervorragend um die Byrne-Mädchen gekümmert. Das sagten alle. Und nun steckte Rose ihre ganze Energie in die Erziehung ihres jüngsten Bruders Laddy. Mit seinen sechzehn Jahren hatte er seine Eltern schon fast vergessen. Er kannte nichts anderes mehr als das Leben mit Rose, der geduldigen, lustigen Rose, die ihn nie für beschränkt gehalten hatte.

Stundenlang saß sie neben ihm und übte mit ihm die Aufgaben, bis er sie schließlich konnte. Nie war sie böse, wenn er das Gelernte am nächsten Morgen schon nicht mehr wußte. Nach den Berich-

ten vieler seiner Klassenkameraden zu schließen, sorgte Rose besser für ihn als so manche Mutter für ihren Sohn.
In dem Jahr, als Laddy sechzehn wurde, heirateten zwei von Roses Schwestern, und Rose kochte bei beiden Hochzeiten das Hochzeitsmahl und bewirtete die ganze Gesellschaft. Es waren große Ereignisse, wovon Bilder an den Wänden zeugten, Fotos, die man vor dem Haus, das Shay eigens für den Anlaß frisch gestrichen hatte, aufgenommen hatte. Shay war natürlich auch dabei, wenn er sich auch im Hintergrund hielt. Er gehörte schließlich nicht zur Familie, er war nur ein Knecht.
Eines Tages kündigte Laddys dritte Schwester, die in England arbeitete, ebenfalls ihre bevorstehende Hochzeit an. Allerdings sollte die Trauung in aller Stille stattfinden, was bedeutete, daß sie schwanger war und nur standesamtlich heiraten würde. Rose schrieb ihr, daß sie gerne mit Laddy zur Hochzeit kommen würde, falls ihr das eine Hilfe wäre. Doch in ihrem Antwortbrief lehnte die Schwester dankend, aber bestimmt ab.
Die vierte Schwester schließlich, die als Krankenschwester arbeitete, ging nach Afrika. Somit waren also alle Byrne-Mädchen versorgt, sagten die Leute, und Rose würde den Hof weiterführen, bis der arme Laddy erwachsen war und ihn übernehmen konnte – falls das, mit Gottes Hilfe, je geschehen würde. Denn alle hielten Laddy für zurückgeblieben. Alle, außer Rose und Laddy selbst.
Mit sechzehn hätte Laddy eigentlich mitten in den Vorbereitungen für die Abschlußprüfungen stecken müssen, doch er hatte noch kein einziges Mal davon gesprochen.
»Du lieber Himmel, bei euch in der Schule wird beileibe kein großer Wirbel um die Prüfungen gemacht«, sagte Rose eines Tages zu ihm. »Man würde meinen, daß es jede Menge zu lernen und zu wiederholen gäbe, aber keine Silbe davon.«
»Ich glaube nicht, daß ich dieses Jahr die Prüfung mache«, erwiderte Laddy.
»Aber sicher machst du sie dieses Jahr, das ist dein letztes Schuljahr. Wann sonst solltest du sie machen?«

»Bruder Gerald hat noch kein Wort davon gesagt«. Er wirkte nun besorgt.
»Ich werde mich darum kümmern, Laddy.« Rose hatte sich immer um alles gekümmert.
Mittlerweile war sie fast dreißig, eine hübsche, dunkelhaarige Frau mit einem heiteren, gutmütigen Naturell. Im Laufe der Jahre hatte so mancher Mann ein Auge auf sie geworfen, aber sie hatte alle abgewiesen. Sie müsse sich um ihre Geschwister kümmern. Wenn die erst alle gut versorgt wären, würde sie darüber nachdenken, sich zu binden ... so antwortete sie stets mit einem fröhlichen Lachen auf alle Anträge. Und nie fühlte sich jemand dadurch gekränkt, weil alle Annäherungsversuche bereits im Keim erstickt wurden, noch bevor es zu einer engeren Beziehung hatte kommen können.

Rose suchte Bruder Gerald auf, einen kleinen, freundlichen Mann, von dem Laddy nur Gutes erzählt hatte.
»Mensch, Rose, machen Sie doch die Augen auf, Mädchen«, sagte er. »Laddy ist der anständigste Junge, der je seinen Fuß über diese Schwelle gesetzt hat. Aber der arme Teufel ist leider nicht der hellste.«
Rose lief vor Ärger rot an. »Ich glaube, Sie haben da etwas falsch verstanden, Bruder«, fing sie an. »Laddy ist sehr lernwillig. Vielleicht ist ja nur die Klasse zu groß.«
»Beim Lesen muß er den Finger unter jedes Wort legen, und auch dann schafft er es nur mit Mühe.«
»Das ist nur so ein Tick von ihm. Bestimmt kann man ihm das abgewöhnen.«
»Ich versuche es nun schon seit zehn Jahren, aber ich bin nicht weit gekommen.«
»Nun, das ist kein Weltuntergang. Immerhin ist er nie durchgefallen. Er hat in keinem Fach wirklich schlecht abgeschnitten, das Abschlußzeugnis müßte er also bekommen, oder?« Bruder Gerald setzte zu einer Antwort an, hielt jedoch inne, als hätte er sich anders besonnen. »Nein, sagen Sie bitte etwas, Bruder, ich möchte

hier nicht mit Ihnen streiten. Wir wollen beide das Beste für Laddy. Sagen Sie mir, was ich wissen muß.«

»Er ist nie durchgefallen, Rose, weil er nie eine Prüfung mitgeschrieben hat. Ich wollte Laddy diese Demütigung ersparen. Der Junge sollte nicht immer der Schlechteste von allen sein.«

»Und was macht Laddy, während die anderen Prüfungen schreiben?«

»Er erledigt solange Botengänge für mich. Laddy ist ein gutmütiger, zuverlässiger Kerl.«

»Welche Art von Botengängen, Bruder?«

»Ach, Sie wissen schon, er trägt Bücherkisten irgendwohin, schürt das Feuer im Lehrerzimmer, bringt etwas zur Post.«

»Ich zahle also Schulgebühren dafür, daß mein Bruder hier Handlanger spielt, wollen Sie das damit sagen?«

»Rose Byrne«, begann er mit Tränen in den Augen. »Hören Sie schon auf, alles mißzuverstehen. Von welchen Gebühren reden Sie eigentlich? Von den paar Pfund im Jahr? Sie wissen genau, daß Laddy glücklich bei uns ist. Was könnten wir mehr für ihn tun? Es ist völlig ausgeschlossen, daß er die Abschlußprüfung oder irgendeine andere Prüfung besteht, das muß Ihnen doch klar sein. Der Junge ist ein bißchen zurückgeblieben, mehr nicht. Ich wünschte, es gäbe bei einigen Jungen, die hier an der Schule waren, nicht mehr zu bemängeln.«

»Wie soll es dann mit ihm weitergehen, Bruder Gerald? Eigentlich wollte ich ihn auf eine Landwirtschaftsschule schicken, damit er lernt, einen Hof zu führen.«

»Das würde er nie schaffen, Rose, selbst wenn man ihn aufnehmen würde, was nicht der Fall sein wird.«

»Und wie soll er dann den Hof übernehmen?«

»Das wird er nicht. Sie werden den Hof weiterführen. Das war Ihnen doch immer klar.«

Es war ihr nicht klar gewesen. Nicht bis vor einer Minute.

Als sie nach Hause kam, war ihr das Herz schwer wie Blei.

Shay Neil schaufelte Mist auf einen Haufen. Er nickte ihr wie immer mürrisch zu. Laddys alter Hund Tripper begrüßte sie mit einem Bellen, und sogar Laddy selbst kam zur Tür heraus.

»Hat Bruder Gerald sich über mich beklagt?« fragte er ängstlich.

»Er hat gesagt, daß du der hilfsbereiteste Junge bist, den er je an der Schule hatte.« Ohne sich dessen bewußt zu sein, hatte sie beinahe wie mit einem Kleinkind zu ihm gesprochen, in säuselndem Tonfall und von oben herab.

Aber Laddy war es gar nicht aufgefallen. Er strahlte übers ganze Gesicht. »Wirklich?«

»Ja, er hat gesagt, du seist ganz toll darin, Feuer zu machen, Bücher zu tragen und Botengänge zu erledigen.« Sie bemühte sich, nicht bitter zu klingen.

»Nun, jeden kann er damit nicht beauftragen, aber mir vertraut er«, erwiderte Laddy stolz.

»Hör mal, Laddy, ich habe ein bißchen Kopfweh. Könntest du mir eine Tasse Tee machen, sie mir mit einer Scheibe Sodabrot aufs Zimmer bringen und anschließend für Shay den Tee vorbereiten? Das wäre wundervoll.«

»Für Shay zwei Scheiben Schinken und eine Tomate?«

»Ganz genau, Laddy, das wäre nett von dir.«

Sie ging nach oben und legte sich auf ihr Bett. Wie hatte ihr nur entgehen können, daß er geistig zurückgeblieben war? Waren Eltern auch so blind in ihrer übertriebenen Fürsorglichkeit für ihre Kinder?

Nun, das zumindest würde sie nun nie erfahren. Eine Heirat kam nicht mehr in Frage, oder? Nein, sie würde hier weiterhin mit ihrem begriffsstutzigen Bruder und dem verdrießlichen Knecht zusammenleben. Die Zukunft bot ihr keine hoffnungsfrohe Aussicht mehr, es würde ewig im gewohnten Trott weitergehen. Vieles von dem, was sie tat, machte ihr nun keine Freude mehr.

Jede Woche schrieb sie einer ihrer Schwestern einen Brief, so daß alle einmal im Monat Nachricht von ihr bekamen. Sie erzählte ihnen kleine Anekdoten über Laddy und das Leben auf dem Hof. Doch nun fiel es ihr zusehends schwerer, ihnen zu schreiben. War den anderen bewußt, daß ihr Bruder zurückgeblieben war? Kam

daher all das Lob und die Dankbarkeit – weil sie alles aufgegeben hatte, um sich um ihn zu kümmern?
So hatte sie es nicht geplant; eigentlich hatte sie nach dem tragischen Tod ihrer Eltern nur ein paar Jahre ihrer Jugend opfern wollen, um dann wieder in ihrem Beruf zu arbeiten. Voller Bitterkeit dachte sie an ihre Eltern zurück. Warum hatten sie auch den verdammten Karren über den Bahnübergang schieben müssen, warum hatten sie sich nicht rechtzeitig in Sicherheit gebracht und ihn einfach stecken gelassen?
Diesmal sollte der Brief zusätzlich eine Geburtstagskarte und zehn Shilling für eine Nichte enthalten, und als sie alles zusammen in den Umschlag steckte, wurde ihr bewußt, daß die anderen den Eindruck haben mußten, sie werde für ihre Mühe reich belohnt. Schließlich hatte sie einen Bauernhof, Grundbesitz. Dabei war das das letzte, was sie wollte. Dem erstbesten, der vorbeikam, hätte sie alles gegeben, wenn er dafür versprochen hätte, Laddy für den Rest seines Lebens ein liebevolles Zuhause zu bieten.

Jeden Sommer kamen Schausteller in die Stadt. Rose nahm Laddy mit zum Rummelplatz und fuhr mit ihm Autoskooter und Karussell. In der Geisterbahn klammerte er sich an sie und kreischte vor Entsetzen, aber als es vorbei war, wollte er noch einen Shilling für eine zweite Fahrt haben. Rose traf viele Bekannte aus der Stadt, und alle begrüßten sie freundlich. Rose Byrne wurde von allen geachtet. Jetzt wußte sie, warum. Aus Anerkennung dafür, daß sie sich aufopferte.
Ihr Bruder amüsierte sich bestens.
»Können wir das ganze Eiergeld verbrauchen?«
»Nur einen Teil davon, nicht alles.«
»Wo könnte man es besser ausgeben als auf dem Rummelplatz?« meinte er, und sie sah ihm zu, wie er zum Ringewerfen ging und eine Herz-Jesu-Statue für sie gewann. Er platzte beinahe vor Stolz, als er ihr seinen Preis zeigte.
Da sagte eine Stimme neben ihr: »Die nehme ich mit auf den Hof zurück, dann müssen Sie sie nicht den ganzen Tag mit sich

herumschleppen«. Es war Shay Neil. »In der Fahrradtasche ist genug Platz dafür«, sagte er.

Das war wirklich nett von ihm, denn die große, notdürftig in Zeitungspapier gewickelte Statue wäre eine schwere Last gewesen.

Rose lächelte ihm dankbar zu. »Ach, Shay, Sie sind ein Pfundskerl, immer da, wenn man Sie braucht.«

»Danke, Rose«, erwiderte er.

Etwas in seiner Stimme ließ sie vermuten, daß er getrunken hatte. Sie musterte ihn scharf. Nun, warum auch nicht? Heute war sein freier Tag, da konnte er soviel trinken, wie er wollte. Auch für ihn war das Leben auf dem Hof kein Zuckerschlecken, ganz allein dort in dem Nebengebäude. Schließlich mußte er jeden Tag Mist schaufeln und Kühe melken. Soweit sie wußte, hatte er weder Freunde noch Familie. War es da nicht mehr als verständlich, wenn er sich zum Trost an seinem freien Tag ein paar Whiskeys genehmigte?

Sie ging weiter und führte Laddy zu einer Wahrsagerin. »Sollen wir es mal versuchen?« meinte sie.

Wie er sich freute, daß sie noch blieben! Er hatte nämlich befürchtet, sie wollte vielleicht schon heimgehen. »Ich würde mir gerne die Zukunft vorhersagen lassen«, erwiderte er. Die Zigeunerin Ella betrachtete eingehend seine Handfläche. Große Erfolge bei Spiel und Sport prophezeite sie ihm, ferner ein langes Leben und eine Arbeit, bei der er viel mit Menschen zu tun hatte. Und Reisen. Sie sah eine Reise über das Wasser. Rose seufzte. Warum hatte sie das mit dem Reisen noch hinzufügen müssen, bis dahin war doch alles so gut gewesen. Denn außer in ihrer Begleitung würde Laddy doch niemals von zu Hause fortkommen. Es war sehr unwahrscheinlich, daß so etwas je passieren würde.

»Jetzt du, Rose«, forderte er sie auf.

Die Zigeunerin Ella blickte erfreut auf.

»Ach, meine Zukunft kennen wir doch schon, Laddy.«

»Wirklich?«

»Ich werde mit dir zusammen den Hof führen.«

»Aber ich werde doch viele Menschen kennenlernen und über das Wasser reisen.«

»Ach ja, stimmt«, pflichtete Rose ihm bei.

»Dann laß dir schon aus der Hand lesen, mach doch, Rose.« Er wartete voll gespannter Ungeduld.

Die Zigeunerin Ella weissagte Rose, daß sie heiraten würde, noch ehe ein Jahr vergangen war. Sie würde ein Kind bekommen, das ihr viel Freude machen würde.

»Und werde ich auch über das Wasser reisen?« erkundigte sich Rose mehr aus Höflichkeit als aus echtem Interesse.

Nein, davon sah die Zigeunerin Ella nichts. Allerdings würde sie krank werden, wenn auch erst spät in ihrem Leben. Die fünf Shilling wechselten die Besitzerin, und danach kauften sie sich noch ein Eis, bevor sie nach Hause aufbrachen. Der Weg erschien Rose diesmal sehr lang, und sie war froh, daß sie nicht auch noch die Statue schleppen mußte.

Laddy plapperte davon, was für ein herrlicher Tag es doch gewesen sei und daß er sich in der Geisterbahn gar nicht wirklich gefürchtet habe. Während Rose ins Feuer starrte, dachte sie an die Wahrsagerin Ella und was für ein seltsames Leben es war, mit immer den gleichen Menschen von Stadt zu Stadt zu ziehen. Vielleicht war sie ja mit dem Mann vom Autoskooter verheiratet. Schließlich ging Laddy zu Bett, mit den Comic-Heftchen, die sie ihm gekauft hatte. Was die Leute vom Rummelplatz jetzt wohl machten, fragte sich Rose. Bald würde man dort schließen. Die bunten Lichter würden verlöschen, und die Schausteller würden in ihre Wohnwägen gehen. Neben dem Feuer lag Tripper und schnarchte leise, Laddy im oberen Stock schlief bestimmt schon. Draußen war es dunkle Nacht. Rose dachte an die Prophezeiung der Zigeunerin, daß sie heiraten und ein Kind bekommen würde; und daß sie im Alter krank werden würde. Solche Attraktionen sollten wirklich verboten werden. Manche Leute waren dumm genug, alles zu glauben.

Mitten in der Nacht wachte sie plötzlich auf und hatte das Gefühl, von etwas erdrückt zu werden. Ein großes Gewicht lastete auf ihr, und sie versuchte sich voller Panik zu befreien. War etwa der Kleiderschrank umgefallen? Oder ein Teil des Daches eingebrochen? Als sie gerade um Hilfe schreien wollte, legte ihr jemand die Hand auf den Mund. Dann roch sie den Alkohol. Ihr wurde schier übel, als sie plötzlich begriff, daß Shay Neil in ihrem Bett war und auf ihr lag.

Verzweifelt versuchte sie sich seinem Griff zu entwinden. »Bitte, Shay«, flüsterte sie. »Bitte, Shay, tun Sie das nicht.«

»Du hast doch darum gebettelt«, sagte er, während er immer noch auf ihr lag und ihre Beine auseinanderdrückte.

»Shay, das habe ich nicht. Ich möchte nicht, daß Sie das tun. Shay, wenn Sie jetzt aufhören, vergessen wir die Sache.«

»Warum flüsterst du dann?« Auch er flüsterte.

»Damit Laddy nicht aufwacht und erschrickt.«

»Nein, damit Laddy nicht aufwacht und wir es tun können. Deshalb soll er nicht aufwachen.«

»Ich gebe Ihnen alles, was Sie wollen.«

»Nein, ich werde es dir gleich geben, darum geht es hier.« Er war grob, er war schwer und zu stark für sie. Zwei Möglichkeiten blieben ihr: Sie konnte nach Laddy schreien, damit er ihn niederschlug. Aber sollte Laddy sie in diesem Zustand sehen, mit zerrissenem Nachthemd und in der Gewalt dieses Mannes? Die andere Möglichkeit war, es über sich ergehen zu lassen. Rose entschied sich für letzteres.

Am nächsten Morgen wusch sie die gesamte Bettwäsche, verbrannte ihr Nachthemd und lüftete ihr Zimmer.

»Shay muß gestern nacht nach oben gekommen sein«, meinte Laddy beim Frühstück.

»Wie kommst du darauf?«

»Die Statue, die ich für dich gewonnen habe, steht auf dem Treppenabsatz. Er muß sie nach oben gebracht haben«, sagte er erfreut.

»Ja, dann muß es wohl so gewesen sein«, pflichtete Rose ihm bei. Sie fühlte sich erniedrigt und elend. Shay mußte gehen, das würde sie ihm später sagen. Aber zuerst mußte sie sich für Laddy, der sich nicht abspeisen lassen würde, eine plausible Geschichte ausdenken, und auch für die Nachbarn. Mit einemmal packte sie die blanke Wut. Warum mußte eigentlich sie, Rose, die sie an der ganzen Geschichte keinerlei Schuld traf, sich eine Entschuldigung, eine Erklärung, eine Geschichte aus den Fingern saugen? Das war doch der Gipfel der Ungerechtigkeit.

Der Tag begann wie jeder andere. Sie machte Laddy ein Pausenbrot, dann ging er zur Schule, um – wie sie jetzt wußte – Botengänge zu erledigen. Sie sammelte die Eier ein und fütterte die Hühner, während auf der Wäscheleine die Bettlaken und Kissenbezüge im Wind flatterten und die Decke auf einer Hecke ausgebreitet trocknete.

Es hatte sich eingebürgert, daß Shay das Frühstück in seiner eigenen Wohnung einnahm, Brot, Butter und Tee. Wenn er das Angelusläuten aus der Stadt hörte, wusch er sich am Brunnen im Hof Gesicht und Hände und kam zu Rose zum Mittagessen. Es gab nicht jeden Tag Fleisch, manchmal nur Suppe. Aber immer standen eine Schüssel mit großen, mehligen Kartoffeln und ein Krug Wasser auf dem Tisch, und nach dem Essen gab es Tee. Anschließend trug Shay seinen Teller und sein Besteck zum Spülbecken und wusch es ab.

Das Mittagessen war stets eine trostlose Angelegenheit gewesen, und manchmal hatte Rose die ganze Mahlzeit hindurch ihre Nase in ein Buch gesteckt, denn Shay war nicht sehr gesprächig. Heute allerdings machte sie kein Mittagessen. Sobald er hereinkam, würde sie ihm mitteilen, daß er gehen mußte. Aber beim Angelusläuten kam kein Shay. Dabei wußte sie, daß er den Morgen über gearbeitet hatte. Sie hatte gehört, wie er die Kühe zum Melken hereingetrieben hatte, und gesehen, daß die Milchkannen zum Abholen für die Molkerei bereitstanden.

Rose begann sich zu fürchten. Womöglich ging er ja noch einmal auf sie los. Hatte er die Tatsache, daß sie ihn heute morgen nicht weggeschickt hatte, als Ermutigung aufgefaßt. Vielleicht hatte er gar ihre Passivität letzte Nacht für stillschweigendes Einverständnis gehalten, und dabei hatte sie lediglich Laddy vor etwas bewahren wollen, das er nicht verstanden hätte. Kein Junge in seinem Alter hätte begriffen, was da mit seiner Schwester geschah, aber Laddy ganz besonders nicht.

Bis um zwei Uhr wuchs ihre Unruhe noch. Shay war bisher noch an jedem Tag zum Mittagessen erschienen. Lauerte er ihr etwa irgendwo auf, um sich noch einmal an ihr zu vergehen? Nun, wenn er das vorhatte, dieses Mal würde sie sich jedenfalls wehren. Draußen vor der Küchentür lehnte ein Stock mit umgebogenen Nägeln an der Wand, den sie dazu benutzten, Zweige und Äste vom Reetdach herunterzurechen. Damit würde sie sich gegen ihn verteidigen können. Sie holte den Stock in die Küche und setzte sich an den Tisch, um ihren nächsten Schritt zu planen.

Unbemerkt öffnete er die Tür und stand plötzlich mitten in der Küche. Bevor sie zu dem Stock greifen konnte, hatte er ihn schon weggestoßen, so daß sie nicht mehr an ihn herankam. Sein Gesicht war bleich, sein Adamsapfel hüpfte auf und nieder. »Was ich gestern nacht getan habe, hätte nicht geschehen dürfen«, sagte er. Sie saß da und zitterte. »Ich war stockbesoffen, harte Sachen vertrage ich einfach nicht. Nur der Alkohol hat mich soweit getrieben.«

Sie suchte nach den richtigen Worten, um ihn dazu zu bringen, daß er aus ihrem Leben verschwand. Gleichzeitig durfte sie ihn nicht reizen, damit er nicht noch einmal auf sie losging. Doch sie mußte feststellen, daß sie ihre Sprache noch nicht wiedergefunden hatte. Das Schweigen zwischen ihnen war eigentlich nichts Neues für sie. Stunden, Tage, Wochen ihres Lebens hatte sie in dieser Küche mit Shay Neil verbracht, ohne daß sie etwas geredet hätten, aber heute war es anders. Angst und die Erinnerung an sein Stöhnen, sein schamloses Verhalten letzte Nacht hingen schwer zwischen ihnen.

»Ich würde die letzte Nacht am liebsten ungeschehen machen«, sagte er schließlich.

»Ich auch, bei Gott«, entgegnete sie. »Aber da es nun mal …« Nun konnte sie es sagen, nun konnte sie ihn aus ihrem Haus verjagen.

»Aber da es nun mal passiert ist«, fuhr er fort, »finde ich, ich sollte nicht mehr hier im Haus mit Ihnen zu Mittag essen. Von nun an koche ich mir selbst, drüben bei mir. Das wäre wohl das beste.«
Er wollte tatsächlich hierbleiben, nach allem, was zwischen ihnen geschehen war. Nachdem er einen Mitmenschen auf die intimste und schrecklichste Weise mißbraucht hatte. Und er glaubte tatsächlich, das könne er einfach abhaken durch eine simple Änderung der Essensordnung. Der Mann war wohl nicht ganz richtig im Kopf.
Sie antwortete sanft und wohlüberlegt. Ihre Angst durfte man ihr keinesfalls anhören. »Nein, Shay, ich glaube nicht, daß das genügen wird. Ich fände es wirklich besser, wenn Sie gehen würden. Wir könnten das, was passiert ist, nicht wirklich vergessen. Sie sollten irgendwo anders noch einmal neu anfangen.«
Ungläubig sah er sie an. »Ich kann nicht weggehen«, sagte er.
»Sie werden schon etwas finden.«
»Ich kann nicht gehen, ich liebe Sie«, sagte er.
»Reden Sie keinen Unsinn.« Nun war sie verärgert und fürchtete sich noch mehr als zuvor. »Sie lieben weder mich noch sonst jemanden. Was Sie getan haben, hatte mit Liebe nichts zu tun.«
»Ich habe Ihnen doch gesagt, daß das nur am Alkohol lag. Ich liebe Sie ehrlich.«
»Sie werden gehen müssen, Shay.«
»Ich kann Sie nicht verlassen. Was soll denn aus Ihnen und Laddy werden, wenn ich gehe?«
Und er drehte sich um und verließ die Küche.

»Warum ist Shay nicht zum Mittagessen hereingekommen?« wollte Laddy am Samstag wissen.
»Er möchte lieber allein essen. Er hat gesagt, er braucht seine Ruhe«, entgegnete Rose.
Sie hatte seitdem nicht wieder mit Shay gesprochen. Die Arbeit wurde getan wie immer. Der Zaun um den Obstgarten war repariert worden. Und an der Küchentür hatte er einen neuen Riegel angebracht, damit sie nachts von innen zuschließen konnte.

Mit Tripper, dem alten Collie, ging es zu Ende.
Laddy war sehr bekümmert. Er streichelte den Kopf des Hundes und versuchte, ihm löffelweise Wasser einzuflößen. Manchmal schlang er die Arme um den Hals des Tiers und weinte. »Werde wieder gesund, Tripper. Ich kann nicht mehr mit anhören, wie du röchelst.«
»Rose?« Zum erstenmal seit Wochen sprach Shay sie an.
Sie zuckte zusammen. »Was?«
»Ich finde, ich sollte Tripper mit auf den Acker hinausnehmen und ihn erschießen. Was denken Sie?« Zusammen betrachteten sie den Hund, der pfeifend atmete.
»Wir müssen zuerst Laddy fragen.« Laddy wollte an jenem Tag nach der Schule ein kleines Steak beim Metzger kaufen, das würde Tripper vielleicht wieder auf die Beine bringen. Dabei würde das Tier nie wieder ein Steak oder irgend etwas anderes fressen können, aber das wollte Laddy nicht wahrhaben.
»Soll ich ihn fragen?«
»Tun Sie das.«
Er wandte sich um und ging. An jenem Abend hob Laddy für Tripper ein Grab aus, und sie trugen ihn hinaus auf den Acker. Shay hielt ihm ein Gewehr an die Schläfe. Nach einer Sekunde war alles vorbei. Laddy zimmerte ein kleines Holzkreuz, und die drei standen schweigend um den kleinen Erdhügel. Dann ging Shay in seine Wohnung zurück.
»Du bist so still, Rose«, sagte Laddy. »Ich glaube, weil du Tripper genauso liebgehabt hast wie ich.«
»O ja, das habe ich, ganz bestimmt«, sagte sie.
Aber Rose war still, weil ihre Periode ausgeblieben war. Es war das erstemal, daß ihr so etwas passierte.

In der folgenden Woche machte sich Laddy Sorgen. Etwas stimmte nicht mit Rose, und das konnte nicht nur daran liegen, daß sie Tripper vermißte.
Im Irland der fünfziger Jahre blieben ihr drei Möglichkeiten: Sie konnte das Kind bekommen und weiter auf dem Hof leben, mit

Schande beladen, den anzüglichen Bemerkungen der Gemeindemitglieder ausgeliefert. Sie konnte den Bauernhof verkaufen und mit Laddy wegziehen, irgendwohin, wo niemand sie kannte, und dort noch einmal von vorne anfangen. Oder sie konnte Shay Neil vor den Traualtar schleppen und seine Frau werden.
Jede dieser Möglichkeiten hatte einen Haken. Den Gedanken daran, nach all den Jahren ihren guten Ruf zu verlieren und als ledige Mutter eines Kindes zu gelten, das keinen rechtmäßigen Vater hatte, konnte sie nicht ertragen. Dann wäre es vorbei mit den wenigen Vergnügungen, die sie im Leben hatte, ein Bummel in der Stadt, Kaffeetrinken im Hotel, ein Pläuschchen nach der Messe. Man würde über sie tuscheln und sie bemitleiden. Die Leute würden bei ihrem Anblick den Kopf schütteln. Und Laddy würde das nicht verstehen. Dennoch, konnte sie angesichts der Umstände einfach so den Hof verkaufen und wegziehen? Schließlich gehörte der Hof im Grunde ihnen allen zusammen. Was hätten ihre vier Schwestern davon gehalten, wenn sie mit dem Verkaufserlös auf und davon gegangen wäre, um künftig mit Laddy und ihrem unehelichen Kind irgendwo in Dublin in einem möblierten Zimmer zu leben?
Sie heiratete Shay Neil.
Laddy fand das großartig. Am meisten freute es ihn, daß er bald Onkel sein würde. »Wird das Baby Onkel Laddy zu mir sagen?« wollte er wissen.
»Wenn du das möchtest«, entgegnete Rose.
Durch die Hochzeit hatte sich nicht viel verändert, bis auf die Tatsache, daß Shay nun in Roses Zimmer schlief. Und Rose ging nicht mehr so oft in die Stadt wie früher. Möglicherweise war sie aufgrund ihrer Schwangerschaft nun zu müde dazu, oder vielleicht lag ihr einfach nicht mehr soviel daran, die Leute aus der Stadt zu treffen. Laddy wußte es nicht genau. Ja, auch ihren Schwestern schrieb sie nicht mehr so häufig, dafür schrieben diese nun um so öfter. Die plötzliche Hochzeit hatte sie sehr überrascht. Und sie waren enttäuscht, daß es kein großes Hochzeitsfest gab, wie Rose es damals für sie ausgerichtet hatte. Sie waren lediglich

zu Besuch gekommen und hatten Shay verlegen die Hand geschüttelt. Doch in den dürftigen Äußerungen ihrer sonst so mitteilsamen Schwester hatten sie keine befriedigende Erklärung für deren überstürzte Eheschließung gefunden.

Das Baby wurde geboren, ein kerngesunder Junge. Laddy war sein Taufpate und Mrs. Nolan vom Hotel seine Taufpatin. Man gab ihm den Namen Augustus. Gerufen wurde er Gus. Als Rose ihren Sohn im Arm hielt, konnte sie zum erstenmal wieder lächeln. Auch Laddy war ganz verliebt in den kleinen Kerl und wurde nicht müde, mit ihm zu scherzen. Shay blieb schweigsam und äußerte sich kaum, weder zu seinem Kind noch zu irgend etwas anderem. In dem seltsamen Haushalt ging das Leben weiter seinen gewohnten Gang. Laddy fing bei Mrs. Nolan im Hotel zu arbeiten an. Sie habe noch nie eine so gute Hilfe gehabt, schwärmte Mrs. Nolan. Er scheue vor keiner Arbeit zurück, ohne Laddy wären sie verloren.

Der kleine Gus machte die ersten stolpernden Schritte und jagte auf dem Hof den Hühnern nach. Rose sah ihm von der Haustür aus stolz zu. Shay Neil war mürrischer denn je. Manchmal musterte Rose ihn im Bett aus den Augenwinkeln, damit er es nicht bemerkte. Lange Zeit konnte er einfach nur mit offenen Augen daliegen. Woran dachte er? War er in seiner Ehe glücklich?

Zu Intimitäten kam es nur selten. Zuerst hatte Rose es so gewollt, weil sie schwanger gewesen war. Doch nach Gus' Geburt hatte sie Shay ganz offen darauf angesprochen: »Wir sind jetzt Mann und Frau, und was vergangen ist, ist vergangen. Deshalb sollten wir uns auch wie ganz normale Eheleute benehmen.«

»In Ordnung«, hatte er ohne große Begeisterung erwidert.

Zu ihrer eigenen Überraschung stellte Rose fest, daß sie keinerlei Ekel oder Furcht empfand, wenn sie miteinander schliefen. Es beschwor nicht die Erinnerung an jene Nacht herauf, in der er ihr Gewalt angetan hatte. Im Gegenteil, es schienen die einzigen Minuten zu sein, in denen überhaupt so etwas wie Nähe zwischen ihnen bestand. Shay war ein schwieriger, verschlossener Mensch.

Es würde nie einfach sein, sich mit ihm zu unterhalten, egal, über welches Thema.

In ihrem Haus gab es keinerlei Alkohol, abgesehen von der halben Flasche Whiskey auf dem obersten Küchenregal, die für Notfälle vorgesehen war oder dafür, einen Wattebausch damit zu tränken, wenn jemand Zahnschmerzen hatte. Über seine Trunkenheit in jener Nacht hatten sie nie gesprochen. Der Vorfall war für Rose so befremdend und alptraumhaft gewesen, daß sie ihn buchstäblich aus ihrem Gedächtnis gestrichen hatte. Sie rang sich nicht einmal zu der Erkenntnis durch, daß auch etwas Gutes daraus hervorgegangen war, nämlich Gus, ihr geliebtes Kind, das ihr das größte Glück auf Erden beschert hatte.

Daher traf es Rose völlig unvorbereitet, als Shay eines Tages stockbetrunken von einem Markt nach Hause kam. Er wirkte aggressiv und brachte kaum ein Wort heraus. Sie machte ihm Vorwürfe, was Shay so sehr kränkte und in Rage brachte, daß er seinen Gürtel aus der Hose zog und auf sie einschlug. Die Schläge schienen ihn zu erregen, und danach vergewaltigte er sie genauso wie in jener Nacht, die sie aus ihrem Gedächtnis verbannt hatte. Aber nun kam alles wieder in ihr hoch, der Abscheu, die Angst. Und obwohl sie seinen Körper nun kannte und sich ihm schon oft hingegeben hatte, empfand sie jetzt nichts als Entsetzen. Als es vorbei war, hatte sie blaue Flecken und eine blutende Lippe.

»Und diesmal kannst du morgen nicht die große Dame spielen und mich fortjagen. Nein, jetzt bin ich dein rechtmäßiger Ehemann«, sagte er. Dann drehte er sich auf die andere Seite und schlief sofort ein.

»Was ist denn mit dir passiert?« erkundigte sich Laddy besorgt.

»Ich bin im Halbschlaf aus dem Bett gefallen und habe mich am Nachttisch gestoßen«, erwiderte sie.

»Soll ich dem Doktor Bescheid sagen, daß er zu dir kommt, wenn ich in der Stadt bin?« Laddy hatte noch nie so einen schlimmen Bluterguß gesehen.

»Nein, Laddy, es geht schon«, wehrte sie ab und folgte damit dem

Beispiel all der vielen Frauen, die Gewalttätigkeiten hinnehmen, weil es einfacher ist, als sich dagegen aufzulehnen.

Rose wünschte sich noch ein Baby, eine kleine Schwester für Gus, aber ihre Hoffnungen erfüllten sich nicht. Wie merkwürdig, daß diese eine Vergewaltigung zu einer Schwangerschaft geführt hatte und all die Monate ihrer sogenannten normalen ehelichen Beziehung nicht.

Mrs. Nolan vom Hotel meinte zu Dr. Kelly, es sei seltsam, wie oft Rose sich neuerdings bei Stürzen verletze.
»Ich weiß, ich habe sie gesehen.«
»Sie hat gesagt, sie wäre in letzter Zeit so ungeschickt, aber ich weiß nicht recht.«
»Ich auch nicht, Mrs. Nolan, aber was kann ich schon tun?« Er hatte es in seiner langjährigen Praxis schon oft erlebt, daß Frauen behaupteten, sie wären ungeschickt und seien gestürzt. Merkwürdigerweise geschah das häufig nach dem Markttag oder Jahrmarkt. Wenn es nach Dr. Kenny gegangen wäre, wäre der Alkoholausschank auf Märkten verboten worden. Aber wer hörte schon auf einen alten Landarzt, der nur die Wunden versorgte und kaum jemals die wirkliche Ursache der »Unfälle« erfuhr?

Laddy interessierte sich für Mädchen, hatte aber kein Glück bei ihnen. Er erklärte Rose, wenn er sich das Haar mit Pomade nach hinten frisieren und spitze Schuhe tragen würde, dann würde er auch den Mädchen gefallen. Also kaufte Rose spitze Schuhe und Haarpomade für ihn. Aber es funktionierte nicht.
»Glaubst du, daß ich einmal heiraten werde, Rose?« fragte er sie eines Abends. Shay war in eine andere Stadt gefahren, um Vieh zu kaufen. Gus schlief schon, er war aufgeregt, weil morgen sein erster Schultag war. Und so saßen nur Rose und Laddy zusammen am Feuer, wie es früher oft gewesen war.
»Ich weiß nicht, Laddy. Ich habe ja eigentlich auch nicht damit

gerechnet. Aber erinnerst du dich noch an die Wahrsagerin, bei der wir vor ein paar Jahren gewesen sind? Sie hat vorhergesagt, daß ich innerhalb eines Jahres verheiratet sein würde, und das ist auch eingetroffen. Obwohl ich es gar nicht erwartet habe, und auch nicht glaubte, daß ich ein Kind bekommen und es so liebhaben würde. Dir hat sie damals geweissagt, du würdest einmal eine Arbeit haben, bei der du viele Menschen triffst, und jetzt arbeitest du im Hotel. Außerdem hat sie dir noch eine Reise über das Wasser und sportliche Erfolge prophezeit. Das hast du also alles noch vor dir.« Sie lächelte ihm strahlend zu, als sie ihm die guten Dinge wieder ins Gedächtnis rief. Mit keinem Wort aber ging sie darauf ein, was die Zigeunerin ihm alles *nicht* prophezeit hatte und daß sie ihr selbst eine schlechte Gesundheit vorhergesagt hatte, wenn auch erst in späteren Jahren.

Als es passierte, kam alles sehr überraschend. Da Shay nicht zu einem Markt gefahren war, würde er auch nichts trinken, dachte sie: Es würde keines dieser Whiskeygelage in Gesellschaft anderer geselligerer Männer geben, die der Alkohol aufheiterte. Und da sie in jener Nacht keine Angst vor seiner Rückkehr hatte, traf sie sein Anblick völlig unerwartet. Er war stockbetrunken, sein Blick verschleiert, ein Mundwinkel hing herunter.

»Schau mich nicht so an«, fing er an.

»Ich schaue dich überhaupt nicht an«, sagte sie.

»Und ob du das tust, zur Hölle.«

»Hast du die Färsen bekommen?«

»Ich werd dir schon Färsen geben«, sagte er und nahm seinen Gürtel ab.

»Nein, Shay, nein. Ich unterhalte mich nur mit dir, ich habe nichts gegen dich gesagt. *Nein*!« Dieses Mal schrie sie es heraus, anstatt in wahnsinniger Angst beschwörend zu flüstern, damit ihr Bruder und ihr Sohn nichts bemerkten.

Ihr Schreien schien ihn noch mehr anzustacheln. »Du bist eine Schlampe«, sagte er. »Eine gewöhnliche Schlampe. Du kannst nicht genug davon bekommen, das war schon immer dein Problem, schon bevor du verheiratet warst. Du widerst mich an.« Er schwang den Gürtel und zog ihn ihr erst über die Schultern, dann über den Kopf.

Zugleich rutschte seine Hose auf den Boden, und er zerrte an ihrem Nachthemd. Sie wollte nach dem Stuhl greifen, um sich damit zu verteidigen, aber er kam ihr zuvor, zerschmetterte ihn an der Bettkante und ging, das Bruchstück hoch erhoben, auf sie los.

»Nicht, Shay, in Gottes Namen, hör auf.« Es war ihr egal, ob jemand es hörte. Hinter ihm an der Tür erblickte sie die kleine, erschreckte Gestalt von Gus, der vor Angst auf seine kleine Hand biß, und dahinter Laddy. Durch ihre Schreie aus dem Schlaf gerissen, standen sie beide wie angewurzelt da und konnten ihre Augen nicht von der schrecklichen Szene abwenden. Bevor ihr noch bewußt wurde, was sie tat, hatte Rose schon geschrien: »Hilfe, Laddy, hilf mir.« Und dann sah sie, wie Laddy seinen riesigen Arm um Shays Hals schlang und ihn zurückhielt.

Gus schrie vor Entsetzen. Rose raffte ihr zerfetztes Nachthemd zusammen. Ohne auf das Blut zu achten, das ihr von der Stirn lief, rannte sie zu ihrem Sohn, um ihn auf den Arm zu nehmen.

»Er ist nicht er selbst«, sagte sie zu Laddy. »Er weiß nicht, was er tut. Wir müssen ihn irgendwo einsperren.«

»Daddy«, schrie Gus.

Shay befreite sich aus Laddys Griff und ging mit dem Stuhlbein in der Hand auf Mutter und Kind los.

»Laddy, um Himmels willen«, flehte sie ihn an.

Shay hielt inne und richtete seinen Blick auf Laddy, den großen Jungen mit dem roten, verschwitzten Gesicht, der im Schlafanzug dastand, unsicher und erschreckt.

»Nun, Lady Rose, haben Sie da nicht einen wahrhaft prächtigen Beschützer? Den Dorftrottel im Schlafanzug, ist das nicht ein feiner Anblick? Dieser Hanswurst will jetzt wohl seine große Schwester verteidigen.« Er sah von einem zum anderen, maß Laddy mit höhnischen Blicken. »Mach schon, du großer Junge, schlag mich doch. Schlag mich, Laddy, du dicker, fetter Ein-

faltspinsel. Komm schon.« Das Stuhlbein mit seiner spitzen Bruchstelle war eine gefährliche Waffe.
»Schlag ihn, Laddy«, schrie Rose, und da ließ Laddy seine große Faust auf Shays Kiefer donnern. Im Fallen stieß Shay sich an dem marmornen Waschtisch. Man hörte ein knirschendes Geräusch, und dann lag er mit weit geöffneten Augen auf dem Boden. Rose setzte Gus sanft auf dem Boden ab, der Junge weinte nicht mehr. Die Stille schien endlos zu dauern.
»Ich glaube, er ist tot«, sagte Laddy schließlich.
»Du hast getan, was du tun mußtest, Laddy.« Laddy sah sie ungläubig an. Er hatte gedacht, er hätte etwas Schreckliches angestellt. Er hatte Shay zu hart geschlagen, er hatte ihn totgeschlagen. Dabei hatte Rose ihn schon oft gewarnt: »Du weißt nicht, wie stark du bist, Laddy, sei vorsichtig.« Aber diesmal kein Wort davon. Er konnte kaum fassen, was passiert war. Laddy wandte den Blick von den starren Augen am Boden ab.
Rose sprach langsam weiter: »Laddy, jetzt möchte ich, daß du dich anziehst, mit dem Fahrrad in die Stadt fährst und Dr. Kenny erzählst, daß der arme Shay hingefallen ist und sich am Kopf gestoßen hat. Dr. Kenny wird es Father Maher sagen, und dann werden dich die beiden wieder hierher zurückbringen.«
»Und soll ich sagen, daß ...?«
»Du sagst, daß du lautes Geschrei gehört hast und daß Shay hingefallen ist und daß ich dich gebeten habe, zum Doktor zu fahren.«
»Aber ist er nicht ... ich meine, wird Dr. Kenny ihn ...?«
»Dr. Kenny wird tun, was er kann, und dann wird er dem armen Shay die Augen schließen. Sei jetzt so gut und zieh dich an, Laddy, ja?«
»Und du, bist du in Ordnung, Rose?«
»Mir geht es gut, und Gus auch.«
»Mir geht es gut«, bestätigte Gus, der noch immer einen Daumen im Mund hatte und mit der anderen Hand ganz fest Roses Hand hielt.
Wie von Sinnen fuhr Laddy durch die Dunkelheit, der Lichtstrahl

seiner Fahrradlampe bewegte sich wild auf und ab und streifte die furchteinflößenden Schatten der Nacht.
Dr. Kenny und Father Maher schnallten sein Fahrrad auf das Dach des Arztautos. Bei ihrem Eintreffen war Rose sehr gefaßt. Sie hatte sich ordentlich zurechtgemacht und trug jetzt einen dunklen Rock, eine dunkle Strickjacke und eine weiße Bluse. Um die Platzwunde zu verbergen, hatte sie ihr Haar ein wenig in die Stirn frisiert. Im Kamin brannte ein Feuer, in dem Rose den zerbrochenen Stuhl verbrannt hatte. Er war bereits zu Asche zerfallen. Niemand würde mehr sehen, daß er als Waffe gebraucht worden war.
Ihr Gesicht war blaß. Sie hatte Tee gemacht und Kerzen für die Letzte Ölung bereitgestellt. Die Gebete wurden gesprochen, und Laddy und Gus sprachen mit Rose die Antworten.
Dann stellte der Doktor den Totenschein aus, auf dem als eindeutige Todesursache *Unfall in trunkenem Zustand* festgestellt wurde.
Die Frauen, die ihn waschen und aufbahren würden, sollten am nächsten Morgen kommen. Beileidsbekundungen wurden nur der Form halber entboten und entgegengenommen. Sowohl dem Doktor als auch dem Pfarrer war klar, daß es sich um eine Vernunftehe ohne Liebe gehandelt hatte, weil der Knecht die Herrin geschwängert hatte. Shay Neil vertrug keinen Alkohol, das war allgemein bekannt.
Über den Grund des Sturzes wollte der Doktor keine Vermutungen anstellen, auch das frische Blut in Roses Gesicht fand er keiner Bemerkung wert. Als der Pfarrer gerade beschäftigt war, nahm der Doktor schnell seine schwarze Tasche zur Hand. Ohne darum gebeten worden zu sein, untersuchte er kurz die Wunde und betupfte sie mit Desinfektionsmittel. »Das wird wieder gut, Rose«, sagte er. Und sie wußte, daß er nicht nur über die Wunde auf ihrer Stirn sprach.
Nach der Beerdigung lud Rose ihre Familie zu sich nach Hause ein, und da saßen sie alle in der Küche bei einem Mahl zusammen, das Rose sorgfältig vorbereitet hatte. Nur wenige von Shays Ver-

wandten waren zur Beerdigung gekommen, und sie waren nicht zum Leichenschmaus eingeladen worden.
Rose hatte ein Anliegen. Da dieses Haus für sie nun so unglückliche Erinnerungen barg, wolle sie es verkaufen und zusammen mit Gus und Laddy in Dublin leben. Sie habe bereits mit einem Immobilienmakler gesprochen und sich erkundigt, welchen Preis man nach realistischer Einschätzung erzielen könne. Ob einer von ihnen etwas dagegen habe, daß der Hof verkauft wurde? Oder würde einer der Anwesenden ihn gerne selbst übernehmen? Nein, keiner von ihnen wollte hier leben, und ja, sie fanden es alle besser, wenn Rose das Anwesen verkaufte.
»Gut«, stellte sie knapp fest.
Gab es irgendwelche Erinnerungsstücke oder Andenken, die sie mitnehmen wollten?
»Jetzt gleich?« Die Eile überraschte sie alle.
»Ja, heute noch.«
Sie wollte das Haus am nächsten Tag zum Verkauf ausschreiben.

Gus besuchte die Schule in Dublin, und Laddy bekam dank Mrs. Nolans glänzenden Referenzen eine Stelle als Portier in einem kleinen Hotel. Schon bald wurde er dort wie ein Familienmitglied behandelt, und man bot ihm an, auch dort zu wohnen. Diese Lösung kam allen gelegen. Und die Jahre verstrichen ruhig und friedlich.
Rose begann wieder als Krankenschwester zu arbeiten. Gus schloß die Schule mit Erfolg ab und besuchte danach eine Hotelfachschule. Rose, mittlerweile weit über vierzig, war immer noch eine attraktive Frau und hätte in Dublin durchaus noch einmal heiraten können. Der Witwer einer Frau, die sie gepflegt hatte, schien sich für sie zu interessieren, aber Rose ging nicht darauf ein. Schließlich hatte sie bereits eine Vernunftehe hinter sich, das war genug. Wenn sie nicht jemanden kennenlernte, den sie von Herzen liebte, würde sie nicht noch einmal heiraten. Trotzdem hatte sie keineswegs das Gefühl, um die Liebe betrogen worden

zu sein. Denn wer hatte schon das Glück, mit zwei so wundervollen Menschen wie Gus und Laddy zusammenzuleben?
Gus ging ganz in seiner Arbeit auf, er machte Überstunden und war bereit, die schwierigsten Aufgaben zu übernehmen, damit er alles über die Hotelbranche lernte. Laddy nahm ihn zu Fußballspielen und Boxkämpfen mit. Ihm fiel wieder ein, was die Wahrsagerin damals prophezeit hatte. »Vielleicht hat sie gemeint, daß ich mich für Sport interessiere«, erklärte er Gus. »Nicht, daß ich selbst Sport treibe, sondern einfach nur, daß ich damit zu tun habe.«
»Schon möglich.« Gus empfand eine zärtliche Zuneigung zu dem großen, freundlichen Mann, der sich so selbstlos um ihn kümmerte.
Keiner von ihnen sprach je über die Nacht, in der der Unfall passiert war. Rose fragte sich gelegentlich, wieviel Gus noch davon wußte. Immerhin war er schon sechs gewesen, alt genug, um alles mitzubekommen. Doch als Kind schien ihm der Vorfall keine Alpträume bereitet zu haben, und auch später wurde er nicht verlegen, wenn das Gespräch auf seinen Vater kam. Auffällig war allerdings, daß er kaum Fragen über seinen Vater stellte. Die meisten Jungen hätten bestimmt wissen wollen, was für ein Mensch er gewesen war. Möglicherweise wußte Gus doch mehr, als man vermutete.

Das Hotel, in dem Laddy arbeitete, gehörte einem älteren Ehepaar. Wie sie Laddy eröffneten, wollten sie bald in den Ruhestand gehen, was ihn sehr erschütterte. Denn das Hotel war nun schon seit Jahren sein Zuhause.
Wie es der Zufall wollte, lernte Gus zur selben Zeit die Frau seiner Träume kennen, ein intelligentes, lebhaftes Mädchen namens Maggie. Sie war gelernte Köchin und besaß die Gewitztheit und das Selbstbewußtsein der Nordiren. Rose fand, daß sie die ideale Frau für ihn war; sie würde ihm alle Unterstützung geben, die er brauchte.
»Ich habe immer gedacht, ich würde eifersüchtig sein, wenn Gus

einmal eine Frau findet. Aber jetzt ist es ganz anders, ich freue mich für ihn«, sagte Rose.
»Und ich habe immer gedacht, ich bekäme eine böse Hexe als Schwiegermutter, und dabei habe ich dich bekommen«, entgegnete Maggie.
Was ihnen jetzt noch fehlte, war ein Hotel, in dem sie beide arbeiten konnten. Oder noch besser, ein kleines, heruntergekommenes Hotel, das sie kaufen und aus dem sie etwas machen konnten.
»Könntet ihr denn nicht mein Hotel kaufen?« schlug Laddy vor.
Das wäre genau das Richtige gewesen, aber natürlich konnten sie sich das nicht leisten.
»Wenn ihr mir dort ein Zimmer gebt, in dem ich wohnen kann, bekommt ihr das Geld von mir«, sagte Rose.
Wie hätte sie ihre Ersparnisse und den Verkaufserlös ihrer Dubliner Wohnung besser anlegen können? Es war ein Zuhause für Gus und Laddy und zugleich eine Existenzgrundlage für das junge Paar. Ein Ort, an dem Rose bleiben konnte, wenn sich irgendwann ihr Gesundheitszustand so verschlechterte, wie ihr prophezeit worden war. Sie wußte, daß es eine Sünde und außerdem ziemlich dumm war, an Wahrsagerei zu glauben, aber der Tag, an dem die Zigeunerin Ella ihr dies geweissagt hatte, war in ihrem Gedächtnis eingebrannt.
Immerhin war es an jenem Tag gewesen, daß Shay sie vergewaltigt hatte.

Anfangs war es nicht leicht, das Geschäft in Gang zu bringen. Sie verbrachten viel Zeit damit, ihre Bücher zu studieren, und dabei stellten sie fest, daß die Ausgaben die Einnahmen überstiegen.
Laddy begriff, daß das Hotel nicht gut lief. »Ich kann noch mehr Kohlen nach oben tragen«, meinte er. Er wollte so gerne helfen.
»Das wird nicht viel nützen, Laddy, wenn wir keine Gäste haben, für die wir Feuer machen müssen.« Maggie war zu dem Onkel ihres Mannes sehr freundlich. Sie gab ihm immer das Gefühl, daß er gebraucht wurde.

»Rose, könnten wir nicht auf der Straße herumgehen, ich mit einer Reklametafel, auf der der Name des Hotels steht, und du mit Broschüren, die du an die Leute verteilst?« fragte er eifrig.
»Nein, Laddy. Das ist Gus' und Maggies Hotel. Von ihnen müssen die Ideen kommen. Aber keine Sorge, sie werden es schon schaffen. Nicht mehr lange, dann läuft es, und sie haben alle Hände voll zu tun.«
Und irgendwann lief es.
Das junge Paar arbeitete Tag und Nacht. Mit der Zeit bauten sie sich einen treuen Kundenstamm auf. Es kamen viele Gäste aus dem Norden des Landes, die ihr Hotel weiterempfahlen. Und alle ausländischen Gäste vom Festland erhielten von Maggie eine Karte, auf der stand: »Wir haben Freunde, die Französisch, Deutsch und Italienisch sprechen.«
Was auch stimmte. Sie kannten einen deutschen Buchbinder, einen französischen Lehrer an einer Knabenschule und einen Italiener, der einen Imbißstand betrieb. Wann immer sie einen Dolmetscher brauchten, waren diese Menschen telefonisch erreichbar, um für sie zu übersetzen.
Gus und Maggie bekamen zwei Kinder, zwei engelhafte kleine Mädchen, und Rose fand, sie sei eine der glücklichsten Frauen Irlands. Wenn das Wetter schön war, nahm sie ihre Enkeltöchter mit zum St. Stephens's Green, wo sie zusammen Enten fütterten.

Einer der Hotelgäste erkundigte sich bei Laddy, ob es in der Nähe eine Snookerhalle gebe, und Laddy, eifrig bemüht, ihm zu helfen, machte eine ausfindig.
»Spielen Sie doch eine Runde mit mir«, schlug der Gast, ein allein reisender Geschäftsmann aus Birmingham, vor.
»Ich fürchte, ich kann das nicht spielen, Sir«, entschuldigte sich Laddy.
»Ich bringe es Ihnen bei«, sagte der Mann.
Und da geschah es. Die Weissagung der Zigeunerin erfüllte sich. Laddy war ein Naturtalent. Der Geschäftsmann aus Birmingham wollte nicht glauben, daß er noch nie gespielt hatte. Er lernte die

Reihenfolge der Kugeln: Gelb, Grün, Braun, Blau, Rosa, Schwarz. Er lochte jede davon mühelos und kunstfertig ein. Zuschauer umringten den Billardtisch.

Laddy wurde tatsächlich zu einem erfolgreichen Sportler, wie man es ihm prophezeit hatte.

An den Wetten, die auf ihn abgeschlossen wurden, beteiligte er sich jedoch nie, denn sie alle konnten keinen Penny entbehren. Aber er gewann viele Wettkämpfe, und sein Bild tauchte in der Zeitung auf. Man lud ihn sogar ein, einem Club beizutreten. Er war nun eine kleine Berühmtheit auf seinem Gebiet.

Rose verfolgte all das mit großer Freude. Endlich war ihr Bruder ein geachteter Mann. Und sie mußte ihren Sohn jetzt nicht einmal mehr bitten, sich nach ihrem Tod um Laddy zu kümmern. Denn Laddy würde bis an sein Lebensende bei Gus und Maggie bleiben.

Rose klebte Zeitungsberichte über seine Billarderfolge in ein Album ein, und von Zeit zu Zeit sahen sie es sich zusammen an.

»Wäre Shay stolz auf das alles gewesen, was meinst du?« fragte Laddy eines Abends. Mittlerweile ein Mann mittleren Alters, hatte er Shay Neil zeit seines Lebens kaum jemals erwähnt. Den Mann, den er in jener Nacht mit einem einzigen kräftigen Hieb getötet hatte.

Rose zuckte zusammen. Sie antwortete langsam und bedächtig. »Ich denke, er hätte sich vielleicht gefreut. Aber, weißt du, bei ihm konnte man nur schwer erraten, was er wirklich gedacht hat. Er hat so wenig gesprochen, woher sollte man da wissen, was in seinem Kopf vorging?«

»Warum hast du ihn geheiratet, Rose?«

»Damit wir eine Familie haben«, antwortete sie schlicht.

Dies schien Laddy als Erklärung zu genügen. Er rechnete wohl nicht mehr damit, daß er selbst einmal heiraten oder mit einer Frau zusammensein würde. Sicherlich hatte er sexuelle Sehnsüchte und Bedürfnisse wie jeder Mann, aber er äußerte sich nie darüber. Und mit der Zeit war Snooker offenbar zu einem angemessenen Ersatz geworden. Als sich herausstellte, daß Roses Unterleibsbeschwerden eine Totaloperation erforderlich mach-

ten, und sich später zeigte, daß auch diese nicht zur Heilung geführt hatte, mußte sich Rose keine Sorgen um die Zukunft machen.
Der Arzt erlebte es nicht oft, daß eine Patientin derart gelassen auf eine so endgültige Diagnose reagierte.
»Wir werden dafür sorgen, daß Sie sowenig Schmerzen wie möglich haben«, sagte er.
»Oh, da bin ich sicher. Wissen Sie, ich würde jetzt am liebsten in ein Pflegeheim gehen, falls das möglich ist.«
»Ihre Angehörigen lieben Sie sehr und würden sich bestimmt gut um Sie kümmern«, entgegnete der Arzt.
»Ja, aber sie haben ein Hotel zu führen. Und sie würden viel zuviel Zeit damit verbringen, mich zu pflegen, deshalb wäre ich lieber nicht dort. Bitte, Doktor, ich werde im Pflegeheim keinerlei Probleme machen.«
»Daran zweifle ich nicht«, erwiderte der Doktor und schneuzte sich laut die Nase.
Wie alle Menschen in einer solchen Situation erlebte auch Rose Augenblicke, in denen sie zornig und verbittert war, aber sie ließ sich gegenüber ihrer Familie oder den anderen Patienten im Pflegeheim nichts anmerken. Sie haderte nur selten mit ihrem Schicksal, sondern schmiedete lieber Pläne für die Monate, die ihr noch blieben.
Wenn ihre Angehörigen zu Besuch kamen, erzählte sie kaum von Schmerzen und Unwohlsein, aber viel über das Heim und dessen Arbeitsweise. Das Pflegeheim war ein angenehmer Ort, an dem man offen für neue Ideen war. Darauf sollten sie ihre Energie richten, anstatt sie mit Süßigkeiten und Bettjäckchen zu versorgen. Sie sollten etwas Sinnvolles tun, etwas Hilfreiches. Das wollte Rose von ihrer Familie.
Also ging man daran, es anzupacken.
Laddy besorgte einen gebrauchten Billardtisch und gab Stunden, Gus und Maggie veranstalteten einen Kochkurs. So vergingen die Monate unbeschwert und heiter. Obwohl Rose mittlerweile stark abgemagert war und nur noch langsam gehen konnte, versicherte

sie, daß sie keine Schmerzen habe. Sie erklärte, sie brauche auch kein Mitleid, sondern nur nette, anregende Gesellschaft. Immerhin sei sie noch bei klarem Verstand.
Für den Geschmack von Gus und Maggie war ihr Verstand sogar zu klar, denn sie konnten nicht vor ihr verbergen, daß sich eine Katastrophe ereignet hatte. Sie hatten ihr ganzes Geld in eine Versicherungs- und Investmentfirma gesteckt, die in Konkurs gegangen war. Nun würden sie das Hotel verlieren, und all ihre Träume für die Zukunft waren geplatzt. Ihre einzige Hoffnung war, daß Rose nichts davon erfuhr. Vielleicht würde sie sterben, ohne von diesem Schicksalsschlag zu erfahren. Sie war mittlerweile so schwach, daß sie sie am Sonntag nicht mehr zu einem gemeinsamen Mittagessen mit der Familie ins Hotel fahren konnten, wie sie es in der ersten Zeit oft getan hatten. Der einzige Trost in all dem Unglück war, daß Rose nicht mehr miterleben mußte, wie ihr Lebenswerk zerstört wurde.
Aber sie konnten es ihr nicht verheimlichen.
»Ihr *müßt* mir erzählen, was los ist«, sagte sie zu Gus und Maggie. »Ihr könnt dieses Zimmer doch nicht verlassen, ohne mir reinen Wein einzuschenken. Soll ich mich in den paar Wochen, die mir noch bleiben, mit Gedanken herumquälen müssen, was passiert sein könnte? Wollt ihr, daß ich es mir vielleicht noch schlimmer ausmale, als es wirklich ist?«
»Was wäre das Schrecklichste, das du dir vorstellen kannst?« wollte Maggie wissen.
»Daß irgendwas mit den Kindern ist.« Sie schüttelten den Kopf. »Oder mit einem von euch? Oder mit Laddy? Ist jemand krank?« Wieder verneinten sie. »Nun, mit allem anderen kann man leben«, erwiderte sie mit leuchtenden Augen und einem strahlenden Lächeln auf ihrem hageren Gesicht.
Sie erzählten ihr die ganze Geschichte. Wie sie aus der Zeitung erfahren hatten, daß ihr ganzes Vermögen verloren war. Daß keinerlei Mittel mehr übrig seien, um ausstehende Forderungen zu begleichen. Harry Kane hätte zwar inzwischen im Fernsehen überzeugend versichert, daß niemand seine Investition verlieren

und die Bank alle Gläubiger entschädigen würde. Aber niemand glaube so recht daran. Alles sei noch unklar.
Rose liefen Tränen übers Gesicht. Das hatte ihr die Zigeunerin Ella nicht prophezeit. Sie verfluchte Harry Kane und seine Mitwisser für ihre Habgier und ihre betrügerischen Machenschaften. Noch nie hatten sie Rose so wütend erlebt.
»Wir hätten es dir nicht sagen sollen«, meinte Gus betrübt.
»Unsinn, natürlich mußtet ihr es mir sagen. Und ihr müßt mir schwören, daß ihr mir von nun an immer alles gleich erzählt. Wenn ihr so tut, als wäre alles in Ordnung, und ich finde heraus, daß es nicht stimmt, werde ich euch das nie verzeihen.«
»Ich werde dir alle Unterlagen zeigen, Mam«, versprach Gus.
»Und wenn er es nicht tut, mache ich es«, sagte Maggie.
»Und Mam, falls wirklich alles den Bach runtergeht und wir uns eine andere Arbeit suchen müssen, nehmen wir Laddy mit.«
»Das weiß sie doch«, sagte Maggie vorwurfsvoll.
Nach einer Weile kamen sie mit Briefen von der Bank zu Rose. Anscheinend existierte ein Notfallfonds. Ihre Anlage stand zwar auf wackeligen Beinen, aber sie war nicht verloren. Rose las auch das Kleingedruckte sehr aufmerksam, um sicherzugehen, daß sie nichts übersehen hatte.
»Hat Laddy eigentlich eine Ahnung davon, daß wir um ein Haar alles verloren hätten?« fragte sie.
»Auf seine Weise hat er es schon verstanden«, sagte Maggie. Da wußte Rose, daß Laddy in guten Händen sein würde, wenn sie einmal nicht mehr lebte, und war sehr erleichtert.
Sie starb in Frieden.

Rose erfuhr nicht mehr, daß eine Frau namens Siobhan Casey im Hotel vorsprach und erklärte, daß nun erneut eine beträchtliche Investition erforderlich sei, zum Ausgleich dafür, daß das Hotel damals gerettet worden war. Miss Casey betonte, daß eine Gesellschaft mit beschränkter Haftung im Konkursfall nicht verpflichtet sei, die Investoren zu entschädigen; das Geld, das die Neils für ihr Hotel erhalten hätten, habe Mr. Kane aus privaten Mitteln zur

Verfügung gestellt. Daher würden ihm nun doch sicher all jene Geschäftspartner, die er gerettet hatte, unter die Arme greifen.
Die Geheimniskrämerei bei diesem Projekt wurde mit dem Begriff »Vertraulichkeit« erklärt. Beeindruckende Verträge und Dokumente wurden abgefaßt, doch sollten keine Transaktionen über die normale Buchführung laufen. Es sei eine Vereinbarung auf Treu und Glauben, die die Steuerprüfer nichts angehe.
Zuerst verlangten sie keine hohen Beträge, doch das änderte sich, so daß Gus und Maggie begannen, sich Sorgen zu machen. Andererseits waren sie damals, als alles verloren schien, tatsächlich gerettet worden. Und vielleicht war so eine Vorgehensweise im Geschäftsleben gängige Praxis. In Miss Caseys Ton schwang immer ein gewisses Maß an Respekt mit, wenn sie von ihren Partnern sprach, als ob es Leute wären, die großen Einfluß hatten, Leute, mit denen man sich besser keinen Ärger einhandelte.
Gus war sich klar darüber, daß seine Mutter, hätte sie noch gelebt, dagegen gewesen wäre. Und gerade deshalb konnte er selbst nicht verstehen, warum er so naiv war und sich darauf einließ. Laddy erzählten sie nichts davon. Sie bemühten sich einfach nur zu sparen, wo es ging. Die Anschaffung eines dringend benötigten neuen Boilers war genauso wenig möglich wie der Kauf eines neuen Teppichs für die Empfangshalle. Sie konnten sich nur einen billigen Läufer leisten, der die ausgetretenen Stellen verdeckte. Aber Laddy spürte, daß etwas nicht stimmte, und das machte ihm Sorgen. An schlechtem Geschäftsgang konnte es nicht liegen, die Gäste kamen in Scharen. Allerdings war das herzhafte irische Frühstück nicht mehr ganz so herzhaft wie früher, und Maggie meinte, Laddy brauche auf dem Markt keine frischen Blumen mehr zu besorgen, das käme zu teuer. Als eine der Kellnerinnen kündigte, wurde keine neue mehr eingestellt.
Mittlerweile kamen immer mehr Gäste aus Italien, und Paolo, der in der Imbißbude arbeitete, wurde es allmählich leid, jedesmal zu übersetzen. »Wenigstens einer von euch sollte eigentlich Italienisch lernen«, sagte er zu Gus. »Ich meine, wir sind alle Europäer, aber keiner von euch hat es auch nur versucht.«

»Ich hatte gehofft, die Mädchen würden sich vielleicht für Sprachen interessieren«, entschuldigte sich Gus. Doch diese Hoffnung hatte sich nicht erfüllt.
Einmal stieg ein italienischer Geschäftsmann mit seiner Frau und seinen zwei Söhnen in ihrem Hotel ab. Während der Mann von früh bis spät in Begleitung von Mitarbeitern der irischen Handelskammer unterwegs war, durchstreifte seine Frau die Geschäfte, wo sie weiche irische Tweedstoffe und teuren Schmuck begutachtete. Die beiden Jungen im Teenageralter langweilten sich unterdessen und murrten. Also erbot sich Laddy, mit ihnen Snooker zu spielen. Nicht in einem normalen Billardsalon, wo geraucht, getrunken und gewettet wurde, sondern in einem katholischen Jungenclub, wo ihnen nichts passieren konnte. Dank Laddy war ihr Urlaub gerettet.
Paolo bereitete eine Wörterliste für ihn vor ... *tavola da biliardo, sala da biliardo, stecca da biliardo.* Die Jungen ihrerseits prägten sich die englischen Ausdrücke dafür ein.
Die Familie war sehr wohlhabend und kam aus Rom, aber das war auch schon alles, was Laddy über sie in Erfahrung brachte. Vor ihrer Abreise ließen sie sich mit Laddy vor dem Hotel fotografieren. Dann stiegen sie in ihr Taxi und fuhren zum Flughafen. Als das Taxi davonbrauste, entdeckte Laddy auf dem Bürgersteig eine Rolle Geldscheine. Irische Geldscheine, fest zusammengehalten von einem Gummiband. Laddy blickte auf, aber das Taxi war schon weit weg. Sie würden nie wissen, wo sie das Geld verloren hatten. Vielleicht bemerkten sie es ohnehin erst zu Hause. Außerdem waren sie reich und würden diesen Verlust verschmerzen. Hatte die Frau nicht jedesmal ein Vermögen ausgegeben, wenn sie in der Grafton Street beim Einkaufen gewesen war?
Sie brauchten dieses Geld nicht wirklich.
Ganz im Gegensatz zu Maggie und Gus, die dringend einige Neuanschaffungen zu machen hatten. Schöne neue Speisekartenhalter brauchten sie zum Beispiel. Ihre waren schon sehr fleckig und unansehnlich. Außerdem mußte das Schild über der Eingangstür erneuert werden. Ungefähr vier Minuten lang spann er

diese Gedanken weiter, doch schließlich seufzte er tief und nahm den Bus zum Flughafen, um ihnen ihr verlorenes Geld zu bringen. Sie waren gerade dabei, ihre wunderschönen, teuren, weichen Lederkoffer aufzugeben. Noch einmal geriet er für einen Moment ins Wanken, aber dann hob er die Hand und winkte, bevor er es sich noch einmal anders überlegen konnte.

Die ganze Familie schloß ihn dankbar in die Arme. Allen Umstehenden teilten sie lautstark mit, was für großzügige und fabelhafte Leute die Iren seien. In ihrem ganzen Leben hätten sie noch keine so netten Menschen kennengelernt. Ein paar Scheine wurden aus dem Bündel herausgezogen und Laddy in die Tasche gesteckt. Aber das war nicht wichtig.

»*Può venire alla casa. La casa a Roma*«, baten sie ihn.

»Sie haben Sie eingeladen, zu ihnen nach Rom zu kommen«, übersetzte einer der Wartenden, erfreut darüber, daß einem seiner Landsleute soviel Aufmerksamkeit zuteil wurde.

»Ich weiß«, erwiderte Laddy mit glänzenden Augen. »Und ich werde auch hinfahren. Vor Jahren hat mir einmal eine Wahrsagerin prophezeit, ich würde über das Meer reisen«. Er strahlte in die Runde. Die Italiener küßten ihn noch einmal, dann stieg er wieder in den Bus. Er konnte es kaum erwarten, zu Hause diese gute Nachricht loszuwerden.

Gus und Maggie sprachen am Abend darüber.

»Vielleicht hat er es in ein paar Tagen vergessen«, hoffte Gus.

»Warum haben sie ihm nicht einfach nur einen kleinen Finderlohn gegeben und es dabei belassen?« fragte sich Maggie. Denn im Grunde ihres Herzens wußten sie, daß Laddy die Einladung nach Rom wirklich ernst nahm. Er würde sich auf diese Reise vorbereiten. Und am Ende würde man ihm das Herz brechen.

»Ich brauche einen Reisepaß, weißt du«, sagte Laddy am nächsten Tag.

»Solltest du nicht erst Italienisch lernen?« schlug Maggie vor. Das war ein genialer Einfall.

Denn wenn sie das Vorhaben eine Weile aufschieben konnten,

ließ sich Laddy in der Zwischenzeit vielleicht davon überzeugen, daß diese Reise nach Rom nur ein Traum bleiben würde.
Laddy fragte in seinem Billardclub herum, ob jemand wisse, wo man Italienisch lernen könne.
Der Lastwagenfahrer Jimmy Sullivan, ein Bekannter von ihm, erzählte, daß bei ihm zu Hause eine nette Frau eingezogen sei, die am Mountainview College einen Italienischkurs geben würde.
So fuhr Laddy eines Abends zur Schule hinauf, schrieb sich ein und bezahlte die Gebühr. »Ich bin nicht besonders gebildet. Glauben Sie, daß ich mithalten kann?« fragte er die Kursleiterin, die sich die Signora nannte.
»Ach, machen Sie sich deswegen keine Sorgen. Wenn Ihnen unsere Arbeitsweise gefällt, lernen Sie die Sprache im Nu«, erwiderte sie.
»Ich muß mir nur zwei Stunden am Dienstag- und Donnerstagabend freinehmen«, wandte sich Laddy bittend an Gus und Maggie.
»Meine Güte, Laddy, du kannst dir so oft freinehmen, wie du willst. Schließlich schuftest du jede Woche hundert Stunden hier.«
»Du hattest ganz recht damit, daß ich nicht so unvorbereitet dorthin fahren soll. Die Signora meint, ich würde die Sprache im Nu lernen.«
Maggie schloß die Augen. Warum um alles in der Welt hatte sie ihm nur den Floh ins Ohr gesetzt, Italienisch zu lernen? Die Vorstellung, daß Laddy bei einem Italienischkurs mithalten konnte, war einfach absurd.

Da Laddy am ersten Abend großes Lampenfieber hatte, begleitete Maggie ihn zum Kurs.
Eine stattliche Anzahl von Teilnehmern pilgerte über den ziemlich trostlosen Schulhof. Die Wände des Unterrichtsraums waren mit Bildern und Plakaten dekoriert, und man hatte sogar einige Teller mit Käse- und Wursthäppchen vorbereitet, die sie später essen würden. Von der Kursleiterin erhielten sie große Pappschil-

der, auf die sie ihre Namen schrieben, allerdings die italienische Form davon, die die Signora jedem von ihnen nannte.
»Laddy«, begann sie. »Das ist ein schwieriger Fall. Haben Sie noch einen anderen Namen?«
»Ich glaube nicht«, meinte Laddy kleinlaut.
»Macht nichts. Überlegen wir uns einfach einen italienischen Namen, der so ähnlich klingt. Lorenzo! Wie wäre es damit?«
Laddy wußte nicht so recht, aber der Signora gefiel es. »Lorenzo«, wiederholte sie immer wieder und rollte das »r« dabei. »Ich finde, der Name paßt genau. Und wir haben keine anderen Lorenzos im Kurs.«
»Heißen alle Laddys in Italien so?« fragte er neugierig.
Maggie biß sich auf die Lippe, während sie auf die Antwort wartete.
»Genau, Lorenzo«, sagte die Frau mit der seltsamen Haarfarbe und dem wundervollen Lächeln.
Maggie kehrte ins Hotel zurück. »Die Lehrerin ist eine nette Frau«, erzählte sie Gus. »Und sie wird Laddy bestimmt nicht vor dem ganzen Kurs lächerlich machen. Aber ich garantiere dir, daß er bis zur dritten Stunde aufgegeben hat.«
Gus seufzte. Nun hatte er noch eine Sorge mehr.

Was den Italienischkurs betraf, täuschten sie sich von Grund auf. Laddy war begeistert davon. Die Sätze, die sie jede Woche als Hausaufgabe aufbekamen, lernte er mit einem Eifer, als hinge sein Leben davon ab. Italiener, die im Hotel abstiegen, begrüßte er freundlich auf italienisch, wobei er mit gewissem Stolz hinzufügte: »*Mi chiamo Lorenzo*«, als wäre es die selbstverständlichste Sache von der Welt, daß der Portier eines kleinen irischen Hotels so einen Namen hatte. Die Wochen verstrichen, und an regnerischen Abenden wurde Laddy häufig von einem schnittigen BMW bis vor die Haustür gefahren.
»Du solltest deine Freundin einmal hereinbitten, Laddy.« Maggie hatte ein paarmal aus dem Fenster gespäht und nur die Silhouette einer attraktiven Frau sehen können, die am Steuer saß.

»Ach, nein, Constanza muß gleich weiter. Sie hat einen weiten Heimweg«, entgegnete er.
Constanza! Hatte diese seltsame Lehrerin die ganze Klasse etwa hypnotisiert, daß alle bei ihren Spielchen so willig mitmachten? Wie der Rattenfänger von Hameln. Laddy verpaßte ein Billardturnier, das er mit Sicherheit gewonnen hätte, nur weil er den Kurs nicht ausfallen lassen wollte. In dieser Woche nahmen sie die Körperteile durch, und er und Francesca würden diese der Klasse demonstrieren müssen, den Hals, den Ellbogen, die Knöchel. Er hatte alles schon gelernt: bei *la gola* legte er die Hand an den Hals, bei *i gomiti* eine Hand an jeden Ellbogen, und dann beugte er sich nach unten, um *la caviglia* an jedem Fuß zu berühren. Francesca würde ihm nie verzeihen, wenn er nicht kam. Das Billardturnier würde er eben verpassen, na wenn schon, es würde noch mehr davon geben. Aber die Körperteile nahmen sie nur einmal durch. Und er wäre selbst auch ziemlich wütend gewesen, wenn Francesca geschwänzt hätte, um an irgendeinem blöden Turnier teilzunehmen.
Gus und Maggie sahen sich verwundert an. Schließlich entschieden sie, daß es gut für Laddy war. Es mußte einfach gut für ihn sein, denn sie hatten schon genug Sorgen in ihrem Leben. Einige Reparaturen waren nun nicht mehr aufzuschieben, aber sie hatten schlicht kein Geld dafür. Auch Laddy hatten sie erzählt, daß sie gerade in einer schwierigen Lage waren, aber er schien es nicht richtig begriffen zu haben. Sie versuchten, nicht weiter als bis zum nächsten Tag zu denken. Wenigstens war Laddy glücklich. Wenigstens war Rose in dem Glauben gestorben, daß alles in Ordnung war.

Manchmal bereitete es Laddy Mühe, sich all die Vokabeln zu merken. Von der Schule her war er es nicht gewohnt, soviel zu lernen, denn die Ordensbrüder hatten es nicht von ihm verlangt. Aber in dieser Klasse wurde von ihm erwartet, daß er mithielt.
Gelegentlich saß er mit den Fingern in den Ohren auf der Schulhofmauer und lernte die Wörter auswendig. Und die richtige

Betonung. *Dov'è il dolore* mußte wie eine Frage klingen. Das würde der Arzt ihn fragen, wenn er einmal im Krankenhaus landete. Man wollte doch nicht wie ein Dummkopf dastehen, der nicht wußte, wo es einem weh tat. Also mußte man sich die Frage merken. *Dov'è il dolore* wiederholte er immer wieder.

Mr. O'Brien, der Direktor dieser Schule, kam und setzte sich neben ihn. »Wie geht's?« fragte er.

»*Bene, benissimo.*« Die Signora hatte ihnen aufgetragen, alle Fragen auf italienisch zu beantworten.

»Klingt toll ... Und gefällt Ihnen der Kurs? Wie heißen Sie noch mal?«

»*Mi chiamo Lorenzo.*«

»Natürlich. Nun, Lorenzo, ist der Kurs sein Geld wert?«

»Ich weiß nicht, wieviel er kostet, Signor. Die Frau meines Neffen hat für mich bezahlt.«

Tony O'Brien spürte eine leichte Beklemmung, als er diesen großen, einfältigen Mann betrachtete. Aidan Dunne hatte zu Recht für diesen Kurs gekämpft. Und anscheinend lief alles bestens. Die unterschiedlichsten Menschen hatten sich eingeschrieben. Sogar die Frau von Harry Kane, aber auch ein Krimineller wie dieser Typ mit dem finsteren Blick.

Das hatte er inzwischen auch Grania gegenüber geäußert, aber sie fand immer noch, daß er sie von oben herab behandelte und ihrem Vater für seine Verdienste sozusagen gönnerhaft auf die Schulter klopfte. Vielleicht sollte er ein paar Worte Italienisch lernen, dann würde Grania sehen, daß es ihn wirklich interessierte.

»Was nehmen Sie heute durch, Lorenzo?«

»Nun, diese Woche lernen wir die Körperteile, falls wir in Italien einen Herzinfarkt bekommen oder einen Unfall haben. Das erste, was der Arzt fragt, wenn man auf der Bahre liegt, ist: *Dov'è il dolore?* Wissen Sie, was das heißt?«

»Nein, weiß ich nicht. Ich bin schließlich nicht im Kurs. Der Arzt würde also sagen: *Dov'è il dolore?*«

»Ja, das heißt ›Wo tut es weh?‹ Und dann sagt man es ihm.«

»*Dov'è* heißt ›wo ist‹. Stimmt das?«
»Ja, so muß es sein, wie bei *Dov'è il banco* und *Dov'è il albergo.* Sie haben recht, *Dov'è* muß ›wo ist‹ heißen.« Laddy wirkte zufrieden, als ob ihm dieser Zusammenhang bisher noch nie aufgefallen wäre.
»Sind Sie verheiratet, Lorenzo?«
»No, Signor, das wäre nichts für mich. Meine Schwester hat gesagt, ich soll mich lieber auf Snooker konzentrieren.«
»Nun, das eine schließt das andere nicht aus, Mann. Sie könnten beides haben.«
»Das geht nur, wenn man sehr viel Grips hat und Schuldirektor ist wie Sie. Aber ich kann nicht so viele Dinge zur gleichen Zeit machen.«
»Ich auch nicht, Lorenzo.« Mr. O'Brien sah traurig aus.
»Sie sind also gar nicht verheiratet? Ich hätte gedacht, Sie hätten schon erwachsene Kinder«, sagte Laddy.
»Nein, ich bin nicht verheiratet.«
»Vielleicht heiraten Lehrer einfach nicht«, überlegte Laddy. »Mr. Dunne in unserem Kurs ist auch nicht verheiratet.«
»Ach, wirklich?« Bei dieser Neuigkeit wurde Tony O'Brien hellhörig.
»Nein, aber ich glaube, er hat eine Romanze mit der Signora!« Laddy sah um sich, als er das sagte, um sicherzugehen, daß niemand mithörte. So etwas laut auszusprechen war ziemlich gewagt.
»Das kann ich mir eigentlich nicht vorstellen.« Tony O'Brien war höchst überrascht.
»*Wir* sind alle überzeugt davon. Francesca und Guglielmo und Bartolomeo und ich haben uns darüber unterhalten. Mr. Dunne und die Signora lachen immer viel zusammen und gehen nach dem Kurs gemeinsam heim.«
»Tja, nun«, meinte Tony O'Brien.
»Das wäre doch schön für die beiden, nicht wahr?« Laddy wollte immer, daß die Menschen, mit denen er sprach, alles positiv sahen.

»Ja, das wäre sehr interessant«, pflichtete Tony O'Brien ihm bei. Was immer er hatte erfahren wollen, um es Grania zu berichten – das sicherlich nicht. Er dachte über diese Neuigkeit nach. Vielleicht hatte dieser arme Kerl die Dinge nur allzu schlicht interpretiert, aber vielleicht stimmte es ja auch. Wenn es tatsächlich stimmte, hatte sich seine Ausgangslage verbessert. Denn Aidan Dunne konnte wohl nicht so streng mit ihm ins Gericht gehen, wenn er sich selbst ein wenig außerhalb der Spielregeln bewegte, um es milde auszudrücken. Dann konnte er nicht den Moralapostel spielen und ihm ins Gewissen reden. Schließlich war Tony O'Brien ein ehrlicher, unverheirateter Mann, der sich um eine ledige Frau bemühte. Verglichen mit einer Beziehung zwischen Aidan und der Signora war das eine völlig klare und unproblematische Sache.

Aber Grania gegenüber würde er nichts davon erwähnen, jetzt jedenfalls noch nicht. Sie hatten sich wiedergesehen, aber ihre Unterhaltung war sehr zäh verlaufen; beide hatten versucht, höflich zu sein, und die unglücklichen Umstände, die ihnen soviel Schmerz bereitet hatten, nicht zu erwähnen.

»Bleibst du über Nacht?« hatte er sie gefragt.

»Ja, aber ich will nicht mit dir schlafen.« Aus ihrem Ton sprach weder Koketterie noch Berechnung.

»Willst du, daß wir im gleichen Bett liegen, oder soll ich das Sofa benutzen?«

Sie hatte sehr jung und durcheinander gewirkt. Am liebsten hätte er sie in die Arme genommen und gestreichelt und ihr versichert, daß am Ende alles gut werden würde. Aber er wagte es nicht.

»Ich nehme das Sofa. Schließlich ist es dein Haus.«

»Ich weiß nicht, was ich sagen soll, Grania. Wenn ich dich bitte, in meinem Bett zu schlafen, bin ich wieder der Lustmolch, der nur hinter deinem Körper her ist. Und wenn nicht, sieht es so aus, als wärst du mir egal. Verstehst du, was das für ein Problem für mich ist?«

»Läßt du mich diesmal bitte auf dem Sofa schlafen?« hatte sie ihn gebeten.

Und er hatte sie zugedeckt und sie auf die Stirn geküßt. Am Morgen hatte er die Costa-Rica-Kaffeemischung für sie aufgebrüht. Grania hatte müde ausgesehen und dunkle Ringe unter den Augen gehabt.
»Ich konnte nicht schlafen«, sagte sie. »Da habe ich in ein paar von deinen Büchern geschmökert. Du hast komische Sachen, von denen ich noch nie gehört habe.«
Er sah *Catch 22* und *On the Road* neben ihrem Bett liegen. Grania hatte Heller und Kerouac nicht gekannt. Vielleicht war die Kluft zwischen ihnen doch unüberbrückbar. Auch seine Sammlung traditioneller Jazzplatten war für sie ein Buch mit sieben Siegeln gewesen. Sie war noch ein Kind.
»Ich würde gerne einmal wieder zum Essen kommen«, hatte sie beim Gehen gesagt.
»Sag mir, wann, dann koche ich für dich«, hatte er erwidert.
»Heute abend. Oder ist das zu kurzfristig?«
»Nein, heute abend wäre es wundervoll«, hatte er sich gefreut.
»Aber erst ein bißchen später, denn ich möchte mir heute den Italienischkurs ansehen. Und bevor wir uns jetzt wieder streiten: Ich gehe hin, weil es mich interessiert. Das hat mit dir oder deinem Vater nichts zu tun.«
»Frieden«, hatte sie gesagt. Aber ihr Blick wirkte gehetzt.
Zu Hause hatte Tony O'Brien alles schon fertig vorbereitet. Die Hühnerbrüstchen lagen in einer Marinade aus Ingwer und Honig, der Tisch war gedeckt. Er hatte das Bett frisch bezogen, aber auch eine Decke auf dem Sofa gelassen, um für alle Eventualitäten gewappnet zu sein.
Eigentlich hatte Tony gehofft, etwas Angenehmeres über den Kurs berichten zu können als die Tatsache, daß über eine Affäre zwischen Granias Vater und dieser ziemlich sonderbaren italienischen Lehrerin gemunkelt wurde. Deshalb begab er sich jetzt wohl besser so rasch wie möglich in dieses verdammte Klassenzimmer, damit er irgend etwas Berichtenswertes erfuhr.
»*Dov'è il dolore?*« sagte er zum Abschied zu Lorenzo.
»*Il gomito*«, schrie Laddy und griff nach seinem Ellbogen.

»Weiter so«, entgegnete Tony O'Brien.
Das Ganze wurde wirklich immer verrückter.

Die Stunde über die Körperteile wurde ein herrlicher Spaß. Tony O'Brien mußte sich die Hand vor den Mund halten, um nicht laut herauszulachen, als sie sich gegenseitig piksten und *eccola* riefen. Aber zu seiner Überraschung hatten sie offenbar eine ganze Menge Vokabeln gelernt, die sie ganz unbewußt anwendeten.

Die Frau war eine gute Lehrerin; unvermutet ging sie noch einmal zu den Wochentagen zurück oder fragte, wie man in einer Bar etwas zu trinken bestellte. »Wenn wir auf unsere *viaggio* nach Roma gehen, werden wir schließlich nicht die ganze Zeit im Krankenhaus verbringen.«

Diese Leute glaubten tatsächlich, daß sie einmal nach Rom reisen würden.

Tony O'Brien fürchtete weder das Erziehungsministerium noch die verschiedenen Lehrergewerkschaften, weder den Zorn von Priestern und Nonnen noch die Forderungen der Eltern, weder Drogendealer und Rowdys noch die schwierigsten Schüler aus benachteiligten Bevölkerungsschichten. Doch jetzt war er sprachlos. Der Gedanke an eine Studienfahrt machte ihn ein wenig schwindelig.

Er wollte Aidan Dunne Bescheid geben, daß er jetzt gehen würde, aber da sah er, wie Aidan und die Signora zusammen lachten, als sie ein paar Schachteln von Krankenhausbetten zu Sitzplätzen in einem Zug umfunktionierten. Die Art, wie die beiden nebeneinander standen, ließ ihn an zwei Menschen denken, die sich von Herzen gern hatten. Einander nahe, ohne sich zu berühren. Meine Güte, sollte es doch stimmen?

Er schnappte seinen Mantel und zog los, um mit Aidan Dunnes Tochter zu essen, zu trinken und – hoffentlich! – zu schlafen.

Ihre Lage war mittlerweile so aussichtslos, daß es Gus und Maggie schwerfiel, sich auch noch mit Laddys Lernproblemen zu befassen. Sein Kopf sei voller Wörter, sagte er ihnen, und einige davon brachte er ständig durcheinander.

»Das macht doch nichts, Laddy. Dann lernst du eben nur so viel, wie du behalten kannst«, beruhigte Gus ihn. Genauso wie die Ordensbrüder ihn vor all den Jahren beruhigt und ihm gesagt hatten, er solle sich nicht so quälen.

Aber davon wollte Laddy nichts hören. »Das verstehst du nicht. Die Signora sagt, wir sollten mittlerweile flüssig sprechen können und nicht so herumdrucksen. Heute ist wieder eine Stunde über die Körperteile, und ich kann sie mir einfach nicht merken. Bitte hör mich doch mal ab, *bitte.*«

Zwei Gäste waren heute abgereist, weil die Zimmer ihrer Meinung nach nicht dem Standard entsprachen; einer drohte sogar, an das Fremdenverkehrsamt zu schreiben. Sie hatten kaum genug Geld, um die Löhne für diese Woche auszubezahlen, und nun wollte Laddy auch noch, daß man ihn seine Italienischaufgaben abhörte! Ängstlich blickte er Gus und Maggie an.

»Ich würde nicht so nervös sein, wenn ich wüßte, daß ich mit Constanza zusammenkomme. Sie hilft mir immer weiter. Aber wir dürfen nicht jedesmal die gleichen Partner haben. Ich könnte auch auf Francesca oder Gloria treffen. Aber wahrscheinlich wird es Elisabetta sein. Also bitte, laß es uns noch einmal wiederholen.«

Maggie nahm das Blatt Papier zur Hand. »Wo sollen wir anfangen?« fragte sie. Da gab es eine Unterbrechung. Der Metzger wollte wissen, wann sie seine Rechnung endlich bezahlen würden.

»Laß mich das erledigen, Gus«, sagte Maggie.

Gus nahm das Blatt. »Gut, Laddy. Soll ich der Arzt oder der Patient sein?«

»Könntest du beides sein, Gus, bis ich mich wieder hineingehört habe? Lies es mir einfach einmal vor, so wie immer.«

»Klar. Jetzt bin ich im Sprechzimmer, und etwas fehlt mir. Du bist der Arzt, was sagst du zu mir?«

»Ich muß sagen: ›Wo tut es weh?‹ Elisabetta wird die Patientin sein, und ich bin der Arzt.«
Gus wußte später nicht mehr, wie er die Geduld aufgebracht hatte. *Dov'è il dolore*, sagte er mit zusammengebissenen Zähnen. *Dove le fa male?* Und Laddy wiederholte es verzweifelt wieder und wieder.
»Weißt du, Elisabetta war zu Anfang ein bißchen begriffsstutzig und hat nicht richtig mitgelernt, aber Guglielmo hat sie dazu gebracht, das alles etwas ernster zu nehmen. Und jetzt macht sie auch immer die Hausaufgaben.«
Gus und Maggie konnten manchmal nur den Kopf schütteln. Erwachsene Leute nannten einander mit albernen Namen, zeigten auf ihre Ellbogen und taten so, als hätten sie ein Stethoskop in der Hand!
Und ausgerechnet an jenem Abend bat Laddy auch noch Constanza ins Haus. Sie war die eleganteste Frau, die sie je zu Gesicht bekommen hatten, aber sie wirkte verstört. Ausgerechnet diesen einen Abend des Jahres hatte Laddy sich dafür aussuchen müssen. Einen Abend, an dem sie drei Stunden lang im Hinterzimmer immer wieder die Zahlenkolonnen durchgegangen waren, um sich nicht in das Unvermeidliche fügen zu müssen – nämlich daß sie das Hotel verkaufen mußten. Und jetzt sollten sie mit einer halb übergeschnappten Frau Konversation machen.
Aber es gab keine belanglose Konversation. Noch nie hatten sie jemanden erlebt, der so wütend war. Diese Frau erzählte ihnen, daß sie mit Harry Kane verheiratet war, jenem Harry Kane, dessen Name auf all ihren Papieren, Verträgen, Dokumenten stand. Und sie behauptete, daß Siobhan Casey seine Geliebte war.
»Das kann ich mir gar nicht vorstellen, Sie sind doch viel hübscher«, entfuhr es Maggie unvermutet.
Constanza dankte ihr kurz und zog ihr Scheckbuch aus der Tasche. Dann gab sie ihnen noch die Adresse einer Firma, Freunden von ihr, die sie mit den Renovierungsarbeiten beauftragen sollten. Keinen Augenblick lang zweifelten sie an ihrer Aufrichtigkeit. Constanza sagte, ohne sie hätte sie womöglich nie davon

erfahren und auch nie den Mut aufgebracht, das zu tun, was sie jetzt vorhatte. Das Leben vieler Menschen würde sich ändern, und sie müßten ihr glauben, daß sie einen rechtmäßigen Anspruch auf das Geld hätten und von ihr entschädigt würden, wenn sie alles Nötige in Gang gebracht habe.

»War es richtig, daß ich es Constanza erzählt habe?« Laddy sah ängstlich in die Runde. Noch nie hatte er außerhalb der Familie über Geschäftsangelegenheiten gesprochen. Er hatte sich schon Sorgen gemacht, weil die beiden nicht besonders erfreut ausgesehen hatten, als er mit Constanza hereingekommen war. Jetzt allerdings schien sich alles in Wohlgefallen aufgelöst zu haben, zumindest soweit er es beurteilen konnte.

»Ja, Laddy, das hast du gut gemacht«, erwiderte Gus. Er sagte es sehr leise, aber Laddy entging nicht, daß dies ein großes Lob war. Alle schienen aufzuatmen. Dabei waren Gus und Maggie so angespannt gewesen, als sie ihn vor ein paar Stunden abgehört hatten. Doch jetzt war ihnen offenbar ein Stein vom Herzen gefallen.

Er mußte ihnen unbedingt erzählen, wie gut er im Kurs gewesen war. »Es ist toll gegangen heute abend. Ihr wißt doch, daß ich Angst hatte, ich könnte mir nicht alle Wörter merken, aber ich wußte alle, jedes einzelne«, sagte er und sah strahlend von einem zum anderen.

Maggie nickte nur. Sie befürchtete, sie würde kein Wort herausbringen. Ihre Augen glänzten.

Also beschloß Constanza einzugreifen. »Wußten Sie, daß Laddy und ich heute Partner waren? Wir waren sehr gut«, sagte sie.

»Der Ellbogen, der Knöchel und der Hals?« fragte Gus.

»Ja, und noch viel mehr. Auch das Knie und der Bart«, sagte Constanza.

»*Il ginocchio e la barba*«, schrie Laddy heraus.

»Haben Sie schon gehört, daß Laddy hofft, diese Familie in Rom zu besuchen?« begann Maggie.

»Oh, wir alle wissen davon, ja. Und nächsten Sommer, wenn wir zusammen nach Rom fahren, werden wir sie bestimmt besuchen. Die Signora hat alles bestens im Griff.«

Constanza ging.

Doch sie saßen noch lange zu dritt zusammen. Nein, sie würden sich niemals trennen, ganz wie Rose es vorausgesehen hatte.

FIONA

Fiona arbeitete in der Cafeteria eines großen städtischen Krankenhauses.

Oft beschwerte sie sich, sie habe alle Nachteile einer Krankenschwester, aber nicht deren Vorteile, wie zum Beispiel, daß sie zur Gesundung der Menschen beitrug. Sie sah die blassen, bekümmerten Gesichter der Leute, die auf ihren Behandlungstermin warteten, die Besucher, die zu einem Patienten kamen, der nicht mehr gesund werden würde, die unruhigen, lärmenden Kinder, die spürten, daß etwas nicht stimmte, auch wenn sie nicht wußten, was es war.

Gelegentlich geschahen auch erfreuliche Dinge. So stürmte einmal ein Mann in die Cafeteria und rief: »Ich habe keinen Krebs, ich habe keinen Krebs!« Er küßte Fiona und schüttelte den anderen Leuten im Raum die Hände. Das war natürlich schön für ihn, und alle lächelten ihm zu. Doch so mancher von denen, die lächelten, hatte tatsächlich Krebs, und daran hatte der Mann nicht gedacht. Und obwohl einige dieser Krebspatienten auf dem Weg der Besserung waren, vergaßen sie angesichts seiner Freude, daß sie selbst wieder gesund werden konnten, und beneideten ihn um sein Glück.

Tee, Kaffee und Kekse mußten natürlich bezahlt werden, aber Fiona wußte, daß man jemandem, der sehr hinfällig wirkte, nicht auch noch Geld abverlangen konnte. Wer gerade einen schweren Schicksalsschlag erlebt hatte, bekam ohne große Umstände einen Becher heißen, gesüßten Tee in die Hand gedrückt. Fiona hielt zwar nicht viel von den Pappbechern, aber bei der zahlreichen Kundschaft hätte man die Tag für Tag anfallenden Tassen und Unterteller unmöglich abspülen können. Viele ihrer Gäste kannten sie namentlich und plauderten gern mit ihr, einfach um einmal auf andere Gedanken zu kommen.

Fiona war ein heiterer Mensch, immer gut gelaunt, genau das, was die Leute hier brauchten. Sie war ein kleines, elfenhaftes Mädchen mit dicken Brillengläsern, die ihre Augen noch größer wirken ließen, als sie ohnehin schon waren. Ihr Haar hatte sie stets mit einer bauschigen Schleife zusammengebunden. Da es in dem Warteraum immer warm war, trug sie einen kurzen schwarzen Rock und T-Shirts. Sie hatte sich T-Shirts gekauft, auf denen die Wochentage standen, was bei den Gästen gut ankam. »Ich weiß nie, welcher Wochentag gerade ist, bis ich auf Fionas T-Shirt schaue«, meinten die einen. »Zum Glück steht nicht nur Januar, Februar, März drauf«, sagten andere. Fiona und ihre Wochentage sorgten immer für Gesprächsstoff.

Manchmal stellte sich Fiona in ihren Wunschträumen vor, einer der gutaussehenden Ärzte würde bei ihr vorbeikommen, ihr tief in die großen Augen blicken und sagen, sie sei das Mädchen, nach dem er sein Leben lang gesucht habe.

Aber so etwas passierte nicht. Und Fiona wurde klar, daß es wahrscheinlich auch nie geschehen würde. Denn die Ärzte verkehrten unter ihresgleichen, unter Arztkollegen, Arzttöchtern, schicken Leuten. Einem Mädchen im T-Shirt, das Kaffee in Pappbechern verkaufte, würden sie nie tief in die Augen schauen. Hör auf zu träumen, ermahnte sie sich.

Fiona war zwanzig und ziemlich desillusioniert, was Männerbekanntschaften anging. Es war einfach nicht ihre Stärke. Ihre Freundinnen Grania und Brigid Dunne dagegen brauchten nur vor die Tür zu gehen und lernten schon jemanden kennen, mit dem sie vielleicht auch die Nacht verbrachten. Fiona wußte das, weil sie oft als Alibi herhalten mußte. »Ich übernachte bei Fiona«, lautete die Standardausrede der beiden Dunne-Mädchen.

Von all dem wußte Fionas Mutter nichts, und sie hätte es auch nicht gebilligt. Fionas Mutter vertrat nämlich ziemlich rigoros die Ansicht, ein anständiges Mädchen habe damit bis zur Hochzeit zu warten. Fiona fiel auf, daß sie selbst überhaupt keine feste Meinung dazu hatte. Theoretisch dachte sie zwar, wenn man jemanden liebte und dieses Gefühl erwidert wurde, sollte man eine richtige Beziehung haben. Da sich die Frage jedoch für sie noch nie gestellt hatte, hatte sie ihre Theorie nie in der Praxis erproben können.

Manchmal betrachtete sie sich im Spiegel und fand sich eigentlich ganz attraktiv. Sie mochte ein bißchen klein sein, und daß sie eine Brille tragen mußte, war sicher auch nicht vorteilhaft, aber die Leute sagten, die Brille stehe ihr, sie sei richtig süß. Oder war das nur als Trost gemeint, weil sie in Wirklichkeit dämlich damit aussah? Schwer zu sagen.

Grania Dunne meinte zu ihr, das sei alles Blödsinn, sie sei wirklich recht hübsch. Aber in letzter Zeit war Grania nie so ganz bei der Sache, denn dieser Mann, der so alt war wie ihr Vater, hatte ihr völlig den Kopf verdreht. Fiona konnte das nicht begreifen. Warum hatte Grania sich bloß in diesen alten Knacker verknallt, wo sie doch an jedem Finger zehn Verehrer hatte?

Und Brigid sagte, Fiona sehe klasse aus, sie habe eine Superfigur, ganz im Gegensatz zu ihr, Brigid; sie nehme schon zu, wenn sie nur ein belegtes Brot angucke. Aber wie kam es dann, daß Brigid mit ihren Schwabbelhüften ständig ein Rendezvous und zu allen Anlässen einen Begleiter hatte? Und das waren nicht nur Leute, die sie im Reisebüro kennenlernte. Brigid behauptete sogar, in der Arbeit habe sie noch nie einen interessanten Typen getroffen. Da kämen immer nur haufenweise Mädchen, die einen Badeurlaub buchen wollten, alte Frauen wegen Wallfahrten und Paare, bei denen ihr immer das Kotzen kam, wenn sie erzählten, sie wollten ihre Flitterwochen an einem möglichst diskreten Ort verbringen. Es war auch nicht so, daß Grania und Brigid mit *jedem* Mann schliefen, den sie kennenlernten. Damit ließ sich ihre Beliebtheit bei den Männern nicht erklären. Für Fiona blieb das alles ein großes Rätsel.

Am Vormittag herrschte viel Betrieb, und Fiona hatte alle Hände voll zu tun. Ihr Abfalleimer quoll über von Teebeuteln und

Keksverpackungen und mußte geleert werden. Mühsam schleppte sie den großen Müllsack zur Tür. Wenn sie es erst mal bis zum Mülltonnenhäuschen geschafft hatte, war das Schlimmste überstanden. Da stand ein junger Mann auf und nahm ihr den Sack ab.

»Lassen Sie mich das tragen«, meinte er. Er war dunkel und recht gutaussehend, abgesehen von seinem struppigen Haar. Unter dem Arm trug er einen Motorradhelm, als hätte er Angst, ihn unbeaufsichtigt liegenzulassen.

Sie hielt ihm die Tür zu dem Häuschen mit den Mülltonnen auf. »Wenn Sie es einfach in eine von denen werfen, das wäre nett«, sagte sie und wartete höflich, bis er damit fertig war.

»Wirklich sehr freundlich von Ihnen«, bedankte sie sich.

»Es lenkt mich wenigstens von anderen Dingen ab«, erwiderte er. Sie hoffte, daß er nichts Schlimmes hatte, er sah so jung und gesund aus. Andererseits hatte Fiona viele scheinbar Gesunde durch ihre Cafeteria in die Wartezimmer gehen sehen, die dann eine schlechte Nachricht erhielten.

»Nun, das ist ein gutes Krankenhaus«, behauptete sie, obwohl sie gar nicht wußte, ob das stimmte. Wahrscheinlich war es nicht besser oder schlechter als die meisten anderen, aber sie sagte das immer, um die Leute aufzumuntern und ihnen Hoffnung zu geben.

»Wirklich?« fragte er interessiert. »Ich habe sie eigentlich nur hergebracht, weil es das nächste ist.«

»Oh, es hat einen sehr guten Ruf.« Fiona wollte die Unterhaltung noch nicht beenden.

Da deutete er auf ihr T-Shirt. »*Giovedi*«, meinte er schließlich.

»Wie bitte?«

»Das heißt Donnerstag auf italienisch«, erklärte er.

»Tatsächlich? Sprechen Sie Italienisch?«

»Nein, aber ich besuche zweimal die Woche einen Abendkurs für Italienisch.« Seinem schwärmerischen Ton nach schien er sehr stolz darauf zu sein. Fiona fand ihn sympathisch und wollte noch länger mit ihm reden.

»Wen, sagten Sie, haben Sie hergebracht?« erkundigte sie sich. Das sollte sie besser gleich zu Anfang klären. Wenn es sich um seine Frau oder Freundin handelte, brauchte er sie nicht weiter zu interessieren.

»Meine Mutter«, antwortete er mit bedrückter Miene. »Sie ist in der Notaufnahme. Ich soll hier warten.«

»Hatte sie einen Unfall?«

»So etwas Ähnliches.« Er wollte nicht darüber reden.

Fiona kam wieder auf den Italienischkurs zu sprechen. Mußte man viel dafür lernen? Wo fand er statt?

»Im Mountainview, das ist die große Schule dort.«

Verblüfft sah Fiona ihn an. »Na, so ein Zufall! Der Vater meiner besten Freundin arbeitet dort als Lehrer.« Das war immerhin etwas Verbindendes.

»Tja, die Welt ist klein«, meinte der Junge.

Sie spürte, daß sie ihn langweilte, und am Tresen standen Leute, die auf Tee und Kaffee warteten. »Danke, daß Sie mir mit dem Abfall geholfen haben, das war sehr nett von Ihnen«, sagte sie noch einmal.

»Gern geschehen.«

»Ihre Mutter wird bestimmt wieder gesund. Die Leute in der Notaufnahme sind große Klasse.«

»Ja, bestimmt«, entgegnete er.

Fiona bediente die Gäste und hatte für jeden ein Lächeln übrig. War sie womöglich ein fades, langweiliges Ding? An sich selbst fiel einem das ja nicht unbedingt auf.

»Findest du mich langweilig?« fragte sie an diesem Abend Brigid.

»Nein, ich finde dich toll. Du solltest eine eigene Fernsehshow haben.« Mit säuerlicher Miene untersuchte Brigid einen Reißverschluß, der sich von dem zugehörigen Kleid verabschiedet hatte. »Es liegt einfach an der schlechten Qualität! Ich meine, ich kann doch nicht so dick sein, daß er platzt. Das gibt es doch nicht.«

»Da hast du recht«, log Fiona. Da kam ihr der Gedanke, daß Brigid sie vielleicht auch anlog. »Ich bin tatsächlich langweilig«, stellte Fiona in einem blitzartigen Augenblick der Selbsterkenntnis fest.

»Fiona, du bist schlank, und ist das nicht alles, worauf es in dieser blöden Welt ankommt? Rede nicht dauernd davon, daß du langweilig bist, denn du warst es nicht, bis du mit diesem Gejammer darüber angefangen hast.« Angesichts der unbestreitbaren Tatsache, daß sie zugenommen hatte, konnte Brigid wenig Verständnis für die Klagen ihrer Freundin aufbringen.

»Ich habe da so einen Jungen getroffen, und kaum kannte er mich zwei Minuten, fing er an zu gähnen und ließ mich stehen«, erzählte Fiona tieftraurig.

Brigid rang sich durch, Anteilnahme zu zeigen. »Wo hast du ihn getroffen?«

»In der Arbeit, seine Mutter war in der Notaufnahme.«

»Na, meine Güte, seine Mutter ist wahrscheinlich niedergeschlagen worden oder so, und da erwartest du von ihm, daß er mit dir flirtet? Jetzt mach aber einen Punkt, Fiona.«

Fiona war noch nicht völlig überzeugt. »Er lernt Italienisch in der Schule, wo dein Vater unterrichtet.«

»Gut! Zum Glück haben sich ein paar Leute gefunden. Man hat schon befürchtet, daß der Kurs mangels Teilnehmer abgeblasen werden muß. Mein Vater war deswegen den ganzen Sommer über auf Achse.«

»Natürlich ist es die Schuld meiner Eltern. Ich kann ja nur langweilig sein, weil sie nie über irgendwas reden. Bei uns zu Hause finden nie irgendwelche Diskussionen statt, es gibt einfach keine Gesprächsthemen. Was hat man da noch zu sagen, wenn man das jahrelang mitgemacht hat?«

»Ach, hör doch auf, Fiona. Du bist nicht langweilig, und Eltern haben sich nie etwas zu sagen. Bei meinen ist es Jahre her, daß sie sich über etwas unterhalten haben. Dad geht nach dem Abendessen immer in sein Zimmer und verbringt dort den ganzen Abend. Mich wundert es bloß, daß er nicht auch dort schläft. Er hockt an seinem kleinen Schreibtisch und betrachtet die Bücher und die italienischen Teller und die Bilder an der Wand. An sonnigen Abenden sitzt er auf dem Sofa vor dem Fenster und starrt nur vor sich hin. *Das* nenne ich langweilig.«

»Worüber soll ich mit ihm reden, wenn ich ihn jemals wiedersehe?« fragte Fiona.

»Meinen Vater?«

»Nein, den Jungen mit den struppigen Haaren.«

»Mein Gott, du könntest ihn zum Beispiel fragen, wie es seiner Mutter geht. Soll ich etwa mitgehen und mich neben dich setzen und dir soufflieren: ›Jetzt sprechen, jetzt nicken‹?«

»Das wäre vielleicht nicht das Schlechteste ... Hat dein Vater ein Italienischwörterbuch?«

»Er hat bestimmt zwanzig. Warum?«

»Ich möchte die Wochentage nachschlagen«, erklärte Fiona in einem Ton, als hätte Brigid eigentlich selbst darauf kommen können.

»Ich war heute abend bei den Dunnes«, erzählte Fiona zu Hause.

»Schön«, meinte ihre Mutter.

»Ich würde mich dort aber nicht allzuoft blicken lassen. Es soll ja keiner denken, du würdest bei ihnen ein und aus gehen«, warnte sie ihr Vater.

Fiona fragte sich, was er damit meinte. Sie war doch seit Wochen nicht mehr dort gewesen. Wenn ihre Eltern nur wüßten, wie oft die Dunne-Mädchen angeblich hier bei *ihnen* übernachteten! Dann würde es wirklich Ärger geben.

»Findet ihr Brigid eigentlich hübsch?« fragte sie.

»Ich weiß nicht. Schwer zu sagen«, erwiderte ihre Mutter.

Ihr Vater las Zeitung.

»Weißt du es wirklich nicht? Angenommen, du begegnest ihr irgendwo, würdest du dann sagen, das ist ein gutaussehendes Mädchen?«

»Darüber müßte ich erst nachdenken«, meinte ihre Mutter.

In jener Nacht lag Fiona lange wach und grübelte.

Wie kam es, daß Grania und Brigid Dunne so zuversichtlich und selbstsicher waren? Sie stammten aus ähnlichen Verhältnissen, waren auf dieselbe Schule gegangen. Doch im Unterschied zu Fiona war Grania mutig wie eine Löwin. Sie hatte jetzt schon seit einer ganzen Weile ein Verhältnis mit einem Mann, einem ziemlich alten Mann. Ein ewiges Hin und Her, aber es war die große Liebe. Und nun wollte sie es ihren Eltern sagen und ihnen eröffnen, daß sie zu ihm ziehen und ihn sogar heiraten würde. Das wirklich Schreckliche daran war allerdings, daß ihr Auserwählter Mr. Dunnes Vorgesetzter war. Und daß Mr. Dunne ihn nicht leiden konnte. Grania wußte nicht, ob sie so tun sollte, als hätte sie sich eben erst in ihn verliebt, damit ihr Vater sich langsam an den Gedanken gewöhnen konnte, oder ob sie ihm die Wahrheit sagen sollte. Der alte Mann meinte, man sollte die Wahrheit offen aussprechen, das könnten die Menschen oft besser verkraften, als man glaube.

Allerdings hatten Grania und Brigid ihre Zweifel.

Brigid sowieso – weil der Mann so schrecklich alt war. »Ehe du dich versiehst, stehst du doch als Witwe da«, hatte sie gesagt.

»Aber dann bin ich eine reiche Witwe, deshalb heiraten wir ja. Ich kriege seine Rente«, hatte Grania lachend erwidert.

»Du wirst dich bestimmt irgendwann nach anderen Männern umsehen und fremdgehen. Dann wird er dir nachspionieren, dich im Bett eines anderen erwischen und einen Doppelmord begehen.« Anscheinend konnte Brigid dieser Vorstellung einiges abgewinnen.

»Nein, vor ihm habe ich nie jemanden wirklich geliebt. Wenn es euch selbst einmal passiert, werdet ihr wissen, wie das ist«, verkündete Grania mit einer unerträglich selbstgefälligen Miene.

Fiona und Brigid rollten mit den Augen. Wahre Liebe war ziemlich ermüdend und schwer nachvollziehbar für diejenigen, die von außen zuschauen mußten. Aber Brigid war nicht immer nur Zuschauerin. Sie bekam selbst eine Menge Angebote.

Fiona lag im Dunkeln und dachte an den netten Jungen mit dem struppigen Haar, der sie so freundlich angelächelt hatte. Wie wunderbar wäre es, wenn sie der Typ Mädchen wäre, in den sich ein Junge wie er verlieben konnte!

Es verging mehr als eine Woche, ehe sie ihn wiedersah.
»Wie geht es Ihrer Mutter?« erkundigte sich Fiona.
»Woher wissen Sie von ihr?« Er wirkte verärgert und beunruhigt darüber, daß sie sich in seine Angelegenheiten einmischte. Soviel zu Brigids großartigem Einfall.
»Als Sie letzte Woche hier waren und mir mit dem Müllsack geholfen haben, haben Sie mir erzählt, daß Ihre Mutter in der Notaufnahme ist.«
Da hellte sich seine Miene auf. »Ja, natürlich, entschuldigen Sie. Tja, es geht ihr nicht besonders gut. Es ist noch mal passiert.«
»Wurde sie niedergeschlagen?«
»Nein, sie hat eine Überdosis genommen.«
»Oh, das tut mir wirklich sehr leid.« Fiona klang sehr mitfühlend.
»Ja, das glaube ich Ihnen.«
Einen Augenblick lang schwiegen sie beide. Dann deutete sie auf ihr T-Shirt. »*Venerdi*«, sagte sie stolz. »Spricht man es so aus?«
»Ja.« Er wiederholte es in einem besseren Italienisch, und sie sprach es nach.
»Sie lernen wohl auch Italienisch?« fragte er interessiert.
Fiona redete, ohne nachzudenken. »Nein, ich habe nur die Wochentage gelernt, für den Fall, daß ich Sie wieder treffe«, sagte sie. Im selben Moment errötete sie und wünschte sich, daß sich hier und jetzt, neben der Tee- und Kaffeemaschine, die Erde auftat und sie verschlang.
»Ich heiße Barry«, sagte er. »Hättest du Lust, heute abend mit mir ins Kino zu gehen?«
Barry und Fiona trafen sich in der O'Connell Street und betrachteten die Menschenschlangen vor den Kinos.
»Was würdest du denn gerne sehen?« fragte er sie.
»Nein, such du dir etwas aus.«
»Mir ist es, ehrlich gesagt, egal.«
»Mir eigentlich auch.« Spielte da nicht ein ungeduldiger Zug um seinen Mund, fragte sich Fiona. »Vielleicht sollten wir in den gehen, wo am wenigsten Leute anstehen.«
»Aber das ist doch ein Karatefilm«, wandte er ein.

»Ist mir recht«, erwiderte sie dümmlich.
»Magst du denn Karatefilme?« Ungläubig sah er sie an.
»Und du?« gab sie zurück.
Bislang war es kein sehr erfolgversprechendes Rendezvous gewesen. Sie gingen in einen Film, der keinem von beiden gefiel. Dann stellte sich die Frage, was sie als nächstes unternehmen sollten.
»Möchtest du eine Pizza?« schlug er vor.
Fiona nickte eifrig. »Das wäre toll.«
»Oder sollen wir lieber in einen Pub gehen?«
»Nun, da hätte ich auch nichts dagegen.«
»Dann gehen wir Pizza essen«, sagte er im Tonfall eines Mannes, der wußte, daß nie eine Entscheidung getroffen werden würde, außer wenn er die Sache in die Hand nahm.
Sie saßen da und schauten einander an. Die Auswahl der Pizza hatte sich als Qual der Wahl erwiesen. Da Fiona sowohl mit einer *pizza margherita* als auch mit einer *pizza napoletana* einverstanden gewesen war, hatte Barry am Ende zwei *quattro stagioni* bestellt. Die habe vier verschiedene Beläge, erklärte er, in jeder Ecke einen anderen. Damit schlage man mehrere Fliegen mit einer Klappe und erspare sich weitere Entscheidungen.
Im Italienischkurs, erzählte er, habe die Lehrerin, die Signora, einmal Pizzas mitgebracht. Bestimmt habe sie das ganze Geld, das sie verdient hatte, dafür ausgegeben, meinte er. Und beim Essen hatten sie alle die Namen der Pizzas im Chor aufgesagt, das sei klasse gewesen. Er schwärmte mit einer jungenhaften Begeisterung davon. Fiona wünschte sich, sie wäre auch so lebendig wie er gewesen. In allen Dingen.
Natürlich waren ihre Eltern an allem schuld. Sie waren zwar nette und freundliche Leute, aber sie wußten nie, worüber sie sich mit anderen unterhalten sollten. Ihr Vater meinte, jedem Menschen sollte bei der Geburt »Schweigen ist Gold« auf den Arm tätowiert werden, dann würden die Leute nicht immer soviel Quatsch reden. Was wiederum bedeutete, daß ihr Vater kaum jemals den Mund aufmachte. Ihre Mutter hatte sich eine andere Lebensweisheit zu eigen gemacht: »Blinder Eifer schadet nur.« Und das hatte

Fiona immer von ihr zu hören bekommen, egal, ob es um den Volkstanzkurs, den Urlaub in Spanien oder sonst etwas ging, wofür sie sich begeisterte. Das Resultat davon war, daß sie jetzt zu nichts einen eigenen Standpunkt hatte.
Und nur deshalb war es auch soweit gekommen, daß sie sich nicht einmal entscheiden konnte, welchen Film sie sehen wollte, welche Pizza sie essen könnte und was sie als nächstes sagen sollte. Sollte sie mit ihm über den Selbstmordversuch seiner Mutter reden, oder war er froh, wenn er mal nicht daran denken mußte? Fiona runzelte die Stirn angesichts dieser schwierigen Fragen.
»Entschuldige, ich glaube, ich langweile dich mit meinen Geschichten aus dem Italienischkurs.«
»O nein, um Himmels willen, ganz und gar nicht«, rief sie. »Ich höre dir liebend gern zu, wenn du davon erzählst. Weißt du, ich wünsche mir nur, ich könnte mich auch für etwas so begeistern wie du. Ich beneide dich und all die Leute, die sich zu diesem Kurs aufgerafft haben. Ich komme mir ein bißchen langweilig vor.«
Gerade wenn sie am wenigsten damit rechnete, sagte sie oft etwas, das den Leuten gefiel.
Barry lächelte über das ganze Gesicht und tätschelte ihre Hand. »Aber nein, du bist kein bißchen langweilig, du bist sehr nett, und wenn du zu irgendeinem Abendkurs gehen willst, steht dem doch nichts im Wege, oder?«
»Nein, eigentlich nicht. Ist euer Kurs schon voll?« Wieder wünschte sie, sie hätte nichts gesagt. Es wirkte übereifrig, als wollte sie sich an ihn anhängen, weil sie selbst keinen Abendkurs auftreiben konnte. Sie biß sich auf die Lippen, während er den Kopf schüttelte.
»Es hätte keinen Sinn, jetzt noch mitzumachen. Dafür ist es zu spät, wir sind schon ziemlich weit fortgeschritten«, meinte er stolz. »Und außerdem hat sich jeder aus einem ganz persönlichen Grund dafür eingeschrieben. Alle Teilnehmer hatten ein *Bedürfnis*, Italienisch zu lernen. Oder zumindest sieht es so aus.«
»Und was war dein Grund dafür?« fragte sie.
Barry schaute ein wenig verlegen drein. »Ach, weißt du, es hat

damit zu tun, daß ich bei der Fußballweltmeisterschaft in Italien war«, antwortete er. »Obwohl ich mit einer ganzen Clique hingefahren bin, habe ich dort unheimlich viele nette Italiener kennengelernt, und ich kam mir wie ein Idiot vor, weil ich die Sprache nicht konnte.«

»Wird die Fußballweltmeisterschaft denn noch mal dort ausgetragen?«

»Nein, aber die Italiener werden nach wie vor dort sein. Und ich möchte wieder an den Ort fahren, wo ich damals war, und mich richtig mit ihnen unterhalten«, sagte er. Sein Blick schweifte sehnsüchtig in die Ferne.

Fiona überlegte, ob sie ihn jetzt nach seiner Mutter fragen sollte, ließ es dann aber doch bleiben. Wenn er darüber hätte reden wollen, dann hätte er es schon getan. Möglicherweise handelte es sich um eine zu persönliche, rein familiäre Angelegenheit. Sie fand Barry ausgesprochen sympathisch und wollte ihn wiedersehen. Wie stellten das nur die Mädchen an, die bei den Männern so gut ankamen? Mit irgendeiner witzigen Bemerkung? Oder indem sie gar nichts sagten? Wenn Fiona es nur gewußt hätte! Wie gern hätte sie etwas gesagt, wodurch sie diesem netten, liebenswerten Jungen zu verstehen geben konnte, daß sie ihn gern hatte und ihn öfter sehen wollte. Und irgendwann vielleicht auch mehr. Gab es denn keine Möglichkeit, so ein Signal auszusenden?

»Ich denke, wir sollten uns allmählich auf den Heimweg machen«, meinte Barry.

»Ja, natürlich.« Er hatte genug von ihr, das sah sie ihm deutlich an.

»Soll ich dich zum Bus begleiten?«

»Ja, bitte, das wäre nett.«

»Oder soll ich dich lieber mit meinem Motorrad heimbringen?«

»Oh, das wäre toll.« Sie erkannte, daß sie wieder beide Alternativen bejaht hatte. Bestimmt hielt er sie für vollkommen bescheuert. Fiona beschloß, es ihm zu erklären. »Ich meine, als du mir angeboten hast, mich zum Bus zu bringen, wußte ich nicht, daß es auch die Möglichkeit gibt, mit dem Motorrad heimzufahren. Und eine

Motorradfahrt wäre mir eigentlich lieber.« Sie erschrak über ihre eigene Courage.

Barry schien erfreut zu sein. »Wunderbar«, sagte er. »Du mußt dich aber gut an mir festhalten, versprichst du mir das?«

»Großes Ehrenwort«, erwiderte Fiona und lächelte ihn hinter ihrer dicken Brille an. Sie bat ihn, sie am Anfang ihrer Straße abzusetzen, weil es eine ruhige Gegend war, wo selten Motorräder durchfuhren. Ob er wohl ein weiteres Rendezvous vorschlagen würde?

»Bis zum nächsten Mal«, meinte Barry.

»Ja, das würde mich freuen.« Im stillen betete sie, daß es nicht allzu hoffnungsvoll oder flehentlich klang.

»Na ja, vielleicht laufen wir uns mal im Supermarkt über den Weg«, sagte er.

»Was? Ach so, ja, das kann gut sein.«

»Oder wir treffen uns im Krankenhaus«, fügte er als weitere Möglichkeit hinzu.

»Hm, ja, natürlich, wenn du gerade mal vorbeikommst«, meinte sie traurig.

»Ich komme jeden Tag vorbei, meine Mutter ist noch drin. Danke, daß du mich nicht nach ihr gefragt hast ... ich wollte nicht darüber reden.«

»Nein, das ist klar.« Fiona atmete erleichtert auf. Als sie in der Pizzeria gesessen hatten, war sie drauf und dran gewesen, ihn nach sämtlichen Details auszufragen.

»Gute Nacht, Fiona.«

»Gute Nacht, Barry, und danke«, erwiderte sie.

Im Bett lag sie noch lange wach. Er mochte sie wirklich. Und er schätzte es an ihr, daß sie nicht so neugierig war. Zugegeben, sie hatte ein paar dumme Fehler begangen ... aber immerhin hatte er gesagt, daß sie sich wiedersehen würden.

Brigid kam ins Krankenhaus zu Fiona. »Könntest du uns einen Gefallen tun und heute abend bei uns vorbeischauen?«

»Klar, warum?«

»Heute ist der große Tag. Grania will ihnen von ihrem Rentner erzählen. Wahrscheinlich fliegen dann die Fetzen.«
»Und was soll ich dabei?« fragte Fiona ängstlich.
»Vielleicht reißen sie sich ein bißchen zusammen, wenn ein Außenstehender dabei ist. *Vielleicht.*« Brigid wirkte nicht sehr überzeugt.
»Und der alte Mann, kommt der auch?«
»Der wartet draußen im Wagen, falls er gebraucht wird.«
»Gebraucht?« Fiona klang nun noch ängstlicher.
»Na, ich meine, falls sie ihn als künftigen Schwiegersohn in die Arme schließen wollen. Oder falls er Grania zu Hilfe kommen muß, wenn Dad sie grün und blau schlägt.«
»Aber das wird er doch nicht tun!« Jetzt stand Fiona das Entsetzen ins Gesicht geschrieben.
»Nein, Fiona, natürlich nicht. Daß du immer alles so wörtlich nehmen mußt. Hast du denn gar keine Phantasie?«
»Nein, ich glaube nicht«, meinte Fiona bekümmert.

Noch am selben Tag zog Fiona Erkundigungen über Mrs. Healy, Barrys Mutter, ein. Sie kannte Kitty, eine der Stationsschwestern, die ihr von der Frau berichtete. Man habe ihr zum zweitenmal den Magen auspumpen müssen, anscheinend sei es ihr wirklich ernst gewesen. Kitty fand es überflüssig, sich mit solchen Leuten aufzuhalten, sollten sie sich doch umbringen, wenn sie so scharf darauf waren. Warum verschwendete man Zeit und Geld, um ihnen einzureden, sie würden geliebt und gebraucht, was wahrscheinlich nicht mal stimmte? Wenn sie all die Menschen kennen würden, die wirklich krank waren, aber zu anständig, um selbst Herrgott zu spielen, dann würden sie sich das zweimal überlegen. Kitty hatte nicht viel für verhinderte Selbstmörder übrig. Allerdings bat sie Fiona, das für sich zu behalten. Sie wollte schließlich nicht in den Ruf eines Unmenschen kommen. Und immerhin gab sie dieser blöden Frau ihre Medikamente und behandelte sie genauso freundlich wie die anderen Patienten.
»Wie heißt sie mit Vornamen?«

»Nessa, glaube ich.«
»Was für ein Mensch ist sie?« fragte Fiona.
»Ach, ich weiß nicht. Sie ist vor allem schwach und steht noch ein bißchen unter Schock. Die ganze Zeit starrt sie zur Tür und wartet darauf, daß ihr Ehemann hereinkommt.«
»Und kommt er?«
»Bis jetzt nicht. Ihr Sohn besucht sie, aber das bedeutet ihr nicht viel, sie möchte ihren Mann sehen. Deshalb hat sie es ja getan.«
»Woher weißt du das?«
»Deshalb tun sie es doch alle«, erklärte Kitty weise.

In der Küche der Dunnes saßen alle um den Tisch versammelt. Es gab einen Makkaroniauflauf, doch kaum jemand aß davon. Wie so oft hatte Mrs. Dunne ein Taschenbuch aufgeschlagen vor sich liegen. Man hätte denken können, sie befinde sich in der Wartehalle eines Flughafens, nicht zu Hause im Kreis der Familie.
Wie üblich aß Brigid offiziell nicht mit, kratzte aber da und dort etwas vom Rand der Auflaufform ab und strich sich ein Butterbrot, das sie in die überschüssige Soße tunkte; am Ende hatte sie mehr gegessen, als wenn sie sich gleich eine richtige Portion genommen hätte. Grania sah blaß aus, und Mr. Dunne war im Begriff, sich in sein geliebtes Zimmer zurückzuziehen.
»Dad, warte einen Moment«, meinte Grania mit gepreßter Stimme. »Ich möchte dir etwas sagen, euch allen.«
Granias Mutter sah von ihrem Buch auf, Brigid heftete den Blick auf ihren Teller, Fiona wurde rot und machte ein betretenes Gesicht. Nur Granias Vater schien nicht zu merken, daß ein bedeutsamer Augenblick bevorstand.
»Aber ja, natürlich.« In freudiger Erwartung eines Tischgesprächs setzte er sich wieder.
»Ich weiß, daß das für euch alle nicht leicht sein wird, darum will ich versuchen, es so einfach wie möglich auszudrücken. Ich liebe einen Mann und möchte ihn heiraten.«
»Na, das ist doch großartig«, meinte ihr Vater.

»Heiraten?« wunderte sich ihre Mutter, als wäre es das Abwegigste, was ein Liebespaar tun konnte.
Brigid und Fiona sagten nichts, sondern beschränkten sich auf kurze Brummlaute, die Überraschung und Freude ausdrücken sollten. Aber es war nicht zu übersehen, daß diese Neuigkeit gar nicht mehr so neu für sie war.
Ehe ihr Vater sich nach dem Auserwählten erkundigen konnte, kam Grania ihm zuvor. »Nun, es wird euch erst mal nicht gefallen, ihr werdet sagen, er ist zu alt für mich und so, aber es handelt sich um Tony O'Brien.«
Nicht einmal Grania hatte mit einem so unerträglichen Schweigen gerechnet.
»Soll das ein Witz sein?« sagte ihr Vater schließlich.
»Nein, Dad.«
»Tony O'Brien! Die Frau des Direktors, Donnerwetter!« lachte ihre Mutter verächtlich.
Fiona hielt die Spannung nicht mehr aus. »Ich habe gehört, er soll sehr nett sein«, brachte sie in flehendem Ton hervor.
»Und von wem hast du das gehört, Fiona?« fragte Mr. Dunne ganz schulmeisterlich.
»Na ja, von diesem oder jenem«, antwortete sie kleinlaut.
»Er ist wirklich nicht so übel, Dad. Und irgend jemanden muß sie ja mal heiraten.« Brigid glaubte, dieses Argument könne irgendwie hilfreich sein.
»Nun, wenn du glaubst, daß Tony O'Brien dich heiratet, dann wirst du noch dein blaues Wunder erleben.« Aidan Dunnes Gesicht nahm einen harten, verbitterten Zug an.
»Wir wollten, daß ihr es zuerst erfahrt. Und nächsten Monat, haben wir uns gedacht, wollen wir heiraten.« Grania versuchte, mit klarer, fester Stimme zu sprechen.
»Grania, dieser Kerl verspricht mindestens drei Mädchen pro Jahr, daß er sie heiraten wird. Dann schleppt er sie in sein Bordell ab und vergnügt sich mit ihnen. Na, aber das weißt du sicher selbst schon, du warst ja oft genug dort, während du angeblich bei Fiona übernachtet hast.«

Fiona fühlte sich ertappt und zuckte zusammen.
»Es ist nicht so, wie du denkst. Es geht schon ewig, es war schon lange absehbar. Nachdem er Direktor geworden war, habe ich mich eine Zeitlang nicht mehr mit ihm getroffen, weil ich das Gefühl hatte, er habe uns irgendwie hintergangen, dich und mich. Aber er sagt, das stimmt nicht und daß jetzt alles in Ordnung ist.«
»Das sagt er, ja?«
»Ja. Er bewundert dich sehr und findet den Abendkurs ganz toll.«
»Ich kenne einen Jungen, der auch hingeht, und er ist ganz begeistert«, piepste Fiona. Den Blicken der anderen nach zu schließen, war dieser Einwurf nicht sonderlich gut angekommen.
»Er hat lange gebraucht, um mich zu überzeugen, Dad. Ich stand immer auf deiner Seite und wollte nichts mit ihm zu tun haben. Aber er hat mir dann erklärt, daß es gar keine zwei Seiten gibt … daß ihr euch beide einig seid …«
»Ich kann mir vorstellen, wie lange er gebraucht hat, dich zu überzeugen. Normalerweise ungefähr drei Tage, zumindest erzählt er das immer ganz großspurig. Weißt du, er prahlt noch damit, wie er die jungen Mädchen in sein Bett kriegt. Und von so einem wird das Mountainview geleitet.«
»Damit ist es jetzt vorbei, Dad. Er macht das nicht mehr, da bin ich mir ganz sicher. Überleg doch mal.«
»Nur weil er nicht mehr im Lehrerzimmer ist, sondern in seinem kleinen, schäbigen Kabuff sitzt, das er Direktorat nennt.«
»Aber Dad, es hieß doch immer Direktorat, auch schon zu Mr. Walshs Zeiten.«
»Das war etwas anderes. Dieser Mann war seines Amtes würdig.«
»Und Tony, hat er sich nicht auch als würdig erwiesen? Hat er nicht die Schule streichen und verschönern lassen? Hat er nicht überall frischen Wind hereingebracht, dir das Geld für den Naturgarten gegeben, den Italienischkurs eingeführt, eine Elterninitiative für einen besseren Bus-Service angeregt …?«
»Oh, seine Gehirnwäsche hat ja perfekt gewirkt.«
»Was sagst du dazu, Mam?« wandte sich Grania an ihre Mutter.

»Was ich dazu sage? Macht es irgendeinen Unterschied, was ich dazu sage? Du tust doch sowieso, was du willst.«
»Ich wünschte, ihr würdet begreifen, daß es auch für ihn nicht leicht ist. Er wollte es dir schon lange sagen, Dad, er hielt nichts von dieser Geheimniskrämerei, aber ich war noch nicht soweit.«
»Natürlich«, erwiderte ihr Vater mit tiefster Verachtung.
»Wirklich, Dad. Er sagt, er hat immer ein schlechtes Gewissen, wenn er dich sieht, weil er dir etwas verheimlicht und weiß, daß er sich früher oder später mit dir auseinandersetzen muß.«
»Ach Gott, der Arme.« So sarkastisch und verbittert hatten sie ihren Vater noch nie erlebt. Sein Gesicht war zu einer höhnischen Grimasse verzerrt.
Grania straffte die Schultern. »Wie Mam schon sagte, ich bin über einundzwanzig und kann tun und lassen, was ich will. Trotzdem hatte ich natürlich gehofft, ihr würdet mir in dieser Sache ... nun, Rückhalt geben.«
»Und wo steckt er, der große Sir Galahad, der sich nicht traut, es uns selbst zu sagen?«
»Er wartet draußen, Dad, in seinem Wagen. Ich habe ihm gesagt, ich würde ihn hereinbitten, wenn es euch recht ist.« Grania biß sich auf die Lippe. Ihr war klar, daß man ihn nicht willkommen heißen würde.
»Mir ist es *nicht* recht. Und den Segen oder Rückhalt, den du von mir willst, wirst du *nicht* bekommen, Grania. Wie deine Mutter schon sagte, gehst du deine eigenen Wege, und was können wir schon dagegen tun?« Wütend stand er auf und ging hinaus. Gleich darauf hörte man, wie er die Tür seines Zimmers hinter sich zuschlug.
Grania sah ihre Mutter an. »Was hast du erwartet?« meinte Nell Dunne achselzuckend.
»Aber Tony liebt mich wirklich«, wandte Grania ein.
»Das mag schon sein, aber glaubst du, daß das deinen Vater interessiert? Du hast dir von den Milliarden Männern auf der Welt ausgerechnet den ausgesucht, mit dem er sich nie versöhnen wird. Nie.«

»Aber du – verstehst du mich wenigstens?« Grania suchte verzweifelt nach irgendeiner Unterstützung.
»Ich habe schon verstanden, daß er der Mann ist, den du momentan haben willst. Klar. Was gäbe es sonst noch zu verstehen?«
Granias Miene verhärtete sich. »Danke, damit ist mir sehr geholfen«, sagte sie. Dann faßte sie ihre Schwester und ihre Freundin ins Auge. »Und euch beiden auch vielen Dank für eure großartige Unterstützung.«
»Meine Güte, was hätten wir denn tun sollen? Auf die Knie fallen und sagen, wir hätten immer schon gewußt, daß ihr zwei für einander geschaffen seid?« Brigid fühlte sich zu Unrecht angegriffen.
»Ich habe doch zu sagen versucht, daß die Leute viel von ihm halten«, brachte die arme Fiona mit weinerlicher Stimme heraus.
»Das hast du.« Granias Miene war noch immer kalt und unerbittlich, als sie sich erhob.
»Wohin willst du? Geh nicht zu Dad, er läßt sich nicht umstimmen«, warnte Brigid sie.
»Nein, ich gehe ein paar Sachen packen. Ich ziehe zu Tony.«
»Wenn er so verrückt nach dir ist, kann er auch noch bis morgen warten«, bemerkte ihre Mutter.
»Hier hält mich nichts mehr«, erklärte Grania. »Bis vor fünf Minuten war es mir nie aufgefallen, aber jetzt ist mir klar, daß ich hier noch nie richtig glücklich war.«
»Was heißt schon glücklich?« meinte Nell Dunne.
Dann saßen sie schweigend da, während sie hörten, wie Grania die Treppe hinauf in ihr Zimmer ging und ihren Koffer packte.

Draußen in einem Wagen spähte ein Mann angestrengt zum Haus und versuchte festzustellen, was dort vor sich ging. Er fragte sich, ob es ein gutes oder schlechtes Zeichen war, daß jemand in einem Zimmer im oberen Stockwerk hin und her ging.
Schließlich sah er, wie Grania mit einem Koffer das Haus verließ.

»Ich bringe dich nach Hause, Schatz«, sagte er zu ihr. Und sie weinte sich an seiner Schulter aus, wie sie es vor nicht allzu langer Zeit bei ihrem Vater getan hatte.

Fiona ging all das noch stundenlang im Kopf herum. Grania war nur ein Jahr älter als sie. Wie brachte sie es nur fertig, ihren Eltern dermaßen die Stirn zu bieten? Verglichen mit den Dramen in Granias Leben waren die von Fiona kaum der Rede wert. Sie mußte jetzt dafür sorgen, daß sie sich irgendwie wieder in Barrys Leben einklinken konnte.
Sie würde sich etwas überlegen, wenn sie morgen früh zur Arbeit ging.

Wenn man im Krankenhaus arbeitete, konnte man oft kurz vor Ladenschluß die Blumen, die schon nicht mehr ganz frisch waren, im Blumenladen billiger haben. Fiona kaufte einen kleinen Strauß Freesien und schrieb dazu auf eine Karte: »Gute Besserung, Nessa Healy«. Als gerade niemand hinsah, stellte sie den Strauß vor das Schwesternzimmer der Station. Dann eilte sie in ihre Cafeteria zurück.
Die nächsten zwei Tage traf sie Barry nicht, aber als er dann kam, sah er recht fröhlich aus. »Es geht ihr viel besser, sie kommt Ende der Woche heim«, verkündete er.
»Oh, das freut mich ... ist sie darüber hinweggekommen, was immer es auch war?«
»Nun, weißt du, es war wegen meinem Vater. Sie denkt – oder vielmehr, sie *dachte* –, er würde sie nicht besuchen kommen. Er sagte, er wolle sich von diesen Selbstmordversuchen nicht erpressen lassen. Und zunächst war sie sehr deprimiert.«
»Aber jetzt nicht mehr?«
»Nein, anscheinend hat er nachgegeben. Er hat ihr Blumen geschickt, einen Strauß Freesien. Also weiß sie jetzt, daß sie ihm etwas bedeutet, und kommt wieder nach Hause.«
Fiona überlief es kalt. »Ist er denn nicht selbst gekommen ... mit den Blumen?«

»Nein, er hat sie nur auf der Station abgegeben und ist dann wieder gegangen. Aber es hat trotzdem funktioniert.«

»Und was sagt er zu alledem, dein Vater?« fragte Fiona mit dünner Stimme.

»Ach, er behauptet steif und fest, er habe ihr keine Blumen geschickt, aber so ist das immer bei meinen Eltern.« Dabei schaute er ein wenig bekümmert drein.

»Eltern sind immer ziemlich komisch, darüber habe ich mich erst neulich mit meiner Freundin unterhalten. Man hat keine Ahnung, was eigentlich in ihren Köpfen vorgeht«, meinte sie mitfühlend.

»Wenn sie sich zu Hause wieder eingelebt hat, gehen wir dann noch mal aus?« fragte er.

»Sehr gern«, antwortete Fiona. Bitte, lieber Gott, mach, daß sie das mit den Blumen nicht herausfinden, daß sie einfach darüber hinweggehen und sich mit der Erklärung zufriedengeben, der Vater hätte sie geschickt!

Barry nahm sie zu einem Fußballspiel mit. Ehe sie hingingen, sagte er ihr, wer die Guten und wer die Bösen waren, er erklärte ihr die Abseits-Regeln und meinte, der Schiedsrichter habe bereits bei einigen früheren Spielen bewiesen, daß er blind wie ein Maulwurf sei. Man könne nur hoffen, daß seine Sehstörung inzwischen behoben sei.

Während des Spiels traf Barry einen dunklen, untersetzten Mann.

»Grüß dich, Luigi, ich wußte gar nicht, daß du auch ein Anhänger dieser Mannschaft bist.«

Luigi freute sich außerordentlich, ihn zu sehen. »Bartolomeo, altes Haus! Für diese Jungs bin ich schon, seit ich denken kann.«

Dann wechselten sie beide ins Italienische, *mi piace giocare a calcio.* Darüber lachten sie sich halb tot, und Fiona stimmte in ihr Gelächter ein.

»Das heißt: Ich spiele gern Fußball«, erklärte Luigi.

Das hatte sich Fiona schon gedacht, aber sie tat, als wäre ihr das neu. »Anscheinend macht ihr alle ziemliche Fortschritte mit dem Italienischen.«

»Ach, entschuldige, Luigi, das ist meine Freundin Fiona«, stellte Barry sie vor.

»Hast du ein Glück, daß deine Freundin mit dir ins Stadion geht. Suzi sagt immer, da würde sie lieber zugucken, wie Farbe trocknet.«

Fiona überlegte, ob sie diesen merkwürdigen Mann mit dem Dubliner Akzent und dem italienischen Namen darüber aufklären sollte, daß sie strenggenommen nicht Barrys Freundin war. Doch sie entschied sich dagegen. Und warum sprach er Barry eigentlich mit diesem seltsamen Namen an?

»Wenn du nachher Suzi triffst, könnten wir doch alle zusammen was trinken gehen«, schlug Barry vor. Luigi meinte, das sei die beste Idee seit langem, und sie verabredeten sich in einem Pub.

Während des ganzen Spiels war Fiona sehr bemüht zu verstehen, was auf dem Platz vor sich ging, damit sie mitfiebern und zum richtigen Zeitpunkt in Jubel ausbrechen konnte. Im stillen dachte sie, wie toll das doch sei, so etwas machten sonst nur die anderen Mädchen – die Jungs zum Spiel zu begleiten und dort andere Jungs zu treffen, um danach mit ihnen und ihren Freundinnen noch auszugehen.

Sie fühlte sich großartig.

Jetzt durfte sie nur nicht vergessen, wann es einen Torabstoß, einen Eckball oder einen Einwurf gab.

Und noch wichtiger war es, daran zu denken, daß sie Barry keinesfalls nach seinen Eltern und dem geheimnisvollen Blumenstrauß fragte.

Suzi war ein hinreißendes Mädchen, sie hatte rotes Haar und arbeitete als Kellnerin in einem dieser noblen Lokale in Temple Bar.

Fiona erzählte, sie schenke Kaffee in einem Krankenhaus aus. »Das kann man natürlich nicht vergleichen«, meinte sie entschuldigend.

»Aber deine Arbeit ist wichtiger«, beharrte Suzi. »Du bedienst Menschen, die es nötig haben, während ich mit Gästen zu tun habe, die nur gesehen werden wollen.«
Die Männer stellten erfreut fest, daß die Mädchen in eine Unterhaltung vertieft waren, und widmeten sich genüßlich einer ausführlichen Spielanalyse. Dann kamen sie auf die große Italienreise zu sprechen.
»Redet Bartolomeo auch mal von was anderem als dieser *viaggio*?«
wollte Suzi wissen.
»Warum nennst du ihn so?« flüsterte Fiona.
»Er heißt doch so, oder nicht?« Suzi schien ehrlich überrascht zu sein.
»Na ja, eigentlich heißt er Barry.«
»Ach so, das ist wegen dieser Signora. Eine ganz wunderbare Frau, sie wohnt bei meiner Mutter zur Untermiete. Sie leitet diesen Kurs und hat auch Lou in Luigi verwandelt. Was mir übrigens sogar besser gefällt, manchmal nenne ich ihn selbst so. Fährst du denn auch mit?«
»Wohin?«
»Nach Roma«, erwiderte Suzi mit rollendem »R« und ebenso rollenden Augäpfeln.
»Ich weiß nicht. Ich kenne Barry noch nicht so gut. Aber wenn es weiterhin mit uns beiden klappt, kann es gut sein, daß ich mitfahre.«
»Fang schon mal an zu sparen, es wird bestimmt ein Riesenspaß. Lou möchte, daß wir dort heiraten oder zumindest unsere Flitterwochen verbringen.« Suzi zeigte ihr den wunderschönen Verlobungsring an ihrem Finger.
»Der ist wirklich klasse«, sagte Fiona.
»Ja, auch wenn es natürlich kein echter Smaragd ist.«
»Flitterwochen in Rom – das wäre schon toll«, meinte Fiona wehmütig.
»Der einzige Haken daran ist, daß ich ihn in den Flitterwochen mit fünfzig oder sechzig anderen Leuten teilen muß«, bemerkte Suzi.

»Dann brauchst du ihn wenigstens nur nachts zu verwöhnen, und nicht auch noch tagsüber«, sagte Fiona.
»Ihn verwöhnen? Und was ist mit *mir*? Ich gehe eigentlich davon aus, daß er mich verwöhnt.«
Wie so oft wünschte sich Fiona, sie hätte den Mund gehalten. Natürlich sah ein Mädchen wie Suzi das ganz anders als sie. Suzi erwartete von ihrem Luigi, daß er um sie herumscharwenzelte und ihr jeden Wunsch von den Augen ablas. Im Gegensatz zu Fiona war sie nicht bemüht, ihm immer alles recht zu machen, und hatte nicht ständig Angst, ihm auf die Nerven zu gehen. Ach, wäre sie doch ebenso selbstbewußt gewesen! Aber wenn man eben so gut aussah wie Suzi mit ihrem prächtigen roten Haar, in einem schicken Lokal arbeitete und wahrscheinlich auf eine ganze Reihe von Liebhabern wie Luigi zurückblicken konnte, die einem protzige Ringe schenkten ... Fiona stieß einen tiefen Seufzer aus.
Suzi sah sie mitfühlend an. »War das Spiel recht langweilig?« erkundigte sie sich.
»Nein, es war nicht schlecht. Ich war zum erstenmal bei einem dabei. Aber ich bin mir nicht sicher, ob ich die Abseits-Regeln kapiert habe. Kennst du dich damit aus?«
»Um Gottes willen, nein. Und es ist mir auch herzlich egal. Wenn man die Regeln kapieren würde, würde man sich bei Eiseskälte da draußen im Stadion wiederfinden, unter lauter Leuten, die einem ins Ohr plärren. Meine Devise lautet: Triff dich erst danach mit ihnen.« Suzi wußte, wo es langging.
Fiona betrachtete sie neidisch und mit unverhohlener Bewunderung. »Wie kommt es, daß du so bist ... du weißt schon, so selbstsicher? Liegt es nur an deinem guten Aussehen?«
Suzi erwiderte ihren Blick. Dieses Mädchen mit dem wißbegierigen Gesichtsausdruck und der dicken Brille nahm sie nicht auf den Arm, sie meinte es völlig ernst. »Über mein Aussehen kann ich nichts sagen«, antwortete Suzi in aller Aufrichtigkeit. »Mein Vater hat gemeint, ich sehe aus wie eine Schlampe, meine Mutter fand, ich wirke ein bißchen ordinär, bei den Vorstellungsgesprächen hieß es, ich trüge zuviel Make-up, und die Typen, die mit mir

ins Bett gehen wollten, meinten, ich sehe klasse aus. Woher soll ich also wissen, was nun stimmt?«

»O ja, das kenne ich«, pflichtete Fiona ihr bei. Ihre Mutter sagte, in T-Shirts sehe sie albern aus, aber die Leute im Krankenhaus waren begeistert davon. Die einen meinten, die Brille stehe ihr sehr gut, dadurch wirkten ihre Augen größer; die anderen fragten sie, ob sie sich denn keine Kontaktlinsen leisten könne. Und manchmal fand sie ihre langen Haare sehr schön, ein anderes Mal dagegen zu schulmädchenhaft.

»Letzten Endes habe ich wohl erkannt, daß ich erwachsen bin und es nie allen recht machen kann«, fuhr Suzi fort. »Und ich habe beschlossen, nur nach meinem eigenen Geschmack zu gehen. Ich habe schöne Beine, also trage ich kurze Röcke, aber nicht diese doofen, und ich benutze weniger Make-up. Und jetzt, da ich mir nicht mehr den Kopf darüber zerbreche, hat anscheinend keiner mehr was an mir auszusetzen.«

»Meinst du, ich sollte mir die Haare schneiden lassen?« flüsterte Fiona ihr vertrauensvoll zu.

»Nein, das meine ich nicht, und ich finde auch nicht, daß du sie lang lassen sollst. Es geht um deine Haare und dein Gesicht, und du solltest tun, was *du* für richtig hältst. Hör nicht auf das, was ich oder Bartolomeo oder deine Mutter dir raten, sonst bleibst du immer ein Kind. Das ist jedenfalls meine Meinung.«

Ach, die schöne Suzi hatte leicht reden. Fiona kam sich vor wie eine graue Maus. Eine graue Maus mit Brille und langen Haaren. Aber ohne Brille und lange Haare wäre sie nur eine blinzelnde kurzhaarige Maus. Wie konnte sie erwachsen werden und selbständig Entscheidungen treffen, wie es jeder normale Mensch tat? Vielleicht passierte ja irgend etwas, was ihr neue Kraft gab.

Barry hatte sich an diesem Abend gut amüsiert. Während er Fiona mit dem Motorrad heimfuhr und sie sich an seiner Jacke festklammerte, überlegte sie, was sie sagen würde, wenn er sie wieder zu einem Fußballspiel einlud. Sollte sie so mutig sein wie Suzi und ihm antworten, daß sie ihn lieber danach treffen würde? Oder sollte sie sich von jemandem in der Arbeit die Abseits-Regeln

erklären lassen und wieder mitgehen? Was war besser? Wenn sie nur gewußt hätte, was sie selbst wollte! Aber sie war noch nicht so erwachsen wie Suzi, sie hatte keine eigenen Ansichten.
»Es hat mich gefreut, deine Freunde kennenzulernen«, meinte sie, als sie an der Straßeneinmündung vom Motorrad abstieg.
»Das nächste Mal darfst du dir aussuchen, was wir unternehmen«, sagte er. »Ich komme morgen mal vorbei. Morgen bringe ich nämlich meine Mutter nach Hause.«
»Ach, ich dachte, sie wäre schon zu Hause.« Da Barry gesagt hatte, er würde mit ihr ausgehen, wenn seine Mutter sich zu Hause wieder eingewöhnt hatte, hatte sie geglaubt, daß Mrs. Healy bereits entlassen worden war. Fiona hatte nicht gewagt, sich in der Nähe der Station blicken zu lassen, damit man sie nicht als diejenige erkannte, die die Freesien gebracht hatte.
»Nein. Wir haben geglaubt, es würde ihr soweit wieder gutgehen, aber sie hatte einen Rückfall.«
»Oh, das tut mir leid«, sagte Fiona.
»Sie hatte sich in den Kopf gesetzt, mein Vater habe ihr die Blumen geschickt. Was natürlich nicht stimmt. Und als sie das begriff, bekam sie einen Rückfall.«
Fiona wurde heiß und kalt zugleich. »Wie furchtbar«, murmelte sie und fragte dann mit schwacher Stimme: »Wie ist sie überhaupt auf diese Idee gekommen?«
Barry sah traurig aus. Er zuckte mit den Achseln. »Das weiß keiner. Sie hatte tatsächlich einen Blumenstrauß, und es stand auch ihr Name darauf. Aber die Ärzte glauben, daß sie ihn sich selbst gekauft hat.«
»Wie kommen sie darauf?«
»Weil niemand sonst gewußt hat, daß sie im Krankenhaus liegt«, antwortete Barry schlicht.

Wieder verbrachte Fiona eine schlaflose Nacht. Es hatte sich zuviel ereignet. Das Spiel, die Regeln, die Begegnung mit Luigi und Suzi, die Aussichten auf eine Italienreise, Luigis Vermutung, sie sei Barrys Freundin. Die Vorstellung, wenn man erst einmal erwachsen sei, könnte man selbständig handeln, sich eine eigene Meinung bilden, eigene Entscheidungen treffen. Und dann der entsetzliche, unerträgliche Gedanke, daß sie an dem Rückfall von Barrys Mutter schuld war, weil sie ihr diese Blumen geschenkt hatte. Dabei hatte sie der Frau nur eine Freude machen wollen. Statt dessen war nun alles tausendmal schlimmer geworden.

Als Fiona zur Arbeit ging, sah sie ziemlich blaß und müde aus. Sie hatte aus ihrem Stapel T-Shirts das falsche ausgesucht, wodurch sie große Verwirrung stiftete. Die Leute wiesen sie ständig darauf hin, daß heute doch Freitag sei, andere meinten, sie habe sich wohl im Dunklen angezogen. Eine Frau, die auf Fionas T-Shirt »Montag« las, ließ ihren Untersuchungstermin platzen, weil sie dachte, sie sei am falschen Tag gekommen. Schließlich ging Fiona in den Toilettenraum und zog ihr T-Shirt verkehrt an, so daß der Aufdruck hinten stand. Jetzt durfte sie nur niemandem den Rücken zukehren.

Gegen Mittag kam Barry herein. »Miss Clarke, die Filialleiterin, hat mir ein paar Stunden freigegeben. Die ist wirklich nett. Sie ist auch im Italienischkurs, dort nenne ich sie Francesca und in der Arbeit Miss Clarke. Es ist zum Schreien.«

Allmählich hatte Fiona den Eindruck, daß halb Dublin unter einem falschen Namen in diesem Kurs saß. Doch es gab Wichtigeres, als neidvoll an all die Leute zu denken, die in dieser schäbigen Schule ihren kindischen Spielchen nachgingen. Sie mußte Barry über seine Mutter aushorchen, ohne ihn direkt darauf anzusprechen.

»Alles in Ordnung?«

»Nein, leider nicht. Meine Mutter will nicht nach Hause. Es geht ihr aber nicht mehr so schlecht, daß man sie hierbehalten müßte. Und deshalb wird man sie wohl in eine Nervenklinik einweisen.« Er schaute sehr düster und betrübt drein.

»O je.« Ihr Gesicht war von Schlafmangel und Sorgen gezeichnet.

»Na ja, ich werde es schon irgendwie überstehen. Aber was ich sagen wollte: Neulich habe ich doch gemeint, wenn wir das nächste Mal zusammen ausgehen, darfst du bestimmen, was wir unternehmen ...«

Fiona geriet in Panik. Sie hatte sich noch gar nicht zu einer Entscheidung durchringen können. Mein Gott, wollte er sie zu allem Überfluß jetzt auch noch das fragen?

»Ich bin mir noch nicht ganz sicher, was ...«

»Nein, ich wollte sagen, daß wir es vielleicht ein bißchen verschieben müssen. Aber es liegt nicht daran, daß ich mit einer anderen gehe oder es vorhabe oder so ...«, stammelte er hastig.

Da wußte Fiona, daß er sie tatsächlich gern hatte, und ihr fiel ein großer Stein vom Herzen. »Aber nein, um Himmels willen, ich verstehe das schon. Laß doch einfach was von dir hören, wenn die Dinge wieder einigermaßen im Lot sind.« Sie strahlte über das ganze Gesicht und vergaß die Leute, die auf ihren Tee oder Kaffee warteten.

Barry schenkte ihr ein ebenso breites Lächeln und ging.

Zwar lernte Fiona die Abseits-Regeln beim Fußball, doch es blieb ihr ein Rätsel, wie ein Spieler sichergehen konnte, daß immer ein Gegenspieler zwischen ihm und dem Tor war. Und das konnte ihr auch niemand zufriedenstellend beantworten.

Sie rief ihre Freundin Brigid Dunne an.

Brigids Vater meldete sich. »Oh, hallo. Gut, daß ich die Gelegenheit habe, mit dir zu reden, Fiona. Ich fürchte, ich war ziemlich unhöflich, als du letztes Mal bei uns warst. Das tut mir wirklich leid.«

»Schon in Ordnung, Mr. Dunne. Sie waren eben etwas durcheinander.«

»Ja, das stimmt, und ich bin es immer noch. Aber das ist kein Grund, sich schlecht gegenüber einem Gast zu benehmen. Ich bitte dich um Verzeihung.«

»Aber nein, wahrscheinlich hätte ich gar nicht erst kommen sollen.«

»Ich hole Brigid an den Apparat«, sagte er.

Brigid war in Hochstimmung. Sie hatte ein Kilo abgenommen

und eine phantastische Jacke gefunden, in der man buchstäblich wie ein Strich in der Landschaft aussah, und demnächst würde sie kostenlos nach Prag fliegen. Da gab es keine gräßlichen FKK-Strände, wo man seine Leibesfülle nicht verbergen konnte.
»Und wie geht es Grania?«
»Ich habe keine Ahnung.«
»Heißt das, du hast sie noch nie besucht?« Fiona war entsetzt.
»Hey, das ist eine gute Idee! Gehen wir sie heute abend besuchen, schauen wir uns mal dieses Freudenhaus an. Vielleicht kriegen wir sogar den Tattergreis zu Gesicht.«
»Still, sag doch so was nicht. Dein Vater könnte dich hören.«
»Das sagt er doch selbst immer. Diese Ausdrücke stammen ja von ihm«, erwiderte Brigid ohne die geringste Reue.
Also vereinbarten sie einen Treffpunkt. Es werde bestimmt lustig, meinte Brigid. Fiona lag mehr daran, zu erfahren, wie es Grania ergangen war.
Grania öffnete die Tür. Sie trug Jeans und einen langen schwarzen Pulli und schien überrascht, die beiden zu sehen. »Ist das denn die Möglichkeit!« rief sie erfreut aus. »Kommt rein. Tony, wir kriegen gerade das erste Friedenszeichen.«
Lächelnd kam er ihnen entgegen, gutaussehend, aber ziemlich alt. Fiona fragte sich, was sich Grania von einer gemeinsamen Zukunft mit diesem Mann versprach.
»Meine Schwester Brigid, unsere Freundin Fiona.«
»Nur herein, ihr kommt genau im richtigen Moment. Ich wollte gerade eine Flasche Wein öffnen. Grania sagt, wir trinken zuviel, womit sie eigentlich nur mich meint ... aber jetzt haben wir einen guten Anlaß.« Er führte sie in ein Zimmer mit Unmengen von Büchern, Kassetten und CDs. Aus den Lautsprechern erklang griechische Musik.
»Ist das dieser Sorbas-Tanz?« fragte Fiona.
»Nein, aber es stammt vom selben Komponisten. Magst du Theodorakis?« Er strahlte vor Freude darüber, daß er vielleicht jemanden gefunden hatte, der sich für die Musik seiner Generation begeisterte.

»Wen?« fragte Fiona, und sein Lächeln erstarb.
»Ihr wohnt hier ja recht nobel.« Brigid sah sich neidisch und bewundernd um.
»Ja, nicht wahr? Tony hat all diese Regale maßanfertigen lassen, von demselben Mann, der auch die Regale für Dad gebaut hat. Wie geht es ihm denn?«
»Ach ja, wie üblich«, lautete Brigids unbefriedigende Auskunft.
»Schreit er immer noch zetermordio?«
»Nein, er hat sich mehr aufs Jammern und Stöhnen verlegt.«
»Und Mam?«
»Du kennst doch Mam. Die merkt kaum, daß du nicht mehr da bist.«
»Vielen Dank. Du gibst mir wirklich das Gefühl, geliebt zu werden.«
»Ich sage nur die Wahrheit.«
Fiona bemühte sich, den alten Mann in ein Gespräch zu verwickeln, damit er nicht all diese intimen Details über die Familie Dunne hörte. Aber wahrscheinlich kannte er sie ohnehin schon. Tony schenkte jeder ein Glas Wein ein. »Ich freue mich wirklich über euren Besuch, aber ich muß in die Schule und noch was erledigen. Und ihr wollt euch bestimmt in Ruhe unterhalten, also lasse ich euch Mädchen besser allein.«
»Du kannst aber gern dableiben, Liebster.« Grania nannte ihn ganz unbefangen »Liebster«.
»Ich weiß, aber ich gehe trotzdem.« Er wandte sich an Brigid. »Und wenn du mit deinem Vater sprichst, dann sag ihm bitte ... na ja ... sag ihm ...« Erwartungsvoll sah Brigid ihn an. Doch Tony O'Brien wollten nicht die richtigen Worte einfallen. »Sag ihm ... es geht ihr gut«, meinte er barsch und ging.
»Tja«, sagte Brigid. »Was soll man davon halten?«
»Er macht eine schlimme Zeit durch«, antwortete Grania. »Wißt ihr, Dad schneidet ihn in der Schule, er redet nicht mit ihm und verläßt den Raum, wenn er hereinkommt. Tony hat dort einen schweren Stand. Und mir tut es weh, daß ich nicht nach Hause kann.«

»Kannst du denn nicht nach Hause zurück?« fragte Fiona.

»Nein, denn es würde eine Szene geben, und dann würde es wieder losgehen mit: ›Meine eigene Tochter bla bla bla‹.«

»Ich weiß nicht. Er ist inzwischen wieder etwas handsamer«, wandte Brigid ein. »Bei den ersten paar Besuchen würde er wahrscheinlich nur jammern und stöhnen, aber danach würde er sich vielleicht wieder beruhigen.«

»Ich kann es nicht ausstehen, wenn er schlecht von Tony redet«, meinte Grania zweifelnd.

»Du meinst, wenn er seine dunkle Vergangenheit aufs Tapet bringt?« fragte Brigid.

»Ja, dabei bin ich schließlich auch kein Unschuldslamm mehr. Wenn ich in seinem Alter wäre, würde ich mir auch wünschen, daß ich in meinem Leben eine Menge Spaß gehabt habe. Ich bin nur noch nicht so alt.«

»Hast du's gut. Du hast deinen Spaß gehabt ...«, seufzte Fiona wehmütig.

»Ach, halt bloß die Klappe, Fiona. Du bist gertenschlank, du hast doch bestimmt Spaß bis zum Abwinken gehabt.«

»Ich hab's noch nie mit einem gemacht. Ich habe noch mit keinem Mann geschlafen«, platzte Fiona heraus.

Das Interesse der Dunne-Schwestern war geweckt. Erwartungsvoll blickten sie sie an.

»Das gibt's doch nicht«, sagte Brigid.

»Wieso gibt's das nicht? Ich müßte es doch wissen, wenn was gewesen wäre. Es war aber nichts.«

»Warum denn nicht?« fragte Grania.

»Ich weiß nicht. Entweder waren sie zu betrunken oder haben sich unmöglich benommen, oder es war der falsche Ort, oder ich habe so lange gezögert, bis es zu spät war. Ihr kennt mich ja«, sagte sie voller Selbstmitleid und Bedauern. Grania und Brigid schienen um Worte verlegen. »Aber jetzt würde ich schon gern«, erklärte sie eifrig.

»Wie schade, daß wir den allzeit bereiten Sexbolzen haben ziehen lassen. Der hätte dir bestimmt den Gefallen getan«, meinte Brigid und machte eine Kopfbewegung zur Tür, durch die Tony O'Brien verschwunden war.

»Hör mal, das finde ich überhaupt nicht witzig«, fauchte Grania.

»Ich auch nicht«, bemerkte Fiona mißbilligend. »Ich möchte nicht mit irgend jemandem schlafen, sondern mit dem Jungen, in den ich verliebt bin.«

»Ja, ist ja gut.« Brigid war eingeschnappt.

Grania schenkte ihnen Wein nach. »Wir wollen uns nicht streiten«, meinte sie.

»Wer streitet denn?« fragte Brigid und hielt ihr das Glas hin.

»Wißt ihr noch, in der Schule haben wir immer dieses Wahrheitsspiel gespielt, wo man ganz ehrlich sein muß.«

»Ja, und du hast immer ganz schön ausgeteilt«, erinnerte sich Brigid.

»Laßt uns das doch spielen. Ihr zwei sagt mir, was ich tun soll.«

»Du solltest nach Hause gehen und mit Dad sprechen. Er vermißt dich wirklich«, begann Brigid.

»Und du solltest mit ihm über andere Dinge reden – über die Bank, die Politik, seinen Abendkurs. Nicht über Sachen, die ihn an ... äh ... Tony erinnern, bis er sich mehr daran gewöhnt hat«, sagte Fiona.

»Und was ist mit Mam? Bin ich ihr wirklich egal?«

»Nein, ich habe das nur gesagt, um dich zu ärgern. Aber irgendwas geht ihr ständig durch den Kopf, vielleicht die Arbeit oder die Wechseljahre. Du bist für sie jedenfalls nicht das Thema Nummer eins wie für Dad.«

»Das sind ehrliche Antworten«, meinte Grania. »Jetzt kommt Brigid dran.«

»Ich finde, Brigid sollte nicht allen damit in den Ohren liegen, daß sie zu dick ist«, sagte Fiona.

»Weil sie nämlich gar nicht dick ist, sondern ziemlich sexy. Ein knackiger Hintern und mächtig Holz vor der Hütte. Darauf stehen doch die Typen«, fügte Grania hinzu.

»Und dazu noch eine echte Wespentaille«, meinte Fiona.

»Aber sie nervt schrecklich, wenn sie von ihren blöden Kalorien und Reißverschlüssen faselt«, lachte Grania.
»Ihr habt leicht reden mit euren Traumfiguren.«
»Nervig und sexy, eine ausgefallene Kombination«, sinnierte Grania.
Und da spielte ein schwaches Lächeln um Brigids Mund, weil sie erkannte, daß ihre Schwester es ernst meinte. »Gut. Jetzt Fiona«, meinte Brigid sichtlich erfreut.
Die Schwestern dachten nach. Es war leichter, jemanden aus der eigenen Familie aufs Korn zu nehmen.
»Dafür muß ich mich erst noch mit einem kräftigen Schluck wappnen«, sagte Fiona unvermittelt.
»Sie ist zu bescheiden.«
»Zu schüchtern.«
»Hat keine eigene Meinung.«
»Kann sich zu nichts entschließen.«
»Ist nie richtig erwachsen geworden und hat nicht begriffen, daß jeder selbst seine Entscheidungen treffen muß.«
»Wird wahrscheinlich ihr Leben lang ein Kind bleiben.«
»Sag das noch mal«, unterbrach Fiona.
Grania und Brigid fragten sich, ob sie womöglich zu weit gegangen waren.
»Ich habe nur gemeint, daß du immer so nett zu allen bist und nie jemandem auf den Schlips treten willst. Und deshalb weiß eigentlich niemand, was du wirklich denkst«, erklärte Grania.
»Oder ob du dir überhaupt etwas denkst«, fügte Brigid finster hinzu.
»Wie war das mit dem Kind?« fragte Fiona.
»Nun, ich glaube, ich wollte sagen, daß eben jeder Mensch seine Entscheidungen selbst treffen muß. Sonst tun es andere für einen, und dann ist man wie ein Kind. Das ist alles, was ich damit sagen wollte.« Grania befürchtete, daß sie der netten, lieben Fiona zu nahe getreten war.
»Seltsam, du bist schon die zweite, von der ich das zu hö-

ren bekomme. Diese Suzi hat dasselbe gesagt, als ich sie gefragt habe, ob ich mir die Haare schneiden lassen soll. Wirklich erstaunlich.«

»Und nun, wie steht's?« fragte Brigid.

»Wie steht was?«

»Ich meine, wirst du künftig deine eigenen Entscheidungen treffen, mit deinem Jungen schlafen, dir die Haare schneiden lassen, dir eigene Meinungen bilden?«

»Wirst *du* aufhören, wegen Kalorien herumzujammern?« entgegnete Fiona energisch.

»Ja, wenn es wirklich so sehr nervt.«

»Okay, einverstanden«, meinte Fiona.

Grania sagte, sie werde etwas beim Chinesen holen, wenn Fiona ihr versprach, sich schnell zu entscheiden, was sie haben wollte, und wenn Brigid kein Wort über fritiertes Essen verlor. Darauf erwiderten die beiden, wenn Grania sich einverstanden erklärte, am nächsten Tag ihren Vater zu besuchen, würden sie ihre Bedingungen akzeptieren.

Sie öffneten noch eine Flasche Wein und lachten, bis der alte Mann nach Hause kam und meinte, in seinem Alter brauche er seinen Schlaf, und deshalb werde er sie jetzt hinauswerfen.

Doch so wie er Grania dabei anschaute, wußten sie, daß es ihm nicht um seinen Schlaf ging.

»Na, war es nicht eine großartige Idee, die beiden zu besuchen?« meinte Brigid, als sie mit dem Bus nach Hause fuhren. Mittlerweile glaubte sie, das Ganze sei ihre Idee gewesen.

»Sie scheint recht glücklich zu sein«, sagte Fiona.

»Obwohl er wirklich ziemlich alt ist, findest du nicht?«

»Nun, aber er ist der Mann, den sie haben will«, stellte Fiona mit Nachdruck fest.

Zu ihrer Überraschung gab Brigid ihr vollkommen recht. »Nur darauf kommt es an. Und wenn er ein Marsmännchen mit spitzen Ohren wäre – das Entscheidende ist, daß sie ihn will. Wenn mehr Leute den Mumm hätten, sich um das zu bemühen, was sie wollen,

hätten wir eine sehr viel bessere Welt.« Sie redete ziemlich laut, was wahrscheinlich auf den Wein zurückzuführen war.
Viele Leute im Bus hörten das und lachten, manche klatschten sogar. Brigid funkelte sie zornig an.
»Ach, komm schon, du sexy Biene, schenk uns ein Lächeln«, rief einer der Männer.
»Sie haben mich eine sexy Biene genannt«, flüsterte Brigid ihrer Freundin entzückt zu.
»Was haben wir dir gesagt?« erwiderte Fiona.
Sie kam zu dem Schluß, daß sie ein anderer Mensch sein würde, wenn Barry Healy das nächste Mal mit ihr ausging. Was er zweifellos tun würde.

Die Zeit erschien ihr sehr lang, obwohl es nur eine Woche war, bis Barry sich wieder blicken ließ.
»Ist zu Hause alles in Ordnung?« fragte sie.
»Nein, kann man nicht sagen. Meine Mutter hat an allem das Interesse verloren, sie kocht nicht mal mehr. Dabei hat sie einen früher fast zum Wahnsinn getrieben, weil sie immer irgendwas backen und einen damit vollstopfen mußte. Jetzt muß ich ihr Fertiggerichte vom Supermarkt kaufen, sonst ißt sie überhaupt nichts mehr.«
»Was willst du dagegen tun?« fragte Fiona.
»Ehrlich, ich habe keine Ahnung, ich werde allmählich schon genauso verrückt wie sie. Aber sag mal, hast du dir überlegt, was wir als nächstes zusammen unternehmen könnten?«
Und da traf Fiona plötzlich ihre Entscheidung. »Ich würde gern mal zum Tee zu euch nach Hause kommen.«
»Nein, das wäre keine gute Idee«, meinte er verblüfft.
»Du hast mich gefragt, was ich gern tun würde, und ich habe es dir gesagt. Deine Mutter würde sich aufraffen müssen, um mir etwas vorzusetzen, wenn du sagst, du bringst ein Mädchen zum Abendessen mit. Und wir könnten nett und freundlich und ganz normal miteinander plaudern.«
»Nein, Fiona. Jetzt noch nicht.«

»Aber wäre das jetzt nicht genau der Zeitpunkt, wo es etwas bringen könnte? Wie soll sie jemals wieder in den Alltag zurückfinden können, wenn du nicht auch ganz normale Dinge tust?«

»Hm, da ist etwas dran«, begann er zögerlich.

»Also, und wann?«

Mit düsteren Vorahnungen schlug Barry einen Tag vor.

Als er sich nach ihren Essenswünschen erkundigte, rechnete er damit, daß Fiona ihm sagen würde, ihr sei alles recht. Doch zu seinem Erstaunen meinte sie, nach einem langen Arbeitstag werde sie recht erschöpft sein, am liebsten wäre ihr dann etwas Gehaltvolles wie Spaghetti oder ein Kartoffel-Hackfleisch-Auflauf. Irgend etwas Herzhaftes eben. Barry war verwundert. Aber er sagte seiner Mutter Bescheid.

»So etwas kann ich nicht«, erwiderte sie.

»Aber natürlich, Mam. Du bist doch eine großartige Köchin.«

»Dein Vater ist da anderer Meinung«, entgegnete sie. Und Barry wurde das Herz wieder schwer wie Blei. Es genügte nicht, Fiona zum Essen einzuladen, um seine Mutter über den Berg zu bringen. Wäre er doch nur kein Einzelkind gewesen, sondern hätte noch sechs Geschwister gehabt, die diese schwere Bürde mit ihm teilten! Und er wünschte, sein Vater würde verdammt noch mal einfach das sagen, was seine Mutter hören wollte – daß er sie liebte, daß es ihm das Herz brach, wenn sie sich umzubringen versuchte. Und daß er sie um nichts auf der Welt verlassen würde. Schließlich war sein Vater steinalt, beinahe fünfzig, Herrgott, natürlich würde er Mam nicht wegen einer anderen Frau sitzenlassen. Schon allein deshalb, weil er keine finden würde. Und warum mußte er auf dem Standpunkt beharren, Selbstmordversuche seien Erpressung, und er werde sich niemals erpressen lassen? Sonst vertrat er doch auch nie irgendeinen festen Standpunkt. Wenn eine Wahl oder ein Referendum anstand, kehrte sein Vater lieber seufzend zu seiner Abendzeitung zurück, als irgendeine Meinung kundzutun. Warum war er ausgerechnet in dieser Angelegenheit so halsstarrig? Konnte er ihr nicht das sagen, worüber sie sich freuen würde?

Fionas glänzende Idee würde nicht funktionieren. Das stand für ihn außer Zweifel.
»Na gut, Mam, dann versuche *ich* eben, etwas zu kochen. Das ist zwar nicht gerade meine Stärke, aber ich probiere es. Und zu Fiona sagen wir einfach, du hättest es gekocht. Schließlich soll sie ja nicht denken, du würdest sie nicht willkommen heißen.«
»Ich koche selbst«, widersprach seine Mutter. »Du würdest doch nicht mal eine Mahlzeit für Cascarino zustande bringen.« Cascarino war ihr großer, einäugiger Kater. Man hatte ihn nach Tony Cascarino benannt, dem Fußballspieler der irischen Nationalmannschaft, obwohl der Kater ihm an Schnelligkeit weit unterlegen war.
Fiona brachte Barrys Mutter eine Schachtel Pralinen mit.
»Ach, das wäre aber nicht nötig gewesen, davon nehme ich nur zu«, sagte die Frau zu ihr. Sie sah blaß aus, hatte müde Augen und trug ein unscheinbares braunes Kleid. Ihre Haare waren glatt und glanzlos.
Doch Fiona bedachte sie mit einem bewundernden Blick. »Aber Mrs. Healy, Sie sind doch gar nicht dick, Sie haben schöne Wangen, und an den Wangenknochen erkennt man, ob jemand zu Übergewicht neigt oder nicht«, meinte sie.
Barry sah, wie sich seine Mutter etwas ungläubig über die Wangen strich. »Stimmt das wirklich?«
»Natürlich, sehen Sie sich doch all die Filmstars mit den ausgeprägten Wangenknochen an ...« Fröhlich zählten sie zusammen die Leinwandgrößen auf, die nie ein Pfund zulegten, die Audrey Hepburns, die Ava Gardners, die Meryl Streeps. Dann widmeten sie sich den sogenannten schönen Frauen, die keine auffallenden Wangenknochen hatten.
So munter hatte Barry seine Mutter seit Wochen nicht erlebt. Dann hörte er Fiona sagen, Marilyn Monroe hätte ihr blühendes Aussehen bestimmt nicht ins Alter hinübergerettet, wenn sie es zugelassen hätte, überhaupt so alt zu werden. Barry wünschte, sie hätte das Gespräch nicht auf diese Frau gebracht, die Selbstmord begangen hatte.

Doch seine Mutter griff das Thema ganz unbefangen auf. »Aber deshalb hat sie sich bestimmt nicht umgebracht, nicht wegen ihrer Wangenknochen.«
Barry sah, wie Fiona errötete, doch sie gab nicht klein bei. »Nein, meiner Meinung nach hat sie es getan, weil sie glaubte, sie werde nicht genug geliebt. Was für ein Glück, daß wir nicht alle diese Konsequenz ziehen, sonst wäre die Menschheit längst ausgestorben.« Das sagte sie so beiläufig und leichthin, daß es Barry den Atem verschlug.
Wider Erwarten antwortete seine Mutter in einem ganz normalen Ton: »Vielleicht hat sie gehofft, man würde sie rechtzeitig finden, und derjenige, den sie liebt, wäre furchtbar traurig.«
»Ich würde eher sagen, er hätte dann endgültig die Nase voll gehabt von ihr«, erwiderte Fiona unbekümmert.
Barry schaute Fiona voller Bewunderung an. Heute hatte sie viel mehr Esprit als sonst. Man konnte nicht genau sagen, was es war, aber sie schien nicht mehr darauf zu warten, daß er ihr jedesmal das Stichwort gab. Es war eine hervorragende Idee von ihr gewesen, auf dieser Einladung zu beharren. Unvorstellbar, daß ausgerechnet Fiona seiner Mutter sagte, sie habe schöne Wangen!
Er hoffte zuversichtlich, daß der Abend weitaus weniger katastrophal verlaufen würde, als er befürchtet hatte. Etwas entspannter fragte er sich, worüber sie als nächstes sprechen würden, nachdem sie nun das Minenfeld »Marilyn Monroe« hinter sich gebracht hatten.
In Gedanken ging Barry eine Reihe von Gesprächsthemen durch, doch keines schien geeignet. Fionas Arbeit im Krankenhaus war tabu, das würde alle an das Magenauspumpen und den Krankenhausaufenthalt erinnern. Andererseits konnte er auch nicht plötzlich anfangen, vom Italienischkurs, vom Supermarkt oder von seinem Motorrad zu reden, denn dann würden sie merken, daß er auf weniger verfängliche Themen auszuweichen versuchte. Natürlich konnte er seiner Mutter von Fionas T-Shirts erzählen, aber das würde ihr bestimmt nicht gefallen. Außerdem hatte Fiona für den Abend eigens ihre gute Jacke und eine hübsche

pinkfarbene Bluse angezogen; also würde sie es vielleicht als herabwürdigend empfinden, wenn er davon anfing.
In diesem Moment schlich der Kater herein und richtete sein eines Auge auf Fiona.
»Darf ich dir Cascarino vorstellen?« meinte Barry, der über den Anblick des großen, bösartigen Katers noch nie so erfreut gewesen war wie jetzt. Hoffentlich krallte Cascarino sich nicht an Fionas neuem Rock fest oder fing an, sich vor aller Augen den Unterleib zu lecken. Doch der Kater legte den Kopf auf Fionas Schoß und ließ ein Schnurren vernehmen, das wie der aufheulende Motor eines Leichtflugzeugs klang.
»Haben Sie zu Hause auch Katzen?« fragte Barrys Mutter.
»Nein. Ich hätte gern eine, aber mein Vater fürchtet, sie würde einem bloß Scherereien machen.«
»Das ist schade. Ich finde, sie können einem ein großer Trost sein. Cascarino ist vielleicht keine Schönheit, aber für ein Männchen ist er recht verständig.«
»Ja«, bestätigte Fiona. »Ist es nicht komisch, daß die Männer so schwierig sind? Ich glaube, ehrlich gesagt, nicht, daß es böser Wille ist. Es liegt einfach in ihrer Natur.«
»Sie sind von Natur aus herzlos«, bemerkte Mrs. Healy mit einem gefährlichen Glitzern in den Augen. »Barrys Vater zum Beispiel hielt es nicht für nötig, heute abend hier zu sein, obwohl er gewußt hat, daß Barry eine Freundin zum Essen mitbringt. Er hat es gewußt und ist trotzdem nicht da.«
Barry schluckte. Er hatte nicht erwartet, daß seine Mutter sich schon in der ersten halben Stunde über die Familienverhältnisse verbreiten würde.
Doch zu seiner Überraschung schien Fiona damit problemlos umgehen zu können.
»Tja, so sind die Männer. Wenn ich Barry nach Hause mitnehme und ihn meinen Eltern vorstelle, werde ich von meinem Vater auch schwer enttäuscht werden. Gut, er wird zwar dasein, er ist ja immer da. Aber ich wette, innerhalb der ersten fünf Minuten wird er Barry erzählen, wie gefährlich es ist, einen Supermarktliefer-

wagen zu fahren, daß man beim Motorradfahren Gesundheit und Leben riskiert, daß Fußballspiele doch etwas völlig Idiotisches sind. Und wenn er am Italienischlernen irgend etwas auszusetzen findet, wird er auch damit nicht hinter dem Berg halten. Er sieht an allem nur das Negative, nicht das Positive. Es ist ziemlich deprimierend.«

»Und was sagt Ihre Mutter dazu?« Offenbar nahm Barrys Mutter soviel Anteil an Fionas häuslicher Situation, daß sie die Kritik an ihrem eigenen Mann vorläufig zurückstellte.

»Nun, ich denke, im Lauf der Jahre hat sie sich ihm angepaßt. Wissen Sie, Mrs. Healy, sie sind alt, viel älter als Sie und Barrys Vater. Ich bin die Jüngste in unserer großen Familie. Das Leben meiner Eltern verläuft seit langem in engen Bahnen, man kann sie nicht mehr ändern.« Sie wirkte so lebendig mit ihrer funkelnden Brille und der großen pinkfarbenen Schleife, die das schöne, glänzende Haar zusammenhielt. Jede Mutter würde sich freuen, so ein aufgewecktes Mädchen als Schwiegertochter zu haben.

Barry merkte, daß sich seine Mutter allmählich entspannte.

»Barry, sei so gut und schieb die Pastete ins Rohr. Und könntest du auch den Tisch decken?«

Er ging hinaus und hantierte klappernd mit dem Geschirr, dann schlich er zur Tür zurück, um zu lauschen, was im Wohnzimmer passierte. Aber sie unterhielten sich so leise, daß er nichts verstehen konnte. Lieber Gott, hoffentlich trat Fiona nicht in irgendein Fettnäpfchen! Und hoffentlich fing seine Mutter nicht mit ihren absurden Geschichten über Dads angebliche Seitensprünge an. Seufzend ging er in die Küche zurück und deckte den Tisch für sie drei. Es ärgerte ihn, daß sein Vater nicht hier war. Dad sollte sich wirklich mehr Mühe geben. Begriff er denn nicht, daß er dadurch nur Mams Mißtrauen schürte?

Warum konnte er nicht einfach dasein und einen Abend lang seine Rolle spielen? Aber immerhin hatte Barrys Mutter eine Hühnerpastete und zum Dessert einen Apfelkuchen gemacht. Das war schon ein Fortschritt.

Der Abend verlief besser, als Barry zu hoffen gewagt hatte. Fiona aß alles auf, was man ihr vorsetzte, bis zum letzten Krümel. Sie meinte, leider könne sie weder kochen noch backen. Da kam ihr plötzlich ein Gedanke. »Genau das wäre es – ich sollte einen Kochkurs machen«, rief sie. »Barry hat mich gefragt, was ich denn gern lernen würde, und angesichts dieses fürstlichen Mahls ist es mir klargeworden.«

»Eine gute Idee«, meinte Barry und freute sich, daß sie das Essen seiner Mutter lobte.

»Aber Backen kann Ihnen nur jemand beibringen, der sich wirklich damit auskennt«, bemerkte seine Mutter.

Sie mußte natürlich immer ein Haar in der Suppe finden, dachte Barry wütend.

Doch Fiona schien sich nicht daran zu stören. »Ja, ich weiß, und gerade jetzt, da die Kurse längst begonnen haben ... Aber hören Sie ... nein, das kann ich nicht von Ihnen verlangen ... andererseits ...« Gespannt blickte sie Barrys Mutter an.

»Nur zu, was wollen Sie sagen?«

»Am Dienstag und am Donnerstag ist Barry doch in seinem Abendkurs. Könnten Sie es mir da nicht beibringen, mir ein paar Tips geben oder so?« Als die ältere Frau nicht gleich antwortete, fuhr Fiona rasch fort: »Entschuldigen Sie, das ist wieder typisch für mich. Ich plappere einfach los, ohne mir zu überlegen, was ich sage.«

»Es wäre mir ein Vergnügen, Ihnen Kochen beizubringen, Fiona«, erwiderte Barrys Mutter. »Nächsten Dienstag fangen wir an, mit Brot und Scones.«

Brigid Dunne war höchst beeindruckt. »Ein kluger Schachzug, daß du seine Mutter dazu gebracht hast, dir Kochunterricht zu geben«, sagte sie bewundernd.

»Nun, es hat sich ganz von selbst ergeben. Ich habe sie einfach gefragt.« Fiona staunte über ihren eigenen Mut.

»Und dabei behauptest du, du kannst nicht gut mit Männern. Wann lernen wir denn diesen Barry kennen?«

»Bald. Ich möchte nicht, daß er völlig überwältigt ist von all

meinen Freundinnen, besonders von denen, die so sexy und selbstsicher sind wie du.«
»Du hast dich wirklich verändert, Fiona«, stellte Brigid fest.

»Grania? Hier spricht Fiona.«
»Ah, wie schön, ich dachte, es wäre die Zentrale. Wie geht es dir? Hast du es schon getan?«
»Was getan?«
»Na, du weißt schon, mit ihm«, antwortete Grania.
»Nein, noch nicht. Aber wir sind auf dem besten Weg. Ich wollte dich anrufen, um mich zu bedanken.«
»Wofür denn?«
»Dafür, daß du mich darauf aufmerksam gemacht hast, daß ich ein bißchen belemmert bin.«
»Fiona, das habe ich nie gesagt!« entrüstete sich Grania.
»Nein, aber du hast gesagt, ich soll mit mir ins reine kommen, und seitdem läuft alles wie am Schnürchen. Er ist absolut begeistert von mir, und seine Mutter auch. Besser hätte es gar nicht laufen können.«
»Na, das ist ja toll«, freute sich Grania.
»Ich wollte nur mal anrufen und nachfragen, ob du auch deinen Teil erledigt hast. Ob du deinen Vater besucht hast.«
»Nein. Ich habe es versucht, aber im letzten Moment sind mir die Nerven durchgegangen.«
»Grania!« sagte Fiona in tadelndem Ton.
»He, willst ausgerechnet du mir eine Standpauke halten?«
»Nein, aber wir haben versprochen, uns gegenseitig an das zu erinnern, was wir uns an diesem Abend vorgenommen haben.«
»Ich weiß.«
»Und Brigid hat seitdem kein einziges Wort über kalorienarmen Süßstoff verloren!«
»Herrgott noch mal, Fiona, dann gehe ich eben heute abend zu ihm«, stöhnte Grania.

Grania atmete tief durch, dann klopfte sie an die Tür. Ihr Vater öffnete. Seine Miene war unergründlich.
»Du hast doch noch einen Schlüssel. Warum läßt du dir denn extra die Tür aufmachen?« fragte er.
»Ich wollte nicht einfach reinmarschieren, als würde ich noch hier wohnen«, entgegnete sie.
»Niemand hat gesagt, daß du nicht hier wohnen kannst.«
»Ich weiß, Dad.« Noch immer standen sie im Flur. Ringsum herrschte beklemmende Stille. »Und wo sind die anderen alle? Sind sie da?«
»Ich weiß es nicht«, erwiderte ihr Vater.
»Ach, komm, Dad. Das mußt du doch wissen.«
»Nein. Vielleicht ist deine Mutter in der Küche und liest, Brigid ist möglicherweise oben. Ich war in meinem Zimmer.«
»Wie ist es denn inzwischen geworden?« fragte sie in einem Versuch, von seiner Einsamkeit abzulenken. Denn dieses Haus war nicht so groß, daß man nicht merkte, ob Nell und Brigid da waren. Und es konnte ihm nicht gleichgültig sein.
»Es ist hübsch geworden«, meinte er.
»Zeigst du es mir?« Grania fragte sich, ob Gespräche mit ihrem Vater von nun an immer so zäh verlaufen würden.
»Gern.«
Als er sie ins Zimmer führte, raubte ihr der Anblick förmlich den Atem. Die Abendsonne, die durchs Fenster fiel, ließ die gelben und goldenen Farben rings um die Fensterbank erstrahlen, die Vorhänge in Purpurrot und Gold sahen aus wie eine Theaterkulisse. Auf den Regalen standen Bücher und Ziergegenstände, und der kleine Schreibtisch blitzte und glänzte im Abendlicht.
»Dad, es ist wunderschön! Ich habe gar nicht gewußt, daß du so etwas zustande bringen kannst«, schwärmte Grania.
»Es gibt vieles, was wir voneinander nicht wissen«, meinte er.
»Bitte, Dad, laß mich einfach dein herrliches Zimmer bestaunen und diese Fresken ansehen, sie sind wundervoll.«
»Ja.«
»Und all diese Farben, Dad! Es ist traumhaft.«

Ihre Begeisterung war so echt, daß er nicht kühl und reserviert bleiben konnte. »Ja, es ist ein bißchen wie ein Traum, Grania, aber ich war ja immer ein ziemlich verträumter Dussel.«
»Dann habe ich das von dir geerbt.«
»Nein, das glaube ich nicht.«
»Ich meine nicht deine künstlerische Ader, ich könnte ein Zimmer nie so einrichten. Aber ich habe auch meine Träume, ganz bestimmt.«
»Das sind nicht die richtigen Träume, Grania, glaub mir.«
»Ich sage dir was, Dad: Ich habe nie jemanden geliebt, abgesehen von dir und Mam, und dich mehr, wenn ich ehrlich bin. Nein, ich möchte das jetzt sagen, weil du mich später vielleicht nicht mehr zu Wort kommen läßt. Aber jetzt weiß ich, was Liebe bedeutet, nämlich daß man das Beste für einen anderen Menschen will. Man will, daß der andere glücklicher ist als man selbst. Ist es nicht so?«
»Doch.« Seine Stimme klang völlig tonlos.
»Dasselbe hast du doch einmal für Mam empfunden, nicht wahr? Ich meine, wahrscheinlich empfindest du das immer noch.«
»Ich glaube, das ändert sich, wenn man älter wird.«
»Dann ist es aber für mich zu spät. Du und Mam, ihr hattet fünfundzwanzig gemeinsame Jahre. Tony wird in fünfundzwanzig Jahren tot sein. Er raucht und trinkt und ist unverbesserlich. Das weißt du ja. Wenn ich noch zehn schöne Jahre mit ihm erlebe, kann ich mich glücklich schätzen.«
»Grania, du könntest es soviel besser haben.«
»Dad, nichts könnte besser sein, als von dem Menschen geliebt zu werden, den man selbst liebt. Ich weiß das, und du weißt es auch.«
»Er ist nicht vertrauenswürdig.«
»Ich vertraue ihm vollkommen, Dad. Ich würde ihm mein Leben anvertrauen.«
»Warte, bis er dich mit einem Kind sitzenläßt. Dann wirst du an meine Worte denken.«
»Nichts auf der Welt würde ich mir mehr wünschen, als ein Kind von ihm zu haben.«
»Na, nur zu. Es hält dich niemand davon ab.«

Grania beugte sich über den Blumenstrauß auf dem kleinen Tisch. »Hast du dir die selbst gekauft, Dad?«
»Meinst du, jemand anderer würde mir welche kaufen?«
In Granias Augen traten Tränen. »Ich würde dir welche schenken, wenn du mich lassen würdest. Ich würde hier bei dir sitzen, und wenn ich ein Kind hätte, würde ich es zu seinem Großvater bringen.«
»Du willst mir sagen, daß du schwanger bist, oder?«
»Nein, darum geht es nicht. Das habe ich selbst in der Hand, und ich werde nicht schwanger werden, bis ich weiß, daß das Kind von allen gewollt wird.«
»Dann wirst du vielleicht lange warten müssen«, sagte er. Doch da sah sie auch in seinen Augen Tränen.
»Dad«, hauchte sie, und es war schwer zu sagen, wer zuerst auf den anderen zukam, bis sie sich in den Armen lagen und an der Schulter des anderen ihre Tränen vergossen.

Brigid und Fiona gingen ins Kino.
»Warst du schon mit ihm im Bett?«
»Nein, aber es hat keine Eile. Es läuft alles nach Plan«, antwortete Fiona.
»Muß ein Sieben-Jahres-Plan sein«, brummelte Brigid.
»Nein, glaub mir, ich weiß, was ich tue.«
»Schön, daß wenigstens noch einer weiß, was er tut«, meinte Brigid. »Dad und Grania machen jetzt einen auf gefühlsduselig. Sie sitzt bei ihm in seinem Zimmer und redet mit ihm, als wäre zwischen ihnen nie ein böses Wort gefallen.«
»Findest du das nicht gut?«
»Doch, natürlich ist es gut. Aber andererseits ist es mir ein Rätsel«, meinte Brigid.
»Und was sagt deine Mutter dazu?«
»Nichts, und das ist mir auch ein Rätsel. Ich habe immer gedacht, wir seien die langweiligste und gewöhnlichste Familie in der ganzen zivilisierten Welt. Jetzt habe ich das Gefühl, in einem Irrenhaus zu leben.«

Brigid haßte Dinge, die sie nicht durchschaute und die ihr Kopfzerbrechen bereiteten. Sie klang ziemlich verdrießlich.

Der Kochunterricht erwies sich als sehr erfolgreich. Manchmal war auch Barrys Vater da, ein großer, dunkler Mann mit wachsamem Blick. Er wirkte wesentlich jünger als seine Frau, aber ihn plagten ja auch nicht so viele Sorgen. Er arbeitete für eine große Gärtnerei, die Restaurants und Hotels in der Stadt mit Blumen und Gemüse belieferte. Fiona begegnete er zwar freundlich, aber nicht besonders interessiert. Er stellte ihr keine neugierigen Fragen und vermittelte den Eindruck, als wäre er nur auf der Durchreise und gehörte gar nicht zur Familie.
Ab und zu kam Barry gleich nach seinem Italienischkurs heim und ließ sich die Speisen schmecken, die sie zusammen gekocht hatten. Aber Fiona meinte, er müsse sich deshalb nicht abhetzen. Bestimmt würde er nach dem Kurs noch gern ein wenig mit den anderen plaudern. Sie könne ebensogut mit dem Bus nach Hause fahren. Schließlich sähen sie sich an anderen Abenden ja oft genug.
Stück für Stück erfuhr sie die Geschichte vom untreuen Ehemann. Anfangs wollte sie nichts davon hören. »Bitte, Mrs. Healy, erzählen Sie mir das nicht alles. Wenn Sie und Mr. Healy sich wieder vertragen, werden Sie es bereuen.«
»Nein, ich werde nichts bereuen, denn du bist meine Freundin. Das mußt du viel feiner schneiden, Fiona, sonst haben wir nachher diese dicken Brocken im Essen. Nein, du mußt mir zuhören. Du mußt wissen, was für ein Mensch Barrys Vater ist.«
Bis vor zwei Jahren sei alles in Ordnung gewesen. Na ja, mehr oder weniger jedenfalls. Seine Arbeitszeiten waren immer schon problematisch gewesen, aber sie hatte sich damit arrangiert. Manchmal begann seine Tour morgens um halb fünf, ein andermal mußte er bis spät nachts arbeiten. Aber dafür hatte er auch viel Freizeit, oft mehrere Stunden mitten am Tag. Sie konnte sich erinnern, wie sie manchmal zur Nachmittagsvorstellung ins Kino gegangen waren, danach hatten sie Tee getrunken und Rosinen-

brötchen gegessen. Alle anderen Frauen ringsum hatten sie beneidet, denn keine von ihnen konnte tagsüber mit ihrem Mann ins Kino gehen. Und damals hatte er nie gewollt, daß sie arbeiten ging. Er hatte gemeint, er bringe genug Geld für sie beide und den Jungen heim. Sie solle lieber für ein hübsches Zuhause sorgen, kochen und für ihn dasein, wenn er frei hatte. Und so hatte es sich ganz gut aushalten lassen.

Doch vor zwei Jahren war alles anders geworden. Ganz offensichtlich hatte er eine andere Frau kennengelernt und ein Verhältnis mit ihr angefangen.

»Woher wollen Sie das so genau wissen, Mrs Healy?« fragte Fiona, während sie die Rosinen und Sultaninen für den englischen Kuchen abwog. »Vielleicht ist er ja auch seltener zu Hause, weil er mehr arbeiten muß.«

»Ich habe mich bei seiner Firma erkundigt, er arbeitet achtundzwanzig Stunden in der Woche. Aber er ist fast die doppelte Zeit weg. Außerdem ist er ins Gästezimmer gezogen.«

»Und wenn es wirklich jemanden gibt, wer könnte es sein?« Fiona senkte die Stimme zu einem Flüstern.

»Ich weiß es nicht, aber ich werde es herausfinden.«

»Meinen Sie, es ist jemand von der Arbeit?«

»Nein, die kenne ich alle. Da kommt wahrscheinlich keine in Frage. Aber wahrscheinlich ist es jemand, den er über die Arbeit kennengelernt hat.«

Es war sehr bedrückend, mit anhören zu müssen, wie sie ihr ganzes Elend ausbreitete. Und Barry zufolge bildete sie sich das alles ja nur ein.

»Redet sie eigentlich mit dir darüber?« fragte Barry Fiona.

Fiona hatte irgendwie das Gefühl, daß es indiskret gewesen wäre, ihm davon zu erzählen … von diesen Unterhaltungen zwischen mehlbestäubten Anrichten und blubbernden Kasserollen, bei einer Tasse Kaffee nach dem Kochen, wenn Fiona auf dem Sofa saß und der große, halb blinde Cascarino schnurrend auf ihrem Schoß lag.

»Hin und wieder eine Andeutung, aber nichts Genaues«, log sie.

Für Nessa Healy war Fiona eine Freundin, und Freunde mußten manchmal auch verschwiegen sein.
Barry und Fiona trafen sich recht oft. Sie gingen zusammen zu Fußballspielen oder ins Kino, und als das Wetter besser wurde, fuhren sie mit dem Motorrad nach Wicklow oder Kildare und sahen Gegenden, wo Fiona noch nie gewesen war.
Er hatte sie noch nicht gefragt, ob sie bei der Romreise, der *viaggio*, wie sie es immer nannten, mitfahren wollte. Allerdings hoffte Fiona, daß er es bald einmal tun würde, und hatte vorsorglich schon einen Reisepaß beantragt.
Manchmal gingen sie zu viert aus, mit Suzi und Luigi, die sie zu ihrer Hochzeit Mitte Juni in Dublin eingeladen hatten. Zum Glück, sagte Suzi, seien sie wieder davon abgekommen, in Rom zu heiraten. Ihre Eltern seien dagegen gewesen, ebenso Luigis Eltern; und all ihre Freunde, die nicht in diesem Italienischkurs saßen, hatten es für eine Schnapsidee gehalten. Nun würden sie statt dessen ihre Flitterwochen in Rom verbringen.
»Lernst du auch Italienisch?« erkundigte sich Fiona.
»Nein. Wenn sie mit mir reden wollen, müssen sie es schon in meiner Sprache tun«, erwiderte Suzi. Dieses attraktive Mädchen strotzte vor Selbstbewußtsein; wenn sie zum Nordpol gefahren wäre, hätte sie sogar von den Eskimos erwartet, daß sie ihre Sprache erlernten.
Der Italienischkurs plante eine große Party, mit deren Erlös die Romreise finanziert werden sollte. Für die Speisen sollten die dreißig Teilnehmer selbst sorgen, die Getränke hingegen wurden von verschiedenen Kneipen und dem Supermarkt spendiert. Jemand kannte eine Musikgruppe, die kostenlos spielen würde, wenn dafür ihr Foto in der Zeitung erschien. Es war so kalkuliert, daß jeder Kursteilnehmer mindestens fünf Gäste mitbringen sollte, die pro Kopf fünf Pfund Eintritt bezahlen würden. Dadurch käme ein Betrag von 750 Pfund für die *viaggio* zusammen. Außerdem würde es eine große Tombola mit tollen Preisen geben, die noch einmal mindestens 150 Pfund einbrachte. Und das Reisebüro konnte ihnen ständig noch günstigere Konditionen anbieten.

In Rom war bereits eine *pensione* für sie gebucht. Auf dem Programm stand auch ein Ausflug nach Florenz, wo sie in einer Herberge übernachten würden, ehe es über Siena zurück nach Rom ginge.
Barry trommelte seine fünf Partygäste zusammen.
»Ich hätte gern, daß du kommst, Dad«, meinte er. »Es bedeutet mir sehr viel, und Mam und ich sind ja auch immer zu deinen Betriebsausflügen mitgegangen.«
»Ich bin mir nicht sicher, ob ich mich freimachen kann, mein Junge. Wenn es geht, dann werde ich dasein, aber mehr kann ich dir nicht versprechen.«
Außerdem hatte Barry Zusagen von Fiona, seiner Mutter, einem Arbeitskollegen und einem Nachbarn. Fiona wollte auch ihre Freundinnen Grania und Brigid fragen, doch die beiden gingen bereits mit ihrem Vater hin. Und Suzi würde mit Luigi kommen. Bestimmt würde es ein wundervoller Abend werden.
Barrys Mutter gab Fiona weiterhin Kochunterricht. Für die Party wollten sie ein ganz exotisches Dessert zubereiten: nämlich *cannoli*, fritierte Teigtaschen mit einer Füllung aus Früchten, Nüssen und Ricotta.
»Seid ihr sicher, daß das nicht eine Nudelsorte ist?« fragte Barry zweifelnd.
Nein, versicherten ihm die Frauen, das seien *cannelloni.* Als er noch immer nicht überzeugt war, sagten sie ihm, er solle sich doch bei der Signora erkundigen. Und die Signora meinte, *cannoli alla siciliana* sei eines der leckersten Gerichte auf der ganzen Welt, und ihr laufe schon beim Gedanken daran das Wasser im Mund zusammen.
Während sie zusammen kochten, faßten Fiona und Nessa Healy immer mehr Vertrauen zueinander. Fiona offenbarte ihr, sie habe Barry wirklich sehr gern, er sei ein hochherziger und freundlicher Mensch. Aber sie wolle ihn nicht drängen, weil sie glaube, daß er noch nicht bereit sei für ein gesetzteres Leben und einen eigenen Hausstand.
Und Barrys Mutter erzählte Fiona, sie habe die Hoffnung bei

ihrem Mann noch nicht aufgegeben. Vor einer Weile habe sie sich beinahe damit abfinden können, daß er sie nicht mehr liebte, und sie hätte ihn zu seiner Geliebten oder wem auch immer gehen lassen können. Aber jetzt nicht mehr.

»Wie ist das gekommen?« wollte Fiona wissen.

»Als ich damals im Krankenhaus war und eine ziemliche Dummheit begangen habe, da hat er mir Blumen gebracht. Das macht ein Mann nur, wenn ihm etwas an einem liegt. Er brachte einen Strauß Freesien, den er für mich abgegeben hat. Auch wenn er noch so große Töne spuckt und sagt, er wolle sich nicht unter Druck setzen lassen – er macht sich etwas aus mir, Fiona. Das gibt mir Halt.«

Und Fiona saß mit mehlbestäubten Händen da und verfluchte sich für ihre Dummheit. Sie wußte, wenn sie aussprechen wollte, was ihr auf dem Herzen lag, mußte sie es jetzt tun.

Als sie jedoch in Nessa Healys Gesicht blickte, das so voller Leben und Hoffnung war, wurde ihr klar, daß das nicht ging. Wie sollte sie dieser Frau sagen, daß ausgerechnet sie, ein Mädchen, das in der Krankenhaus-Cafeteria bediente, ihr diese verdammten Freesien geschickt hatte? Zumal Fiona offiziell gar nichts von dem Selbstmordversuch wußte, denn Barrys Mutter hatte ihr gegenüber nie etwas davon erwähnt. Was immer Fiona unternehmen würde, um den von ihr angerichteten Schaden wiedergutzumachen, sie durfte dieser Frau nicht ihre Hoffnung und ihren Lebensmut rauben. Sie würde einen anderen Weg finden.

Es mußte doch irgendeine andere Möglichkeit geben, dachte Fiona verzweifelt, während die Tage vergingen und die Frau, die vielleicht einmal ihre Schwiegermutter sein würde, ihr erzählte, wer Blumen schenke, dessen Liebe könne nicht völlig erloschen sein.

Suzi hätte bestimmt einen Ausweg gewußt, aber Fiona würde sich ihr nicht anvertrauen, nie im Leben. Womöglich erzählte Suzi es Luigi, und der würde es seinem alten Kumpel Bartolomeo sagen, wie er Barry nach wie vor nannte.

Von Brigid und Grania Dunne war in so einer Situation nichts zu erwarten. Sie würden nur sagen, Fiona falle in ihre alten Gewohnheiten zurück und lasse sich wegen nichts und wieder nichts »kopfscheu« machen. Diesen Ausdruck hatte immer eine Lehrerin in der Schule benutzt. Die Aufgabe ist nicht so schwer, Mädchen, laßt euch nicht kopfscheu machen, pflegte sie zu sagen, und jedesmal hatten sie sich das Lachen verkneifen müssen. Aber später meinten Brigid und Grania, der Ausdruck »kopfscheu« treffe haargenau auf Fionas Zustand zu, wenn sie so verwirrt und durcheinander sei. Wie verwirrt und durcheinander sie jedoch diesmal war, konnte sie ihnen nicht sagen, weil sie entgegnen würden, daran sei sie wirklich selbst schuld. Womit sie zweifellos recht hatten.

»Magst du mich, Fiona?« fragte Mrs. Healy, als sie ihren Zitronen-Baiser-Kuchen vollendet hatten.
»Ja, sehr«, erwiderte Fiona eifrig.
»Und du würdest immer ehrlich zu mir sein, nicht wahr?«
»Hm, ja.« Fionas Stimme war nur mehr ein Piepsen. Jetzt nahm das Schicksal seinen Lauf. Irgendwie waren sie darauf gekommen, daß die Blumen von ihr stammten. Vielleicht war es ja auch besser so.
»Meinst du, ich sollte eine Farbberatung machen lassen?« fragte Mrs. Healy.
»Eine was?«
»Eine Farbberatung. Da läßt man sich beraten, welche Farbtöne zu einem passen, in welchen man gut oder schlecht aussieht. Anscheinend ist das eine richtige Wissenschaft.«
Fiona rang um Worte. »Und wieviel kostet das?« brachte sie schließlich heraus.
»Ach, das Geld habe ich«, antwortete Mrs. Healy.
»Nun, ich kenne mich mit so was nicht aus, aber ich habe eine recht patente Freundin, die könnte ich fragen. Sie weiß bestimmt, ob sich das lohnt oder nicht.«
»Danke, Fiona«, sagte Mrs. Healy, die wohl um die Fünfundvierzig

war, aussah wie fünfundsiebzig und immer noch glaubte, daß ihr Ehemann sie liebte ... dank Fiona.

Suzi hielt es für eine glänzende Idee. »Wann gehst du hin?« wollte sie wissen.
Fiona hatte nicht den Mut zuzugeben, daß es dabei nicht um sie selbst ging. Außerdem ärgerte es sie ein bißchen, daß Suzi glaubte, sie habe so etwas nötig. Aber da sie sich in letzter Zeit so große Mühe gab, erwachsen zu werden und nicht zu zaudern, verkündete sie entschlossen, sie habe es demnächst vor.
Nessa Healy freute sich über diese Nachricht. »Weißt du, was wir noch tun sollten?« meinte sie vertrauensvoll. »Ich finde, wir sollten uns einen teuren Friseur leisten und mal was ganz Neues ausprobieren.«
Fiona sank in sich zusammen. All ihr mühsam zusammengespartes Geld für die *viaggio* – sofern sie mitfuhr – würde in diese kostspieligen Verschönerungen fließen, die sie und Barrys Mutter in Angriff nehmen wollten.
Zum Glück konnte Suzi ihr diesmal aus der Patsche helfen, weil sie eine Friseurschule kannte.
Und im Lauf der Wochen trug Mrs. Healy nicht mehr Braun, sondern packte wieder all ihre hellen Kleider aus, die sie mit hübschen Schals in dunklen Farben kombinierte. Ihr Haar war gefärbt und kurz geschnitten, so daß sie nun wie fünfzig und nicht mehr wie fünfundsiebzig aussah.
Fionas dunkles, glänzendes Haar wurde zu einem frechen Pagenkopf geschnitten, so daß es wunderbar dicht fiel, und alle machten ihr Komplimente dazu. Sie trug nun Hellrot und Gelb, und der eine oder andere Chirurg der Klinik sagte ihr schmeichelnde Dinge, die sie jetzt aber mit einem Lachen abtat, anstatt sich wie früher zu fragen, ob er sie vielleicht heiraten würde.
Und Barrys Vater verbrachte ein bißchen mehr Zeit zu Hause, wenn auch nicht sehr viel mehr. Und zu Fiona war er immer sehr liebenswürdig.
Allerdings sah es nicht danach aus, als könnte Mrs. Healy mit den

Farben und der neuen Frisur den Mann zurückgewinnen, der seit zwei Jahren ein Verhältnis hatte.

»Du bist ein Segen für meine Mutter. Sie sieht jetzt großartig aus«, meinte Barry.
»Und ich? Sehe ich nicht auch großartig aus?«
»Du hast schon immer großartig ausgesehen. Aber hör mal, du darfst ihr nie verraten, daß ich dir von dem Selbstmordversuch erzählt habe. Ich mußte ihr mehrmals hoch und heilig versprechen, es dir nicht zu sagen. Sie sagt, sie möchte nicht in deiner Achtung sinken.«
Bei diesen Worten mußte Fiona schlucken. Also konnte sie auch Barry niemals ins Vertrauen ziehen. Bestimmt gab es noch mehr Menschen, die ständig mit einer Lüge leben mußten. Sie war wahrscheinlich nicht die einzige. Dabei war es nicht einmal eine sonderlich schlimme Lüge gewesen, sie hatte nur leider diese falschen Hoffnungen geweckt.
Fiona war nicht im mindesten auf das vorbereitet, was ihr eines Abends offenbart wurde, als sie gerade Eier trennten und Eischnee für eine Baiserhaube schlugen.
»Ich habe herausgefunden, wo sie arbeitet.«
»Wer?«
»Die Frau. Dans Geliebte«, sagte Mrs. Healy mit der Genugtuung eines Detektivs nach der Erledigung seines Auftrags.
»Und wo ist es?« Waren dies etwa die ersten Anzeichen dafür, daß Barrys Mutter wieder eine Nervenkrise bekam, die zu einem erneuten Selbstmordversuch führen würde? Fiona betrachtete sie mit ängstlicher Miene.
»In einem der schicksten Restaurants von Dublin, wie es scheint. In keinem geringeren als Quentin's. Hast du schon davon gehört?«
»Ja, darüber steht oft etwas in der Zeitung«, erwiderte die arme Fiona.
»Und demnächst wird wieder was darüber drinstehen«, bemerkte die Frau finster.

Das sollte doch nicht etwa bedeuten, daß sie ins Quentin's gehen und eine Szene machen wollte, oder doch?
»Sind Sie sicher, daß sie dort arbeitet? Ich meine, woher wissen Sie das so genau, Mrs. Healy?«
»Weil ich ihm gefolgt bin«, entgegnete sie triumphierend.
»Ihm gefolgt?«
»Gestern abend fuhr er mit seinem Lieferwagen weg, wie er das mittwochs oft tut. Erst sitzt er hier und sieht fern, und kurz nach zwölf sagt er dann, er muß los zu seiner Nachtschicht. Ich weiß, daß er lügt, bei diesen Mittwochen habe ich es schon immer gewußt – da gibt es keine Nachtschichten, und außerdem macht er sich dafür immer zurecht, putzt sich die Zähne, zieht ein frisches Hemd an und so.«
»Aber wie konnten Sie ihn denn verfolgen, Mrs. Healy? Er hat doch den Lieferwagen genommen, oder nicht?«
»Ja, aber ich hatte ein Taxi kommen lassen, das mit ausgeschaltetem Licht wartete. Und schon waren wir ihm auf den Fersen.«
»Das Taxi hat die ganze Zeit gewartet, bis er irgendwann aufgebrochen ist?« Diese irrsinnige Geldverschwendung verblüffte Fiona mehr als alles andere.
»Nein, ich wußte, daß es gegen Mitternacht sein würde, deshalb habe ich das Taxi zur Sicherheit eine Viertelstunde früher herbestellt. Dann bin ich eingestiegen und ihm nachgefahren.«
»Lieber Gott, Mrs. Healy, was mag sich bloß der Taxifahrer dabei gedacht haben?«
»Er wird daran gedacht haben, daß sich auf seinem Taxameter ein hübsches Sümmchen zusammenläppert, sonst nichts.«
»Und was ist dann passiert?«
»Nun, Dan fuhr eine Weile und bog schließlich in die Gasse hinter dem Quentin's ein.« Sie hielt inne. Eigentlich wirkte sie ganz ruhig. Fiona hatte Mrs. Healy oft viel angespannter und aufgewühlter als jetzt erlebt. Was hatte sie wohl bei ihrer ungewöhnlichen Aktion herausgefunden?
»Und dann?«
»Tja, dann warteten wir, also mein Mann, der Taxifahrer und ich.

Und da kam eine Frau heraus. Ich konnte sie nicht richtig sehen, es war zu dunkel. Ohne zu zögern, stieg sie in den Lieferwagen ein, als wüßte sie, daß er auf sie wartete. Dann sind sie so schnell davongebraust, daß wir sie verloren haben.«

Fiona war sehr erleichtert, doch Mrs. Healy dachte praktisch. »Nächsten Mittwoch werden sie uns nicht entwischen«, sagte sie entschlossen.

Erfolglos versuchte Fiona, ihr diese zweite Tour auszureden. »Überlegen Sie doch mal, was Sie das kostet. Für das Taxigeld könnten Sie sich einen hübschen neuen Karorock kaufen.«

»Es ist mein Haushaltsgeld, Fiona. Und was ich davon gespart habe, kann ich nach Lust und Laune ausgeben.«

»Aber angenommen, er sieht Sie?«

»Ich tue schließlich nichts Verbotenes, ich fahre nur mit einem Taxi herum.«

»Was hätten Sie denn eigentlich davon, wenn Sie die Frau sehen? Macht es irgendeinen Unterschied?«

»Dann weiß ich, was für eine das ist, diese Frau, die er zu lieben glaubt.« Sie war offenbar felsenfest überzeugt davon, daß Dan Healy sich nur einbildete, eine andere zu lieben. Fiona fröstelte.

»Arbeitet deine Mutter nicht im Quentin's?« fragte Fiona Brigid.

»Ja, warum?«

»Kennt sie das Personal, das abends dort arbeitet, die Kellnerinnen, die jüngeren Frauen?«

»Ich denke schon, sie ist ja schon lange genug dort. Wieso?«

»Wenn ich dir einen Namen nennen würde, könntest du sie dann über die betreffende Person ausfragen, ohne ihr zu sagen, worum es geht?«

»Schon möglich, warum?«

»Du fragst ständig nur ›warum?‹«

»Ich tue nichts, wenn ich nicht den Grund dafür weiß«, meinte Brigid.

»Okay, dann vergiß es«, erwiderte Fiona mit Entschiedenheit.

»Nein, ich habe ja nicht gesagt, daß ich es nicht tue.«

»Vergiß es. Vergiß es.«

»Na gut, ich horche sie aus. Geht es um deinen Barry? Ist es das? Denkst du, er hat eine andere, die im Quentin's arbeitet?« Brigid war jetzt richtig neugierig geworden.

»Nicht direkt.«

»Nun, ich kann sie natürlich fragen.«

»Nein, du stellst mir zu viele Fragen. Lassen wir es sein, du würdest nur alles verraten.«

»Ach, komm schon, Fiona. Wir sind doch schon seit ewigen Zeiten Freundinnen. Du deckst uns, wir decken dich. Ich werde das herausfinden. Sag mir einfach den Namen, und ich frage ganz beiläufig und unauffällig meine Mum danach.«

»Mal sehen.«

»Wie heißt sie denn?« erkundigte sich Brigid.

»Ich weiß es noch nicht, aber ich werde es bald wissen«, antwortete Fiona.

»Wie könnten wir denn ihren Namen herausbringen?« fragte Fiona Mrs. Healy.

»Ich weiß nicht. Ich glaube, wir müßten die beiden nur einander gegenüberstellen.«

»Nein, ich meine, wir hätten einen Vorteil, wenn wir ihren Namen wüßten. Dann könnten wir uns die Gegenüberstellung vielleicht sparen.«

»Mir ist nicht klar, wie wir das anstellen könnten.« Nessa Healy war verwirrt. Schweigend saßen sie da und überlegten.

»Angenommen«, meinte Fiona, »Sie würden Dan sagen, jemand vom Quentin's habe angerufen und gesagt, er solle zurückrufen. Es sei eine Frau gewesen, aber sie habe keinen Namen genannt, sondern gesagt, er wüßte schon, um wen es geht. Dann könnten wir ihn belauschen, wenn er nach ihrem Namen fragt.«

»Fiona, du hast deinen Beruf verfehlt«, staunte Barrys Mutter. »Du hättest Privatdetektivin werden sollen.«

Noch am selben Abend setzten sie ihren Plan in die Tat um. Nachdem Dan zu Hause begrüßt worden war und ein Häppchen

Erdnußkrokant probiert hatte, erwähnte seine Frau ganz nebenbei, als hätte sie es fast vergessen, den Anruf aus dem Quentin's. Er ging zum Telefonieren in den Flur, Fiona stellte den elektrischen Mixer auf höchste Stufe, und Barrys Mutter schlich zur Tür und lauschte.
Als er in die Küche zurückkehrte, waren die beiden Frauen schon wieder mit Töpfen und Zutaten zugange. »Bist du sicher, daß es das Quentin's war?«
»Ja, das hat sie gesagt.«
»Dort habe ich gerade angerufen, und sie haben gesagt, sie wüßten von nichts.«
Seine Frau gab ihm mit einem Achselzucken zu verstehen, daß das schließlich nicht ihre Angelegenheit sei. Er wirkte beunruhigt und ging bald darauf nach oben.
»Haben Sie ihn einen Namen sagen hören?« wollte Fiona wissen.
Mrs. Healy nickte mit glänzenden, fiebrigen Augen. »Ja, jetzt wissen wir, wie sie heißt. Er hat mit ihr geredet.«
»Und, wie heißt sie?« Fiona war so aufgeregt, daß sie kaum atmen konnte.
»Nun, es muß jemand abgehoben haben, und dann hat er gesagt: ›Herrgott, Nell, warum rufst du mich zu Hause an?‹ Das hat er gesagt. Sie heißt Nell.«
»WAS?«
»Nell. Diese kleine Schlampe, dieses egoistische, gedankenlose Flittchen! Na, die braucht sich nicht einbilden, daß er sie liebt. Er hat sie gerade ziemlich heruntergeputzt.«
»Aha«, meinte Fiona.
»Jetzt kennen wir also ihren Namen, und das gibt uns Macht über sie«, sagte Nessa Healy.
Fiona schwieg.
Nell hieß die Mutter von Grania und Brigid. Nell Dunne arbeitete als Kassiererin im Quentin's und nahm die Anrufe entgegen.
Barrys Vater hatte ein Verhältnis mit der Mutter ihrer Freundinnen. Es war kein junges, vergnügungssüchtiges Mädchen, wie sie geglaubt hatten, sondern eine Frau im Alter von Nessa Healy. Eine

Frau mit einem Mann und zwei erwachsenen Töchtern. Fiona fragte sich, wieviel komplizierter das alles noch werden konnte.

»Fiona? Hier ist Brigid.«
»Oh, hallo. Hör mal, es wird hier gar nicht gern gesehen, wenn ich während der Arbeit Anrufe bekomme.«
»Wenn du einen anständigen Abschluß gemacht und dich um einen ordentlichen Job gekümmert hättest, könnte man dich auch in der Arbeit anrufen«, beschwerte sich Brigid.
»Tja nun, so ist es eben. Was gibt's, Brigid? Hier warten eine Menge Leute, die bedient werden wollen.« Tatsächlich wartete niemand, aber sie hatte jetzt ein ungutes Gefühl, wenn sie mit ihrer Freundin redete, nachdem sie dieses furchtbare Geheimnis über deren Familie erfahren hatte.
»Diese Tussi, die im Quentin's arbeitet und von der du glaubst, daß Barry was mit ihr hat … du wolltest mir doch ihren Namen sagen, damit ich meine Mutter über sie aushorchen kann.«
»Nein!« Fiona kreischte förmlich auf.
»He, du hast mich doch darum gebeten.«
»Ich hab's mir anders überlegt.«
»Na, aber wenn er was nebenbei laufen hat, dann solltest du das doch wissen. Es ist dein gutes Recht.«
»Ja, meinst du, Brigid?« Fiona wußte, daß sie sehr angespannt klang.
»Na klar. Wenn er dir sagt, er liebt dich, und ihr sagt er das gleiche, Himmel, dann …«
»Aber weißt du, ganz so ist es nicht.«
»Hat er dir etwa nicht gesagt, daß er dich liebt?«
»Doch, aber … ach, was soll's!«
»Fiona?«
»Ja?«
»Du drehst allmählich wirklich durch. Laß dir das gesagt sein.«
»Ja, Brigid«, erwiderte Fiona und war zum erstenmal froh darüber, daß man sie sowieso schon immer für kopfscheu gehalten hatte.

»Was würde Ihnen mehr ausmachen – wenn sie jung ist oder alt?« fragte Fiona Barrys Mutter.
»Nell? Sie muß jung sein, sonst hätte er nichts mit ihr angefangen.«
»Ach, was in den Männern so vorgeht, weiß niemand, das sagen alle. Sie könnte ebensogut uralt sein.«
Nessa Healy wirkte heiter und gelassen.
»Wenn er sich auf so ein Techtelmechtel einläßt, dann nur, weil sich ihm ein junges Mädchen an den Hals geworfen hat. Die Männer mögen es, wenn sie umschmeichelt werden. Aber er liebt mich, das war mir immer klar. Bei meinem unvermeidlichen Krankenhausaufenthalt, von dem ich dir erzählt habe, kam er herein, als ich schlief, und ließ mir die Blumen da. Das gibt mir Halt.«
Barry kam ganz aufgeregt nach Hause. Für die Party am Freitag gebe es dermaßen viele Zusagen, es sei unglaublich. Es würde phantastisch werden. *Magnifico.* Mr. Dunne hatte gesagt, er würde ankündigen, daß nach diesem durchschlagenden Erfolg nächstes Jahr ein komplettes Erwachsenenbildungsprogramm angeboten werden könne.
»Mr. Dunne?« fragte Fiona mit heiserer Stimme.
»Er war es, der den Kurs ins Leben gerufen hat. Er und die Signora sind dicke Freunde. Hast du mir nicht erzählt, daß du seine Töchter kennst?«
»Ja«, antwortete sie tonlos.
»Er ist begeistert, wie das alles läuft. Das wirft auch ein gutes Licht auf ihn.«
»Und er wird auch dort sein?«
»He, Fiona, bist du nicht ganz da? Du hast mir doch selbst gesagt, daß wir seinen Töchtern keine Eintrittskarten verkaufen können, weil sie schon mit ihrem Vater hingehen.«
»Habe ich das gesagt?« Wahrscheinlich schon, aber es war lange her – bevor sie all das erfahren hatte.
»Meinst du, seine Frau kommt auch?« fragte sie.
»Nun, ich denke schon. Jeder, der einen Ehepartner und Vater

und Mutter hat, ganz zu schweigen von einer lieben Freundin … nun, der sorgt dafür, daß sie mitkommen.«
»Und dein Vater kommt auch?« erkundigte sich Fiona.
»Nach dem, was er heute gesagt hat, ja«, antwortete Bartolomeo, der Italienischkundige, glücklich und zufrieden über die gute Mannschaft, die er zusammengestellt hatte.

Mit froher Erwartung sahen alle der *festa* am Mountainview entgegen.
Die Signora hatte sich ein neues Kleid kaufen wollen, aber im letzten Moment entschied sie sich, das Geld für eine bunte Lichterkette in der Schulhalle auszugeben.
»Ach, kommen Sie, Signora«, meinte Suzi Sullivan. »Ich habe ein tolles Kleid im Second-Hand-Laden für Sie ausgesucht. Das übliche Licht in der Schule wird es auch tun.«
»Ich will, daß der Abend allen in unvergeßlicher Erinnerung bleibt. Mit hübschen Lichterketten wird es noch viel romantischer aussehen … Wen interessiert es schon, wenn ich vierzig Pfund für ein Kleid ausgebe? Das merkt sowieso keiner.«
»Und wenn ich für die Beleuchtung sorge, kaufen Sie sich dann das Kleid?« meinte Suzi.
»Soll das etwa heißen, daß Luigi …?« Die Signora schien von diesem Vorschlag nicht sehr angetan zu sein.
»Nein, ich schwöre Ihnen, ich lasse nicht zu, daß er nochmals auf die schiefe Bahn gerät. Es hat mich genug Zeit gekostet, ihn davon abzubringen. Nein, ich kenne jemanden aus der Elektrobranche, einen Mann namens Jacko. Als ich einen Elektriker brauchte, der mir die elektrischen Leitungen in der Wohnung neu verlegt, hat Lou im Italienischkurs herumgefragt, und Laddy kannte da einen Burschen, den sie für das Hotel, wo er arbeitet, engagiert hatten. Der weiß bestimmt, was wir brauchen. Soll ich ihn zu Ihnen schicken?«
»Nun, Suzi …«
»Und wenn er günstig ist, wovon ich ausgehe, kaufen Sie sich dann das Kleid?« Anscheinend war Suzi viel daran gelegen.

»Natürlich, Suzi«, sagte die Signora und fragte sich, warum die Leute nur so großen Wert auf Kleider legten.

Jacko kam vorbei, um die Schulhalle in Augenschein zu nehmen. »Das haben sie ja hingeklotzt wie eine Scheune«, bemerkte er.

»Ich weiß, aber ich dachte, wenn man drei oder vier Reihen bunter Lampen hätte, Sie wissen schon, so ähnlich wie Weihnachtslichterketten ...«

»Das würde ziemlich dürftig aussehen«, sagte Jacko.

»Nun, wir haben nicht genug Geld, um uns etwas Besseres zu leisten.« Die Signora schaute betrübt.

»Wer hat denn was von Kaufen gesagt? Ich werde hier schon für eine ordentliche Beleuchtung sorgen. Ich bringe eine komplette Lichtanlage mit, daß es aussieht wie in einer Disco. Das Ganze baue ich für einen Abend auf, danach nehme ich alles wieder mit.«

»Aber das geht doch nicht, es würde ein Vermögen kosten. Und es müßte jemand da sein, der die Anlage bedient.«

»Ich werde hier sein und mich darum kümmern, daß nichts durchbrennt. Und es ist ja nur für einen Abend, dafür berechne ich Ihnen nichts.«

»Aber das können wir doch nicht von Ihnen verlangen.«

»Ein schönes großes Werbeschild für meine Elektrofirma genügt«, meinte Jacko und grinste über beide Ohren.

»Darf ich Ihnen zwei Eintrittskarten geben, falls Sie jemanden mitbringen wollen?« Die Signora bemühte sich sehr, ihm seine Freundlichkeit zu vergelten.

»Nein, ich bin momentan solo, Signora«, meinte er mit einem schiefen Lächeln. »Aber man kann ja nie wissen, wen man auf so einer Party alles kennenlernt. Mit der Beleuchtung werde ich nicht den ganzen Abend beschäftigt sein.«

Bill Burke und Lizzie Duffy mußten zusammen zehn Leute auftreiben, und Bill konnte in der Bank kaum Eintrittskarten verkaufen, weil Grania Dunne ihm zuvorgekommen war. Zufälligerweise würde aber Lizzies Mutter an diesem Abend in Dublin sein.
»Meinst du, wir sollen es wagen?« fragte Bill. Bei Mrs. Duffy war man vor Überraschungen nie gefeit.
Lizzie dachte gründlich darüber nach. »Was könnte sie schlimmstenfalls anstellen?« überlegte sie.
Bill ließ sich mit seiner Antwort Zeit. »Sie könnte zuviel trinken und dann mit der Band mitgrölen«, mutmaßte er.
»Nein, wenn sie betrunken ist, erzählt sie jedem, was für ein mieser Typ mein Vater ist.«
»Die Musik wird ziemlich laut sein, da hört sie keiner. Also komm, fragen wir sie«, sagte Bill.

Constanza hätte sämtliche Eintrittskarten kaufen können, ohne daß es ihr auf ihrem Kontoauszug auch nur aufgefallen wäre. Doch darum ging es nicht. Sie mußte Leute mitbringen, das war das Entscheidende.
Natürlich würde Veronica kommen, zusammen mit einer Freundin aus der Arbeit. Töchter waren einfach wunderbar. Etwas zaghafter erkundigte sie sich bei ihrem Sohn Richard, ob er mit seiner Freundin hingehen wolle, und bekam wider Erwarten eine freudige Zusage. Seit der Gerichtsverhandlung und dem Urteil waren ihr die Kinder eine große Stütze. Harry verbüßte derzeit eine minimale Freiheitsstrafe, wie sie es vorhergesagt hatte. Jede Woche erhielt sie in ihrer kleinen Wohnung am Meer Anrufe und Besuche von ihren vier Kindern. Offenbar hatte sie richtig gehandelt.
Richard rief sie ein paar Tage später an. »Du wirst es nicht glauben, aber mein Chef, Mr. Malone, kommt auch zu deiner italienischen *festa* am Mountainview! Gerade eben hat er mit mir darüber gesprochen.«
»Die Welt ist wirklich klein«, erwiderte Connie. »Dann lade ich

vielleicht auch seinen Schwiegervater dazu ein. Kommt Paul mit seiner Frau?«
»Ich nehme es an«, sagte Richard. »Das ist doch bei älteren Leuten so üblich.« Connie fragte sich verwundert, wer aus ihrem Italienischkurs denn Paul Malone eingeladen haben konnte.

Gus und Maggie meinten, sie würden selbstverständlich zur *festa* kommen, nichts und niemand könne sie davon abhalten. Sie würden auch ihren Freund, den Inhaber der Imbißbude, fragen, ob er mitgehen wolle, als Dank für seine Dienste als Dolmetscher. Außerdem wollten sie für die Tombola mehrere kostenlose Abendessen im Hotel stiften, Wein inklusive.

Jerry Sullivan wollte vor der Signora wissen, ab welchem Alter man das Fest besuchen durfte.
»Ab sechzehn, Jerry. Das habe ich dir doch schon gesagt«, antwortete die Signora. Sie wußte, daß die Schüler außerordentlich interessiert waren an dieser Party, die mit Disco-Beleuchtung und richtigem Alkohol in der Aula ihrer Schule stattfinden würde.
Mr. O'Brien, der Direktor, hatte sogar den älteren Schülern nachdrücklich abgeraten, hinzugehen. »Verbringt ihr nicht schon genug Zeit hier auf dem Schulgelände?« hatte er gesagt. »Warum geht ihr nicht in eure verqualmten Keller und laßt euch die Ohren zudröhnen wie sonst auch immer?«
In letzter Zeit war Tony O'Brien unausstehlich. Um Grania Dunne, der Frau seines Lebens, einen Gefallen zu tun, hatte er das Rauchen aufgegeben, und das bekam ihm überhaupt nicht. Aber Grania hatte für ihn ein Wunder vollbracht, und da war es nur fair, wenn er dafür das Rauchen seinließ. Sie hatte ihren Vater besucht und ihn für sich und Tony gewinnen können.
Wie sie das fertiggebracht hatte, war Tony ein Rätsel, aber am nächsten Tag war Aidan Dunne in sein Büro gekommen und hatte ihm die Hand zur Versöhnung gereicht.
»Ich habe mich aufgeführt wie ein Vater in einem viktorianischen

Melodram«, hatte er gesagt. »Meine Tochter ist alt genug, um zu wissen, was gut für sie ist. Und wenn Sie sie glücklich machen, gibt es nichts daran auszusetzen.«

Tony wäre vor Schreck fast vom Stuhl gefallen. »Ich habe ein ziemlich ausschweifendes Leben geführt, Aidan, und das wissen Sie. Aber ich sage Ihnen ganz ehrlich, Grania war für mich der Wendepunkt. Ihre Tochter macht mich glücklich, ich fühle mich wieder jung und bin voller Zuversicht. Ich werde sie niemals enttäuschen. Das müssen Sie mir wirklich glauben.«

Und sie hatten einander so heftig die Hand geschüttelt, daß ihnen beiden noch Tage später der Arm weh tat.

Dadurch wurde alles einfacher, in der Schule wie auch zu Hause. Grania hatte die Pille abgesetzt. Tony wußte, daß Aidan diese Geste nicht leichtgefallen war. Ein seltsamer Mensch, dachte Tony ... hätte er Aidan nicht besser gekannt, hätte er geglaubt, daß der Lateinlehrer tatsächlich etwas mit der Signora hatte. Aber das war völlig ausgeschlossen.

Brenda und Patrick Brennan, die Freunde der Signora, würden beide zur Party gehen. Was habe man von all seinem Erfolg, meinten sie, wenn man die Arbeit nicht delegieren könne? Schließlich hatten sie einen zweiten Küchenchef und einen Oberkellner. Und wenn das Quentin's nicht einen Abend ohne sie auskam, dann stimmte sowieso etwas nicht. Die Kassiererin Nell Dunne würde natürlich auch zum Fest gehen, also mußte diesmal wirklich die Reservemannschaft ran, sagten sie lachend.

»Ich weiß gar nicht, warum wir eigentlich so dumm sind und dorthin gehen«, meinte Nell Dunne.

»Natürlich aus Solidarität, zur Unterstützung, aus welchem Grund sonst?« erwiderte Ms. Brennan und warf Nell einen sonderbaren Blick zu.

Wie so oft hatte Nell das Gefühl, daß Ms. Brennan sie im Grunde nicht leiden konnte. Schließlich war ihre Frage doch ganz berechtigt. Elegante Leute wie die Brennans und auch sie selbst, Nell Dunne, eine durchaus bemerkenswerte Persönlichkeit in Dublin,

wenn sie mit ihrem schwarzen Kleid und dem gelben Schal hinter der Kasse im Quentin's thronte – sie alle trabten zu dieser Bruchbude von einer Schule, wo sich Aidan jahrelang und völlig umsonst abgerackert hatte.
Aber sie wünschte sich, sie hätte nichts gesagt. Irgendwie hatten die Brennans jetzt eine noch schlechtere Meinung von ihr.
Doch sie konnte ja ruhig hingehen. Dan hatte an diesem Abend keine Zeit, er mußte mit seinem Sohn irgendwohin, hatte er gesagt. Außerdem würden es ihr ihre Kinder übelnehmen, wenn sie sich nicht aufraffte.
Es würde eine todlangweilige Angelegenheit werden, wie alles, was in dieser Schule stattfand. Aber zumindest brauchte man sich dafür nicht schick herzurichten. Fünf Pfund für ein Stückchen Pizza und eine Band, die in ohrenbetäubender Lautstärke italienische Lieder schmetterte! Meine Güte, was tat man nicht alles für die Familie!

Grania und Brigid machten sich für die *festa* hübsch.
»Ich hoffe für Dad, daß alles gutgeht«, meinte Grania.
»Dad kann nichts mehr umhauen, wenn er sogar akzeptiert, daß du mit seinem Chef ins Bett gehst. Jetzt bringt ihn nichts mehr aus der Ruhe.« Brigid kämmte sich vor dem Wohnzimmerspiegel das Haar zurück.
»Ich wünschte, du würdest nicht ständig darauf herumreiten, daß ich mit ihm ins Bett gehe«, erwiderte Grania unwirsch. »Es geht nämlich um viel mehr als das.«
»Macht er in seinem Alter nicht ziemlich schnell schlapp?« kicherte Brigid.
»Wenn ich dir davon erzählen würde, würdest du vor Neid erblassen«, sagte Grania, während sie Lidschatten auftrug. Da kam ihre Mutter herein. »Hey, Mam, beeil dich, wir wollen in ein paar Minuten aufbrechen«, meinte Grania.
»Ich bin fertig.«
Sie schauten ihre Mutter an – das Haar kaum gekämmt, ungeschminkt, ein gewöhnliches Kleid, eine Strickjacke lose um die

Schultern gelegt. Es hatte keinen Zweck, etwas zu sagen. Die Schwestern tauschten einen Blick und enthielten sich jeglichen Kommentars.

»Na gut«, sagte Grania. »Dann gehen wir.«
Es war das erstemal seit dem Krankenhausaufenthalt, daß Nessa Healy ausging. Und die Farbberaterin hatte ihr einige sehr gute Tips gegeben.
Barry fand, daß seine Mutter seit Jahren nicht mehr so gut ausgesehen hatte. Zweifellos hatte Fiona einen wunderbaren Einfluß auf sie ausgeübt. Sollte er Fiona fragen, ob sie ihn bei der *viaggio* begleiten wollte? Das war ein Schritt von großer Tragweite, denn es würde beispielsweise bedeuten, daß sie sich ein Zimmer teilten. Und in dieser Hinsicht waren sie in den Wochen, seit sie sich kannten, nicht sehr weit fortgeschritten. Er wollte es zwar, aber bisher hatte sich nie eine günstige Gelegenheit ergeben, es war immer der falsche Ort oder der falsche Zeitpunkt.
Sein Vater schaute unbehaglich drein. »Was werden das denn für Leute sein, mein Sohn?«
»Alle Kursteilnehmer und diejenigen, die sie mitschleppen konnten, so wie ich dich mitschleppe. Es wird klasse, Dad, ganz bestimmt.«
»Ja, das glaube ich gern.«
»Außerdem, Dad, hat Miss Clarke gesagt, daß ich mit dem Lieferwagen vom Supermarkt hinfahren kann, auch wenn es eigentlich eine Privatfahrt ist. Wenn du oder Mam euch langweilt oder müde seid, kann ich euch jederzeit heimbringen.«
Er war so voller Vorfreude und Dankbarkeit, daß sein Vater sich beschämt fühlte. »Hat Dan Healy etwa jemals eine Party verlassen, solange es noch etwas zu trinken gab?« meinte er.
»Und Fiona treffen wir erst dort?« Mrs. Healy wäre froh gewesen über die moralische Unterstützung dieses aufgeweckten jungen Mädchens, das sie mittlerweile sehr ins Herz geschlossen hatte. Fiona hatte ihr das Versprechen abgerungen, die große Konfrontation mit Nell noch zu verschieben. Eine Woche, nur eine einzige

Woche, hatte sie gebeten. Und widerstrebend hatte Nessa Healy nachgegeben.
»Ja, sie hat nachdrücklich darauf bestanden, allein hinzufahren«, antwortete Barry. »Also, machen wir uns auf den Weg?«
Und das taten sie.
Die Signora stand in der Aula.
Ehe sie vom Haus der Sullivans aufgebrochen war, hatte sie sich in dem langen Spiegel betrachtet. Tatsächlich erkannte sie die Frau kaum wieder, die vor einem Jahr nach Irland gekommen war. Damals hatte sie sich als Witwe gefühlt, die um ihren toten Mario trauerte. Sie erinnerte sich an ihr langes, wehendes Haar und den langen Rock, der ungleichmäßig fiel. Und sie war so schüchtern gewesen, hatte es kaum geschafft, sich eine Arbeit oder eine Wohnung zu suchen, und fürchtete sich vor dem Wiedersehen mit ihrer Familie.
Heute stand sie hier, groß und elegant in ihrem kaffeebraunen und lilafarbenen Kleid, das perfekt zu ihrer merkwürdigen Haarfarbe paßte. Suzi hatte gemeint, dieses Kleid könne gut und gern dreihundert Pfund gekostet haben. Unglaublich!
»Mich beachtet doch sowieso niemand«, hatte sie eingewandt, während sie sich von Suzi schminken ließ.
»Das ist Ihr großer Abend, Signora«, hatte Peggy Sullivan unbeirrt erwidert.
Und sie behielt recht. Die Signora stand in der Halle, umgeben von bunten, blinkenden Lichtern, mit Bildern und Plakaten ringsum, und die Musikanlage spielte ein Endlosband mit italienischen Liedern, bis die Live-Gruppe mit einem Tusch beginnen würde. Man hatte beschlossen, daß *Nessun dorma, Volare* und *Arrivederci Roma* mehrmals vom Band gespielt werden sollte. Nichts allzu Unbekanntes.
Aidan Dunne kam herein. »Ich weiß gar nicht, wie ich Ihnen jemals danken kann«, sagte er.
»Ich bin es, die sich bei Ihnen bedanken muß, Aidan.« Er war der einzige, dessen Name nicht italienisiert worden war. Dadurch wurde seine besondere Rolle noch unterstrichen.

»Sind Sie aufgeregt?« fragte er.
»Ein bißchen. Andererseits sind wir ja von lauter Freunden umgeben, warum sollte ich da aufgeregt sein? Alle stehen auf unserer Seite, keiner ist gegen uns.« Sie lächelte und verscheuchte den Gedanken, daß heute abend niemand von ihrer eigenen Familie kommen und ihr Unterstützung geben würde. Sie hatte sie freundlich darum gebeten, doch nicht gebettelt. Wie schön wäre es gewesen, wenn sie nur dieses eine Mal zu den anderen Leuten hätte sagen können: Das ist meine Schwester, das ist meine Mutter. Aber nein.
»Sie sehen wirklich großartig aus, Nora. Sie selbst, meine ich, nicht nur die ganze Umgebung.«
Noch nie zuvor hatte er sie Nora genannt. Doch sie hatte keine Zeit, darüber nachzudenken, weil die Gäste eintrafen. An der Tür stand eine Freundin von Constanza, eine äußerst tüchtige Frau namens Vera, und kontrollierte die Eintrittskarten.
An der Garderobe waren die junge Caterina und ihre aufgeweckte Freundin Harriet damit beschäftigt, den Gästen Garderobenzettel auszuhändigen und sie darauf hinzuweisen, daß sie diese nicht verlieren sollten. Unterdessen strömten immer mehr Leute herein und bestaunten den Raum.
Der Schuldirektor, Tony O'Brien, gab sämtliche Komplimente weiter. »Ich fürchte, damit habe ich nichts zu tun. Das ist alles Mr. Dunne, dem Leiter des Projekts, und der Signora zu verdanken.«
Die beiden standen da wie ein Brautpaar, das Glückwünsche entgegennimmt.
Als Fiona sah, wie Grania und Brigid mit ihrer Mutter hereinkamen, verschlug es ihr den Atem. Sie hatte Mrs. Dunne ja schon oft gesehen, doch an diesem Abend war sie kaum wiederzuerkennen. Die Frau sah aus wie ein völliges Wrack. Sie hatte sich wohl nicht einmal die Mühe gemacht, sich das Gesicht zu waschen.
Gut, dachte Fiona grimmig. Sie empfand ein beklemmendes Gefühl in der Brust, so als wäre ihr etwas im Hals stecken-

geblieben, etwa ein Bissen von einer sehr harten Kartoffel oder ein Stück roher Sellerie. Und sie wußte, daß es Angst war. Fiona, das graue Mäuschen mit der Brille, würde jetzt anderen Leuten kräftig ins Handwerk pfuschen. Sie würde nun einigen Leuten einen Sack voll Lügen aufbinden und ihnen einen gehörigen Schrecken einjagen. Brachte sie das fertig, oder würde sie vorher ohnmächtig zu Boden sinken und alles noch schlimmer machen?

Selbstverständlich würde sie es schaffen. Sie dachte an jenen Abend im Stadthaus zurück, als der alte Mann weggegangen war und Grania Essen vom Chinesen geholt hatte. Von da an hatte Fiona ihre ganze Persönlichkeit verändert, und war es etwa nicht zum Besten gewesen? Sie hatte Nessa Healy aus eigener Kraft dazu gebracht, sich hübsch zu machen und zu dieser Party zu gehen. So etwas schaffte keine graue Maus. Sie war schon so weit gegangen, daß sie auch diese letzte Hürde nehmen mußte. Sie mußte diese Affäre, die allen nur Leid brachte, aus der Welt schaffen. Erst wenn ihr das gelungen war, konnte sie sich wieder um ihr eigenes Leben kümmern und sich auf ihre eigene Liebesbeziehung richtig einlassen.

Fiona sah sich um und versuchte, ein zuversichtliches Lächeln aufzusetzen. Sie wollte noch ein bißchen warten, bis die Stimmung etwas gelöster war.

Doch das ging im Nu. Stimmengewirr und das Klirren von Gläsern erfüllten den Raum, und dann kam die Band. Als sie mit Sechziger-Jahre-Hits loslegte, die alle Altersgruppen ansprachen, begannen die ersten Leute zu tanzen.

Da steuerte Fiona auf Nell Dunne zu, die ganz allein und mit ärgerlicher Miene dastand. »Kennen Sie mich noch, Mrs. Dunne?«

»Ach, Fiona?« meinte sie lustlos, nachdem sie sich anscheinend nur mit Mühe auf den Namen hatte besinnen können.

»Ja, Sie waren früher immer so nett zu mir, Mrs. Dunne, das weiß ich noch.«

»Ach ja?«

»Ja, wenn ich bei Ihnen zum Tee war. Und ich will nicht, daß Sie sich zum Narren machen lassen.«

»Wieso lasse ich mich zum Narren machen?«

»Dan, der Mann da drüben.«

»WAS?« Nell blickte in die Richtung, in die Fiona deutete.

»Wissen Sie, er erzählt überall herum, was seine Frau für eine Vogelscheuche ist, daß sie ständig Selbstmordversuche begeht und er es bei ihr kaum noch aushält. Dabei hat er ein ganzes Sortiment von Frauen, und jeder erzählt er das gleiche.«

»Ich weiß nicht, wovon du sprichst.«

»Und Sie sind wahrscheinlich ... lassen Sie mich überlegen ... die Frau für Mittwoch und noch einen anderen Tag. So hat er das nämlich alles ausgetüftelt.«

Nell Dunne betrachtete die elegante, fröhlich lachende Frau an Dan Healys Seite. Das konnte nicht die Ehefrau sein, von der er gesprochen hatte. »Und wieso bildest du dir ein, du wüßtest irgendwas darüber?« fragte Nell Dunne Fiona.

»Ganz einfach«, erwiderte Fiona, »weil er auch was mit meiner Mutter hatte. Er holte sie immer mit seinem Lieferwagen von der Arbeit ab. Sie war völlig vernarrt in ihn, es war furchtbar.«

»Warum erzählst du mir das?« fragte sie mit gedämpfter Stimme, während sie mit unruhigem Blick nach links und rechts schaute.

Wie Fiona feststellte, war Mrs. Dunne ziemlich nervös. »Nun, er beliefert das Krankenhaus, wo ich arbeite, mit Gemüse und Blumen und redet dauernd von seinen Frauen, auch von Ihnen, und daß Sie ganz verrückt nach ihm sind. ›Die schicke Dame vom Quentin's‹ nennt er Sie immer. Und da wurde mir klar, daß es Brigids und Granias Mutter sein muß, so wie es früher mal meine Mutter war ... und mir wurde schlecht.«

»Ich glaube dir kein Wort. Du bist ja ein völlig übergeschnapptes Luder«, zischte Mrs. Dunne und funkelte sie aus schmalen Augen an.

Luigi tanzte wie der Teufel mit Caterina aus dem Kurs. Caterina und ihre Freundin Harriet waren mittlerweile vom Garderobendienst erlöst worden und stürzten sich nun um so eifriger ins Vergnügen.

»Entschuldige.« Fiona zog Luigi von der Tanzfläche.

»Was ist denn? Suzi stört das nicht, sie findet es gut, wenn ich tanze.« Er machte ein empörtes Gesicht.

»Tust du mir einen großen Gefallen?« bat Fiona. »Ohne irgendwelche Fragen zu stellen?«

»Na klar«, sagte Luigi.

»Könntest du zu diesem dunkelhaarigen Mann dort neben der Tür gehen und ihm sagen, wenn er sich nicht unglücklich machen will, soll er die Finger von seiner Frau für Mittwoch lassen?«

»Aber ...?«

»Du hast versprochen, keine Fragen zu stellen!«

»Ich will ja nicht den Grund wissen, ich wollte nur fragen, ob er wohl handgreiflich wird?«

»Nein. Und noch was, Luigi ...«

»Ja?«

»Zwei Dinge. Würdest du bitte von all dem weder Suzi noch Bartolomeo etwas erzählen?«

»Geht in Ordnung.«

»Und könntest du vielleicht versuchen, ein bißchen finster dreinzuschauen, wenn du ihm das sagst?«

»Ich versuche es«, antwortete Luigi, als müsse er sich dafür besonders anstrengen.

Nell Dunne war im Begriff, sich Dan zu nähern. Er redete gerade mit einem untersetzten, feistgesichtigen Mann, der ziemlich ärgerlich wirkte. Sie wollte ihm im Vorbeigehen zuflüstern, sie müsse mit ihm reden, und mit einer Kopfbewegung zum Gang hinaus deuten.

Warum hatte er ihr eigentlich nicht gesagt, daß er hierherkam? Warum diese Heimlichtuerei? Womöglich gab es noch viel mehr, was sie nicht wußte. Aber gerade als sie auf ihn zuging, schaute er

auf und erkannte sie, und in seinen Augen spiegelte sich Angst. Hastig wich er vor ihr zurück. Nell sah, wie er seine Frau am Arm nahm und zum Tanzen aufforderte.
Die Band spielte *Ciao, ciao bambino.* Die Musiker fanden das Lied gräßlich, aber sie taten eben ihren Job. Schließlich würden sie morgen in der Abendzeitung stehen.

Fiona stellte sich auf einen Stuhl, damit sie alles genau beobachten und den Augenblick für immer in ihrem Gedächtnis festhalten konnte.
Soeben hatte Barry sie gefragt, ob sie ihn bei der *viaggio* begleiten wollte, und sie hatte bejaht. Und ihre künftigen Schwiegereltern tanzten miteinander.
Granias und Brigids Mutter wollte ziemlich plötzlich gehen und verlangte von Caterina und Harriet, daß sie ihr den Garderobenraum aufsperrten, wo ihr Mantel hing. Nur Fiona sah, wie sie verschwand. Barry hatte sie sicherlich nicht einmal bemerkt. Und er brauchte von ihr auch nicht unbedingt mehr zu wissen, als er und alle anderen von den Freesien wußten.
»Willst du mit mir tanzen?« fragte er. Es wurde gerade *Three Coins in the Fountain* gespielt, ein schmalztriefendes Lied.
Barry drückte sie fest an sich. »*Ti amo, Fiona, carissima Fiona.*«
»*Anch'io*«, erwiderte sie.
»WAS?« Er glaubte, sich verhört zu haben.
»*Anch'io.* Das heißt: Ich auch. Ich liebe dich auch. *Ti amo da morire.*«
»Gott, woher weißt du das denn?« fragte er. So tief beeindruckt hatte sie ihn noch nie erlebt.
»Ich habe die Signora gefragt und es geübt. Für alle Fälle.«
»Für alle Fälle?«
»Für den Fall, daß du das sagst, damit ich weiß, was ich antworten muß.«
Rings um sie herum tanzten Leute und sangen den albernen Liedtext mit. Granias und Brigids Vater hatte sich nicht etwa auf die Suche nach seiner Frau begeben, sondern unterhielt sich mit der Signora. Die beiden sahen aus, als könnte es sie jeden Moment

überkommen, zusammen zu tanzen. Barrys Vater schaute sich nicht mehr ängstlich um, sondern redete mit seiner Frau, als würde er sie nun mit neuen Augen sehen. Brigid hatte sich nicht in einen engen Rock gequetscht, an dem sie ständig herumzupfte, sondern trug ein weites, scharlachrotes Kleid und hatte die Arme um einen Mann geschlungen, der ihr nicht mehr entkommen würde. Und Grania schmiegte sich an Tony, den alten Mann. Zwar tanzten sie nicht miteinander, aber sie würden heiraten. Fiona war zur Hochzeit eingeladen.

Fiona fand es wundervoll, endlich erwachsen zu sein. Wenn auch nicht *alles* davon ihr Werk gewesen war, so hatte sie doch einiges Wesentliche dazu beigetragen.

VIAGGIO

Warum laden wir Mr. Dunne zu unserer Hochzeit ein?« wollte Lou wissen.

»Wegen der Signora. Sie wäre sonst allein.«

»Wieso? Sie kennt doch jeden. Schließlich wohnt sie bei deinen Eltern, Himmel noch mal.«

»Du weißt schon, was ich meine.« Suzi blieb hart.

»Müssen wir seine Frau dann auch einladen? Die Liste wird immer länger. Du weißt, daß wir siebzehn Pfund pro Person hinblättern müssen, und das, bevor sie auch nur einen einzigen Tropfen getrunken haben.«

»Natürlich laden wir seine Frau nicht ein. Hast du sie nicht mehr alle?« Suzi sah ihn mit diesem Blick an, den Lou nicht ausstehen konnte – als frage sie sich, ob sie womöglich einen Vollidioten heiraten würde.

»Klar, seine Frau nicht«, meinte Lou hastig. »Ich war mit meinen Gedanken gerade woanders.«

»Gibt es von deiner Seite noch jemanden, den du einladen möchtest?« fragte Suzi.

»Nein, nein. In gewisser Weise sind es ja auch meine Gäste, sie fahren sogar mit uns in die Flitterwochen«, erwiderte Lou heiter.

»Zusammen mit halb Dublin.« Suzi verdrehte die Augen.

»Eine standesamtliche Trauung, verstehe«, sagte Nell Dunne nur, als Grania ihr das Datum mitteilte.

»Na, es wäre doch pure Heuchelei, wenn wir kirchlich heiraten würden, da doch sonst auch keiner von uns beiden in die Kirche geht.« Nell zuckte die Achseln. »Du kommst doch, Mam, oder?« Grania klang besorgt.

»Natürlich. Warum fragst du?«
»Na ja, weil ... es ist ...«
»Was ist, Grania? Ich habe gesagt, ich komme.«
»Na, weil du von der Party droben in der Schule weggegangen bist, noch bevor sie richtig angefangen hatte. Dabei war es doch Dads großer Abend. Und du fährst auch nicht mit ihm nach Italien.«
»Man hat mich nicht gefragt, ob ich mitfahren möchte.« Nell Dunne klang bitter.

»Kann bei dieser Reise nach Rom und Florenz jeder mitfahren?« fragte Bernie Duffy ihre Tochter Lizzie.
»Nein, Mutter, tut mir leid, aber es ist nur für die Leute aus dem Kurs.«
»Ist es denn nicht besser, wenn so viele Leute wie nur möglich dabei sind?« Bernie hatte sich auf der *festa* köstlich amüsiert. Und sie glaubte, daß es auf der *viaggio* im selben Stil weitergehen würde.
»Was sollen wir machen? Sie liegt mir die ganze Zeit damit in den Ohren«, sagte Lizzie später zu Bill.
»Wir fahren statt dessen mit ihr nach Galway und besuchen deinen Vater«, schlug Bill unvermittelt vor.
»Das können wir doch nicht machen.«
»Würde es nicht eine Menge Probleme lösen? Deine Mutter wäre mal abgelenkt, sie würde nicht nur herumsitzen und sich langweilen oder vernachlässigt fühlen, wenn sie mal im Mittelpunkt stünde.«
»Eine prima Idee«, sagte Lizzie bewundernd.
»Und ich sollte ihn schließlich auch mal kennenlernen, meinst du nicht?«
»Warum? Wir heiraten doch erst mit fünfundzwanzig.«
»Ach, ich weiß nicht. Luigi heiratet, Mr. Dunnes Tochter heiratet ... ich finde, wir sollten nicht mehr so lange warten. Was meinst du?«
»*Perchè non?*« strahlte Lizzie ihn an.

»Ich habe die Signora gebeten, für mich den Brief an die Garaldis zu schreiben«, erzählte Laddy. »Sie hat mir versprochen, daß sie ihnen alles genau erklären wird.«
Maggie und Gus wechselten einen Blick. Bestimmt war der Signora klar, wie beiläufig diese Einladung ausgesprochen worden war, aus der überschwenglichen Dankbarkeit heraus, die eine freundliche Familie angesichts der Ehrlichkeit eines irischen Portiers zum Ausdruck hatte bringen wollen. Die guten Leute konnten schwerlich ahnen, daß Laddy diese Einladung ernst nehmen und einen Italienischkurs besuchen würde – und nun ein herzliches Willkommen erwartete.
Aber die Signora war eine erfahrene Frau, sie hatte die Situation bestimmt erfaßt, oder? Andererseits hatte auch sie ein etwas kindliches Gemüt offenbart, diese Frau in dem kaffeebraun und lilafarben gemusterten Kleid, die sich bei dieser *festa* mit so unverfälschter Begeisterung über den Erfolg ihres Kurses und die Unterstützung dafür hatte freuen können. Sie war ein bißchen weltfremd, und vielleicht glaubte sie ja, ähnlich wie Laddy, daß diese Garaldis ihn mit offenen Armen empfangen würden. Dabei hatten die ihn bestimmt längst vergessen.
Doch Gus und Maggie wollten Laddys Begeisterung nicht dämpfen. Er hatte seinen Paß im Hotelsafe liegen und bereits irisches Geld in *lire* umgetauscht. Diese Reise war sein ein und alles, sie sollte ihm durch nichts verdorben werden. Es wird schon alles gutgehen, beruhigten sich Gus und Maggie gegenseitig und hofften das Beste.

»Bis jetzt bin ich noch nie im Ausland gewesen, aber diesen Sommer mache ich gleich zwei Fernreisen«, erzählte Fran ganz aufgeregt.
»Gleich zwei?« staunte Connie.
»Ja, erstens natürlich unsere *viaggio,* und dann hat Kathy zwei Flugtickets nach Amerika gewonnen. Es ist kaum zu glauben, aber sie hat bei so einem Wettbewerb eines Wirtschaftsmagazins mitgemacht, das ihre Freundin Harriet in die Schule mitgebracht hat,

und tatsächlich zwei Tickets nach New York gewonnen. Also fliegen wir beide hin.«
»Toll! Und haben Sie dort schon eine Unterkunft?«
»Ja, bei einem Freund, mit dem ich früher zusammen war. Er kommt uns mit dem Auto abholen, obwohl es über vierhundert Meilen sind. Aber das ist dort drüben offenbar ein Katzensprung.«
»Er muß Sie immer noch sehr gern haben, wenn er so weit fährt, um Sie zu sehen.«
Fran lächelte. »Hoffentlich. Denn ich mag ihn auch noch«, gab sie zu. »Ist es nicht ein wahres Wunder, daß Kathy diese Tickets gewonnen hat?«
»O ja.«
»Wissen Sie, als sie mir zuerst davon erzählt hat, habe ich gedacht, ihr Vater hätte sie ihr gegeben. Aber nein. Als sie uns zugeschickt wurden, stand darauf, daß sie von dieser Zeitschrift bezahlt worden sind. Es ist also alles mit rechten Dingen zugegangen.«
»Warum hätte ihr Vater sie ihr geben sollen, ohne es Ihnen zu sagen?«
»Ich habe keinen Kontakt mehr zu ihm. Er ist zwar mit einer der reichsten Frauen Irlands verheiratet, aber ich würde nichts von ihm annehmen.«
»Nein, natürlich nicht, das verstehe ich. Empfinden Sie noch etwas für ihn?«
»O nein, das ist schon seit Jahren vorbei. Aber ich wünsche ihm alles Gute. Ich gönne es ihm, daß er mit Marianne Hayes verheiratet ist und ihm halb Dublin gehört.«

»Bartolomeo, geht es in Ordnung, wenn Sie und Fiona sich ein Zimmer teilen?« fragte die Signora.
»*Si, grazie,* Signora, das ist bereits geklärt.« Bei der Erinnerung daran, wie angenehm diese Klärung verlaufen war, errötete Barry ein bißchen.
»Gut, das macht es einfacher. Einzelzimmer sind nämlich ein Riesenproblem.«
Die Signora würde ein Zimmer mit Constanza teilen, Aidan

Dunne würde mit Lorenzo zusammen nächtigen. Damit hatte jeder einen Zimmergenossen gefunden.
Das Reisebüro hatte großartige Arbeit geleistet, es war die Filiale, in der Brigid Dunne beschäftigt war. Man hatte das Angebot genau durchkalkuliert und der Gruppe den größtmöglichen Rabatt eingeräumt. Am liebsten würde sie selbst auch mitfahren, hatte Brigid Dunne gesagt.
»Warum fährst *du* eigentlich nicht, zusammen mit deinem Helden aus ›Der alte Mann und das Meer‹?« fragte sie Grania.
Inzwischen lachte Grania ihrer Schwester nur noch ins Gesicht, wenn sie solche Bemerkungen machte. »Tony und ich wollen Dad nicht auf der Pelle hocken. Und außerdem stecken wir mitten in den Vorbereitungen für die Rentnerhochzeit des Jahrhunderts.«
Brigid kicherte. Grania war so glücklich, daß nichts sie kränken konnte.
Beide überlegten allerdings, wie merkwürdig es doch war, daß bei der ganzen Planung dieser berüchtigten *viaggio* nicht einmal der Name ihrer Mutter gefallen war. Aber keine sprach es aus. Irgendwie war es zu banal und gleichzeitig zu heikel. Bedeutete es, daß es aus war zwischen Mam und Dad? So etwas passierte doch nicht in einer Familie wie der ihren.

Kurz vor der *viaggio* lud Fiona Barry zu einem Abendessen zu sich nach Hause ein.
»Du wohnst praktisch bei mir«, hatte er sich beschwert. »Und ich war noch nicht ein einziges Mal bei dir.«
»Du solltest meine Eltern eben erst kennenlernen, wenn es zu spät ist.«
»Was meinst du mit ›zu spät‹?«
»Zu spät, um mich einfach fallenzulassen. Du solltest dich vor Lust nach mir verzehren, mich als Mensch schätzen und so richtig gern haben, alles gleichzeitig.«
Das sagte sie so ernst, daß Barry ein Schmunzeln kaum unterdrücken konnte. »Dann ist es ja ganz gut, daß die Wollust derart

überhandgenommen hat«, gab er zurück. »Ich werde mich jetzt mit ihnen abfinden, auch wenn sie noch so gräßlich sind.«
Und das waren sie. Fionas Mutter meinte, daß man auch in Irland sehr nett Urlaub machen könne, zumindest würde man keinen Sonnenbrand bekommen, und es würde einem auch keiner die Handtasche entreißen.
»Das passiert hier so oft wie woanders.«
»Wenigstens spricht man hier Englisch«, meinte ihr Vater.
Barry gab zu bedenken, daß er extra Italienisch gelernt habe; er sei in der Lage, im Restaurant zu bestellen oder auf einer Polizeiwache eine Aussage zu machen, und er wisse sich im Krankenhaus ebenso zu helfen wie bei einer Buspanne.
»Sehen Sie, genau das meine ich«, trumpfte Fionas Vater auf. »Es muß ein gefährliches Pflaster sein, wenn man Ihnen so etwas beigebracht hat.«
»Was kostet denn ein Einzelzimmerzuschlag?« erkundigte sich ihre Mutter.
»Fünf Pfund pro Nacht«, antwortete Fiona.
»Neun Pfund pro Nacht«, sagte Barry genau gleichzeitig. Erschrocken sahen sie sich an. »Ähm … es ist für Männer … ähm … teurer, verstehen Sie?« wand sich Barry verzweifelt.
»Warum denn das?« fragte Fionas Vater mißtrauisch.
»Eine italienische Gepflogenheit. Man gibt dort den Männern immer größere Zimmer, für ihre vielen Anzüge und so.«
»Dabei könnte man doch annehmen, daß Frauen mehr Gepäck haben.« Jetzt war Fionas Mutter argwöhnisch geworden. Mit was für einem eitlen Geck war ihre Tochter da eigentlich zusammen, wenn er ein Riesenzimmer für seine Garderobe brauchte?
»Genau, was meine Mutter auch gesagt hat … Übrigens freut sie sich sehr darauf, Sie kennenzulernen.«
»Warum?« fragte Fionas Mutter.
Barry wollte partout kein vernünftiger Grund einfallen, also sagte er nur: »Sie ist eben so, sie mag Menschen.«
»Schön für sie«, brummte Fionas Vater.

»Was heißt ›Viel Glück, Dad‹ auf italienisch?« fragte Grania ihren Vater am Abend vor der *viaggio.* Sie saßen zusammen in seinem Arbeitszimmer.

»*In bocca al lupo, Papà.*« Sie wiederholte es, während er Karten und Reiseführer in einen kleinen Koffer packte, den er immer bei sich tragen wollte. Es mache nichts, wenn seine Kleider verlorengingen, hatte er gesagt, aber diese Dinge seien unentbehrlich.

»Arbeitet Mam heute abend?« meinte Grania beiläufig.

»Ich nehme es an, Liebes.«

»Und du kommst braun gebrannt zur Hochzeit?« Sie war entschlossen, heiter zu bleiben.

»Ja. Und du weißt, daß wir dir die Hochzeit gern hier ausgerichtet hätten.«

»Ja, Dad, aber wir feiern lieber in einem Pub. Wirklich.«

»Ich hatte immer geglaubt, du würdest hier heiraten, und ich würde für alles zahlen.«

»Du zahlst doch schon die große Hochzeitstorte und den Champagner. Das ist mehr als genug.«

»Hoffentlich.«

»Es ist wirklich großzügig. Aber sag, hast du schon Lampenfieber wegen der Reise?«

»Ein bißchen. Weil es vielleicht doch nicht ganz so toll wird, wie wir versprochen haben ... wie wir es erwarten. Vielleicht ist jetzt alles anders als früher, oder unsere Erinnerungen haben uns getrogen. Der Kurs war so ein großer Erfolg, es wäre schade, wenn die Reise eine Enttäuschung würde.«

»Das passiert bestimmt nicht, Dad. Es wird sicher großartig werden. Ich würde wirklich gern dabeisein, aus vielerlei Gründen.«

»Und ich hätte dich, ebenfalls aus vielerlei Gründen, auch gern dabei.« Keiner der beiden verlor ein Wort darüber, daß Aidans Frau, mit der er seit fünfundzwanzig Jahren verheiratet war, nicht mitfuhr und offensichtlich nicht einmal gefragt worden war.

Da Jimmy Sullivan im Norden Dublins einen Fahrerjob zu erledigen hatte, brachte er die Signora zum Flughafen.
»Sie sind viel zu früh dran«, meinte er.
»Ich bin so aufgeregt, daß ich nicht länger zu Hause herumsitzen konnte. Ich wollte endlich unterwegs sein.«
»Werden Sie auch die Angehörigen von Ihrem Mann besuchen, in dem Dorf, wo sie gelebt haben?«
»Nein, Jimmy, dazu reicht die Zeit nicht.«
»Schade. Da machen Sie nun den weiten Weg nach Italien, und dann besuchen Sie sie nicht einmal. Ihr Kurs kommt doch ein, zwei Tage ohne Sie zurecht.«
»Nein, es ist viel zu weit weg. Am untersten Ende von Italien, auf Sizilien.«
»Sie werden also nicht erfahren, daß Sie dagewesen sind, und dann schlecht von Ihnen denken, weil Sie sich nicht haben blicken lassen?«
»Nein, das werden sie nie erfahren.«
»Na, dann gibt's ja kein Problem. Solange nur niemand beleidigt ist.«
»Das passiert sicher nicht. Und Suzi und ich werden Ihnen alles haarklein berichten, wenn wir wieder zurück sind.«
»Himmel, diese Hochzeit war vielleicht ein Ding, was, Signora?«
»Mir hat sie gut gefallen, und allen anderen auch.«
»Ich werde bis ans Ende meiner Tage die Rechnungen abstottern.«
»Unsinn, Jimmy, es hat Ihnen einen Riesenspaß gemacht. Sie haben nur eine Tochter, und es war wirklich ein rauschendes Fest. Die Leute werden noch jahrelang davon sprechen.«
»Zumindest werden sie noch Tage brauchen, um ihren Kater auszukurieren«, lächelte er beim Gedanken an seine legendäre Gastfreundschaft. »Hoffentlich schaffen es Suzi und Lou aus den Federn. Nicht, daß sie noch das Flugzeug verpassen.«
»Ach, Sie wissen ja, Frischvermählte«, antwortete die Signora diplomatisch.
»Sie wälzen sich schon seit Monaten drin herum, da war noch

keine Rede vom Heiraten.« Mißbilligend zog Jimmy Sullivan die Augenbrauen zusammen. Es ärgerte ihn immer wieder, daß Suzi sich so gar nicht schämte.

Als er die Signora dann allein am Flughafen zurückgelassen hatte, setzte sie sich hin und packte die Schildchen aus, die sie gebastelt hatte. Auf jedem stand ›Vista del Monte‹ – das italienische Wort für Mountainview – und der jeweilige Name. Auf diese Weise konnte niemand verlorengehen. Und bestimmt lag auch der Segen des Herrn, so es ihn gab, auf dieser Reise. Schließlich besuchten sie ja die Heilige Stadt, da würde Er nicht zulassen, daß einem von ihnen Böses widerfuhr. Insgesamt waren es zweiundvierzig Leute, sie und Aidan Dunne mitgerechnet. Sie paßten gerade in den Reisebus, den sie zu ihrer Abholung bestellt hatten. Wer würde wohl als erstes am Flughafen eintreffen? Lorenzo? Wahrscheinlich Aidan. Er hatte versprochen, ihr beim Verteilen der Schildchen zu helfen.

Aber es war Constanza. »Meine Zimmergenossin«, begrüßte Constanza sie überschwenglich und steckte sich ihr Schildchen an.

»Sie hätten sich leicht ein Einzelzimmer leisten können, Constanza«, begann die Signora.

»Ja, schon, aber mit wem hätte ich dann plaudern sollen … ist das nicht der Hauptspaß bei einer Reise?«

Noch bevor die Signora antworten konnte, trudelten weitere Reiseteilnehmer ein. Die meisten waren mit dem Flughafenbus gekommen. Sie stellten sich in einer Reihe an, um ihre Schildchen abzuholen, und freuten sich, daß ihr Herkunftsort so vornehm klang.

»In Italien weiß kein Mensch, was für 'ne Müllhalde das Mountainview in Wirklichkeit ist«, meinte Lou.

»He, Luigi, seien Sie fair, die Schule hat sich im letzten Jahr ganz schön rausgemacht.« Dabei dachte Aidan an den Umbau, die Malerarbeiten, die neuen Fahrradschuppen. Tony O'Brien hatte alle seine Versprechen gehalten.

»Entschuldigung, Aidan, hab nicht gesehen, daß Sie in Hörweite sind«, grinste Lou. Bei seiner Hochzeit war Aidan ein angenehmer Gast gewesen. Er hatte *La donna è mobile* gesungen und den ganzen Text auswendig gewußt.

Brenda Brennan war ebenfalls zum Flughafen gekommen, um sie zu verabschieden. Die Signora war gerührt. »Wie lieb von dir. Die anderen haben alle eine normale Familie.«

»Nein, das stimmt nicht.« Brenda machte eine Kopfbewegung zu Aidan hinüber, der sich mit Luigi unterhielt. »Er zum Beispiel nicht. Ich habe seine miesepetrige Frau gefragt, warum sie nicht mit euch allen nach Rom fährt, und sie hat nur die Schultern gezuckt und gesagt, man hätte sie nicht eingeladen und sie würde sich nirgends aufdrängen, wo man sie nicht dabeihaben will. Außerdem würde ihr das Ganze ohnehin keinen Spaß machen. Ist das etwa normal?«

»Armer Aidan«, murmelte die Signora voller Mitgefühl.

Dann wurde ihr Flug aufgerufen.

Guglielmos Schwester winkte allen wie verrückt zu. Für Olive war es schon ein großes Erlebnis, nur am Flughafen zu sein. »Mein Bruder ist Bankdirektor, er fährt jetzt zum Papst«, erzählte sie wildfremden Leuten.

»Na, wenn er mit dem ins Geschäft kommt, kann er mit sich zufrieden sein«, sagte ein Mann im Vorübergehen. Bill lächelte nur, und dann winkten er und Lizzie Olive noch so lange zu, bis sie außer Sichtweite waren.

»Zweiundvierzig Personen. Wir werden bestimmt einen verlieren«, meinte Aidan, als sie ihre Schäfchen zählten, die in die Abflughalle drängten.

»Bist du nicht ein wahrer Optimist! Mir geht unentwegt durch den Kopf, daß wir sie allesamt verlieren werden«, lächelte die Signora.

»Na ja, dieses Zählsystem hat sich schon häufiger bewährt.« Aidan gab sich zuversichtlicher, als er sich fühlte. Er hatte die Reiseteilnehmer in vier Untergruppen à zehn Leute aufgeteilt und einen Verantwortlichen für jedes dieser Grüppchen bestimmt. Sobald sie irgendwo ankamen oder einen Ort wieder verließen, sollte derjenige melden, ob seine Gruppe vollzählig war. Was bei Kindern gut funktionierte, aber vielleicht wollten Erwachsene sich nicht so gängeln lassen.

Doch keiner schien sich daran zu stören, im Gegenteil. Manche zeigten sich sehr angetan von der Idee.

»Man stelle sich nur vor, Lou ist Gruppenleiter«, sagte Suzi staunend zur Signora.

»Wer eignet sich dafür besser als ein verantwortungsbewußter junger Ehemann?« gab die Signora zurück. In Wahrheit hatte für sie und Aidan natürlich Lous finsterer Blick den Ausschlag gegeben. Keiner von der Gruppe würde zu spät kommen, wenn er vor Luigi Rechenschaft ablegen mußte.

Er ließ sie zum Flugzeug marschieren, als führte er sie in die Schlacht. »Würden Sie bitte Ihre Pässe hochhalten?« raunzte er, und alle gehorchten. »Stecken Sie sie jetzt bitte wieder ein, und zwar unbedingt in eine Tasche mit Reißverschluß. Ich möchte bis Rom nirgendwo einen Paß herauslugen sehen.«

Im Flugzeug wurden die Durchsagen sowohl in Italienisch als auch in Englisch gemacht. Da die Signora das bereits mit ihnen durchgegangen war, hörten die Kursteilnehmer nur vertraute Wörter und Redewendungen und kommentierten die Erklärungen der Stewardeß mit beifälligem Nicken. Die junge Frau deutete auf die Notausstiege links und rechts, und die Kursteilnehmer wiederholten glücklich *destra, sinistra,* obwohl sie dasselbe gerade eben bereits auf englisch gehört hatten.

Nachdem die Stewardeß ihre Erläuterungen mit *grazie* beendet hatte, riefen sie alle *prego,* und Aidans Blick begegnete dem der Signora. Es war tatsächlich soweit. Sie flogen nach Rom.

Neben der Signora saß Laddy, für den alles neu und aufregend war, angefangen vom Sicherheitsgurt bis hin zu dem Essenstablett mit den Häppchen darauf.

»Ob die Garaldis wohl am Flughafen sein werden?« fragte er aufgeregt.

»Nein, Lorenzo. Die ersten Tage wollen wir doch Rom kennenlernen … wir machen all diese Besichtigungen, von denen wir gesprochen haben, erinnern Sie sich?«

»Ja, aber wenn sie mich gleich bei sich haben wollen?« In seinem großen Gesicht spiegelte sich Besorgnis.
»Sie wissen, daß Sie kommen. Ich habe ihnen geschrieben, daß wir uns am Donnerstag mit ihnen in Verbindung setzen werden.«
»*Giovedi*«, sagte er.
»*Bene, Lorenzo, giovedi.*«
»Essen Sie denn Ihren Nachtisch nicht, Signora?«
»Nein, Lorenzo, Sie können ihn gerne haben, wenn Sie möchten.«
»Nur, weil es mir immer leid tut, wenn man Essen wegwirft«, erklärte er.
Die Signora meinte, sie wolle jetzt ein Nickerchen halten, und schloß die Augen. Bitte, lieber Gott, laß alles gutgehen. Bitte mach, daß sie alle begeistert sind. Und daß die Garaldis sich an Lorenzo erinnern und nett zu ihm sind. Sie hatte ihnen einen wirklich anrührenden Brief geschrieben und war beunruhigt, weil sie keine Antwort erhalten hatte.

Der Bus erwartete sie. »*Dov'è l'autobus?*« fragte Bill, um zu zeigen, daß er die Redewendung nicht vergessen hatte.
»Er steht direkt vor uns«, antwortete Lizzie.
»Ich weiß, aber ich wollte gern darüber reden«, erklärte Bill.
Fiona schaute sich um. »Haben die Frauen hier nicht alle enorme Busen und Hintern?« flüsterte sie Barry staunend zu.
»Mir gefällt es«, erklärte Barry im Brustton der Überzeugung. Schließlich war das sein Italien, er war Experte für dieses Land, seit er bei der Fußballweltmeisterschaft hiergewesen war.
»Ja, mir doch auch«, sagte Fiona. »Ich wünschte nur, Brigid Dunne könnte die Frauen sehen … so wie sie sich immer anstellt wegen ihrer Figur.«
»Sag doch ihrem Vater, daß er es ihr erzählen soll«, schlug Barry vor, obwohl er sich nicht sicher war, daß sich das schickte.
»Ach, das kann ich doch nicht machen, da wüßte sie ja gleich, daß ich gepetzt habe. Übrigens hat sie gesagt, daß unser Hotel nichts Besonderes ist, wir sollen nicht enttäuscht sein.«

»Ich werde nicht enttäuscht sein«, versprach Barry und legte Fiona den Arm um die Schulter.

»Ich auch nicht. Außerdem war ich ja erst einmal in einem Hotel, auf Mallorca. Und da war es so laut, daß keiner von uns schlafen konnte. Also sind wir alle wieder runter zum Strand gegangen.«

»Sie haben sich wahrscheinlich bemüht, es möglichst preiswert zu machen.« Barry wollte jedem Wort der Kritik vorbeugen.

»Ich weiß, daß diese Reise spottbillig ist. Brigid hat mir erzählt, daß so eine Halbverrückte bei ihnen hereingeschneit ist und gefragt hat, wo wir denn wohnen würden. Also hat es sich wohl schon herumgesprochen, daß wir ein sehr günstiges Angebot bekommen haben.«

»Wollte diese Frau denn mitfahren?«

»Brigid hat ihr wohl gesagt, daß das nicht möglich ist, daß wir schon vor einer Ewigkeit gebucht haben. Trotzdem wollte sie unbedingt den Namen des Hotels erfahren.«

»Na denn.« Hochzufrieden trat Barry hinaus in den Sonnenschein, und die Zählerei begann. *Uno, due, tre.* Die Gruppenleiter nahmen ihre Aufgabe sehr ernst.

»Hast du schon einmal in einem Hotel gewohnt, Fran?« erkundigte sich Kathy, während der Bus ins Verkehrsgewühl eintauchte. Anscheinend gab es hier nur ausgesprochen ungeduldige Autofahrer.

»Zweimal, aber das ist schon lange her«, antwortete Fran ausweichend.

Doch Kathy hakte nach. »Davon hast du mir nie erzählt.«

»Es war in Cork. Mit Ken, wenn du es unbedingt wissen willst.«

»Oha, als du behauptet hast, du würdest bei einer Schulfreundin übernachten?«

»Ja. Ich wollte nicht, daß die Eltern Angst haben, ich würde noch ein Kind in die Welt setzen, um das sie sich dann kümmern müssen.« Fran stupste sie neckisch in die Seite.

»Dafür bist du doch bestimmt schon zu alt, oder?«

»Hör mal, wenn ich in Amerika wieder mit Ken zusammenkommen sollte, jetzt, nachdem du die Tickets gewonnen hast ... da kann es sehr wohl sein, daß wir ein Brüderchen oder ein Schwesterchen für dich mit nach Hause bringen.«

»Oder du bleibst mit dem Baby dort«, überlegte Kathy.

»Es ist ein Hin- und Rückflug.«

»Sie kommen ja nicht über Nacht auf die Welt.«

Die beiden lachten und wiesen sich gegenseitig auf Sehenswürdigkeiten hin, bis der Bus in der Via Giolitti vor einem Gebäude hielt.

Die Signora war sofort auf den Beinen, und eine hitzige Debatte entbrannte.

»Sie sagt ihm, daß er bis vors Hotel fahren muß und uns nicht einfach hier an der Haltestelle raussetzen kann«, erklärte Suzi.

»Woher willst du das denn wissen, du bist doch nicht mal im Italienischkurs?« empörte sich Lou.

»Ach, wenn man als Serviererin arbeitet, versteht man früher oder später alles«, erklärte Suzi leichthin. Doch als sie Lous Gesicht sah, ergänzte sie: »Außerdem sprichst du zu Hause doch oft italienisch, da schnappe ich immer mal wieder ein Wort auf.« Diese Erklärung schien ihm besser zu gefallen.

Suzi hatte recht. Der Bus scherte wieder auf die Fahrbahn ein und ließ sie dann vor der *Albergo Francobollo* aussteigen.

»Das Briefmarken-Hotel«, übersetzte Bill. »Leicht zu merken.«

»*Vorrei un francobollo per l'Irlanda*«, sagten alle im Chor, und die Signora lächelte strahlend.

Sie hatte sie ohne eine Katastrophe nach Rom gebracht, dem Hotel lag ihre Reservierung vor, und die Kursteilnehmer waren bester Laune. Sie hatte sich unnötig Sorgen gemacht. Nun konnte sie sich entspannen und es genießen, wieder in Italien zu sein, inmitten der Farben und Klänge dieses Landes und seiner lebhaften Bewohner. Ihr fiel ein Stein vom Herzen.

Die *Albergo Francobollo* zählte nicht zu den eleganteren Häusern Roms, aber sie wurden mit überwältigender Herzlichkeit willkommen geheißen. Signor und Signora Buona Sera zeigten sich außer-

ordentlich beeindruckt von den Italienischkenntnissen der Gruppe und lobten sie in den höchsten Tönen.
»*Bene, bene benissimo*«, riefen sie, während sie die Treppen zu den Zimmern hinaufeilten.
»Sagen wir dann wirklich ›Guten Abend, Herr Guten Abend‹?« fragte Fiona Barry.
»Ja, aber was ist das gegen Namen wie Ramsbottom – Schafbockhintern! Und im Supermarkt haben wir tatsächlich einen Kunden, der O'Looney, Verrückter, heißt.«
»Ich liebe dich, Barry«, sagte Fiona plötzlich. Sie waren gerade an ihrer Zimmertür angekommen, und Frau Guten Abend hörte es.
»Liebe«, sagte sie. »Sehr gut, sehr, sehr gut.« Und sie rannte wieder hinunter, um die nächsten Gäste auf ihre Zimmer zu bringen.

Connie hängte ihre Kleider sorgfältig in ihre Hälfte des kleinen Schranks. Wenn sie aus dem Fenster schaute, blickte sie über die Dächer der hohen Häuser an der Piazza Quintacenta. Sie wusch sich in dem kleinen Handwaschbecken. Es war schon Jahre her, daß sie das letzte Mal in einem Hotelzimmer ohne Bad übernachtet hatte. Aber ebensolange war es her, daß sie so frohen Herzens verreist war. Sie fühlte sich diesen Menschen nicht überlegen, bloß weil sie mehr Geld hatte als sie. Ja, sie war nicht einmal versucht, sich einen Wagen zu mieten, was sie sich leicht hätte leisten können, oder die anderen zum Essen in ein Fünf-Sterne-Restaurant einzuladen. Ganz im Gegenteil. Sie freute sich darauf, die von der Signora und Aidan Dunne sorgfältig ausgearbeiteten Touren mitzumachen. Wie die anderen Kursteilnehmer hatte auch Connie bemerkt, daß deren Freundschaft weit über gemeinsame berufliche Interessen hinausging. So war auch niemand überrascht gewesen, daß Aidans Frau nicht mitfuhr.
»*Signor Dunne, telefono*«, rief Signora Buona Sera die Treppe hinauf.
Aidan riet Laddy gerade, daß er nicht *sofort* anbieten sollte, die Messingbeschläge und Klinken an den Türen zu putzen. Vielleicht sei es besser, noch ein paar Tage damit zu warten.

»Ob das wohl Ihre italienischen Freunde sind?« fragte Laddy neugierig.
»Nein, Lorenzo. Ich habe keine italienischen Freunde.«
»Aber Sie waren doch schon mal hier.«
»Das ist ein Vierteljahrhundert her. Keiner erinnert sich mehr an mich.«
»Ich habe Freunde hier«, erzählte Laddy stolz. »Und Bartolomeo auch, Leute, die er während der Fußballweltmeisterschaft kennengelernt hat.«
»Wie schön«, sagte Aidan. »Aber ich gehe jetzt besser mal runter und schau, wer denn nach *mir* verlangt.«

»Dad?«
»Brigid! Ist alles in Ordnung?«
»Klar doch. Und bei dir? Seid ihr alle heil an Ort und Stelle angekommen?«
»Ja, ohne Probleme. Und es ist ein wunderbarer Abend. Wir gehen nachher zur Piazza Navona und trinken dort etwas.«
»Prima. Das stelle ich mir klasse vor.«
»Ja. Aber sag mal, Brigid, ist etwas … ich meine …?«
»Wahrscheinlich hat es gar nichts zu bedeuten, Dad, aber da war schon zweimal eine ziemlich bescheuerte Frau hier, die unbedingt wissen wollte, in welchem Hotel ihr wohnt. Irgendwie hat mir das nicht gefallen. Sie macht den Eindruck, als sei sie nicht ganz normal.«
»Hat sie gesagt, warum sie es wissen will?«
»Nein, sie hat erwidert, das sei ja nun eine einfache Frage, und ich solle ihr jetzt bitte das Hotel nennen, sonst würde sie sich bei meinem Chef beschweren.«
»Was hast du getan?«
»Nun, Dad, ich hab gedacht, sie ist wahrscheinlich aus 'ner Klapsmühle entlaufen. Deshalb habe ich mich geweigert und gesagt, daß mein Vater dort wäre. Wenn sie also für jemanden eine Nachricht hätte, würde ich sie gerne übermitteln.«
»Dann ist ja alles in Ordnung.«

»Nein, leider nicht. Denn sie ist zum Chef gegangen und hat behauptet, daß sie dringend mit einem gewissen Mr. Dunne von der Mountainview-Gruppe in Kontakt treten müsse. Also hat er ihr das Hotel genannt und mir anschließend eine Standpauke gehalten.«
»Wenn sie meinen Namen weiß, muß sie mich wohl kennen.«
»Nein, ich hab gesehen, wie sie auf mein Namensschild gestarrt hat, und da steht ›Brigid Dunne‹ darauf. Na ja, jedenfalls wollte ich dir sagen ...«
»Was, Brigid?«
»Na, daß sie irgendwie sonderbar ist und daß du aufpassen sollst.«
»Danke, Liebes. Vielen, vielen Dank, mein Schatz«, sagte er, und ihm fiel auf, daß er sie schon lange nicht mehr so genannt hatte.

Es war ein warmer Abend, als sie zu ihrem ersten Spaziergang durch Rom aufbrachen.
Zwar sahen sie ein paar Straßen weiter Santa Maria Maggiore, aber sie sparten sich die Kirchenbesichtigung für einen der nächsten Tage auf.
»Heute machen wir uns einfach nur einen netten Abend ... wir gehen zu einem wunderschönen Platz und trinken dort etwas. Morgen befassen wir uns dann mit Kultur und Religion, und wer lieber irgendwo sitzen und Kaffee trinken will, kann das auch gerne tun.« Keinesfalls wollte die Signora das Gefühl aufkommen lassen, man würde gegängelt, aber sie sah es den Gesichtern der Kursteilnehmer an, daß sie gern ein bißchen an der Hand genommen wurden. »Was könnten wir wohl sagen, wenn wir zur Piazza Navona kommen und den wunderschönen Platz mit den Brunnen und Statuen sehen?« fragte sie und schaute in die Runde.
»In questa piazza ci sono multi belli edifici!« antworteten alle lauthals auf offener Straße.
»Benissimo«, lobte die Signora. *»Avanti,* laßt sie uns anschauen.«
Gemächlich zogen die zweiundvierzig Menschen los, während über Rom die Abenddämmerung hereinbrach.

Die Signora ging neben Aidan her. »Du hast einen Anruf bekommen? Irgendwelche Probleme?«
»Nein, nein. Es war nur Brigid, die wissen wollte, ob mit dem Hotel alles geklappt hat. Ich hab ihr gesagt, es sei alles ganz wunderbar.«
»Sie hat uns wirklich sehr geholfen. Sie wollte unbedingt, daß es ein großer Erfolg für dich wird. Für uns alle.«
»Und das wird es auch.« Sie tranken ihren Kaffee, manche bestellten auch Bier oder *grappa*. Aber die Signora hatte sie gewarnt, daß sie hier Touristenpreise bezahlen müßten. Deshalb sollten sie sich mit einem Getränk begnügen und vor allem die Atmosphäre genießen. Sie wollten ja schließlich noch ein bißchen Geld für Florenz und Siena übrig behalten, nicht wahr? Als die Signora die Namen dieser Orte nannte, schauten sich die anderen beinahe ungläubig an. Sie waren nun tatsächlich in Italien! Die *viaggio* war nicht mehr nur ein Gesprächsthema in einem Klassenzimmer, das sie an den naßkalten Dienstagen und Donnerstagen aufsuchten.
»Ja, Aidan, es wird ein großer Erfolg werden«, nickte die Signora.
»Brigid hat noch etwas erzählt. Ich wollte dich eigentlich nicht damit beunruhigen, aber anscheinend ist so eine Verrückte ins Reisebüro gekommen und wollte unbedingt wissen, wo wir in Rom wohnen. Sie könnte vielleicht Schwierigkeiten machen, hat Brigid gemeint.«
Die Signora zuckte die Achseln. »Wir haben diese ganze Meute heil hierher gebracht. Da werden wir doch mit solchen Kleinigkeiten fertig, oder?«
Die Kursteilnehmer fotografierten sich gegenseitig grüppchenweise vor dem Vier-Flüsse-Brunnen.
Aidan nahm die Hand der Signora. »Wir werden mit allem fertig«, sagte er.

»Ihre Bekannte war da, Signor Dunne«, sagte Signora Buona Sera.
»Meine Bekannte?«
»Die Dame aus Irland. Sie wollte nur mal kurz vorbeischauen und hat gefragt, ob Sie alle hier wohnen.«
»Hat sie gesagt, wie sie heißt?«

»Nein. Und sie wollte nur wissen, ob wirklich alle hier im Hotel untergebracht sind. Ich hab ihr gesagt, daß Sie morgen früh mit dem Bus eine Rundfahrt machen, das stimmt doch, oder?«

»Ja, das stimmt«, nickte Aidan.

»Hat sie irgendwie verrückt gewirkt?« erkundigte er sich unvermittelt.

»Verrückt?«

»*Pazza*?« erklärte die Signora.

»Nein, nein, überhaupt nicht *pazza*.« Signora Buona Sera schien gekränkt über die Annahme, eine Verrückte könnte im Hotel Francobollo Auskunft verlangt haben.

»Na dann«, meinte Aidan.

»Na dann«, lächelte die Signora ihn an.

Die jüngeren Leute hätten ebenfalls gelächelt, hätten sie geahnt, wieviel es den beiden bedeutet hatte, Hand in Hand auf der Piazza Navona zu sitzen, während über ihnen immer mehr Sterne zu funkeln begannen.

Die Busrundfahrt sollte ihnen einen ersten Eindruck von Rom vermitteln, erklärte die Signora, danach könnten sie dann ganz nach Belieben ansehen, was sie interessiere. Es sei schließlich nicht jedermanns Sache, Stunden in den Vatikanischen Museen zu verbringen.

Und da hier zum Frühstück Käse serviert würde, sei es nicht unüblich, sich ein Brot zu schmieren und für später einzupacken, hatte die Signora sie vorher noch ermuntert. Abends würden sie dann groß essen gehen, in ein Restaurant, das nicht weit vom Hotel entfernt war. Von dort aus konnten sie alle gut zu Fuß ins Hotel zurückgehen. Natürlich müsse sich keiner zum gemeinsamen Abendessen verpflichtet fühlen, betonte sie. Aber sie wußte, daß alle mitkommen würden.

Über die Frau, die im Hotel nach ihnen gefragt hatte, verlor sie allerdings kein Wort. Die Signora und Aidan Dunne waren viel zu beschäftigt damit, die Route mit dem Busfahrer durchzusprechen, als daß sie daran gedacht hätten.

Ob sie wohl genug Zeit hätten, an dem berühmten Trevi-Brunnen auszusteigen und eine Münze hineinzuwerfen? Konnte man in der Nähe des Bocca della Verità parken? Es würde allen großen Spaß machen, die Hand in den Mund des verwitterten Steingesichts zu stecken, das der Sage nach einem Lügner die Finger abbiß. Würde der Busfahrer sie oben oder am Fuß der Spanischen Treppe absetzen, war es günstiger, sie hinauf- oder hinunterzuschreiten? Sie hatten wirklich keine Zeit, an irgendeine Frau zu denken, die sie suchte. Wer sie auch sein mochte.

Als sie erschöpft von der Rundfahrt zurückkamen, blieben ihnen noch zwei Stunden bis zum Abendessen, in denen sie sich ausruhen konnten. Während Connie sich zu einem Nickerchen auf ihr Zimmer zurückzog, wollte die Signora die Zeit nutzen, um sich schon einmal das Restaurant anzuschauen. Sie wollte die Speisekarte begutachten und dafür sorgen, daß es keine Unklarheiten gab. Denn es sollte nur ein festes Menü angeboten werden.
An der Tür hing ein schwarz umrandeter Zettel: *CHIUSO: morte in famiglia.* Die Signora runzelte die Stirn. Warum hatte dieses Familienmitglied nicht an irgendeinem anderen Tag sterben können? Warum ausgerechnet heute, da zweiundvierzig irische Gäste hier zu Abend essen wollten? Nun blieb ihr nicht einmal eine Stunde Zeit, um eine Alternative zu finden. Sie war so zornig, daß sie keinen Hauch von Mitleid für diese Familie empfand, die doch immerhin einen tragischen Verlust erlitten hatte. Warum hatte niemand vom Restaurant im Hotel angerufen, wie es im Fall unvorhergesehener Schwierigkeiten vereinbart worden war?
Aufgebracht stapfte sie durch die Straßen um die Stazione Termini, vorbei an kleinen Hotels, billigen Unterkünften für diejenigen, die an dem riesigen Bahnhof ankamen. Was es hier weit und breit nicht gab, war ein nettes Restaurant, wie sie es im Auge gehabt hatte. Während sie nachdenklich auf der Unterlippe kaute, fiel ihr Blick auf ein Lokal namens Catania. Das mußte ein sizilianisches Restaurant sein. Ob das ein gutes Omen war? Konnte sie sich den Leuten dort auf Gedeih und Verderb ausliefern,

ihnen schildern, daß in knapp eineinhalb Stunden zweiundvierzig Iren mit einem üppigen, aber billigen Essen rechneten? Sie konnte es zumindest probieren.
»*Buona sera*«, sagte sie.
Der stämmige junge Mann mit dem dunklen Schopf sah auf. »*Signora?*« Dann starrte er sie ungläubig an. »*Signora?*« wiederholte er, und ihm fiel fast die Kinnlade herunter. »*Non è possibile, Signora*«, rief er und kam mit ausgebreiteten Armen auf sie zu. Es war Alfredo, Marios und Gabriellas ältester Sohn. Rein zufällig war sie in sein Lokal gestolpert. Er küßte sie auf die Wangen. »*E un miracolo*«, meinte er und zog ihr einen Stuhl heran.
Die Signora setzte sich. Ihr war plötzlich so schwindelig, daß sie sich an der Tischplatte festklammern mußte.
»*Stock Ottanto Quattro*«, sagte er und goß ihr ein großes Glas von dem starken, süßen, italienischen Branntwein ein.
»*No grazie …*« Doch sie hielt sich das Glas an die Lippen und nahm einen kleinen Schluck. »Ist das dein Restaurant, Alfredo?«
»O nein, Signora, ich arbeite nur hier … um Geld zu verdienen …«
»Aber was ist mit eurem Hotel? Warum arbeitest du nicht bei deiner Mutter?«
»Meine Mutter ist gestorben, Signora. Vor sechs Monaten. Und ihre Brüder, meine Onkel, sie mischen sich ständig ein, wollen alles entscheiden … dabei haben sie keine Ahnung. Für uns gibt es dort nichts zu tun. Enrico ist geblieben, aber er ist ja auch noch ein Kind. Doch mein Bruder wird nicht mehr aus Amerika heimkehren. Und ich bin nach Rom gegangen, um etwas dazuzulernen.«
»Deine Mutter ist tot? Arme Gabriella. Wie ist es passiert?«
»Es war Krebs, es ging sehr schnell. Sie ist beim Arzt gewesen, kaum daß mein Vater einen Monat tot war.«
»Das tut mir leid«, sagte die Signora. »Ich kann dir gar nicht sagen, wie leid mir das tut.« Und plötzlich war alles zuviel für sie. Daß Gabriella erst jetzt gestorben war anstatt schon vor Jahren, der scharfe Brandygeschmack in ihrer Kehle, kein Platz für das heu-

tige Abendessen, Mario in seinem Grab in Annunziata. Sie brach in Tränen aus und weinte und weinte, während Marios Sohn ihr die Hand streichelte.

Connie lag in ihrem Zimmer auf dem Bett und hatte um jeden Fuß ein mit kaltem Wasser getränktes Handtuch gewickelt. Warum bloß hatte sie keinen Fußbalsam eingepackt oder diese bequemen Schuhe aus handschuhweichem Leder? Wahrscheinlich war ihr der Gedanke peinlich gewesen, vor der weltfremden Signora eine Kulturtasche voll luxuriöser Kosmetika auszupacken. Aber es hätte doch keiner gewußt, daß ihre bequemen Schuhe mehr gekostet hatten, als irgendeiner ihrer Mitreisenden in drei Wochen verdiente. Hätte sie sie nur mitgenommen! Jetzt mußte sie dafür büßen. Morgen würde sie einen Abstecher zur Via Veneto machen und sich dort zum Trost ein paar wunderschöne italienische Schuhe kaufen. Das würde keinem auffallen, und wenn doch, war es auch egal. Hier war keiner besessen von dem Gedanken an Reichtum und Luxus. Nicht jeder dachte in diesen Kategorien. Nicht jeder war ein Harry Kane.
Merkwürdig, daß der Gedanke an ihn sie so ungerührt ließ. Er würde Ende des Jahres aus dem Gefängnis kommen, und sie hatte vom alten Mr. Murphy gehört, daß er dann nach England gehen wollte. Irgendwelche Freunde würden sich um ihn kümmern. Ob Siobhan Casey mitgehen würde, hatte sie sich beiläufig erkundigt, wie man nach Fremden fragt, die einem nichts bedeuten. O nein, habe sie denn nicht gehört, daß die Beziehung zwischen den beiden merklich abgekühlt sei? Harry Kane hatte sich geweigert, Miss Casey zu sehen, als sie ihn im Gefängnis besuchen wollte. Anscheinend gab er ihr an allem die Schuld.
Doch Connie Kane freute sich nicht sonderlich darüber. In gewisser Weise wäre es sogar einfacher gewesen zu wissen, daß er sein neues Leben an der Seite der Frau führte, mit der er schon immer ein Verhältnis gehabt hatte. Ob die beiden wohl auch einmal zusammen in Rom gewesen waren? Und hatten Siobhan und Harry sich von dieser wunderschönen Stadt bezaubern lassen wie

jeder andere, ob verliebt oder nicht? Nun, sie würde es nie erfahren, und es war auch nicht wichtig.
Leise klopfte es an der Tür. Die Signora war also schon zurück. Aber nein, es war die kleine, geschäftige Signora Buona Sera. »Ein Brief für Sie«, sagte sie und überreichte ihr ein Kuvert.
Darin steckte eine schlichte Karte, auf der stand: »Sie könnten im römischen Verkehr leicht ums Leben kommen, und niemand würde Sie vermissen.«

Ehe sie zum Restaurant gingen, wurde noch einmal durchgezählt. Bis auf Connie, Laddy und die Signora waren alle anwesend. Man nahm an, daß Connie und die Signora jeden Moment zusammen eintrudeln würden.
Aber wo steckte Laddy? Aidan war nicht in dem Zimmer gewesen, das er sich mit Laddy teilte, er hatte noch einmal seine Notizen für die morgige Tour zum Forum Romanum und zum Kolosseum durchgesehen. Vielleicht war Laddy ja eingenickt? Aidan lief leichtfüßig die Treppe hoch, aber er konnte Laddy nicht finden. In diesem Augenblick kam die Signora herein, mit blassem Gesicht und der Neuigkeit, daß man zwar woanders, aber zum selben Preis essen würde. Sie hatte im Catania reserviert. Aber sie sah unglücklich und besorgt aus, deshalb wollte ihr Aidan nichts von Laddys und Connies Verschwinden erzählen. Da kam Connie die Treppe herunter und überschlug sich buchstäblich vor Entschuldigungen. Auch sie war blaß. War es für die Frauen heute womöglich zuviel gewesen, überlegte Aidan, die Hitze, der Lärm, die ganze Aufregung? Doch da merkte er, daß er besser nach Laddy suchen sollte. Er beschloß, sich die Adresse des Restaurants geben zu lassen und später zur Gruppe dazuzustoßen. Als die Signora ihm das Visitenkärtchen gab, zitterte ihre Hand.
»Alles in Ordnung, Nora?«
»Ja, Aidan«, log sie.

Plaudernd gingen sie die Straße hinunter, während Aidan nach Laddys Verbleib forschte. O ja, Signor Buona Sera kannte Signor Lorenzo, er hatte angeboten, ihm beim Fensterputzen zu helfen. Ein sehr liebenswürdiger Herr, der in Irland ebenfalls in einem Hotel arbeitet. Er habe sich vorhin sehr gefreut, weil er meinte, aufgeschnappt zu haben, daß jemand seinetwegen hiergewesen sei; und das habe er sich auch nicht ausreden lassen.

»Ein Besucher war hier?«

»Ja, es war jemand gekommen und hatte einen Brief abgegeben, für jemanden von der irischen Gruppe. Als meine Frau mir das erzählt hat, hat Signor Lorenzo gleich gesagt, das müsse die Nachricht sein, auf die er warte. Er wirkte sehr glücklich.«

»Und war sie für ihn? Hat er eine Nachricht bekommen?«

»Nein, Signor Dunne, meine Frau hat ihm sofort widersprochen, daß der Brief für eine der Damen gewesen sei. Aber Signor Lorenzo war überzeugt, daß da ein Irrtum passiert sein müsse, die Nachricht sei ganz bestimmt für ihn gewesen. Aber das sei kein Problem, hat er gemeint, er kenne die Adresse und würde selbst hingehen.«

»O du Allmächtiger!« rief Aidan Dunne. »Da läßt man ihn mal zwanzig Minuten allein und schon denkt er, daß diese verdammte Familie nach ihm schickt!«

Zuerst mußte er ins Restaurant, wo sich alle hingesetzt hatten, um gleich wieder aufzustehen und das Spruchband zu fotografieren, auf dem *Benvenuto agli Irlandesi* stand.

»Ich brauche die Adresse der Garaldis«, flüsterte er der Signora zu.

»Nein! Er ist doch nicht etwa hingegangen?«

»Doch, es sieht ganz so aus.«

Besorgt schaute die Signora ihn an. »Es ist besser, wenn ich gehe.«

»Nein, laß mich gehen. Bleib hier und kümmere dich ums Essen.«

»Ich werde gehen, Aidan, ich kann die Sprache. Und ich habe ihnen auch den Brief geschrieben.«

»Dann gehen wir beide«, schlug er vor.

»Und wer kümmert sich hier um alles? Constanza vielleicht?«

»Nein, sie sieht irgendwie bedrückt aus. Laß mal überlegen. Francesca und Luigi zusammen?«
Gesagt, getan. Die Signora und Mr. Dunne zogen los, um Lorenzo zu finden, und ließen die Gruppe in der Obhut von Francesca und Luigi zurück.
»Warum denn ausgerechnet die?« murrte einer.
»Weil wir am nächsten gesessen haben«, erwiderte Fran, die Friedensstifterin.
»Und weil wir die besten sind«, ergänzte Luigi, der sich gerne auf der Siegerseite sah.

Sie nahmen ein Taxi und fuhren zu dem Haus. »Es ist noch eleganter, als ich erwartet habe«, flüsterte die Signora.
»Da haben sie ihn niemals hineingelassen.« Verblüfft betrachtete Aidan den Vorhof und die große marmorne Eingangshalle.
»*Vorrei parlare con la famiglia Garaldi*«, verlangte die Signora selbstbewußt, obwohl der elegant uniformierte Portier eher einschüchternd wirkte. Er fragte sie nach ihren Namen und ihrem Anliegen, und Aidan staunte, wie sie es schaffte, ihm die Dringlichkeit ihres Wunsches klarzumachen. Der scharlachrot und grau gekleidete Mann ging zu einem Telefon und redete gestikulierend in die Sprechmuschel. Es schien eine Ewigkeit zu dauern.
»Ich hoffe, sie kommen in dem Restaurant ohne uns klar«, meinte die Signora.
»Aber sicher doch. Wie hast du es nur geschafft, so schnell ein so hübsches Plätzchen zu finden? Sie haben uns ja mit offenen Armen empfangen.«
»Ja, sie sind außerordentlich nett gewesen.« Doch in Gedanken schien sie ganz woanders zu sein.
»So außerordentlich ist das hier offenbar gar nicht. Bis jetzt waren sie überall so«, erwiderte Aidan.
»Doch. Weißt du, ich habe den Vater des Kellners gekannt. Das war vielleicht eine Überraschung.«
»Damals in Sizilien?«
»Ja.«

»Und ihn hattest du auch schon gekannt?«
»Von Geburt an ... ich habe zugeschaut, wie man ihn zur Taufe in die Kirche getragen hat.«
Da kam der Portier zurück. »Signor Garaldi sagt, das sei alles sehr verwirrend. Ob er vielleicht mit Ihnen selbst sprechen könne?«
»Wir müssen zu ihm, ich kann es am Telefon nicht erklären«, sagte die Signora. Aidan bewunderte ihren Mut. Obwohl er mit seinen Gedanken noch halb bei ihrer sizilianischen Vergangenheit war. Gleich darauf wurden sie durch einen Innenhof und dann eine andere breite Treppe hinauf geführt. Vor ihnen lagen etliche große Türen, friedlich plätscherte ein Brunnen. Diese Leute waren wirklich reich. Hatte Laddy sich tatsächlich hier Eintritt verschafft?
Man brachte sie in eine Halle, wo durch eine der Türen gerade ein kleiner, aufgeregter Mann in einer Brokatweste hereinstürmte und eine Erklärung verlangte. Seine Frau folgte ihm und versuchte, ihn zu beschwichtigen. Und hinter ihr sah man, in sich zusammengesunken und völlig ratlos, den armen Laddy auf einem Klavierhocker sitzen.
Als er sie entdeckte, hellte sich seine Miene auf. »Signora«, rief er. »Mr. Dunne. Jetzt können sie ihnen alles erzählen. Sie werden es nicht glauben, aber ich habe mein ganzes Italienisch vergessen. Ich konnte nur noch die Wochentage und die Jahreszeiten aufsagen und das Tagesgericht bestellen. Es war einfach schrecklich.«
»*Sta calma, Lorenzo*«, beruhigte ihn die Signora.
»Sie fragen mich ständig, ob ich O'Donoghue bin. Sie haben es mir auf einen Zettel geschrieben.« So verschüchtert und konfus hatten sie ihn noch nie erlebt.
»Ich heiße O'Donoghue, Laddy, und das habe ich auch als Absender auf den Brief geschrieben. Deshalb haben sie wohl geglaubt, daß Sie so heißen.«
»Sie heißen doch nicht O'Donoghue, sie heißen Signora.«
Aidan legte dem verstörten Laddy einen Arm um die Schulter, während die Signora zu einer Erklärung ansetzte, die sie klar und verständlich vorbrachte, soviel bekam er mit. Sie erzählte, wie

dieser Mann vor einem Jahr in Irland ihr Geld gefunden hatte, ein Mann, der in einem Hotel hart arbeitete und ihre freundlichen Worte der Dankbarkeit als Einladung nach Italien mißverstanden hatte. Sie schilderte, wieviel Mühe er sich gegeben hatte, um Italienisch zu lernen, und stellte sich und Aidan als die Leiter seines Italienischkurses vor. Sie hätten sich große Sorgen gemacht, als sie erfahren mußten, daß ihr Freund Lorenzo irrtümlicherweise geglaubt hatte, man hätte ihn eingeladen. Nun wollten sie wieder gehen, aber vielleicht konnten Signor Garaldi und seine Familie liebenswürdigerweise mit irgendeiner freundlichen Geste zeigen, daß sie sich an Laddy und seine bewundernswerte Ehrlichkeit erinnerten. Schließlich habe er ihnen damals ein Bündel Banknoten gebracht, wozu sich nicht viele Menschen auf der Welt, auch nicht in einer Stadt wie Dublin, verpflichtet gesehen hätten.

Während Aidan dastand und Laddys zitternde Schultern unter seinen Händen spürte, staunte er darüber, was für seltsame Wendungen das Leben doch manchmal nahm. Man stelle sich nur vor, er wäre tatsächlich Direktor des Mountainview College geworden, was er sich ja noch vor kurzem von Herzen gewünscht hatte! Nun wußte er, wie sehr ihm diese Aufgabe zuwider gewesen wäre, wieviel besser ein Mann wie Tony O'Brien auf diesen Posten paßte, der übrigens auch nicht der Teufel in Menschengestalt war, für den ihn Aidan noch kürzlich gehalten hatte, sondern ein tüchtiger Bursche, der eisern gegen seine Nikotinsucht ankämpfte und bald Aidans Schwiegersohn sein würde. Wäre es nach Aidans ursprünglichen Wünschen gegangen, würde er jetzt nicht in diesem luxuriösen römischen Stadthaus stehen, mit Aufzeichnungen für einen Vortrag über das Forum Romanum in der Tasche, und einen nervösen Nachtportier beruhigen, während er voller Stolz und Bewunderung dieser seltsamen Frau lauschte, die inzwischen soviel Raum in seinem Leben einnahm. Offenbar hatte sie Klarheit geschaffen, denn nun hellte sich die eben noch erboste und verkniffene Miene des Mannes auf.

»Lorenzo«, sagte Signor Garaldi und trat auf Laddy zu, der sich bei seinem Näherkommen ängstlich versteifte. »*Lorenzo, mio amico.*« Er küßte ihn auf beide Wangen.

Laddy war nicht nachtragend. »Signor Garaldi«, erwiderte er und packte den Mann bei den Schultern. »*Mio amico.*«

Nach einigen knappen Erläuterungen war auch der Rest der Familie über den Sachverhalt aufgeklärt. Wein kam auf den Tisch, kleine italienische Kekse wurden gereicht.

Lorenzo strahlte übers ganze Gesicht. »*Giovedi*«, sagte er immer wieder glücklich.

»Warum sagt er das?« fragte Signor Garaldi, als er sein Glas hob und mit Lorenzo auf den Donnerstag anstieß, ohne zu wissen, warum.

»Ich habe ihm versprochen, daß wir uns am Donnerstag mit Ihnen in Verbindung setzen werden, weil ich verhindern wollte, daß er auf eigene Faust hierherkommt. Aber das habe ich in meinem Brief doch erklärt! Ich habe geschrieben, daß wir am Donnerstag auf zehn Minuten vorbeischauen würden. Haben Sie ihn nicht erhalten?«

Der kleine Mann wirkte beschämt. »Wissen Sie, ich bekomme so viele Bettelbriefe, und da habe ich gedacht, das sei auch einer davon. Er hätte ein bißchen Geld gekriegt, und das wär's dann gewesen. Bitte entschuldigen Sie, aber ich habe das Schreiben nur kurz überflogen, es tut mir unsagbar leid.«

»Ich bitte Sie. Bloß ... meinen Sie, daß er am Donnerstag kommen könnte? Er freut sich so darauf, und vielleicht könnte ich Sie beide zusammen fotografieren. Dann hätte er eine Erinnerung und könnte das Bild seinen Freunden zeigen.«

Signor Garaldi und seine Frau wechselten einen Blick. »Warum kommen Sie nicht mit Ihrem ganzen Kurs, und wir trinken zusammen etwas?« bot er an.

»Wir sind zweiundvierzig Personen«, gab die Signora zu bedenken.

»Diese Häuser sind für solche Gelegenheiten gebaut worden«, erwiderte er mit einer leichten Verbeugung.

Ein Chauffeur wurde gerufen, und kurz darauf fuhren sie quer durch Rom zum Lokal Catania zurück, in eine Straße, in die ein Wagen wie der der Garaldis nur sehr selten, wenn überhaupt je, kam. Die Signora und Aidan sahen sich an wie stolze Eltern, die es geschafft hatten, ihr Kind aus einer prekären Lage zu retten.

»Schade, daß meine Schwester mich jetzt nicht sehen kann«, sagte Laddy unvermittelt.

»Hätte sie sich gefreut?« erkundigte sich die Signora zartfühlend.

»Nun, sie wußte, daß es passieren würde. Wir waren mal bei einer Wahrsagerin, wissen Sie, und die hat gesagt, sie würde heiraten und ein Kind haben, aber jung sterben. Und ich würde ein guter Sportler werden und mal übers Meer reisen. Also wäre es für sie keine Überraschung gewesen. Trotzdem schade, daß sie es nicht mehr erleben kann.«

»Ja, das ist schade. Aber vielleicht sieht sie es ja von oben«, wollte Aidan ihn trösten.

»Mmh, ich bin nicht überzeugt davon, daß überhaupt jemand im Himmel ist, Mr. Dunne«, meinte Laddy, während ihre Limousine mit leisem Brummen Rom durchquerte.

»Wirklich nicht, Laddy? Ich bin mir von Tag zu Tag sicherer.«

Im Catania sangen gerade alle »Low Lie the Fields of Athenry«, und die Kellner standen bewundernd beisammen und klatschen ordentlich Beifall, als sie geendet hatten. Sämtliche anderen Gäste, die sich heute abend nicht hatten abschrecken lassen, im Catania zu essen, waren in die irische Gruppe aufgenommen worden, und es gab ein großes Hallo, als die drei durch die Tür traten.

Alfredo beeilte sich, die Suppe zu holen.

»*Brodo*«, sagte Laddy.

»Wir fangen vielleicht besser gleich mit dem Hauptgang an«, meinte Aidan.

»Entschuldigung, Mr. Dunne, aber ich habe hier das Sagen, bis etwas anderes bestimmt wird. Und ich verlange, daß Lorenzo seine *brodo* bekommt.« So finster hatte Luigi überhaupt noch nie geschaut. Aidan lenkte auch gleich ein und sagte, das sei natürlich nur ein Vorschlag gewesen. »Dann ist's ja gut«, verzieh ihm Luigi.

Fran erklärte der Signora, daß einer der jüngeren Kellner Kathy immer wieder bedrängte, doch nachher mit ihm auszugehen, was sie sehr beunruhige. Konnte die Signora nicht sagen, daß sie nach dem Essen alle zusammen zurück ins Hotel gehen würden?

»Natürlich, Francesca«, nickte die Signora. War es nicht komisch, daß keiner wissen wollte, was mit Laddy gewesen war? Offenbar hatten alle ganz selbstverständlich angenommen, Aidan und sie würden ihn hier in Rom schon finden.

»Lorenzo hat uns allen eine Einladung zu einer Party am Donnerstag verschafft«, sagte sie laut. »In einem wirklich prächtigen Haus.«

»*Giovedi*«, nickte Lorenzo, damit es in bezug auf den Tag ja kein Mißverständnis gab. Auch das nahmen die anderen Kursteilnehmer scheinbar als selbstverständlich hin. Rasch löffelte die Signora ihre Suppe. Als sie sich nach Constanza umschaute, sah sie die sonst so lebhafte Frau geistesabwesend in die Ferne starren. Irgend etwas war passiert, aber Constanza war so verschlossen, daß sie ihr bestimmt nichts verraten würde. Und da die Signora ja ebensowenig von sich preisgab, wollte sie ihr auch keine Fragen stellen.

Da kündigte Alfredo eine Überraschung für die *Irlandesi* an. Eine Torte in den Farben der irischen Nationalflagge wurde hereingetragen. Man hatte sie glasiert, während alle so glücklich beisammensaßen, damit ihnen dieser Tag in unvergeßlicher Erinnerung blieb. Die irischen Farben waren in Italien seit der Fußballweltmeisterschaft gut bekannt.

»Ich weiß gar nicht, wie ich dir danken soll, Alfredo. Du hast uns einen wunderschönen Abend beschert.«

»Ich wüßte schon wie, Signora. Könnten Sie morgen vorbeikommen? Ich möchte mit Ihnen reden. Bitte.«

»Morgen geht es nicht, Alfredo. Da hält Signor Dunne seinen Vortrag über das Forum Romanum.«

»Sie können Mr. Dunne doch jeden Tag hören. Aber ich habe nur ein paar Tage, um mit Ihnen zu reden. Bitte, Signora, kommen Sie.«

»Vielleicht wird er es ja verstehen.« Die Signora sah zu Aidan hinüber. Ihr war gar nicht wohl bei dem Gedanken, ihn im Stich zu lassen. Denn sie wußte, wieviel Mühe er sich mit der Vorbereitung gemacht hatte. Er wollte unbedingt, daß jeder Rom vor Augen hatte, wie es zu der Zeit ausgesehen hatte, als noch Triumphwagen durch die Stadt zogen. Aber Alfredo sah sie so flehentlich an, als ob er ihr unbedingt etwas mitteilen müsse. Sie dachte an ihr vergangenes Leben und die Menschen, die darin eine Rolle gespielt hatten. Und schließlich willigte sie ein.

Es war für die Signora ein leichtes, Caterina aus den Klauen des Kellners zu befreien; sie bat Alfredo einfach, den jungen Mann nach Hause zu schicken. Somit mußten die seelenvollen römischen Augen Caterina anflehen, auf einen anderen Abend zu warten. Zum Abschied überreichte er ihr eine rote Rose und küßte ihr die Hand.

Indes rätselte Connie vergeblich, von wem die mysteriöse Nachricht stammen mochte. Denn Signora Buona Sera hatte sich zwar gleich erinnert, Signora Kane einen Brief gebracht zu haben. Doch weder sie noch ihr Mann wußten, ob ein Mann oder eine Frau den Brief abgegeben hatte. Das würde wohl immer ein Geheimnis bleiben, hatte Signora Buona Sera achselzuckend bedauert. Schlaflos wälzte sich Connie Kane in jener Nacht im Bett hin und her. Warum mußten manche Dinge für immer rätselhaft bleiben? Sie hätte der Signora gern davon erzählt, aber sie wollte sich der zurückhaltenden Frau, die nie über ihr Privatleben sprach, nicht aufdrängen.

»Nein, natürlich, wenn du etwas zu erledigen hast. Es hat ja wohl mit Sizilien zu tun«, sagte Aidan.

»Es tut mir sehr leid, Aidan. Ich hatte mich so darauf gefreut.«

»Ja.« Für einen Augenblick wandte er das Gesicht ab, damit sie nicht merkte, wie verletzt und enttäuscht er war. Aber die Signora hatte es bereits gesehen.

»Wir müssen nicht zu diesem Vortrag gehen«, sagte Lou und zog Suzi zurück ins Bett.
»Ich möchte aber hin«, entgegnete sie und rappelte sich wieder auf.
»Latein, römische Götter und alte Tempel ... das kann doch nicht dein Ernst sein?«
»Mr. Dunne bereitet sich seit Wochen darauf vor, und außerdem möchte die Signora, daß wir dabei sind.«
»Die geht doch selber nicht hin«, verriet Lou.
»Woher, um alles in der Welt, weißt du das?«
»Ich habe mitgekriegt, wie sie es ihm gestern abend gesagt hat«, erzählte Lou. »Er hat ein Gesicht gezogen, als hätte er in eine Zitrone gebissen.«
»Das sieht ihr gar nicht ähnlich.«
»Na, jedenfalls müssen wir nicht hin.« Lou kuschelte sich wieder unter die Decke.
»O doch. Dann ist es um so wichtiger, schon um ihm den Rücken zu stärken.« Bevor Lou noch widersprechen konnte, war Suzi schon aus dem Bett und im Morgenmantel. Erst draußen auf dem Korridor, auf dem halben Weg zum Badezimmer, holte Lou sie ein.

Lizzie und Bill strichen sorgfältig ihre Brote. »Ist das nicht eine prima Idee«, sagte Bill begeistert und hoffte, Lizzy könne sich mit dieser Gewohnheit auch zu Hause anfreunden. Er betete, daß die Einsicht, wie man Geld sparen konnte, letztlich auch in Lizzies Gedankenwelt Einzug hielt. Bisher war Lizzie auf dieser Reise noch vor keinem einzigen Schuhgeschäft stehengeblieben. Und nachdem sie den Preis von einem italienischen Eis in Pfund umgerechnet hatte, hatte sie gesagt, sie fände das keine gute Idee.
»O Bill, stell dich doch nicht so dumm. Wenn wir Schinken und

Eier und Brot kaufen müssen, um uns belegte Brote zu machen, kommt uns das teurer als die Suppe im Pub, die wir mittags immer essen.«

»Mmh, vielleicht.«

»Aber wenn du hier erst einmal ins internationale Bankgeschäft eingestiegen bist, können wir es uns noch mal überlegen. Werden wir in einem Hotel wohnen oder in einer eigenen Villa, was meinst du?«

»Wahrscheinlich in einer Villa«, meinte Bill bedrückt. In seinen Ohren klang das alles ziemlich unrealistisch.

»Hast du dich schon mal informiert?«

»Über Villen?« fragte Bill entsetzt.

»Nein, über die beruflichen Möglichkeiten im hiesigen Bankwesen. Du weißt doch, deshalb lernen wir überhaupt Italienisch«, meinte Lizzie spitz.

»Ja, *zuerst* war das der Grund«, räumte Bill ein. »Aber jetzt lerne ich es, weil es mir Spaß macht.«

»Willst du damit etwa sagen, daß wir nie reich sein werden?« In Lizzies großen schönen Augen spiegelte sich Sorge.

»Nein, nein, das will ich nicht damit sagen. Wir *werden* reich sein. Noch heute werde ich mich in Banken kundig machen. Glaub mir, das tue ich.«

»Ich glaube dir. Na, und nachdem ich jetzt alles belegt und eingewickelt habe, können wir nach dem Vortrag auf dem Forum einen Imbiß machen und vielleicht auch unsere Ansichtskarten schreiben.«

»Diesmal kannst du sogar deinem Vater eine schicken«, meinte Bill.

»Du bist gut mit ihm ausgekommen, nicht wahr?«

Sie hatten einen Kurzbesuch in Galway gemacht, und ihr Versuch, Lizzies Eltern wieder zusammenzubringen, war recht erfolgreich gewesen. Zumindest sprachen die beiden jetzt wieder miteinander und besuchten sich gegenseitig.

»Ja, er gefällt mir, man hat viel Spaß mit ihm.« Das war doch eine sehr diplomatische Art, einen Mann zu beschreiben, der ihm bei

der Begrüßung fast die Hand zermalmt und sich nur wenige Minuten später zehn Pfund von ihm geborgt hatte, fand Bill.
»Wie schön, daß dir meine Familie gefällt, das macht es viel leichter«, meinte Lizzie.
»Und dir meine«, nickte Bill.
Inzwischen hatten auch seine Eltern mehr für Lizzie übrig, nun, da sie längere Röcke und weniger tiefe Ausschnitte trug. Sie hatte seinen Vater gefragt, wie man Speck aufschnitt und was der Unterschied zwischen gekochtem und geräuchertem Schinken war. Und mit Olive hatte sie stundenlang Käsekästchen gespielt und sie mindestens jedes zweite Mal gewinnen lassen, wodurch Olive das Spiel sehr viel Spaß gemacht hatte. Ihre Hochzeit würde also nicht halb so schrecklich werden, wie Bill einst befürchten mußte.
»Also dann auf zu den Vestalinnen«, meinte er und grinste übers ganze Gesicht.
»Was?«
»Lizzie! Hast du denn die Tourenbeschreibung nicht gelesen? Mr. Dunne hat das Wichtigste für uns auf einer Seite zusammengefaßt. Er hat gemeint, soviel sollten wir uns schon merken können.«
»Gib sie mir bitte mal, schnell«, sagte Lizzie.
Aidan Dunne hatte ihnen einen kleinen Lageplan gezeichnet und die Orte eingetragen, die sie im Rahmen seines Vortrags aufsuchen würden. Schnell überflog sie das Blatt, dann gab sie es Bill zurück.
»Was meinst du, ob er mit der Signora schläft?« fragte sie mit leuchtenden Augen.
»Wenn, dann fühlen sich Lorenzo und Constanza bestimmt ein bißchen im Weg.«

Constanza und die Signora hatten sich angezogen und waren auf dem Weg zum Frühstück. Doch beide hatten etwas auf dem Herzen und mußten darüber reden.
»Constanza?«

»*Si, Signora?*«
»Dürfte ich Sie bitten, Notizen zu machen, wenn Aidan heute seinen Vortrag hält? Ich kann nicht dabeisein, was mir sehr leid tut ... und ihm tut es wohl auch leid. Er hat sich wirklich so viel Mühe gemacht.« Die Signora wirkte sehr bedrückt.
»Und Sie müssen es wirklich ausfallen lassen?«
»Ja.«
»Ich bin sicher, daß er es versteht. Aber ich werde die Ohren spitzen und Ihnen alles genau berichten.« Nach einer kurzen Pause sprach Connie weiter: »Ähm, Signora?«
»*Si, Constanza?*«
»Es ist nur ... Haben Sie vielleicht einmal mitbekommen, daß jemand aus unserer Gruppe sich abfällig über mich geäußert hat ... oder wütend auf mich ist, vielleicht, weil er durch meinen Mann Geld verloren hat?«
»Nein, noch nie. Ich habe nicht gehört, daß man überhaupt über Sie gesprochen hätte. Warum fragen Sie?«
»Jemand hat mir eine schreckliche Nachricht geschickt. Wahrscheinlich ist es nur ein schlechter Scherz, aber es beunruhigt mich.«
»Wie lautet sie denn? Bitte zeigen Sie sie mir.«
Connie gab ihr die Karte, und die Augen der Signora füllten sich mit Tränen. »Wann haben Sie die bekommen?«
»Gestern abend, vor dem Abendessen. Jemand hat sie am Empfang hinterlegt, keiner hat mitbekommen, wer. Ich habe schon die Buona Seras gefragt, aber sie wissen es nicht.«
»Das kann niemand aus unserer Gruppe gewesen sein, Constanza, da bin ich mir sicher.«
»Aber wer sonst weiß denn, daß ich in Rom bin?«
Da fiel der Signora etwas ein. »Aidan hat mir erzählt, daß eine offenbar verrückte Frau in Dublin nachgefragt hat, in welchem Hotel wir hier wohnen. Könnte das vielleicht etwas damit zu tun haben? Ob sie uns womöglich nachgefahren ist?«
»Das kommt mir nicht sehr wahrscheinlich vor.«
»Aber noch schwerer fällt es mir zu glauben, daß jemand aus

unserer Gruppe das geschrieben haben soll«, gab die Signora zu bedenken.
»Warum schreibt man mir so etwas? Ausgerechnet jetzt? Und in Rom?«
»Hat jemand etwas gegen Sie?«
»Hunderte von Menschen, wegen dem, was Harry getan hat. Er sitzt deswegen im Gefängnis.«
»Und ist vielleicht eine Frau darunter, die irgendwie aus dem Gleis geraten ist, eine Geistesgestörte?«
»Nicht, daß ich wüßte.« Connie schüttelte entschieden den Kopf. Aber sie wollte ihre Zeit nicht mit wilden Spekulationen vergeuden und auch der Signora nicht den Tag verderben.
»Ich werde mich einfach von der Straße fernhalten und gut aufpassen. Und ich werde alles mitschreiben, Signora, ich verspreche es Ihnen. Es wird fast so gut sein, als wären Sie dabeigewesen.«

»Alfredo, ich hoffe, es ist wirklich wichtig. Du hast keine Ahnung, wie sehr ich jemandem weh tue, weil ich jetzt seinen Vortrag verpasse.«
»Ach, es gibt so viele Vorträge, Signora.«
»Das war ein ganz besonderer. Der Mann hat ihn so liebevoll vorbereitet. Aber kommen wir zur Sache. Also, was gibt's?«
Alfredo brachte ihr einen Kaffee und setzte sich zu ihr. »Signora, ich habe eine riesengroße Bitte.«
Gequält sah sie ihn an. Er würde sie um Geld bitten. Woher sollte er auch wissen, daß sie nichts besaß, buchstäblich nichts? Wenn sie nach Dublin zurückkehrte, stand sie ohne einen Penny da. Sie würde die Sullivans bitten müssen, ihr die Miete bis September zu stunden, erst dann würde sie wieder Geld von der Schule bekommen. Denn sie hatte ihr ganzes Geld in Lire gewechselt, um diese *viaggio* bezahlen zu können. Doch das konnte dieser Junge aus dem kleinen Dorf, der in einem schäbigen römischen Lokal als Kellner arbeitete, bestimmt nicht begreifen. Er sah nur, daß sie für vierzig Leute verantwortlich und somit eine wichtige Person war.

»Die wird womöglich nicht leicht zu erfüllen sein. Es gibt eine Menge, was du nicht weißt«, fing sie an.

»Ich weiß alles, Signora. Ich weiß, daß mein Vater Sie geliebt hat und daß Sie ihn geliebt haben. Daß Sie mit Ihrer Näharbeit am Fenster gesessen und beobachtet haben, wie wir groß wurden. Daß Sie sich meiner Mutter gegenüber sehr großmütig verhalten haben und fortgegangen sind, obwohl Sie es nicht wollten. Aber weil meine Mutter und meine Onkel Sie gedrängt haben, haben Sie schließlich nachgegeben.«

»Das alles hast du gewußt?« Ihre Stimme war nur mehr ein heiseres Flüstern.

»Ja, wir alle wußten es.«

»Seit wann?«

»Solange ich zurückdenken kann.«

»Ich kann es kaum glauben. Dabei dachte ich immer ... nun, es ist ja egal, was ich dachte ...«

»Wir waren alle sehr traurig, als Sie fortgegangen sind.«

Da sah sie auf und lächelte ihn an. »Wirklich?«

»Ja, wir alle. Sie haben uns so oft geholfen. Wir wußten, daß wir Ihnen viel zu verdanken hatten.«

»Woher wußtet ihr das?«

»Weil mein Vater Dinge zugelassen hat, die er normalerweise nie erlaubt hätte. Marias Hochzeit, der Laden in Annunziata, daß mein Bruder nach Amerika gegangen ist ... und noch viel mehr. Das war alles Ihr Werk.«

»Nein, nicht alles. Denn er hat euch geliebt, er wollte das Beste für euch. Wir haben nur manchmal darüber geredet, das war alles.«

»Als Mama gestorben ist, haben wir versucht, Sie ausfindig zu machen. Wir wollten Ihnen schreiben, was passiert war. Aber wir wußten noch nicht einmal Ihren Namen.«

»Das war sehr lieb von euch.«

»Und nun hat Gott Ihre Schritte in dieses Lokal gelenkt. Es war Gottes Wille, davon bin ich überzeugt.« Die Signora schwieg. »Und deshalb wage ich es, Sie um einen wirklich großen Gefallen zu bitten.« Jetzt mußte sie sich an der Tischplatte festhalten. Warum bloß hatte sie kein Geld? Die meisten Frauen in ihrem Alter hatten ein bißchen Vermögen, wenigstens ein Sparbuch. Doch sie hatte sich nie an Besitztümer geklammert. Hätte sie doch nur etwas verkaufen können, um diesem Jungen zu helfen! Er mußte wirklich verzweifelt sein, daß er sie darum bat …

»Nun, dieser Gefallen, Signora …«

»Ja, Alfredo?«

»Sie wissen, worum es geht?«

»Frag mich, Alfredo. Und wenn ich dir den Wunsch erfüllen kann, dann gerne.«

»Wir möchten, daß Sie zurückkommen. Wir wollen, daß Sie nach Hause kommen, Signora. Wo Sie hingehören.«

Constanza verzichtete aufs Frühstück und ging statt dessen einkaufen. Zuerst leistete sie sich die bequemen Schuhe, die sie sich gestern so sehnlich herbeigewünscht hatte, dann erstand sie einen langen Seidenschal für die Signora. Sie entfernte das Designerlabel, damit Elisabetta nicht den Namen erkannte und aufschrie, daß er ein Vermögen gekostet haben müsse. Und schließlich kaufte sie das, wonach sie eigentlich gesucht hatte, und ging zurück, um an der Besichtigung des Forum Romanum teilzunehmen.

Alle waren hellauf begeistert von dem Vortrag. Luigi sagte, er könne es geradezu vor sich sehen, wie die armen Christen ins Kolosseum geführt wurden. Mr. Dunne hatte versprochen, er würde ihnen nicht zu lange auf die Nerven gehen, er wisse, daß er ein alter, verknöcherter Lateinlehrer sei. Doch als er geendet hatte, klatschten alle Beifall und wollten noch mehr hören. Aidan Dunne lächelte überrascht und beantwortete alle ihre Fragen. Gelegentlich schaute er dabei zu Constanza hinüber, die ihn scheinbar die ganze Zeit mit einem Fotoapparat ins Visier nahm, aber nie auf den Auslöser drückte.

Mittags fanden sie sich dann in kleinen Gruppen zusammen und verzehrten ihre Sandwiches. Connie Kane beobachtete Aidan Dunne, der sich kein Sandwich mitgebracht hatte und zu einem Mäuerchen ging, wo er sich hinsetzte und geistesabwesend in die Ferne starrte. Vorher hatte er noch allen erklärt, wie sie wieder zum Hotel zurückkamen. Doch nun saß er einfach still da, traurig, daß die Frau, für die er den Vortrag ausgearbeitet hatte, nicht doch noch gekommen war.

Ob sie zu ihm gehen sollte, überlegte Connie? Doch was hätte sie sagen können, ihr fiel nichts Tröstliches ein. Also ging sie in ein Lokal und bestellte sich gegrillten Fisch und Wein. Es war angenehm, so etwas einfach tun zu können. Doch sie konnte das Essen kaum genießen, sondern fragte sich ständig, wer ihr von Dublin aus gefolgt war, um sie in Angst und Schrecken zu versetzen. Hatte Harry jemanden auf sie angesetzt? Das war ein zu schrecklicher Gedanke, als daß sie ihm weiter nachhängen wollte. An die italienische Polizei konnte sie sich kaum wenden, und wahrscheinlich würde sie auch in Irland keinen Detektiv finden, der ihre Befürchtungen ernst nahm. Ein anonymer Brief in einem römischen Hotel? Lächerlich. Aber Connie hielt sich dicht an den Mauern und Schaufensterscheiben, als sie zum Hotel zurückging.

Nervös erkundigte sie sich an der Rezeption, ob eine weitere Nachricht für sie eingetroffen war.

»Nein, Signora Kane, nichts.«

Barry und Fiona gingen zu der Bar, in der Barry während der Fußballweltmeisterschaft all diese netten Italiener kennengelernt hatte. Er hatte damals Fotos gemacht von den Fahnen, den bunten Flaggen und den Jack-Charlton-Kappen.

»Hast du ihnen denn geschrieben, daß du kommst?« fragte Fiona.

»Nein, das ist kein Ort, wo man sich anmeldet. Du schaust einfach vorbei, und alle sind da.«

»Jeden Abend?«

»Nein, das nicht ... aber meistens.«

»Stell dir doch mal vor, wenn die Leute nach Dublin kämen, um

dich wiederzusehen, da wärst du vielleicht gerade an dem Abend nicht im Pub. Habt ihr denn keine Adressen ausgetauscht?«
»Adressen braucht man da nicht.«
Hoffentlich behält er recht, dachte Fiona. Es lag Barry so viel daran, die Leute wiederzusehen und mit ihnen gemeinsam die Erinnerung an jene glorreichen Tage wiederaufleben zu lassen. Er würde sehr enttäuscht sein, falls er erfahren mußte, daß sich die alten Fußballfans nicht mehr dort trafen. Oder – noch schlimmer – daß sie ihn vergessen hatten.

An diesem Abend konnte jeder tun, wozu er Lust hatte. Unter anderen Umständen hätte Connie vielleicht mit Fran und Kathy zusammen einen Schaufensterbummel gemacht oder mit ihnen in einem Straßencafé etwas getrunken. Doch wie die Dinge lagen, hatte Connie Angst, in der Dunkelheit auszugehen. Vielleicht legte es ja wirklich jemand darauf an, sie vor eins der Autos zu stoßen, die auf den Straßen Roms dahinrasten.
Und wenn die Umstände andere gewesen wären, hätten die Signora und Aidan zusammen gegessen und über den nächsten Tag gesprochen, an dem ein Besuch des Vatikans geplant war. Doch Aidan war gekränkt und fühlte sich einsam, während sie ein ruhiges Plätzchen brauchte, um sich über das überraschende Angebot klarzuwerden, das man ihr gemacht hatte.
Sie wollten, daß sie zurückkam und ihnen im Hotel half, daß sie ihnen englischsprachige Gäste bescherte und wieder zu einem Teil der Dorfgemeinschaft wurde, die sie lange Jahre als eine Außenseiterin betrachtet hatte. Es hätte all den Jahren des Beobachtens und Wartens schließlich doch noch einen Sinn gegeben. Sizilien, wo sie den größten Teil ihres vergangenen Lebens verbracht hatte, würde ihr auch eine Zukunft bieten. Alfredo hatte sie angefleht zurückzukommen. Wenigstens für einen Besuch, damit sie sich selbst ein Bild machen konnte, wie die Dinge standen. Dann würde sie mit eigenen Augen sehen, was es dort alles für sie zu tun gab, wie sehr die Dorfbewohner sie schätzten. Deshalb saß die Signora allein in einem Café und dachte nach.

Nur ein paar Straßen weiter saß Aidan Dunne und versuchte, sich all die angenehmen Seiten dieser Italienreise in Erinnerung zu rufen. Immerhin hatte er es nicht nur geschafft, einen Kurs ins Leben zu rufen, der das ganze Jahr überdauert hatte, die Teilnehmer waren am Ende sogar zusammen nach Rom gefahren. Ohne ihn hätten sie das nie zuwege gebracht. Und er hatte ihnen seine Liebe zu Italien vermitteln können, keiner hatte sich bei seinem Vortrag heute gelangweilt. Somit hatte er sein Ziel erreicht. Ja, er hatte ein Jahr des Triumphes hinter sich. Doch da meldete sich natürlich auch eine andere innere Stimme zu Wort, die ihm sagte, daß alles Noras Werk gewesen war. Sie hatte diese große Begeisterung geweckt, mit ihren albernen Spielen und den komischen Schachteln, die mal als Krankenbetten, mal als Bahnhofsbänke und mal als Restauranttische dienten. Nora hatte ihnen allen diese klangvollen italienischen Namen verpaßt und aus tiefstem Herzen geglaubt, daß sie wirklich eines Tages zusammen auf eine *viaggio* gehen würden. Und nun, kaum daß sie selbst wieder in Italien war, erlag sie dem Zauber dieses Landes.

Sie müsse etwas Geschäftliches besprechen, hatte sie ihm gesagt. Was konnte sie schon mit einem sizilianischen Kellner zu bereden haben, selbst *wenn* sie ihn schon von klein auf kannte? Ohne daß es ihm auffiel, bestellte er bereits das dritte Bier und beobachtete die vielen Menschen, die in dieser warmen Nacht durch die Straßen Roms flanierten. Noch nie in seinem Leben hatte er sich so einsam gefühlt.

Kathy und Fran erzählten, daß sie einen Spaziergang machen wollten. Sie hatten sich eine Route zurechtgelegt, die an der Piazza Navona enden würde, wo sie am ersten Abend gewesen waren. Ob Laddy Lust habe mitzukommen?

Laddy sah sich die Strecke auf dem Stadtplan an. Sie würden ganz nahe am Haus seiner Freunde, der Garaldis, vorbeikommen. »Wir werden nicht hineingehen«, sagte Laddy, »aber ich kann euch das Haus zeigen.«

Als Fran und Kathy das Haus erblickten, waren sie sprachlos.

»Ich kann es einfach nicht glauben, daß wir in einem solchen Palast zu einer Party eingeladen sind«, murmelte Kathy.
»*Giovedì*«, nickte Laddy stolz. »Doch, am Donnerstag, ihr werdet ja sehen. Er hat uns alle eingeladen, alle zweiundvierzig. Ich habe *quarantadue* gesagt, aber er meinte nur *si, si, benissimo.*«
Es war nur ein außergewöhnliches Ereignis mehr auf dieser außergewöhnlichen Reise.

Connie hatte eine Zeitlang in ihrem Zimmer auf die Rückkehr der Signora gewartet, um ihr ihre Überraschung zu zeigen. Doch es wurde dunkel, und die Signora war immer noch nicht zurück. Von draußen drangen Gesprächsfetzen herein, Leute grüßten sich auf der Straße, von fern hörte man das Rauschen des Verkehrs, und in einem nahen Restaurant klirrten Gläser und Besteck. Connie beschloß, sich von diesem gemeinen, hinterhältigen Briefeschreiber nicht an die Kette legen zu lassen. Egal, wer es war, er würde sie nicht in aller Öffentlichkeit umbringen, selbst wenn Harry ihn geschickt haben sollte.
»Zur Hölle mit ihm! Wenn ich heute abend auf dem Zimmer bleibe, hat er gewonnen«, sagte sie laut. Und so ging sie um die Ecke in eine Pizzeria und setzte sich dort an einen Tisch. Connie hatte nicht bemerkt, daß ihr jemand vor der Tür des Hotels Francobollo aufgelauert hatte und gefolgt war.

Lou und Suzi verbrachten den Abend am anderen Flußufer, in Trastevere. Zwar waren sie mit Bill und Lizzie um die kleine Piazza geschlendert, aber die Restaurants waren hier – wie die Signora sie schon gewarnt hatte – ein bißchen zu teuer für sie. War es nicht großartig, daß sie die Sache mit dem *piatto del giorno* gelernt hatten und in Lire rechnen konnten, anstatt die Preise jedesmal umständlich in irische Pfund umrechnen zu müssen?
»Wir hätten unsere Sandwiches besser bis abends aufgehoben«, meinte Lizzie betrübt.
»Hier können wir jedenfalls nicht rein.« Suzi nahm es gelassen hin.

Aber Lou war aufgebracht. »Wißt ihr, das läuft einfach alles total ungerecht ab. Die meisten Leute hier werden geschmiert, leben von Bestechung und Korruption, haben Verbindungen zur Mafia. Glaubt mir, ich weiß das …«
»Schon gut, Lou, aber das spielt doch jetzt keine Rolle.« Suzi hörte nicht gern Andeutungen über seine dunkle Vergangenheit. Er hatte auch noch nie offen darüber gesprochen. Doch immer wieder ließ Lou sehnsüchtig durchblicken, daß ihr Leben sehr viel angenehmer hätte sein können, wenn Suzi sich nicht so angestellt hätte.
»Du meinst, gestohlene Kreditkarten und so?« fragte Bill interessiert.
»Nein, nein. Es läuft mehr auf der Ebene von Gefälligkeiten. Du tust einem einen Gefallen, und er lädt dich dafür zum Essen ein, du tust jemandem einen großen Gefallen und kriegst viele Einladungen oder ein Auto. So einfach ist das.«
»Man muß jemandem bestimmt ganz schön viele Gefälligkeiten erweisen, bis man dafür ein Auto bekommt«, überlegte Lizzie.
»Kommt darauf an. Es hängt nicht unbedingt davon ab, wieviel man für jemanden tut, sondern wie zuverlässig man ist. Das ist wohl das Wesentliche bei diesem System.«
Alle nickten verblüfft. Manchmal betrachtete Suzi den riesigen Smaragd in ihrem Verlobungsring. So viele Leute hatten behauptet, er müsse echt sein, daß sie zu dem Schluß gekommen war, der Ring sei wohl der Dank für eine riesengroße Gefälligkeit, die Lou mal jemandem erwiesen hatte. Natürlich hätte sie ihn einfach schätzen lassen können. Aber es schien ihr doch besser, nicht allzu genau Bescheid zu wissen.
»Ach, wenn uns doch nur jemand um einen Gefallen bitten würde«, seufzte Lizzie und betrachtete sehnsüchtig das Restaurant, in dem Musiker von Tisch zu Tisch gingen und der Blumenverkäufer den Gästen langstielige Rosen verkaufte.
»Dann halt die Augen offen, Elisabetta«, lachte Lou.
In diesem Moment erhoben sich ein Mann und eine Frau von ihrem Tisch auf dem Gehsteig, die Frau schlug dem Mann ins

Gesicht, der Mann packte ihre Handtasche und sprang über die kleine Hecke, die das Restaurant vom Gehsteig trennte.
Lou brauchte nur zwei Sekunden, um ihn zu schnappen. Er drehte dem Mann den Arm auf den Rücken, was offensichtlich sehr weh tat, und hielt die andere Hand mit der gestohlenen Handtasche hoch, so daß alle sie sehen konnten. Dann führte er ihn zwischen den Gästen hindurch zum Geschäftsführer.
Langwierige Erklärungen auf italienisch folgten und führten dazu, daß die *carabinieri* geholt wurden. Es herrschte große Aufregung. Doch sie erfuhren nie, was eigentlich passiert war. Ein paar Amerikaner an einem Tisch mutmaßten, die Frau habe sich mit einem Gigolo eingelassen. Engländer am Nebentisch hingegen behaupteten, es habe sich um den Freund der Frau gehandelt, einen ehemaligen Drogenabhängigen. Für ein französisches Pärchen war es nichts weiter als eine kleine Meinungsverschiedenheit zwischen Liebenden gewesen, aber sie fanden es richtig, daß man den Mann zur Polizeiwache brachte.
Lou und seine Freunde waren die Helden des Abends. Als die Frau ihm eine Belohnung anbot, handelte Lou statt dessen ein Essen für sich und seine Freunde aus. Das schien allen Seiten entgegenzukommen.
»*Con vino, se è possibile?*« ergänzte Lou. Sie tranken, bis sie alle beinahe vom Stuhl fielen, und mußten ein Taxi nach Hause nehmen.
»Dasch war der schönschte Abend meinesch Lebensch«, lallte Lizzi, die zweimal hinfiel, bevor sie ins Taxi krabbelte.
»Man muß eben einfach nur die Augen offenhalten«, meinte Lou.

Connie sah sich in der Pizzeria um. Es saßen hauptsächlich junge Leute hier, im Alter ihrer Kinder, die sich lebhaft unterhielten, fröhlich lachten und einander ins Wort fielen. Sehr lebendig und selbstbewußt. Was, wenn dies der Ort war, an dem man sie zuletzt gesehen haben würde? Was, wenn es tatsächlich stimmte, wenn wirklich jemand hinter ihr her war, jemand, der Drohbriefe an der Rezeption hinterließ? Aber man würde sie doch nicht vor aller

Augen umbringen wollen? Nein, unmöglich. Und doch, wie sonst ließ sich dieser Brief erklären? Er steckte noch immer in ihrer Handtasche. Vielleicht sollte sie sicherheitshalber eine Notiz dazuschreiben, etwa daß sie befürchte, die Karte könne von Harry oder einem seiner »sogenannten« Partner stammen? Aber das war doch verrückt. Oder wollte er sie vielleicht verrückt machen? Connie hatte so etwas schon in Filmen gesehen. Dazu durfte sie es keinesfalls kommen lassen.

Ein Schatten fiel auf ihren Tisch, und als sie aufsah, erwartete sie, den Kellner zu sehen oder einen Gast, der sich einen Stuhl von ihrem Tisch ausborgen wollte. Doch ihr Blick fiel auf Siobhan Casey, die langjährige Geliebte ihres Mannes. Auf die Frau, die Harry nicht nur einmal, sondern gleich zweimal geholfen hatte, Geld zu veruntreuen.

Allerdings sah sie jetzt anders aus, älter und müde. Falten durchzogen ihr vormals jugendlich glattes Gesicht. Und in ihren Augen lag ein gefährliches Funkeln. Plötzlich wurde es Connie angst und bang, die Worte blieben ihr im Hals stecken.

»Sie sind noch immer allein«, höhnte Siobhan. Connie brachte weiterhin keinen Ton heraus. »Ganz egal, in welcher Stadt Sie sind, mit wie vielen Schmarotzern Sie durch die Gegend ziehen, letztlich sitzen Sie immer allein herum.« Siobhan lachte bellend und ohne die geringste Spur von Fröhlichkeit.

Connie bemühte sich, ganz ruhig zu bleiben; keinesfalls durfte sie sich ihre Angst anmerken lassen. Nun machte es sich bezahlt, daß sie jahrelang gute Miene zum bösen Spiel gemacht hatte. »Ich bin gar nicht allein«, entgegnete sie und schob einen Stuhl in Siobhans Richtung.

Da verfinsterte sich Siobhans Gesicht. »Immer noch die große Dame und nichts dahinter. Nichts!« Da Siobhan jetzt sehr laut geworden war, drehten sich die Leute zu ihnen um, als rechneten sie jeden Moment mit einer handfesten Auseinandersetzung.

Aber Connie antwortete sehr leise. »Das ist ja wohl kaum die passende Umgebung für eine große Dame.« Sie hoffte, daß ihre Stimme nicht zitterte.

»Nein, es ist dieses Wohltätigkeitsgehabe Ihrer Hoheit. Da Sie keine wirklichen Freunde haben, spielen Sie für ein paar Versager die große Gönnerin und machen mit ihnen sogar so eine schäbige Reise. Doch nicht einmal *die* wollen Sie haben. Sie werden immer allein sein, stellen Sie sich also lieber gleich darauf ein.«
Connie entspannte sich ein wenig. Vielleicht wollte Siobhan Casey sie ja doch nicht umbringen. Denn warum sonst sollte sie ihr eine freudlose, einsame Zukunft ausmalen? Connie faßte ein bißchen Mut. »Ich habe mich schon längst darauf eingestellt. Schließlich bin ich seit Jahren allein«, erwiderte sie schlicht.
Überrascht sah Siobhan sie an. »Sie sind ganz schön kaltblütig, was?«
»Nein, eigentlich nicht.«
»Haben Sie gewußt, daß der Brief von mir war?« Klang Siobhan enttäuscht, oder freute es sie, daß sie ihr solche Angst eingejagt hatte? Noch immer hatte sie diesen irren Blick. Connie wußte nicht recht, wie sie sich verhalten sollte. War es besser zuzugeben, daß sie keine Ahnung gehabt hatte, oder sollte sie so tun, als ob sie Siobhan von Anfang an durchschaut hätte? Diese Entscheidung war eine Qual.
»Nun, ich habe es vermutet, aber ich war mir nicht ganz sicher.« Connie staunte selbst, wie gefaßt sie klang.
»Warum?«
»Niemand außer Ihnen macht sich wirklich etwas aus Harry. Wer sonst hätte den Brief also schreiben sollen?«
Darauf herrschte Schweigen. Siobhan stützte sich auf die Stuhllehne, während das Geplauder und Gelächter im Lokal wieder auflebte. Da sich die beiden Ausländerinnen – dem ersten Anschein zum Trotz – offenbar doch nicht in die Haare geraten würden, schwand das Interesse an ihnen. Allerdings würde Connie ihr nicht anbieten, sich zu ihr zu setzen. Sie würde nicht so tun, als ob zwischen ihnen alles soweit in Ordnung wäre, daß sie wie zwei alte Bekannte an einem Tisch sitzen konnten. Siobhan Casey hatte gedroht, sie umzubringen, sie war buchstäblich verrückt.

»Er hat Sie nie geliebt, wissen Sie das?«

»O doch, am Anfang hat er mich geliebt, bevor er wußte, daß ich mir nichts aus Sex mache.«

»Nichts daraus machen!« schnaubte Siobhan. »Er hat mir erzählt, wie mitleiderregend sie dagelegen haben, wimmernd, steif und völlig verkrampft. Genau so hat er es ausgedrückt: mitleiderregend.«

Connies Augen wurden zu schmalen Schlitzen. So eine Indiskretion hätte sie Harry nicht zugetraut. Er wußte schließlich, wieviel Mühe sie sich gegeben und wie sehr sie ihn geliebt hatte. Da war es eine unerhörte Grausamkeit, Siobhan solche Einzelheiten zu erzählen. »Ich habe versucht, etwas dagegen zu tun, wissen Sie.«

»Ach ja?«

»Ja. Es war sehr deprimierend und quälend und schmerzlich. Und letztlich hat es mehr geschadet als genützt.«

»Sie haben Ihnen wohl gesagt, daß Sie 'ne Lesbe sind?« Siobhan wiegte sich hin und her, das glatte Haar fiel ihr strähnig ins Gesicht, während sie spöttisch auf Connie herabschaute. Diese Frau hatte keinerlei Ähnlichkeit mit der tüchtigen Miss Casey vergangener Tage.

»Nein, und ich glaube auch nicht, daß *das* der Grund war.«

»Was denn sonst?« Siobhan schien die Neugier gepackt zu haben.

»Man hat mir gesagt, ich könne Männern kein Vertrauen entgegenbringen, weil mein Vater unser ganzes Vermögen verspielt hat.«

»Kompletter Schwachsinn.«

»Das habe ich zuerst auch gesagt. Vielleicht etwas vornehmer, aber im Grunde habe ich das gemeint.« Auf Connies Gesicht zeigte sich ein mattes Lächeln.

Unerwartet zog Siobhan sich einen Stuhl heran und setzte sich. Nun, da Connie nicht mehr zu ihr aufschauen mußte, sah sie noch deutlicher, welche tiefen Spuren die letzten Monate in Siobhan Caseys Gesicht hinterlassen hatten. Zudem war ihre Bluse fleckig, ihr Rock saß schlecht, und ihre Fingernägel waren schmutzig und abgekaut. Das ungeschminkte Gesicht blieb keine Sekunde lang

ruhig. Sie muß zwei oder drei Jahre jünger sein als ich, ging Connie durch den Sinn, aber sie sieht um Jahre älter aus.
Stimmte es, daß Harry ihr gesagt hatte, er sei fertig mit ihr? Das hatte sie wohl aus der Bahn geworfen. Connie beobachtete, wie Siobhan nach einem Messer und einer Gabel griff; sie spielte nervös mit dem Besteck herum und nahm es ständig von einer Hand in die andere. Diese Frau war sehr aufgewühlt. Die Gefahr war noch längst nicht vorüber.
»Rückblickend betrachtet war eigentlich alles für die Katz. Er hätte Sie heiraten sollen«, sagte Connie.
»Ich hatte für ihn nicht genug Klasse. Ich wäre nicht die Gastgeberin gewesen, die er gewollt hat.«
»Das war doch nur ein sehr kleiner und höchst oberflächlicher Teil seines Lebens. Er hat praktisch mit Ihnen zusammengelebt.«
Connie hoffte, daß diese Taktik sich auszahlen würde. Schmeichle ihr, erzähl Siobhan, daß sie Dreh- und Angelpunkt in Harrys Leben war. Laß sie bloß nicht ins Grübeln geraten, sonst wird ihr bewußt, daß es nun aus und vorbei ist ...
»Da er zu Hause keine Liebe fand, war es nur natürlich, daß er sie woanders gesucht hat«, meinte Siobhan, während sie sich Connies Glas Chianti nahm und es in einem Zug leerte.
Mit einem Blick und einer winzigen Geste bedeutete Connie dem Kellner, mehr Wein und ein zweites Glas zu bringen. Er schien die Spannung zu spüren, denn als er Flasche und Glas brachte, stellte er beides nur wortlos hin; kein kleiner Scherz, nicht einmal ein freundliches Wort der Begrüßung kam diesmal über seine Lippen.
»Ich habe ihn lange Zeit geliebt.«
»Schöne Art, ihm das zu zeigen, indem Sie ihn verpfeifen und ins Kittchen bringen.«
»Da habe ich ihn nicht mehr geliebt.«
»Ich liebe ihn noch heute.«
»Ich weiß. Und obwohl Sie mich hassen mögen, ich habe Sie nie gehaßt.«
»Ach nein?«

»Nein. Denn ich wußte, daß er Sie brauchte und wahrscheinlich immer noch braucht.«
»Nein, jetzt nicht mehr, und das geht ebenfalls auf Ihr Konto. Wenn er rauskommt, zieht er nach England. Das ist Ihre Schuld. Sie haben es ihm unmöglich gemacht, in seiner Heimat zu leben.«
Siobhans fleckiges Gesicht sah unglücklich aus.
»Aber ich nehme doch an, Sie begleiten ihn.«
»Nein, da irren Sie sich.« Wieder dieser höhnische Ton und dazu der irre, gehetzte Blick.
Jetzt durfte Connie keinen Fehler machen. Das war lebenswichtig. »Ich war eifersüchtig auf Sie, aber ich habe Sie nie gehaßt. Denn Sie konnten ihm alles geben, ein richtiges Liebesleben, Treue, echtes Verständnis für seine Arbeit. Er hat die meiste Zeit mit Ihnen verbracht, Himmel noch mal, wie sollte ich da nicht eifersüchtig sein?« Damit hatte sie Siobhans Aufmerksamkeit wieder geweckt. »Aber glauben Sie mir bitte, ich habe Sie niemals *gehaßt.*«
Interessiert musterte die ehemalige Sekretärin sie. »Wahrscheinlich waren Sie ganz froh, daß er es nur mit mir trieb und nicht mit einer ganzen Heerschar anderer Frauen?«
Das war dünnes Eis. Connie wußte, daß alles an ihrer Antwort hing. Sie betrachtete das verhärmte Gesicht von Siobhan Casey, dieser Frau, die Harry seit jeher geliebt hatte und immer lieben würde. Wußte sie wirklich nichts von der Stewardeß, von der Frau, der in Galway ein kleines Hotel gehörte, von der Gattin des Geschäftspartners? Wie war das möglich, sie hatte ihm doch immer so nah gestanden? Aber so genau sie Siobhans Gesicht auch musterte, sie sah darin nur die Überzeugung, die einzige Frau in Harry Kanes Leben gewesen zu sein.
Nachdenklich suchte Connie nach Worten. »Ja, das ist wohl wahr. Es wäre bestimmt sehr demütigend gewesen, sich vorzustellen, daß er hinter jedem Rock her war ... aber trotzdem hat es mir nicht gerade gefallen ... ich wußte schließlich, daß er und Sie etwas ganz Besonderes miteinander teilten. Wie schon gesagt, er hätte gleich Sie heiraten sollen.«

Siobhan dachte darüber nach, doch als sie antwortete, hatten sich ihre Augen zu Schlitzen verengt. »Wenn Ihnen also klar war, daß ich Ihnen hierher gefolgt bin, ich Ihnen diesen Brief geschrieben habe, warum hatten Sie dann keine Angst?«

Connie hatte panische Angst, doch sie riß sich zusammen. »Wahrscheinlich habe ich gedacht, Sie wüßten, daß Sie für Harry die einzige Frau sind, die zählt. Auch wenn es vielleicht die eine oder andere Schwierigkeit gibt.« Siobhan lauschte gebannt. »Und natürlich habe ich eine Art Lebensversicherung abgeschlossen, Sie kommen also nicht ungeschoren davon, wenn Sie mir wirklich etwas antun sollten.«

»Sie haben was?«

»Ich habe meinem Anwalt einen Brief geschrieben mit der Anweisung, ihn zu öffnen, sollte mir in Rom oder auch sonst irgendwo plötzlich etwas zustoßen. Darin befindet sich eine Kopie Ihrer Nachricht sowie mein Vermerk, daß sie möglicherweise von Ihnen stammt.«

Beinahe bewundernd nickte Siobhan. Ach, hätte man doch mit dieser Frau vernünftig reden können! Doch dazu hatte sie sich viel zu sehr in ihre Verzweiflung hineingesteigert. Es war nicht der richtige Zeitpunkt für ein Gespräch von Frau zu Frau, in dem Connie ihr raten könnte, sich zusammenzureißen, etwas für ihre äußere Erscheinung zu tun, in England ein gemütliches Heim für Harry zu schaffen und dort auf seine Entlassung zu warten. Denn Connie war sicher, daß längst nicht alles Geld aufgespürt und zurückerstattet worden war. Doch es war schließlich nicht ihre Aufgabe, Siobhans Leben in die Hand zu nehmen. Und ihr zitterten immer noch die Knie. Zwar hatte Connie es bislang geschafft, ruhig und normal zu wirken, obwohl sie einer gefährlichen Verrückten gegenübersaß, die gedroht hatte, sie zu ermorden. Aber sie wußte nicht, wie lange sie das noch durchhalten würde. Sie sehnte sich nach der Sicherheit des Hotels Francobollo.

»Ich werde Ihnen nichts tun«, sagte Siobhan da mit leiser Stimme. »Es wäre auch zu schade, gerade dann ins Gefängnis zu wandern,

wenn Harry es verläßt«, entgegnete Connie so beiläufig, als ob sie über Souvenirkäufe plaudern würden.
»Wo haben Sie nur diese Gelassenheit her?« wunderte sich Siobhan.
»Die vielen Jahre der Einsamkeit waren eine gute Schule«, erwiderte Connie, die sich eine unerwartete Träne des Selbstmitleids aus dem Augenwinkel wischte und dann zielstrebig zum Kellner ging. Sie drückte ihm ein Bündel Lirescheine in die Hand, das die Rechnung bestimmt beglich.
»*Grazie, tante grazie, Signora*«, bedankte er sich.
Die Signora! Sie würde inzwischen bestimmt wieder dasein, und Connie brannte darauf, ihr die Überraschung zu zeigen. Dagegen erschien ihr die Szene hier in dieser Pizzeria völlig unwirklich: die traurige Frau am Tisch, die seit einer Ewigkeit die Geliebte ihres Mannes gewesen und nun nach Rom gekommen war, um sie zu töten. Connie warf Siobhan Casey noch einen letzten Blick zu, verabschiedete sich aber nicht von ihr. Es gab nichts mehr zu sagen.

In der Bar, in der Barry und Fiona nach den Freunden aus den Tagen der Fußballweltmeisterschaft suchten, ging es sehr laut zu.
»Wir haben immer dort hinten gesessen«, erklärte Barry.
Dort drängelten sich eine Menge junger Leute, und der riesige Fernsehapparat war noch mehr in den Vordergrund gerückt worden. Gerade wurde ein Spiel übertragen, und alle waren gegen Juventus. Völlig egal, für wen sie waren, Juventus war jedenfalls der Gegner. Trotz seines eigentlichen Anliegens ließ sich Barry von dem Geschehen auf dem Bildschirm in Bann ziehen. Auch Fiona sah interessiert zu und buhte mit, als der Schiedsrichter nach Meinung sämtlicher Anwesender falsch gepfiffen hatte.
»Sie interessieren sich für Fußball?« fragte sie einer der Männer.
Sofort legte Barry ihr den Arm um die Schulter. »Sie versteht nicht alles, aber ich war schon einmal hier, während der Weltmeisterschaft, genau in dieser Bar. Ich komme aus Irland.«
»Irlanda!« rief der Mann begeistert. Barry zog die Fotos aus der

Tasche: fröhliche, johlende Menschen, damals wie heute, nur daß sie jetzt keine Fan-Kluft trugen. Der Mann stellte sich vor, er hieß Gino, dann zeigte er die Fotos den anderen, die herüberkamen und Barry auf den Rücken klopften. Namen schwirrten durch die Luft: Paul McGrath, Cascarino, Houghton, Charlton. Zaghaft wurde auch der A.C. Mailand erwähnt, was allgemeinen Anklang fand. Es waren nette Kerle. Und das Bier floß in Strömen.

Fiona konnte der Unterhaltung nicht folgen. Zudem bekam sie Kopfschmerzen. »Wenn du mich liebst, Barry, dann laß mich ins Hotel zurückgehen. Der Weg ist ganz einfach, immer schnurstracks geradeaus die Via Giovanni entlang und dann links.«

»Hmmh, ich weiß nicht.«

»Bitte, Barry, ich verlange doch wirklich nicht viel.«

»Barry, Barry«, riefen die anderen immer wieder.

»Paß aber gut auf dich auf«, meinte er.

»Ich laß den Schlüssel in der Tür stecken«, versprach sie und warf ihm eine Kußhand zu.

Die Straßen waren hier so sicher wie in ihrem Viertel in Dublin. Gut gelaunt ging Fiona zurück zum Hotel, sie freute sich, daß Barry seine Freunde aufgespürt hatte. Obwohl dieses große Wiedersehen recht zufällig gewirkt hatte, denn zuerst hatte sich scheinbar keiner an den Namen des anderen erinnern können. Na ja, Männer. Sie bewunderte die Blumenkästen an den Fenstern, die vielen kleinen Töpfe mit den Geranien und Fleißigen Lieschen, die hier viel farbenprächtiger aussahen als zu Hause. Das lag natürlich am Wetter. Bei soviel Sonne gedieh einfach alles.

Als sie an einer Bar vorbeikam, sah sie Mr. Dunne mit traurigem Gesicht ganz allein an einem Tisch sitzen. Er hatte ein Bier vor sich stehen und schien mit seinen Gedanken Millionen Meilen weit weg zu sein. Spontan trat Fiona ein, um ihm Gesellschaft zu leisten. »Ah, Mr. Dunne ... wir zwei beide ganz allein.«

»Fiona!« Er schien in die Gegenwart zurückzukehren. »Wo ist denn Bartolomeo?«

»Bei seinen Fußballfreunden. Ich habe Kopfschmerzen bekommen, da bin ich gegangen.«

»Oh, er hat sie also gefunden. Das ist ja wunderbar.« Mr. Dunnes freundliches Lächeln wirkte ein bißchen matt.
»Ja, und er ist hellauf begeistert. Wie gefällt es Ihnen denn so, Mr. Dunne?«
»Sehr gut, wirklich.« Aber es klang nicht ganz aufrichtig.
»Sie sollten nicht so allein hier herumsitzen, Sie haben es doch zusammen mit der Signora organisiert. Wo steckt sie denn?«
»Sie hat ein paar Freunde aus Sizilien getroffen. Dort hat sie früher gelebt, wissen Sie.« Nun schwang auch noch ein verbitterter Unterton in seiner Stimme mit.
»Oh, wie schön.«
»Schön für sie. Sie verbringt den Abend mit ihnen.«
»Es ist doch nur ein Abend, Mr. Dunne.«
»Vielleicht.« Jetzt schmollte er wie ein Zwölfjähriger.
Nachdenklich sah Fiona ihn an. Sie wußte so viel. Beispielsweise, daß seine Frau Nell ein Verhältnis mit Barrys Vater gehabt hatte. Das war zwar inzwischen vorbei, aber offensichtlich kamen von Mrs. Dunne weiterhin bestürzte Anrufe und Briefe; sie hatte keine blasse Ahnung, daß Fiona für den Bruch gesorgt hatte. Von Grania und Brigid wußte Fiona, daß ihr Vater ganz und gar nicht glücklich war und sich für Stunden in sein kleines italienisches Zimmer zurückzog, ja, es kaum noch verließ. Und wie jeder Teilnehmer dieser *viaggio* wußte sie natürlich, daß er in die Signora verliebt war. Ihr fiel ein, daß in Irland neuerdings Ehen geschieden werden konnten.
Die schüchterne Fiona von früher hätte es dabei bewenden lassen, sie hätte sich nicht eingemischt. Aber die neue, glückliche Fiona scheute keine Auseinandersetzung. Und so holte sie tief Luft. »Gestern hat mir die Signora erzählt, daß Sie es waren, der den Traum ihres Lebens wahr gemacht hat. Sie hat gesagt, bis Sie ihr diesen Job angeboten haben, hätte sie sich immer klein und unbedeutend gefühlt.«
Doch Mr. Dunne antwortete nicht so, wie sie es sich gewünscht hätte. »Das war, bevor sie diese Sizilianer wiedergetroffen hat.«
»Nein, das hat sie auch heute mittag nochmals gesagt«, log Fiona.

»Ja?« Er wirkte wie ein kleines Kind.

»Mr. Dunne, darf ich offen und ganz im Vertrauen mit Ihnen reden?«

»Natürlich, Fiona.«

»Und Sie werden nie jemandem verraten, was ich Ihnen gesagt habe, insbesondere Grania und Brigid nicht?«

»Versprochen.«

Fiona wurde ganz flau. »Vielleicht brauche ich zuerst etwas zu trinken.«

»Kaffee, ein Glas Wasser?«

»Einen Brandy, fürchte ich.«

»Wenn es so schlimm ist, dann bestelle ich mir besser auch einen«, erwiderte Aidan Dunne, und sie teilten dem Kellner in fließendem Italienisch ihren Wunsch mit.

»Mr. Dunne, Ihre Frau ist nicht hier bei Ihnen.«

»Ja, das habe ich bemerkt«, nickte Aidan.

»Nun, es gab da eine bedauerliche Episode. Denn, wissen Sie, sie war mit Barrys Vater befreundet – ein wenig zu gut befreundet. Was Barrys Mutter ziemlich mitgenommen hat. Nun, mehr als das. Sie hat versucht, sich umzubringen.«

»*Was?*« Aidan Dunne war völlig schockiert.

»Es ist noch mal gutgegangen, und die Sache zwischen Ihrer Frau und Barrys Vater ist auch vorbei, seit der *festa* oben im Mountainview. Wie Sie vielleicht noch wissen, ist Mrs. Dunne ziemlich überstürzt nach Hause gegangen. Und jetzt ist Barrys Mutter wieder auf den Beinen, und sein Vater ist auch nicht mehr, na ja, unschicklich eng mit Mrs. Dunne befreundet.«

»Fiona, davon ist kein Wort wahr!«

»Doch, Mr. Dunne. Aber Sie haben mir hoch und heilig versprochen, es niemandem weiterzuerzählen.«

»Aber das ist doch wirres Zeug, Fiona.«

»Nein, es ist die Wahrheit. Sie können ja Ihre Frau fragen, wenn Sie nach Hause kommen. Sie ist die einzige, mit der Sie darüber reden dürfen. Aber vielleicht wäre es besser, das ebenfalls seinzulassen. Barry hat keine Ahnung, ebensowenig wie Grania oder

Brigid, warum sollten wir sie alle unglücklich machen?« Mit ihren großen Brillengläsern, in denen sich die Lichter der Bar spiegelten, wirkte sie so grundehrlich, daß Aidan ihr schließlich glaubte.
»Aber warum erzählst du mir davon, wenn keiner es wissen darf und niemand deswegen bekümmert sein soll?«
»Weil ... weil ich möchte, daß Sie und die Signora glücklich werden, Mr. Dunne. Ich will nicht, daß Sie denken, Sie wären zuerst untreu geworden in Ihrer Ehe. Gewissermaßen wollte ich sagen, daß Sie keine falsche Rücksicht zu nehmen brauchen, da das mit der Treue sowieso schon nicht mehr der Fall war.« Abrupt hielt Fiona inne.
»Du bist ein erstaunliches Kind«, sagte er. Nachdem er die Rechnung bezahlt hatte, gingen sie schweigend zum Hotel Francobollo zurück. In der Eingangshalle schüttelte er ihr förmlich die Hand. »Ganz erstaunlich«, sagte er noch einmal.
Dann ging er hinauf in sein Zimmer, wo Laddy gerade die Sachen zurechtlegte, die morgen vom Papst geweiht werden sollten ... die päpstliche Audienz in der Aula auf dem Petersplatz! Aidan preßte die Hände an die Schläfen. Die hatte er ja völlig vergessen. Laddy hatte extra sechs Rosenkränze mitgebracht, die er jetzt in dem kleinen Vorraum auseinanderklaubte. Vorher hatte er schon für die Buona Seras, die von seiner Hilfsbereitschaft schier überwältigt waren, Schuhe geputzt. »*Domani mercoledi noi vedremo Il Papa*«, sagte er glücklich.

In ihrem Zimmer angelangt mußte Lou seiner Suzi gestehen, daß er zwar voller Verlangen nach ihr war, aber nicht glaubte, es ihr auch zeigen zu können. »Ein bißchen zuviel Alkohol«, erklärte er, als sei dies eine tiefe Erkenntnis.
»Macht nichts. Sparen wir unsere Kräfte für den Besuch beim Papst morgen«, meinte sie nur.
»O Gott, ich hab den verdammten Papst ganz vergessen«, sagte Lou und fiel sofort in den Tiefschlaf.

Bill Burke und Lizzie waren noch in ihren Kleidern auf dem Bett eingeschlafen. Um fünf Uhr morgens wachten sie frierend auf.
»Haben wir heute vielleicht zufällig einen ruhigen Tag vor uns?« fragte Bill.
»Nach der Papstaudienz, glaube ich, schon.« Lizzie hatte unerklärliche Kopfschmerzen.

Barry stolperte über einen Stuhl, und Fiona schreckte hoch. »Ich hab vergessen, wo wir wohnen«, murmelte er.
»Oh, Barry, es ging von der Bar nur immer geradeaus und dann einmal links.«
»Nein, nicht das Hotel, das Zimmer. Ich hab alle möglichen Türen geöffnet.«
»Du bist ja völlig betrunken«, sagte Fiona voller Mitgefühl. »War es ein schöner Abend?«
»Ja, aber da gibt es ein Rätsel«, nuschelte Barry.
»Sicher. Komm, trink ein Glas Wasser.«
»Dann muß ich die ganze Nacht aufs Klo rennen.«
»Macht nichts, das mußt du nach all dem Bier sowieso.«
»Wie bist *du* eigentlich heimgekommen?« fragte er plötzlich.
»Ich habe dir doch gesagt, es ging immer geradeaus. Los, trink.«
»Hast du dich mit jemandem unterhalten?«
»Nur mit Mr. Dunne. Ich habe ihn unterwegs getroffen.«
»Er liegt mit der Signora im Bett«, berichtete Barry stolz.
»Nein! Woher weißt du das?«
»Ich hab ihn reden hören, als ich an ihrem Zimmer vorbei bin«, erklärte Barry.
»Was hat er gesagt?«
»Irgendwas über den Tempel des rächenden Gottes Mars.«
»Wie bei dem Vortrag?«
»Ja, genau so. Als ob er ihr den Vortrag noch mal hält.«
»Du liebe Zeit«, meinte Fiona. »Das ist doch komisch, findest du nicht?«
»Ich sage dir, was noch komisch ist«, fuhr Barry fort. »All diese

Burschen da in der Bar, die sind gar nicht von hier, die sind von woanders ...«
»Wie meinst du das?«
»Sie kommen alle aus einem Ort namens Messagne, das ist irgendwo ganz unten am Stiefel, in der Nähe von Brindisi, wo die Fähre ablegt. Überall Feigen- und Olivenbäume, haben sie erzählt.« Aber er klang dabei recht beunruhigt.
»Na und?« Fiona gab ihm noch ein Glas Wasser.
»Sie sind zum erstenmal in Rom, haben sie gesagt. Ich kann sie also damals gar nicht hier getroffen haben.«
»Aber ihr habt euch doch so gut verstanden.« Fiona war bedrückt.
»Ja, eben.«
»Es kann nicht in einer anderen Bar gewesen sein?«
»Ich weiß es nicht«, meinte Barry niedergeschlagen.
»Oder sie haben vergessen, daß sie schon mal in Rom waren«, versuchte sie es fröhlich.
»Na ja, so etwas vergißt man doch wohl nicht.«
»Aber sie haben sich an dich erinnert, oder?«
»Und ich habe gedacht, ich hätte sie auch wiedererkannt.«
»Ach, komm ins Bett. Wir müssen morgen ausgeschlafen sein für den Papst.«
»Himmel, der Papst«, stöhnte Barry.

In ihrem Zimmer hatte Connie der Signora endlich ihre Überraschung überreicht. Es war eine Tonbandaufzeichnung von Aidans komplettem Vortrag. Connie hatte einen Kassettenrecorder gekauft und damit jedes seiner Worte mitgeschnitten.
Die Signora war zutiefst gerührt. »Ich werde mir den Rest unter der Decke anhören, damit ich Sie nicht störe«, schlug sie nach ein paar Sätzen vor.
»Nein, nein, ich höre es mir gern ein zweites Mal an.«
Da musterte die Signora die andere Frau, deren Augen unnatürlich glänzten und deren Wangen gerötet waren. »Ist alles in Ordnung, Constanza?«
»Wie bitte? O ja, danke, Signora.«

Und so setzten sich die beiden Frauen hin. Jede von ihnen hatte einen Abend hinter sich, der ihr weiteres Leben vielleicht von Grund auf veränderte. Drohte Connie Kane tatsächlich Gefahr von seiten der geistesgestörten Siobhan Casey? Und würde Nora O'Donoghue in das kleine sizilianische Dorf zurückkehren, das sechsundzwanzig Jahre lang ihr Lebensmittelpunkt gewesen war? Auch wenn sie einander ein paar ihrer Geheimnisse anvertraut hatten, waren sie doch beide viel zu sehr daran gewöhnt, ihre Probleme für sich zu behalten. Obwohl Connie sich durchaus fragte, was die Signora wohl davon abgehalten hatte, bei Aidans Vortrag dabeizusein, und weshalb sie erst so spät nachts zurückgekehrt war. Und die Signora hätte gerne gewußt, ob Connie noch einmal von der Person gehört hatte, die ihr diesen unerfreulichen Brief hatte zukommen lassen.
Doch sie gingen zu Bett und unterhielten sich lediglich darüber, auf welche Uhrzeit sie den Wecker stellen sollten.
»Morgen ist die Papst-Audienz«, sagte die Signora plötzlich.
»Ach Gott, das habe ich ganz vergessen«, gab Connie zu.
»Ich auch. Ist das nicht eine Schande?« kicherte die Signora.

Der Besuch beim Papst war ein großes Erlebnis. Zwar wirkte der Heilige Vater ein wenig gebrechlich, doch schien er bester Laune zu sein. Und alle waren überzeugt, daß er sie direkt angesehen hatte. Obwohl Hunderte, vielleicht sogar Tausende auf dem Petersplatz gewartet hatten, war es irgendwie doch eine sehr persönliche Begegnung gewesen.
»Gut, daß wir keine Privataudienz hatten«, seufzte Laddy, als hätte das durchaus im Bereich des Möglichen gelegen. »Irgendwie ist es im großen Rahmen besser. Da sieht man, daß der Glaube noch lebendig ist, und vor allem muß man sich nicht überlegen, was man zu ihm sagen oder ihm erwidern soll.«
Lou und Bill Burke hatten davor beide drei eiskalte Bier getrunken, und als Barry sie getroffen hatte, war er kurzerhand mitgegangen. Suzi und Lizzie lutschten derweil kühle Eiscreme. Alle fotografierten. Und alle entschieden sich für das gemeinsame

Mittagessen, obwohl die Teilnahme freigestellt war. Denn die meisten waren beim Frühstück zu verkatert oder zu niedergeschlagen gewesen, um daran zu denken, sich Brote zu schmieren.
»Ich hoffe, die Gruppe ist besser in Form, wenn wir morgen abend zu der Party bei Signor Garaldi gehen«, meinte Laddy mißbilligend zu Kathy und Fran.
»Ach, du lieber Himmel, die Party«, stöhnte Lou, der gerade an ihnen vorbeiging, und hielt sich den schmerzenden Kopf.

»Signora?« sagte Aidan nach dem Mittagessen.
»Das klingt ein bißchen förmlich, Aidan. Sonst nennst du mich doch Nora«, lächelte sie.
»Ähm.«
»Was ist ähm?«
»Wie war denn deine Besprechung gestern, Nora?«
Sie schwieg einen Moment. »Sehr interessant. Und obwohl sie in einem Restaurant stattfand, habe ich es geschafft, nüchtern zu bleiben – im Gegensatz zu praktisch jedem anderen hier. Ich war erstaunt, daß der Heilige Vater nicht vom Stuhl gefallen ist, als ihm die Alkoholfahne unserer Gruppe entgegenschlug.«
Aidan lächelte. »Ich war in einer Bar und habe meinen Kummer ertränkt.«
»Was hat dich denn bekümmert?«
»Nun, hauptsächlich, daß du nicht da warst, um meinen Vortrag zu hören.« Er versuchte, einen unbeschwerten Ton anzuschlagen.
Da erhellte sich ihre Miene, und sie griff in ihre große Handtasche. »Aber ich *habe* ihn gehört. Sieh nur, was Constanza mir gegeben hat. Ich habe ihn mir von Anfang bis Ende angehört. Er war wundervoll, und alle haben danach ganz begeistert geklatscht, weil es ihnen so gut gefallen hat. Man hat jedes Wort verstanden, und ich habe alles ganz deutlich vor mir gesehen. Ja, wenn wir wieder mal ein bißchen freie Zeit haben, werde ich hingehen und mir das Band noch mal vorspielen. Es wird wie eine Privatführung ganz für mich allein sein.«
»Du weißt, daß ich den Vortrag für dich noch einmal halten

würde.« Aidans Blick war zärtlich, er faßte nach ihrer Hand, doch sie entzog sie ihm.
»Nein, Aidan, bitte nicht, das ist nicht fair. Sonst bringst du mich noch auf falsche Gedanken, wie ... daß dir an mir oder meiner Zukunft etwas gelegen wäre.«
»Aber Nora, du weißt doch, daß das so ist.«
»Ja. Und das ist jetzt schon seit über einem Jahr so, daß wir einander in dieser Weise zugetan sind. Aber das geht doch nicht. Du bist verheiratet, hast Familie.«
»Nicht mehr lange«, erwiderte er.
»Na ja, Grania heiratet, aber sonst ändert sich nichts.«
»O doch. Es hat sich bereits eine Menge geändert.«
»Ich darf dir nicht länger zuhören, Aidan. Ich muß mir über etwas sehr Wichtiges klarwerden.«
»Diese Leute wollen, daß du wieder nach Sizilien zurückkehrst, stimmt's?« fragte er mit schwerem Herzen, doch mit unbewegter Miene.
»Ja.«
»Ich habe nie gefragt, warum du von dort fortgegangen bist.«
»Nein.«
»Und auch nicht, warum du so viele Jahre dort verbracht hast.«
»Sagt das denn nicht alles? Ich frage dich ja auch vieles nicht, obwohl ich die Antwort gerne wüßte.«
»Ich werde jede einzelne Frage beantworten, das verspreche ich dir.«
»Laß uns ein wenig damit warten. Es wäre zu überstürzt, noch hier in Rom Fragen zu stellen und Antworten zu geben.«
»Aber dann gehst du vielleicht zurück nach Sizilien, und dann ...«
»Dann was?« fragte sie sanft.
»Dann habe ich die Sonne meines Lebens verloren«, sagte er, und Tränen traten in seine Augen.

Die zweiundvierzig Gäste trafen am Donnerstag um fünf Uhr bei den Garaldis ein. Alle hatten sich in Schale geworfen und ihre Fotoapparate dabei. Denn es hatte sich herumgesprochen, daß man ein Haus wie das der Garaldis ansonsten nur in teuren Hochglanzmagazinen zu sehen bekam, also wollten alle Aufnahmen davon machen.

»Werden wir überhaupt fotografieren dürfen, was meinst du, Lorenzo?« fragte ihn Kathy Clarke.

Laddy war schließlich der Spezialist für alle Fragen, die mit diesem Besuch zusammenhingen. Er dachte eine Weile darüber nach. »Es sollte ein richtiges Gruppenfoto gemacht werden, zur Erinnerung an das Ereignis. Und von außen können wir das Haus so oft fotografieren, wie wir Lust haben, denke ich. Aber irgendwie fände ich es nicht richtig, ihre Einrichtung zu fotografieren. Nicht daß etwa andere Leute sie zu sehen kriegen und dann noch etwas gestohlen wird.«

Sie nickten. Laddy hatte offensichtlich an alles gedacht. Und als sie schließlich vor dem Haus standen, verschlug ihnen der Anblick buchstäblich den Atem. Selbst Connie Kane, die ja daran gewöhnt war, in vornehmen Häusern zu verkehren, war überwältigt.

»Die lassen uns doch nie hier rein«, flüsterte Lou seiner Suzi zu und lockerte sich den Krawattenknoten, der ihm fast die Luft abdrückte.

»Schnauze, Lou. Wie sollen wir es in der Welt je zu etwas bringen, wenn du bei ein bißchen Reichtum gleich in Panik ausbrichst?« zischte Suzi ihm zu.

»Für so ein Leben bin ich geboren«, sagte Lizzie Duffy und nickte huldvoll der Dienerschaft zu, die sie ins Haus und die Treppen hinaufgeleitete.

»Sei nicht albern, Lizzie.« Bill Burke war ein wenig mulmig zumute. Denn er hatte sich noch immer keine Kenntnisse des Wortschatzes angeeignet, der seiner Karriere im internationalen Bankwesen von Nutzen sein konnte. Er wußte, daß Lizzie enttäuscht sein würde.

Die Garaldis waren alle anwesend und hatten sogar einen Fotografen bestellt. Ob jemand etwas dagegen hätte, wenn gleich ein paar Fotos gemacht würden? Die könnten dann sofort entwickelt werden, so daß die Gäste noch im Laufe des Abends ihre Abzüge bekommen würden. Natürlich waren sie hellauf begeistert. Zuerst wurde Lorenzo an der Seite von Signor Garaldi fotografiert. Dann gab es eine Aufnahme von Lorenzo mit der ganzen Familie, schließlich ein Gruppenfoto samt der Signora und Aidan. Und zu guter Letzt wurden alle auf der Treppe postiert. In diesem Haus machte man nicht zum erstenmal Gruppenaufnahmen.

Die beiden mürrischen Söhne, mit denen Laddy durch die Billardhallen von Dublin gezogen war, hatten inzwischen viel fröhlichere Gesichter, und Laddy ließ sich von ihnen in ihr Spielzimmer entführen. Wein und Nichtalkoholisches wurde gereicht, außerdem Bier in hohen, eleganten Gläsern; dazu gab es Crostini, kleine Kuchen und Törtchen.

»Darf ich bitte das Essen fotografieren?« fragte Fiona.

»Aber gern.« Signora Garaldi schien gerührt.

»Für meine künftige Schwiegermutter. Sie bringt mir nämlich gerade das Kochen bei. Und da möchte ich ihr gern diese eleganten kalten Platten zeigen.«

»Ist sie nett, *la suocera* ... die Schwiegermutter?« erkundigte sich Signora Garaldi interessiert.

»O ja, sehr. Sie war ein bißchen labil, sie hat versucht, sich umzubringen, weil ihr Mann eine Affäre mit der Frau eines anderen hatte. Aber das ist jetzt zum Glück vorbei. Genaugenommen habe ich dem ein Ende gemacht. Ich höchstpersönlich!« Fionas Augen glänzten vor Aufregung und von dem Marsalawein.

»*Dio mio.*« Signora Garaldi hielt sich die Hand an die Kehle. Und das alles im erzkatholischen Irland!

»Ich habe sie aufgrund dieses Selbstmordversuchs kennengelernt«, plauderte Fiona weiter. »Sie wurde bei mir im Krankenhaus eingeliefert. Und weil ich sie wieder auf die Beine gekriegt habe, ist sie mir jetzt sehr dankbar und zeigt mir, wie man *haute Cuisine* kocht.«

»*Haute Cuisine*«, murmelte Signora Garaldi.

Mit vor Staunen weit aufgerissenen Augen flanierte Lizzie vorbei.
»*Che bella casa*«, hauchte sie.
»*Parla bene Italiano*«, lobte Signora Garaldi freundlich.
»Ja, das werde ich auch brauchen, wenn Guglielmo seinen Posten im internationalen Bankgeschäft antritt, sehr wahrscheinlich in Rom.«
»Man schickt ihn wirklich nach Rom?«
»Wir *können* uns für Rom entscheiden, es steht ihm sozusagen frei. Aber es ist ja eine so bezaubernde Stadt.« Lizzie war voll des Lobs.
Da nun eine Rede gehalten werden sollte, sammelten sich die Gäste wieder: Laddy kam aus dem Billardzimmer, Connie aus der Gemäldegalerie und Barry aus der Tiefgarage, wo er das Auto und die Motorräder bewundert hatte.
Und plötzlich nahm die Signora Aidans Arm. »Kaum zu fassen, wofür die Garaldis uns halten. Ich habe gehört, wie sie ihm erklärt hat, daß eine aus unserer Gruppe eine berühmte Chirurgin sei, die schon so manches Menschenleben gerettet habe; und Elisabetta hat behauptet, Guglielmo sei ein bekannter Banker, der überlegt, sich in Rom niederzulassen.«
Aidan mußte lächeln. »Haben sie ein Wort davon geglaubt?«
»Wohl kaum. Denn Guglielmo hat schon dreimal gefragt, ob er einen Scheck gegen Bargeld einlösen kann und wie hoch der heutige Wechselkurs ist. Das klingt nicht gerade vertrauenerweckend.« Sie lächelte ebenfalls. Alles, was der andere sagte, schien ihnen liebenswert oder lustig oder eine tiefschürfende Erkenntnis zu sein.
»Nora?«
»Nein, nicht jetzt ... Versuchen wir lieber, die Meute zusammenzuhalten.«
Die Rede war äußerst warmherzig. Noch nie waren die Garaldis irgendwo mit so offenen Armen aufgenommen worden wie in Irland, noch nirgends waren sie soviel Ehrlichkeit und Freundlichkeit begegnet. Wie sie es ja auch heute hier in ihrem Haus erleben durften. Menschen, die als Fremde gekommen waren,

würden als Freunde scheiden. »*Amici*«, murmelten mehrere, als Signor Garaldi von Freunden sprach.

»*Amici sempre*«, nickte er.

Da hob Laddy seine Hand. Er würde noch oft in dieses Haus kommen. Und sie würden wieder im Hotel seines Neffen wohnen.

»Wenn Sie nach Dublin kommen, würden wir gern eine Party für *Sie* ausrichten«, lud Connie Kane die Garaldis ein, und alle nickten eifrig und versprachen, ebenfalls dabeizusein. Inzwischen waren die Bilder geliefert worden. Wunderschöne große Fotografien von ihnen auf der eleganten Eingangstreppe. Unter all den Aufnahmen von dieser *viaggio*, den Schnappschüssen, auf denen Menschen in die Sonne blinzelten, würden diese Fotos in den Häusern und Wohnungen der Reiseteilnehmer einen Ehrenplatz einnehmen.

Alle riefen *ciao* und *arrivederci* und *grazie*, und dann begab sich der Italienischkurs des Mountainview College wieder hinaus, auf die Straßen Roms. Es war schon nach elf Uhr, viele Menschen machten eine kleine *passeggiata*, einen Abendspaziergang. Und niemandem war danach zumute, gleich ins Bett zu gehen, dazu waren alle noch viel zu aufgeregt.

Nur Aidan verkündete plötzlich: »Ich gehe zum Hotel zurück. Soll ich für jemanden die Bilder mitnehmen?« Dabei sah er erwartungsvoll in die Gruppe, er hoffte, daß die Signora etwas sagen würde.

Und sie erwiderte bedächtig: »Ich gehe auch zurück. Wir können also die Fotos einstecken, damit sie nicht verlorengehen, wenn Sie sich wieder alle betrinken.«

Wissend lächelten die anderen sich an. Nun würde es geschehen, was alle schon seit geraumer Zeit vermutet hatten.

Hand in Hand schlenderten sie die Straßen entlang, bis sie zu einem Lokal kamen, wo man im Freien sitzen konnte und Musiker von Tisch zu Tisch gingen. »Vor solchen Lokalen hast du uns immer gewarnt«, bemerkte Aidan.

»Ich habe nur gesagt, daß sie teuer sind. Sie sind trotzdem wundervoll«, lächelte Nora O'Donoghue.

Und sie setzten sich hin und redeten miteinander. Sie erzählte ihm von Mario und Gabriella, von den vielen Jahren, die sie glücklich im Schatten dieser Ehe gelebt hatte.

Er erzählte ihr von Nell und daß er einfach nicht gemerkt hatte, wann die schönen Tage ihrer Ehe vorbei gewesen waren. Warum es so gekommen sei, wisse er selbst nicht. Jedenfalls sei es vorbei. Sie lebten unter einem Dach und waren sich trotzdem fremd geworden.

Sie erzählte ihm, wie Mario gestorben war und kurz darauf auch Gabriella. Und daß die Kinder nun wollten, daß sie zurückkam und ihnen im Hotel half. Alfredo hatte das ausgesprochen, was sie insgeheim schon immer hatte hören wollen, nämlich daß sie für ihn und seine Geschwister stets eine Art Mutter gewesen sei.

Mittlerweile wisse er nun, daß Nell eine Affäre gehabt hatte, berichtete er ihr. Doch das habe ihn weder schockiert noch verletzt, nur überrascht. Was vielleicht typisch männlich klinge, räumte er ein, ein bißchen arrogant und zynisch, aber so empfinde er nun einmal.

Sie müsse sich noch einmal mit Alfredo treffen und mit ihm sprechen, meinte sie. Und sie wisse noch nicht, was sie ihm sagen sollte.

Sobald er wieder zu Hause sei, würde er sein Haus verkaufen und Nell die Hälfte des Erlöses geben. Wo er dann leben wollte, wüßte er noch nicht.

Langsam kehrten sie zum Hotel Francobollo zurück. Eigentlich kam es ja meist nur bei jugendlichen Pärchen vor, daß sie nicht wußten, wo sie hin sollten. Und doch standen die Signora und Aidan genau vor diesem Problem. Schließlich konnten sie Laddy nicht aus seinem Zimmer aussperren. Und Constanza ebensowenig. Unentschlossen sahen sie sich an.

»*Buona sera*, Signor Buona Sera«, sagte Nora O'Donoghue endlich. »*C'e un piccolo problema ...*«

Es sollte nicht lange ein Problem bleiben. Signor Buona Sera war ein Mann von Welt. Ohne Umschweife oder Nachfragen fand er ein Zimmer für sie.

Die Tage in Rom vergingen wie im Flug. Plötzlich waren es nur noch ein paar Schritte zum Bahnhof, und sie saßen im Zug nach Florenz.
»Firenze«, sagten alle im Chor, als sie den Namen auf der Abfahrtstafel angeschrieben sahen. Es tat ihnen nicht leid, Rom verlassen zu müssen, weil sie wußten, daß sie eines Tages wiederkommen würden. Hatten sie denn nicht alle ein paar Münzen in den Trevi-Brunnen geworfen? Und wenn sie erst den Fortgeschrittenen- oder Konversationskurs hinter sich hatten, gab es ja noch so viel mehr zu sehen und zu entdecken. Noch war nicht entschieden, wie der Kurs heißen sollte, aber alle wollten daran teilnehmen.
Mit ausreichend Verpflegung ausgestattet machten sie es sich in ihrem Waggon bequem; die Buona Seras hatten sie großzügig versorgt. Denn diese Gruppe war ja so angenehm gewesen. Und dann diese unverhoffte Romanze zwischen den beiden Reiseleitern! Natürlich waren sie viel zu alt für so etwas, und es würde auch nicht halten, wenn sie erst wieder zu Hause bei ihren Ehepartnern waren, aber trotzdem: eine richtige verrückte Ferienliebe!

Im nächsten Jahr würde ihre *viaggio* sie weiter in den Süden führen, nicht von Rom aus in Richtung Norden. Die Signora meinte, sie müßten unbedingt Neapel sehen; und dann würden sie nach Sizilien fahren und in einem Hotel wohnen, das sie von früher kannte, als sie noch dort gelebt hatte. So hatten sie und Aidan es Alfredo versprochen. Und auch, daß Aidans Tochter Brigid oder eine ihrer Kolleginnen nach Annunziata kommen und überprüfen würde, ob ihr Reisebüro nicht Pauschalreisen dorthin anbieten sollte.
Auf das Drängen der Signora hin hatte Aidan zu Hause angerufen. Das Gespräch mit Nell war wesentlich einfacher und kürzer gewesen, als er es für möglich gehalten hätte.

»Irgendwann mußtest du es ja erfahren«, meinte sie knapp.
»Also bieten wir das Haus zum Verkauf an, sobald ich wieder da bin, und teilen uns den Erlös?«
»Gut.«
»Macht es dir denn gar nichts aus, Nell? Bedeuten dir unsere gemeinsamen Jahre überhaupt nichts?«
»Du hast doch gerade gesagt, daß sie vorbei sind.«
»Ich habe vorgeschlagen, darüber zu reden.«
»Was gibt's da noch zu reden, Aidan?«
»Ich wollte nur nicht, daß du irgend etwas für meine Ankunft vorbereitest oder so ... und jetzt hab ich einfach die Katze aus dem Sack gelassen.« Wie immer war er zu höflich. Und wahrscheinlich zu stark auf sich selbst fixiert, ging ihm dann durch den Kopf.
Denn Nell erwiderte: »Ich möchte dich wirklich nicht kränken, Aidan, aber ich weiß nicht einmal, an welchem Tag du zurückkommst.«

Sie saßen im Zug ein wenig abseits von den anderen, Aidan Dunne und die Signora, und schmiedeten Zukunftspläne.
»Wir werden nur wenig Geld haben«, meinte er.
»Ich hatte noch nie besonders viel Geld zur Verfügung. Das beunruhigt mich also wirklich nicht«, erwiderte die Signora leichthin.
»Aber ich werde die Sachen aus meinem italienischen Zimmer mitnehmen. Du weißt schon, den Schreibtisch, die Bücher, die Gardinen und das Sofa.«
»Ja. Für den Verkauf ist es sicher günstiger, wieder einen Eßtisch hineinzustellen, auch wenn er nur geborgt ist.« Die Signora dachte praktisch.
»Wir könnten uns eine kleine Wohnung nehmen, sobald wir wieder zurück sind.« Er wollte ihr unbedingt zeigen, daß es ihr an nichts mangeln würde, auch wenn sie das Angebot, in ihre wahre Heimat Sizilien zurückzukehren, ausgeschlagen hatte.
»Ach, ein Zimmer tut es schon.«

»Nein, nein, wir müssen mehr als ein Zimmer haben«, protestierte er.

»Ich liebe dich, Aidan.«

Aus irgendeinem Grund war es in diesem Augenblick gerade mucksmäuschenstill, keiner sonst sagte etwas, auch der Zug quietschte und ratterte nicht. Und so konnte jeder ihre Worte hören. Verlegen sahen sich die Kursteilnehmer an. Doch dann war die Entscheidung gefallen. Zum Teufel mit der Diskretion, jetzt wurde gefeiert. Auch wenn die anderen Fahrgäste nie dahinterkommen sollten, warum vierzig Menschen mit Schildchen, auf denen Vista del Monte stand, plötzlich in lauten Jubel ausbrachen und dann verschiedene, meist englische Lieder anstimmten, unter anderem »This Is Our Lovely Day« und eine schräge Fassung von »Arrivederci Roma«.

Ebenso wie sie nie verstehen würden, warum sich so viele dabei heimlich eine Träne aus dem Augenwinkel wischten.

Bei dem im Kapitel »Signora« auf Seite 111 erwähnten Gedicht handelt es sich um »The Lake Isle of Innisfree (1890)« von William Butler Yeats. Die autorisierte Übersetzung entstammt der Sammlung: William Butler Yeats, Gedichte. Auswahl, Übertragung und Nachwort von Herberth E. Herlitschka, Copyright 1958 by Peter Schifferli, Arche Zürich + Herberth E. Herlitschka